suhrkamp taschenbuch 3104

»Es ist eine Liebesgeschichte, Du kannst es mir glauben. Sie spielt sich in bemerkenswerter Stille ab, fast unmodern heimlich, und gewiß nicht unter dem Eindruck der Tropen, die ja – wer wüßte es besser als wir – keinen Zauber mehr haben...«

So berichtet einer von fünf alten Missionaren, Wegbereitern einer Liebe, die unaufhaltsam ihren Ruhestand erschüttert. Aus den abgeklärten Greisen werden ruhelose Männer, aus dem, was spielerisch begann, ein Drama. Doch wie kam es überhaupt soweit? Da hatte man also einen Gast aufgenommen, einen Deutschen aus Rom, gutaussehend, müßig, mit unklarer beruflicher Tätigkeit. Einen Kerl, von dem nur feststand, daß er um die Vierzig war und noch immer nicht erwachsen. Aber müßte man nicht weiter ausholen, überlegen die Priester, auch Umstände, Hintergründe nennen?

»Nichts ist an *Infanta* einfach, auch wenn es so scheint, jeder Satz ist gedrechselt, kein Einfall steht für sich. Verweise, Wiederholungen, geheime Motive bilden ein komplexes Netz. Der Roman ist von einer erzählerischen Fülle und einer intellektuellen Dichte zugleich, als sei Bodo Kirchhoff bei Thomas Mann in die Schule gegangen...Es entsteht jene Sucht, die man vom Lesen großer Romane kennt; mehr zu erfahren, sich selbst zu vergessen.«
Hubert Winkels, Tempo

»Es ist ein spannendes Buch, das den Leser so in die Gegenwart der Erzählung hineinzieht, daß er die eigene Zeit vergißt. Etwas Selteneres läßt sich von einem deutschen Roman kaum sagen.«
Werner Fuld, Frankfurter Allgemeine Zeitung

Bodo Kirchhoff, geboren 1948 in Hamburg, lebt in Frankfurt am Main. Seine Bücher erscheinen im Suhrkamp Verlag. Zuletzt veröffentlichte er den Monolog *Der Ansager einer Striptease-nummer gibt nicht auf* (1994) und *Katastrophen mit Seeblick. Geschichten* (1998).

Bodo Kirchhoff
Infanta

Roman

Suhrkamp

Umschlagabbildung:
Chin-Chin Gutierrez
Foto: Louis Paul Heussaff

suhrkamp taschenbuch 3104
Erste Auflage dieser Ausgabe 2000
© Suhrkamp Verlag Frankfurt am Main 1990
Suhrkamp Taschenbuch Verlag
Alle Rechte vorbehalten, insbesondere das
des öffentlichen Vortrags, der Übertragung
durch Rundfunk und Fernsehen
sowie der Übersetzung, auch einzelner Teile.
Kein Teil des Werkes darf in irgendeiner Form
(durch Fotografie, Mikrofilm oder andere Verfahren)
ohne schriftliche Genehmigung des Verlages reproduziert
oder unter Verwendung elektronischer Systeme
verarbeitet, vervielfältigt oder verbreitet werden.
Druck: Ebner Ulm
Printed in Germany
Umschlag nach Entwürfen von
Willy Fleckhaus und Rolf Staudt

1 2 3 4 5 6 – 05 04 03 02 01 00

Für Ulrike

Jegliches Werden ist bloß
allmählich bewältigte Abwesenheit

(Edmond Jabès)

1

An einem heißen Januartag gegen Ende dieses Jahrhunderts drehte der Wind über einer kleinen Küstenstadt; zwei Wolkenmassen trieben aufeinander zu, und bald lag nur noch die Umgebung einer Kirche in der Sonne. Auf den Stufen der Kirche saß ein Priester und schaute über einen sandigen Platz, menschenleer und voller Wahlplakate. In seinen Armen ruhte eine Pekinesenhündin. Hinter seinem Rücken, im Dunkel des Eingangs, flüsterten Kinder. »Der mit dem Hündchen«, drang es nach draußen, »der mit dem Hündchen ist Father McEllis.«

Ein Taxi fuhr auf den Platz. Es wirbelte Staub hoch und puderte die Gesichter der Kandidaten, wurde langsamer und fuhr wieder an, schrammte eins der Plakate und hielt. Ein Fahrgast mit Gepäck stieg aus. Er streckte die Beine und griff sich ins Kreuz, er klopfte sich sauber – für einen Einheimischen war er zu groß, auch etwas zu ungeniert. Der Priester besaß einen Blick für Menschen und Wolken; dieser Mann hatte etwa seine Größe und käme gleich in einen kurzen, aber sintflutartigen Guß. McEllis setzte die Hündin ab und erhob sich. Eine Schwester aus der fremden Gemeinde half ihm in die Soutane, und er dachte an die Hände, die er gewohnt war. Wie sie ihm Kragen und Faltenwurf richteten, den Stoff über seinen Schultern glattstrichen und verlorene Härchen entfernten, einmal im Monat, zwölfmal im Jahr. Das Taxi fuhr weiter. Die ersten Tropfen platzten in den Sand. Der Mann, der kein Einheimischer war, drehte sich um. Er trug dunkle Kleidung, hatte helle Haut – und ein gutes Gesicht, auch dafür besaß der alte Missionar einen Blick. Dann fiel der Regen wie ein Vorhang, während die Kindergemeinde zu singen begann.

McEllis ging zum Altar. Nachdem er still gebetet hatte, sah er den Reisenden eintreten, durchnäßt wie ein Schiffbrüchiger und ebenso bestaunt. Einige Kinder rückten. Der Mann setzte sich an den Rand einer Bank, schob sein nasses Haar aus der Stirn und sah auf eine Leinwand, die neben der Kanzel von einem Querbalken hing. Alle Strophen des Liedes standen dort angeschrieben, fett wie ein Reklametext und in englischer Sprache. Es waren einfache Worte über die Liebe zu Jesus, es war auch eine einfache Melodie. McEllis hatte einen Moment lang den Eindruck, der Durchnäßte sei von ihren Klängen gerührt. Aber das lag an den Regentropfen, die über seine Wangen liefen.

Das Lied ging zu Ende, der Priester las aus der Bibel. Er kannte die Stelle auswendig und konnte in Ruhe verfolgen, wie der Mann einen Aufkleber von seinem Gepäck zog und unter der Bank verschwinden ließ. Nur die Routine bewahrte McEllis vor einer Entgleisung – ohne auf die Gemeindeschwestern mit ihren Gitarren zu achten, setzte er seine Lesung im richtigen Augenblick fort, ohne an Gott den Schöpfer zu denken, sprach er ein schönes Gebet, ja, er hielt sogar eine Predigt, bei der die Buben und Mädchen immer langsamer mit klappenden Schulheften gegen die Hitze anfächelten. Eine einzige Frage beschäftigte ihn: Hatte dieser Reisende hier ein Ziel, oder war er nichts weiter als ein verirrter Tourist auf einer Insel mit Mord und Totschlag.

Der Regen ließ nach, und er kürzte die Predigt ab, aus Furcht, der Mann könnte die Kirche vor dem letzten Amen schon wieder verlassen. Kaum war das Schlußlied gesungen, erteilte er seinen Segen, und die Schulkinder strömten ins Freie. McEllis behielt den Fremden im Auge. Er hatte sich verschätzt. Ein langer Kerl schlenderte da auf den Platz, größer als er, einer, dem jede Hose stand, sogar eine nasse.

Von der Soutane befreit, die Hündin auf dem Arm, eilte der Priester an den Bänken entlang und zählte. Nach der fünften Bank blieb er stehen, bückte sich, griff unter den Sitz und entfernte den Aufkleber vom Holz. *Kurt, Raffles*

Hotel, Singapore war dort zu lesen. McEllis ließ das Tier herunter, zog eine Pfeife hervor und trat ins Freie; er trug jetzt abgewetzte blaue Hosen, dazu ein rotes Hemd mit aufgerollten Ärmeln. Ihm fehlte noch ein erstes Wort, ein natürlicher Anfang, als er sich schon hörbar die Pfeife ansteckte. Der Mann wandte sich um, und McEllis betrachtete ihn über das Streichholz hinweg. »Theologe?« Er verwirbelte den Rauch. »Oh, ich sah nur Ihre Kleidung«, fügte er hinzu und hielt den Aufkleber in die Höhe. »Das haben Sie unter Ihrem Sitz vergessen, Mister Kurt.«

Der Mann zeigte ein leichtes, auf den Lippen schwebendes Lächeln, bat um Verzeihung für den Mißbrauch der Kirchenbank und winkte dem Tier zu. Offenbar hatte er keine Erfahrung mit Hunden.

»Fassen Sie sie ruhig an, Mister Kurt, sie wartet darauf. Amerikaner?«

»Deutscher. Und kein Theologe. Auch wenn ich bunte Stoffe vermeide.«

»Ich bin Father McEllis. Und Sie, Tourist? Oder was verschlägt einen Menschen auf diese große unruhige Insel?« Er bekam keine Antwort und machte ein paar halbentschlossene Schritte. Nach und nach ging er über den Platz, mal etwas langsamer als der Deutsche, mal etwas schneller. Kurz vor der Straße fragte er ihn, warum er gerade an diesem Ort aus dem Taxi gestiegen sei.

»Der Fahrer wollte mich zu einem bestimmten Hotel bringen. Aber ich suche mir meine Hotels selbst. Außerdem schien hier noch die Sonne.«

McEllis klopfte die Pfeife an einem der Plakate aus, von dem der Präsident durch eine feine Schlammschicht sah. Ein Deutscher also. Er hatte nichts gegen dieses ferne, fast schon arktische Land. Im Gegenteil. Ein früherer Mitbruder hatte nur Wissenswertes berichtet, von Fasnachtsbräuchen und philosophischen Zirkeln im Schwarzwald, auch vom sagenumwobenen Rhein. »Es heißt, die Menschen in Ihrem Land seien romantisch.«

»Das weiß ich nicht. Ich lebe in Rom.«

McEllis griff an seinen fein gestutzten weißen Schnurrbart und blieb stehen. Die Höflichkeit verbot ihm weitere
Fragen, und er entschloß sich zu einem der plumpesten
Mittel, ein Gespräch zu beleben. Er nannte den Namen der
Hündin – West-Virginia– und hatte Erfolg. Der Deutsche
erkundigte sich nach Rasse und Alter, fragte ihn, woher er
komme, wollte wissen, was ein amerikanischer Geistlicher
hier mache, war überrascht, daß es noch Missionare gab,
und stellte sich plötzlich mit *Lukas* vor.

»Mister Lukas Kurt?«

»Mister Kurt Lukas.«

»Dann stand auf dem Aufkleber Ihr Vorname.«

»Jemand hat sich geirrt. Wie Sie.«

McEllis nickte sanft. Seine erstaunlich blauen Augen bewahrten ein Lächeln und schweiften dabei etwas ab, was
sogar Gemeindeschwestern nervös machen konnte; Männer sprachen nur vom Vogelblick des Priesters. »Ihr Name
fordert diesen Irrtum heraus, Mister Kurt, wenn ich bei
meiner Anrede bleiben darf.«

»Ich habe nichts dagegen.«

»Wunderbar. Katholik?«

»Protestant.«

»Naß wurden Sie trotzdem.«

Der Deutsche schulterte sein Gepäck, eine Reisetasche.
»Also dann«, sagte er mit einer leichten Verbeugung.

»Was heißt also dann – wir hatten das große Glück, uns
zu begegnen; die Regenwolken waren schon am Abziehen,
da sprang der Wind um.«

»Wenn Sie es so sehen.« Der Deutsche nahm seine Tasche wieder in die Hand, und McEllis spitzte die Lippen;
beide überquerten die Straße.

Sie kamen an kleinen, über Mittag geschlossenen Läden
vorbei, hielten sich im Schatten und schwiegen. Schaufenster und Wände waren mit Wahlplakaten bedeckt. Die
Kandidaten glichen sich in ihrem Ausdruck, als hätten sie

vor der Kamera alle an Christus den Erlöser gedacht. Dem einen stand es, dem anderen nicht. Am wenigsten stand es dem Präsidenten; sein Porträt klebte sogar an staubigen Palmen. »Eine Wahl, und das bei der Hitze«, sagte der Deutsche.

»Ja, eine Wahl; die erste nach zwanzig Jahren. Und im übrigen wird die Hitze noch schlimmer. Auch die Verhältnisse. Oder kennen Sie sich etwas aus hier?«

»Ich weiß nur, daß der Präsident reich ist und das Volk arm. Aber das könnte auch woanders spielen.«

McEllis gab ihm recht. Er nahm die Hündin unter den Arm und fächelte ihr Luft zu. Aus der raschen Bewegung heraus deutete er landeinwärts. »Sehen Sie diese zerfetzten Säcke von Wolken, Mister Kurt? Solche Bilder gibt es nur hier.« Es waren die Wolken, aus denen der Regen gefallen war; sie hingen jetzt über bewaldetem Vorgebirge. »Ich kenne kein prächtigeres Schauspiel als den Himmel über dieser Insel. Besonders nachts. Aber vielleicht machen Sie sich nichts aus Sternen.«

»Aus Sternen? Doch, doch.«

»Es gibt bei uns Nächte, da nimmt einem das Himmelsgefunkel den Atem. Sie können mitkommen, wenn Sie wollen.«

»Und wohin?«

McEllis deutete wieder landeinwärts. »Dorthin, wo ich lebe. Ich habe hier nur für jemanden die Messe gelesen und ein paar Dinge erledigt.«

»Woher wissen Sie, daß ich Zeit habe?«

»Wenn nicht, hätten Sie gleich widersprochen.«

»Und wenn ich jetzt noch widerspreche?«

Der Priester forderte ihn mit einem Blick dazu auf, während er einen Fuß vor den anderen setzte. Fast unmerklich ging er voraus. »Warum sollten Sie widersprechen? Wer mit Gepäck in die Kirche kommt, der hat Zeit.«

Das war kein logischer Gedanke, aber der Deutsche folgte McEllis, folgte ihm durch eine Nebentür in einen von dünnen Lichtpfeilen durchschossenen Laden, in dem es nach Jute und Erde roch, nach Gummi, Seife und Zwiebeln; eine Frau erhob sich vom Boden. Sie holte ein prall gefülltes Einkaufsnetz hinter Kanistern hervor und übergab es dem Priester. »Mitbringsel«, erklärte McEllis. »Hier zum Beispiel« – er zeigte auf einen länglichen Packen – »Leinenschuhe. Für Father Horgan. In Weiß. Oder finden Sie das unpassend für einen alten Mann?« Der Deutsche schien ihn nicht zu hören.

»Woran denken Sie gerade, Mister Kurt?«

»Ich vergleiche den heutigen Tag mit dem gestrigen.«

Diese Antwort verwirrte McEllis. Für einen Augenblick stellte er sich vor, der Mann aus Rom würde vielleicht jeden Tag eine andere Kirche aufsuchen, um zu schauen, was geschieht.

»Und zu welchem Ergebnis sind Sie gekommen?«

»Ich habe gestern nur geschlafen.«

»Das überrascht mich nicht. Sie hatten keine Verpflichtungen. Dazu kam die Hitze.«

»Ich schlafe überhaupt viel.«

»Aber sind nicht bettlägerig?«

»Nein, nur müde.«

»Unser Ort könnte Sie wach machen.«

»Was soll ich da?«

»Was sollen Sie hier? Außerdem ist es gar nicht so weit, einige Stunden, über die Berge. Und heute abend erzählen Sie uns von Rom.«

»Wer ist uns?«

McEllis lächelte. »Father Horgan. Father Pacquin. Father Butterworth. Father Dalla Rosa. Ich. Und Father Gregorio. Aber der ist beurlaubt; ich habe ihn gerade vertreten. Er ist zur Zeit in Italien. Mit ihm sind wir sechs.«

»Und warum laden Sie mich ein?«

»Nun, warum nicht?«

Wie ein Angetrunkener oder erstmals Verliebter fühlte sich McEllis vollkommen bei Verstand, als er, immer wieder *Nun, warum nicht* vor sich hinsprechend, eine Tür durchschritt, die in einen Hühnerhof führte, auf ein mit Palmwedeln bedecktes Zweirad zuging und es feierlich enthüllte. »Meine Maschine«, sagte er. »Sie macht alles mit, bis auf Steigungen.« Es handelte sich um ein Moped von schwer zu bestimmendem Alter und schwer zu bestimmender Leistung. Es hatte Satteltaschen und einen Notsitz, um die Griffe waren Lappen gewickelt; sein Auspuff hing an Drähten. Der Deutsche schaute es an, als sei es lebendig. McEllis griff in eine der Taschen, nahm eine Windjacke heraus, verstaute das Netz und hob die Hündin in die andere Tasche. Dann zog er sich die Jacke über und schlug den Kragen hoch. – »Ein gutes Stück. Und unverwüstlich. Kommen Sie nun mit, Mister Kurt?«

Der Deutsche reichte sein Gepäck. McEllis schnallte es hinter den Notsitz, schon einen Fuß auf dem Anlasser.

»Sobald die Maschine läuft, springen Sie auf.«

»Und wie komme ich wieder zurück?«

»Mit dem Bus. Er fährt alle zwei Tage.«

»Es stört Sie nicht, daß diese Bekanntschaft nur eine Folge des Regens ist?«

»Die Hälfte aller Bekanntschaften sind eine Folge des Wetters. Sie haben sich für einen Urlaub den falschen Ort ausgesucht, die falsche Insel und das falsche Land. Aber Gott war mit Ihnen. Sie hatten Glück mit dem Regen und Glück, mich hier anzutreffen!« Und damit trat er den Hebel herunter, es röhrte und knallte, die Maschine sprang an, der Deutsche schwang sich hinter den Priester. Sie fuhren stotternd aus dem Hof, quer über den Platz vor der Kirche, fuhren in Zickzackkursen um die Plakattafeln, bogen in einen Weg, der auf das Meer zulief, und gewannen an Tempo. McEllis lenkte mit einer Hand, in seiner anderen lag das weiche Maul von West-Virginia.

Noch vor dem im Schlick versinkenden Hafen der Stadt führte eine Nebenstraße in Schleifen bergauf, und als die buschartigen Palmen längs der Fahrbahn spärlicher wuchsen, bot jede Kurve einen Blick auf die Bucht von Cagayan de Oro. Sie zog sich ohne Brandungsschaum hin, mit fließender Grenze zum Meer, das unter der großen Sonne wie eine zerkratzte Stahlplatte dalag. Das Moped röhrte. »Es wird noch steiler«, rief der Priester, »aber geht dann auch wieder abwärts.« McEllis trat in die Pedale. Der Deutsche bot an, die Plätze zu tauschen.

»Weshalb, Mister Kurt?«

»Ich bin jünger!«

»Wie jung?«

»Um die Vierzig.«

»Und noch keine grauen Haare, erstaunlich!«

Der kurze Schatten des Mopeds hüpfte jetzt hin und her, mal war er links, mal rechts. Sie fuhren an Bananenpflanzungen entlang, an einem reglosen Ineinander von grünenden und abgestorbenen Blättern, von steilen und matten Segeln. Ab und zu stand ein Mensch zwischen den Stauden, glänzend vor Schweiß. »Wie lange sind Sie schon hier?« fragte der Deutsche.

»Sie waren noch nicht geboren, als ich kam.«

McEllis keuchte. Er kämpfte mit allen Kräften, um diese Bergprüfung zu bestehen. Es war nicht mehr weit bis zur Anhöhe, danach hätte er seinen Beitrag geleistet. Gregorio hatte diese Kindermesse einmal im Monat gelesen und vor seiner Abreise um Vertretung gebeten. Butterworth und Dalla Rosa hatten für ihre Fahrten den Jeep benützt. Er schwor auf sein Moped. Kaum fuhr es wieder von allein, tastete er nach dem Maul der Hündin. Es ging nun stetig bergab, in eine aschegraue, durch Brände gerodete Senke. Von den Hängen blinkte es vereinzelt. Neben schwelenden Baumstümpfen saßen Arbeiter mit Tüchern um Nase und Mund und drehten ihre Hackmesser in der Dreiuhrsonne. »Wenn alles glatt verläuft, sind wir vor Dunkelheit da«, sagte der Priester und stellte die Zündung aus. Das Moped rollte noch ein

Stück; vor einer Holzbrücke über einen trockenen Bach blieb es stehen.

»Sie sind an der Reihe, Mister Kurt.«

Der Deutsche stieg ab. Ein steiler Anstieg lag vor ihnen. Die Straße führte in engen Kehren nach oben, über kahle, narbige Hänge, an verbrannten Bäumen und schwarzem Buschwerk vorbei.

»Ich bin noch nie mit einem Moped gefahren.«

»Das macht nichts, tun Sie einfach so, als sei es ein Rad. Sie können doch radfahren?«

Der Deutsche schwieg und schwang sich auf den Sattel. Er umfaßte den Lenker. McEllis' Hände griffen um seine. »Hier wird gebremst, und da wird Gas gegeben«, erklärte der Priester und trat den Motor an. Das Moped ruckte, schwankte, fuhr, er lief ihm nach und sprang auf den Not-sitz, schon hatten sie die Brücke hinter sich; noch schaffte es der kleine ölbespritzte Motor, aber bald übertönten die Fehlzündungen das Schnauben des Deutschen.

»Geht doch bemerkenswert gut«, rief McEllis.

»Danke. Über Erwarten.«

»Sind Sie Sportler?«

»Ich habe Tennis gespielt.«

»Beruflich?«

Statt einer Antwort kam nichts als rasselnder Atem. Nur noch durch heftige Sprünge auf die Pedale ließ sich das Moped weiterbewegen. »Sie werden es nicht bereuen, Mister Kurt. In Father Horgan finden Sie sogar einen Part-ner!« Wieder kam keine Antwort, und McEllis machte sich Sorgen. Falscher Ehrgeiz hatte schon manchen das Leben gekostet. Gerade noch rechtzeitig nahm die Steigung ein Ende. Der Priester blickte über die Kuppe. »Bleiben Sie jetzt ruhig«, sagte er.

In Rufweite stand vor ihnen ein Jeep auf der Straße. An der Haube lehnten zwei Männer in Grünzeug. »Die Poli-zei, Mister Kurt, bremsen Sie.« Der Deutsche bremste, das Moped fuhr. Es fuhr weiter und weiter, bis McEllis am

Zündschlüssel drehte. Darauf machte es noch einen Sprung und kam eine Armlänge vor den Männern zum Stillstand. Der ältere der beiden führte eine Hand an die Schläfe.

»Nachwuchs, Father?«

»Unser Gast.«

»Priester?«

»Nein.«

»Erklären Sie ihm bitte, wer ich bin.«

»Das ist Hauptmann Narciso, unser Polizeichef. Neben ihm steht Sergeant Romulus. Er war Boxmeister.«

Der Sergeant kämmte sich; an seine Brusttaschen waren birnengroße Handgranaten geknüpft. »Vor acht Jahren Fünfter, Halbmittelgewicht. Fünfter von sämtlichen Menschen.« Er sprach ein eigenwillig nachempfundenes Amerikanisch und unterstrich seine Worte, indem er beide Fäuste ruckartig hob; die Handgranaten pendelten. Der Deutsche trat etwas zurück. Er sei nur Tourist.

»Wie ich gerade von Ihrem Gastgeber erfuhr, kommen Sie aus Rom«, bemerkte der Polizeichef. »Mit Nachrichten von Gregorio? Oder gehören Sie zur Vorhut von Singlaub?«

»Er ist ein Gast«, wiederholte McEllis. »Einen Mann aus Singlaubs Truppe würden wir nicht einladen.«

»Wer ist Singlaub?« fragte der Deutsche.

McEllis sah nach der Hündin.

»Ein Ex-General aus den Staaten. Angeblich plant er, mit einer Privattruppe auf der Insel zu landen, um Rebellen zu jagen, was als Schatzsuche getarnt werden soll…« Der Hauptmann unterbrach ihn. »Gut, gut. Ihr Gast ist also kein Schatzsucher. Aber sicher Amerikaner. Und bestimmt nicht grundlos hier.«

»Ich wollte mich ausruhen.«

»Sie sind mit der Mittagsmaschine gekommen, bald darauf in einen Guß geraten und, nachdem Sie schon halb getrocknet waren, zu dieser Fahrt aufgebrochen. Dafür spricht die Art, wie der Staub auf Ihrer Kleidung verteilt ist. Und ich nenne Ihnen auch Ihren Beruf. Fernsehkorrespondent. Weil Sie gut aussehen. Vielleicht aber auch nur der Gehilfe eines Korrespondenten; in Amerika herrscht ja kein Mangel an Männern mit kinoreifen Gesichtern. Und ich sage Ihnen nicht nur, wo Sie herkommen und was Sie sind, ich sage Ihnen sogar, wo Sie hingehen und was Sie dort wollen. Sie gehen an einen Ort, den bisher nur Gäste betreten haben, die doppelt so alt waren wie Sie. Sie wollen dort nach Motiven suchen und auf drei Ereignisse warten. Auf die Rückkehr Gregorios, die Wahl und eine Revolution.«

»Ich will nur meine Ruhe.«

»Sie befinden sich auf dem Weg in unser Erholungsgebiet.« Der Polizeichef ging um das Moped herum. »Und Ihre Frau kommt nach?«

»Ich bin nicht verheiratet.«

»Das dachte ich mir.« Er gab die Straße frei.

»Wir fahren jetzt weiter«, flüsterte McEllis, »und drehen uns nicht um.« Der Deutsche trat die Pedale herunter, der Motor blieb still. Er versuchte es wieder, eine Zündung und Stille. McEllis drückte ihm die Pfeife in den Rücken. »Den Hebel dort ziehen. Und nicht zuviel Gas geben. Und glauben, daß es gelingt.«

Es gelang nicht.

»Gleich noch einmal, Mister Kurt. Gott steht Ihnen bei.« Und der Deutsche sprang mit seinem ganzen Gewicht auf den Anlasser, zog den Hebel und gab so behutsam Gas, wie ein Anfänger nur Gas geben kann, das Moped fuhr; eisern hielt er den Lenker, stur sah er geradeaus. Schon nach wenigen Metern ging es bergab, durch Spaliere von Palmen und Farnen, einen lichten Wald, der ohne Übergang endete. Vor ihnen dehnte sich eine Ebene. »Mit Polizeikontrollen sollte man hier immer rechnen«, rief McEllis nach vorn. »Manchmal fangen sie dabei sogar einen Rebellen, der aus Bequemlichkeit die Straße benutzt.

Narciso ist gerissen. Außerdem empfindsam. Eine verheerende Kombination. Dazu nervös wegen der Wahl.«

»Wer wird die Wahl gewinnen?«

»Im Zweifelsfall das Militär. Sie wissen aber wenig, Mister Kurt.«

Der Deutsche stellte keine Fragen mehr, er schaute in die Landschaft. Über glitzernden Reisfeldern spannte sich der Himmel als hohes unverrückbares Dach, geradezu gerecht waren seine Wolken verteilt. Noch über dem bergigen Horizont, auf den die Straße zuführte, erschienen ihre Umrisse scharf. Wie durch luftleeren Raum glitt jetzt das Moped, sein Röhren verlor sich. Als ein großer dunkelblauer Wagen an ihnen vorbeifuhr, spürte der Deutsche für einen Moment die Hände des Priesters. Er drehte sich nicht um. Er fuhr und fuhr; kaum merklich stieg die Straße wieder an, in weit auseinandergezogenen Wellen, hinter denen der blaue Wagen mal verschwand und mal auftauchte. Wiesen und Äcker lösten die Reisfelder ab. Sie erreichten eine Gabelung.

»Richtung Süden«, rief McEllis, »nach rechts!«

Richtung Süden, das war eine trockene Piste, die auf einen Einschnitt in den Bergkuppen zulief. Der Horizont rückte näher; immer öfter saßen am Wegrand junge Frauen vor ausgebreiteten Früchten, die im Vorbeifahren wie Mosaike aussahen. McEllis lachte plötzlich. »Sie sind also nicht verheiratet...«

»Ja!«

»Und vermissen auch nichts?«

»Vermissen Sie denn etwas?«

»Nur gründliche Kenntnisse von den Frauen, nicht die Frauen selbst. Aber davon später; wir sind bald da.«

Längs der Piste standen schon vereinzelt Hütten, dahinter stieg der Regenwald an. Sie fuhren durch den Einschnitt, und es ging abwärts in einen weiten Kessel, aus dem kleine Hügel ragten. Zwischen den Hügeln wanden sich Pflanzungen und bräunliche Schneisen, auch ein

Tal; Blechdächer schimmerten, ein Kirchturm erhob sich, kaum höher als die Bäume. Es roch nach gebackenen Bananen und Schmieröl.

»Mein Zuhause, Mister Kurt.«

»Und wie heißt dieser Ort?«

»Infanta.«

McEllis unterließ alle Erklärungen. Er war kein Fremdenführer. »Dort vorn wieder rechts«, sagte er, und der Deutsche bog in einen lehmigen Weg. Die Hütten standen hier nicht mehr so dicht. Zu jeder gehörte ein Hängebauchschwein. An einen Pfahl gebunden, scharrte es graue Schwaden auf. Die einzigen Fahrzeuge waren bunte Motorräder mit Beiwagen. »Unsere Taxis«, sagte der Priester. »Und nun links.«

Sie kamen auf einen weichen, immer wieder von Rinnsalen gekreuzten Pfad. Der Deutsche lenkte das Moped um schwarze Pfützen und schlummernde Hunde, oft nur noch balancierend, eine Hand in der Luft; so schaukelten sie durch einen Hain steiler Palmen und ein schiefes Bambuswäldchen. Es mündete in eine hohe Wiese, auf der ein Sendemast stand. Handbreite Falter taumelten über den Gräsern. Die Wiese ging in einen Abhang über, der Abhang führte in ein kleines Tal; ein Gebäude tauchte auf. Es stand am Rande des Hangs und war aus Holz und eingeschossig, mit einer Veranda vor dem Eingang. Verglichen mit den Häusern im Ort erschien die Bauart pedantisch.

»Wir sind da, Mister Kurt.«

Der Deutsche hielt an, das konnte er jetzt. McEllis befreite die Hündin aus ihrem Verstau, mit der anderen Hand faßte er sich an den Steiß. »Für mich war das ein bißchen unbequem, für Sie ein bleibendes Erlebnis.« Er zeigte auf den Sendemast. »Das Werk von Wilhelm Gussmann, ein Landsmann von Ihnen.« McEllis ging über ein Treppchen auf die Veranda und führte seinen Gast in einen Flur. Dünner Gesang drang durch die Wände. »Das sind die anderen, Mister Kurt, wir müssen leise sein.« Er hob die

Hündin vom Boden und schritt auf Zehenspitzen voraus. Mit dem Ellbogen öffnete er eine Tür. »Unser Gemeinschaftsraum. Da sitzen wir abends, da besprechen wir alles, da nehmen wir die Mahlzeiten ein; und hinter der Durchreiche dort« – er machte eine vage Handbewegung – »kocht man für uns.«

Weiches Abendlicht schien ihnen entgegen. Es drang durch Sträucher vor den Fliegengittern, bildete zitternde Flecke auf einem Tisch und nahm zwei Bücherwänden ihre Schwere. Eine Klappe in der Durchreiche ging auf, und milder Grießgeruch zog in den Raum; zwischen dampfenden Töpfen glänzte ein Arm. McEllis winkte den Deutschen in einen Gang mit Türen zu beiden Seiten, die hinterste sperrte er auf.

»Unsere Gästekammer. Mit Balkon.«

Er setzte die Hündin ab und schaute sich um. »Handtücher sind da, Insektenspray steht auf dem Tisch, Toilettenpapier ist vorhanden, das Bett ist bezogen. Nichts fehlt, Mister Kurt. Ich lasse Sie jetzt mit West-Virginia allein. Sie ist übrigens gedeckt worden, während ich meine Einkäufe gemacht habe. Wir sehen uns zum Abendessen, gegen sieben.« Der Priester verließ die Kammer und holte tief Luft. In seinem Gesicht lag der Ausdruck eines Sammlers, dem ein besonderes Stück in den Schoß gefallen ist.

»Sah den Deutschen auf den Balkon gehen, beneidete ihn um den ersten Blick. Über den Kuppen auf der anderen Seite des Tals schwebte wie immer ein Wolkenband. Mit seiner Unbewegtheit schien es alle Geräusche zu dämpfen und dabei doch aus der Stille zu heben. Wahrscheinlich hörte unser Gast den eigenen Herzschlag, während er den Geruch warmen Holzes aufnahm und die Guave berührte, die neben der Brüstung wächst.« McEllis machte sich Notizen; er stand auf der Terrasse der Station. »Mister Kurt staunte dann wohl über die baldachingroßen Blätter der Bananen und die terrassenartig gestaffelten Kronen turmhoher Bäume, über das Geschlinge, aus dem sich ihre Stämme erheben, Blütenketten von leuchtendem Blau bis zu fleischigem Rot, und sah das ganze Wuchern in ein Gewirr aus Farnen und geknicktem Bambus münden, aus toten Bäumen und krausem Buschwerk, einen abgesunkenen Garten.«

Der Priester steckte seinen Block ein und schaute über das Tal. Das Wolkenband wechselte die Farbe. Es wurde blaß, es lockerte sich, und einzelne Wolken nahmen Gestalt an, bevor sie im Dunkel versanken. Die Nacht brach herein, schon sandten Glühwürmchen ihre lautlosen Botschaften. Wie aus der Welt entlassen erschiene dem Gast jetzt alles, dachte McEllis, wie ein unerzählbarer Traum. Etwas benommen kehrt Mister Kurt in seine Kammer zurück und dreht die Nachttischlampe an. Auf ihrem Sockel erglüht ein ewiges Licht, für einen Lutheraner sicher ein Schrecken. Aber er läßt es brennen und betrachtet das Inventar bei intimer Beleuchtung. Das Schränkchen, den Tisch, einen Stuhl; das gußeiserne Waschbecken ohne Spiegel, den steifen Duschvorhang, das schmale Bett. Irgendwann streicht die Hündin an ihm vorbei, zweiter Schrecken. Er sieht, wie sie durch eine ausgesägte Öffnung am Fuße der Tür mit einem Kratzgeräusch entschlüpft, und wundert sich; wird aber auch neugierig und verläßt die Kammer. Und immer noch mitgenommen von seiner Jungfernfahrt auf einem Moped, erscheint er dann zum Abendessen...

»Er kam ganz leise«, schrieb McEllis noch in der Nacht in ein Wettertagebuch, das auch seine privaten Notizen enthielt. »Plötzlich trat er aus dem Gang und stand vor uns, und ich sagte, dies also ist Mister Kurt, Deutscher aus Rom! Die Brüder nahmen ihre Zahnstocher aus dem Mund, wandten die Köpfe ein wenig und betrachteten ihn, als bekämen sie nur gelegentlich einen Menschen zu sehen und niemals aus solcher Nähe. Es dauerte etwas, bis jeder seinen Gruß murmelte, während Mister Kurt sprachlos über unseren Anblick war. Fünf alte Männer in Haushemden, flüchtig rasiert, das Haar mit Wasser gekämmt; halb Missionare noch mit kleinen Aufgaben, halb gewöhnliche Ruheständler von undeutlicher Nationalität. Ich übernahm die Vorstellung und begann mit Horgan, der gerade bei Kräften schien. Unser Tenniscrack. Konnte mal aufschlagen, daß der Sand wegspritzte. Mister Kurt gab sich alle Mühe, über Horgans Spindelarme hinwegzusehen, ging auch auf das Thema nicht ein, als habe er gar nichts mit Tennis zu tun. Die anderen bestätigten den legendären Aufschlag, und Horgan schob sich eine Hand unters Kinn. Er richtete seinen Kopf auf und zeigte Mister Kurt sein Gesicht mit der gewaltigen Nase, die ja auf rätselhafte Weise noch wächst, wenn er lächelt. Und der Gute lächelte wie schon lange nicht mehr; die tränengebadeten Augen sahen unter den schweren Brauen hervor, sahen unseren Gast nur regungslos an, und der brachte kein Wort heraus. Inzwischen, erklärte ihm Butterworth, geht alles etwas zeitlupenartig bei Father Horgan, mit Ausnahme des Denkens natürlich; Hirnprozesse haben ja oft ihr eigenes Leben. Wie bei jeder seiner beiläufigen Belehrungen zuckte Butterworth mit den Lidern, nahm das bleiche Gesicht zwischen die Hände und zog schließlich seine Brillenbefestigung stramm, die ihm den Kahlkopf so schön teilt. Ich nannte seinen Namen und machte meine üblichen Bemerkungen zur Person. Finanzverwalter des Hauses. Zuständig auch für alle täglichen Einkäufe und die Korrespondenz. Studienjahre in New York und Italien. – In der Ewigen Stadt, verbesserte mich Butterworth und ergriff die Hand unseres Gastes. Wie der Zustand der Sixtinischen sei, erbärmlich? Und die Petrarca-Handschriften, noch in dieser schlechten Vitrine? Und die kleinen Pilgerlokale rechts der Conciliazione, von San Angelo kommend, noch so preiswert? Mister Kurt wußte es nicht. Er entgegnete nur, Restaurierungsarbeiten seien im Gange. Und erwähnte, er wohne nicht ständig in Rom und spreche auch leider nicht gut Italienisch. Darauf Butterworth, typisch: Nun, Signore Kurt, heute könnte ich auch nicht mehr Dante lesen – es ist bald fünfzig Jahre her. Aber denken Sie deshalb nicht, ich sei der Älteste hier. Wir sahen natürlich alle zu Pacquin, der gerade aufgestanden war und mit seinen winzigen Schritten zur Durchreiche ging. Er holte die Platte mit den Bratfischen. Als er zurückschlich, sagte ich, Father Pacquin, unser Superior, ist hier geboren, ist hier aufgewachsen, ein Insulaner, und Mister Kurt machte eine Verbeugung. Er überragte Pacquin um zwei Köpfe, sah geradezu ratlos auf den zwergenhaften Greis, der wie immer einen geschäftigen Eindruck machte, die sechs Fische nachzählte, sein Haushaltsheft auf den Tisch legte, seine Serviette aus dem Ring zog. Lukas ist ein guter Name, sagte er nur, und ich brachte unseren Gast zu Dalla Rosa, flüsterte, er solle keinesfalls den Versuch machen, ihm in *beide* Augen zu sehen. Als Bibliothekar der Station stellte ich ihn vor, geboren in Triest. Mister Kurt bemerkte dann, vermutlich aus Höflichkeit, irgend etwas in italienischer Sprache zu ihm, worauf Dalla Rosas Wanderauge in Bewegung geriet. Mit seinem gewöhnlichen Auge blickte er mich hilfesuchend an und bat dabei unseren Gast, nie wieder mit ihm italienisch zu reden, denn sein eigenes Italienisch sei das eines Kindes. Ich war seit Ewigkeiten nicht mehr dort, rief er aus. Und komme auch nicht mehr hin. Mein Heimweh hat sich schon vor dreißig Jahren gelegt. Und inzwischen möchte ich hier sterben. – Mister Kurt preßte bei dem Wort *Sterben* die Lippen zusammen, ihm schien damit endgültig der Mund verschlossen. Er schwieg dann auch lange und schaute immer wieder zur Durchreiche, wo gelegentlich Maylas Hände auftauchten, diese dunklen, oft etwas kühlen Hände, Bestecke trockenrieben oder das Geschirrtuch glattstrichen, unsere Nachtischbananen zurechtlegten oder einfach auf den Fingerspitzen standen, ein kleines Ballett...« McEllis führte diesen Fingertanz-Gedanken noch weiter aus und sah sich bald gezwungen, einen ganzen Absatz zu streichen, ehe er nach *Hände auftauchten* neu fortfuhr.

»Boten unserem Gast den Platz zwischen Pacquin und Gregorios leerem Stuhl an, und Butterworth reichte ihm die Abendsuppe, in der etwas weiche Brotrinde schwamm. Löffeln und Schlürfen. Mister Kurt äußerte sich lobend; er lobte die Suppe einmal zuviel. Neigt überhaupt zu Übertreibungen, wie mir scheint. Als wir unsere Teller geleert hatten, sprach er vom Urwaldblick, den sein Balkon biete, und nannte die Gästekammer komfortabel. Eine glatte Lüge. Um davon abzulenken, holte ich die Leinenschuhe, die ich für Horgan besorgt hatte. Weißere gab es nicht, erklärte ich, streifte Horgan seine Boote von Sandalen ab, zog ihm die neuen Schuhe an, schnürte sie zu und legte ihm ein Bein übers andere; so konnte er wenigstens einen Schuh sehen. Von den übrigen kein Kommentar. Nur Pacquin halblaut zu Mister Kurt: Und wie finden Sie Father Horgan, elegant? Etwas deutsche Antwort: Oh, sicher, durchaus, Superior. Pacquin zwinkerte über das ganze dünne Gewebe seines Gesichts und begann, eine Eintragung ins Haushaltsheft zu machen. Ein weiteres Rätsel für unseren Gast, diese Buchstaben von der Größe einer Nase, die Pacquin mit seinen Gärtnerhänden einzeln zu Papier bringt, wobei die Augen völlig unbewegt bleiben, nur seine weißen Wimpern zittern. Ich habe zu notieren, was zu besorgen ist, war seine knappe Erklärung. Denn jeder hier hat noch eine Aufgabe, auch Father Horgan. Und wenn sie nur darin besteht, zu lernen. Etwas erstaunter Einwurf von Mister Kurt: Was zu lernen? Prompte Antwort: Alles, was wir noch nicht wissen. Punkt und Schweigen. Dalla Rosa holte Horgans Milchschleim und fütterte ihn auf seine taktvolle Weise, und ich berichtete von Narcisos Fragen zu Gregorio. Gregs Rückkehr muß auf jeden Fall heimlich erfolgen, bemerkte Butterworth dazu, ehe er, an unseren Gast gewandt, seine Zigarettenspitze aus der Brusttasche zog und wie ein Taktstöckchen hielt: Father Gregorio zähle zu den wenigen, die über Revolution reden könnten, ohne eitel zu erscheinen. Natürlich regte dieses Bonmot ein Tischgespräch über Marxismus und Psychologie an, einen Meinungsaustausch, der für Mister Kurt offenbar wie eine Unterhaltung in einer fremden Sprache war. Er nagte am Fisch, lächelte schwach und nickte an unpassenden Stellen. Unser Kühlschrank erlöste ihn. Mit der üblichen Erschütterung schaltete er sich aus und ließ die Anrichte mitbeben, und die bekannten Vorschläge, dem abzuhelfen, wurden gemacht. Wir kamen auf technische Errungenschaften zu sprechen, lautlose Kühlgeräte, lautlose Uhren, lautlose Autos, das Bildtelefon, bis Pacquin plötzlich murmelte: Ich hoffe, Sie haben nicht zuviel hier erwartet, Mister Kurt. – Kopfschütteln. Gar nichts habe er erwartet. Darauf Pacquin leise zu Horgan: Kannst du dir vorstellen, daß ein Mann irgendwo ankommt und gar nichts erwartet? Ich stand auf, holte den Bourbon, goß jedem ein. Horgan machte die Schnecke. Mister Kurt starrte ihn an. Wo sollte unser Gast auch einen Menschen gesehen haben, der sich in seinem Stuhlgehäuse förmlich zusammenrollt, am Ende fast nur noch aus Kopf besteht, einem mächtigen, von nichts als Willen gestützten Schädel? Wie immer nahm Horgans Gesicht einen Ausdruck an, als entscheide er über eine Frage von fundamentaler Bedeutung. Die Leuchtröhre summte. An den Fliegengittern kratzten Fleischkäfer. Stille. Endlich lächelte er. Ich lieh ihm mein Ohr, und er hauchte mir zu, ein Mann kann irgendwo ankommen und irgend etwas Namenloses erwarten, kann weder wissen, was er erwartet, noch, ob er überhaupt Erwartungen hat, ja nicht einmal wissen wollen, was ihn erwartet. Kaum hatte ich das bekanntgegeben, ging die Klappe in der Durchreiche zu, vielleicht nicht ganz so sachte wie gewöhnlich. Dalla Rosa stand als erster auf. Er machte seine rudernde Bekreuzigung und verschwand. Ihm folgte Butterworth, der Horgan schob. Pacquin schloß das Haushaltsheft. Mister Kurt trank. Schenkte ihm nach und holte meinen Eiswasserkanister. Doch er verdünnte nicht, studierte nur das Namensschildchen auf dem Kanister – Fr. McEllis, S. J. –, erkundigte sich nach der Bedeutung der Abkürzungen und sagte, interessant, so etwas hinter dem Namen, etwas, das über einen selbst hinausreicht. Erwiderte nichts. Wechselte zur Leseecke. Zeitungslektüre, während Pacquin, seit neuestem gegen den Uhrzeigersinn, den Eßtisch umrundete und Bewegung flüsterte, Bewegung. Unterhielten uns noch mit geringsten Mitteln, das Übliche. Was nach der Wahl passieren könnte, erstens, zweitens, drittens. Bis unser Gast sich leise zurückzog. Ich nahm West-Virginia und sah nach Wetter und Sternen, wurde unruhig und eilte ihm nach. Er war noch nicht in der Kammer, sondern stand mitten im Gang, als habe er irgend etwas gehört, vielleicht Horgans klagenden Atem im Schlaf. Er fuhr herum. Ich bin es, Mister Kurt, ich. Aufatmen, Schweigen. Seine Augen folgten meiner Hand, dem Streicheln der Hündin. Komme gerade von draußen. Eine dieser erschlagenden Sternennächte. Ich beobachte hier seit vierzig Jahren den Himmel; müde? Er sah mich an, sagte ja und deutete auf das Tier. Warum hat sie diesen Namen? – Weil ich sentimental bin. Sie nicht?

Erneutes Aufatmen, Lächeln. Gute Nacht, Mister Kurt. –
Gute Nacht, Father.«

Ein rascher, einprägsamer Dialog; der Deutsche hatte
seine Melodie noch im Ohr, als er ausgezogen auf dem Bett
lag und zur Balkontür sah. Warmer Wind bewegte die Tür
lautlos nach innen, und eine Gegenkraft schloß sie bald
wieder sanft. Erst gegen Morgen kühlte es ab, und er sank
in flachen Schlaf. Die Luft verlor ihre Schwere, das Unend-
liche der Dunkelheit wich einer Ahnung von Licht, der
Horizont kehrte wieder. Eine Brise strich durch die Kronen der Bäume und brachte die dünnen Drahtseile, die den
Sendemast hielten, zum Singen; Hähne schrien.

Noch vor Sonnenaufgang klang eine wie von winzigen
gläsernen Spieluhren erzeugte Musik durch die ganze Station und weckte die Priester. Sie kam aus einem Kassetten-
gerät, das in der Küche stand, fädelte sich in den Schlaf und
drang in Etappen ins Bewußtsein, auch in das von Kurt
Lukas. Als die Klänge endeten, stand er auf, und ein fast
vergessenes Wort fiel ihm ein. Muskelkater. Leise stöh-
nend, beide Hände auf den Schenkeln, trat er mit Greisen-
schritten auf den Balkon und wartete die Sonne ab, das
letzte fehlende Stück Drehung der Erde, und war bewegt,
als sie mit einem Ruck ihren gleißenden Rand zeigte. Schon
ihr erster Strahl erwärmte sein Gesicht. Wie immer am
Morgen hatte er Durst; Mineralwasser, viel Kaffee und ein
Stückchen, das war sein Frühstück in Rom. Er zog sich an.

Im Gemeinschaftsraum war schon gedeckt, aber es saß
noch niemand am Tisch. In den Regalen der Anrichte fand
er eine Büchse mit klumpigem Zucker und eine Büchse mit
klumpigem Kaffee-Extrakt. In einer Blechdose war gelbli-
ches Milchpulver, in zwei Thermoskannen stand heißes
Wasser bereit. Alle Mengen schienen bemessen, und er
wagte es nicht, sich zu bedienen. Die Hündin kam durch
ein weiteres ausgesägtes Türchen aus der Küche und legte
sich unter den Stuhl von McEllis. Kurt Lukas drehte sich

um. Schräge Sonnenstrahlen schossen herein und ließen die Bücherwand samt ihrem Staub leuchten. Er lief von einem Fenster zum anderen. Er wollte überall zugleich sein. Der Duft gebackener Eier mischte sich jetzt mit einem Duft aus dem Tal nach verdampfendem Tau auf Millionen von Blüten. Er atmete beides ein und sah in die blendende Sonne, er trat auf dem Boden auf, daß es knackte im Holz, und strich an den Fliegengittern entlang. Er winkte dem Tier zu, er roch an den Buchrücken. Er hörte Schritte.

Die alten Priester kamen von der Messe. Sie kamen geschlossen, als letzter Butterworth in einer grauen Soutane. Mit einer Geste, einer Silbe, einem Blick wünschten sie guten Morgen. Dalla Rosa trug auf. Es gab Eierkuchen, getrockneten Fisch und Reisbrei. »Und geht es Ihnen gut, Mister Kurt?« fragte Pacquin nach einer Weile.

»Nur Muskelkater.«

»Vom Treten«, bemerkte McEllis, »ich dachte, Sie seien trainiert.« Er schob Toast in einen Röster und erinnerte den Superior daran, daß ein Brief beantwortet werden müsse. Es ging um einen Novizen. Man wußte nicht viel über ihn, war nur darüber unterrichtet, daß sein Wunsch, dem Orden beizutreten, unter Umständen, so die Vermutung, ein extremer Fall von Selbstgefälligkeit sei. Der Psychologe des Seminars hatte in einem Schreiben zu Händen Pacquins von verdächtiger Opferbereitschaft gesprochen, die durch eine Betreuung Father Horgans auf die Probe gestellt werden könnte. Kein Geringerer als der Bischof der Gegend, der einmal im Monat zum Mittagessen auf die Station kam, hatte Horgans Fähigkeiten, einem Menschen auf den Zahn zu fühlen, immer wieder gerühmt. Sein Besuch stand bevor; er werde den Novizen gleich mitbringen, hieß es.

Aus dem panzerartigen Röster stieg Qualm auf, keiner der Alten zeigte sich überrascht. Dalla Rosa öffnete das Gerät und schubste die geschwärzten Schnitten mit der Gabel heraus, sie sprangen in Stücke – »Im Prinzip funktioniert er, Mister Kurt, er wird nur zu heiß.« McEllis verteilte die Trümmer. Die Priester kratzten das Schwarze herunter und häuften auf den Rest Konfitüre; so geschah es jeden Morgen, und am Ende des Frühstücks lag in der Mitte des Tisches ein sorgfältig zusammengeschobenes Häufchen Ruß. Erst nach mehreren Tagen, manchmal auch nie, begriff ein Gast, daß der Toast nur ein Vorwand war, um in den Genuß von möglichst viel Pflaumen-, Aprikosen- oder Granatapfelgelee zu kommen.

Der Superior und Butterworth verständigten sich über Besorgungen. Sie redeten mal Englisch und mal Cebuano, die Sprache der Einheimischen. Schließlich prüfte Butterworth die Brillenbefestigung, Zeichen zum Aufbruch, schlug ein Kreuz und erhob sich. Obwohl sämtliche Händler im Ort bereit waren, die Station zu beliefern, sprach Butterworth von der Notwendigkeit seiner täglichen Einkaufstour. Man muß sich zeigen, sagte er. Im Laufe der Zeit hatte er daraus das Recht abgeleitet, wann immer er wollte, den Jeep zu benutzen. Keiner machte ihm dieses Recht streitig, aber die anderen redeten offen über gewisse Allüren, die der achtzigjährige Bruder an den Tag lege, wenn er, die Zigarettenspitze im Mund und einen frechen Sonnenhut auf der Glatze, ohne Verdeck durch den Ort fahre.

Butterworth hatte sich umgezogen – Sandalen, flatternde Shorts, weißes Unterhemd, Halstuch – und war hinter den Rollstuhl getreten. »Sie könnten mir helfen, Mister Kurt. Draußen.« Er schob den Rollstuhl, ein schweres Gefährt aus den Kindertagen dieser Erfindung, auf die Veranda, schob ihn dort neben einen Korbsessel und fixierte die Bremsen, langte dann unter das Polster des Sessels, holte ein schmales, in Zeitungspapier eingeschlagenes Buch hervor, sagte, »Seine Lektüre«, und drückte Horgans magere Hände darum. »Und nun heben wir ihn hinüber, Mister Kurt, auf seinen Leseplatz, dort sitzt er bis zum Mittagessen. An manchen Tagen wechselt er selbst den Stuhl; heute ist er nicht so in Schwung.« Damit griff er ihm unter die Achseln, während Kurt Lukas, furchtsam, als könne Horgan entzweibrechen, die Beine des Priesters nahm. Sie hoben ihn an, er war leicht wie ein Kind. Kaum saß er in der Mulde, hauchte er eine Ziffer, und Butterworth schlug das Buch an der entsprechenden Stelle auf und gab es zurück. Horgan führte eine Hand an die Lippen, Speichel floß ihm über die Finger. Ein Faden entspann sich und lief bis in den Schoß. Zwischen dem Gestrüpp seiner Brauen verschwanden die Falten, und die Nase schien zu wachsen. Er lächelte. Er las.

Butterworth, morgens noch bleicher als abends, strich den Faden mit dem Handteller fort, bevor er den Gast beiseite nahm. Er ging mit ihm in den Garten, er zeigte Kurt Lukas das Reich des Superiors, Beete und Rabatten. In einem braunen Kittel, kaum zu erkennen, kniete Pacquin zwischen Tomatenstöcken und wühlte im Boden. »Er hat's mit dem Unkraut«, sagte Butterworth leise und machte einen Bogen Richtung Sendemast. Die Sonne brannte jetzt schon, und der Priester legte sich das Halstuch auf den nackten Kopf. Er konnte sich keinen Stich leisten; sein Tag war ausgefüllt. Gleich kämen junge Gemeindehelferinnen, denen er einmal in der Woche die Beichte abnahm. Dann folgte die Einkaufstour, das tägliche Bad in der Menge, seine sichtbarste Freude. Der Nachmittag gehörte Gebeten und Schlaf und wieder Gebeten. Und gegen Abend war eine Prüfung aller Activa und Passiva fällig. Butterworth unternahm diese Prüfungen zweimal im Monat mit einer Leidenschaft, die er bereits verschleierte. Erst der spätere Abend, die Nacht, war frei, frei für seine heimlichste Passion, das Schreiben. Auch wenn er seit geraumer Zeit nichts zu Papier gebracht hatte, dachte er doch über Wege nach, die ihn wieder zum Bilden und Festhalten von Sätzen führen könnten; alles, was ihm fehlte, war ein Auftrag. Der bleiche Priester blieb stehen. Er hielt eine Hand gegen die Sonne und sah am Sendemast hoch.

»Father McEllis hat in Ihrer Gegenwart sicher schon den Namen Gussmann erwähnt. Wilhelm Gussmann hat den Orden und unseren Kreis verlassen; er war auch einmal Deutscher. Nun ist er staatenlos. Und seit dem Austritt gehört er eigentlich nirgendwohin. Vor einigen Jahren kam durch seine Vermittlung ein junges Mädchen zu uns. Sie arbeitet hier in der Küche, aber ich wollte etwas anderes sagen. Gussmann ist unwesentlich jünger als wir, lebt vom Verleih billiger Heftchen und läßt sich den Bart stehen. Gleichwohl übt er noch Anziehung aus auf die Frauen. Können Sie sich das erklären, Mister Kurt? Ich vermute, daß auch Sie Wirkung auf Frauen besitzen, über die Sie ab und zu nachdenken.«

Kurt Lukas faltete die Hände im Nacken. »Ich glaube, ich bin kein besonders nachdenklicher Mensch, Father.«

»Ach so. Das konnte ich nicht wissen.«

Butterworth zuckte mit den Lidern; trotz feuchter Hitze war sein Gesicht völlig trocken. Er riet dem Gast noch, sich den Ort anzuschauen, am besten gleich, sprach von der Kirche als Zuflucht in der Mittagsglut, empfahl, sich vor der Sonne zu schützen, auch wenn der Himmel bedeckt sei, und suchte dann selbst den Schatten.

Infanta war ein Ort mit ungewisser Einwohnerzahl. Wer kein Dach über dem Kopf hatte, galt nicht als Bewohner. Aber was war nicht alles ein Dach. Geplättete Kanister. Bambusrohre. Palmwedel und Pappe. Bunte Fetzen. Ein Sack. Auf hundert Menschen mit Dächern kamen fast halb so viele, die keine Bleibe angeben konnten. Bis vor kurzem. Denn in den Wählerverzeichnissen tauchten diese Obdachlosen plötzlich namentlich auf, neben den frisch Verstorbenen und Schwachsinnigen Infantas. Sichere Stimmen. Parteitrommler konnten den Ort getrost übergehen; Politiker von außerhalb mieden ihn gar – zu heiß, zu unwegsam. Infanta erstreckte sich über den ganzen Kessel, in dem es lag, über seine Hügel und sein Tal, über sumpfige Felder und Regenwald, schien schon zurückgefallen an das Dickicht und erhob sich noch einmal als wilde Siedlung aus schwelender Asche wie eine Sinnestäuschung. Trotz aller Weitläufigkeit gab es eine Art Hauptstraße. Sie trug den Namen eines Generals und diente auch dem Durchgangsverkehr; eine bessere Fahrspur, die in der Trockenzeit bis nach Davao reichte, der Hauptstadt der Insel.

Längs dieser Hauptstraße standen die wenigen soliden Gebäude des Ortes, Gemeindehaus und Schule, Bürgermeisteramt und Kirche, das Hauptquartier der Polizei sowie eine Poststelle. Etwas abseits, aus Latten gezimmert, lag die Hahnenkampfarena. Alles übrige waren Hütten und Verschläge. Dazwischen gab es winzige Läden wie aufgegebene Puppenbühnen. Manche boten nur Bananen, die an feinen Schnüren hingen, nicht mehr als sechs oder sieben. Andere verströmten den Geruch von Gummiartikeln und Lakritze oder führten Fortsetzungsheftchen, die man ausleihen konnte, ebenfalls an Schnüren hängend. Das Unterhaltungsangebot war groß. Jeder Ortsteil hatte seinen Billardschuppen, Heftchenladen oder Glücksspielstand. Konkurrenzlos war nur ein Vergnügungslokal auf einem der Hügel. Nacht für Nacht schallte von dort Musik über Infanta, fast vergessene Schlager, kläglicher Amateurgesang und zwischendurch eine richtige Stimme. Sie gehörte der schwarzen Sängerin Elvira Pelaez, der auch *die Bude* gehörte, wie sie ihr Lokal schlicht genannt hatte. Eine Zugereiste, die sich bei jedem Auftritt ein Gebläse hinterhertragen ließ; ihr junger Träger bediente sonst Musik- und Lichtanlage, seine Tante trat in der Bude als Tänzerin auf. Bis zu ihrer Spätvorstellung wurde warmes Essen serviert. Niemand erhielt Kredit. Ein Monopol.

Schärfster Wettbewerb herrschte dagegen unter Friseuren. Es gab vierzehn Schönheitssalons, der fünfzehnte sollte in Kürze eröffnen; über dem Laden war bereits ein Schild montiert, auf dem der Inhaber *Frisuren für jedes Gesicht* anpries. Kein Mensch nahm die Reklame ernst. Über jedem Laden gab es eine Tafel, die versprach, was sich der Kunde erträumte. Helle Haut durch Sonnenschirme. Weitsicht durch Brillen. Karriere durch gestärkte Hemden. Glück durch ein Los. Persönlichkeit durch ein Foto. Drei Fotografen boten ihre Dienste an, darunter ein Meister – auf der Tafel über seinem kleinen Geschäft gegenüber der Post stand kein einziger Hinweis auf Familien- oder Hochzeitsbilder, sondern nur *Haus der Wunder.* Die meisten Reklametafeln waren größer als die Läden und flatterten während eines Taifuns wie Segel, nicht selten rissen sie den Unterbau mit sich. Aber es war Sommer. Und Wahlkampfzeit. Alle Wände, alle Hütten, jede brauchbare Fläche war mit alten und neuen Plakaten bedeckt. Die unzähligen Porträts mit ihren Sprüngen und Blasen waren in diesen Tagen das schäbige Kleid von Infanta. Sogar einem der offiziellen Gebäude war dieses Papierkleid bei Nacht übergestreift worden.

Der Polizeichef machte aus seiner Schwäche für die Diktatur keinen Hehl. Wie alle Gewalt ausübenden Männer konnte er sich mehrere Schwächen zugleich erlauben. So zeigte er Vergnügen an amerikanischer Arroganz und brüstete sich, er sei mit Haut und Haaren Patriot. In jeder seiner Schwächen steckte ein Schuß Folklore, und wie überall auf der Welt offenbarte sich dieser Gemütszustand am Automobil. Weithin hörbar klang aus einem Horn auf Narcisos Wagendach als Hupmelodie *Für Elise*, quälend verlangsamt und in schnarrenden Tönen, wieder und wieder, bis endlich der erlösende Akkord einsetzte. Der Hauptmann hatte sein Standardsignal auswechseln lassen, nachdem der Kommandant eines Infanterieregiments bei Infanta von einer Hongkong-Reise mit einer Hupe heimgekehrt war, der die Fledermaus-Ouvertüre zugrunde lag. Narciso hatte sofort das Schmissige dieser Musik erkannt und dem entgegengesetzt, was er für erhabener hielt. Er gab viel auf Stil und Ästhetik. Sein Vorbild war der frühere Gouverneur der Provinz, ein Mann mit Maßanzügen, Schweizer Uhren und Flugzeug, den auf der Südinsel jeder kannte; Amtsmißbrauch und Predigten Gregorios hatten ihn um seine Wiederwahl gebracht.

Angeblich gehörten dem Ex-Gouverneur alle bedeutenden Gebäude entlang der Hauptstraße, bis auf die Kirche. Doch es gab Leute, die darauf schworen, daß er auch die Kollekte einstrich, um sie in immer weitere Chromteile an seinem Mercedes zu verwandeln; nie sah man den Politiker in Person, immer nur sein ultramarinblaues Fahrzeug. Glühende Windstille, die manchmal nächtelang auf dem Ort lag, und dieses schwere Auto, das waren die unterschätzten Prüfungen der Seele in Infanta.

Selbst in der Kirche fiel darüber kein Wort; sie war das einzige vollständig von Kandidatenbildern freie Haus weit und breit, ein gestreckter weißer Holzbau mit flachem Giebel und Spitzturm. Zwischen Portal und Hauptstraße lag ein schattenloser Platz mit einem Denkmal des Nationalhelden. Rund um das Denkmal standen Jeepneys, protzig verzierte Kleinbusse, die erst abfuhren, wenn sie mit Menschentrauben besetzt waren. Neben der Haltestelle fand jeden Vormittag ein Markt statt; unter der lebensgefährlichen Sonne war die Platzmiete geringer als während des Nachtmarkts. Der Tagesmarkt gehörte reisenden Händlern mit ihrem leisen Gefeilsche. Gekauft wurde kaum. Auch das Billigste war zu teuer. Ein Leibchen mit dem Kopf des Präsidenten kostete zwölf Pesos oder einen halben Dollar, ein Tageslohn für viele; die Leute befühlten es und gingen weiter. Nach elf Uhr leerte sich der Markt. Bald schien es nur noch Händler zu geben. Sie standen unter aufgesteckten, einen trügerischen Schatten spendenden Tüchern und sahen zu einem Mann, der alles mit großen Augen betrachtete, schillernde Fische und stinkende Innereien, minderes Spielzeug und teilnahmslose, an den Füßen aufgehängte Hühner. Kurt Lukas, noch in Reisekleidung. Er suchte nach einer hellen, freundlicheren Hose, aber alles, was in Frage kam, war zu klein. Umherlaufen und Bestauntwerden hatten ihn müde gemacht. Es war Mittag, als er die Kirche betrat.

Durch das lange lichtgedämpfte Schiff wehte ein Luftzug. Zwischen den Querbalken schossen Spatzen hin und her. An den Hauptpfeilern hingen Figuren, Heilige aus gesprungenem Holz. Sie hatten kaum noch Farbe auf ihren Gesichtern und einen überraschend sorglosen Ausdruck. Kurt Lukas ging durch den Mittelgang. Er setzte sich in eine der vorderen Reihen. Die Bank war glatt und kühl. Er faltete die Hände und sah zum Gekreuzigten, als würde er an ihn glauben.

   Eine Katze schlich über die Stufen vor dem Altar, ließ sich dort nieder und blickte unbewegt ins Kirchenschiff. Kurt Lukas wandte den Kopf um. Unter einem der Heiligen kniete eine weinende Frau. Wie aus undichten Stellen flossen ihre Tränen; als er wieder zum Altar sah, war die Katze verschwunden. Schweiß tropfte ihm jetzt von den

Brauen, fiel auf Wimpern und Wangen und rann ihm kitzelnd über den Hals. Er knöpfte sein Hemd auf und trocknete sich Stirn und Haar mit einem Ende; er schaute rasch über die Schulter. Auch die Frau war jetzt fort. Die Kirche gehörte ihm und den Spatzen. Er beobachtete ihre Flüge; seine Lider wurden schwer. Schließlich fielen sie ihm zu. Die Fäuste zwischen den Schenkeln, saß er da wie als Schüler, betäubt von zuviel Neuem, und hörte nicht, daß die Lehne knackte. Erst der Geruch einer frisch geschälten Mandarine ließ ihn die Augen aufschlagen.

Er sah ein gelbes Kleid und Hände, die die Mandarine hielten, junge Hände ohne Schmuck, mit kleinen hellen Nägeln. Als sie die Mandarine teilten, hob er den Blick und sah auf kürzeste Entfernung in ein Gesicht. Ein Mädchen schaute ihn an. Sekunden verflogen, bis es *Ich bin Mayla* sagte und ihm eine Hälfte gab. Er löste ein Stück ab, es fiel ihm herunter. Er hob es auf, blies den Staub von der Haut und nannte zweimal seinen Namen.

»Ich weiß, ich weiß«, erwiderte das Mädchen.

Er wollte fragen, woher, da wußte er es schon selbst; mit einer Hand schloß er sein Hemd.

»Du arbeitest bei den alten Priestern, nicht wahr?«

»Ja.«

Zwei kleine Adern pochten unter ihren Augen. Er sah auf ihr Haar.

»Bist du mir nachgegangen?«

»Nein.«

In ihrer Stimme schwang Spott. Sie schob den Rest der Mandarine in den Mund und kaute. Sie ließ sich Zeit. Mit beiden Händen strich sie ihr Haar hinter die Ohren.

»Ich komme jeden Tag hierher. Um diese Zeit.«

»Für mich ist es das erste Mal.«

»Ich weiß«, sagte sie wieder.

Er nahm sich einen Kern von den Lippen und legte ihn auf die Bank, sah ihre Blicke und schob ihn über den Rand, erschrak, als er hörbar vom Boden wegsprang, und bedeckte ihn schnell mit dem Schuh. »Wo hast du so gut Englisch gelernt?« fragte er.

»Bei Father Gussmann.«

»Dem ausgetretenen Priester?«

»Ja.«

»Aber es klingt nach McEllis, wenn du sprichst.«

»Er gab mir auch Unterricht.« Ihr Blick glitt über seine Stirn, ging über ihn hinweg, in die Weite der Kirche, folgte dem Hin und Her der Spatzen und traf ihn dann so überraschend, daß er beinahe gelacht hätte – »Sag mir, wie alt ich bin.«

»Achtzehn?«

»Ich werde zwanzig. Noch ein Jahr, und ich studiere. Für meine Arbeit auf der Station wird mir der Orden ein Studium bezahlen. Ich habe Glück.«

»Was willst du studieren?«

»Theologie.«

»Geht das?«

Sie schüttelte lächelnd den Kopf; ihre Augen lächelten nicht mit. Kurt Lukas sah sie immer noch an. »Ich bin doppelt so alt wie du«, sagte er.

»O nein«, entgegnete sie. »Du bist nicht so alt.«

Er aß seine Hälfte zu Ende. Die Worte gingen ihm aus. Er fühlte sich wie nach Stunden konzentriertester Arbeit, fast dumm. »Ich glaube nicht, daß du zufällig hier bist«, sagte er in umständlichem Englisch. »Ich glaube, du wolltest mich sprechen.«

Unter ihren Augen bildeten sich Schatten wie ein feiner, über die Äderchen geworfener Flor.

»Ich spreche gern mit dir«, fügte er leise hinzu.

»Du sprichst zuviel.«

Sie reichte ihm die Mandarinenschalen, sagte, »Ich muß weiter«, und glitt aus der Bank.

Er sah ihr nach. Sie war noch schöner, wenn sie sich bewegte. Kurz vor der Tür drehte sie sich um und bekreuzigte sich mit einem fließenden Auf und Ab ihrer Hand, ehe sie unter den Sonnensegeln des Marktes verschwand.

Ein Spatz flog schräg durch die Kirche und wieder zurück. Lautlos flitzte er unter der Decke umher, flog den Gekreuzigten an, um auf der Dornenkrone zu landen, drehte nach unten ab und sauste dicht über den Boden, stieg erneut und verharrte mit wildem Geflatter, verschwand zwischen Balken und kam woanders hervor und schoß im Zickzack weiter. Kurt Lukas verfolgte den Irrflug und sah plötzlich drei, ja vier Spatzen zugleich, als habe er getrunken, sah auch wieder die Katze vorm Altar, wie sie unbewegt schaute, sah die Heiligen mit ihrem sorglosen Ausdruck, seltsam lebendig, und die Mandarinenschalen in seiner Hand, zwei gleich große Teile. Er steckte sie vorsichtig ein, und vorsichtig stand er auf.

Rückwärts, immer wieder nach den Seitenbänken greifend, den Altar und die Katze im Auge, entfernte er sich. Neben dem Weihwasserbecken blieb er stehen und stellte sich vor, wie sie ein Kreuz zu schlagen, mit der gleichen schönen Bewegung. Aus Furcht, sie zu parodieren, ließ er es sein. Statt dessen warf er Münzen in den Opferstock, sämtliche Münzen, die er bei sich hatte, stopfte dann auch noch Papiergeld nach, alle getauschten seifigen Scheine, dazu zwei Dollar und tausend Lire; nur die Schalen behielt er.

Der Januar wurde immer heißer. Die erste Nacht ohne Abkühlung verging, der erste Tag ohne Wind. Am dritten Tag unter verschleiertem Himmel zerflossen die Eisblöcke, die in den Eßbuden Bier und Fleisch kühlten, zerfielen Wahlplakate wie Asche, und die Schatten der Fußgänger verschwammen, als löse sich auch die Menschengestalt langsam auf.

Gegen drei Uhr, als die Sonne überall zu stehen schien und die Luft in den Hütten zum Schneiden war, unterhielten sich Dalla Rosa und der Superior im Garten. Wie in Zeiten emsigster Missionsarbeit glaubten beide, der Hitze durch Nichtbeachtung trotzen zu können. Ein Irrtum, dem auch die übrigen unterlagen. Besonders Nächte ohne Abkühlung setzten den Alten zu. Das endlose Wachliegen mit seinen verzweigten Gedanken lockerte ihre Festung aus Regeln. Dalla Rosa tupfte sich die Stirn. »Kein schöner Anblick«, sagte er. »Nur Haut und Knochen.«

»Weil sie ihn frißt, die Freiheit.«

»Dazu kam sein Husten mit dem Gelächter am Ende.«

Obwohl jeder auf der Station bemüht war, den ehemaligen Mitbruder nicht zu erwähnen, tauchte er doch regelmäßig in ihren Gesprächen auf. Immer wieder wußte der eine oder andere etwas über Wilhelm Gussmann zu berichten. »Jedenfalls lebt er«, bemerkte Pacquin und lehnte seinen Kopf an. Die beiden saßen in einem offenen Pavillon. Er stand am Rande des Grundstücks und war ganz aus Bambus. Dalla Rosa löste eine Rosine aus einem Bananenkuchen und schob sie sich schnell in den Mund. Er war auf dem Weg zur Post an Gussmanns Heftchenladen vorbeigekommen und hatte dem früheren Priester und dessen Gefährtin zugenickt. Flores hatte sich bekreuzigt, Gussmann nur den Hut gezogen und gehustet. Und so rasch er konnte, war Dalla Rosa in der Hitze weitergegangen, erst den Husten und dann das Gelächter im Rücken. »Dieses Gelächter«, fügte er seiner Erzählung hinzu, »wie ein Echo aus dem Abgrund.«

»Jedenfalls lebt er«, wiederholte Pacquin und griff in den Kuchen. Der Superior sah nur noch Schemen. Seine Finger bohrten eine Rosine hervor, nicht zu tief eingebakken, damit er sie finde. Dachte er.

Jeder der fünf glaubte Zeichen einer speziellen Zuneigung Maylas zu bemerken. In einem Strauß blauer Kreppmyrte auf dem Tisch entdeckte McEllis eine Anspielung auf seine Augen. Gab es Innereien, fühlte sich Dalla Rosa in seinem einsamen Genuß des *Ulysses* verstanden. Mehr als einmal Karotten in der Woche deutete Butterworth als liebevoll erdachte Therapie für sein bleiches Gesicht. Und geringen Variationen in der Zubereitung des Milchbreis entnahm Horgan ganze verschlüsselte Botschaften. Sie hatten nie über diese Dinge geredet, doch mit dem richtigen und zugleich falschen Instinkt aller Eifersüchtigen sofort gespürt, wenn sich einer von ihnen an etwas erfreute, das in Wahrheit weder für ihn noch für alle bestimmt war, sondern nur einer Tageslaune ihres Schützlings entsprang. Mayla war gerade vierzehn geworden und hatte Eltern und Geschwister verloren, als sie ihr Arbeit und Obhut anboten. Ein Armeetrupp hatte eine wilde Siedlung nach Rebellen durchkämmt, plötzlich waren Schüsse gefallen; sie und ein Mädchen namens Hazel, die spätere Tänzerin in Infantas berühmter Bude, waren am Leben geblieben. Gussmann, damals zuständig für wilde Siedler, hatte sich um Mayla gekümmert und sie den anderen schließlich vorgestellt. Bis zu ihrer Volljährigkeit wohnte sie im Haus der Gemeindeschwestern, dann zog sie mit Hazel zusammen. Nur wer nicht wußte, was beide verband, wunderte sich über das ungleiche Paar.

Dalla Rosa stand auf und öffnete das Pavillontürchen. Die drei anderen kamen. McEllis schob Horgan, Butterworth schritt nebenher, eine Kanne mit Eistee in der

Hand. Sie setzten sich und redeten kein Wort, solange sie brockten, kauten und tranken. Die Alten genossen ihre Teestunde, die nur stattfand, wenn es Kuchen gab. Mal hatte Mayla Lust zu backen, mal nicht; sie genossen auch ihre Abhängigkeit.

»Er sah nicht gut aus«, begann Dalla Rosa von neuem, als sich der erste Spatz auf dem Tisch niederließ. Er erzählte noch einmal sein Vormittagserlebnis und sprach von einem Bild des Jammers, das der Hustende biete. »Eine Ruine«, sagte er, »die bald einstürzen wird; wer hätte das damals gedacht.« Dalla Rosa erinnerte an Gussmanns einstige Erscheinung, an sein straffes Gesicht, sein Lachen, seinen Gang, seine Mähne, bis Butterworth bemerkte, jetzt hätten sie ja wieder einen Gutaussehenden unter ihrem Dach. Einen, der tagsüber zwar viel schlafe (Kurt Lukas hatte zum zweiten Mal Frühstück und Mittagessen versäumt), doch wenn die Hitze zurückgehe… Butterworth ließ den Satz offen, er sah den Spatzen zu. Mit seitlichen Hüpfern rückten sie bis auf den Kuchenteller vor. Als sie ihn erobert hatten und aufgeregt pickten, flüsterte Horgan, er denke an ein Tennismatch mit Mister Kurt. Nach dieser kleinen Prüfung werde er dann urteilen über den Deutschen aus der Ewigen Stadt. Und an McEllis gewandt, hauchte er, ob es Hinweise gebe, daß ihr Gast mit dem Vatikan verbunden sei. Sämtliche Spatzen flatterten auf – McEllis antwortete mit erhobenen Händen.

»Er trug schwarze Sachen, und ich erfuhr, daß er Lukas heißt und in Rom lebt. Und dachte, er habe noch mehr apostolische Trümpfe, aber es blieb bei den dreien.«

Butterworth schob eine Zigarette in das Mundstück; seine nervösen Lider bewahrten ihn davor, arrogant zu erscheinen, wenn er sich der Spitze bediente. »Jedenfalls folgte er meinem Rat, in der Mittagsglut die Kirche aufzusuchen, und saß dort nicht lange allein…« Die anderen wollten dazu Näheres hören, aber der bleiche Priester lenkte das Gespräch auf die Persönlichkeit des Gastes.

Trotz seiner Auffälligkeit schien es Kurt Lukas kaum zu geben. Hatte er schon irgend etwas von sich erzählt? Kein Wort. Nur daß er Tennis spielte oder gespielt hatte, professionell, vielleicht. Und ledig war, angeblich. Aber was hieß das schon. Er konnte an jedem Finger zwei Freundinnen haben – in Rom sei alles möglich, so Dalla Rosa. Und dann diese Zeit, diese viele Zeit, die er offenbar habe und einfach verschlafe. Womöglich keinerlei Pflichten, sagte Pacquin. Aber Interesse für Bücher – Dalla Rosa bestand darauf, bei Mister Kurt ein Interesse für Bücher erkannt zu haben. Gestern, erzählte er, während die Spatzen zögernd zurückkehrten, habe der Deutsche beim Ordnen der Bibliothek zugesehen, sogar verraten, wie gut es ihm hier gefalle, sie hätten ein Gespräch geführt. Sein Auge geriet in Bewegung wie immer, wenn er übertrieb. Er hatte nach dem Abendessen in Gegenwart von Kurt Lukas einen Monolog über sein unerschöpflichstes Thema gehalten, die kaum zu ordnende Stationsbibliothek, gipfelnd in der Frage, ob es nicht besser sei, nur die hundert wichtigsten Bücher aufzureihen und den Rest im Abstellraum bei den anderen gestifteten Sachen zu lagern, als um des Alphabetes willen große Geister zwischen kleine zu zwingen.

»Aber bemerkenswert ist doch der Umstand«, sagte McEllis auf einmal, »daß Mister Kurt noch nie ein Moped gefahren hat, dafür verbürge ich mich. Typischer Anfänger, natürlich nur in dieser Hinsicht.« Ein Stichwort war gefallen, und schon spekulierten sie. Wo Mister Kurt *kein* Anfänger sei. Im Filmgeschäft? Kaum. Zu schläfrig. In Gelddingen? Denkbar. In der Liebe? Die Meinungen gingen auseinander. Der Verdacht kam auf, er lebe vielleicht von der Liebe, habe womöglich gar keinen Beruf. »Das Einfachste wäre zu fragen«, meinte Pacquin. »Ihn zu fragen, was er ist.« Man erwog es, aber entschied sich dagegen. Einen Gast dürfe man nicht ausforschen, erklärte McEllis – sein Schlußwort in dieser Debatte. Aufmerksam wie seit langem nicht mehr, hörte er nur noch zu.

Der Deutsche ging auf sein Konto. Jede kleine Äuße-
rung über ihn wollte er festhalten. Von allen in der Runde
besaß McEllis die stärkste Neigung zum Tagebuch. Im
Gegensatz zu Dalla Rosa oder dem Superior – Horgan
führte ein mentales Tagebuch – unterdrückte er seine Neigung nicht, ließ ihr aber auch nicht völlig freien Lauf. Das
Ergebnis waren Zettel. Innerhalb des Wetterbuchs bildeten sie ein System von Neben- und Hauptzetteln, die er
untereinander verband und in die Tagesseiten einfügte.
Dazu benutzte er seit Jahren denselben scharfen Klebestoff, von dessen Verdunstung er bei ungeöffnetem Fenster gelegentlich Sensationen bekam, die seinen Notizen
etwas Tollkühnes gaben.

»Ich denke, wir wollen, daß er bleibt«, sagte der Superior nach einiger Zeit und bemerkte die Erleichterung am
Tisch. Pacquin bemerkte fast alles, was in seiner Umgebung geschah. Er hatte auch gleich gespürt, daß ihr Gast
ansehnlich war, und darüber gegrübelt, ob sein Gespür in
diesem Fall ausreichte, um sich ein Urteil zu bilden. Von
Butterworth sanft auf Menschenbeschreibungen in der
Heiligen Schrift hingewiesen, war Pacquin zu der Ansicht
gekommen, daß er die Hilfe fremder Augen in so einer de-
likaten Angelegenheit nicht zurückweisen durfte. Butterworth sollte von Mister Kurt eine Zeichnung in Worten
anfertigen. Ein Porträt zum Vorlesen.

Helles Krachen und Knistern wie scharfer Donner, eine
ganze Kette katastrophaler Geräusche, die aus gewaltigen
Lautsprechern vom Vergnügungshügel Infantas über den
Ort schallten, täglicher Probelauf eines nie zu Ende geba-
stelten Musikanlagengestrüpps, stoppte die Unterhaltung
über den Gast. Die Alten hielten sich die Ohren zu und
stimmten die immer gleich lautende Klage über Doña Elvira, die schwarze Sängerin, an, die mit ihrer Musik den
Ort verdumme, ja, beherrsche. Die, nur um ihre neuesten
Kleider vorzuführen, in der Kirche erscheine und sogar
beichte. »Und die nun auch noch einem Komitee ange-

hört«, so Butterworth, die Liste der Klagen erweiternd, »das Mittel für Stimmenkäufe heranschafft und in ihrer berüchtigten Garderobe tagt…« Erst als die große Kanne mit Eistee geleert war und allen die Flüssigkeit fehlte zum Reden, legte sich ihre Erregung über das Komitee und seine Gastgeberin, während ihnen die Augen schwer wurden vor Hitze.

Gesangsfetzen lösten bald das Gedröhn ab, Stimmübungen, wie sie nachmittags aus Opernhäusern dringen, etwas erschreckend erst, dann seltsam betörend. Bis in die Station drang ihr Schall durch die glühende Windstille, mal stärker, mal schwächer, und Kurt Lukas glaubte sich immer wieder für einen Augenblick im Zentrum von Mailand, wo er als junger Mann oft zu tun gehabt hatte. Er lag wie festgezurrt in der verdunkelten Kammer und fürchtete im Halbschlaf, sich nie mehr aufrichten zu können. Sein Gewicht schien sich verdoppelt zu haben; selbst das Denken fiel ihm schwer. Ab und zu roch er an seiner Hand und bildete sich ein, sie rieche noch nach Mandarine. Ein kurzer Traum folgte den anderen. Rom, irgendein Platz, Eis essende Mädchen. Eine bei Positano im Meer verlorene Sonnenbrille in McEllis' Gesicht. Mopedfahren vor der Scala. Kurt Lukas erwachte von einem leisen Geräusch. Er sah einen Arm und wußte, daß es Maylas Arm war, und nahm eine Faust vor den Mund. Dann sah er die Balkontür – sie stand auf.

»Bist du geklettert?«

»Ja.«

»Ist das so einfach?«

»Ja.«

Mayla trug ein Hemd mit dem Kopf der Präsidentschaftskandidatin. Er sah in zwei Gesichter. Beide lächelten ihm zu. »Warum bist du hier?«

»Ich nahm an, du seist vielleicht krank. Weil du nicht zum Essen kamst. Unsere Sonne kann einen umbringen.«

»Ich bin nicht krank. Ich habe nur geschlafen. Sogar etwas geträumt.«

Sie beugte sich zu ihm.

»Wie ist dein Familienname?«

»Lukas.«

Er richtete sich auf. Als nächstes würde sie ihn fragen, *was* er geträumt habe, dachte er. Aber Mayla faltete die Hände über der Nase und hustete leise.

»Mein Familienname ist Ledesma. So hieß mein Vater. Er ist tot. Meine Mutter ist auch tot wie meine Brüder. Nun heiße nur noch ich so. Mayla Ledesma. Ich bin hier, weil ich lebe.« Sie zog ein Zigarettenpäckchen aus ihrer Hose und hielt es ihm hin. Er schüttelte den Kopf, und Mayla rauchte. Die Asche streifte sie an der Handschale ab. Ihr Vater sei Korbmacher gewesen, die Mutter Näherin. Eines Tages seien Soldaten gekommen. Mayla erwähnte das Blutbad. Anschließend ging sie·zum Waschbecken und löschte die Glut.

»Darf ich dich Lukas nennen?«

»Wie du magst.«

Sie nahm eine Probe von seiner Zahncreme und prüfte die Qualität seines Kamms. »Lukas, wir können auch über dich sprechen. Bist du ein neugieriger Mensch?«

»Wir wollen jetzt nicht darüber sprechen, wie ich bin«, erwiderte er.

»Soll ich dich allein lassen?«

Er stieg aus dem Bett und zog die Bambusjalousien nach oben. Ein spätes Licht strömte in Bahnen herein. »Wo wirst du jetzt hingehen? In deine Kammer?«

Mayla trat auf ihn zu. Er nahm die Hände auf den Rükken, um ihr nicht in die Haare zu greifen; er vermied es sogar, ihren Mund anzuschauen.

»Lukas, ich habe hier keine Kammer. Ich wohne mit einer Freundin zusammen. Sie heißt Hazel und arbeitet abends bei Doña Elvira.«

»Wer ist das?«

»Ihr gehört die Bude, oben …«

Mayla machte eine Bewegung, als sei es weit zu der Bude, und um ihren Mund erschien ein Zug, als lohne der Weg nicht. Sie standen sich jetzt gegenüber. Für einen Augenblick lag ihr Atem auf seiner Brust. Dann spürte Kurt Lukas einen Finger am Hals, und im nächsten Moment war Mayla gegangen.

Bald darauf erklang das Angelusläuten. Es war das erste Zeichen des endenden Tages und rief zur Fünfuhrmesse. Wer die Messe las, zog an der Glocke. Sie war etwas verborgen angebracht und hatte einen knappen Klang. Die Hauskapelle – drei Bänke, ein Beichtstuhl, ein Tisch mit Kreuz und Kerzen – befand sich in einem kleinen Seitentrakt der Station und hatte zwei Türen. Die eine war der Zugang vom Flur, die andere führte auf die abgeschiedene Terrasse, wo die Glocke hing. Nach der Messe folgte die Stunde des Drinks. Mit einem Glas Bier in der Hand lasen die Priester Zeitung oder sahen vor sich hin. Ab und zu machten sie Bemerkungen, die immer unbeantwortet blieben. Zwischendurch standen sie auf und schritten langsam durch den Raum. Jeder hatte seine Route, jeder hatte seine Beschäftigung, mehr Nachtwerk schon als Tagwerk.

McEllis machte die Wettereintragung. Das Buch enthielt, neben den eingeklebten Notizen, die Daten eines ganzen Jahres. Die abgeschlossenen Bände zählte er bereits nicht mehr gern. Nach der Pflichteintragung schrieb er auf einen vorbereiteten Zettel: »Mister Kurt scheint endlich ausgeruht zu haben. Sitzt neben unserem versunkenen Horgan und blättert leise, will wohl nicht stören. Hat sich gekämmt, hat sich rasiert und trägt Socken, als wolle er ausgehen. Liest einen Satz und blättert weiter, streicht sich das Nackenhaar, berührt seinen Mund; ein herrenloser Mensch.« Kurt Lukas hatte sich eins der Werke über die Geschichte der Gesellschaft Jesu genommen und hätte auch geräuschvoll blättern können.

Denn Horgan schlief nicht. Er spähte sogar durch einen Lidspalt – daß ihr Gast ausgerechnet an Pater Huysmans überflüssiges Buch geraten war, störte ihn. Doch verzog er keine Miene. Seit seinem Muskelschwund pflegte er einen taktischen Schlaf. Wie eine Maske lag der Anschein von Abwesenheit über seinem Gesicht. Dahinter verbarg sich ein hellwacher Horgan, immer bereit, durch ein plötzliches Wort zu verblüffen: »Hallo, Mister Kurt, man hat Sie wenig gesehen.«

»Ich habe viel geschlafen.«

Schlaf mache ja schön, warf Dalla Rosa ein. Oder etwa nicht, wandte er sich an Horgan – wer denn der Schönste im Raum sei. Der Superior unterbrach seine Runde. McEllis klappte das Wetterbuch zu. Butterworth rollte die Zeitung zusammen. Kurt Lukas schaute zur Durchreiche. Bis auf das Summen der Leuchtröhre wurde es still. Horgan führte eine Hand zum Mund und sah alle der Reihe nach an. Er nahm die Frage sehr ernst. Erst als er die Augen schloß, beugte sich Dalla Rosa zu ihm, hörte das Schönheitsurteil und gab es bekannt: »Father Pacquin mit seinen seidigen Ohren.«

Der Superior machte eine wegwerfende Geste, stieß aber auch einen dünnen Jauchzer aus. Damit war das Thema erledigt. Man ging zu Tisch. Es gab Steckfischchen und Reis. Eine Flasche mit Würzflüssigkeit und ein blasser Ketchup machten die Runde. »Nun«, fragte Butterworth, »wie gefällt Ihnen unser Ort, Mister Kurt?«

»Ich war erst einmal unterwegs.«

»Und was haben Sie gesehen?«

»Viele Hütten. Die Hauptstraße. Läden, einen Markt, bunte Jeeps; die Kirche…« Er spürte die Hündin am Bein und versäumte es, einen Punkt zu machen. »Außerdem traf ich die junge Frau, die hier arbeitet.«

»Sie meinen Mayla.«

McEllis und Butterworth hatten im Chor gesprochen. Ein Novum. Der bleiche Priester erholte sich davon etwas rascher. »Man kann hier jeden Menschen überall treffen«, sagte er, während er Horgans Faden wegstrich. »Infanta ist keine Stadt, auch wenn wir einen Polizeichef haben, Sie kennen ihn ja bereits. Er zählt übrigens zu den Leuten, die wir auch mit Liebe nicht mehr erreichen. Selbst wenn sie uns zuhörten, wüßten sie nicht, wovon die Rede ist. Symptom eines Bürgerkriegs, Mister Kurt.«

»Sie lieben jeden, nicht wahr?«

»Liebe ist unser erstes Gebot«, erklärte Pacquin. »Wir sind verpflichtet zu lieben.«

»Und Liebe zu stiften«, fügte Dalla Rosa hinzu.

»Und über Liebe zu lernen«, flüsterte Horgan.

Kurt Lukas stand auf und holte sich eine Flasche Bier aus dem Kühlschrank; zum ersten Mal bediente er sich unaufgefordert aus dem Vorrat der Priester. An der Flasche liefen Kälteperlen herunter. Er rieb sie sich auf Schläfen und Stirn, er setzte sich wieder. Die Alten schälten jetzt Bananen. Sie waren ganz bei der Sache. Nur ein Husten oder Plätschern aus der Küche ließ sie das Schälen für einen Moment unterbrechen.

»Wie sind Ihre Pläne, Mister Kurt?« Es war, als hätten sie ihm alle zugleich die Frage gestellt.

»Ich habe keine Pläne.«

»Dann bleiben Sie doch.«

»Warum nicht.«

»Fein«, rief Butterworth, »fein. Sie bleiben, und wir lernen von Ihnen.«

»Sie überschätzen mich.«

»Oh, wir überschätzen Sie keineswegs« – in den Wangen des bleichen Priesters zirkulierte auf einmal das Blut –, »Sie haben uns sicher manches voraus.«

Ein abgestufter, siebenfacher Laut tönte herein wie eine hochnäsige, zwischen Zunge und Gaumen erzeugte Empörung, und Kurt Lukas schaute zum Fenster.

»Nur ein Gecko«, sagte McEllis.

Die Klappe in der Durchreiche ging zu, leise, aber unüberhörbar, als schlösse jemand mitten in der Nacht ein Kästchen. Horgan ließ den Kopf hinabsinken. Der Superior nahm sein Gebiß heraus. Butterworth häufte sich Konfitüre auf einen Keks und verschlang sie. Dalla Rosa griff nach den Zahnstochern; beide Hände am Mund, stand er auf und trat vor die Bücherwand.

Der Gast folgte ihm.

»Gibt es hier auch Romane«, fragte Kurt Lukas.

»Es gibt hier die ausgefallensten Romane. Dieser Bibliothek haftet überhaupt etwas Ausgefallenes an. Sie basiert auf einer Schenkung, ich möchte nicht näher darauf eingehen« – Dalla Rosa dämpfte die Stimme –, »aber ich habe den Eindruck, da wollte sich jemand von seinen Büchern befreien. Ich bin auf die unterschiedlichsten Werke gestoßen. Wenn Sie das Niederdrückende bevorzugen, hier finden Sie es. Wenn Sie das zu Herzen Gehende mögen, brauchen Sie nicht lange zu suchen. Ja, Sie werden sogar manches zur Leidenschaft finden. Und immer vom Feinsten – ich sage das als Leser. Als der einzige Vollblutleser in diesem Haus.« Und damit vertiefte er sich in das Betrachten der Titel. Wie bei jedem neuen Ordnungsversuch begann er mit dem Varia-Fach, das ihm am meisten Kopfzerbrechen machte.

Butterworth ging, der Superior ging; und plötzlich waren auch Horgan und Dalla Rosa verschwunden. McEllis nahm sich das Wetterbuch noch einmal vor. »Allein mit unserem Gast«, notierte er. »Mister Kurt wirkt erschöpft. Steht am Fenster, beide Arme erhoben, und stützt sich am Rahmen. Etwas intime Art, sich anzulehnen. Schnappt vergebens nach Luft. Draußen ist es wie drinnen – unerträglich. Scheint jetzt so, als behielten wir ihn.« McEllis sah auf. Wieder stieß ein Gecko sein rasches Zt-zt-zt-zt-zt-zt-zt aus, und Kurt Lukas machte es leise nach.

In dieser dritten Nacht ohne Abkühlung war es noch zu einem ungewöhnlichen Treffen gekommen, über das Butterworth zwei Tage später Einzelheiten erfuhr. Er hätte diesen Bericht gerne festgehalten, aber seine Schreibhemmung ließ es nicht zu. Je älter er wurde, desto unmöglicher schien es ihm, ohne Adressaten zu schreiben. Man schrieb nicht nur für sich, zum Vergnügen. Natürlich waren das auch Ausflüchte. Butterworth fürchtete den Kritiker in sich. Jeden seiner Anläufe, Jahr für Jahr Anfang Januar, über den Königsweg des Tagebuchs, hatte dieser Kritiker zerpflückt: zu eitel, zu unverbindlich, leblos. Und was hätte man aus dem Bericht nicht alles machen können! Es ging um eine Begegnung zwischen Mayla und Narciso, die zu einer Tätlichkeit geführt hatte. Er versuchte, sich den Ausbruch zu erklären. Wie sah es in einem Mann aus, der sich plötzlich vergessen konnte? Butterworth – er selbst hatte sich in diesen Stunden des Wachliegens eine Entgleisung Mayla gegenüber vorzuwerfen – stand auf und schöpfte Luft am Fenster; der Morgen schien noch fern. Hellwach ging er wieder ins Bett und gab sich seinen nächtlichen Lieblingsbeschäftigungen hin. Er versetzte sich in einen anderen Menschen und schrieb, indem er dachte.

Narciso. In heißen Nächten fuhr er ja bekanntlich immer durch den Ort und blickte mit einem gewissen Ekel auf alles, was lebte. Auf die Krüppel, die sich an den Wegrand rollten. Auf die hustenden Hunde. Auf die Frauen, die keinen Schlaf fanden, vor ihren schiefen Hütten standen und sich mit Liebesheftchen Luft zufächelten. Auf die Leute, die unter nickenden Farnen lagen wie gesegnet von der Natur, diesem höhnischen Luxus rund um die Armut. Zwischen Gardinen aus Orchideen starben Kinder an einfachen Krankheiten, die Eltern nahmen es hin. Narciso hatte für diese Ergebenheit vermutlich nichts übrig. Aber, wie man wußte, war ihm auch jeder zuwider, der die Leute aufrütteln wollte, alle Priester und die Kommunisten, die ganze Opposition mit ihrer Führerin, die man die Tapfere Witwe nannte. *Er* kam aus anderen Kreisen. Sohn eines Unbekannten, wie sich herumgesprochen hatte. Vier Jahre Militärdienst, danach Polizeischule; dort sicher oft gedemütigt, weil er nach oben drängte, lautlos, zäh und einsam, bis zum Offizierspatent. Butterworth hatte fast Mitleid mit ihm.

Jedenfalls parkte Narciso in der Nähe von Maylas Hütte und ging das letzte Stück zu Fuß, bestimmt mit gezogener Waffe. Ein Polizist, der in Hitzenächten allein durch den Ort lief, konnte am anderen Morgen durchaus ohne Kopf gefunden werden. Natürlich hatte er Angst. Aber die mischte sich wohl mit seiner Nervosität, weil er zu dem schönsten Mädchen weit und breit ging. Er wollte Mayla zu dem Gast auf der Station befragen. Nächtliche Verhöre waren seine Spezialität. In ihrer Hütte brannte kein Licht; Hazel tanzte in der Bude, Mayla war auf dem Heimweg. Narciso hatte sich Ort und Zeitpunkt sicher genau überlegt, so wie man die äußeren Umstände eines Stelldicheins plant. Fest stand, daß er sich dann auf die Stufen zu der Pfahlhütte setzte, und anzunehmen war, daß ihn der Gesang aus der Bude von seinen dienstlichen Absichten eher entfernte.

Butterworth schätzte die Macht der schwarzen Sängerin richtig ein. Abend für Abend schaffte sie es, ein Netz der Erregung über Infanta zu werfen. Und obwohl Wilhelm Gussmann bei jeder Gelegenheit die Geschichte ihrer musikalischen Erziehung erzählte, blieb um ihr Talent ein ungesundes Geheimnis. Wer ihr zuhörte, versank. Nur so war zu erklären, daß der Captain ganz erschrocken Mein Gott, Mayla murmelte, als sie auf einmal vor ihm stand. Alles Weitere konnte sich der bleiche Priester ausmalen, als sei er dabeigewesen.

Narciso faßte sich und sagte, er wolle sich mit ihr über den Gast der Fathers unterhalten. Über den Amerikaner. Und Mayla begann zu rauchen und sah dabei wie immer auf die Glut. Was ist mit dem Gast, hat er etwas verbrochen? – Er kommt von Gregorio, nicht wahr? – Er kennt Father Gregorio gar nicht. Und ist kein Amerikaner. Er ist Deutscher. – Deutsche sind kleiner. Außerdem reisen sie selten allein. Warum setzt du dich nicht neben mich? Ich sehe nicht gern zu Menschen auf. – Ich sehe nicht auf Sie herunter. – Du siehst durch die Leute hindurch. Narciso soll dann aufgestanden sein und gefragt haben, ob ihr der Amerikaner schon Komplimente gemacht habe. Ein Journalist finde doch immer die richtigen Worte. Darauf Mayla: Er ist kein Journalist. Dafür schläft er zuviel. Und der Captain: Oh, du kennst seine Schlafgewohnheiten nach so kurzer Zeit. Den alten Gussmann wird das wenig freuen. Er liebt dich. Wie jeder weiß. – Sprechen Sie nicht so laut. – Warum gehen wir nicht hinein? Es kann dort kaum heißer sein als hier draußen. Aber vielleicht bequemer. Mayla trat dann ihre Zigarette aus und erwiderte, nur wenn er als Polizeichef darauf bestehe. Darauf Narciso: Wie gescheit du bist. Ich glaube, sie haben dich alle erzogen. Nur hast du von Gussmann noch erfahren, daß eine Frau in dir steckt. Er sagt jetzt jedem, daß er bald sterben wird. Als Unerlöster. Nach diesen Worten spitzten sich die Dinge zu. Mayla zündete sich wieder eine Zigarette an, und der Polizeichef kam auf den Stationsgast zurück. Wie sie ihn finde, wollte er wissen, erhielt als Antwort ein Lächeln und ging dann entschieden zu weit: Mister Kurt sei ja wahrscheinlich der erste für sie, falls sie demnächst mit ihm schlafe… Kaum war das gesagt, fiel Mayla die Zigarette aus der Hand; Narciso hob sie auf und blies gegen die Glut, wollte die Zigarette zurückreichen und wurde gründlich mißverstanden. Geprägt von tausend Greuelgeschichten und noch aufgebracht von der intimen Unterstellung, fragte ihn Mayla, ob er ihr die Zigarette im

Gesicht ausdrücken wolle, worauf der Hauptmann, tief beleidigt, ihr mit der flachen Hand auf den Mund schlug und die Unterlippe platzte. Narciso sah Blut fließen und entschuldigte sich, und Mayla sagte, sie werde es vergessen, aber das konnte er sich nicht vorstellen: Etwas bleibe immer zurück. – Nein, sie werde es vergessen, nur solle er jetzt gehen. Mayla wiederholte diese Worte wie eine Litanei und merkte erst nach einer Weile, daß der Captain tatsächlich gegangen war. Die Lippe blutete immer noch heftig, und als sie ihre Mitbewohnerin kommen hörte, rief sie wahrscheinlich, Hazel, erschrick nicht… Butterworth schlug das Laken zurück und setzte sich auf; die Szene mit der Freundin hatte Mayla nur am Rande erwähnt. Aber was machte das schon. Er legte die Fingerspitzen aufeinander und stellte sich die Begegnung vor, als geschähe sie im Moment.

Hazel, früher als üblich von der Striptease-Arbeit zurück – in Hitzenächten, wenn das Publikum unberechenbar ist, darf sie vorzeitig gehen –, steckt wie immer in knappen Kleidern; auf dem Höhepunkt ihrer Abenddarbietung soll sie ja bloß noch ein Schnürchen tragen, das ihre einzige häßliche Stelle verbirgt, einen zweiten Nabel, den sie einem gottlosen Kindstöter verdankt. Sie sieht Maylas Lippe, schlägt die Hände zusammen, und Mayla erzählt, was geschehen ist. Geht es um Männer, ist die Freundin die einzige, der sie vertraut. Hazel, sagen die Leute, kenne sich aus mit dem anderen Geschlecht. Seit kurzem hat sie, auch davon hört man, ein Verhältnis mit einem Australier, einem entlassenen Air-Force-Piloten, der jetzt den Ex-Gouverneur von Insel zu Insel fliegt und oft in der Bude erscheint, um die Sängerin am Schlagzeug zu begleiten. Mayla beendet ihre Erzählung, und Hazel schaut sich die Verletzung an. Großes Glück hattest du, sagt sie. Nur die Lippe, sonst nichts. Wenn du ein paar Tage nicht rauchst, wird es bald heilen, und du siehst wieder schön aus. Und fügt mahnend hinzu: Irgendwann mußte das passieren. Du weißt zu wenig von Männern. Darauf Mayla: »Ich weiß gar nichts. Aber bis heute ging es gut« – Butterworth sprach die letzten Worte vor sich hin und dachte wieder an seine Entgleisung. Nach Maylas Bericht über den Zwischenfall mit Narciso hatte er sich ihr gegenüber vergessen. Ursprünglich war er nur in die Küche gekommen, um Grüße des Bischofs auszurichten, bis er, noch in einem Zustand geistiger Erschöpftheit, Maylas Lippe sah. Diesen Zustand schob er ganz auf den Besuch, den sie am Mittag hatten. Der bleiche Priester drehte sich zur Wand und schloß die Augen. Es fing schon damit an, daß der Bischof nicht allein kam und später im Monat als sonst: Ein Termin beim Kardinal hatte sein Kommen um Tage verzögert. Ein Heißerwarteter.

Pio De Castro. Kurz nach dem Zwölfuhrläuten hielt er vor der Station; mit im Jeep saß der annoncierte Novize. Wie immer trug De Castro seinen Sonnenhelm, an dem zur Not auch Geschosse abprallen, und bot das übliche Bild einer wandelnden Glocke. Trotz dreihundert Pfund schwang er sich mit Leichtigkeit aus dem Jeep. Sein Gesicht war mit unzähligen kleinen Schweißperlen bedeckt, scheinbar fest verankert, wie der Schmuck eines Kriegers. Schauen wir doch gleich nach den Gerichten, schlug er vor, während der Novize sich um Horgan bemühte, als habe er nie etwas anderes getan. Ein Junge mit Talenten, erklärte De Castro auf seinem Weg zu den Töpfen, bevor er unserem Gast begegnete. McEllis stellte ihn als Mister Kurt aus Rom vor, und der Bischof lachte. Aus der Pasta-Stadt, und so schlank! Er kenne nur Leute, die von Rom verändert zurückgekehrt seien. Runder. Also auf Figur bedacht, interessant. Mister Kurt fehlten die Worte; er hätte wissen müssen, daß De Castro die Menschheit nicht nach Männern und Frauen unterscheidet, sondern nach Mageren und Fetten. Ich habe auch wieder zugenommen, sagte er. Ein überflüssiger Hinweis. Seine Amtskette ruhte inzwischen auf zwei weichen, ausladenden Brüsten und verschwand, wo früher ein Hals war, unter Ringen aus Fleisch; wir umstanden ihn wie einen Christbaum, betrachteten die Globushälften seiner Backen, die festen großen Augen und das erstaunlich Abgezirkelte der Lippen. Natürlich erkundigte er sich nach Mayla, er verfolgt ja genau ihren Weg. Zu Mister Kurt sagte er vorerst nichts, nur zu dem Novizen: Seine Talente seien sogar bemerkenswert. Und er kleide sich mehrmals am Tag um…

Butterworth lächelte. Er hatte dem Novizen Gussmanns alte Kammer zugewiesen, in der immer noch ein Regenschirm stand, und kurz darauf war der Ankömmling in Sporthemd und Turnhose in den Gemeinschaftsraum zurückgekehrt und auf den Gast zugetreten.

Ich bin Augustin. – Mich nennt man hier Mister Kurt. Danach verlegenes Schweigen. Augustin, kleiner als der Deutsche, hob seinen Kopf und zeigte ein unverbrauchtes Predigergesicht mit einem Hauch von Kühnheit, wie junge Dichter ihn anstreben und junge Soldaten ihn manchmal besitzen, ohne ihn anzustreben. Bist du ein Father, fragte er, ein Missionar? – Ich? Ein Missionar? O nein. Ich habe nur Urlaub. Wieder Schweigen; der Novize sah zur Durchreiche, hatte wohl eine Locke oder Schulter erspäht. Auf einmal kratzte er sich am Hinterkopf und sagte in weltmännischem Ton: Der Bischof hat mir unterwegs erzählt, hier auf der Station arbeite ein Mädchen. Ihr Name sei Mayla. Kennst du sie näher? Mister Kurt zögerte einen Moment. Nein, entgegnete er dann auf deutsch, nein. Und der Novize blickte ihn strahlend an, breitete die Arme aus, schloß die Augen und sang ohne Ankündigung, Ich bin von Kopf bis Fuß auf Liebe eingestellt; from top to toe, I'm made for love; da capo a piedi, sono fatto per l'amore. Mit heller Stimme sang er in drei Weltsprachen, gab auf einen Schlag Kostproben von zwei Talenten, wobei ihm die Augen leicht aufgingen und das Weiße erschien. Mister Kurt wich etwas erschrocken zurück, während De Castro flüsterte, wir hätten Glück, wenn es bei einem Lied bleibe.

Laut Father Demetrio, dem übrigens der Psychologentitel etwas zu Kopf steige, gebe es im ganzen Land keinen Jungen, der so viele alte Schlager kenne und ungebeten vortrage. Doch da Pacquin zu Tisch rief, geriet Augustin gar nicht erst in Versuchung. Als Vorspeise gab es Kohlsuppe, De Castro lobte sie durch mehrfaches Nicken. Nach dem Hauptgericht – Hühnerbrüstchen mit Mango und Nüssen – kam er auf die politische Lage zu sprechen. Im Südosten der Insel habe das Militär halbe Ortschaften geschleift. Er erzählte uns gräßliche Einzelheiten, während sich der Novize zu Mister Kurt beugte, leise fragte, Kennst du sie? – Wen soll ich kennen? – Marlene Dietrich, erklärte Augustin und tupfte Horgan den Mund. Nicht persönlich, wenn du das meinst, antwortete Mister Kurt; ob sie denn überhaupt noch lebe. Ein kleiner Disput entspann sich. Aber im Zweifelsfall, sagte unser müder Gast, lebt sie – und schaute dabei angestrengt in die Küche, verständlicherweise. In den letzten zwei Tagen ließ Mayla nichts von sich sehen. Obwohl sie ganz sicher nicht abwesend war. Leichte Zeichen bewiesen ihre Anwesenheit. Zum Beispiel die Nußsplitter; Hühnerbrüstchen gab es an gewöhnlichen Tagen nur mit Mango beschichtet. Wir genossen die kleine Bereicherung, und De Castro erkannte an unserem Genuß das Besondere dieser Mahlzeit und zeigte sich geehrt. Während er über Kochrezepte, Gott und die Welt sprach, rühmte er immer wieder das Essen. Von Zeit zu Zeit wechselte er das Thema. Seine Sprünge hatten Methode, ein begnadeter Plauderer. Fast heiter erzählte er von Drohungen, ihn zu entführen. Seine Sekretärin erhalte anonyme Briefe, die brave Schwester Angel werde jedesmal blaß. Alle machten sich Sorgen, nur er nicht – Entführer hätten es doch mit ihm viel zu schwer. De Castro sah in die Runde und fügte donnernd hinzu, Die könnten mich doch nie ernähren – und machte einen Gedankensprung in die Hauptstadt, erzählte von Gerüchten um die First Lady. Man spreche von dreitausend Paar Schuhen ... Erst als die

Schale mit den Bananen herumging, wandte er sich an Mister Kurt. Was ihn nach Infanta geführt habe. – Der Zufall, so unser Gast. De Castro zog eine Braue nach oben und ließ sie dort stehen, wie es gewisse Schauspieler können: Eine Überschätzung des Zufalls. Und eine Unterschätzung dieser alten Männer. Sie pflegen ihre Gäste auszuwählen. – Weshalb sollten sie mich auswählen, erwiderte Mister Kurt. Ich bin kein besonderer Mensch. – Ist gutes Aussehen nichts Besonderes? warf der Novize ein. Unser Gast wiegte den Kopf. Hier vielleicht. In Rom sehen viele gut aus. Und manche sind auch noch klug. Und reich. Und bekannt. Der Bischof nickte plötzlich heftig. Gerade erst, während seines Besuchs beim Kardinal, habe eine römische Journalistin mit ihm telefoniert. Signora Ruggeri. Eindeutig klug und wahrscheinlich bekannt. Und offenbar auch reich. Jedenfalls habe sie eine Stunde lang aus Europa angerufen, nur um ein Bild von den Stimmungen im Land zu bekommen. De Castro amüsierte sich. Madam wollte den guten Kardinal sprechen, und mich hat sie erwischt! Eine hartnäckige Dame. Nannte mir Namen und wollte Geschichten dazu – er ließ endlich die Braue herabsinken –, sogar den unseres Ex-Gouverneurs. Eine ganze Namens-Arie durchs Telefon. Elisabetta Ruggeri. Sind sie dort alle so, Mister Kurt? Ein bißchen verrückt? – Unser Gast hob eine Hand, schraubte sie gleichsam in die Höhe und ließ sie sich auf die Brust fallen. In welcher Stadt sind die Menschen normal? Ich würde mir in dieser Stadt sofort eine Wohnung suchen. Es ist alles überall gleich. Zwanzigstes Jahrhundert. Wo man hinsieht… Der Bischof unterbrach ihn. *Sie* sind überall gleich, sagte er und hob die Tafel auf. Leise, offenbar nicht für alle Ohren bestimmt, bat er Mister Kurt dann, in die Küche zu gehen und Mayla auszurichten, ihr Bischof würde sie vor seiner Abfahrt gern begrüßen, und wünschte ihm alles Gute für Infanta. Pio De Castro schien wohl vergessen zu haben, daß unsere Küche tabu ist, merkte jedoch, woran er gerührt hatte; vor dem Hinausgehen drehte er sich noch einmal um und sagte zu Mister Kurt: Der könnte das auch selbst tun, denken Sie jetzt vielleicht. Müßte nur seinen Schädel in die Durchreiche stecken und sprechen. Ein doppelter Irrtum. Erstens paßt mein Schädel dort gar nicht hinein, und zweitens findet durch diese Durchreiche niemals eine Konversation statt. Sie ist ein offenes Fenster und doch das geschlossenste, das ich kenne. Maylas Bühne, Mister Kurt, so würde ich es nennen; Gott sei mit Ihnen. Und damit verließ De Castro den Raum, und wir begleiteten ihn zum Jeep. Während er auf einen Funkspruch wartete, kam er wieder ins Plaudern und erschöpfte unsere Aufnahmefähigkeit mit einer zweiten Tour d'horizon. Wir lauschten seinem Redefluß, bis wir Mister Kurt ums Haus gehen sahen. Niemand hat ihm gegenüber das hintere Treppchen zur Küche erwähnt; wir alle wurden Zeuge, wie er es fand. Ein undeutlicher Mensch, urteilte der Bischof, aber nett, und McEllis brachte seine abwegige Tennis-Theorie an: daß Mister Kurt eine Art Trainer sei, zur Zeit vielleicht ohne Schüler. Erleichterung, als das Funkgerät schnarrte. Militäreinheiten, gab Schwester Angel durch, hätten eine Kundgebung von Kirchenhelfern in Malaybalay aufgelöst. Es seien Schüsse gefallen. Wie durch ein Wunder wurde De Castro schmal im Gesicht, sprang in den Jeep und rief mir zu, ich möge doch gleich in die Küche gehen und Mayla von ihm grüßen – er sei auch bald zum Essen wieder hier! Setzte den kugelsicheren Helm auf und fuhr davon, und ich machte mich auf den Weg. Maylas Stimme drang aus der offenen Tür. Gleich kommt jemand, um auszurichten, daß der Bischof mich grüßen lasse. Wahrscheinlich Father Butterworth. Er war lang nicht mehr da. Zuletzt hat mich Father McEllis besucht, Anfang November, wir sprachen über Amerika und meine Frisur an dem Tag. Davor kam Father Dalla Rosa, im August; er kam schon einmal während der Regenzeit... Ich wollte mir das nicht weiter mitanhören, betrat die Küche und sah unseren Gast und im nächsten Augenblick Maylas Verletzung. Sie behauptet, sie sei gefallen, erklärte mir Mister Kurt, worauf ich nichts erwiderte. Doch unter dem Eindruck der gespaltenen Lippe überzog mich wohl meine berühmte herablassende Totenblässe; jedenfalls verstummte der undeutliche Mensch und verschwand über das Treppchen. Mayla schloß die Tür. Wir waren unter uns.

An dieser Stelle schlief Butterworth ein, und das wahre Schreiben, wie er die Alpträume der frühen Morgenstunden nannte, begann. Er verklärte sein nächtliches Leiden gern gegenüber den anderen. Schlaf und Traum pries er als natürliches Ende jeder Gedankenarbeit, sie ersparten es ihm, einen Punkt zu machen. Die Schreibhemmung beschönigte er als Verzicht; daß ihm nur ein Anstoß fehlte, verschwieg er. Auch hatte er am Abend kein Wort darüber verloren, was ihm nach dem Mittagessen in der Küche widerfahren war, und bezahlte dafür jetzt im Schlaf: Aus der Entgleisung wurde ein Alptraum, aus einer Mücke ein Elefant – es war ja gar nichts Schlimmes geschehen. Noch ganz erschrocken über die Lippe, hatte er sein Mundstück hervorgeholt. Daraus ergab sich alles Weitere. Butterworth schob eine Zigarette hinein, Mayla brachte ihm einen Aschenbecher; sie wußte genau, wann er rauchen wollte und wann es ihm genügte, an der Spitze zu saugen.

»Es war Narciso«, sagte sie.

»Und warum?«

Sie setzten sich, und Mayla fing an zu berichten. Butterworth stellte ihr zwischendurch Fragen, und so kam sie ins Erzählen. Als alles gesagt war, ergriff er ihre Hände und ließ sie im nächsten Moment wieder fallen. Nur in den Jahren, als sie sich noch um Maylas Schulaufgaben gekümmert hatten, vor Gussmanns Austritt, waren sie sich so lange gegenübergesessen. »Nun, deine Lippe wird heilen«, sagte er schließlich. »Und wäre ich heute nicht in die Küche gekommen, hätten wir vielleicht gar nichts gemerkt.« In seiner Stimme schwang etwas Resignation. Oft begegneten sie sich ja tagelang nicht. Aber das hieß nur, daß er und die anderen wenig von Mayla sahen und hörten, während sie, gewiß ohne zu lauschen, alles aufschnappte, was durch die Wände drang. Der bleiche Priester suchte in seinen Taschen nach Feuer. Er hatte es plötzlich eilig zu rauchen. Mayla reichte ihm ein brennendes Zündholz.

»Und du?« fragte er.

»Ich kann nicht mit der Lippe, leider.«

Butterworth steckte sich die Zigarette an und machte ein paar schnelle Züge. Das Rauchen zählte nicht zu seinen Schwächen. Verglichen mit der Schreibneigung unterlag es ganz seinem Willen. In Etappen rauchte er eine Zigarette am Tag; nur das Mundstück war eine Droge. Er und die anderen hatten auch nie etwas zu Maylas Zigaretten gesagt. Es gab Wichtigeres. Er blies die Wölkchen auseinander, Mayla atmete sie ein. Und da hielt er ihr die Spitze hin.

»Vielleicht geht es damit…«

Sie streifte ihn mit einem frechen Blick; auch für ihn selbst war es ein unerhörtes Anerbieten. Sprachlos wie ein Zuschauer, der auf die Bühne geholt wurde, stand er da und sah, wie Mayla ihm die Spitze abnahm, wie sie vorsichtig daran sog und dann den Rauch durch die Nase wieder ausströmen ließ, und hörte sie seufzen. Sie spielte sich als Süchtige auf, das war nichts Neues. Damit spielte sie gern ihr Rauchen herunter. Aber sie tat das jetzt nur für ihn. Butterworth fragte sich nicht, was in ihr vorging. Jedes Sichvertiefen in sie führte unweigerlich zu der Überlegung, was dieses Mädchen für ihn und die anderen empfand. Und das war nur die Vorstufe zu quälenderen Gedanken, die immer auf dasselbe herabziehende Bild hinausliefen: Mayla als geisterhafte Geliebte von Gussmann zu sehen. Sie reichte die Spitze zurück, er wußte nicht, wohin damit.

»Ist dir jetzt besser?«

»Ja, Father.«

Er sah zu Boden.

»Und wie geht es der Lippe?«

»Sie heilt.«

»Du mußt aufpassen auf dich, versprich es.«

»Ich verspreche es. Warum sehen Sie auf den Boden?«

Butterworth löschte die Glut und deponierte den Stummel in einer leeren Streichholzschachtel. Er blinzelte und zog die Brillenbefestigung stramm. »Ich darf dich nicht ansehen«, sagte er. »Wenn ich Verliebten in die Augen sehe, steht mein Herz jedesmal still.« Und er sah auf sein Mundstück. Es war noch ganz feucht. »Was wird es heute abend geben?« fragte er.

»Es wird Fisch geben, Father.«

Er schritt zur Tür, er trat in die Sonne. »Kommst du mit dem Geld aus, wo wir jetzt einen Gast haben?« Mayla leckte sich die Kruste. Sie war aufgebrochen und blutete. »Ich bräuchte wohl etwas mehr«, sagte sie. »Es sind ja zwei Gäste.« Butterworth griff zum Geländer. »Ich habe nicht an den Novizen gedacht«, entgegnete er und ging, so rasch es seine Beine erlaubten, die Stiege hinunter.

Das war schon alles, aber ließ ihm keine Ruhe. Immer wieder ging Butterworth im Traum diese Stiege hinunter und hielt die feuchte Spitze zwischen den Fingern, bis er sie endlich an die Lippen führte, um den Speichel zu kosten, und dachte, Mayla wird es allen erzählen. Ein alter, ohne Begleitung gesungener Schlager, Küß mich rasch, erlöste ihn gegen Morgen aus diesem Alptraum, und der talentierte Novize wunderte sich später, mit welcher Zuvorkommenheit ihm Butterworth die Station und ihren Garten zeigte, jeden Raum und jedes Plätzchen, bis auf die Küche. Sie sei uninteressant.

Wilhelm Gussmann verschnaufte. Sein pfeifender Atem drang durch die Dunkelheit, überschlug sich zu einer Hustenattacke und mündete in jenes Gelächter, das Dalla Rosa so entsetzt hatte, ein wieherndes Japsen. Er war auf dem Anstieg zur Bude. Im Geiste sah er sich bereits dort oben, sah sich erzählen und trinken, tanzen und zusammenbrechen und den steilen Weg heruntersausen: eine Rutschpartie im Sarg. Gussmann war Opfer einer reichen Phantasie. Nachts, neben der lautlos schlafenden Flores, entwarf er unselige Geschichten um Mayla, tagsüber machte er sinnlose Pläne für den Umbau des Ladens. Und seit kurzem kreisten seine Gedanken auch noch um den Deutschen aus Rom, von dem es einmal hieß, er habe mit der Kirche zu tun, ein anderes Mal, er sei amerikanischer Journalist. Der frühere Priester bezweifelte beide Gerüchte, aber wollte es genau wissen. Er war Kurt Lukas auf den Fersen.

Verlieren konnte er ihn nicht – von dieser Seite führte nur ein einziger Weg hinauf, einer Kette bunter Lichter entgegen, die eine Leuchtschrift umtanzten: *Doña Elviras Bude*. Wie der Ausschank auf einem Kalvarienberg verdankte die Amüsierstätte ihren Ruf nicht zuletzt den Mühen des Anstiegs. Sie klebte am höchsten und steilsten Hügel Infantas, der in Form einer großen Beule aus dem Regenwald ragte. Ihre Rückseite stieß an den Hang; die Vorderseite, von acht Pfählen gestützt, wurde von Betrunkenen oft als Bug eines gestrandeten oder gar schwebenden Schiffs besungen. Wilhelm Gussmann rang nach Luft. Sonst nahm er immer den leichteren Serpentinenweg, der freilich länger war und an Doña Elviras Privateingang endete; nur beliebte Gäste wie er fanden dort Einlaß. Vor ihm knackte und splitterte es, als fliehe ein Tier. Dann erklang eine Stimme: »Scheiße, verdammte!« Kurt Lukas.

»Aber lohnt sich, die Scheiße«, erwiderte Gussmann.
Beide keuchten.

»Sind Sie Deutscher?«

»Ich bin ein Freund.«

Beide spuckten.

»Was heißt ein Freund?«

Gussmann kroch näher, er ließ ein Feuerzeug aufflammen. Sein Gesicht war zur Hälfte mit Stoppeln bedeckt, und der Rest bestand aus Falten. »Ich bringe Sie nach oben. Oder wo wollen Sie sonst hin...« Wieder flammte das Feuerzeug auf. Zwei Chinesenaugen blitzten zwischen Furchen und Tränensäcken hervor. Gussmann lachte; seine großen Zähne waren schief, aber fest. Kurt Lukas keuchte noch. »Was heißt nach oben bringen, sind Sie hier Bergführer?«

»Ein Bergführer, ich? Ich bin Amateur. Und das heißt Liebhaber, werter Herr Kurt. Hier ist meine Hand. Gussmann, Wilhelm; besser, Sie halten sich an mir als an den Luftwurzeln. Die geben nach, ich nicht.«

»Woher haben Sie meinen Namen, von den Priestern?«

»Das Gespräch mit ihnen ruht seit Jahren.«

»Dann von Mayla.«

»Sparen Sie Ihren Atem.«

Der schmale Weg ging in einen aufgeweichten Trampelpfad über. Kurt Lukas fluchte wieder. Seine Füße hatten keinen Halt, Zweige schlugen ihm ins Gesicht, wie ein Kind hielt er die Hand eines Älteren. Die Pfähle, die den Vorbau trugen, tauchten auf, der Schein der Lichterkette fiel auf Gussmanns Kopf. Sein Haar war würdevoll weiß und verwahrlost; Bäche von Schweiß liefen über seine eingesunkenen Schläfen und Wangen und verloren sich zwischen den Stoppeln. Schnaufend blieb er stehen und deutete auf eine Leiter. Er besaß kräftige Hände, eine nachgiebige Unterlippe und die etwas zerschundene Nase der Trinker und Alpinisten. »Eine Frage, bevor wir da hinaufsteigen. Was halten Sie von Mayla?«

»Ich finde sie schön.«

»Ich auch, werter Herr.« Er hustete und lachte. »Steigen wir also. Vorher sollten Sie noch einmal Luft holen.«

Die Leiter mündete in eine Luke. Mit jeder Sprosse wurde es heißer und lauter. Kurt Lukas kletterte voran. Oben angekommen, glaubte er zu ersticken vor Menschen. Die meisten standen, alle rauchten. Eine bläuliche Wolke über den Tischen reichte von einer angestrahlten Bühne in der einen Hälfte der Bude über eine abgewetzte Musikbox-Reliquie in der Mitte des Raumes bis zu einem Käfig in der dunkleren Hälfte, dem vergitterten Platz der Kassiererin. Das ganze Publikum schaute zu einer Tür neben dem Bühnenaufgang. Rufe schallten, Gläser klirrten, Lampen schwankten. Kurt Lukas wurde hin und her geschoben, betastet, angesprochen, um Feuer gebeten, um Geld; Gussmann wurde von allen Seiten gegrüßt. Er steuerte auf einen Tisch zu. Wie immer trug er nur ein Unterhemd und eine Art Pyjamahose. Mit hocherhobenen Armen grüßte er zurück, die Hände zu Fäusten geballt, eine oft mißverstandene Angewohnheit, um dem Reflex des Segnens zu begegnen. »Wie Sie bald merken werden, werter Herr, ist dies hier der günstigste Tisch. Man sieht die Bühne und ist trotzdem sicher vor Doña Elviras Spucke und Schweiß. Betrachten Sie sich als mein Gast.«

»Warum sagen Sie werter Herr zu mir?«

»Sagt man das nicht mehr? Ich war vor fünfzig Jahren das letzte Mal in Deutschland.«

Eine Bedienung brachte einen Eimer voll Wasser, in dem Eisbröckchen und Bierflaschen schwammen. »Besser, man hat einen Vorrat«, sagte Gussmann. »Denn wenn Doña Elvira erst singt, geht es hier drunter und drüber.« Kurt Lukas kühlte sich den Nacken mit Eis. Also eine Wucht diese Frau. Ob er sie persönlich kenne. »Persönlich kenne? Ich kenne sie wie kein anderer. Möchten Sie ihre Geschichte hören? Ich nehme es an. Sie sehen mir aus, als ließen Sie sich gern etwas erzählen.« Der frühere Priester rieb sich den Schweiß aus den Augen. »Wenn Sie Zeit haben, Werter, wenn Sie Neugier haben; ich bin immer bereit.« Sein Deutsch erinnerte an einen Betrunkenen, der sich zusammenreißt. Wilhelm Gussmann führte zwar noch Selbstgespräche mit einem im Laufe der Jahre eigensinnig umgewandelten, von niemandem mehr aufgefrischten Frankfurter Akzent, redete aber mit keinem Menschen deutsch. Er stritt sich nie in seiner einstigen Sprache, erlitt auch keine Kränkungen auf *gut deutsch* und träumte nur noch selten nach der alten Grammatik; besaß aber deutsche Bücher, die er fast auswendig kannte. Ein Meer von Worten stand ihm zur Verfügung.

»Elvira Ofelia Pelaez«, begann er zu erzählen, »kam in Cebu-City auf die Welt, das ist die Hauptstadt einer Insel nördlich von hier. Sie war das fünfte Kind einer sogenannten Mutter der Seufzenden, der ein Dutzend Hütten in einem Hurenviertel gehörten. Sämtliche oberen Räume hatte sie zu einer prächtigen Dachwohnung zusammengelegt. Ihre Arbeit bestand in der Hauptsache darin, durch kleine Löcher, die sie eigenhändig in den Boden gebohrt hatte, Aufsicht über den Gang der Geschäfte im Erdgeschoß zu führen. Den Rest der Zeit nahm sie sich für die Erziehung ihrer einzigen Tochter, die keine Hure werden sollte. Sie engagierte den besten Gesangslehrer der Stadt, damit Elvira eine reiche Sängerin werde. Aber das Töchterchen zeigte nur für eines Interesse: für die Löcher im Fußboden – für das, was sie durch diese Löcher erblickte.« Gussmann zog ein Tuch aus der Hose und trocknete sich sein bernsteingelbes Gesicht ab. »Und nun kommt ein etwas langer, aber entscheidender Satz«, fuhr er fort. »Ihren Blick auf das dem Inhalt nach immer gleiche, den Umständen nach doch sehr veränderliche Liebesgeschehen gerichtet, übte sie halbverträumt weiter, was der Gesangslehrer ihr beizubringen versuchte, amerikanische Evergreens vor allem, und entwickelte allmählich eine Gesangsqualität, die ihr erst hier, in dieser Bude, zum ersten Mal richtig bewußt wurde. Ich war dabei und werde diese Nacht nie vergessen.«

Gussmann erzählte flüssig. Dafür gab es einen einfachen Grund, den er verschwieg: Er hatte die Geschichte Wort für Wort im Kopf. Jedem, der zum ersten Mal in die Bude kam, trug er sie vor, dem einen auf cebuano, dem anderen auf englisch. Nur diese deutsche Version bedeutete eine Premiere. Das Erzählen war eine von drei Leidenschaften, die den früheren Priester am Leben erhielten.

Die vielbeachtete Tür ging auf, Wilhelm Gussmann sprach weiter. »Vielleicht möchtest du jetzt wissen, mein Werter, woher ich das alles habe? Nun, das Dunkle in mir hat mich irgendwann in Doña Elviras Arme getrieben. Es wurde aber eher eine Nacht der Konversation, wenn du so willst. Sagte ich gerade du? Sie müssen sich wehren, wenn ich Ihnen zu nahe trete, mir fehlt die Übung im gesellschaftlichen Umgang. Natürlich könnten wir uns gegenseitig duzen, wenn Ihnen das angenehmer wäre.« Aus der offenen Tür trat ein Junge. Er war noch keine fünfzehn, hatte aber schon die sorgenumwölkte Miene eines Kapitäns. Wie eine Monstranz trug er einen Tischventilator vor sich her.

»Ferdinand«, sagte Gussmann. »Doña Elviras Lakai. Bedient die Elektrik der Bude und übernachtet hier auch. Ein bösartiger Tüftler.« Der frühere Priester schloß die Augen und setzte seine Erzählung fort, während der Junge die lange Schnur des Ventilators mit einer Steckdose verband. »Elvira ahnte, welche Kraft in ihr ruhte. Gerade zwanzig geworden, wollte sie ihre Begabung, von der sie sich zwar keinen Reichtum, aber viele Liebhaber versprach, in einem geeigneten Lokal erproben.« Er holte Luft und führte eine Faust zum Herzen. »Wie mußte dieses Lokal aussehen? Es mußte ein finsterer, bis zum Tagesgrauen geöffneter Schuppen sein, in dem jeder noch so Untalentierte, also etwa auch ich oder du, begleitet von einem zweifelhaften Berufsmusiker sein Debüt haben könnte und ein für allemal erführe, wer er ist und wer er nicht ist.«

Das Pfeifen hörte auf. In der offenen Tür erschien eine Frau. Unumstößlich stand sie da. Ihr Blick ging über alle Köpfe. Sie trug ein flaschengrünes Atlaskleid; leuchtend hob es sich von ihrer schwarzen Haut ab. Es wurde still in der Bude. Nur der Ventilator in Ferdinands Händen surrte noch, und aus der Tiefe des Publikums kam ein leiser, einzelner Schluckauf. Doña Elvira legte den Kopf zurück und zog spöttisch die Brauen zusammen. Sie war eine hinreißend häßliche Frau. Ihr Gesicht lief auf gewaltige Lippen hinaus, die balkonartig ein fliehendes Kinn überragten. Sie besaß kleine runde Augen mit ständig bebenden Wimpern und hatte glatt nach hinten gebürstetes Haar. Bis zum Nacken war es gebändigt, von da an fiel es ihr als herabhängender Busch über einen glänzenden Rücken. Unter Beifall drehte sie sich einmal um sich selbst und schwenkte die Hüften bei ruhigem Oberkörper, bevor sie rhythmisch mit ihren Absätzen stampfte bei ruhigem Unterleib. Die Leute wollten sich kaum beruhigen, und Wilhelm Gussmann fuhr fort, als gälten Applaus und Hochrufe ihm.

»Elvira wußte selbstverständlich, was so ein allererster Auftritt bedeutet, und folglich schied ihre Heimatstadt für die riskante Unternehmung von vornherein aus. Geduldig wartete sie auf ihre Chance und nutzte schließlich einen Besuch bei entfernten Verwandten, um in dieser Bude hier aufzutreten, die ihr heute gehört. Ihr damaliger Besitzer war der Gouverneur dieser Gegend. Inzwischen ist er es nicht mehr. Arturo Pacificador.«

Die schwarze Sängerin betrat die Bühne, und Ferdinand begann seinen Dienst als Gebläseträger. Mit einem Ausdruck falscher Sorge folgte er Doña Elvira und lenkte den Wind auf sie. Gussmann öffnete die Augen. »Das Beste an ihm ist seine Tante Hazel«, sagte er. »Sie gibt hier Nachhilfe in Anatomie; heute ist ihr freier Abend. Aber zurück zu Doña Elvira. Das ist sie übrigens.« Er winkte ihr zu und schloß dann wieder die Augen. »Sie kam irgendwann hier herein und hielt sich zurück, bis alle anderen Anfänger sich gründlich blamiert hatten. Es war bald Mitternacht, ein Abend wie heute, übliches Publikum – Tagelöhner und junge Soldaten, Verkäuferinnen und Pärchen, Jeepneyfahrer und kleine Gauner…« Ein Gitarrenvorspiel wie schrilles Gewitter brach über die Bude herein, riß dann ab und schuf einen Moment bangen Nichts, ehe ein einziger Akkord den Leuten das Herz hob. Tische, Stühle, Wände, ja, selbst der Kassenkäfig schienen plötzlich mit Leben erfüllt. Die Musikbox ruckte, Flaschen tanzten, Bier floß über. You Really Got Me. Doña Elvira sang.

Wilhelm Gussmann brüllte jetzt mit seiner tiefen Stimme. »An diesem Abend war Ben Knappsack hier und saß am Schlagzeug. Ein Australier mit deutschem Blut, du wirst ihn noch kennenlernen. Ein Draufgänger wie Gregorio; ich mache mir sonst nichts aus Piloten, aber er genießt das notwendige Ansehen für diesen Vergleich. Ein Mann, der genau gespürt hat, was da für eine ungewöhnliche Frau in der hintersten Ecke stand und nur darauf wartete, daß ihr jemand ein paar gute Takte vorgab.«

Doña Elvira kam von der Bühne, gefolgt von ihrem Lakai. Wiegend durchschritt sie die Gassen zwischen den Tischen, unberührbar streifte sie durch ihr Lokal; nur an Gussmanns Tisch ließ sie sich einen Augenblick nieder und raunte Kurt Lukas etwas ins Ohr. Mit ihr zu schlafen koste ihn zweihundert Pesos oder zehn Dollar. Dollar seien ihr angenehmer, größere Scheine könne sie wechseln. Sie machte den Seufzer der Liebenden nach, und schon war sie woanders, und der frühere Priester fuhr fort. »Knappsack führte Elvira zur Bühne, gab ihr das Mikrophon und fragte: Was möchtest du singen? Worauf sie ihn nur ansah, und der Bursche verstand. Er lief zur Musikbox, drückte zwei Knöpfe, und schon ging es los – Dumm, dumm, duu, du-duuh. Starts spreatten the news…« Wilhelm Gussmann sang diese Zeile mit brüchigem Baß, gleichzeitig dröhnte der berühmte Anfang von *New York New York* durch die Bude; während Doña Elvira wieder die Bühne erklomm, kam er zum Höhepunkt seiner Erzählung. »Dieses wunderbare Lied, das sie unzählige Male über einem der kleinen Löcher im Boden vor sich hingesummt hatte, sollte ihre Glanznummer werden. Beinahe flüsternd fing sie an zu singen. Ton für Ton pirschte sie sich an den ersten Refrain. Sie sang nicht einfach, sie buchstabierte das Lied. Sie weihte es der ganzen Bude und schaffte es, den Mittelpunkt der Welt zu verlagern – hier, in diesem Bretterschuppen, war auf einmal New York! Was dann geschah, ist Legende. Wie ein Raubtier, das Blut geleckt hat, bewegte sie sich durch das Spalier ihrer Bewunderer. Sie sang auf Teufelkommraus. Die Leute hielten einander an den Händen, und neun Monate später zeigte sich, was in dieser Nacht sonst noch geschehen war und sicher nicht geschehen wäre, hätte Elvira ein neues Lied angestimmt. Doch dazu war sie zu klug. In den Jahren über den Gucklöchern hatte sie immer wieder mitangesehen, daß man die Menschen mit der Aussicht auf Wiederholung in weit größere Verzückung bringen kann als durch Abwandlungen oder gar Experimente, und darum begann sie von vorn…« Ein Mann in Feldbluse setzte sich neben Kurt Lukas; jemand hatte für ihn einen Stuhl frei gemacht. Er grüßte den früheren Priester, indem er seine schweren Lider anhob. Gussmann wechselte die Sprache. Laut und heiser fuhr er auf englisch fort, umbrandet vom Beifall für die Frau auf der Bühne. »Schließlich brach Jubel aus, und man warf ihr Sträuße aus Geldscheinen zu, und der sonst wortkarge Knappsack sprach von einem Wunder. Trotz ihrer Jugend ließ er sie als *Doña* Elvira hochleben, worauf sie ihre Schweißperlen im Publikum verteilte.«

»Genauso war es«, bemerkte der Mann in Feldbluse zu Kurt Lukas. »Aber durch diese Geschichte bekommen Sie ein falsches Bild von uns, vorausgesetzt, Sie reisen in den nächsten Tagen wieder ab.«

»Er wird bleiben«, sagte der frühere Priester und stellte den Mann als Oberst Almandras vor. »Für seine Leute nur der Kommandant. Übrigens auch für seine Gegner.«

»Leider hilft mir das nicht.« Der Kommandant massierte sich die Schläfen; seine vierzig Jahre zeigten sich nur in den Augen. »Vorsichtshalber gehe ich also davon aus, daß Sie bleiben«, sagte er, während Wilhelm Gussmann langsam weitererzählte.

»Natürlich rissen sich alle Menschen um diese Schweißperlen, und es entstand ein Tumult. Mädchen zerrten Soldaten an sich, Landarbeiter umschlangen Verkäuferinnen, gottesfürchtige Frauen erfanden neue Tänze. Doña Elvira jagte durch Gassen aus Leibern, noch immer ihren Schweiß verteilend, jedem ein Tröpfchen auf die Lippen, und da geschah etwas Entscheidendes: Der Strom fiel aus. Es wurde schlagartig dunkel, und einige Sekunden lang war es vollkommen still. Die Bude hielt den Atem an, bis Doña Elviras Stimme wie eine Schneide durch die Dunkelheit und Stille fuhr. Ohne Begleitung und Lautsprecher schickte sie jeden einzelnen Ton in den schwarzen Raum, sang, bis der Strom wieder da war und das Licht auf ein unbeschreibliches Durcheinander fiel. Die meisten befanden sich auf dem Boden, während die Umjubelte auf einem der Tische kniete und ihren Haarbusch hin und her warf, und im nächsten Augenblick wußte ich, daß sie nie mehr an einem Ort auftreten würde, an dem ihr das nicht gelänge: größer zu sein als dieser Ort selbst. Hier in Infanta war sie nun der äußerste Vorposten eines fernen New York, und es dauerte kein Jahr, da hatte sie genug verdient, um die alte Bude kaufen zu können. Arturo Pacificador steckte das Geld angeblich in seinen Mabini Palast, den skandalösesten Nachtclub der Hauptstadt...«

»Von ganz Südostasien«, verbesserte ihn der Kommandant und wandte sich erneut an Kurt Lukas. »Wie ich hörte, sind Sie unserem Polizeichef begegnet. Unangenehm?«

»Das kann ich nicht beurteilen.«

»Captain Narciso erscheint manchmal etwas ungeschliffen, wenn ihn sein Sergeant begleitet. Ich rate immer ab, sich neben ehemaligen Sportgrößen zu zeigen. Könnte ich auch gehört haben, daß Sie Tennis spielen?«

»Ich weiß nicht, was Sie gehört haben. Millionen von Menschen spielen Tennis.« Kurt Lukas trank. Sein Schweiß färbte die Tischplatte. Gussmann schob ihm noch eine Flasche zu. »Schau nicht so vor dich hin«, sagte er. »Sieh lieber zu Doña Elvira. Sieh auf ihr Kleid: wie der Stoff über dem Allerwertesten zum Zerreißen gespannt ist. Aber er reißt einfach nicht. Es wäre wunderbar, wenn er es einmal täte. Wo war ich stehengeblieben?«

»Sie kaufte die Bude.«

»Richtig, sie kaufte die Bude. Und singt nun jeden Abend hier, läßt aber auch Anfänger auftreten; ihre Seele ist groß und unberechenbar wie ein Traum.«

»Amen«, bemerkte der Kommandant und legte Kurt Lukas eine Hand auf den Arm. »Sie kamen aus der Hauptstadt?«

»Ja.«

»Und vorher?«

»Aus Singapore.«

»Allein?«

Kurt Lukas schwieg.

»Du kannst ihm trauen«, sagte Gussmann. »Oberst Almandras ist der einzige Soldat auf der Südinsel, der diesen Namen verdient.« Der Kommandant widersprach dem nicht. Er sah auf seine Hände. »Vielleicht war Wilhelm Gussmann auch der einzige…« Applaus und Pfiffe unterbrachen ihn, Empfang für einen ungeliebten Star. Sergeant Romulus bahnte sich den Weg zur Bühne. Der ehemalige Boxmeister trat regelmäßig in der Bude auf. Er sang nie etwas anderes als alte Dean-Martin-Nummern, die er noch vor den schlimmsten Schlägen gegen seinen Kopf einstudiert hatte. Da ihm die Texte entfallen waren, behalf er sich mit handgeschriebenen Zetteln. Sie wurden von Ferdinand für zwei Pesos das Stück verliehen. Romulus trug ein schwarzes Hemd und eine weiße Hose. In der einen Hand hielt er die Zettel, in der anderen einen Aschenbecher; wie Dean Martin rauchte er während der Vorstellung. Als er an Gussmanns Tisch vorbeikam, sprach ihn der Kommandant an.

»Was werden Sie singen?«

»Das, was ich immer singe, Sir.«

»Ich möchte mich noch unterhalten. Anschließend können Sie singen.« Der Sergeant verzog keine Miene. Er nickte dem Kommandanten zu, sah dann Kurt Lukas in die Augen und zog sich zurück. »Hast du seinen Blick gesehen, Wertester? Er möchte sich mit dir schlagen« – Gussmann flüsterte auf deutsch –; »wenn es je dazu kommt, mußt du ihm nur den linken Arm ermüden; rechts hat er keine Kraft mehr. Und den Oberst mach dir zum Freund. Er hat dir nicht umsonst gezeigt, wie er mit Polizisten umspringen kann.«

»Sprechen Sie englisch«, sagte der Kommandant. Sein Befehlston war höflich und ließ keine Einwände zu. Im gleichen Ton sagte er zu Kurt Lukas: »Gehen wir zur Musikbox, dort ist es heller als hier. Ich möchte Ihr Gesicht sehen, wenn wir reden.«

Die Truhe im Zentrum der Bude stammte aus der einst berühmten Bar Our Place in Cebu-City. Ben Knappsack hatte sie ersteigert, alle neueren Platten entfernt und die betagte Box ganz nach dem Geschmack eines melancholischen Fliegers, Jahrgang achtundvierzig, bestückt. Während sich Gussmann betrank, stand Kurt Lukas über die gläserne Haube gebeugt und überflog die Reihen der Titel. Promenaden der Erinnerung waren das, Anfang und Ende seiner großen Zeit; er flüsterte einzelne Titel und schüttelte sachte den Kopf.

»Eine einzigartige Sammlung«, bemerkte der Kommandant.

Kurt Lukas drehte sich um.

»Warum interessieren Sie sich für mich?«

»Weil Sie ein auffälliger Mensch sind.«

»Es gibt noch andere auffällige Menschen.«

»Sie sind Gast auf der Station, das kommt dazu.«

»Man hat mich eingeladen. Ich weiß nicht, weshalb.«

»Weil Sie aufgefallen sind. Es ist so einfach, daß man es nicht glauben will.«

»Sind Sie meinetwegen hier?«

Der Kommandant lächelte gegen seine Lider an. »Ich bin hier, weil ich die Besitzerin der Bude verehre« – er winkte Doña Elviras Lakai zu sich – »und wegen der Platten in dieser Musikbox.«

Ferdinand kam mit einem Fächer aus Textzettelchen in der Hand; bald schlug die Stunde der Amateure. Er sah an Kurt Lukas herauf. »Sind Sie aus Hollywood?«

»Nein.«

»Möchten Sie ein Lied singen?«

»Ein Lied? Was für ein Lied denn?«

»Ich werde Sie vormerken.« Ferdinand fächelte jetzt mit den Zetteln. Er trug Schuhe mit hohen Absätzen, gescheckte Hosen, die ihm zu kurz waren, ein durchsichtiges Hemd mit Rüschen, Silberketten um jedes Handgelenk und ein Käppi, auf dem *Kraft* stand. Von Kopf bis Fuß stellte er die Katastrophe einer jäh erfolgten Geschlechtsreife dar. »Richte Doña Elvira aus, ich will sie noch sprechen«, sagte der Kommandant zu ihm und beugte sich dann wie Kurt Lukas über die Truhe. »Die Station hatte noch nie einen unwichtigen Gast. Wer länger als eine Nacht bei den Alten wohnt, muß Hintergrund haben.«

»Sehen Sie mich an, das ist mein Hintergrund.«

»Unterbrechen Sie nicht. Ich will Ihnen einige Wahrheiten sagen, ehe Sie die Dinge mit eigenen Augen sehen und falsche Schlüsse ziehen. Erstens: Das Militär ist neutral, wir sind Berufssoldaten. Zweitens: Wir führen hier einen Krieg gegen die sogenannte Volksarmee, gegen die eigenen

Landsleute. Und das ist nicht einfach; man kann die eigenen Leute immer nur mit einem gewissen Erbarmen erschießen. Die Brutalität fällt uns viel schwerer, als allgemein behauptet wird. Drittens: Wir töten nur, damit das Töten irgendwann aufhört. Als Soldat erwirbt man natürlich Sicherheit beim Töten, aber die selbstherrliche Austeilung des Todes ist ein Merkmal unserer Gegner.«

»Warum erzählen Sie mir das alles?«

»Damit Sie das Wesentliche sehen. Den Unterschied zwischen Töten und Morden. Spielerisch töten, mit leichter Hand den Tod verursachen zählte schon immer zu den stärksten Genüssen eines Teils der Menschheit. Man spuckt dem Tod ins Gesicht, indem man ihn austeilt. Es geht dabei nie um politische Ziele, das sollten Sie berücksichtigen. Aber über Politisches läßt sich leichter berichten. Nur was ist politisch? Sind es die berühmten Mißhandlungen? Auf unseren Inseln wurde seit vierhundert Jahren nichts mehr erfunden, nicht einmal Foltermethoden. Wir äffen nach oder kaufen. Doch was bringt uns das Ausland? Ein paar Devisen, viel Sperma und etwas Belehrung in Demokratie. Aber man will uns erklären, was Menschlichkeit ist. Ihre Zeitungen leben von solchen Predigten. Journalisten gehören nun einmal zum empfindlicheren Teil der Menschheit, der kein Vergnügen am Töten hat, und sehen deshalb immer nur Morde. Soldaten morden, Rebellen morden, Kinder morden, was für eine unzivilisierte Gesellschaft. Ich kenne diese Ansicht arroganter Leute, die sich nie damit befaßt haben, daß Töten zum Menschsein gehört.« Sein Blick wurde wach. Doña Elvira trat aus ihrer Garderobe. »Welch eine Frau«, bemerkte der Kommandant. »Ihre bloße Gegenwart macht es unwahrscheinlicher, daß die Nacht je zu Ende geht. Berichten Sie über dieses Phänomen, und Sie erfassen etwas von dieser Insel.«

»Ich bin kein Journalist«, sagte Kurt Lukas.

»Nennen Sie Ihre Tätigkeit, wie Sie wollen. Wie lange werden Sie bleiben?«

»Das weiß ich nicht.«

»Bleiben Sie bis zu Father Gregorios Rückkehr. Falls Sie an der Beobachtung einer Revolution interessiert sind.«

Kurt Lukas spürte einen warmen Atem im Nacken. Doña Elvira erneuerte ihr Angebot, ging dabei im Preis etwas herunter und ließ nicht unerwähnt, daß Zahlungserleichterungen bei ihr die Ausnahme seien. Nebenbei warf sie Münzen in die Musikbox und drückte zwei Tasten. Schon aus Prinzip tue sie es niemals umsonst, fügte sie hinzu und lud den Kommandanten mit einer Handbewegung in ihre Garderobe ein; rückwärts zuerst, Kurt Lukas im Blick, dann über eine ihrer nackten Schultern schauend, entschwand sie in ihr Privatreich und blieb dem Publikum doch erhalten: mit einer herbsüßen Fahne und einem Lied nach ihrem Geschmack. Ein Knistern und Rauschen kam aus den Flanken der Box, die Nadel hüpfte auf der Scheibe, E-sieben lief an. Zwei, drei Töne, und Kurt Lukas erkannte das schöne alte Mary-Lou, schloß die Augen und tat, als würde er singen. Als er sie wieder aufschlug, sah er Wilhelm Gussmann vor sich.

»Wir sollten nach Hause.«

»Warum, es geht mir gut.«

»Mir nicht, ich bin betrunken«, sagte Gussmann und hustete sich den Weg frei. Kurt Lukas folgte ihm. »Wer so hustet«, rief er, »gehört in ein Bett!« Sie stiegen die Leiter hinunter. »Das Bett ist für die Liebe da und für den Schlaf, ich sage dir, ich werde nicht einmal sterben in einem Bett« – der frühere Priester erholte sich –, »du begreifst mich nicht, Wertester. Vielleicht sprichst du einmal mit Mayla. Mayla begreift mich, Gott weiß, wie sie das anstellt. Narciso hat sie übrigens geschlagen, wie ich erfuhr; ich glaube, er träumt jede Nacht von ihr. Ich nie, wenn es dich interessiert. Ich denke nur an sie. Echte Leidenschaft ist zu gradlinig für einen Traum. Welchen Eindruck hast du von Mayla?«

»Sie ist bescheiden.«

»Weit gefehlt! Sie hat mich die Hälfte meines Herzens gekostet. Bisher. Aber das stört mich nicht. Oder würde es dich stören? Kommt auf den Umfang deines Herzens an, nicht wahr? Infanta wird dir guttun.«

»Das hat schon McEllis gesagt.«

»Ja, es passiert ab und zu, daß er recht hat. Erzähl ihm besser nichts von unserer Begegnung. Er kann sehr eifersüchtig sein.« Der frühere Priester setzte sich ohne Ankündigung auf den rutschigen Pfad und überließ sich der Schwerkraft. »Mir nach«, johlte er und war schon in der Dunkelheit verschwunden. Kurt Lukas stürzte sich hinterher, Hände vorm Gesicht, Knie angezogen, einen Schrei auf den Lippen, wurde schneller und schneller und spürte und sah nichts, weder Dornen noch Äste. Wie geschmiert ging es hinunter; nur eine große Trägheit, die spürte er deutlich.

Am Fuß des Abhangs wartete Gussmann, Erde an den Händen, Zweige im Haar, schon wieder hustend. »Wenn du in nächster Zeit Lust hast, komm in meinen Laden, Wilhelm's Book Store steht über dem Dach.« Er schwankte hustend davon. »Und nun verlaufe dich nicht auf dem Heimweg – rechts halten, immer der Stille entgegen.« Sein Lachen erklang. »Und wenn du in nächster Zeit Lust auf Mayla bekommst, verspäte dich nicht mit der Liebe.«

Wo war rechts? Ein ewiges Problem für Linkshänder, besonders nachts. Kurt Lukas ging am Rande des Wegs. Der weiche Boden dämpfte jeden Schritt. Wie spät mochte es sein? Er trug keine Uhr; immer wieder hatte man ihm schöne Uhren geschenkt, und er zog sie nicht an. Jedenfalls war es die Zeit der Hunde. Aus allen Richtungen kam ihr verlorenes Kläffen. Über dem Wald jenseits des Tals stand ein blaßroter Mond; die Palmstämme schimmerten, als seien sie entblößt. Rechts halten, immer der Stille entgegen. Es konnte gar nicht still genug für ihn werden. Alle redeten sie ja hier auf ihn ein. Wie auf ein Kind. McEllis und die anderen Alten. Dieser Narciso. Gussmann. Die schwarze Sängerin. Ihr pubertierender Page. Der Kommandant. Der Bischof. Dieser Bischof, der ihn sogar mit dem Namen einer Bekannten erschreckt hatte. Elisabetta Ruggeri. Keine Geliebte, keine Verflossene, keine alte Bekannte. Aber auch keine x-beliebige. Einen einzigen Abend hatte er mit ihr auf seiner Terrasse verbracht, Juni letzten Jahres, er wußte gar nicht mehr genau, warum, sie schrieb an irgendeiner Serie, in der er irgendwie vorkommen sollte, vielleicht aber auch nur seine Einrichtung. Gesprochen hatten sie an dem Abend kaum. Dagesessen hatten sie, getrunken und sich angesehen. Erst auf der Straße, beim Abschied, waren sie sich gegenübergestanden. Elisabetta Ruggeri – eigentlich Minwegen, das rutschte ihr heraus –, so deutsch wie er, so groß wie er, so alt wie er. Nein, da ergäbe sich nichts. Kurt Lukas sah zum Himmel. Tagte es schon? Der Himmel war von dem Blau alter Tinte mit ihrem Flimmer aus kleinsten Kristallen. Er liebte dieses Blau. Es erinnerte ihn an ein Bild, vor dem er oft gestanden hatte, in einer Stadt, die ihm heute nur noch jenes Bild und einen Flughafen mit guten Anschlüssen bot. Er hatte dort jahrelang seine Ferien bei den Eltern verbracht, mit Musikhören, Schlafen und Malen. Rechts halten. Er ging jetzt langsamer, den Kopf im Nacken, bemüht, ein Sternzeichen, das er kannte, zu finden. Er glaubte, mehrere zu kennen, doch kannte er nur den Großen Wagen, und den gab es an diesem Nachthimmel nicht. Sein Fuß trat gegen etwas Weiches.

Das Weiche ragte aus den Farnen und stieß einen Rabenlaut aus. Er wollte fliehen, aber bückte sich. Am Wegrand lag ein Körper, ein mit Ruß und Schmutz bedeckter Mensch. Er bückte sich tiefer, und Leben kam in den Körper. Brüste glitten über den Rippen zur Seite, Hände bedeckten schützend den Bauch. Kein Mann, eine Frau. Sie wahr kahl und sah ihn an. Ihre Augen waren entzündet, zwei Kirschen. Das einzig Helle an ihr waren die Spitzen der Brüste. Sie stachen mehlig blaß aus dem Rußkleid, als erwarte sie ein Kind; aber wer kannte sich da schon aus. In ihrem Schoß lag ein Messer. Er holte einen Geldschein aus der Tasche und streckte ihn der Frau entgegen. Doch es kam keine Hand. Nur ihr Mund klappte auf, ein Loch im Gesicht. Ihm wurde übel. »Nimm doch«, sagte er und schämte sich. Und *die Frau im Schmutz*, dachte er, stieß wieder den Rabenlaut aus, griff nach dem Schein und küßte seine Hände.

Kurt Lukas riß sich los. Er sprang über den Körper und rannte. Er rannte und erbrach sich, suchte an Bäumen Halt und würgte, schleppte sich weiter, spuckte und rannte erneut, rannte, bis seine Muskeln erlahmten, trabte dann und hielt sich die Seiten. Mit Erbrochenem bespritzt, trabte er über den Pfad zur Station, schweißüberströmt. Der alte Sendemast tauchte auf, oben glühte ein Licht. In weitem Bogen umlief er das Haus, damit keiner der Priester ihn sehe, erreichte den Baum vor seinem Balkon und packte blind einen Ast. Der Baum war ein Kinderspiel. Schon sah er die Brüstung, griff um die Kante, bot alle Kraft auf und bestieg den Balkon. Sein Atem wurde ruhiger; noch im Freien streifte er die Kleidung ab und lehnte sich an die Tür. Sie gab nach, und er drehte sich um. Die Ewige Lampe brannte. Es roch nach Zigarettenrauch. Auf seinem Bett saß Mayla.

Kurt Lukas floh in die Dusche. Er drehte an den Hähnen, es pfiff und knurrte aus der Brause. Er trommelte gegen die Rohre, und Rost und Putz rieselten auf ihn herab. Wie ein Verdurstender hoffte er auf Wasser, und wenn es nur tropfte, genug, um sich den Mund zu spülen.

»Das Wasser ist abgestellt«, sagte Mayla.

Ihre Stimme klang überwältigend leicht. Er sah durch den Vorhangspalt. Sie trug ein helles Kleid und saß mit angezogenen Knien auf dem Bett.

»Abgestellt, warum? Wie spät ist es, was machst du hier?«

»Ich warte.«

»Auf mich?«

»Du mußt leiser reden, Lukas.«

Leiser, Lukas, leiser, das war wie in der Schulzeit, da hatte es nie einen Kurt gegeben, immer nur einen Lukas, *den Lukas*, ohne Vornamen, ohne Abkürzung. »Dieser Lukas«, flüsterte er, »der stinkt. Weil er sich erbrochen hat.« Mayla schnupperte. »Ich rieche nichts.« Er band sich ein Handtuch um und trat aus der Dusche. »Weil du nett und höflich sein willst.« Sie lächelte ihm zu. »Ich, nett und höflich? No way.«

»Hat dich Narciso deshalb geschlagen?«

»Es war ein Versehen.«

Ihre Stimme klang immer noch leicht. Er schob den Stuhl zum Bett und setzte sich. Sein Rücken juckte; eingeschlossen in eine Haut aus Galle und Schweiß, saß er da.

»Ist dir kalt?« fragte Mayla.

»Kalt? Nein, ich glühe.«

»Vielleicht bist du krank.«

»Ich bin nicht krank.«

»Oder ich bin es. Weil ich hier bin.« Mayla griff sich an den Puls. »Möchtest du fühlen?« Er winkte ab. »Falls du es dir überlegst, er schlägt auch später noch« – sie sah ihn jetzt aufmerksam an, und er bat sie, die Ewige Lampe zu löschen. Mayla erfüllte die Bitte. Sie hatte genug gesehen. Seine behaarten Achseln, die dunklen Brustwarzen, das Treppchen der Bauchmuskeln, seinen Nabel; seine Verlegenheit. »Armer Lukas«, sagte sie. »So enden die Besuche in der Bude. Der Durst nach dem Anstieg, Father Gussmann hat mir oft davon erzählt. Du mußt dich hinlegen, die Augen schließen.« Sie sprach leise auf ihn ein, und er wechselte von der Stuhlkante zur Bettkante. »Aber ich habe kaum getrunken.« Mayla rückte ein Stück. »Das sagt Father Gussmann dann auch.« Sie lächelte und griff nach ihren Zigaretten.

Er war froh, daß sie rauchte. Frau im Bett mit Zigarette bedeutete fast immer Pause. Und war ein gewohntes Bild. Das Glimmen in der Dunkelheit, das regelmäßige Aufleuchten der Glut, der Schimmer auf den Fingernägeln. Alles andere war ungewohnt. Das, was so einfach aussah. Er kam, und sie war schon da. Kein Wasser, kein Problem. Ihr Puls? Der schlage auch später noch. Das Licht aus? Bitte. Entweder hatte sie keine Angst, oder er hatte mehr Angst als sie.

»Und hast du in der Bude Father Gussmann getroffen?«

»Warum nennst du ihn immer Father? Er ist kein Priester mehr.«

»Du hast ihn also getroffen.«

»Ja. Und als wir uns trennten, rief er mir zu, man käme noch nicht zu spät bei dir.« Kurt Lukas hatte sich grandios verhört. Mayla ging darüber hinweg. »Wenn du nicht zuviel getrunken hast, warum wurde dir übel? Hast du mein Essen nicht vertragen?«

»Dein Essen war wunderbar. Nein, es liegt an der Hitze, an allem. Ich gehöre hier nicht hin.« Er wollte ihr weder von Doña Elvira erzählen noch von seiner Begegnung mit der Frau im Schmutz. Er wollte gar nicht erst anfangen, von anderen Frauen zu reden.

»Und wo gehörst du hin?«

»Ich weiß es nicht. Nach Paris. Oder Rom. Oder Mailand. In Hotels. In meine Wohnung. Auf Fotos.« Er ließ sich zurückfallen, Mayla beugte sich vor; sobald sie an der Zigarette zog, erkannte er ihr Gesicht über seinem.

»Und wohin gehörst du am meisten?«

»Ich weiß es nicht. Vielleicht nach Rom.«

»Und warum gehörst du auch nach Paris oder Mailand?«

»Weil ich dort arbeite.«

»Du arbeitest?«

»Ja. Willst du auch wissen, was?«

»Erzähl es mir später.«

Sie beugte sich tiefer herunter, und das Kreuz an ihrer Halskette stieß klingelnd an seine Zähne. Ein Anfang; er zog an dem Kettchen. Einer einfachen Logik folgend, zog er ihren Kopf ein Stück näher. Er hob eine Hand und strich ihr das Haar hinter die Ohren, entwirrte und glättete es und brachte es wieder in Unordnung.

Mayla löschte die Zigarette.

»Kennst du viele Frauen?«

»Ja.«

Er löste ihren Gürtel. »Du kannst nur meine Oberlippe küssen«, sagte sie rasch. Dann verschieben wir die Unterlippe auf ein anderes Mal, wollte er entgegnen, aber das entscheidende Wort fiel ihm nicht ein. Mayla nahm ein Ende vom Bettuch, trocknete ihm Schläfen und Stirn und tupfte den Schweiß von seinen Wimpern. Sie entfernte ihm Reste vom Kinn, tastete das Haar auf seiner Brust nach Erbrochenem ab und blies ihm in die nassen Achseln. Mit zögernden, aber immer zu Ende geführten Bewegungen bröckelte sie ihm die getrocknete Erde von Armen und Beinen, befeuchtete seinen Bauch mit ihrem Speichel und säuberte ihm den Nabel.

Er umschloß ihre Hände. Aus Furcht vor einer noch intimeren Toilette bog er ihr die Arme sanft auf den Rücken.

Dann küßte er die unverletzte Lippe, und Mayla erwiderte sein vorsichtiges Saugen. So lagen sie eine Weile; hätten sie sich ungehindert küssen können, wäre Mayla sicher ängstlich geworden, und wäre in dieser Nacht Wasser geflossen, hätte er weniger Zurückhaltung geübt. Kleinigkeiten sorgten dafür, daß alles gutging.

Kurt Lukas kannte so etwas nicht. Sein ganzer Körper schlief dabei ein, bis auf den Mund. Wie von einem Gleis gekippt, lag er auf der Seite und rührte sich nicht und hatte auch kein Verlangen, anders zu liegen, ja, dachte nicht einmal daran, wie er aus dieser Lage je wieder herauskäme; weit weg waren die Tage, an denen er sich mehrmals verliebte. Beim Frühstück in das Fixe eines Stehbarobers. Am Vormittag in ein paar Schuhe. Am Nachmittag in einen Zeitungsleser, der müßig in der Galleria stand. Am Abend in einen Film. Nachts in das Freche einer Schülerin, gegen Morgen in eine Hure. Kurt Lukas betrachtete sich nicht als verliebt. Er betrachtete sich gar nicht; er versuchte nur, ein Kleid aufzuknöpfen.

»Was willst du?« fragte Mayla in vernünftigem Ton.

»Ich will dich ausziehen.«

Sie kniete sich neben ihn. Mit einer Hand zog sie sich aus und mit der anderen nahm sie das Bettuch. Kaum war sie nackt, war sie auch schon wieder bedeckt. »Du mußt wissen, ich habe noch nie bei einem Mann gelegen«, sagte sie, und er suchte nach Spuren seiner Liebkosungen in ihrem Haar. Seine andere Hand strich über Maylas geduckten Leib. Sie kniete noch immer und bewegte sich nicht. Nur ihre Finger, die das Bettuch hielten, wurden zu Fäusten. Er pustete auf ihre Kruste und pustete ihr den Flaum aus der Stirn. Sie schloß die Augen, und er wand ihr das Tuch aus den Händen. Kurt Lukas sah die kleinen weißen Polster ihrer Brüste, sah ihren Bauch und die schattigen Senken, die von der Taille abwärts führten, bis sie sich trafen. Das Haar zwischen ihren Beinen war so fein, daß er daran zog, um es besser zu spüren. Mayla suchte seinen

Mund, und er sprach in ihre Küsse hinein. »Du darfst keine Angst haben.«

»Ich habe keine Angst.«

Kurt Lukas kniete sich ihr gegenüber.

»Aber ich habe welche.«

»Ich hoffe, sie ist nicht zu groß.«

Er legte ihr die Hände auf die Schultern.

»Sag jetzt nichts mehr, atme nur.«

Von seinen Händen ging ein schwacher Druck aus, und Mayla legte sich auf den Rücken. Er berührte ihre Ferse, sie streckte das Bein. Er strich über ihr Knie, sie winkelte es ab. Er küßte ihr den Puls, und sie öffnete die Fäuste. Auch seine kleinsten Bewegungen verfolgte sie mit größter Aufmerksamkeit. Plötzlich griff sie in sein Haar und rieb ihre Wange an seinem Hals; etwas später fielen noch zwei Sätze.

Er flüsterte: »Es wird weh tun.«

Sie antwortete: »Mach es möglich.«

Mayla nahm seine linke Hand, nicht wissend, daß er mit der rechten ein Anfänger war, führte sie an den Mund und schloß ihre Zähne darum. Das war tief in der Nacht. Die ganze Station schien zu schlafen, doch ihre Bewohner lagen wach; jede Liebesbegegnung, auch die behutsamste, hat ihr Geräusch.

Erst als sie seine Hand wieder freigab, löste er sich von ihr. Von seinem Gesicht tropfte es auf ihr Gesicht, ihren Hals, ihre Brust. Er griff nach dem Bettuch, bevor sie es tat. Der Wunsch, ihr jede Geste einer Reinigung unter seinen Augen zu ersparen, ließ ihn den Tuchsaum zwischen ihre Beine legen. Mayla rollte sich auf den Bauch. Er strich ihr das Haar aus dem Nacken und küßte die Mulde, küßte ihre Schulterblätter und den nassen Hang des Rückens, die warmen Hüften und das Glatte der Kniekehlen. Sie blutete noch. Wie aus einem kleinen Leck rann es heraus, durchzogen von milchigen Fäden. Er fing diesen Rückstrom und tupfte ihn sorgfältig ab. Gewohnt, daß sein Samen mit den Frauen verschwand, tat er sich schwer. Und auf einmal drehte sich Mayla wieder und sagte mit ruhiger Verwunderung, daß sie ihn liebe.

Er entgegnete nichts. Er glaubte ihr. Sie nahm sich eine Zigarette und rauchte im Liegen, eine Hand am Hinterkopf, die andere am Mund – ein schönes ernstes Bild, das sich ihm einprägte.

»Und wirst du bald zurück in Rom sein?« fragte sie.

»Ich denke nicht.«

»Und deine Familie?«

»Ich habe keine Familie.«

»Jeder hat eine Familie.«

»Ich habe Verwandte. Niemand vermißt mich, höchstens der Hausmeister. Ich informiere ihn, wenn ich länger weg bin, damit er den Briefkasten leert. Aber er wird ihn auch so leeren. Ich kann also bleiben. Wenn ich es will.« Er sah durch die offene Balkontür auf einen Himmel wie mit silbrigem Pulver bestreut und schwieg. »Bitte habe nicht den Ehrgeiz, es zu wollen«, flüsterte Mayla, und in dem Augenblick liebte auch er sie, liebte sie für die Art, in der sie *ambition* aussprach, mit langem I und weichem, wie einem Kind mit in den Schlaf gegebenem Sch... Er sprach es ihr nach, und sie gab ihm eine sachte Ohrfeige, die erste von vielen.

Weit unten im Tal schrien Hähne. Die Luft war leicht bewegt und roch nach taunassem Gras. Am Himmel standen noch Sterne, aber sie glitzerten nicht mehr. Kurt Lukas war auf den Balkon gegangen. Er lehnte an der Brüstung. Als Mayla neben ihn trat, wußte er, daß er von nun an ihr Freund war.

»Was macht deine Hand, Lukas?«

»Sie wird blau.«

Er drehte sich um. Mayla war angezogen und hielt das Bettuch im Arm.

»Man wird das Tuch hier vermissen.«

Sie bedachte seinen Einwand.

»Die Fathers betreten die Kammer nicht, wenn ein Gast darin wohnt. Morgen bringe ich es wieder.«

»Heißt das, du kommst jede Nacht?«

»Das wird nicht gehen.«

»Dann komme ich zu dir.« Er wollte sie an sich ziehen, aber ihr Blick – etwas müde, etwas trunken – hielt ihn ab. Mayla umarmte seinen Kopf, sie sprach ihm ins Ohr. Es gehe nicht, daß er zu ihr komme. Er müsse hier auf der Station bleiben, sie werde ihn wieder besuchen. Und dann sehe er sie ja während der Mahlzeiten. Ihre Stimme wurde leiser. »Dein Platz ist günstig. Sie haben ihn dir mit Absicht gegeben. Du kannst in die Küche schauen, am Kopf von Father McEllis vorbei; alle haben sich ein wenig umgesetzt, damit du den Blick hast…« Kurt Lukas unterbrach sie. »Hinauswerfen werden sie mich, sobald sie etwas merken. Und dich am Ende auch.« Mayla biß sich auf die Kruste. »Du kennst sie nicht. Denkst du, irgendein Geschehen in diesem Haus sei zufällig? Oder könnte ihnen verborgen bleiben? Es wäre sinnlos zu lügen; sie werden bald wissen, daß wir zusammen waren. Oder bist du es gewohnt zu lügen?« Er sah über das Tal und antwortete mit einer Lüge. Mayla berührte seinen Mund. »Ich möchte hören, wie du meinen Namen sprichst.«

Er sprach ihn aus.

»Das war zu schnell, Lukas, noch einmal. Wir haben nur zwei gemeinsame Worte, unsere Namen. Ich wünschte mir, ich könnte deine Sprache verstehen.«

»Du wirst noch froh sein, daß wir nicht dieselbe Sprache sprechen.« Und er wiederholte den Namen, zweimal, dreimal, viermal, fünfmal, so lange, bis der Name fremd klang. Mayla kämmte sein Haar mit den Fingern und bat ihn, in die Kammer zu gehen.

»Warum?«

»Du mußt schlafen.«

»Das ist nicht der Grund.«

Sie kam auf ihn zu. »Damit du nicht siehst, wie deine Geliebte in einen Baum steigt.« Er zog sie an sich und küßte ihr Ohr, berührte sie wie zum Abschied und blieb. Eine Weile – beide überschätzten die Zeit – standen sie aneinandergelehnt. Ein kleiner, an sich bedeutungsloser Umstand rundete dann ihre erste Nacht ab. Ihm fiel wieder ein, was auf englisch *verschieben* heißt, und er holte sein Versprechen nach, sie beim nächsten Mal auch auf die Unterlippe zu küssen, auf ihren ganzen Mund, so wie es sein sollte.

Infantas schäbiges Kleid wurde mit jedem Tag dicker. Über den verblaßten Plakaten klebten längst neue; nur das Aufflackern des Bürgerkriegs bremste die Helfer der Kandidaten. An dem Sonntag, an dem McEllis seine monatliche Messe lesen sollte, war das Büro der Regierungspartei unbesetzt. Büroleiter Narciso hatte als Polizeichef seit dem Morgengrauen Alarmbereitschaft. Die Order war aus dem nahen Infanterie-Camp gekommen, ohne Erklärung.

Der Hauptmann kämpfte gegen die Müdigkeit. Er saß auf der Veranda seiner Dienstbaracke, trank Kaffee, hörte Radio und vermißte die Gesellschaft eines Menschen. Das Radio war auf Die Stimme Amerikas eingestellt. Eigenen Kanälen mißtraute er. Irgend etwas hatte sich ereignet, er war gerüstet. In Reichweite lagen ein Fernrohr und ein Funkgerät; und griffbereit und durchgeladen stand ein Gewehr an einen Stuhl gelehnt und bildete mit seinem Schatten eine Sonnenuhr. Es war kurz vor vier, heiß und still. Narciso haßte den siebten Tag der Woche. Hatte er dann auch noch frei, war er verzweifelt. Seine Welt war der Dienst, sein Zuhause die Baracke. Seit neuestem teilte er das Polizeibüro mit dem Wahlbüro der Regierungspartei. Die Linie der Neutralität, von der er gern sprach, führte bis auf die Veranda. Dort konnte er stundenlang sitzen und zur Hauptstraße schauen. Homobono Narciso, wie er mit vollem Namen hieß, war ein großer Beobachter.

Ein Hilfspolizist brachte ihm etwas zu essen, vier angebrütete Enteneier, zwei davon schälte er. Ballut – eigentlich ein Armengericht, das in staubige Busse gereicht wurde; er mochte es nicht immer. Aber gerade an Sonntagen hatte er oft einen unerklärlichen Appetit auf diese schon fortgeschrittenen Eier und verzehrte sie mit ein, zwei Bissen samt Federchen und Füßchen. Nach der Zwischenmahlzeit döste er. Ein Rauschen aus dem Funkgerät bewahrte ihn vor dem Einschlafen. Narciso wartete auf Meldungen von Romulus, der sich bei der Kirche aufhielt, um auf Besonderheiten vor und während der Fünfuhrmesse zu achten. Wäre etwas durchgesickert über den Grund des Alarms, dann würde es McEllis verbreiten. Romulus meldete von Zeit zu Zeit, alles sei ruhig, und der Polizeichef antwortete mit einem müden *Das täuscht*. Er schätzte den Sergeant, wie er seinen Friseur schätzte, und ließ sich durch dessen Boxergeschichten zerstreuen. Dabei blieb es. Narciso orientierte sich nie nach unten. Stickige Männerfreundschaften lehnte er ab. Er verkehrte mit Lokalgrößen wie dem Poststellenleiter oder dem gefragtesten Fotografen Infantas, und das in Doña Elviras Garderobe. Die Fanfare der Stimme Amerikas ertönte, er drehte den Ton etwas lauter. Nach den Sportergebnissen aus den Vereinigten Staaten und einigen Nachrichten aus der übrigen Welt brachte der Sender noch eine Kurzmeldung. Auf der Großen Südinsel seien Maschinen mit Sondereinheiten gelandet als Reaktion auf eine Entführung, wie es in Militärkreisen heiße.

Der Polizeichef lächelte zum ersten Mal an diesem Sonntag. Er hatte mit einer Entführung gerechnet. Allerdings später im Monat. Ja, er glaubte sogar zu wissen, wer entführt worden war. Sein Blick ging zur Hauptstraße. Kleine Gruppen waren schon auf dem Weg zur Messe. Sicher weniger, um das Wort Gottes zu hören, als Worte von McEllis; seit langem beschäftigte ihn die Attraktivität dieses Mannes. Bestand sie vielleicht nur in seinen verdammt blauen Augen? Der Gedanke war tröstlich. Oder war es McEllis' Güte, die alle Leute beeindruckte? Auch damit könnte man leben. Oder war es womöglich Gott selbst, der sich durch seinen Diener hindurch bemerkbar machte? Hierzulande mußte man mit allem rechnen. Oder aber war es ganz einfach das Wissen des Priesters, sein Vorsprung an Kenntnissen? Dieser Gedanke quälte Narciso.

All sein Büffeln hatte nie zu einem gründlichen Wissen geführt, nur zu Methoden, sich gewisse Informationen zu sichern. Und nicht immer waren diese Methoden erfolgreich. Von der Rückkehr Gregorios wußte er zum Beispiel nur, daß sie bevorstand. Aber wer wußte das nicht. Die Folgen waren kaum auszudenken: Jeder unbehinderte Triumphzug des heimkehrenden Priesters bedeutete ein polizeiliches Debakel. Narciso erhob sich. Unter den Kirchgängern war einer, der alle anderen überragte. Er holte seinen Handlautsprecher und trat an die Verandabrüstung.

»Mister Lukas!«

Vögel schossen aus den Bäumen, Leute blieben stehen.

»Ich möchte mit Ihnen reden!«

Kurt Lukas überquerte ohne Eile die Straße, betrat das Polizeigelände und ging auf die Veranda zu. (Seit Tagen hatte er mit dem Schlimmsten gerechnet, promptem Hinauswurf, eisigem Schweigen, bittersten Vorwürfen, aber die Alten waren unverändert freundlich bei Tisch. Mit den Worten *Das wird Sie interessieren, Mister Kurt* hatte ihn McEllis zur Messe eingeladen.) Er schien fast erleichtert, daß sein Name nun doch noch mit solcher Lautstärke gefallen war. »Habe ich etwas getan?«

»Nein.«

Narciso begriff in diesem Moment, daß er keinerlei Handhabe gegen den Gast der Priester besaß. »Was macht die Station, wie geht es den Fathers?«

»Gut. Soweit ich das beurteilen kann.«

»Sie warten alle auf Gregorio, nicht wahr?«

»Ich weiß nicht, worauf sie warten.«

Kurt Lukas machte ein paar Schritte.

»Wissen Sie, daß Sie in meinem Privatbereich umherspazieren«, sagte Narciso.

»Ist das kein Dienstgebäude?«

»Hören Sie, Mister Kurtz oder Kurt oder wie die Alten Sie zu nennen pflegen, im Augenblick befinden Sie sich im örtlichen Hauptquartier der Regierungspartei. Oder haben Sie das Schild auf dem Dach übersehen? Das Hauptquartier betreibe ich als Privatmann. Sehen Sie nicht die Linie der Neutralität? Sie verläuft genau vor Ihren Füßen; möchten Sie einen Kaffee vor der Messe? Ich habe ihn selbst zubereitet. Aus amerikanischem Pulver.«

»Woher wissen Sie, daß ich in die Messe will?«

»Um diese Zeit geht man zum Hahnenkampf oder zur Messe. Die Hahnenkampfarena liegt entgegen der Richtung, in die ich Sie laufen sah. Also wollen Sie zur Messe. Was ich verstehen kann. McEllis ist ein Prediger.« Er holte eine zweite Tasse, reichte sie und schenkte ein. »Was haben Sie mit Ihrer Hand gemacht?«

»Die Hündin, Captain.« (Auf Fragen der Priester hatte er von einer Tür gesprochen.)

»So, so, die Hündin. Ist sie gefährlich?«

»Sie ist nicht gefährlich, sie beißt nur.«

Narciso setzte sich. So sah ein Biß aus Liebe aus. Der Biß einer Frau. Mayla war also erobert; mit der Willenskraft aller Aufsteiger dachte er an etwas anderes. »Werden Sie auch beten in der Messe, woran glauben Sie? An das Jesuskind? An die schmerzensreiche Maria? Den Heiligen Geist? An die Auferstehung? Oder einfach ans Geld?«

»Ich glaube an Musik«, sagte Kurt Lukas.

»Ich habe immer an Amerika geglaubt. Es sieht aus, als habe Ihr Land das Interesse an uns verloren. Washington würde eine Revolution begrüßen, nicht wahr? Und die Fernsehgesellschaften noch mehr.«

»Ich bin kein Amerikaner. Und kein Journalist.«

»Es ist nicht wichtig, was in Ihrem Paß steht. Sie sind Amerikaner, Sie gehören dieser Welt an. Es gibt ja nur drei Welten. Die amerikanische. Die kommunistische. Und die Armut.« Der Hauptmann legte das Fernrohr auf die Brüstung und drehte das Radio wieder lauter. Der Sender brachte eine weitere Kurzmeldung, erste Einzelheiten zu der Entführung. Am gestrigen Nachmittag waren der Bischof Pio De Castro und seine Sekretärin verschleppt worden; Goldsucher hatten De Castros Jeep gegen Abend mit zerschossenen Reifen in einem Waldstück gefunden. »Ich habe natürlich sofort Maßnahmen getroffen«, sagte Narciso, um den Eindruck zu vermeiden, er empfange seine Informationen aus dem Radio.

»Wird man den Bischof töten?« fragte Kurt Lukas.

»Vermutlich nicht.« Der Polizeichef schaute nachdenklich auf eine Karte der Insel, die im Eingang zu seinem Dienstzimmer hing, neben einem Plakat, das verschiedene Methoden zur Wiederbelebung Ohnmächtiger in kleinen bunten Bildern festhielt. »Es hängt allein von der Kirche ab. Zahlt sie Lösegeld, kommt er frei, zahlt sie nicht, werden die Entführer zuerst seiner Sekretärin die Kehle durchschneiden; ein rascherer Tod, als man denkt.«

»Wer sind die Entführer?«

»Rebellen. Gesetzlose. Und das wissen Sie als Journalist sehr genau. Es sei denn, Sie schreiben für ein marxistisches Blatt. Aber so sehen Sie nicht aus.«

»Ich bin kein Journalist, glauben Sie mir.«

»Vielleicht schreiben Sie für den Vatikan oder schauen sich nur um hier; Sie werden es mir irgendwann erzählen. Denn ich gehe davon aus, daß Sie bleiben. Schließlich haben Sie auch einen privaten Grund. Oder können Sie eine junge und schöne Frau einfach wieder vergessen? Ich hätte es nicht leicht an Ihrer Stelle.«

»Mayla hat es auch nicht leicht, Sie zu vergessen. Nach einem Schlag auf den Mund.«

Narciso griff nach den zwei übrigen Eiern. »Ich bin Offizier. Ich habe auf eine Beleidigung reagiert. Und mich entschuldigt.« Er trat an die Brüstung und legte die Eier neben das Fernrohr. »Sie wissen zu wenig. Es wundert mich, daß Mayla Ihnen von diesem Mißverständnis erzählt hat.«

»Mayla? Mir? Kein Wort.«

»Das heißt, Sie haben sich umgehört. Was ist Ihr Thema,

fremde Sitten? Infanta? Affären?« Narciso lächelte plötzlich. »Möchten Sie vielleicht ein hartes Ei?«

Kurt Lukas bediente sich.

Der Polizeichef nahm das Fernrohr und sah auf die Straße. Aus den kleinen Gruppen war ein Strom von Kirchgängern geworden. »Mayla wird heute auch in der Messe sein«, sagte er. »Sie hilft McEllis immer beim Umkleiden. Sie macht das äußerst liebevoll und wird es später sicher auch mit Ihnen so machen. Wenn Sie mit ihr erst zusammenleben. Ich denke, nach Gregorios Rückkehr; vorher dürften Sie kaum den Segen der Alten bekommen. Also sollten Sie, da Sie ja ein gutes Ohr haben, vor allem ein Ohr dafür haben, was man sich auf der Station über diese Rückkehr erzählt. Wann sie erfolgt, wie sie erfolgt. Und mich unterrichten. Damit Ihre Verbindung mit Mayla auch meinen Segen erhält.«

Kurt Lukas schwieg und führte das geschälte Ei zum Mund. Es war angegrünt wie alle ordentlichen harten Eier, und er biß herzhaft hinein, mitten in die Federchen und Füßchen, und zum zweiten Mal innerhalb kurzer Zeit drehte sich ihm der Magen um.

Narciso klopfte ihm besorgt auf den Rücken, versicherte, die Schweinerei auf der Veranda sei kein Problem, für so etwas gebe es Personal, bot ihm sein Polizeiwaschbecken an, sagte noch, Ballut sei nicht jedermanns Sache, und riet ihm, sich zu eilen, damit er einen Sitzplatz in der Messe bekomme. Dann gab er Kurt Lukas die Hand und schaute ihm noch lange nach, zuletzt mit dem Fernrohr. Er war zuversichtlich. Einem kotzenden Mann beizustehen war ein guter Anfang für eine Verbindung, wie er sie sich dachte. Schon bald würde er alles über Gregorios Rückkehr erfahren, früher als der Kommandant, früher als der Geheimdienst, ja, früher als der Ex-Gouverneur. Narciso warf einen Blick auf den Gewehrschatten. In wenigen Minuten fing die Messe an. Er legte sein Fernrohr aus der Hand und schälte das vierte Ei.

Das ganze Kirchenschiff war in diesen Minuten von erregtem Geflüster erfüllt. Viele beteten leise oder hielten sich kleine Radios ans Ohr, andere hielten Bilder des Bischofs in die Höhe. McEllis kleidete sich um. Er tat das öffentlich, und doch war es eine Verwandlung. Mayla half ihm in die Soutane. Wie immer glättete sie den Stoff über seinen Schultern, wie immer sammelte sie verlorene Härchen ab, nur daß sie dabei nicht mehr den Atem anhielt, wie sie es früher getan hatte. Obwohl McEllis noch über die richtigen Worte zu der Entführung nachdachte, fiel ihm diese Abweichung auf. Nach einem stillen Gebet verschwand er hinter einer Stellwand mit Fenster. Es zählte zu seinen pädagogischen Mitteln, daß er vor der Messe Gelegenheit gab, unter aller Augen zu beichten. Aber diesmal lag ihm daran, Zeit zu gewinnen. Ehe er vor die Gemeinde trat, wollte er noch Die Stimme Amerikas mit neuesten Meldungen hören. Vor der Beichtwand warteten bald einige Frauen, die mit ihren Gesangbüchern fächelten; das gewohnte Bild, hätte nicht eine dieser Frauen Schuhe mit hohen Absätzen und enge rote Hosen getragen.

Doña Elvira, die keine Messe von McEllis versäumte, sonst aber immer im Anschluß zur Beichte ging, hatte Kurt Lukas, blaß wie eine Opferkerze, in der stehenden Menge entdeckt und glaubte, ihn beeindrucken zu können, wenn er sie knien sähe. Völlig unbemerkt hatte sie drei Witwen, die vor ihr an der Reihe waren, mit jeweils zehn Pesos bestochen und rückte zum Erstaunen der ganzen Gemeinde an die Spitze der Schlange. Mit Inbrunst sank sie dort auf die Knie, bückte sich wie in Erwartung der Liebe, und wer nur etwas Phantasie besaß, konnte die deutlichen Vertiefungen und Wäscheränder auf dem Hosenstoff zu einem genauen Bild ihres Hinterns vervollständigen. Doña Elvira legte eine Wange an das vergitterte Fenster und wunderte sich, auf der anderen Seite ein Radio zu hören.

McEllis lauschte den Fünfuhrnachrichten. Gegen Ende der Meldungen hieß es, Sondereinheiten suchten jetzt nach dem Bischof; in der Erzdiözese sei eine Forderung nach fünfzigtausend Dollar Lösegeld eingetroffen. Er schob die Antenne in das Gerät, sah durch das Gitter und erkannte die schwarze Sängerin. »Ich kann jetzt nicht«, flüsterte er, »ich muß predigen. Und falls wir uns erst in einem Monat wiedersehen – kaufen Sie sich Lautsprecher, die nicht den halben Ort in Schwingung versetzen. Auch Lärmbelästigung ist eine Sünde.« Doña Elvira schlug vor ihrem Busen das Kreuz, erhob sich mit einem Ruck und schritt zu einem von Ferdinand freigehaltenen Platz; McEllis ging zum Altar. Nach einem Gebet für den Bischof und Schwester Angel sagte er, was gesagt werden mußte. Nur Kräfte, die der Kirche schaden wollten, würden ihr eine sinnlose Lösegeldforderung stellen. Er erwähnte noch, daß De Castro jedes Aufwiegen seiner Person in Geld für unannehmbar erklärt habe, und ein anerkennendes Gemurmel unter den Gläubigen drang über Funk bis an Narcisos Ohr. Und manch einer, übermittelte der Sergeant ergänzend, lächle dazu auch noch grimmig... Hätte sich Romulus etwas weiter in die Kirche gewagt, wäre ihm noch mehr aufgefallen – einer hatte sogar die Faust steil über seinem ungepflegten weißen Haar erhoben.

McEllis verlor für Sekunden den Faden, als er den früheren Mitbruder entdeckte: Wilhelm Gussmann hatte seit mehr als drei Jahren nicht mehr die Kirche betreten. Ihn hier zu sehen, in seiner Messe, nachdem sie kaum mehr miteinander sprachen, seit Gussmann gesagt hatte, Du bist wie ich, bloß feiger, nahm McEllis die Luft, als habe er eine verflossene Liebe entdeckt, einen Menschen, der ihn zu gut kannte. Da stand dieser Mensch nun und schaute ihn etwas mitleidig an, aber warum? Seit seinem Ausscheiden gehörten Gussmanns Sonntage dem Hahnenkampf, besser gesagt, den Hähnen, und auf einmal erschien er in der Kirche und zeigte die Faust, am Ende noch ihm... Keinem fiel auf, wie sich McEllis mit Füllworten behalf, um zur Bibelstelle überzuleiten. Er sprach und dachte dabei nach. Es gab nur zwei Erklärungen: die Entführung von De Castro oder die veränderte Lage auf der Station, nachdem Mister Kurt ihr Gast geworden war. McEllis entschied sich bald für die zweite Erklärung; während der Lesung konnte er beobachten, wie sich Gussmann durch die Menge der Stehenden schob und hinter Kurt Lukas trat, wie er ihm etwas ins Ohr sagte und ihn danach ins Freie lotste. Auch dafür gab es zwei Erklärungen: Entweder hatte der immer noch Deutsche Wilhelm Gussmann bemerkt, wie elend sein Landsmann aussah, und kümmerte sich um ihn; oder er intrigierte bereits. Wieder entschied sich McEllis für die zweite Erklärung. Dann schloß er die Bibel und hielt eine hieb- und stichfeste Predigt.

»Man sollte von einem Polizeichef eben keine Geschenke annehmen, nicht einmal ein Ei«, bemerkte Gussmann, als sich Kurt Lukas an einem Limonadenstand den Mund spülte. »Und sobald du das Ei überwunden hast, werde ich dir erzählen, was dir Mayla durch mich ausrichten läßt!« – mit diesem Versprechen hatte er ihn aus der Kirche gelockt. Wie an jedem Sonntag ging der frühere Priester mit einem speckigen Köfferchen durch den Ort. In der anderen Hand hielt er einen Strohhut und wedelte damit vor seinem Gesicht; bis auf den gediegenen Hut war er mit feinen Blutspritzern übersät. »Von armen Viechern«, erklärte er etwas unbestimmt und schlug im selben Atemzug vor spazierenzugehen.

Sie bogen in einen Weg, der in das Tal führte. Maisrösterinnen entfachten ihre Kohlefeuer. Frauen hinter Grillständen spießten Fleischfetzen auf kleine Stöcke und wedelten mit etwas Pappe Luft in die Glut. Männer trugen ihre Hähne nach Hause. Kinder standen mit eingeseiftem Haar vor den Hütten. Der Abend brach an.

»Was läßt Mayla mir ausrichten?«

»Sie läßt dir sagen, du solltest für Schwester Angel und den Bischof beten.«

»Ist das alles?«

»Glaubst du, Wertester, sie würde mich benützen, um mit dir ein Rendezvous auszumachen? Aber dafür soll ich dir noch sagen, sie müßte jede Stunde für Schwester Angel und den Bischof beten und hätte daher wenig Zeit.«

»Warum hat Mayla mir das nicht selbst mitgeteilt?«

»Weil Mayla dir nicht begegnet ist. Aber mir. Und davon ausging, daß wir uns träfen.«

»Sie hätten mir das auch in der Kirche zuflüstern können. Ich wäre gern noch geblieben.«

»Alles Wichtige war gesagt. Und ohne Nennung von Namen. Hut ab vor McEllis. Ein Bravourstück. Bis er mich sah und etwas nervös wurde. Wie McEllis eben so ist. Sie kennen ihn ja, Sie sind ja mit ihm Moped gefahren, Sie waren ja sein Mitfahrer; wenn Sie mir das Du entziehen, entziehe ich es Ihnen auch.«

»Das muß nicht sein«, erwiderte Kurt Lukas.

»Ganz wie du willst.«

Sie kamen an niedrigen Behausungen vorbei, wie von Bäumen gefallene Nester, und Läden in Form einer Cola-Dose mit einem Fenster unter dem berühmten Schriftzug; in jedem Fenster standen große Gläser mit kleinen Bonbons. Für einen Spaziergang gingen sie etwas zu schnell.

»Und fällt mein Name auf der Station?« fragte Gussmann auf einmal.

»Nein. Jedenfalls nicht, wenn ich im Raum bin.«

»Auch nicht in der Stunde des Drinks?«

»Auch dann nicht.«

»Vielleicht haben sie mich nur leise erwähnt. Sie sind etwas seltsam wie alle Jesuiten. Man sieht sie nie mit einem Regenschirm und hört sie niemals laut reden.«

Beide schwiegen eine Weile und berührten sich ab und zu mit den Armen beim Gehen. Glühwürmchen zeigten jetzt den Wegrand; es war Nacht geworden.

»Wohin wollen wir?«

»Wir wollen zu mir.«

»Weshalb?«

»Flores hat für uns ein Essen bereitet. Aber erwarte nichts Besonderes. Sie kocht solide. Manchmal sogar ein deutsches Gericht. Knödel. Oder grüne Soße mit harten Eiern; aber nur wochentags, keine Angst. Wie ist es in Deutschland im Augenblick, kühl?«

»Es dürfte schneien.«

»Mein letzter Schnee liegt vierzig Jahre zurück.«

Scheinwerfer tauchten die Hütten vor ihnen in mondgelbes Licht. Ein Jeep mit vier Soldaten überholte sie, und der frühere Priester zog höhnisch den Hut. »Sie tun so, als ob sie den Bischof suchten. Dabei hat ihn entweder das Militär selbst entführt oder die Polizei oder Leute aus der Privattruppe des Ex-Gouverneurs.«

»Und was ist am wahrscheinlichsten?«

»Daß man ihn umbringt.« Gussmann zeigte auf eine quer zum Weg errichtete breite Hütte, deren vorderer Teil ein Laden war. Auf einer Tafel über dem Dach stand in angenagelten Buchstaben *Wilhelm's Book Store.* »Wir sind da.« Er zog ein Gitter hoch und schaltete zwei Leuchtröhren an. Über der Theke hingen an langen Schnüren verblichene Heftchen, Geschichten von Weltraumhelden und Monstern, Liebespaaren und Dämonen. Etwas verborgen zwischen den Heftchen hingen auch Bücher, von Sonne und Feuchtigkeit gekrümmte Erstausgaben, erschienen in Deutschland vor dem letzten Krieg. Hinter der Theke standen Bänke ohne Lehne. »Wer sich etwas leiht, der kann es hier lesen«, sagte Gussmann. »Die Bücher sind nur noch Dekoration. Seit es einen Filmladen im Ort gibt, sind sie nicht mehr gefragt. Früher haben Leute noch darin geblättert, um überhaupt ein Buch zu berühren. Manche haben die Bücher sogar mit in ihre Hütten genommen. Ich selbst kenne sie auswendig. Wenn du sie haben willst« – der frühere Priester machte eine Handbewegung, als wolle er den ganzen Laden verschenken.

»Danke, jetzt nicht«, sagte Kurt Lukas und brachte eins der Bücher mit den Fingern zum Pendeln. Gussmann sah die blaue Hand. Wie ein Chirurgenopfer vor Erfindung der Narkose in ein Stück Holz biß, hatte Mayla hineingebissen, daran gab es für ihn keinen Zweifel. Er löschte das Licht und schloß das Gitter von innen. »Du mußt dich nur entscheiden, ehe die Bücher zerfallen.«

Der frühere Priester öffnete eine Tür, die in den hinteren Bereich führte. »Wundere dich nicht über Flores. Sie gehört zu den Menschen, die man eher wahrnimmt, wenn sie nicht anwesend sind. Dabei ist sie großartig. Spaltet das Holz, bereitet das Essen, trägt mir nichts nach, hält mich nicht kurz, renkt alles ein, kommt und geht.« Er machte Licht an über einem Tisch. »Wir essen allein. Flores ißt nie vor mir und nie mit mir, sondern immer nach mir.« Aus dem unbeleuchteten Teil der Hütte trat eine Frau, flüsterte einen Gruß, tischte auf, schenkte ein und ging.

Sie nahmen Platz, und Wilhelm Gussmann erzählte. Er erzählte von Flores und von sich, von den Brüdern und seinem Ausscheiden, er erzählte von Mayla. Alles hänge miteinander zusammen; und Mayla gäbe es gar nicht ohne ihn. Er war überzeugt davon, daß sie nur durch sein Eingreifen, durch die Jahre auf der Station zu dieser Verbindung aus Schönheit und Klugheit gelangt war. »Natürlich hatten wir eine engere Beziehung, als sie etwa zwischen Mayla und McEllis bestand. Wir berührten uns schon einmal im Vorbeigehen.« Er sprach von einer Tür, die damals noch in die Küche geführt hatte, er sprach von ruhigen Abendstunden neben dem Herd. Er verschwieg, daß er Mayla dort in den Arm genommen hatte, eine Fünfzehnjährige, und ihr Schläfenhaar küßte, ohne an die Durchreiche zu denken, die halb offengestanden war, während Butterworth am Eßtisch saß. »Ich wollte dann fort«, sagte Gussmann. »Nicht ganz fort, nur aus Maylas Nähe. Ich ertrug es nicht mehr, sie ständig anzuschauen, ich ertrug es auch nicht mehr, mir jeden Gedanken an sie zu verbieten. Also trat ich aus, kaufte diesen Laden und nahm mir eine Hilfe. Eine früh Verwitwete, nicht jung, nicht alt, ich könnte dir gar nicht sagen, wie alt meine Unersetzliche ist.« Er trank und schwieg; Flores füllte seinen Becher.

Wenn sie nicht nachschenkte oder die angebrochenen Speisen auf dem Tisch wieder zurechtschob, als seien sie noch unangetastet, nur geringer geworden, stand sie im dunkleren Teil des Raums und verfolgte alle Bewegungen; jede Abweichung von einer nur für sie erkennbaren Harmonie des Tischbildes korrigierte sie rasch, lautlos und unwidersprochen. Aus einer schlecht bezahlten Angestellten war eine mächtige Dienerin geworden. Flores war nur einige Wochen im Laden gestanden, in der ersten schwierigen Zeit, als die Kundschaft Scheu gehabt hatte, sich Liebesheftchen bei einem früheren Priester zu leihen; eines Abends, nachdem das Gitter heruntergelassen und alle Lichter gelöscht waren, hatte Wilhelm Gussmann sie dann zur Hilfe für sein gesamtes Leben gemacht.

»Natürlich fragen sich die Leute, was das für eine Geschichte ist zwischen Flores und mir«, fuhr er fort. »Ich weiß es selbst nicht. Und eine Heirat würde es auch nicht klären. Offiziell ist sie immer noch meine Aushilfe.« Er kam auf Mayla zurück, die zu Flores ein gutes Verhältnis habe. Auch umgekehrt sei es so, sagte er und verschwieg, daß dieser Frieden auf einem Gerüst von Halbwahrheiten beruhte. Flores wußte nicht, wie sehr er sich in Gedanken mit Mayla befaßte, und Mayla wußte nicht, wie sehr er Flores brauchte. Gussmann glaubte längst an das, was er über sich mitteilte; er hielt sich für ein offenes, aber schwieriges Buch, ebenso gekrümmt wie seine Erstausgaben. In einsamen Nachtstunden glaubte er sogar, eine Art Heiligenleben zu führen; denn alles, was nicht Mayla war, war bereits die Wüste, eine Leere, die er mit ausgesuchten Entsagungen füllte.

Sie aßen von Plastiktellern, sie tranken aus Plastiknäpfen. Sie benützten stumpfe Messer, sie saßen auf harten

Schemeln. Das Licht war schwach, die Luft zum Ersticken. Sie sahen auf ein Bettlager, Bretter um eine Matratze, ein Tuch, eine Decke; sie rochen das faulende Stroh. Die Wände gehörten den Geckos, der Boden großen Schaben. Zwei Bierhumpen in einem Regal waren der einzige Schmuck in dem Raum. Es gab keine Kalenderbilder, keine Fotografien, keine Vase, kein einziges Erinnerungsstück. Der gediegene Hut und das Verkommenlassen der seltenen Bücher, sein Köfferchen und der Anblick der Bierhumpen, das war der sichtbare Luxus, den Gussmann sich gönnte.

Er legte die Hände auf den Tisch und hob sie dann ruckartig an. »Etwas Wein? Seit vierzig Jahren schleppe ich eine Flasche Liebfrauenmilch mit mir herum. Ich bekam sie in El Paso geschenkt. Kennst du El Paso?« Gussmann lachte und war in Gedanken schon wieder entfernt von der Flasche; sie lag hinter den Bierhumpen, eingewebt wie das vergessene Opfer einer Spinne.

»El Paso?« sagte Kurt Lukas, »nein, kaum.«

»Ich habe dort ein paar Jahre verbracht, immer mit einem Fuß über der Grenze, im mexikanischen Dreck.«

Flores räumte ab. Gussmann schaute ihr nach. »Oder ist dir noch übel, möchtest du Tee?« Er rief zwei Worte in den Hof, wechselte wieder ins Deutsche und sagte ohne Übergang, er hätte sich das nie gestattet, der einzigartige erste in Maylas Leben zu werden. Niemals. Kurt Lukas faltete die Hände im Nacken. »Sie kam zu mir, nicht umgekehrt. Seitdem haben wir uns kaum gesehen, nur zwei- oder dreimal im Garten.«

»Sie kam auch schon zu mir«, erwiderte Gussmann. »Aber ging, wie sie gekommen war.«

»Ich wußte nicht, daß du sie liebst.«

»Nun weißt du es.«

Flores brachte eine Schale mit heißem Wasser, in dem ein Teebeutel schwamm. Über Gussmann gebeugt, stellte sie die Schale auf den Tisch.

»Aber mach dir nichts draus. Ich lebe nicht mehr lange, bis März vermutlich, und werde diese Sache mit ins Grab nehmen. Man müßte nur darüber nachdenken, wie es bis dahin weitergeht. Vermeiden wir Begegnungen, vermeiden wir sie nicht; oder vermeiden wir das Thema; oder vertrauen wir darauf, daß es schnell mit mir zu Ende geht.« Gussmann hatte Flores' Hände ergriffen und streichelte sie. »Das alles nur für den Fall, daß du bleibst.«

»Ich bleibe.«

»Grund?« fragte er.

»Sagen wir Neugier.«

Flores zog ihre Hände zurück und flüsterte etwas. Der frühere Priester stand auf. Er holte ein Radio unter seiner Matratze hervor und stellte es an. »Flores hat eine furchtbare Angewohnheit: Sie weist mich auf jede volle Stunde hin.« Die Stimme Amerikas brachte Nachrichten. Der Entführungsfall war jetzt unter den zuerst verlesenen Meldungen. Die Sondereinheiten hatten ihre Suche angeblich verstärkt, der Präsident erwog das Kriegsrecht für die Insel.

»Vielleicht sollte ich doch besser abreisen«, sagte Kurt Lukas. »Solange das noch möglich ist.«

»In diesem Fall würde ich vorher gern erfahren, wer du bist, wovon du lebst und vor allem, was dich hierhergeführt hat.«

»Ich bin dir keine Rechenschaft schuldig.« Kurt Lukas ließ den Tee stehen und legte wie Narciso eine Hand an die Schläfe. »Gute Nacht.«

Gussmann stellte das Radio ab. »Du bist nicht ernst genug für diese Geste«, sagte er und schob das Radio wieder unter sein Lager. »Und weißt von den Frauen hier so wenig, daß dir angst und bange sein müßte, da dich eine von ihnen offenbar liebt.« Er ging um Kurt Lukas herum und sah sich sein Haar an, seine Ohren, seine Arme, seine Augen, den Mund. »Bist du beim Film? Es könnte schon sein. Ich frage mich nur, was du in einem Kriegsgebiet machst.

Sollst du einen tapferen Missionar spielen, ist es das? Oder einen revolutionären Priester, der sich verliebt? Treibst du Studien? Jedenfalls rate ich dir, daraus kein Geheimnis zu machen.«

Kurt Lukas lief in den Hof, Wilhelm Gussmann holte ihn ein. »Ich zeige dir die Richtung.« Er begleitete ihn bis auf den Weg vor der Hütte. Die Nacht war sternenhell und laut. Hunde kläfften, Frauen lachten, Mopeds fuhren, und aus Doña Elviras Musikanlage knirschte es zwischen zwei Liedern. »Geh, bis du die Lichter der Bude siehst, dann nimm den ersten Weg, der links abbiegt. Und später rechts halten, der Stille entgegen, das kennst du ja schon. Wenn ich etwas unhöflich war, tut es mir leid.«

»Ich war ja auch nicht höflich.«

»Aber du schaust wenigstens danach aus.« Gussmann hustete. Hustend fragte er: »Liebst du sie?«

»Vermutlich; ich weiß es nicht.«

»Dann solltest du abreisen.«

»Und alles wäre vorbei.«

»Mayla würde dir schreiben.«

»Bekäme ich auch Post von dir?«

»Ich bin kein Freund von Geschriebenem. Man bereut es fast immer.«

»Ich glaube, ich bleibe«, sagte Kurt Lukas und ging.

»In den Abendnachrichten nichts Neues zu De Castro. Wir beten für ihn. Erstaunlich, wie in den Staaten über die Entführung berichtet wird: als sei sie der Beginn einer Revolution. Erstaunlich auch, wie Mister Kurt reagiert: als genieße er es, sich so nahe am Weltgeschehen zu wissen.« McEllis schrieb. In seinem Wettertagebuch häuften sich die eingeklebten Notizen. Er beschrieb nur die Vorderseiten der Zettel und klebte sie dann an der Oberkante übereinander; so entstanden dünne Blöcke, die wie getrocknete Blumen zwischen den Seiten ihren Platz fanden. »Vielleicht sind es Verse«, hatte Dalla Rosa über diese Einlagen zu Horgan bemerkt, »vielleicht aber auch Billetts, die er nicht absenden möchte.« McEllis spürte die Neugier der anderen, sobald er sein angeschwollenes Wetterbuch aufschlug, besonders die von Butterworth. In dieser Nacht schrieben sie seit langer Zeit wieder beide. Wand an Wand füllten sie Blatt um Blatt.

»Gerade weil wir für die Verbindung von Mister Kurt und Mayla unsere Gründe haben«, notierte McEllis, »sollten wir diese Liebschaft nicht einfach hinnehmen, sondern zur Sprache bringen.« Er hob den Blick und sah mit weit in die Ferne gerichteten Augen – Augen, die er lange offenhielt, um sie dann lange zu schließen – aus dem Fenster. Einzelne Sterne flimmerten. Welche Räume lagen zwischen ihren Lichtern; der Priester schweifte ins Unermeßliche, bis ihn etwas Weiches zwischen den Füßen auf die Erde zurückholte. West-Virginia. Sein Tier. Wer wäre nicht stolz auf den Besitz eines solchen Geschöpfes – schön, klug und in Erwartung von Nachwuchs? Die Hündin streckte sich und verschwand durch ihr Türchen. McEllis schloß das Wetterbuch. Hatte er nicht auch ihre sinnvoll erdachten Ein- und Ausgänge gegen das Bedenken der übrigen, es entstünden nur Löcher im Haus, durchgesetzt? Ebenso müßte sich ein sinnvoller Umgang mit der Liaison unter ihrem Dach durchsetzen lassen.

Er stand auf und wusch sein Gesicht. Anschließend brachte er einen Taschenspiegel über dem Waschbecken an, nahm seine kleine Bartschere und stutzte sich einige Borsten. Wie die anderen verwandte er nur an ausgesuchten Stellen Sorgfalt auf seine Toilette. Doch im Gegensatz zu ihnen erzielte er einen Effekt: Die akkurate weiße Bürste über seiner Oberlippe verlieh ihm das Flair eines pensionierten Kolonialoffiziers – jedenfalls hatte das Gregorio einmal behauptet. McEllis vermißte ihn. Vielleicht sollte er ihm schreiben. Er dachte darüber nach und wäre auf der Stelle ans Werk gegangen, hätte er Butterworth' Seufzer, die herüberdrangen, das Bleistiftspitzen und Papiergeraschel nicht als neuen Tagebuchanlauf unterschätzt. Er konnte sich nicht vorstellen, daß Butterworth wieder korrespondierte.

Aber so war es. Der bleiche Priester schrieb an Gregorio. Ohne Auftrag. Ein Adressat genügte; Butterworth hatte seine Hemmungen überwunden. Die Bitte, von Mister Kurt eine Zeichnung in Worten anzufertigen, hatte den Anstoß gegeben. Kaum war Pacquin damit herausgerückt, nach einem nächtlichen Gebet für De Castro, hatte er auf seiner Kammer die ersten Versuche gemacht, ein Blatt mit zusammenhängenden Sätzen gefüllt. Subjekt, Prädikat, Objekt. Punkt. Schon gegen Morgen war es aufwärts gegangen, er hatte sich an Metaphern gewagt und Wortspiele probiert. Ein Tag und eine Nacht und noch ein Tag waren schreibend vergangen, Butterworth hatte kaum geschlafen. Doch er war frisch. Die leere Zigarettenspitze im Mundwinkel, saß er in Hemd und Hose auf dem Bett und versuchte sich an einer Darstellung des zurückliegenden Abendessens. Gregorio sollte einen vollständigen und lebendigen Eindruck von den neuesten Entwicklungen auf der Station bekommen, das wäre das mindeste.

»... unser alter Pacquin war schon bei Tisch und brachte eben eine seiner Haushaltsnotizen um einen weiteren Buchstaben voran, während der Novize Horgan ein Lätzchen umband – eine Einrichtung, die auf Augustins Initiative zurückgeht. Dalla Rosa machte Pläne für eine Neuordnung der Bibliothek, McEllis hielt sich aus den bekannten Gründen bei der Durchreiche auf, und ich selbst blätterte in der Zeitung. Plötzlich erhob sich Pacquin, reichte dem Novizen ein Stück beschriebenes Papier und murmelte, er solle bitte diese Medikamente besorgen, und das möglichst gleich. Augustin begriff, daß er sich zurückzuziehen hätte, und jeder von uns wußte, daß Augustin wußte, daß etwas Delikates anlag. Wir aßen schweigend. Erst als sich die Klappe in Maylas Bühne schloß, um einen Ausdruck unseres entführten Bischofs zu gebrauchen, und das mit einem Geräusch, das mir heftiger als gewöhnlich vorkam, ergriff Pacquin das Wort. Hat uns Mister Kurt verlassen? fragte er – er hat doch noch kein Abendessen versäumt. McEllis korrigierte ihn und sagte, Mister Kurt habe schon zweimal das Abendessen versäumt. Er hob zu einem regelrechten Vortrag an, den er mit seinen käuzchenhaften Südstaatenlauten spickte. Sprach davon, als was für ein Geschenk er es ansehe, überhaupt einen müßigen Mann wie Mister Kurt getroffen zu haben, erwähnte dessen Blick, der alsbald in die Küche gegangen sei, sprach mit erregter Stimme von Mayla, die an einheimischen Bewerbern nicht das geringste Interesse gezeigt habe, sprach von ihrer seltenen Schönheit und ihrem einzigartigen Wesen, die sie wahrscheinlich zur Einsamkeit verdammt hätten, und kam schließlich zu dem Ergebnis, daß unsere Motive für ein Sichfinden der beiden doch im Grunde christlich seien. Sah mich darauf zu der Entgegnung veranlaßt, daß unsere Motive in dieser Angelegenheit nicht etwa alle auf der Hand lägen, sondern auch im dunkeln.«

Der bleiche Priester zog die Brillenbefestigung stramm und riß ein neues Blatt vom Block. Wie oft hatte ihn dieses

unverwechselbare Geräusch, wenn es von nebenan gekommen war, neidisch gemacht; jetzt würde es McEllis auf
die Nerven gehen – der, wie man hören konnte, nur langsam vorankam. Butterworth schrieb mit einem Brettchen
als Unterlage, das er schon in seinem römischen Studienjahr benutzt hatte. Und wie immer gebrauchte er einen
Bleistift, den er von Zeit zu Zeit nachspitzte.

»McEllis«, fuhr er fort, »teilte begreiflicherweise meine
Auffassung von den dunklen Motiven nicht, und Dalla
Rosa brachte die Konsequenzen der Geschichte auf eine
einfache Formel: Wenn Mister Kurt mit ihr hier schlafen
sollte, dann müßte er uns verlassen – unsere Hausordnung
sieht so etwas nicht vor. McEllis sprach darauf von einem
kleinlichen Junktim und legte dar, daß über diese Liebschaft bald ein offenes Gespräch mit Mister Kurt geführt
werden müßte. Natürlich gehe es nicht um Details, fügte
er vorsichtshalber hinzu, und die Meinungen überschlugen sich. Ich: Geht es nicht immer um Details? Dalla Rosa:
Nur wenn man keine Phantasie hat! Pacquin: Das Thema
war für mich schon beendet. McEllis: Es endet mit dem
Tod, nicht früher. Ich wieder: Mir reicht, was ich durch
Gussmann über Leidenschaft weiß. – Das war das nächste
Stichwort. Alle schwiegen, keiner wollte es aussprechen;
mit Mister Kurt glaubte man Wilhelms hoffnungsloser
Liebe ein für allemal einen Riegel vorgeschoben zu haben.
Horgan erlöste uns dann aus dem unguten Schweigen. Er
hatte Kräfte gesammelt und flüsterte, wir wüßten von den
tollen Liebesdingen ja recht wenig, und dieses wenige liege
bei jedem, grob geschätzt, fünfzig Jahre zurück. Mit Mister Kurt darüber Gespräche zu führen wäre also noch einmal ein Studium. Und hauchend schloß er, daß es im
übrigen unsere Pflicht sei, jede Art Liebe zu fördern, frag-
lich sei nur, ob es sich um Liebe handle. Horgan sank in
sich zusammen, fügte aber mit kaum hörbarer Stimme
noch hinzu, jeder möge sich doch seiner eigenen Berührung mit der Liebe einmal gründlich erinnern. Unser Ge-

spräch war damit unterbrochen. Ehe wir auseinandergingen, nahm mich Pacquin beiseite. Er erkundigte sich nach dem Porträt, von dem ich Dir eingangs erzählt habe, und ich versprach ihm, noch an diesem Abend die ersten Sätze zu schreiben. Natürlich habe ich schon ein wenig probiert, parallel zu den Entwürfen dieses Briefs, doch nun stürze ich mich richtig in die Arbeit; den Brief werde ich morgen oder übermorgen fortsetzen, hoffentlich mit guten Nachrichten über De Castro und Schwester Angel, für die wir nur beten können.« Butterworth legte die Blätter auf seinen Nachttisch und schlug ein Schulheft auf. Dort standen in Schönschrift seine ersten Übungen nach der langen Krise, die Anfänge seines *Papiers*, wie er das bestellte Porträt in bewährter Art nannte. Ein *Papier* war immer gut. Es zirkulierte, löste Debatten aus, kam abhanden, hielt in Atem, fand sich wieder, kurz, es führte ein eigenes Leben und gebar in der Regel neue Papiere.

Der bleiche Priester schloß die Augen und sprach mit sich selbst. Sein halblautes Träumen drang bis an Pacquins feine Ohren und vermengte sich dort mit leisem Geseufze – Butterworth war nicht der einzige, der in dieser Nacht Luftschlösser baute; auch Horgan und Augustin schwebten in gefährlichen Höhen. Der eine sah sich auf dem Center Court, ein Lächeln der Herzogin von Kent erwidernd, ehe er zum Matchball antrat, sank dann in leichten Schlaf und zerrte im Traum vergebens an einem Lätzchen, das ihm den Tadel des Schiedsrichters wegen ungebührlicher Kleidung eintrug, während die Herzogin hinter einem Taschentuch ihr Lachen verbarg. Der andere sah sich im Rampenlicht des berühmten Mabini Palastes singen, ein Lächeln von Mayla erwidernd, die in der ersten Reihe saß, Besteck abtrocknend, schlief darüber ein und brachte im Traum keinen Ton über die Lippen.

Während der Novize und Horgan schlecht träumten und die übrigen Alten ihren Gedanken nachhingen, ging der

Mann, der die große Unruhe in die Station gebracht hatte, der kleinlichsten aller Beschäftigungen nach – Kurt Lukas wartete.

Er hatte erst dreimal auf eine Frau gewartet. Das erste Mal auf sein Kindermädchen, das verunglückt war. Das zweite Mal auf eine junge Ärztin, die er in seine Wohnung eingeladen hatte; sie war nicht gekommen. Das dritte Mal auf eine Geliebte am Leonardo-da-Vinci-Flughafen; er hatte sich im Datum geirrt. Dies war das vierte Mal, doch nun unter erschwerten Bedingungen. Es gab keine Abwechslung. Keine Schaufenster und keine Passanten, keinen Espresso und keine andere Frau. Es gab nur ihn und die Zeit. Er saß auf seinem Balkon und achtete auf jeden Laut. Auf ein Zirpen, das anhob und abriß. Auf Gelispel im Bambus. Auf eine fallende Frucht. Auf den eingebildeten Hauch aus den Bananenstauden. Wie angebunden saß er auf seinem Stuhl und hoffte, daß etwas geschehe. Doch kein Zweig bewegte sich, wenn er ihn nicht bewegte. Nichts geschah; nur eine alte Wut wuchs in ihm. Kurt Lukas haßte jedes Warten. Es höhlte ihn aus. Es machte ihn hart. Es nahm ihm die Geschmeidigkeit und eine höhere Lizenz, die für sein Leben galt: sich jederzeit aus dem Menschentopf zu bedienen. Wie sinnlos war im Augenblick sein Lächeln. Wie nutzlos sein Tageshonorar, mit dem man hier vermutlich einen Priester auslösen könnte. Er war nicht reich, er verfügte nur über unerschöpfliches Taschengeld. Und wartete, wütend auf sich. Warum blieb Mayla einfach weg. Warum kam sie nicht. Wie kam sie dazu, einfach wegzubleiben? Was setzte sie nicht alles, ahnungslos, aufs Spiel – einen ganzen Monat lang könnte er mit ihr durch Rom streifen und ihr nur die Feinheiten zeigen. Nicht die schmutzige Spanische Treppe, nicht das angeschlagene Colosseum, nein, den zierlichen, wie einem Traum entnommenen protestantischen Friedhof oder halbversteckte Läden mit Damenhüten aus England; ihr hier etwas kaufen und da etwas kaufen und sie dann in den

Nächten durch die ausgeklügelte, von Woche zu Woche wechselnde *Un*ordnung einer Welt schleusen, die zu bestimmten Zeiten an bestimmte Orte kam, um dort auf ganz bestimmte Weise schön zu sein.

Kurt Lukas hoffte noch immer. Er redete sich ein, daß sie unterwegs zu ihm sei und er keine Zeit geopfert habe. Das Schlimmste am Warten auf einen Menschen war ja das Opfer dabei; auf widerliche Weise konnte es sich in Liebe verwandeln. Wie abstoßend das war: eine Frau zu lieben, weil man ihr jahrelang Opfer gebracht hatte. Aus diesem Grund liebte man Kinder. Er liebte eine Frau, weil sie ihm gefiel. Es war nur eine Sache der Augen, des ganz und gar ungerechten Geschmacks. Jemand mit gerippten Nägeln war zum Beispiel gleich gestorben. Oder der geringste Flaum auf den Wangen, ein nur etwas zu schwerer Gang, eine ungute Stelle im Nacken, und er paßte. Sein Wille, ein Auge zuzukneifen, war kümmerlich; schließlich hatte er Rom als sein Pflaster gewählt, weil das päpstlich-zugeknöpfte Rom die Stadt der schnellen, schamlosen Blicke war. Einer kurzen, mitleidlosen Einschätzung, auf die sofort ein Ja oder Nein folgte wie in früherer Zeit der nach oben oder nach unten gerichtete Daumen. Ja hieß, man durfte mitspielen, Nein, man war ein Niemand. Ganz Rom war ein Kinderspielplatz voll schönster Grausamkeit. Eine ideale Stadt für Priester. Eine angenehme für Pensionäre. Ein Schlachtfeld für die Jungen. Für alle Häßlichen mit Liebeswunsch die Hölle. Für *ihn* war jeder Stadtgang eine Expedition in schwieriges Mädchengebiet. Und ein Aufbruch zu fernen Verwandten. Denn diese knappgekleideten, Eis schleckenden, immer etwas überfütterten jungen Frauen, die zu zweit auf ihren Piaggios fuhren – vier braune Schenkel und eine einzige Fahne aus Haar –, waren ja genauso ungerecht oder gerecht wie er. Und darum mochte er sie. Am liebsten mochte er sie, wenn die Hitze über Häusern und Kirchen lag und die Menschen leichtsinnig machte. Als einer der wenigen, die Rom im

August nicht den Rücken kehrten, schaffte er es dann manchmal, eine dieser nicht ans Meer gelangten, zurückgebliebenen, in den leeren Straßen fast gefangenen Römerinnen in seine Wohnung auf dem Gianicolo zu führen. Nur im Ausnahmezustand, auf dem Höhepunkt der Augustglut, wurden aus den geborenen Müttern vorübergehend Geliebte, die mit ihm ganze Nachmittage im Halbschlaf verbrachten. Stunden mit nur ein, zwei wiederkehrenden Geräuschen, dem Schleifen einer Ferse am Bettuch, mattestem Entgegenkommen, oder dem Rutschen trockener Blätter, die ein Lufthauch über seine Terrasse bewegte... Im Tal schrien die ersten Hähne, er hörte sie nicht. Schlummernd, träumend, wütend wartete er weiter.

Wenig später – Kurt Lukas saß wie ein eingenickter Nachtportier auf seinem Balkonstuhl – überflog Butterworth den Rohentwurf des Papiers. Der ganze Ansatz war ihm zu psychologisch, zu vage. Er zerriß die Seiten und versuchte sich auf das Wesentliche zu beschränken. »Mister Kurt hat ein großes Gesicht«, schrieb er mit frisch gespitztem Bleistift. »Schläfen, Stirn und der gerade Ansatz seines Haars bilden ein Rechteck, die untere Gesichtshälfte wirkt dagegen eher gerundet. Erscheint uns die untere Partie fast gelassen, so macht der obere Teil seines Gesichts einen angespannten Eindruck, was nur die dichten dunklen Haare etwas mildern. Im Zentrum dieser Angespanntheit: die Augen. Deren Form bestimmen schräg verlaufende, schmale Lider, die, obwohl sie nach außen hin abfallen, durch den Gegenschwung des Unterlids den Augen etwas Katzenhaftes geben. Damit wäre noch kein Wort über den Blick gesagt. Wer ihn erfassen will, muß die Augenumgebung mit einbeziehen: die an ihren Ausläufern zur Stirn strebenden Brauen und einen Fächer steiler Falten oberhalb der Nasenwurzel, ferner die Schatten unter den Augen.« Der bleiche Priester spitzte den Stift nach – jeder

Steckbriefzeichner wäre von dieser Beschreibung entzückt.

»Was aber ist das nun für ein Blick?« setzte er zu einem
Exkurs an. »Er hat etwas Schlafloses, und, wie wir zugeben
müssen, auch etwas beängstigend Schönes – wie die Fältchen über der Nase, die uns als Diagramm erscheinen; vier
kleine Falten zählen wir zwischen den Brauen von Mister
Kurt. Ich. Ich. Ich. Ich.« Butterworth erwog, diese Bewertung zu streichen. Doch er konnte sich nicht trennen davon; er kam zur Nase. »Ihretwegen brauchen wir uns
keine Sorgen zu machen. Ein gutes Stück tritt sie gerade
und kräftig aus dem Gesicht, geht dann in einen leichten
Sattel über und wird angenehm breit. Runde, fast ausla-
dende Flügel beschließen ihre Seiten; an männlicher Wirkung trauen wir ihr allerhand zu. An der Spitze umgibt sie
ein Hauch von Hochnäsigkeit, ein Hauch von Brutalität
umgibt ihre Löcher. In toto erscheint uns die Nase von
Mister Kurt als ein respektables Organ, das etwas Solides
und Unsolides zugleich hat, ein Gegensatz, der sich in der
ausgeprägten Lippenrinne fortsetzt. Deren Beschaffenheit
geht über die reine Funktion, Nasenwasser abzuleiten,
hinaus. Sie ist eine deutlich erkennbare Senke. Ein Spalt im
Prinzip, der wie alle Spalte zur Erforschung einlädt – die
angemessene Verbindung zwischen der Nase und dem
Herzstück dieses Gesichts, seinem Mund. Und damit meinen wir nicht den Mund, der zum Aufnehmen von Speise
und Trank da ist, sondern allein die Lippen – Lippen, die
entweder eine ansprechende Einheit bilden oder bleiben,
was sie naturgemäß sind: Schleimhäute. Bei Mister Kurt
bilden die Lippen, selbst wenn er mit offenem Mund dasitzt, noch eine Einheit. Sie stehen für sich wie seine Augen
und haben denselben kupfernen Farbton; und wie Augen
und Nase lassen sie ihre natürliche Funktion fast in Ver-
gessenheit geraten. Für diese Annahme spricht auch der im
Grunde sinnlose Spalt in seiner etwas gelangweilt erschei-
nenden Unterlippe, der sich im deutlichen Kinnspalt noch

fortsetzt. Im ganzen gesehen erinnert sein Gesicht mal an einen frechen Hoteldieb, mal an einen kühnen Reporter, mal an einen Salonlöwen, und immer spüren wir dabei, daß ihm jede Geschichte dazu fehlt. Er ist nicht *in* den Dingen und muß es auch nicht sein; die Dinge heften sich an ihn. Sein Los ist vielleicht eine unbelebte Prägnanz, wie man sie sonst bei minderbegabten Schauspielern antrifft, ein elternloses Zuviel, dem ein inneres Zuwenig entspricht – aber welche Menschen sind geheimnisvoller als die ohne Tiefe?« Erste Sonnenstrahlen streiften das Papier. Butterworth blinzelte. War er zu weit gegangen? Sicher. Jedes Schreiben ging letztlich zu weit. Doch er brachte keinen Strich übers Herz, keinen Strich, der am Ende mehr als das Gestrichene sagte.

Die Spieluhrmusik erklang. Der bleiche Priester trat ans Fenster und dankte seinem Schöpfergott für den glücklichen Ausgang der Krise; und plötzlich war er fest entschlossen, alle Vorgänge auf der Station lückenlos festzuhalten. Nur Entgleisungen wie kürzlich würde er sich wieder in Stunden der Schlaflosigkeit selber erzählen. Butterworth ordnete seine Blätter und horchte nach nebenan. McEllis hatte aufgegeben – entweder schlief er, oder er betete. Jedenfalls notierte er nicht. Und dabei würde es ihn jetzt gar nicht mehr stören. Im Gegenteil, man könnte sich austauschen... In aller Ruhe las sich Butterworth das Geschriebene durch. Fehlte da nicht ein Wort über den Körper von Mister Kurt? Das Papier sollte ja Hand und Fuß haben. Und von der Morgensonne beflügelt, schrieb er den Satz: »Seine Statur erinnert uns an gefällige Christusdarstellungen, schlank, federnd und ein wenig lasziv.«

Morgendliche Strenge umgab die Priester während des Frühstücks. Die Sonne stand bereits groß über den Waldkuppen jenseits des Tals, ihr Licht schoß durch Baumkronen und verdampfenden Tau und wärmte den Raum; es roch nach Holz und Milchbrei. Ohne von den Tellern aufzusehen, besprach man fällige Reparaturen. Als Butterworth über die Kosten den Kopf schüttelte, gab der Novize zu erkennen, daß er auch handwerkliches Talent besitze – ein gewagter Vorstoß. Zwar kannte Augustin den Brief von Father Demetrio nicht, in dem sein Kommen angekündigt worden war, hatte jedoch Kenntnis von dessen Existenz und ahnte damit den Inhalt. Sein Tun und Lassen sollte beobachtet werden. Also auch Hilfeleistungen, die nach der Demetrio'schen Psychologie nur Punkte brachten, wenn man sich nicht um sie bewarb, was sogar zu Abzügen führte. »Deine Aufgabe hier heißt Father Horgan«, bemerkte Pacquin. »Aber falls du für heute einen Vertreter findest, vielleicht unseren Gast, könntest du dich als Handwerker nützlich machen. Und zwar zunächst in der Küche. Dort ist ein Hahn defekt. Wenn Mayla später die Wäsche aufhängt, kannst du ihn ungestört reparieren. Sofern Mister Kurt dich vertritt.«

Kurt Lukas sagte nichts. Er war gerade erst hereingekommen. Die Hitze hatte ihn geweckt. Alles tat ihm weh; noch nie im Leben war er auf einem Stuhl eingeschlafen. Er aß und trank. Man hatte ihm reichlich übriggelassen. Vom Eierkuchen für zwei, vom Corned beef für drei, dazu Reis und eine Schüssel Lansonisfrüchte mit ihrem hellen bittersüßen Fleisch. Offenbar sollte er sich stärken. Aber wofür? Oder nach welchem Verschleiß? Alle sahen ihn an, und er nickte Augustin zu: »Wenn Father Horgan nichts dagegen hat...«

Horgan hatte nicht das geringste dagegen. »Ich wäre dann bereit für die Veranda«, flüsterte er nach dem Frühstück. Dort angekommen, wechselte er den Stuhl. Mit der Langsamkeit einer Raupe brachte er zuerst die Füße in eine festgelegte Stellung zueinander. Als das erreicht war, stemmte er sich aus eigener Kraft hoch. Seine Arme zitterten wie Baßsaiten. Während der schwierigsten Phase, als Horgan sekundenlang frei stand, den Blick auf den Boden geheftet, nicht mehr Teil seines Rollstuhls war und noch nicht Teil des Lesestuhls, konnte Kurt Lukas kaum zuschauen. Es zog sich hin wie ein stilles Gebet, bis der Priester endlich hinter sich griff, die Lehnen des Lesestuhls ertastete und nach einem minutiösen seitlichen Versetzen der Füße eine Position erreicht hatte, von der aus er sich einfach zurückfallen ließ; über die Wirkung des Stuhlwechsels auf andere Menschen war sich Horgan seit langem im klaren. Er sammelte Kräfte. Schließlich hauchte er: »Reichen Sie mir mein Buch, Mister Kurt. Und jetzt setzen Sie sich in den Rollstuhl. Er ist komfortabler, als man denkt.« Horgan schloß die Augen, nahm das schmale Buch in seine rechte Hand und bewegte es ein Stück durch die Luft. Und überraschend deutlich stellte er fest:

»Sie haben Aufschlag.«

West-Virginia kam auf die Veranda und rollte sich in ihren Vormittagsschlaf. »Ich hoffe, Ihr Service ist anständig«, fügte Horgan hinzu.

»Manchmal ja, manchmal nein.«

»In diesem Fall offenbar nein«, bemerkte der Priester, »Null-fünfzehn.« Horgans Stimme bekam den gleichgültigen Klang aller Tennisspieler, die ihre Punkte selbst zählen müssen; während sich Kurt Lukas noch am Ohr zupfte, murmelte er schon trocken »Null-dreißig« und vergab dann einen Punkt. Sein Gegner drückte die Fäuste ans Kinn. Endlich sagte er auch etwas, »Dreißig-beide«, und schien davon so erschöpft, als sei er in der feuchten Hitze wahrhaftig ans Netz gestürmt und wieder zurück.

»Doppelfehler«, konterte Horgan, »Dreißig-vierzig.«

Der kranke Priester ließ den Kopf hin und her pendeln; er verfolgte die Bälle. In aller Sachlichkeit stellte er fest:

»Game Mister Horgan.«

»Also Seitenwechsel, Father.«

»Ich stehe schon, Mister Kurt.« Horgans Kopf war wieder auf die Brust gesunken, sein Atem ging flach. »Fünfzehn-null«, hauchte er. Ein As.

Sein erster Aufschlag traf selten daneben, und die harten

Bälle waren auch noch tückisch geschnitten. Schon hieß es Dreißig-null, schon Vierzig-null, und Horgan machte den Vorschlag, daß der Gewinner dieses Satzes – für ein ganzes Match sei es einfach zu heiß – einen Wunsch frei habe. Darauf gelang seinem Gegner ein traumhafter Return – »Vierzig-fünfzehn!« rief er über den Platz. Dieser heftige, früher auf Tennisplätzen unübliche Ton führte dann rasch zu Einstand und ließ Horgan sein Service nicht durchbringen. Plötzlich kam Schwung in die Begegnung. Der Deutsche mußte im dritten Spiel erneut seinen Aufschlag abgeben, schaffte aber gleich danach ein weiteres Break, ehe ihn die Nerven verließen; der alte Amerikaner ging mit drei zu zwei in Führung, baute seinen Vorsprung auf vier zu zwei aus, schlug auch weiterhin fehlerlos auf, um spätestens am Netz den Punkt zu machen, lag auf einmal mit fünf zu drei vorn und sagte endlich leise, aber unüberhörbar: »Set and match Mister Horgan.«

Der Verlierer zog sein Hemd aus und machte sich Luft.

»Ein schwerer Gegner waren Sie nicht, Mister Kurt.«

»Ich habe noch nie so gespielt.«

»Das dachte ich mir.« Horgans Stimme ließ nach, und das Buch glitt ihm aus der Hand. Kurt Lukas hob es auf.

»Sie haben einen Wunsch frei, Father.«

»Ich weiß. Aber Wünschen strengt an. Und Wünsche-äußern noch mehr.« Horgan sammelte noch einmal Kraft. Sein Wunsch war die Antwort auf eine längst fällige Frage.

»Lieben Sie Mayla?« flüsterte er.

Die Hündin erwachte, streckte sich und kroch durch ihr Sondertürchen in den Flur. Kurt Lukas sagte ja, als habe er eine Münze geworfen. Ein Windhauch strich durch die Veranda und brachte den Geruch nasser Wäsche. Zwei, drei Minuten, dem unbemerkten Anfang einer Freundschaft ähnlich, vergingen; sie saßen nebeneinander und sahen und dachten dasselbe: Da stand der Novize und warf einen Blick durch die Kletterrosen auf ein Stück Wiese, über dem die Wäscheleine gespannt war, und eilte dann

Richtung Küche, tipptopp umgezogen, in Turnhose und Sporthemdchen, obwohl ihm Mayla doch gar nicht über die Schulter sehen würde.

Aber so dachten Erwachsene; Augustin sah sich in die Welt einer Unerreichbaren eintreten, um dort einen Defekt zu beheben. Er hatte noch nie einen Wasserhahn repariert. Doch gab es weitaus schwierigere Dinge, die sich nur durch Anmaßung ein erstes Mal bewältigen ließen. Etwa mit einer Frau zu schlafen; erleichternd war dabei bloß der Gedanke, daß dieses erste Mal zugleich das letzte Mal wäre. Es kam ja nur darauf an, endlich zu erfahren, wovon alle Welt immerzu sprach, um diese Dinge von da an souverän zu verneinen. Sein Lebensziel Missionar stand so fest, wie die Entschlüsse eines Jungen feststehen. Augustin wollte die ganze Menschheit lieben, was ihm unkomplizierter erschien, als sich an einem einzelnen zu versuchen. Andererseits gab es da seine Talente, besonders die helle Stimme, die Aufsehen erregte, und sein fast krankhaftes Gedächtnis für Schlager. Trotz aller Beschäftigung mit Christus und der Heiligen Schrift, mit Ignatius von Loyola oder den Lehren Spinozas war in ihm ein Archiv der Dreiminutenromanzen entstanden; er war ein Liebhaber ohne Erfahrung, er konnte alles und nichts, warum nicht auch einen Dichtungsschaden beheben – der Hahn über der Spüle tropfte.

Der Novize legte sich zurecht, was er von Butterworth erhalten hatte – Klempnerzange, Hanf, Gummiringe, Schraubenzieher –, und nahm auseinander, was auseinanderzunehmen war. Das Wasser schoß aus dem Rohr. Es prallte am Becken zurück, ihm ins Gesicht, es ergoß sich laut und in Strömen. Es trommelte in die Blechwanne und fiel als dichter Regen auf ihn herab, als er sich bückte, um den Haupthahn zu suchen. Schon bildeten sich große Pfützen, wanderten zu Herd und Reissack, ein Fiasko drohte – bis auf einmal kein Wasser mehr floß. Augustin führte das auf seinen Willen zurück und vertiefte sich in die Reparatur. Er kam gar nicht auf den Gedanken, daß jemand das Wasser abgestellt haben könnte, am wenigsten Mayla.

Sie lehnte am Herd. (Beim Wäscheaufhängen war Kurt Lukas wie aus dem Nichts kommend vor ihr gestanden, sein Hemd in der Hand und eine schwarze Brille vor den Augen, und hatte tonlos gelacht, weiter nichts, kein Wort gesagt, nur abgewartet, und sie war in die Küche geflohen.) Mayla nahm sich eine Zigarette und zündete sie leise an; Augustin sang plötzlich während der Arbeit.

Er sang, wie der Mensch nur singt, wenn er sich allein weiß, trällerte und summte und erfand neue Worte, imitierte und parodierte, stöhnte, pfiff und schnippte mit den Fingern. Die Reparatur war soweit beendet, es fehlte nur noch das Wasser. Augustin war jetzt in Hochform. Nachdem er eins seiner Lieblingslieder, Küß mich rasch, angestimmt hatte, pfiff er ein paar geniale Übergangstöne und landete bei Smoke Gets In Your Eyes, so hingerissen von sich selbst und dem Gefühl feinen Rauchs in den Augen, daß es noch etwas dauerte, bis er herumfuhr, im Bruchteil einer Sekunde errötend, verstummend, zerschmettert.

»Ich bin gerade hereingekommen«, sagte Mayla und schleifte den Reissack ins Trockene. Seit Tagen hatte sie kaum geschlafen (Schwester Angel war in ihren Augen schon tot, man würde sie mit durchschnittener Kehle finden). »Du hast also den Hahn repariert. Und ich dachte schon, dieses Getropfe endet nie wieder.« Mayla schleifte auch den Zwiebelsack ins Trockene. »Nach dem, was zu hören ist, sollst du heute noch mehr reparieren.«

Augustin schwieg. Er sah die Überschwemmung und Maylas Füße darin, sah ihre Knie mit den kleinen hellen Narben der Kindheit und einen Streifen ihrer Taille zwischen Bluse und Rock, sah ihre müden, auf ihn gerichteten

Augen und einen verbogenen Schraubenzieher in seiner Hand und lief ohne ein Wort aus der Küche. Bis zum Abend hämmerte und sägte er gegen sich selbst an.

Zur Stunde des Drinks stand der Novize vor seiner letzten und kniffligsten Reparatur. Es handelte sich um den Kühlschrank. Dessen Erschütterungen ließen neuerdings Gegenstände von der Anrichte stürzen. Augustin saß am Eßtisch und dachte nach. Die Erschütterungen traten nur ein, wenn sich der Kühlschrank ausschaltete. Ihre Ursache vermutete er in der Tiefe des Generators, von dem er nur wußte, daß es ihn gab. An eine Behebung des Schadens war nicht zu denken, und so entwarf er einen Plan zur Umgruppierung des Mobiliars. Immer wieder schaute er auf, ob ihn auch niemand beobachte. Horgan schien zu schlafen. Dalla Rosa stand mit erhobenem Finger vor dem Varia-Fach. Pacquin schritt seine Route ab, ebenso McEllis, das Wetterbuch in der Hand. Und Butterworth saß mit am Tisch.

Der bleiche Priester schrieb den letzten Absatz des Porträts. »Was trauen wir einem Menschen zu, der so aussieht? Familie? Kaum. Freunde? Eventuell. Disziplin? Bei Bedarf. Talente? Gewisse. Begierden? Dito. Einsamkeit? Vermutlich. Wärme? Eher nein. Zärtlichkeit? Eher ja. Gewalt? Nur gegen sich. Glauben? Zur Not...« Der Kühlschrank schaltete sich aus. Die Alten unterbrachen ihre Tätigkeiten; der Novize erhob sich. »Ich brauche Zeit«, erklärte er. Augustin ließ seinen radikalen Plan in der Hose verschwinden und holte die Töpfe, die in der Durchreiche standen.

Es gab den üblichen Reis und den üblichen Fisch, und die Priester beendeten ihre üblichen appetitanregenden Runden. Man betete und setzte sich, man brockte und schwieg, legte dem Gast, der wie üblich noch schlief, den fettesten Fisch zurück und unterbrach das Kauen, sobald der Kühlschrank bebte; nicht das geringste deutete auf ein

Abendgespräch hin, welches Butterworth in seinem Brief an Gregorio ungeheuerlich nannte.

»Wir saßen wie immer bei Tisch«, schrieb er noch in derselben Nacht, »nur schweigsamer als sonst. Vielleicht lag es daran, daß ich während der Suppe in mein fertiggestelltes Papier sah; übrigens auch McEllis in sein Wetterbuch, das längst mehr enthält als Vermerke über Niederschlagsmengen etc. Kleine, bis an den Rand vollgeschriebene Zettel kleben zwischen den Seiten; Poeme, Tagebuch – man weiß es nicht. Dann betrat unser Gast den Raum. Er machte den Eindruck eines Menschen, dem klar wird, daß er einen Teil seines Lebens verschlafen hat. Der Reihe nach bemühten wir uns um ihn. Etwas Grießsuppe? sagte ich. Oder lieber vom Artischockenbrei? fragte McEllis. Dalla Rosa versuchte es mit Konfitüre, unser Novize schob ihm den Reis hin. Alles lehnte er höflich ab. Nach dem Essen blieben wir beisammen, schälten Nüsse und warteten auf die Achtuhrnachrichten; mit etwas Bourbon schien der Abend auszuklingen. Doch kaum war Maylas Bühne zu, hob Horgan den Kopf und flüsterte aus heiterem Himmel: Was mich sehr interessiert, Mister Kurt – sahen Sie Maylas Schönheit sofort?

Das Nüsseschälen hörte auf, wir sahen zu unserem Gast, der sein Gesicht zwischen die Hände nahm und nur ja sagte. Aber sicher kennen Sie doch eine Reihe von schönen Frauen, hakte ausgerechnet McEllis nach. Wieder ein klares Ja. Darauf Horgan, hauchend: Ich nehme an, durch Ihre Arbeit als Tennislehrer, die Sie offenbar einfach ruhen lassen können. Wir alle sahen sein verstecktes Lächeln, und Mister Kurt ging in die Offensive. Jeder hier im Raum wisse, aus welchem Grund er immer noch da sei. Aber notfalls würde er gehen. Und das schon morgen früh. Es klang überzeugend, und wir schälten unsere Nüsse weiter, bis Pacquin plötzlich sagte: Dann lieben Sie Mayla nicht, Mister Kurt! Dann haben Sie kein Recht, sie zu empfangen. Ich übertreibe nicht, wenn ich behaupte, wir wurden alle leichenblaß, nur der Novize wurde rot. Aber betretenes Schweigen blieb uns erspart, denn in der Bude hatte gerade unsere Königin der Nacht zum Mikrophon gegriffen; eigentlich die übliche Störung um diese Zeit, wenn die Dame nicht den Schnupfen gehabt hätte. Um es kurz zu machen: Immer wieder zog sie hoch, und das durch ihre Lautsprecher. Jedenfalls wurde deutlich, daß diese Station kein Reich für sich ist, und Mister Kurts Entgegnung fiel auch entsprechend weltlich aus. Über Liebe kann ich schwer reden. Doch ich genieße Maylas Nähe, das bestreite ich nicht. Ich halte sie gern im Arm und liebe ihren Geruch und könnte sie mit keiner anderen Frau vergleichen; eine sanfte Ohrfeige von ihr ist ein Geschenk, und es macht mich froh, meine Nase in ihr weiches Haar einzutauchen – genauso drückte er sich aus. Ich habe jedes seiner Worte auf den Knien mitgeschrieben, übrigens auch McEllis. Ein eindrucksvoller Vortrag, erwiderte Pacquin. Ich könnte damit fortfahren, bot unser Gast an. Oh, nein, Mister Kurt, wozu? – Wörtliche Antwort: Weil Sie mit Ihrem Herrn Jesus oder Gottvater oder dem Heiligen Geist nun einmal leider keine Nacht verbringen können! – Weit gefehlt, versetzte ich, wir verbringen jede Nacht mit den dreien! Die anderen bestätigten dies, und wir betrachteten den Verstummten mit einer gewissen Genugtuung, ja, ich muß gestehen, wir zeigten ihm unser berühmtes, ein ganzes Dorf von Ungläubigen unter die Fittiche nehmendes Götzenlächeln. Die Achtuhrnachrichten unterbrachen dann diese Veteranenseligkeit. Der Empfang war miserabel, die Meldungen deprimierend, die Entführung wurde mit keinem Satz mehr erwähnt. Pacquin sprach ein Gebet und stand auf. Aber anstatt sich zurückzuziehen, kam er auf Mister Kurt zu und schaute ihn aus seinen Perlmuttaugen an. Unser Superior, wie immer auf du und du mit dem Tod, zeigte dem Gast sein heugelbes Gesicht und sagte: Ich möchte Sie mir anschauen, Mister Kurt, wenn Sie sich etwas herabbeugen würden. Und der lange Bursche machte sich kleiner und kleiner und bemerkte erschrokken: Father, mir scheint, Sie können mich gar nicht sehen. – Der Eindruck ist richtig, mein Lieber. Kurzes Schweigen. Dann: Ja, aber Sie schreiben doch… Und unser Pacquin seelenruhig: Warum denn nicht? Father Horgan spielt ja auch Tennis. Sprach's und zwinkerte über das ganze Gesicht und schlich mit seinen winzigen Schritten davon, und unserem Gast, so war mir, graute es etwas. Er sagte kein Wort, nahm sich nur einen beachtlichen Bourbon und trat vor die Bücherwand; natürlich ließen wir ihn dann in Ruhe. Dalla Rosa schob Horgan hinaus; McEllis ging mit der Bemerkung, in Infanta gebe es nicht so viel Papier, wie er füllen könnte, und so waren schließlich nur noch Mister Kurt, der Novize und ich im Raum. Augustin wirkte nervös. Offenbar wartete er darauf, mit Mister Kurt allein zu sein, der Himmel weiß, warum. Und was wird nun mit dem Kühlschrank? fragte ich ihn, worauf er einen Plan aus seiner Hose zog, der dem Ungeheuerlichen dieses Abends die Krone aufsetzte. Alles Nähere dazu morgen, denn ich brauche jetzt Schlaf. Im Moment nur soviel: Der Plan wurde zurückgewiesen!«

Butterworth hatte den Plan ohne Diskussion abgelehnt und grußlos den Raum verlassen, der Novize war sitzen geblieben; auf diese Situation hatte er mehr als gewartet. Er suchte ein Männergespräch. Während Kurt Lukas einen zweiten beachtlichen Bourbon trank, sagte Augustin beiläufig, wenn er sich nicht entschlossen hätte, die ganze Welt zu lieben, würde auch er einer Frau wie Mayla den Vorzug geben. Durchaus.

»So, das würdest du.«

»Nacht für Nacht«, fügte er hinzu.

»Was hat das mit der Nacht zu tun?«

»Ist die Liebe nicht eine Sache der Nacht?« Der Novize sah zum Fenster. Aus seinem Gesicht – er hatte eine sanft gebogene Nase, etwas aufgeworfene Lippen und ein nie verlöschendes Lächeln in den Augen – sprach noch ein

Glaube an das Mysterium der Nacht, das alle Tagesgesetze aufhebt.

»Was weißt du schon von der Liebe«, sagte Kurt Lukas.

»Ich weiß, daß sie schön ist. Sonst würdest du kaum eine Nacht lang auf sie warten; schläfst du regelmäßig mit Mayla?«

»Ich schlafe gar nicht mit ihr.«

»Du lügst.«

»Meinetwegen.«

Augustin stand auf.

»Hast du in Rom eine Freundin?«

»Was heißt eine Freundin?«

»Eine Frau, mit der man jede Nacht gerne schläft. Kennst du so jemanden in Rom?«

»Leider nein.«

»Dann war es wohl schon ziemlich dringend für dich, als du Mayla hier getroffen hast.« Augustin sah zu den Büchern und schien nachzudenken. »Und folglich schläfst du doch jede Nacht mit ihr«, beendete er dann seinen Gedanken über die Anwendung der Liebe.

»Du redest Unsinn.«

Kurt Lukas trat an eins der Fenster. Das Hochziehen von Doña Elvira hörte sich jetzt beängstigend an.

»Dann unterrichte mich doch etwas«, sagte Augustin. »Du kannst mit dem Einfachsten anfangen: Worüber spricht man mit einer Frau im Bett?«

»Worüber man sonst auch spricht. Nur etwas leiser.«

»Aber doch mehr über wichtige Dinge.«

»Nein. Mehr über unwichtige.«

»Ich glaube dir nicht«, rief der Novize und baute sich, ein anmaßendes Leuchten in den Augen, vor Kurt Lukas auf, bereit, mit ihm zu ringen. »Warum erzählst du mir nicht die Wahrheit?«

»Finde sie selbst heraus. Bei keiner Sache wird so viel gelogen.«

»Das kann ich nicht, Father Lukas!«

»Ich bin kein Priester. Aber du willst einer werden. Also vergiß die Frauen, okay?«

Der Novize packte Kurt Lukas an den Schultern. Eines Tages werde er ringen mit ihm. Und, bei Gott, er sei ein guter Ringer. Einer, der nicht aufgebe. Ein Kämpfer. Und so werde er auch nicht aufgeben, bis er ein Priester sei, und nicht aufgeben, bis er zuvor eine Frau umarmt habe – Augustin ließ los, stürzte in den Gang und erschien wieder.

»Betest du manchmal?« fragte er atemlos.

»Nein.«

»Wenn du es doch einmal tust, dann bete für mich.«

Doña Elvira hatte sich nicht zum ersten Mal im Ventilatorwind erkältet, aber noch nie so ungehemmt ihren Schnupfen über die Lautsprecher hinausposaunt; keiner litt darunter mehr als ihr Entdecker. Der Pilot und Musikliebhaber Ben Knappsack verwünschte die schwarze Sängerin, wenn sie bei jeder Instrumentalstelle mit dem Geräusch eines brodelnden Kessels hochzog, anstatt sich ein einziges Mal, auch auf die Gefahr fliehender Gäste, vor dem Mikrophon kräftig zu schneuzen. Andererseits hing er an Elvira Pelaez, einer Frau, die ihre Seele im Zwerchfell vermutete. Sie war sein Heilmittel gegen die Traurigkeit, die ihn immer wieder befiel, seit ihn die australische Luftwaffe wegen einiger Flaschen Bier entlassen hatte und er einen Mann wie Arturo Pacificador durch die Gegend flog. Der Ex-Gouverneur war ihm zuwider. Ein Mensch, der seine Reisen nur deshalb unternahm, um bei der Rückkehr triumphierend feststellen zu können, daß sich in seiner Abwesenheit nichts verändert hatte; wurde er in der Hinsicht mißtrauisch, blieb die Maschine am Boden, und er befaßte sich anhand eingeflogener Kataloge mit dem Ordern von Accessoires.

Während solcher Zwangsurlaube kam Knappsack jeden Abend in die Bude und spielte zu den Liedern aus seiner Wehmutssammlung Schlagzeug. Es war die einzige Tätigkeit, die er neben der im Cockpit gelten ließ. Klapperdürr, in der Regel verschlossen und sparsam in seinen Bewegungen, platzte er schier aus den Nähten, sobald er zu trommeln begann. Alles an ihm schien dann aus den Angeln zu fliegen, bis auf eine Kappe mit dem Emblem seines früheren Geschwaders, an der Kopf und Körper gewissermaßen befestigt waren; einmal am Tag nahm er sie ab, um mit einer unnachahmlichen Bewegung ihren Schirm neu zu krümmen. Sein Gesicht begann erst unterhalb dieses

Schirms, mit Augen, die immer irgendeine Winzigkeit fixierten, und Wangen, in denen je eine Nuß Platz gehabt hätte; seine Nase war schief und spitz, sein Mund erinnerte an einen verbogenen Nagel. Knappsack lächelte selten und sprach nur über Dinge in Verbindung mit seiner Musik. Aber damit ließ sich fast alles verbinden. Der ganze Mensch, sein Aufbäumen gegen die Traurigkeit, sein Jubel bei der Entdeckung des Glücks, sein Hoffen auf Wiederkehr, sein Trost in der Erinnerung, war für ihn in einem Dutzend Schlager enthalten, sicher versteckt in simplen Melodien und albernen Texten.

Trotz der Schnupfengeräusche zeigte der Australier an diesem Abend sein seltenes Lächeln, als Hazel, noch vollständig bekleidet, die Bude durchschritt. Sie bedeutete ihm alles, was er mangels eines besseren Worts Kameradschaft nannte. Knappsack wirbelte noch einmal nach allen Seiten, bedankte sich für den Applaus durch knappes Salutieren und ging zur Musiktruhe – Doña Elvira wollte ihren Auftritt mit einem Lied beschließen, das zu den bedeutendsten seiner Sammlung zählte. Im Vertrauen, daß ihr Talent größer sei als ihre Erkältung, drückte er die Knöpfe, und noch müheloser als sonst übertönte sie das kratzige Original, mit eindrucksvoll tränenden Augen vom Schnupfen. Nie hatte sie schöner Wenn ich weine, dann bei Regen gesungen; die nächsten zwei Stunden gehörten den Amateuren.

Als Kurt Lukas die Bude betrat, überschlugen sich Spott und Begeisterung – Romulus war auf dem Weg zur Bühne. Der frühere Boxer hatte Aschenbecher, Spickzettel, Feuerzeug und Zigaretten dabei, und mit dem Angehen der Schummerbeleuchtung unter Ferdinands Regie und den ersten Tönen von Jeder braucht irgendwen irgendwann hätte Romulus eigentlich drei Hände gebraucht. Er mußte rauchen, er mußte singen, er mußte die Asche abstreifen und nebenbei auch noch in den Text schauen, und das alles wie Dean Martin. Der Schweiß lief ihm in Strömen, die

Melodie lief ihm davon, er kämpfte, als stünde er wieder im Ring, den Blick auf die leuchtende Truhe geheftet.

Kurt Lukas lehnte an dem alten Kasten.

»Singst du als nächster?« fragte ihn der Australier.

»Ich kann nicht singen.«

»Jeder kann singen.«

»Ich nicht.«

»Geh auf die Bühne, fang an.« Ben Knappsack nahm seine Kappe ab und krümmte den Schirm neu, und in diesem Moment begriff Kurt Lukas, wer vor ihm stand: der Pilot, von dem Gussmann erzählt hatte.

Knappsack hielt ein Mikrophon mit langer Schnur in der Hand; wollte niemand auftreten, zog er damit herum und kaperte die Halbentschlossenen. »Lebt sich nicht gut in dem Jahrhundert, wenn man kein Sänger ist«, rief er, während seine krabbenflinken Finger einen Dreivierteltakt auf das Mikrophon tippten. In den Lautsprechern krachte es, Romulus fluchte, sein Textzettelchen flatterte davon, die Zigarettenasche fiel ihm auf die Hose. »Gleich ist die Bühne frei«, bemerkte der Australier.

»Ich kann nicht singen.«

»Vielleicht brauchst du nur ein besonderes Lied.« Ben Knappsack beugte sich über die Box und erwähnte seine Liebhaberstücke. Es hatte ihn Jahre gekostet, sich bei der Flut alter Platten für wenige zu entscheiden. Die Hälfte befand sich auf dem Grunde des Koffers, aus dem er lebte, die übrigen in der Truhe, ohne im Titelverzeichnis aufzutauchen. Keiner außer ihm konnte sie wählen; er warf Münzen ein und drückte die Tasten mit einer Geschwindigkeit, die es unmöglich machte, den Code zu erfassen.

»Doña Elvira erzählte, du hättest hier ein Mädchen.«

»Woher weiß sie das?«

»Sie weiß alles.«

Kurt Lukas sah in die Truhe. Der Kranz aus Platten drehte sich beschaulich, ehe er unerwartet, mit einem Nachzittern aller Scheiben, stehenblieb.

»Also kennst du ein Mädchen?«

»Ja.«

»Und? Ist sie hübsch?« fragte Knappsack.

»Sie ist sehr hübsch.«

»Du siehst sie vor dir?«

Kurt Lukas lächelte.

Ein Knistern kam aus der Box.

»Du siehst, wie sie die Straße runterläuft?«

»Ich kann es mir vorstellen«, sagte er, und im selben Moment drangen ihm zwei Akkorde, jeder wie eine sanft geführte Nadel, bis hinter die Augen – Da da di da daah… Da da di da dii da da daah…

»Siehst du sie wirklich?« fragte Knappsack noch einmal. »Ja«, rief Kurt Lukas, »ja doch, ich seh' sie!« Und schon klang es aus dem Kasten und aus den Bühnenlautsprechern, klang aus den Hörnern auf dem Budendach, vom Hügel herab und über Infanta, klang um ihn und in ihm und aus ihm heraus, Pretty woman, walking down the street, und Kurt Lukas wußte nicht, wie ihm geschah. Er sang. Mit jedem Ton, den er ausstieß, löste sich ein weiterer Ton, mit jeder Silbe, die von den Wänden zurückprallte, lockerten sich neue Silben in ihm, und plötzlich hörte er seine eigene Stimme; schwankend wie ein blinder Sänger, das Mikrophon vor den Lippen, stand er im Publikum, und das Lied nahm seinen Lauf. Es schwoll an und wurde leiser, es schien zu schweben, ja, zu enden und fing sich wieder in einzelnen Tönen eines Klaviers; kroch dann dahin, nur noch aus Schlagzeug bestehend, einem gleichförmigen Hämmern, bald härter, bald sanfter, kam wieder zu Kräften, und auf einmal rief jemand Mercy!, zog noch ein letztes Mal an und brach ab. Brach ab und klang in ihm weiter, weiter durch Magen und Brust, und er wunderte sich, daß keiner kam, ihn zu retten.

»Liegt alles am Klima«, sagte Ben Knappsack. »Man heult wie ein Hund und weiß nicht, warum.« Der Australier drückte ihm eine Flasche Bier in die Hand. »Du hast viel Wasser verloren, du mußt trinken.« Er deutete ins Publikum. »Die Leute klatschen deinetwegen. Du warst nicht schlecht. Lauter schräge Töne, aber sie kamen an.« Knappsack lotste ihn zum Garderobeneingang. »Ein Erfolg, verstehst du. Sergeant Romulus wurde von der Bühne gepfiffen, während du gesungen hast. Er ist gegangen, du hast ihn verdrängt. Bravo.«

Die schwarze Sängerin empfing Kurt Lukas an der Tür. »Du brauchst jetzt Entspannung«, erklärte sie und zog ihn ins Innere ihres Reichs, eines stickigen Labyrinths, von dem sich schwer sagen ließ, was es *nicht* enthielt. Unzählige von Stangen und Schnüren hängende Kleider und Kostüme bildeten Gänge und Kabinette, in denen es nach Schweiß und Mottenkugeln roch, nach altem Fett und süßem Puder. Doña Elvira holte ein Taschentuch aus dem Ärmel und trocknete sein Gesicht ab. »Damit möchte ich andeuten, daß es nun auch umsonst mit mir geht. Aber vorher zeige ich dir mein Zuhause.« Und sie führte ihn durch das Gehänge ihrer Röcke und Roben, ihrer Schleier, Bänder und Wäschestücke, einen Wald aus Taft und Spitzen, der sich immer wieder zu Lichtungen öffnete, ihrem Schlafkabinett mit Kissenbergen, ihrem Badeabteil mit Wanne und Schminktisch, und endlich in eine Art Wohnraum mündete.

Vor einem Schrank mit Fenster, in dem ein Fernsehgerät lief, saßen auf einem eingesunkenen Sofa drei Männer, der harte Kern des Komitees zur Unterstützung des Präsidenten. »Freunde«, flüsterte Doña Elvira, »einmal in der Woche gebe ich einen Videoabend für Freunde. Mal kommen mehr, mal weniger. Heute sind es nur drei. Der Fotograf Adaza, unser Poststellenleiter Fidelio und mein neuer Friseur. Honorige Leute. Und alle sehr an Filmen interessiert – sie bemerken uns gar nicht, sieh sie dir an.« Doña Elvira lenkte etwas Licht auf die Zuschauer. Der Fotograf war ein Mittdreißiger mit angegrautem Haar und linsenhaft hervortretenden Pupillen. »Perfecto Adaza gilt als eigenwillig«, sagte die Sängerin leise, »selbst Paßbilder dauern bei ihm eine Woche. Ein Ruheloser. Ganz anders als Jesus Fidelio.« Der Poststellenleiter, ein kleiner Mann mit Katzenschnurrbart, folgte dem Film aus einer Art Halbschlaf. Neben ihm saß der Friseur, alterslos, in priesterlichem Schwarz, mit Zopf und aufgestellten Wimpern. »Gerardo Gomez. Er ist von auswärts wie ich. Gary Cooper-Gomez' Salon steht über seinem Laden – Frisuren für jedes Gesicht...« Doña Elviras Erklärungen dienten bald nur noch dem Zweck, die Ohrmuschel ihres Zuhörers zu lekken, und schließlich sprach sie von einem geräuschlosen Weg, sich zu lieben, der trotzdem noch angenehm sei, und prüfte seine Muskeln.

»Tut mir leid«, sagte Kurt Lukas, »ich kann nicht. Nicht bei der Hitze.«

Die Sängerin zog hoch. Ihre kleinen runden Augen glänzten vor Fieber. Sie gab für diesen Abend auf und brachte den ersten Mann, der sie nicht taktlos abgewiesen hatte, zur Hintertür der Garderobe. »Wirst du wieder singen?«

»Vielleicht.«

»Wirst du auch wieder hier hereinkommen?«

»Vielleicht.«

»Liebst du Mayla?«

»Alle stellen mir diese Frage.«

»Das heißt ja.«

»Ja, vielleicht.«

Doña Elvira schneuzte sich, es ging nicht mehr anders. Er könne ab heute ihren Privateingang benutzen, sagte sie durch die Nase und ihr Taschentuch und schob einen Riegel beiseite. »In dir steckt irgendwo ein Sänger«, gab sie ihm noch mit auf den Weg.

Kurt Lukas ging durch die Nacht. Er ging langsam; nichts lief ihm davon. Ein Sänger, in ihm? Er hatte doch nur gebrüllt. Er konnte gar nicht singen, so wie er nicht

Tennis spielen konnte, kaum jedenfalls. Das Bummeln tat ihm gut. Die Nacht war warm und hell. Wo er hinsah, schimmerte es. Bananenblätter, die den Weg überragten, starr und glatt oder zerfleddert wie die Flügel eines alten Vogels, schimmerten. Palmstämme, pfeilgerade oder mit dem Wind über die Jahre akrobatisch gebogen, schimmerten. Sogar auf dem Boden lag noch ein Schimmer. Die Musik aus der Bude begleitete ihn, bald lauter, bald leiser; die Bühne gehörte um diese Zeit Hazel – bei lauten Nummern zeigte sie, was sie konnte, bei leisen, was sie hatte.

Jemand trat ihm in den Weg.

»Ich habe gewartet auf dich.«

Der Sergeant. Er hatte einen Trainingsanzug an und ein Paket unterm Arm. Seine weiße Hose, in Plastik geschlagen. Behutsam legte er das Paket an den Wegrand.

»Hast du genug gesungen?«

»Ich wollte gar nicht singen.«

Der Sergeant führte eine Hand zum Mund. Er rauchte.

»Du konntest sogar den Text.«

»Er ist ganz einfach, deshalb.«

»Kein Text ist einfach, einfach ist gar nichts« – Romulus sprach jetzt mehr mit sich selbst –; »es ist einfach gar nichts einfach, außer sich einfach in den Vordergrund spielen...« In seiner hohlen Hand glimmte es, ehe Funken flogen und der glühende Stummel zu Boden fiel; schon aus Gewohnheit schlug er ins Gesicht.

Kurt Lukas fiel auf den Rücken.

Der frühere Boxer zog ihn hoch und legte ihm einen Arm um die Schulter. Er griff ihm ins Nackenhaar und bog ihm den Kopf zurecht, bis ihre Gesichter einander zugekehrt waren. Romulus drehte an dem Haarschopf in seiner Faust. »Ich habe sogar schon in der Hauptstadt gesungen, im Mabini Palast. Geboxt und gesungen habe ich dort und könnte heute noch beides.« Kurt Lukas wollte dem zustimmen, aber spuckte nur Blut. Es quoll ihm aus Nasenlöchern und Mund, es lief ihm über Kinn und Hals und tropfte auf seine zitternden Hände. »Und ich könnte dich jetzt töten«, fuhr der Sergeant fort und strich das verdrehte Haar wieder glatt. »Aber man darf nicht töten, und darum kannst du weitersingen, du sollst dich nur an mich erinnern, wenn du Luft holst auf der Bühne.« Und er rammte ihm ein Knie in den Magen. Sein Opfer brach zusammen. Mit der Hellsicht eines Abstürzenden begriff es noch, was geschehen war, bevor ihm der Schmerz den Verstand nahm.

Kurt Lukas krümmte sich am Wegrand. Doch erstickte er nicht, und der Schmerz ließ nach. Als er ein erstes schwaches Verebben spürte, Raum hatte für einen ersten schwachen Gedanken – *Ich lebe* –, kroch er ein Stück, war stolz und kroch weiter. Sein zweiter Gedanke war das Ziel dieses Kriechens. Er kam auf die Beine, taumelte vorwärts und fiel vornüber, Hände fingen ihn ab. Die Alten, dachte er, aber sah fremde, unbewegte Gesichter und bedeckte Nase und Mund wie ein Nackter seine Blöße. Zwei junge Frauen stützten ihn. Sie jammerten über das Blut, als hätten sie es selbst vergossen, und schienen sein Ziel zu kennen. Wie von weitem hörte er Tuscheln und Schritte; erst vor Maylas Hütte wurde es still. Die Frauen führten ihn bis an die Stufen, riefen etwas und waren verschwunden. Licht ging an, und Kurt Lukas entschuldigte sich für sein Aussehen.

Er hatte einen Schrei erwartet, aber Mayla schrie nicht. Sie schlug auch nicht die Hände zusammen und stürzte nicht auf ihn zu; sie stammelte nicht einmal seinen Namen. Ohne ein Wort führte sie ihn in die Hütte. Sie brachte ihm einen Stuhl, setzte Wasser auf und sah sich die Wunden an.

»Wie ist das passiert?«

»Ich wurde verprügelt. Von Romulus.«

»Dann mußt du etwas verkehrt gemacht haben.« Sie öffnete ihm den Mund. »Deine Zähne, Lukas, sind in Ordnung. Aber wir sollten das richtige Küssen noch einmal verschieben.« Er drückte ihre Hände, und dicht vor seinem Mund flüsterte sie, »Gihigugma ko ikaw.«

An der Bedeutung dieser Worte gab es keinen Zweifel. Und trotzdem hätte er fast gefragt, ja, hätte sie fast nachgesprochen. Aber sein Kiefer schmerzte noch, und so blieb um die Worte ein leichtes Geheimnis. Mayla traf Vorbereitungen, ihn zu waschen. »Ich hörte deine Stimme«, sagte sie. »Du hast in der Bude gesungen. Ich kannte das Lied nicht, aber es hörte sich falsch an. Und trotzdem hattest du mehr Applaus als Romulus, der eigentlich an der Reihe war.« Sie brachte ein dampfendes Tuch. »Weißt du, was man mir vorhin zurief? Hier will jemand zu dir! Und ich dachte schon, du seist abgereist. Als du über die Wäscheleine gesehen hast, wußte ich nicht mehr, warum ich bei dir war nachts.« Mayla redete leise und schnell und löste ihm dabei die Krusten von der Nase.

»Kannst du atmen?«

»Ja.«

»Dann ist die Nase auch in Ordnung.«

»Was ist mit der Wange?«

»Die Wange ist aufgeplatzt. Aber ich habe schon ganz andere Wangen gesehen.« Sie tupfte kleine Steinsplitter aus dem Fleisch. »Hier benutzen sie oft ihre Hackmesser. Schlägereien sind selten. Du hattest Glück.«

»Mein Glück müßte allmählich aufgebraucht sein.«

Kurt Lukas nahm die Hände auf den Rücken; sie zitterten noch. Nach und nach erfaßte er, wie Mayla wohnte. Er sah einen dünnen Vorhang, der ihre Schlafecke abtrennte, sah die Kochgelegenheit, den Spülstein und ihre Kleider; sah eine Marienfigur mit Ewiger Lampe und Fotos der getöteten Eltern und Brüder neben einem Bildchen von Gussmann mit Hut; sah den Fußboden aus Bambus und die Decke aus Blech, sah ihr Geschirr, ihren Aschenbecher und die Vorräte in einem Regal, Nescafé, Lipton-Tee, Marlboros, Zucker, getrockneten Fisch und einen Sack Reis; sah einen silbrigen Kassettenrecorder und ein Kalenderbild vom Zugspitzsee, sah ihr Waschpulver und den Korb für die Wäsche, ihren Nagellack und einen Spiegel ohne Rahmen.

»Du kannst heute nacht bleiben«, sagte Mayla. Sie rauchte jetzt. Mit ihrer freien Hand entfernte sie noch immer Splitter. Dann säuberte sie die Platzwunde mit einer Jodlösung und lächelte, als er Luft durch die Zahnritzen zog. »Es wird heilen. Aber Romulus hat sein Gesicht verloren.«

»Auf wessen Seite bist du?«

»Auf deiner. Denn ich erkläre dir etwas.«

»Erklär mir, was bei der Wäscheleine war.«

»Ich erkannte dich kaum.«

»Wegen der Sonnenbrille.«

»Vielleicht.«

Er zeigte auf die Fotos. »Warum hängt dort Gussmann?«

»Weil ich ihn liebe.«

»So wie mich?«

Sie gab ihm die sanfte Ohrfeige, und er hielt ihre Hand fest; Mayla zog ihn vom Stuhl hoch und ging mit ihm hinter den Vorhang.

Ihr Bett war flach, ein Holzgestell ohne Matratze, auf dem eine geflochtene Matte lag. Der Kopfkeil aus Schaumstoff war weiß bezogen, weiß war auch die dünne Decke. Sie half ihm, sich hinzulegen, und zog ihn aus. »Man darf sich bei der Hitze nur wenig bewegen«, sagte sie und fächelte mit einem Stück Pappe vor seinem Gesicht; zwischendurch riß sie Blätter von einer Klopapierrolle und trocknete ihm die Stirn ab. Dann ging sie nach draußen, und er hörte ein Rieseln im Hof. Barfuß, nur in ein Handtuch gehüllt, die Hände im nassen Haar, kam sie zurück und kniete sich neben die Schlafstelle. Sie streifte ihre Uhr ab und legte sie zu Aschenbecher und Zigaretten, sie riß Blätter von der Rolle und schichtete sie und legte den kleinen Stoß neben die Uhr. Umsichtig traf sie ihre Vorkehrungen; endlich beugte sie sich über ihn, ihr Kettchen berührte sein Kinn. Sie machte sich leicht. »Tu nichts«, sagte sie. »Erst wenn ich dich bitte.«

Wie ein ausklingender Regen tropfte bald ihr Schweiß auf seine Brust, und sie nahm eines der vorbereiteten Blätter und tupfte ihn ab. Er schaute ihr zu. Sie liebte hellwach, mit offenen Augen, mit offenen Händen und ohne Hast. Jede ihrer Regungen, ein sich spreizender Daumen, ein Rucken des Kopfes, eine schwellende Ader, verfolgte er staunend. Mayla bewegte sich langsam und fließend, darauf bedacht, daß die Verbindung nicht reiße, und von einem Augenblick zum anderen grub sie die Fingerkuppen in seine Schultern, während ein Anflug von Panik über ihr Gesicht ging. Sekunden später trennte sich ihr gemeinsamer Atem. Mayla erholte sich rascher als er. »Ich glaube, ich möchte noch mehr lieben«, sagte sie und war schon wieder in ihr Handtuch gehüllt. »Soll ich dir meinen Spiegel bringen? Dann kannst du dich ansehen, während ich dusche.«

»Bring ihn mir morgen.«

Kurt Lukas setzte sich auf. Wie große weiße Blüten lagen die geknüllten Schweißtücher verstreut, und seine Terrasse in Rom fiel ihm ein. Der Morgen nach dem großen Augustgewitter, das erste Laub. Er war erschöpft und froh.

»Hast du Hunger?« rief Mayla von draußen.

»Nein.«

»Aber ich!«

Sie kehrte in die Hütte zurück; er sah ihr zu, wie sie sich Reis aufwärmte, wie sie den Tisch für sich bereitete, wie sie Platz nahm. Mayla zog ein Bein an und setzte sich auf den Fuß, sie tauchte ihre Finger in den Reis und formte ihn zu Klumpen. Mit einer Hand führte sie die feuchten Klumpen zum Mund, mit der anderen spritzte sie eine Würzflüssigkeit in die weißliche Masse. Sie sprach nicht, sie aß. Erst als die Schüssel leer war, sah sie auf.

»Wann fliegst du nach Hause?«

»Ich weiß es nicht.«

»Aber du wirst fliegen…«

»Ich werde nicht sterben hier.«

»Natürlich nicht.« Sie räumte den Tisch ab. »Bist du reich?« fragte sie plötzlich.

»Was heißt reich?«

»Reich heißt reich«, sagte Mayla.

»Im Vergleich zu dir bin ich reich. Was wirst du im Monat bekommen, wenn du dein Studium geschafft hast?«

»Als Religionslehrerin? Vielleicht vierhundert Pesos.«

»Also zwanzig Dollar im Monat«, sagte Kurt Lukas. »Ich bekomme manchmal zweitausend Dollar. An einem Tag.«

Sie spülte den Reisnapf und stellte ihn zum übrigen Geschirr. Dann bürstete sie ihr Haar.

»Was tust du dafür, damit man dir zweitausend Dollar an einem Tag gibt?«

»Ich lasse mich fotografieren.«

»Bist du ein Filmstar?«

»Höchstens für zwanzig Sekunden. Ich hebe irgendeinen Gegenstand auf, einen Stift, sagen wir, und reiche ihn der Frau, der er entglitten ist, wir streifen uns kurz – sie war im Begriff, sich zu bücken –, ich lächle, sie riecht mein Haarwasser, Ende. Ich bin kein Filmstar.«

Mayla rauchte wieder. Mit der anderen Hand bürstete sie weiter ihr Haar, mit der immer gleichen, ruckartigen Bewegung von der Stirn bis in den Nacken. »Und warum will man dich dann fotografieren?«

»Weil ich so aussehe, wie ich aussehe. Oder aussah.«

»Hast du Angst, kein Geld mehr zu verdienen? Kein schönes Gesicht, keine Fotos; keine Fotos, kein Geld. Kein Geld« – sie warf die Zigarette in den Hof –, »kein Leben.« Er lachte, und sie bat ihn zu erzählen. »Von deiner Arbeit«, sagte sie.

»Da gibt es nichts zu erzählen.«

»Du mußt dich nur erinnern.«

»Setz dich zu mir.«

Mayla kam zu ihm; er nahm ihr die Haarbürste weg. Woran sollte er sich denn erinnern. An einen bestimmten Tag? An seinen ersten Erfolg? An seine Agentin in Mailand? – Er hätte sie längst anrufen müssen. An seine Millimeterarbeit vor den Kameras, an die alten Titelseiten mit ihm? An die Momente, wenn er ein Lokal betrat und die Gespräche leiser wurden? An die Wochen ohne Arbeit, sein Streunen durch Rom, wenn Beatrice nicht aus Mailand anrief, laut und heiser sagte, Nächste Woche, New York. Alles floß ineinander und war nicht zu erzählen. Da gab es Strände und Buffets, zu jeder Jahreszeit Sonne und verrückte Gestalten, Tage in Hotelzimmern und Nächte in Studios. Da gab es Mädels und Frauen, Pressedamen und Begleiterinnen, Firmenvertreter und Modezaren, Fotografen, Beleuchter und irgendwo ihn. Er zählte dazu, zuletzt in Paris, Avenue Montaigne – dreihundert schöne Menschen, aus Trüffeln geschnitzte Maiglöckchen auf jedem Tisch, dazu eine Show, er wußte nicht mehr, mit wem, und auf dem Weg zur Toilette ein kurzes Hinundher mit Elisabetta Ruggeri, wenn er sich richtig erinnerte, ein unbedeutender Streit, fast schon ein Flirt.

»Wirst du auch hier fotografiert?« fragte Mayla.

»Hier, wieso? Nein. Ich hatte in Singapore zu tun.«

»Aber kamst dann hierher.«

»Weil es nahelag. Gerade drei Flugstunden.«

»Und was hattest du in Singapore zu tun?«

»Was hatte ich zu tun; es ging um ein Hotel, eigentlich um die ganze Stadt, ein Feldzug für Singapore. Man fotografiert mich für Anzeigen, okay? Ich betrete ein teures Hotel, ich trage einen teuren Anzug, ich halte einen Diamanten mit den Zähnen. Ich habe alles gemacht.«

»Erzähl mir davon.«

»Ich sagte doch, es geht nicht, okay?« Wie Schluckauf drängte sich dieses atemlose Okay in seine Rede.

»Bist du auch auf Wahlplakaten?«

»Einmal war ich es, einmal, in Deutschland. Die Partei hat später verloren. Ich sagte doch: Mit Teurem. Uhren, Champagner, Sofas. Ein italienisches Sofa sieht neben mir besser aus als neben dem, der es irgendwann kauft. Alles wirkt verändert neben mir.«

»Ich auch?« fragte Mayla.

Kurt Lukas schwieg, als bedeute jedes weitere Wort eine Gefahr. Er spürte Maylas Stirn an seinem Rücken und plötzlich ihr ganzes Gewicht.

2

Tage später fand man Schwester Angel mit durchschnittener Kehle. Maisbauern stießen in ihrem Feld auf die Leiche, sie zeigte schon Spuren von Verwesung. Bis zum Abend wußte ganz Infanta von dem Fund, und am nächsten Morgen hieß es in regierungstreuen Blättern: Rote Barbarei ohnegleichen. Der Vatikansender wertete die Tat als neuerlichen Beweis für das Vorhandensein des Bösen, und Fernsehgesellschaften in den Staaten und Europa nahmen den Vorfall in ihre Nachrichten auf, was wiederum Schlagzeilen in der Regionalpresse machte. Die meisten Bewohner Infantas genossen den unerwarteten Ruhm ihres Ortes. Skeptiker wie Butterworth sprachen von einer Laune der Weltöffentlichkeit, Verletzbare wie Hauptmann Narciso von einem Schachzug der Programmgestalter, die auf eine unterhaltsame Revolution im Land setzten. Nur den Allerärmsten blieb der Hauch von Prominenz völlig verborgen.

Die Lösegeldforderung für Pio De Castro lag inzwischen bei einhunderttausend Dollar. Auch unabhängige Zeitungen verbreiteten, die Volksarmee stecke hinter der Entführung und dem furchtbaren Mord; Verdächtige wurden genannt. Unter den ersten ausländischen Journalisten, die sich der Wahl wegen in der Hauptstadt aufhielten, machten Namen wie Oscar Daturok oder Gringo Lomugda die Runde. Wer solchen Namen nicht traute, bemühte sich um einen Termin mit der Kandidatin der Opposition. Alle Wege zu der Tapferen Witwe führten über ihre geistlichen Berater; sie waren telefonisch erreichbar, bis ein Ereignis eintrat, das ihre ganze Aufmerksamkeit auf sich zog. Mit dem Stigma des Überlebenden, aber von seinen ausladenden Brüsten befreit, hatte Pio De Castro, nachdem er mit verbundenen Augen aus einem Wagen gehievt worden war, die Pfarrhütte einer entlegenen Gemeinde betreten. Wie er später berichtete, verlor der Dorfpfarrer beim Anblick seines Bischofs keinen Moment lang die Fassung. Er holte sein Motorrad vom Hof, prüfte die Luft im Hinterrad, informierte De Castro über alle jüngsten Ereignisse und brachte ihn in Rekordzeit nach Hause. Kaum eingetroffen, ordnete der Bischof die Aufbahrung von Schwester Angel vor dem Altar an, ferner eine Zusammenkunft sämtlicher Kirchenvertreter sowie eine Gedenkprozession am selben Abend.

Bald standen die ersten Trauernden an Schwester Angels Sarg und sahen durch ein Glasfenster auf den nach Absaugen aller Körperflüssigkeit geschrumpften Kopf der Toten. Mit stummem Entsetzen betrachtete Mayla das Gesicht der Freundin, mit der sie im Schwesternhaus das Zimmer geteilt hatte. Durch die Verschleppung und den gewaltsamen Tod, die Tage im Maisfeld und einige Zeit zwischen tropfenden Eisblöcken in einer Kammer auf dem Gelände der Polizei, aber auch durch das Präparieren erschien es ihr um fünfzig Jahre gealtert. Um die von einem Ohr zum anderen durchtrennte Kehle hatte man ein Band aus weißen Blüten gelegt. Mayla weinte nicht; statt dessen schwieg sie. Seit Auffinden der Leiche war sie nur einmal gesehen worden. Sie war in Gussmanns Laden gegangen, und Flores vertrat sie seitdem auf der Station.

Die Alten hatten diesen Wechsel sofort geschmeckt, jedoch nicht kommentiert. Flores, von der Mission erfüllt, zwischen Wilhelm Gussmann und seinen einstigen Brüdern wieder einen Faden zu knüpfen, gab sich alle Mühe. Ihre Küche war nicht so zart wie die von Mayla, dafür fettreicher. An Zurückhaltung gewöhnt, vermied sie es, sich in der Durchreiche sehen zu lassen oder gar von Gussmann zu sprechen; sie übergab nur einen Brief, den kürzesten, den Kurt Lukas je von einer Frau erhalten hatte. *Warte bitte, M.* Er öffnete und las ihn bei Tisch, und auch das blieb unkommentiert, so wie sein immer noch zerschundenes Gesicht. (»Rempelei in der Bude«, hatte er dazu nur gesagt, und alle späteren Bemerkungen beschränkten sich auf kosmetische Ratschläge.)

Trauer und gebremste Wut, stille Gebete und Strenge gegen sich selbst bestimmten das Leben der Priester in den Tagen nach dem Leichenfund. Auf der Station war es ruhiger geworden, aber im Stundenplan hatte sich nichts geändert. Ohne zu vergessen, was den Ort erschüttert und die übrige Welt einen Atemzug lang berührt hatte, gingen die fünf vor dem Abendessen ihren gewohnten Beschäftigungen nach, jeder für sich und doch mit einem Auge auf dem Tun des anderen. McEllis schrieb. Er hatte einen Brief an Gregorio begonnen, nachdem Butterworth gefragt hatte, ob jemand einer Sendung nach Rom etwas beifügen möchte. Dalla Rosa sortierte. Pacquin zog seine Zwanzigminuten-Bahn, Anrichte, Leseecke und zurück. Augustin lauschte dem Gesang aus der Bude. Horgan träumte; Wimbledon, Herrenfinale.

Und der Gast las oder tat so. Kurt Lukas las mal in einem Shakespeare-Sonnett, mal in einem Buch über Missionen in Paraguay; er las in einer Biographie Henry Fords und in einem Wörterbuch für Cebuano, in einem Roman von Faulkner und in Geographie-Magazinen, in einem Hausbuch über Thomas Edison und schließlich in einem weiteren Werk zur glorreichen Geschichte der Gesellschaft Jesu, diesmal von einem Pater Gysin, S. J., St. Gallen 1954.

»Katastrophal«, bemerkte Dalla Rosa dazu.

Tagelang hatten die Alten zu dem Lektürewirrwarr ihres Gastes geschwiegen. Mit Dalla Rosas *Katastrophal* zu Pater Pathos, wie sie Gysin getauft hatten, war es vorbei mit dem Schweigen. Sie erkundigten sich nach seinem Lieblingsbuch, er nannte eine Erzählung, von der Elisabetta Ruggeri an dem Abend auf seiner Terrasse gesprochen hatte; sie erkundigten sich nach seinem Lieblingsautor, er stellte sie wieder zufrieden. Beiläufig erkundigten sie sich dann auch nach seiner Lieblingsbeschäftigung, er antwortete Bummeln, »Looking for something«, und mit der besorgten Miene von Ärzten erkundigten sie sich endlich nach seiner Liebe. »Ich habe Mayla eine Weile nicht gesehen«, sagte er. »Vielleicht wissen *Sie*, was mit ihr ist.«

Niemand wußte etwas Genaues. Während Pacquin und Horgan die Ansicht vertraten, Mayla trauere und habe sich deshalb zurückgezogen, redeten Butterworth und Dalla Rosa von einer Reaktion auf die Veränderung in ihrem Leben, einer Gefühlsverwirrung. McEllis formulierte es deutlicher, er sprach von Liebeskummer und löste eine lebhafte Erörterung aus. Mit der Frage, was Liebeskummer von Trauer unterscheide, ja, was Liebeskummer überhaupt sei und ob er sich lohne, wie Augustin, einen alten Schlager zitierend, einstreute, ging man zu Tisch und verlor sich bald in kühnen Spekulationen; keinem der Alten fiel der leichte Limonengeschmack im Artischockenbrei auf, die gesüßten Karotten und Rosinen im Reis, der Löffel Honig in der Milch und die entfernten Schwarten. Mayla war wieder da.

Sie stand neben ihrer Bühne und horchte. Während der ruhigen Mittagsstunde hatte sie mit Flores getauscht.

»Verliebte leben in einer eigenen Welt«, gab McEllis gerade zum besten. »Sie haben ihre eigene Landkarte, ihren eigenen Kalender, ihr eigenes Wetter. Man muß ihnen eine gewisse Umnachtung zubilligen.« Er entzündete seine Pfeife und sah über die Streichholzflamme: »Widerspruch, Mister Kurt?« – »Nein, im Gegenteil.« Dem folgten Kommentare zum Begriff der Umnachtung. Liebe sei keine Geisteskrankheit, warf Butterworth ein. Aber unterjoche sie einen Menschen nicht, entgegnete Dalla Rosa, besonders wenn er begehre? Und er erinnerte an Gussmann, worauf alle durcheinandersprachen, der Erleichterung Ausdruck gaben, daß dieser nun gebremst worden sei. Mayla nahm sich eine Zigarette, ohne sie anzustecken. Ihr Name fiel und klang seltsam fern; es war das erste Mal, daß sie lauschte und spähte. Durch einen fingerbreiten Spalt sah sie die ganze Tischrunde. Nichts entging ihr. Sie sah die versunkene Aufmerksamkeit des Superiors und Dalla Rosas Augenspiel mit der Hündin, eine schwache Farbe auf Butterworth' Wangen und Horgans Blick auf seine neuen Schuhe; sie sah Augustins gespanntes Gesicht, und sie sah *ihn*, den Mann, den McEllis mitgebracht hatte.

Seit dessen Ankunft mit dem Moped war ihr das Leben auf der Station völlig verändert erschienen, obwohl sich alles abgespielt hatte wie sonst auch, wenn das Haus einen Gast bekam. Es wurde um ein weiteres Gedeck gebeten, man fragte sie, ob das Einkaufsgeld reiche, man erhob sich nicht sofort nach dem Essen, der Bourbon nahm rascher ab – und doch war alles anders. Die ganze Wirkung einer Menschengestalt hatte auf das Haus und seine Bewohner übergegriffen, den nach flüchtiger Greisentoilette und staubigen Büchern riechenden Gemeinschaftsraum in ein duftendes Theater verwandelt, die Durchreiche in eine Bühne, die alten Zuschauer in junge Mitwirkende, das Mobiliar in Requisiten. Die Station hatte einen Gast, der sein eigenes Gastgeschenk war; die Alten hatten dieses Geschenk angenommen und Mayla damit aufgefordert zu lieben. Und sie liebte. Seit den Stunden mit ihm erwachte sie nachts und vermißte seine Hände; alle Stunden ohne ihn waren maßlos. Oft glaubte sie, ihn atmen zu hören, und sprach seinen Namen aus und konnte dann nicht anders, als auch an die Freundin zu denken, an ihren kleinen welken Kopf mit dem Gebinde um die Kehle. Dieses Bild drängte sich einfach dazu, trotz ihrer Übung im Vergessen. Fast nie dachte Mayla an den Anblick ihrer toten Familie und selten an die Zeit vor dem Blutbad. Sie erinnerte sich an die Hände des Vaters, der Körbe flechten konnte und einen Menschen anfassen, und an die Stimme der Mutter, einer umworbenen, schwer bestechlichen Frau, die ihr zur Liebe nur eins gesagt hatte: Du stirbst nicht daran.

Mayla gab ihren Horchposten auf und begann mit dem

Abwasch. Sie wollte nichts mehr hören, aber dazu war es zu spät. Auf jede Silbe, die noch in die Küche drang, konnte sie sich jetzt ihren Reim machen, erfuhr, wie interessant es doch sei, über die Liebe zu sprechen, erfuhr, wie behutsam man vorgehen sollte, um ihr nicht weh zu tun, und wie richtig es wäre, Gregorio auf die delikate Situation vorzubereiten. Mayla drehte das Wasser auf und klapperte mit den Töpfen, und trotzdem drangen noch Worte und Sätze an ihr Ohr. Als sie schon das Licht gelöscht hatte, hörte sie noch einmal ihren Namen, aber nun wie von nahem. Mit seiner immer dicht am Gesang balancierenden Stimme bemerkte Augustin mitten in das Tischpalaver: »Mayla ist wieder da, ich schmecke es deutlich.«

In seinem Brief an Gregorio bezeichnete McEllis noch in derselben Nacht die Sekunden nach Augustins Beitrag als erschreckend und beglückend zugleich und verglich den Moment mit einem Wiederauftauchen von Totgeglaubten, als Beispiel führte er Tom Sawyer an. Danach skizzierte er mit einem einzigen Satz den Ausgang des Abends: »Als das Essen beendet war, wechselten wir in die Leseecke, um unser Tischgespräch dort fortzusetzen; dies mißlang.« Nach einigen Bemerkungen über Unregelmäßigkeiten im Leben auf der Station erwähnte McEllis wiederum den Novizen: »Ein gescheiter Junge, der Horgan neuerdings Geschichten erzählt, niemand weiß, welchen Inhalts. Aber Horgan zeigt jetzt, sobald es um Mayla und unseren Gast geht, ein eigenartig informiertes Lächeln.« Er schrieb noch, daß keiner die Absicht habe, diese Freundschaft zwischen Augustin und Horgan zu stören, ehe er zum Kern des Briefes kam, dem Liebesgeschehen unter ihrem Dach.

»Zugegeben«, begann der entscheidende Passus, »ich habe nach einem Mann wie Mister Kurt Ausschau gehalten und war bei seinem plötzlichen Anblick geradezu wehrlos, was vielleicht auch am Wetter lag und an den vielen mir fremden Kindern in der Kirche. Aber ich hatte gar keine

Wahl, ich mußte handeln. Die Zeit war reif. Jedes Lächeln von Mayla verriet, daß sie in Unserem Herrn keineswegs ihren künftigen Bräutigam sah; sie sah ihn aber auch in keinem der Burschen, die sich, stets unter Vorwänden, der Station genähert hatten. Sie sah nur uns, so schien es – uns und Wilhelm.« McEllis strich den Zusatz bis zur Unkenntlichkeit, entschlossen, den Brief noch einmal ins reine zu schreiben. »Nicht, daß wir mit unserer eher bescheidenen Virilität den Maßstab gesetzt hätten«, fuhr er fort, »jedoch sicher mit einer gewissen Weltläufigkeit – Weltläufigkeit, wie sie auch Mister Kurt besitzt, übrigens Lutheraner. Ich lud ihn ein, er folgte mir, und ohne einen Finger zu krümmen, gewann er ihr Herz. Es ist eine Liebesgeschichte, Du kannst es mir glauben. Sie spielt sich in bemerkenswerter Stille ab, fast unmodern heimlich, und gewiß nicht unter dem Eindruck der Tropen, die ja, wer wüßte es besser als wir, keinen Zauber mehr haben. Barfuß, nehme ich an, über die Guave vor dem Balkon, kam sie mit Vorsatz in seine Kammer, tief in der Nacht; wir hörten das Tap-Tap ihrer Zehen und natürlich ihr Streichholz beim Zigarettenanzünden. Unser deutscher Gast – er hatte sich am Abend zum ersten Mal außer Haus gewagt – stieß etwas später dazu, und dann war Lebendiges bei Lebendigem, wie man vermuten darf. Lange Zeit hörten wir nichts und endlich einen Laut, der durchaus zum Ruhme der Schöpfung beitrug. Mit anderen Worten, Mayla ist zur Frau geworden, die beiden sind ein Paar, sie schlafen zusammen, und das bei uns. Wir alle beten, dies möge gutgehen. In Christo, McEllis.«

Dank ihres Talents zur Unscheinbarkeit hatte Flores in den Tagen auf der Station vieles gehört und manches gesehen. Eine Nacht lang fesselte sie Gussmann mit ihren Berichten, in die sie in bester Absicht kleine Unwahrheiten einfließen ließ; am anderen Morgen war der frühere Priester zwar auf dem laufenden, aber auch Opfer von Flores' stillem Betreiben, ihn und die Alten wieder zusammenzuführen.

Er wußte von den Schreibaktivitäten auf der Station und der erwogenen Rückkehr Gregorios, von den gleichgebliebenen Gewohnheiten eines jeden und den jüngsten Abweichungen von der Hausordnung, zum Beispiel der lebhafteren Stunde des Drinks mit Themen wie Begehren oder Leidenschaft; wußte von der gedeckten Hündin und dem wirren Leseverhalten des Gastes, von Kurt Lukas' Vorlieben und den Bemerkungen dazu – besaß aber auch eine Information, daß sein Name gefallen sei, ohne Bitterkeit, eher mit einem Ton des Bedauerns, ja, daß ausgerechnet Butterworth, dessen Bann ihn am schmerzlichsten getroffen hatte, dem Namen hinzugefügt haben soll: unser Bruder.

Das alles bewegte Wilhelm Gussmann tagsüber, während er in seinem Laden stand und Ordnung in einen Pakken Heftchen brachte, günstige Konkursware, wie sie ihm Durchreisende ab und zu anboten. Diesmal handelte es sich um zweihundert verschossene, aber noch in vollem Umfang erhaltene Hefte, die er nach den Kategorien Erste Liebe, Drama, Weltall und Grauen sortierte. Eine angenehme Tätigkeit. Er erledigte sie nebenbei und schien doch beschäftigt; ungestört konnte er allen Gedanken nachhängen, besonders den traurigen. Gussmann spürte an diesem Nachmittag seine verbrauchten Organe und dachte ans Sterben. So deutlich, wie er den Feierabend mit Flores sah

– er würde bei offenen Augen schlafen, sie ihn bei geschlossenen kraulen –, sah er sein Ende: im März. Den Februar konnte er sich noch als ganzen Monat vorstellen, den März nur mehr als halben. Also vor April, sagte er sich, und etwa um diese Tageszeit, kurz nach drei. Und rasch, aber unangenehm, als stieße man mir einen Nagel ins Herz, dachte er plötzlich auf deutsch.

Wilhelm Gussmann dachte in drei Sprachen. Alle gewöhnlichen Gedanken machte er sich auf cebuano, alle erhebenderen auf englisch, alle bedrückenden auf deutsch. Er hing an seiner Muttersprache, weil sie immer da war, wenn er sie brauchte, wenn er lesen oder sich erinnern wollte, und er haßte sie, weil sie ihn niemals in Frieden ließ, sich auch meldete, wenn er sie nicht brauchte, und einen harmlosen Gedanken durch ein einziges Wort in die Tiefe zog; sie geisterte durch seine Träume oder sickerte einfach aus ihm heraus, unverständlich für andere und peinlich für ihn. Das Reich seiner Kindheit hatte er mit Zwanzig verlassen; vor mehr als einem halben Jahrhundert war er dort Sympathisant zweier Reformparteien und Hospitant eines dadaistischen Zirkels gewesen; nacheinander hatte er sich in alles gestürzt, was radikal war, sogar in ein Medizinstudium mit dem erklärten Ziel, Chirurg zu werden. Vor lauter Begeisterung für dieses Ziel war er später durch die Hauptprüfung gefallen; in dieser Zeit hatte eine unglückliche Affäre die andere gejagt, und so genügte, anläßlich der Beerdigung seines Vaters, ein vielversprechender Blick von Onkel Heinrich aus El Paso, Texas, um Gussmann mit zwei Bierhumpen und dreißig Büchern im Gepäck auswandern zu lassen.

Unterstützt von Henry C. Gussman, der als tüchtiger und frommer Mensch eine Druckerei besaß, in der Broschüren der Gesellschaft Jesu für Texas und Neumexiko hergestellt wurden, fand Wilhelm Gussmann – nicht bereit, für eine weltliche Karriere in Amerika seinen Namen um ein N zu verkürzen – zur Theologie. Schon wieder in

unglückliche Affären verwickelt, sah er in der Priesterlauf-
bahn einen Weg, sich sinnvoll über die Frauen zu erheben.
Dem Orden war er nach zehnjährigem Studium in Santa
Fé beigetreten, als Mann von Mitte Dreißig, der nur einen
Gedanken verfolgte, Missionar zu werden. Alles, was er
vom Leben verlangte, waren Abenteuer ohne Frauen. Mit
der Flasche Mosel im Rucksack, die ihm Onkel Henry als
letzte Wohltat zugesteckt hatte, traf Gussmann nach
Kriegsende auf der Großen Südinsel ein, über alles Er-
denkliche in dem tropischen Land informiert, nur nicht
über die Schönheit der Mädchen. Aus seinem Pfadfinder-
abenteuer wurde bald das alte Ringen mit sich selbst. Wie
kaum ein anderer stürzte er sich in die Bekehrungsarbeit,
am Ende kamen über eintausendfünfhundert Taufen auf
sein Konto. Unterdessen hatte er ein dutzendmal den
Glauben verloren, ihn aber stets wiedergefunden: sobald
die Frau von ihm getraut worden war, die seine Krise aus-
gelöst hatte. Die Bewahrung der Keuschheit in diesen Jahren kostete ihn mehr Kraft als alle Kämpfe gegen Geisterglauben, Korruption und Armut; ein Nebenergebnis dieses Ringens war die Radiostation. Der Gedanke an eine
Eroberung des Äthers über Infanta hatte vorübergehend
etwas Rauschhafteres als alle Gedanken an die Liebe, und
der Tag, an dem der vierzig Meter hohe Sendemast errichtet wurde, zählte zu den Höhepunkten in Wilhelm Gussmanns Leben. Ein anderer Höhepunkt war jener Tag, an
dem er Mayla auf die Station brachte, nachdem sich ihre
entfernten Verwandten als zu arm erwiesen hatten, um für
sie zu sorgen. Als weiterer Höhepunkt folgte drei Jahre
später der Austritt aus der Gesellschaft. Den vorerst letzten Höhepunkt bildete die Nacht, in der Flores seine Geliebte wurde. Mit der verbohrten Systematik von Menschen, die viel nachzuholen haben, schlief er von da an
täglich mit ihr, bis Kurt Lukas auftauchte und Mayla, die
allen und keinem gehört hatte, sich dem Stationsgast hingab. – Sie gab sich ihm hin, daran mußte Gussmann jetzt

immerzu denken, auch während er bei Flores lag, schweiß-
bedeckt und zerfahren.

Der frühere Priester konnte nur noch um die Kraft beten, dem Tod entgegenzuschauen, ohne Mayla in den Armen gehalten zu haben. Er fühlte sich nicht verletzt.
Warum sollte sie auch ein stattliches Wrack, wie Doña Elvira ihn kürzlich genannt hatte, einem Mann wie Kurt Lukas vorziehen? Nein, das verstand er und war auch nicht
eifersüchtig; nur sehnte er sich in jeder Minute nach ihr.
Während er einzelne Hefte mit Klebeband vor dem Zerfall
bewahrte und es langsam Abend wurde, Blechdächer im
letzten Sonnenlicht glühten und Billardkugeln tickten,
Duft von frisch gewaschenem Haar die Kinder um-
schwebte und junge Frauen ihm Münzen über die Theke
schoben, um dann im Fach Erste Liebe zu wühlen, vermißte er Maylas Hand, die oft wie ein kleines Tier auf seinem Arm geruht hatte.

Gussmann trat aus dem Laden. Ein verwischter Mond
stand über Infanta. Leicht bezogener Himmel, das bedeutete Bruthitze bis zum Morgen. Bruthitze nachts, das waren schlaflose, unruhige Menschen und die schwere kleb-
rige Luft, nicht endendes Palaver und die locker im Gürtel
sitzenden Hackmesser; das waren die süß parfümierten
Friseure vor ihren Brettersalons und Hähne zur Unzeit,
das war sein eingeschnürtes Herz und eine heillose Kna-
benneugier auf die verborgensten Stellen der Mädchen.
Der frühere Priester stand auf dem Weg vor seinem Laden
und haderte mit dem Himmel. Hadern mit dem Himmel,
das hieß, Ich taumelte durch meine Unzucht, verspritzte
mich und kochte wieder; du aber schwiegst. Ein halbes Leben lang hatten ihn diese Worte begleitet, und im Grunde
hielt er sie bereits für die eigenen, der große Kirchenlehrer
würde es verzeihen. Wilhelm Gussmann drehte sich um.
Ein neuartiges, den ganzen Ort überziehendes Geräusch
schien diese Nachthitze ausgeschwitzt zu haben. Wie alles
Laute tönte es von der Bude, mal klirrend, mal rauschend,

auch als Gestampfe, mit keinem herkömmlichen Instrument zu vergleichen, ab und zu, Gott sei Dank, von Gesangsproben unterbrochen. Jemand mit Stimme ließ immer wieder ein Lied anklingen, das populär geworden war, als Gussmann noch am laufenden Band getauft hatte.

Er kehrte in den Laden zurück, sang den Refrain leise mit, und die jungen Frauen riefen *No way!* – er strahlte. Seit vierzig Jahren kannte Gussmann diesen glockenhellen Ausruf, Kommentar zu allem Aussichtslosen, amüsiert und etwas verächtlich, bitter auch, aber nie böse. »Herrgott, ich liebe euch«, antwortete er, »ich liebe euch Hübschen.« Die jungen Frauen sahen sich an. »Die Heiligen seien ihm gnädig«, tuschelten sie und schauten erschrocken, als Doña Elvira nur einen Atemzug später fast dieselben Worte in ihr Mikrophon und also durch die Nacht murmelte – »Die Heiligen mögen ihm gnädig sein«.

Augustin sang. Von Knappsacks Kleinoden angelockt und ermutigt durch das seltene Lächeln des Australiers, sang er den unverwechselbaren Anfang von *Küß mich* rasch, auf eine Art, die Father Demetrio in seinem Dossier als Jubel eines gefallenen Engels beschrieb. Ein schlichter Schlager genügte ihm allerdings nicht, um seine Stimmbänder geschmeidig zu machen, und so versetzte er den Ort auch noch mit *Lobet den Herrn* in Erstaunen. Augustins Augen leuchteten, während Doña Elviras Rummelplatzlautsprecher seinen Gesang bis an die empfindlichen Ohren des Superiors trugen, Horgan aus Tagträumen holten und McEllis beim Bürsten der Hündin erreichten, Butterworth den Bleistift abbrechen ließen und in Dalla Rosa eine schmerzliche Erinnerung an sein versunkenes Italien wachriefen. Auch das Eingreifen der schwarzen Sängerin änderte nichts mehr daran: Auf der Station wurde darüber nachgedacht, ob dem Novizen die Heimreise nahezulegen sei.

Doña Elvira griff rigoros ein. Sie machte Ferdinand Zeichen, das Gerät aufzudrehen, das die neuartigen Geräusche erzeugte. Die Sängerin hatte sich zu der teuren und, wie der japanische Händler nicht müde geworden war zu betonen, das Jahrtausend überdauernden Anschaffung entschlossen, da sie ihre Stimme nicht länger mit dem Übertönen der Musikbox strapazieren wollte; manche Leute hatten auch schon behauptet, sie bewege nur noch die Lippen. Dieses Gerede und ihre Lust am Fortschritt hatten den Ausschlag gegeben, eine glitzernde Rhythmusmaschine zu erwerben, welche, wie der Händler versichert hatte, auch den blutigsten Anfänger in jeder Tonlage unterstützen und, was noch wichtiger sei, vollkommen mit Rhythmus zudecken könne. In dieser Hinsicht bewährte sich die Neuerwerbung gerade – der Novize war verstummt.

Er stand auf der Bühne und wartete ab. Es dauerte nur Minuten, bis alle Lichter der Maschine wieder erloschen: Ferdinand war noch nicht Herr ihrer komplizierten Verkabelung und ganzer Batterien von Knöpfchen und Schaltern. Die schwarze Sängerin drohte ihrem Lakai eine Abreibung an, und Augustin nutzte das Durcheinander. Er trat an den Bühnenrand, schloß die Augen und sang, weil es ihm lag und weil Montag war, das alte Monday Monday. Er sang es, als schwärme er für ein Mädchen, das Montag hieß, sang es mit entspanntem Gesicht, als schlafe er stehend, und bot ein Bild, wie man es nie zuvor gesehen hatte in der Bude. Da stand nicht einer von der Sorte, die ihre Augen zusammenkniffen beim Singen, die sich dem Publikum schmerzverzerrt darboten und am Ende mit wirren Haaren abtraten; da sang jemand, das war alles. Doña Elvira vergaß darüber, daß der Novize der Novize war (Ferdinand hatte ihn verraten), also eine Art Jungfrau, für die der Minderjährigenschutz galt, sie vergaß die glitzernde Rhythmusmaschine, ihren Ruf, ihr Geschäft und sich selbst. Sie hörte nur zu. Mit seiner ungebremsten Begabung gelang es Augustin, aus dem Ende von Monday Monday mühelos den Beginn von Wach auf mein Herz und suche Freud hervorzuzaubern, wiederum nicht ahnend, daß genau diese Abwechslung zwischen Weltlichem und Geistlichem, die ihm nur logisch und menschengerecht erschien, die Weichen für seine Heimreise und damit sein weiteres Leben stellte. Als er schließlich zum Schlager zurückgekehrt war, sich gerade Ton um Ton auf das berühmte Sweet Caroline zubewegte, sich in Spiralen emporschwang wie ein Verliebter vor dem Geständnis und es endlich so jubilierend herausbrachte, als wolle er sich und die ganze Welt damit erlösen, spürte er eine Hand am Bein; gleichzeitig schaffte Ferdinand den Durchbruch und bediente die neue Maschine, als ließen sich mit den Knöpfen und Schaltern Kriege entfesseln.

»Butterworth schickt mich!« brüllte Kurt Lukas durch das Rollen und Stampfen. »Man hört dich bis zur Station, im ganzen Ort, überall – du mögest die Bude sofort verlassen, soll ich dir ausrichten!«

Und Augustin verstummte ein zweites Mal, nun aber von innen. Sein Gaumen wurde trocken, seine Zunge wurde steif, Scham und Ohnmacht standen ihm im Gesicht. Er schüttelte sein nasses Haar aus, verbeugte sich vor Doña Elvira, machte eine segnende Gebärde, die Ben Knappsack galt, und folgte.

»Du hättest da niemals hingehen dürfen«, sagte Kurt Lukas, als sie durch das nächtliche Dampfbad liefen. »Aber ohne Gesang sterbe ich«, erwiderte Augustin.

»Hier sind deine Tage ohnehin schon gezählt.«

»Dann müssen wir vorher noch ringen.«

»Ich werde nicht mit dir ringen.«

»Aber reden.«

»Worüber?«

»Über Mayla.«

»Wozu«, sagte Kurt Lukas.

Der Novize blieb stehen, seltsam lächelnd wie ein Langstreckenläufer nach verpaßtem Sieg. Ein Schimmer lag auf seinem Gesicht; Gussmanns Ladenlicht beschien den Weg vor ihnen. »Wozu? Weil du wissen möchtest, ob sie dich liebt.«

»Sie wird es dir kaum verraten haben.«

»Sie hat es mir auch nicht verraten«, sagte Augustin. »Aber ich hörte, wie sie mit Father Pacquin sprach.«

Kurt Lukas setzte sich auf den warmen Boden. Er konnte nicht mehr. Sie hatten den Pfad zur Station verfehlt. Wie betrunken vor Hitze, waren sie dann einfach Lichtern und einem Stimmengewirr entgegengelaufen; nicht weit von Gussmanns Laden sammelten sich Menschen. »Also erzähl schon«, sagte er.

Der Novize setzte sich neben ihn, und sogleich sprudelte es aus ihm heraus. Er sei am Eßtisch gesessen, allein, und habe die Intervalle der Kühlschrankerschütterung notiert, da seien in der Küche plötzlich Worte gefallen und gerade noch hörbar durch die angelehnte Klappe gedrungen. Liebst du diesen Mann, habe Pacquin gefragt. – Das Stimmengewirr kam jetzt näher, vermischt mit Gesang. Tanzende Lichtpunkte, kaum heller als Glühwürmchen, tauchten aus der Dunkelheit auf, brennende Kerzen. Oh, ja, sie liebe ihn, fuhr Augustin fort, als Gussmann auf die Menschen zutrat, nur mit einer Hose bekleidet, das weiße Haar zerzaust, in der Hand einen Schemel. »Kommt nur, kommt«, rief er ihnen entgegen, »zeigt, daß es euch gibt!« Der frühere Priester schwenkte die Arme, beschrieb Kreise mit den Händen, stampfte auf und erhob einen Zeigefinger und gebärdete sich alles in allem wie ein Kapellmeister, während der Novize weitererzählte. »Das ist gut, hieß Father Pacquins Antwort, denn dann dürftet ihr ja sicher heiraten, und du kannst das Angebot des Bischofs annehmen. Was für ein Angebot? wollte Mayla wissen. Das Angebot, seine neue Sekretärin zu werden – De Castro fragt uns in einem Brief, was wir davon hielten, und bittet mich, dich zu fragen, ob du bereit seist, falls Mister Kurt und du nicht andere Pläne hättet. Worauf Mayla zuerst ganz sprachlos war, dann aber Oh, Father sagte Oh, Father, ich muß jetzt sehr genau nachdenken... Was hältst du davon? Mayla als Sekretärin des Bischofs. So ein Angebot kann sie nicht einfach ausschlagen. Und das bedeutet, daß sie dir wohl kaum nach Rom folgen wird und du« – Augustins Augen verschleierten sich zu einem fragenden Blick – »also bleiben müßtest, sofern du sie liebst.«

»Was weißt du von Liebe«, sagte Kurt Lukas.

Der Novize schaute ihn an. »Nichts Genaues«, flüsterte er, »aber du könntest mir ein paar Einzelheiten erzählen.« Er ergriff Kurt Lukas' Hand und sah zu den Menschen. »Wie das so ist mit einer Frau.« In die Menge kam Bewegung; Uniformierte kreisten sie ein, Männer, die Gewehre trugen, sich zeigten und verschwanden im Rhythmus halblauter Befehle. Kurt Lukas wollte aus dem Schußfeld, doch der Novize hielt ihn fest; und da erzählte er Augustin in wenigen Sätzen, wie das so sei mit einer Frau, Sätzen, in denen immer wieder das Wort Natürlich vorkam. Wenn das alles wäre, entgegnete der Novize, dann hätte er es selbst schon getan. Und jeder Priester würde es jeden Tag tun, denn es wäre gar nichts dabei. Es wäre wie Essen und Trinken.

»Schön«, sagte Kurt Lukas, »es ist eine Menge dabei. Und eigentlich zählt nur das, was dabei ist. Das Unnatürliche, wenn du es genau wissen willst. Und nun halt den Mund.«

Gussmann, auf dem Schemel stehend, hatte sich an die Menschen gewandt. Hochaufgerichtet, mit den Händen eine Schalltüte bildend, wodurch seine Rippen einzeln hervortraten, sprach er betont und auf englisch, als predigte er noch einmal in seiner alten Radiostation und die Bevölkerung der ganzen Provinz stünde gebannt vor dem Empfänger. »Ihr müßt gar nichts tun«, erklärte er, »ihr braucht nicht zu brüllen oder mit Steinen zu werfen, es genügt, daß ihr da seid, versammelt und einer Meinung – anderer Meinung als die, die hier Gewehre tragen. Allein, daß es euch gibt, macht sie krank. Sie fassen es nicht, die Leute mit den Gewehren, daß Menschen andere Gedanken haben als sie und daß diese Menschen auch noch die Mehrheit sind. Darum fürchten sie Demokratie. Daß die Zerlumpten und Verdreckten, die Hungerleider und Krüppel, das Heer von Tagelöhnern, Losverkäufern und Straßenmädchen in diesem Land, die mageren Lehrer und harmlosen Gemeindeschwestern, daß dieses Volk aus Heftchen lesenden Verkäuferinnen mit fünfzehn Pesos am Tag und die halbnackten Frauen, die nachts auf dem Bordstein gebären, all die Menschen ohne Dach über dem Kopf, die nichts besitzen als ein Leibchen, auf dem Pepsi steht – daß sie alle bald eine Stimme haben sollen, die zählt –, das ist es, was die Leute mit Gewehren oder Bankkonten nicht fassen, was sie sogar ihr Geld verstreuen läßt, um diese vielen elenden Stimmen einfach zu kaufen.«

Der frühere Priester drohte jetzt von dem Schemel zu stürzen, er hustete und schwankte. Grau im Gesicht, mit Schaumflocken auf den Lippen, sah er über die dunkle Masse der Köpfe, ließ den Blick weiterwandern, über Männer, die vor ihren Hütten standen, verstört, wie aus dem Schlaf Gerissene, und ließ ihn dann ruhen auf Kurt Lukas. »Ich liebe einen Menschen, der dich liebt«, rief er ihm hustend und auf deutsch zu, »aber auf eine besondere Weise liebt dieser Mensch auch mich! Und diese besondere Liebe, mein Sohn, die lasse in Frieden. Du solltest nicht einmal nachdenken über sie. Denke statt dessen über die Liebe nach. Und liebe zuerst die Liebe und anschließend Mayla, oder sei ein Heiliger. Denn nur die Heiligen brauchen die Liebe nicht zu lieben. Bist du ein Heiliger? Antworte! Ich sehe, du starrst nur herüber. Dann halte dich an diese Reihenfolge. Und noch eine Bitte: Komm am Sonntag zum Hahnenkampf, es wird dort mein letzter Einsatz sein; eine nützliche Tätigkeit, ihren Anblick möchte ich dir nicht ersparen« – und damit wandte er sich wieder an die Menschen.

Wilhelm Gussmann hob eine Hand und rief den Kosenamen der Tapferen Witwe, und im selben Augenblick knallte es dumpf. Funkensprühend zischte etwas steil zum Himmel, zerplatzte mit trockenem Ton, und im nächsten Moment war die ganze Umgebung – der Weg, die Hütten, die Menschen, der Wald – in ein schneeiges Licht getaucht. Tiefe Stille verbreitete sich. Nur ein kleiner Chor war zu hören, der Die Heiligen seien uns gnädig flüsterte.

Am Morgen nach Augustins Auftritt bei Doña Elvira kam es im Garten der Station zu folgender Unterhaltung:

»Und wer ist Caroline?«

»So heißt ein Lied, Father Horgan, Süße Caroline.«

»Ein schöner Titel.«

»Ich sing ihn sehr gern.«

»Das hat man gehört.«

»Bin ich zu laut?«

»Du bist zu begabt.«

Der alte Priester flüsterte in die Luft. Sein Hinterkopf lag pendelnd auf der Nackenlehne; Augustin schob den Rollstuhl zum Pavillon. Horgan hatte sich auf der Veranda in jüngster Zeit beobachtet gefühlt. Ein Ausflug konnte nicht schaden, und er mochte den Platz am Rande des Gartens. Da summten ringsherum wilde Bienen, und Goldkäfer funkelten zwischen den Gräsern. Wandelröschen und Türkenkappe verströmten ihre Gerüche, und kaum spürbarer Wind brachte den Duft feuchter Erde von den begossenen Beeten. Nachdem er all das aufgenommen hatte, interessierte er sich für den gestrigen Abend. Wie das denn sei, in der Bude zu singen, bewegend? Und die Besitzerin, in welcher Form sie auftrete, spärlich bekleidet? Ach, und dem Vernehmen nach habe es gestern auch einen Auftritt von Wilhelm Gussmann gegeben, vor dessen Laden; peinlich? Im Zusammenhang damit höre man von einer Rakete. Horgan bat um Details. Ein Stichwort zum Thema Gesang fiele noch früh genug – auf Drängen der übrigen hatte er sich bereit erklärt, dem Novizen das concilium abeundi mitzuteilen.

»Es war eine Leuchtrakete«, erzählte Augustin und deutete die Flugbahn an. »Kaum hatte sie ihre Höhe erreicht, explodierte sie, und es wurde taghell. Totenstille breitete sich aus. Mister Gussmann und die Menschenmenge standen da wie geblendetes Wild. Und während der kleine Fallschirm mit dem großen Licht langsam sank und Transparente mit dem Namen von Father Gregorio weiß angestrahlt waren, warfen sich plötzlich Männer in Uniform gegen die Menge, Polizisten unter dem Befehl von Captain Narciso, rissen die Leute auseinander, schlugen sich Gassen bis zu den Spruchbändern, zersplitterten die Tragestöcke, packten und zerknüllten die Tücher und stürmten zu der Weggabel hinter dem Heftchenladen; dort schmissen sie die Spruchbänder auf einen Haufen und steckten ihn an. Kaum war das Licht unter dem Fallschirm erloschen, gingen alle Transparente in Flammen auf und loderten in die Nacht, während es nach Dieselöl und Magnesium roch. Dann sprang der Wind auf einmal um, Funken und glühende Fetzen flogen, und Mister Kurt und ich wichen hinter eine Hütte zurück, von wo aus wir noch alles sahen, doch selbst nicht mehr gesehen wurden. Wir sahen, wie ein Scheinwerfer Mister Gussmann erfaßte, sahen die zu allem entschlossenen Menschen und einen Wagen, der von der Hauptstraße kam, und bei Gott, ich schwöre es, die Fledermaus-Ouvertüre erklang; ein Offizier stieg aus, der Kommandant, flüsterten die Leute. Er winkte den Polizeichef heran, befahl ihm, bequem zu stehen, und gewissermaßen im Schutze dieser öffentlichen Machtprobe löste sich aus dem Zug eine schmale Gestalt, schwarze Hose, gelbes Hemd, Zigarette, niemand anderes als Mayla, die zu Gussmann lief, ihm von dem Rednerschemel half, während der Kommandant in leisen, aber scharfen Worten mit Narciso sprach, ihn kaum ansah dabei, nur müde in die Flammen schaute und…«

»Mach einen Punkt«, sagte Horgan.

Augustin holte tief Luft, und schon sprach er weiter. Die Augen fest geschlossen, die Hände in Kopfhöhe, als wolle er seine Gedankenflut dämmen, erzählte er, wie der Kommandant den Polizeieinsatz mißbilligt habe, ehe er hupend unter dem Beifall der Menge davongefahren sei, worauf sich die Menschen schließlich zerstreut hätten. »Die letzten, die gingen, waren Gussmann und Mayla«, berichtete der Novize mit verhaltener Stimme. »Arm in Arm sahen wir sie im Dunkeln verschwinden. Nun, er wird sie wohl nach Hause begleiten, so Mister Kurt, und ich mußte ihn davon abbringen, den beiden zu folgen, sich vielleicht in wer weiß was zu steigern, lotste ihn also weg und revanchierte mich damit – oder hat er mich etwa nicht aus dieser Bude geholt, aus dem Strudel der Musik gerissen, dem Sog des Gesangs, befreit von der Herrschaft der eigenen Stimme, des Echos, Father, dieser ältesten Verführung!«

»Etwas weniger klug und nicht ganz so dramatisch«, flüsterte Horgan. Augustin öffnete die Augen. »Aber ich bin, wie ich bin«, erwiderte er. »Ein Bündel Herz.« Das war das Stichwort – Horgan bat den Novizen, sich herabzubeugen, und sprach ihm ins Ohr. Ein Bündel Herz brauche den Halt durch gewohnte Umgebung. Brauche Seelsorge und eine gewisse Psychologie, einen Father Demetrio. Seine Überstellung in die Hauptstadt, wie der Superior es ausgedrückt habe, sei beschlossene Sache.

»Und warum?« fragte Augustin.

»Du hattest uns gesagt, du gingest spazieren.«

»Ich ging spazieren. Immer der Musik nach. Bis ich in die Bude spazierte.«

»Hast du schon einmal von Odysseus gehört?«

»Ja, Father.«

»Wir können dich nicht an den Sendemast binden, wenn in der Bude das Abendprogramm beginnt.«

»Aber ich möchte hierbleiben.«

»Du hättest dich auf Weltliches beschränken sollen. Küß mich rasch – warum nicht; dagegen wäre weniger einzuwenden gewesen als gegen Lobet den Herrn in dieser Umgebung.«

»Es ging mit mir durch, Father.«

»Ja, leider, leider.«

Horgan war erschöpft. Schon lange hatte er nicht mehr so viel auf einmal gesagt. Das Kinn sank ihm auf die Brust, und bald durchdrang sein klagender Atem das Bienensummen um den Pavillon.

Später weckte ihn der Duft von frischem Bananenkuchen. Teestunde. Bis auf McEllis war der kleine Kreis vollzählig, sogar erweitert durch Mister Kurt. »Augustin packt bereits«, sagte Butterworth. »Seine Einsicht mutet gespenstisch an. Er spricht von einer weisen Entscheidung; morgen will er den Bus nehmen.« Sie schwiegen und aßen und wunderten sich alle im stillen über die verminderte Zahl der Rosinen. Der Kuchen enthielt nicht mehr als vier für jeden, noch zuviel, um darüber zu sprechen, aber schon wenig genug, um eine ihrer ungeschriebenen Regeln aufzuheben: Dalla Rosa verschaffte den suchenden Fingern des Superiors einen Erfolg. Blitzschnell plazierte er eine Rosine, jeder bemerkte es, keiner verlor ein Wort, auch nicht Pacquin. Er hatte eine schattenhafte Bewegung gesehen, ertastete die zugespielte Rosine, führte sie an den Mund und ließ sie dann mit vorgetäuschter Tattrigkeit fallen. »Und wird Mayla das Angebot des Bischofs annehmen?« fragte Butterworth leise.

»Mir ist noch nichts bekannt. Ihnen vielleicht?« – Pacquin wandte sich an den Gast. Seit gestern besaß er ein klares Bild von dessen Gesicht. Butterworth hatte ihm das Butterworth-Papier, wie sein Schriftstück nun offiziell hieß, zweimal vorgelesen. Eine ordentliche Arbeit. Der Superior sah sich einem Mann gegenüber, den die Schöpfung mit Vorschüssen bedacht hatte. »Ich weiß gar nicht, wovon Sie sprechen«, sagte Kurt Lukas; wie immer log er leicht und überzeugend. »Wir sprechen davon, daß Mayla die neue Sekretärin von Pio De Castro werden soll. Er hat es ihr angeboten. Würden Sie zuraten?«

»Will sie nicht studieren?«

»Sie ist jung. Das Studium läuft ihr nicht davon.«

»Dann würde ich zuraten.«

»Gut, Mister Kurt, sehr gut« – Butterworth redete jetzt. »Denn sie würde bestimmt auf Sie hören.«

»Möchten Sie Mayla verlieren?«

»Wir möchten ihr Bestes. Sie doch auch?«

»Sicher.« Er schenkte sich nach. Sein Durst war kaum zu stillen. Vormittags hatte er Pacquin im Garten geholfen, auf dessen Vorschlag hin: damit er sein Wissen erweitere. Schweißtreibende Arbeit. Stecklinge setzen. Der Priester hatte es blind gemacht, mit seinen Händen völlig zu Hause im Erdreich. Bald gewühlt, bald gemurmelt – Safranwurz, Mister Kurt, auch Dilaw oder Turmeric genannt. Der Schlafeibisch, blutrot und schlank die spätere Blüte. Der Lampenputzer, leicht zu erfühlen seine Dochte; seltsam, diese Pflanzennamen, nicht wahr, der Anfang der Dicht-kunst. Nehmen Sie nur die weiße Engelstrompete, die Vo-gelkopfblume, das Waldfeuer. Übrigens muß hier bald ein Weg angelegt werden, ein Weg zu meinen Kletterrosen und dem Platz, wo die Wäsche hängt, ich denke an Stein-platten, wir besitzen noch welche, eine Schenkung – nicht alle Schenkungen sind so nützlich wie Steinplatten, Mister Kurt. Jedenfalls bedeutete ein solcher Weg ein komforta-bleres Gehen; schon einmal Steinplatten verlegt, nein? – Fast jedes Wort von Pacquin hatte er sich behalten, ob-wohl er doch wenig behielt, kaum Italienisch konnte nach Jahren. – Wir werden sehen, Mister Kurt, werden sehen, ob Ihnen die Steinplatten liegen, falls Sie uns nicht verlas-sen, was wir alle bedauern würden. Und nun sollten wir gießen. Steht unsere Kanne bereit? Mayla füllt sie immer in der Frühe; man hört und sieht sie ja am Vormittag kaum. Aber die Zeichen ihrer Anwesenheit mehren sich dann im Laufe des Tages. – Nur Telefonnummern hatte er so genau im Gedächtnis behalten. Er trank seine Tasse aus und rieb sich die Augen.

»Schon wieder schläfrig?« fragte Dalla Rosa.

»Ein bißchen, Father, ein bißchen.«

»Der Schlaf ist eine gute Einrichtung, Mister Kurt, nur sollte man keinen ständigen Gebrauch davon machen.«

Kurt Lukas wollte sich verteidigen, am liebsten von seiner Nacht erzählen, erzählen, daß er wach gelegen war bis zum Morgen, in Gedanken bei Mayla und Gussmann, aber dann half ihm auch schon ein wenig Ablenkung. Auf seiner lärmenden Maschine, Zeitschriften schwenkend, kam McEllis über den Saumpfad, fuhr noch ein Stück durch die Wiese und hielt vor dem Pavillontürchen.

Er brachte die Post. Einen eingeschriebenen Brief aus der Hauptstadt, der monatliche Zuschuß für die entlegene Station, neben dem Ruhegeld, das der Orden den alten Missionaren auszahlte, eine Summe, die alle geringeren Unkosten deckte; Butterworth entnahm den Scheck und nickte schwach. Ferner eine Ansichtskarte von Gregorio (nichts verwirrte die Geheime Polizei mehr als Offenheit), die Tageszeitungen und, in überraschend gutem Zustand, das Newsweek-Heft der letzten Woche. McEllis hob die Karte in die Höhe. »Aus Rom.« Er zeigte jedem das farbige Bild und erklärte Pacquin, bei dem Motiv handle es sich um die Engelsbrücke in der Abenddämmerung. Dann verlas er den Text. »Brüder! Der römische Januar ist kühl, und man sagt hier, der Februar wird nicht besser. Mein Hexenschuß braucht Klimawechsel: In einem Monat könnte ich befreit sein von diesem tollen Hund in meinem Rücken, das wäre wahrlich Gold wert. Gott segne Euch, Greg (z. Z. Tourist wie tausend andere).« McEllis gab die Karte weiter, und jeder las sie noch einmal in Ruhe. Alle wurden sich einig in der Exegese, daß Gregorio im Falle eines Machtwechsels einen Monat nach Vereidigung der neuen Regierung als gewöhnlicher Reisender heimkehre und damit rechne, am Flugfeld von Cagayan de Oro ohne Bahnhof abgeholt zu werden. »Es kann sich nur um Cagayan handeln«, erklärte Butterworth, »die Stadt der Hunde und des Goldes.« Immer wieder lasen sie die Zeilen, immer wieder kamen sie zu demselben Ergebnis, bis der Superior empfahl, die Karte einige Tage liegen und das Thema damit ruhen zu lassen, um es in einer nüchternen Stunde wieder aufzugreifen. Dem stimmten alle zu, und die Tageszeitungen wurden entfaltet; Kurt Lukas hatte sich das Newsweek-Heft genommen.

Aus Gewohnheit begann er von hinten zu blättern. Drei Buchbesprechungen, ein Artikel über das Kunstherz, ein Beitrag über Selbstmordforschung, dann ein Bildbericht über Wandlungen im chinesischen Alltag. Er blätterte rascher. Es folgte ein Kasten über häufige Hotelbrände in Südostasien, und zwei Seiten weiter sah ihm der Bischof entgegen. Pio De Castro und Schwester Angel im Jeep, ein Foto zu einem Artikel über den schwelenden Bürgerkrieg auf der Großen Südinsel. Der Artikel war unterbrochen von einer doppelseitigen Anzeige. Singapore und seine Vorzüge, Fortschritt und Tradition. Links bienenfleißige Menschen in staubfreien Zonen, rechts Writers Bar, Raffles Hotel, ein Autor mit Whisky und Füllfederhalter im Moment eines Einfalls, unergründlich lächelnd, mit einem Seitenblick für eine träge Schöne am Rande des Bildes. Kurt Lukas bei der Arbeit.

McEllis beugte sich zu ihm. »Unser Bischof hat Sie auch gleich erkannt, Mister Kurt. Wir sprachen über den Bürgerkriegsartikel. Er ist ein wenig ungenau, ganz im Gegensatz zu diesem Foto.« Er nahm das Heft und zeigte die Seite den anderen, wie er ihnen die Ansichtskarte gezeigt hatte. Zu Pacquin sagte er: »Ein Bild von Mister Kurt in Newsweek, er sitzt in einer berühmten Bar. Eine Anzeige für Raffles Hotel – das Hotel, in dem Sie zuletzt logiert haben, nicht wahr? Aber dieses Foto scheint älter.«

»Es wurde voriges Jahr aufgenommen. Diesmal ging es um etwas anderes. Ich wohnte nur dort.«

»Als Mister Kurt?«

»Unter diesem Namen führt mich meine Agentur. Ich bin Kurt. Modelle haben nur Vornamen.«

Butterworth vertiefte sich in das Bild. »Es wäre also falsch anzunehmen, Sie schrieben?«

»Ja.«

»Aber hier sitzt der Schriftsteller in persona, Mister Kurt. Sie schauen wie der mittlere Joyce, so zur Seite.«

»Dafür holt man mich.«

»Und diese Frau im Bild kennen Sie gut?«

»Nur ihren Vornamen.«

McEllis suchte in den Kuchenresten herum.

»Mayla weiß von Ihrer Tätigkeit?«

»Ja.«

»Wir wußten davon nichts.«

Horgan bat um das Bild und las dann regelrecht darin – »Sie halten den Füller etwas umständlich, Mister Kurt; sonst eine tadellose Aufnahme. Amerikanischer Fotograf?«

»Deutscher. Aber lebt in New York. Bob Quint.«

Horgan bat um nähere Auskünfte, und Kurt Lukas erzählte von seinem Entdecker. Vor vielen Jahren hatte ihn Quint auf einem Illustriertenfoto gesehen, einem Foto zu einem Bericht über Rekruten. Kurt Lukas, knapp neunzehn, im Kameradenkreis, Manöverpause. Lauter Erschöpfte, schlafend, verklebtes Haar, offener Mund, Doppelkinn; nur ihm stand das alles. Quint hatte wie eine Geliebte vor dem Kasernentor gewartet, ihn zu Bier und Jägerschnitzel eingeladen und erklärt, sein Gesicht brauche Eltern. Der Vater wurde er selbst, die Mutter lieferte er nach, Beatrice, Milano; damals noch Agentin ohne Büro, aber schon die kleine laute Frau, auf die man sich immer verlassen konnte, sogar im toten August.

»Mister Kurt, Sie sorgen für Überraschungen«, bemerkte Dalla Rosa, an den das Bild weitergegangen war. »Ich habe mir oft gewünscht, einmal in Raffles Bar Whisky zu trinken. Gewährt man Ihnen dort Rabatt?«

»Den üblichen Writers' Discount.«

»Also schreiben Sie doch«, murmelte Butterworth.

»Ich schreibe nicht. Das ist nur der gebräuchliche Name für die Ermäßigung in diesem Hotel.«

»Weil dort so viele bedeutende Autoren verkehren«, rief Dalla Rosa. »Wem sind Sie begegnet? Aragon? Maugham? Montale? Frost?«

»Tot, tot, tot«, sagte Butterworth. »Alle tot; frag ihn doch gleich nach Conrad.«

Dalla Rosa schloß das Heft und reichte es an McEllis zurück. »Mit anderen Worten sind Sie keinem bedeutenden Autor begegnet, Mister Kurt.«

»Ich glaube nicht.«

»Wahrscheinlich weil es keine bedeutenden Autoren mehr gibt« – Dalla Rosa lächelte zaghaft – »oder die toten uns zu nahe stehen...« Sein Wanderauge schaute fragend in die Runde, doch der Blick erreichte keinen. Der feine Kokon der Nachmittagsträgheit hatte Pavillon und Besucher umsponnen. McEllis fächelte mit dem Newsweek-Heft über der Hündin; nach und nach sah jeder auf ihren flockigen Bauch, und plötzlich fiel die Zahl Drei, worauf auch Horgan noch einmal zu sich kam. Mit großer Mühe hob er eine Hand und spreizte die Finger.

Der Rest des Tages verlief wie üblich. Der erste schwache Wind weckte die Alten; aus ihrem Schlaf wurde Schlummer, aus Schlummer Bewegung, aus der Bewegung Rumoren, aus stillem Gären Geschäftigkeit, die bis zur Abendmesse anhielt. Beim anschließenden Essen löffelten und brockten sie, als sei nichts geschehen. Ab und zu fiel ein Wort. Weniger das Gesagte, mehr der Ausdruck dessen, was anklang – das Anheben zu einem längeren Satz, das Atemholen für das, was nicht zur Sprache kam, das kurze Nachtrauern, wenn Geäußertes sich in halben Erwiderungen erst abwandelte, dann verlor, die Übergänge von einem Aufflackern zum anderen –, bildete das eigentliche unermeßliche Tischgespräch, an dem Kurt Lukas nicht teilhaben konnte; auf ihre zuvorkommende Weise behandelten ihn die fünf an dem Abend wie Luft.

In den Nachtstunden setzten McEllis und Butterworth die begonnenen Briefe an Gregorio fort. Sie konnten beide kaum glauben, daß er zurückkehrte, und hüteten sich, auf die Karte Bezug zu nehmen. Jeder erwähnte nur ihren Eingang; es blieb die einzige Übereinstimmung in der Darstellung des vergangenen Tags. Während McEllis am Wetter anknüpfte, von einem extremen Januar sprach und über die Hitze zur Wahl kam, die ja nun in einer Woche hoffentlich stattfinde, um dann ohne Absatz zu schreiben, »Sah heute übrigens ein Bild von Mister Kurt in Newsweek, er ist offenbar Fotomodell oder war es«, begann der bleiche Priester mit den Worten, »Was unseren Gast betrifft: Er macht Reklame. Ein Täuscher.« Beide widmeten der Zwangsoffenbarung, wie Butterworth es ausdrückte, gleich viel Raum. Das jahrelange Wand an Wand Leben hatte ihr Gehör für jedes Papierabreißen so geschärft, daß sie nach dem Prinzip kommunizierender Röhren arbeiteten. Füllte sich hier eine Seite, füllte sich dort eine Seite. Sie schrieben die ganze Nacht und kamen zu verschiedenen Resultaten. Butterworth formulierte seine Sorge, daß Mayla nur einer raffinierten Wirkung erlegen sein könne, so wie er selbst, als er einen Moment lang geglaubt habe, einem souveränen, dem berühmten Hotel eine Gefälligkeit erweisenden Schriftsteller gegenüberzusitzen, einem Kopf im besten Mannesalter. McEllis schloß dagegen mit den Sätzen: »Sie wird uns verlassen, und sie wird ihn verlassen, die Liebe gegen das Leben tauschen und alt werden. Noch hoffe ich, daß Mayla diesen Menschen, den ich verwechselt habe, Gott weiß, mit wem, liebt und daß dieser Mensch ihre Gefühle erwidert.«

Niemand auf der Station fand in jener Nacht genug Schlaf. Das Heft mit dem aufsehenerregenden Bild zirkulierte, und die Gedanken der Alten kreisten um das Wesen ihres Gastes, der ebenfalls wach lag. Beim Frühstück war jeder erschöpft, aber der Lauf der Dinge ließ keinen zur

Ruhe kommen. Während der Novize und Horgan am Vormittag ein denkwürdiges Abschiedsgespräch führten, Kurt Lukas unter Kreuzschmerzen von der Gartenarbeit litt und Mayla unterwegs war, um dem Bischof ihren Entschluß mitzuteilen, verbreiteten sich in Infanta zwei Gerüchte.

Fischhändler hatten von der Küste die Nachricht mitgebracht, der bekannte Söldnerführer Singlaub sei mit einem Stoßtrupp auf der Südinsel gelandet, und bald hieß es, er habe den Kessel von Infanta als Basis für seine Aktionen gewählt. Der General außer Dienst John Singlaub war tatsächlich gelandet, befand sich aber noch in der Etappe. Er gab Pressekonferenzen. Singlaub beharrte auf seiner Rolle als Schatzsucher, einer sagenhaften, auf Milliarden Dollar geschätzten Kriegsbeute aus asiatischen Tempeln auf der Spur. Die Leute glaubten ihm, auch wenn in ausländischen Zeitungen stand, er werde von einem früheren Gouverneur bezahlt, um die Wahl zu stören. Das zweite Gerücht war simpler. Es besagte, der Gast der Station sei ein bedeutender Schriftsteller und schreibe hier an einem Liebesroman.

Kurt Lukas hörte weder von dem einen noch dem anderen Gerücht, als er gegen Mittag in den Ort ging, um ein Überseegespräch zu führen. Er wunderte sich nur, wie verhalten ihn manche grüßten. Vielleicht lag es am Wetter. Über ihm war ein leergefegter Himmel, schon seit Tagen von unendlichem Blau. Was hatte er so einem Himmel entgegenzusetzen? Ein wehes Kreuz, seine Haut, die sich schälte, und einen haarsträubenden Morgentraum. Ein Erschießungskommando hatte ihn exekutiert, sein Leichnam wurde auf ein grünes Bett gelegt; übersät mit blutenden Einschußlöchern, hatte er sich dort liegen sehen und war erschrocken, als er später auf den Balkon trat und die zartgrünen Tulpenbäume voller roter Blüten erblickte. Und als er sich dann aufgerafft hatte, das Haus verließ, über die Veranda ging, lag das Newsweek-Heft in Horgans Schoß.

Seitdem fühlte er sich klein; er mußte dringend telefonieren. Seine Schritte wurden rascher. Noch ging er: ein Geher, weit abgeschlagen vom Feld. Kaum war er in die Hauptstraße eingebogen, verletzte er die eiserne Regel des Gehens, er lief. Der Fotograf Adaza, der ihn kurz darauf in die Post stürzen sah, war überrascht – hatte er sich doch einen Literaten immer gemessener vorgestellt; er war entschlossen, ihn für sein Schaufenster zu fotografieren.

Nur wenige Sekunden später war auch Jesus Fidelio überrascht, überrascht von unerwarteter Arbeit. Der Leiter der Poststelle zählte zu den Menschen, die einnicken, wenn sie nicht unbedingt gebraucht werden. Im Zustandekommen eines Telefongesprächs nach Mailand sah er jedoch einen Höhepunkt seiner Laufbahn. Hinter einem Pult stehend, zog er die drei Untergebenen von anderen Aufgaben ab und leitete unter ihren Blicken und den staunenden Augen der Kunden, die ohne Widerspruch warteten, alle nötigen Schritte ein, um die Verbindung mit dem anderen Ende der Welt – seine geographischen Kenntnisse widersprachen dem, doch sein Herz verlangte nach dieser Dimension – herzustellen. Der Zentrale gab er die Nummer durch, als handle es sich um eine militärische Operation, und in dem Wissen, daß sich die Geheime Polizei für jedes Ferngespräch aus Unruhegebieten interessierte, fragte er seinen prominenten Kunden auch gleich nach dem Namen des Teilnehmers.

»Beatrice.«

»Nur Beatrice?«

»Nur Beatrice.«

Der Poststellenleiter gab das weiter, bevor er in eine Tabelle sah und auf die Uhrzeit in Mitteleuropa hinwies. Kurt Lukas nickte ihm zu. Beatrice war Frühaufsteherin. Wenn sie überhaupt je ins Bett ging. Bis in die Morgenstunden reichte ihr Ehrgeiz, unter Hunderten von Gesichtern genau den richtigen Mann für die richtige Sache herauszufischen. In diesen Paarungen lag ihre Stärke. Beatrices Agentur war klein und fein; keiner Schwierigkeit aus dem Wege gehend, führte sie nur Männer in ihrer Kartei. Und der gefragteste von allen war *Kurt*, den sie eines Nachts mit einem ganzen Staat vermählt hatte. Singapores Touristikexperten waren ratsuchend durch Europa gereist, und sie hatte ihnen sein Gesicht verkauft. Er war ihr immer noch dankbar.

Fidelio – ein Mann auch, der sich rasch geehrt fühlte – bot seinen Stuhl an. Kurt Lukas lehnte ab. Er konnte nicht sitzen. Er war nervös. Nach wie vor ruhte der normale Betrieb. Einer der Untergebenen trat in die einzige Telefonkabine und rieb mit einem Lappen den schwarzen Apparat ab. Anschließend putzte er das runde Fenster in der Tür. »Wie lange wird es dauern, eine Stunde?« Der Poststellenleiter gab ihm die in feuchtheißen Ländern häufigste Antwort: »It depends.« Kurt Lukas zählte sein Geld. Zweihundertvierzig Pesos hatte er noch, nicht gerade viel; seine Kreditkarten waren im Ort nur belächelt worden. Er schritt auf und ab. Ein Glas Wasser wurde in die Kabine gestellt. Was erwartete man? Trotz einer Schlange vor dem Schalter war es seltsam still. Nur schleppend kam die übliche Abfertigung wieder in Gang. Niemand drängte. Die Leute sahen auf das blankgeputzte Telefon, als könnten sie etwas vom anderen Ende der Welt aufschnappen, wenn die Verbindung erst stünde. Der Untergebene wischte auch das Wasserglas ab. Dann trieb er zwei Schaben aus der Kabine, schloß die Tür und hockte sich wie ein Wärter davor.

»Was kostet das Gespräch?«

»Dreihundertsechzig Pesos«, rief Jesus Fidelio, als verkünde er ein Sonderangebot. »Die ersten drei Minuten. Jede weitere Minute hundert Pesos.«

»Unterbrechen Sie mich nach drei Minuten.«

»Wie Sie es wünschen, Mister Kurt.«

»Sie kennen mich?«

»Wer kennt Sie nicht.«

Er schaute umher. Die Leute starrten ihn an. Ihn, dem

hundertzwanzig Pesos fehlten. Etwa sechs Dollar. Das war gar nichts. Aber fehlte. Er sah die fieberhafte Miene des Poststellenleiters: An Stornierung war nicht mehr zu denken. Außerdem wollte er telefonieren, mußte. Schließlich rief er sie sonst wöchentlich an, meistens nachts, in der am schwersten zu ertragenden Stunde, nach zehn. Sie sprachen dann bis elf oder länger. Nichts Bewegendes. Beatrice schimpfte auf Liebhaber, er erzählte von seinen Touren; sie sprachen Englisch, Italienisch, Deutsch, ein Fest der kleinen schmutzigen Worte. Und jetzt hatte er drei Minuten und konnte sie nicht bezahlen. Er blickte hilfesuchend zu den Leuten vor dem Schalter und sah eine ganz mit dem Ausfüllen eines Umschlags beschäftigte Frau am Ende der Schlange. Mayla.

»Ihr Gespräch, Sir«, rief der Poststellenleiter, »nehmen Sie ab, wenn es läutet.«

Der Untergebene kam aus der Hocke und riß die Tür auf, Kurt Lukas zwängte sich in die Kabine, schon war die Tür wieder zu. Er konnte sich nicht rühren und das Gespräch nicht bezahlen, wurde angestarrt durch ein Bullauge und wußte nicht, was er sagen sollte, weder Beatrice in den drei Minuten noch Mayla nach den drei Minuten. Schweiß brach ihm aus. Sein Kopf stieß an die Decke. Das Glas Wasser stürzte um. Der Apparat läutete.

Aufgelöst nahm er den Hörer ab, eine Frauenstimme sagte, »Hold it«. Es rauschte, knackte, pfiff und dann, wie aus dem Jenseits, ihr einzigartiges, heiseres *Pronto!?* Kurt Lukas konnte nicht sprechen, aber es gelang ihm zu brüllen. »Ich bin es, ich! Io!« brüllte er und erschrak über sein Echo. Beatrice verstand offenbar nichts, fragte nur Wer, fragte »Who?«, und er brüllte wieder. »Ich bin es, io!«, und mit jener kleinen Verzögerung, die der Weg über das All mit sich bringt, kam endlich ihr »Kurto, darling«. Es gehe ihm gut, erklärte er, um nicht zu verstummen. »Gut, gut, gut, bene!« Bis auf die Straße hörte man ihn, und Angelockte kamen in die Post. Tot, wieso? Nein, er sei keines-

176

wegs tot, rief er und sah durch das Bullauge den Fotografen Adaza, eine Kamera in der Hand, gefolgt von dem Novizen mit Rucksack; alle starrten in die Kabine, nur Mayla nicht. »Was ist los mit dir, Darling, wo steckst du, mach keine Geschichten!« Beatrices Stimme behielt auch über den Äther ihre betäubende Wirkung, und wie immer waren die Sätze ein Sprachengemisch – »Man sucht dich schon, you are crazy, mio bello!«

»Es geht mir gut«, rief er wieder.

»Caro, wo bist du?«

Kurt Lukas trat die Tür auf, um nicht zu ersticken. Er wollte Infanta rufen, aber dann erschien es ihm sinnlos. Er wollte den Namen des Landes rufen, aber der Name des Landes war plötzlich ein Zungenbrecher, nicht wichtig genug, um noch einmal anzusetzen, was ja nur Geld kostete, Geld, das er nicht hatte, und so rief er wieder, es gehe ihm gut. Jesus Fidelio schaltete sich ein, sagte, »Noch eine Minute«; Adaza schoß ein Bild.

»Wann kommst du zurück, Kurto caro?«

»Ich weiß es nicht.«

»Oh, fuck! Che cazzo! Was weißt du, mio bello?«

Und zum vierten Mal rief er, es gehe ihm gut hier, ganz gut soweit, molto bene, er sei in dem Land, wo jetzt bald gewählt werde, auf dieser Insel, wo der Bischof entführt worden sei, bei den fünf alten Priestern, auf dieser Station –, vernahm am anderen Ende ein Stoßgebet und hörte den Poststellenleiter rufen, »Sir, drei Minuten sind um«, brüllte noch, »Ciao«, legte auf und taumelte aus der Kabine. Die anstrengendsten drei Minuten seines Lebens.

Die Leute wichen zurück. Niemand sprach. In dem Schalterraum herrschte die Stille nach einem Unfall. Der Novize stützte den Erschöpften. Er sei auf dem Weg zum Bus, habe ihn überall gesucht, um Abschied zu nehmen, habe ihn dann mit Gottes Hilfe bis auf die Straße gehört und sei in die Post gelaufen. Schlimm, so ein Ferngespräch; Krach mit der Freundin? Kurt Lukas lächelte müde. Er lächelte noch, als Mayla ihm entgegenkam, bat sie lächelnd um Geld, »Nur hundertzwanzig Pesos oder sechs Dollar, okay?« Er nickte ihr zu, und Mayla suchte ihre Zigaretten. Sie hatte keine hundertzwanzig Pesos oder sechs Dollar, und der Novize hatte sie auch nicht, nur sein Geld für die Rückfahrt, und Jesus Fidelio winkte bereits mit der Rechnung. Kurt Lukas griff noch einmal in jede Tasche, schloß die Augen, als könnte das helfen, und biß die Zähne zusammen. Sekundenlang nahm sein Gesicht einen Allerweltsausdruck an, den Ausdruck all derer, denen es lebenslänglich an Geld fehlt – ein Anflug von Käuflichkeit, den der Fotograf Adaza nutzte, um hinter vorgehaltener Hand seine Hilfe anzubieten. Wenn er dafür eine Aufnahme von ihm machen dürfe, vielleicht eingerahmt von den beiden anderen, etwas fürs Schaufenster, mit Abzügen für jeden. Ein Angebot, das keiner der drei ausschlagen konnte. Er, Mayla und Kurt Lukas auf einem Foto, das war für Augustin das große Los. Mayla brauchte Fotos für ihre Bewerbung. Kurt Lukas hatte keine Wahl.

Ungeachtet der glühenden Mittagshitze traf Adaza schon wenige Minuten nach diesem Coup erste Vorbereitungen und sah sein großes Ziel plötzlich zum Greifen nahe – seit er eine Dunkelkammer besaß und die Wirkungen der Entwicklungsbäder kannte, träumte er davon, mit dem offiziellen Präsidentenporträt, das inklusive der First Lady ja ein Doppelporträt wäre, beauftragt zu werden. Die Gegenkandidatin zu unterstützen kam für ihn schon deshalb nicht in Frage, weil sie Witwe war und sich der Auftrag halbiert hätte. An allen Wänden von Adazas Bretterstudios gegenüber der Post hingen Beweise für die Heftigkeit seines Traums. Angefangen mit dem Polizeichef hatte er sämtliche Würdenträger Infantas und der umliegenden Provinz fotografiert. Nur ihre Bekanntheit zählte, und dieser Wahllosigkeit hatte es Adaza zuzuschreiben, daß sich ein De Castro nach wie vor vom Kirchenfotografen aufnehmen ließ. Prunkstück der Sammlung war, neben

Doña Elvira im Abendkleid, ein gerahmtes Porträt, das alle anderen Bilder an Größe und Farbenpracht übertraf. Es zeigte einen Mann mit straff zurückfrisiertem grauem Haar, dem Blick eines Toten und dem Mund eines Kindes. Auf einem Schildchen unter dem Rahmen stand: Dr. Arturo Pacificador, Gouverneur.

Adaza dachte laut über den passenden Hintergrund nach. Seine Kulisse mit dem nächtlichen Panorama von Manhattan wäre zu unruhig. Palmen und Strand vielleicht zu gewöhnlich, ebenso Blumen oder der Sonnenuntergang. Bliebe nur seine weiße Wand. »Schlichtheit!« rief er und traf alle Vorkehrungen für die Beleuchtung. Als das Licht endlich mit Hilfe von Silberfolien und Schirmen, mittels Filtern, Brechungen und Zusatzquellen Adaza zufriedenstellte, erklärte der Fotograf seine Absichten. Er strebte ein Triptychon an. Das schwärmerisch Jünglingshafte, das zeitlos Weibliche sowie das männlich Geistige; aber auch die beiden Landeskinder und der Vertreter der Nordhalbkugel schwebten ihm vor. Er tupfte den dreien die Stirn ab und blies einen schweißbindenden Puder auf ihre glänzenden Nasen. Dann gab er Anweisungen für die Blickrichtung und den Grad eines Lächelns, für die Stellung der Hände und Haltung des Kopfes, empfahl auch, an etwas Erhabenes zu denken, etwa an Christus den Erlöser, und belichtete die erste Platte. Er belichtete alle Platten, die er vorrätig hatte, ein Dutzend, und wollte sich auch auf Fragen hin nicht festlegen, wann die Fotos fertig seien. Adazas Meisterschaft zeigte sich erst im Verbessern der Bilder, in ihrer sachten Verwandlung. »Ich denke, nach der Wahl«, sagte er und meinte damit das Ende der Stimmenauszählung; er dachte in Wochen, und was den Auftrag für das Präsidentenporträt anging, sogar in Jahren. Ein Künstler.

Augustin drängte schließlich. Er mußte sein Schiff erreichen. Eine halbe Stunde nach der letzten Aufnahme fuhr er auf dem Dach eines überfüllten Jeepneys nach Cagayan de Oro ab und bekräftigte winkend, was er den beiden

Mitfotografierten noch anvertraut hatte – eines Tages werde er als Missionar nach Infanta zurückkehren, sie dort als Eltern schöner Kinder antreffen und lange Abende mit ihnen verbringen; man werde sich die Bilder anschauen, die Adaza gemacht habe, und sich von den Priestern erzählen, die damals so weise gewesen seien, ihn heimzuschikken, damit er sich bessere.

Abschiedsworte, über die Kurt Lukas und Mayla mit keiner Silbe sprachen. Sie hatten die Hauptstraße überquert und waren in einen Seitenweg gebogen. Mayla rauchte und redete zwischen den Zügen. »Ich habe vorhin meinen Lebenslauf auf die Post gebracht«, sagte sie. »Eine Seite. Ohne Adjektive, so wollte es der Bischof; ich werde seine neue Sekretärin. Angel hätte nicht anders gehandelt. Ich tue, was ich kann. Und du? Hast jemandem am Telefon von hier erzählt, nicht wahr?« Sie blieb stehen und wartete auf eine Erklärung. Er gab sie ihr, hielt sich sogar an die Wahrheit und spürte plötzlich Maylas Hand im Kreuz. Sie lenkte ihn in ein Hüttengewirr, ein Durcheinander von Stauden und Brettern, von Wucherndem und Zusammengeflicktem. Sie kamen an grauweißen Hunden vorbei, die bis zum Bauch in Abfällen standen, leere Mehlsäcke mit Köpfen, und sahen Männer reglos im Halbschatten sitzen, Kassettengeräte im Arm wie silbrige Kinder, stiegen über apathische Schweine und gingen um stehengelassene Mopeds herum. Ein schlafendes Barrio. Er wüßte gar nicht, wie er das erzählen sollte. Und wem überhaupt? Er hatte keinen Stammtisch. Er kannte nur Frauen, die ihm zuhörten, bei einfachen Themen. Mode, Filme, Reisen. Doch wie erzählte man von einer Wanderung durch den Schlaf; und wie erzählte man ihnen von Mayla. Wie erzählte man einer Frau von einer Frau. Ernsthaft? Spaßig? Verklärend? Und welcher Frau denn eigentlich. Vielleicht Beatrice. Aber nur telefonisch. Die Entfernung Rom–Mailand war ideal für ihr Verhältnis. Dann fiel ihm noch Elisabetta

Ruggeri ein, sie stellte reizvolle Fragen. Denken Sie, daß Sie schnell genug vor sich davonlaufen könnten. Und trotzdem wollte er ihr nicht erzählen, wie ihn eine Mayla durch diese Stille führte, über Rinnsale aus flüssiger Scheiße und Tierblut. Staub schluckend und gebückt gingen sie unter überhängenden Blättern, vorbei an hockenden Burschen, die einen Hahn hielten, ihn streichelten und streichelten. Nicht erzählen, wie Mayla ihn führte, ohne ihn anzufassen, ohne auch nur ein Wort zu sagen oder einen Schritt voraus zu sein; wie das Durcheinander sich lichtete und sie auf einen Weg stießen, den er kannte, wie sie noch ein kurzes Stück liefen und dann vor Gussmanns Laden standen, vor einer veränderten Dekoration. An Stelle der Liebes- und Dämonenheftchen hingen nur fünf Exemplare von Newsweek an den Schnüren, alle aufgeklappt, damit jeder Vorbeigehende den Stationsgast sehe. Die Lesebänke waren leer; in einer Ecke des Ladens saß Wilhelm Gussmann auf seinem Rednerschemel und schlief.

Geld, sagte Mayla, ob er viel Geld bekommen habe für das Bild. Er hatte den Betrag nicht parat. »Sicher wie immer. Also ordentlich. Singapore ist ja reich. Übrigens vollkommen öde.« Sie traten in den Ladeneingang. Gussmann schnarchte, nicht unangenehm, mehr ein Schnurren. »Und dabei führt er Newsweek gar nicht«, flüsterte Mayla. »Ich kam hier gestern vorbei und sah dich. Dich und die Frau auf dem Bild.« Sie strich über die Hefte. »Das war es, was er wollte«, sagte Kurt Lukas. »Weshalb gehst du nicht zu ihm? Er sieht einsam aus auf seinem Schemel.«

Mayla kämmte sich.

»Einsam? Warum?«

»Warum – wenn bei uns jemand so dasitzt, ein alter Mensch, ungepflegt, zusammengesunken, würde jeder sagen, Gott, wie einsam.«

»Gott, wie einsam« – Mayla lachte –, »ich werde einsam sein, wenn du fort bist« – sie schob den Kamm in die Hose –, »du hast telefoniert. Du willst weg.«

»Und du wirst Sekretärin des Bischofs.«

»Man bot mir die Stelle an, ich habe sie genommen. Es ist eine Arbeit, mit der ich Geld verdiene. Die Frau des Bruders meiner Mutter hat eine Schwester, die krank ist, sie braucht ein Medikament, es kostet hundert Pesos.«

Kurt Lukas hob einen Finger. »Du kannst tausend Pesos bekommen. Jeden Betrag.« Mayla erwiderte nichts. Sie öffnete ihre Hand.

»Ich müßte es holen«, sagte er, »auf einer Bank.«

»Dann nimm den nächsten Bus.« Sie strich ihm über die langen Brauen, als nehme sie Abschied von seinem Gesicht. »Und vielleicht solltest du nicht wiederkommen, es könnte Krieg geben. Also nimm den Bus.«

»Ich hätte nicht einmal Fahrgeld.«

Mayla griff in ihre Tasche. Sie kramte Scheine und Münzen hervor, sie zählte. Sechsundzwanzig Pesos. Das reiche bis Cagayan. Dort gebe es Banken. Sie drückte ihm das Geld in die Hand, schloß seine Finger darum, nahm sich eine Zigarette und ging auf Zehenspitzen zu Wilhelm Gussmann.

Dieser kleine, kränkende Gang fand auf dem Höhepunkt der Tageshitze statt, gegen halb zwei. Ganz Infanta schien zu schlafen. Nur von sieben Bewohnern des Ortes ließ sich mit Sicherheit behaupten, sie seien wach. Kurt Lukas, er war auf dem Weg zur Station. Mayla, sie strich über Gussmanns Haar. McEllis, Butterworth, Dalla Rosa und Pacquin, sie spekulierten auf der Terrasse über Gregorios Rückkehr. Und Horgan. Er war der Wachste.

Der kranke Priester mochte diese Zeit der äußersten Hitze. Er probte dann immer sein Sterben, jedesmal mit gutem Ausgang. »Wir werden uns schon wiedersehen«, hatte er Augustin im Laufe des Abschiedsgesprächs versichert und ihm später sogar nachgewunken mit dem News-week-Heft, in das er immer noch schaute. Und dabei konnte er Magazine nicht ausstehen. Das ewige Umblättern, die vielen Anzeigen; das viele Umblättern ohne die Belohnung durch einen neuen Artikel. Und immer dieselben Namen, die dummen Wiederholungen. Natürlich hatte er den Beitrag über die Insel gelesen. Und Mister Kurt noch einmal betrachtet. Wirklich ein ansprechender Mann. Viel ansprechender als die richtigen Schriftsteller mit ihrer Zerknirschtheit. Und ohne jeden Dandy-Anstrich; keine Zigarettenspitze, keine Blässe, keine Nervosität, nicht einmal Augengläser. Ein Mann, ein Block, ein Stift – und am Rande eine Muse. Horgan war sich keineswegs schlüssig, ob er sich an diesem Bild erfreuen oder es unanständig finden sollte. Im Grunde bedauerte er den Gast, weil er nicht erfüllen konnte, was er versprach, so wie er Augustin bedauerte, daß er nicht singen durfte, was ihm gefiel, und sich selbst, weil er nun ohne Unterhaltung dasaß. Dem consilium abeundi hatte er als einziger widersprochen. Durch Stimmenthaltung.

Horgan blätterte. Weshalb mußten die Sportseiten immer hinten sein. Er suchte Trost in einem Beitrag über Tennis, aber da kamen nur diese Buchbesprechungen. Seine Gedanken wanderten; seit ihn das Alter im Griff hatte, gab es für Horgan eine Lieblingsüberlegung. Wieder einmal dachte er über einen *weichen Weg* nach, Wimbledon zu gewinnen. Nur drei Bälle, in höchster Vollkommenheit beherrscht, würden ihm reichen. Ein vollkommener Stop, ein vollkommener Lop und ein sanfter, aber haargenauer Aufschlag. Das alles in langen Hosen, versteht sich. Horgan sah an sich herunter. Er fragte sich, wo seine lange weiße Hose war. Nicht einmal Augustin hatte die Hose gefunden und ihm jeden Morgen in eine freudlos graue geholfen. Daß ihn Butterworth wegen der Reinigungskosten lieber in gedeckten Hemden sah, das war vernünftig gedacht; aber die weiße Hose hatte eigentlich nie Flecken bekommen. Horgan sah sich spielen in ihr. Erst der Stop, dieses Abfangen aller Kraft aus dem Ball, bis auf einen abgezirkelten Rest, der ihn eben noch über das Netz trägt und danach in einen Tropfen verwandelt, vom Gegner mit letztem Einsatz erreicht und unbeholfen retourniert; und jetzt der Lop, elliptisch, bis in Höhe der Herzoginnenloge sein Anstieg, ein weiter Bogen, bevor der Ball genau auf die Grundlinie fällt, von der er gemeinerweise auch noch zur Seite hin wegspringt.

Horgan spürte seinen Faden, sah ihn auf die Zeitschrift fließen und dachte wieder an Augustin, der ihn noch einmal fortgenommen hatte, ehe er ging. »Du solltest nun sehen«, so der Anfang ihres Gesprächs, »wie du in nächster Zeit Erfahrungen sammelst, die dich ruhiger machen.« Augustin, zuerst etwas sprachlos, hatte dann leise nachgefragt, ob es sich wirklich um mehrere Erfahrungen handle oder vielleicht nur um eine Erfahrung. Die eine? »Ja, die eine«, hatte Horgan erwidert. »Die könnte nicht schaden. Sonst bleibt man ein ewiger Sänger.« Nach diesen Worten hatte Augustin den Faden entfernt und ihn einen lebenslangen Geduldsfaden genannt. »Ein lebenslanger Geduldsfaden? He, wofür hältst du mich?« Wenn er ganz offen sein dürfe, für einen Heiligen, Father. »Für einen Heiligen!« – Horgan hatte in diesem Moment fast mit Zimmerlautstärke gesprochen – »Ich würde dir nichts raten, was ich nicht selbst probiert hätte.« Er habe was? Frauen gehabt? »Kein Plural, mein Junge.« Also eine. Eine Frau. Eine Frau! Und denke er nun ständig an diese Frau zurück? – »Nein«, hatte Horgan geantwortet, »nein, nein, nicht an diese Person, ich entsinne mich nicht; geh jetzt lieber, du verpaßt sonst dein Schiff.« Und der Novize hatte ihm die Hände geküßt und den Rucksack genommen. Horgan blätterte weiter. Der Atem war ihm bei diesem Gespräch ausgegangen; auch der Mut. Er wollte sich nicht unbedingt erinnern. Was käme dabei schon heraus. Da konnte er gleich an Sandkastenspiele zurückdenken, an das Bauen von Tunnels, die doch am Ende immer eingestürzt waren.

Er hörte Schritte nahen, schlug die Augen auf und blinzelte durch das Gestrüpp seiner Brauen. Horgan sah Arme und Beine, erkannte Kleidung und Hände, Hände, die Geld hielten, Scheine und Münzen. Er sammelte etwas Kraft, genug für einen kurzen Satz, und hauchte dann pro domo. »Ich kann noch dasein und Prinzipien haben, Mister Kurt.«

Endlich war das Blut gestillt. Die Wunde sah schlimm aus. Zwischen Sägespänen und rohem Fleisch trat zerfetztes Gedärm aus dem Leib; der Tisch, an dem der frühere Priester stand, leuchtete rot. Sein Patient lag in einer Lache, die seit dem Mittag größer und größer geworden war. Ein heldenhafter Patient, denn die Operation geschah ohne Betäubung. Wilhelm Gussmann redete ihm gut zu, während er den offenen Darm noch etwas weiter ans Licht zog. Wie an jedem Sonntag gab er sich seiner dritten und unkompliziertesten Leidenschaft hin, der Chirurgie. Selbstvergessen säuberte und schnitt er einmal in der Woche, tupfte, klammerte und nähte und erlöste auch gelegentlich von Qualen durch eine lange Gnadennadel, wie er sein ungewöhnlichstes Instrument nannte. Er verbat sich jede Einmischung, ließ sich schweigend bestaunen und berechnete die Honorare nach dem Grad der Verletzung.

Auch an diesem Sonntag herrschte um den früheren Priester eine Stille, als verwandle er noch einmal Brot und Wein. Wilhelm Gussmann operierte ohne Hast. Seine Ruhe übertrug sich auf Opfer und Angehörige. Nachdem er alle Späne aus dem Fleisch gezogen hatte, warf er einem Mann, der neben dem Behandlungstisch stand, ermunternde Blicke zu; die Wunde sah schlimmer aus, als sie war. Seit vielen Jahren wußte Gussmann, daß die Besitzer von Kampfhähnen ebenso litten wie ihre Tiere, wenn sie der scharfe Dorn des Gegners aufgeschlitzt hatte. Bevor er mit dem Flicken des Darms begann, desinfizierte er aus einer kleinen Kanne, als gieße er empfindliche Blumen, während aus der Arena hinter ihm Lärm schlug. Wettgebote wurden zugebrüllt. Also fing bald der nächste Kampf an, also gab es bald das nächste Opfer.

Alle wertvollen Hähne landeten auf seinem Tisch. Die Besitzer warteten lieber mit ihrem blutüberströmten Tier, als daß sie es einem der Medizinstudenten anvertrauten, die sonntags von der Küste anreisten. Wilhelm Gussmann war als Kampfhahndoktor seit langem konkurrenzlos. Vor über dreißig Jahren hatte er beim Anblick der todgeweihten Hähne in den Armen gebrochener Männer die Idee gehabt, seine Kenntnisse aus mehreren Praktika anzuwenden, um zu retten, was zu retten war. Nachdem er an verendeten Tieren geübt hatte, war es ihm schließlich gelungen, Leidenschaft und Priesteramt zu verbinden. Er war den Besitzern unterlegener Hähne in ihre Hütten gefolgt und hatte die Blessierten dort heimlich und gegen das Versprechen einer Taufe behandelt. Öffentlich umgesetzt hatte er seine Idee erst nach dem Bruch mit der Kirche; seitdem galt er als Kapazität. Selbst Verletzungen in der Herzgegend operierte er mit Erfolg; die Opfer konnten schon zwei Monate nach ihrer Niederlage wieder in den Ring geschickt werden. Man brauchte ihn und sein Händchen, und er brauchte die wöchentlichen Siege unter dem Vordach der Kampfbahn.

Doch dieser erste Sonntag im Februar sollte der letzte an dem geliebten Ort sein. Es war Zeit zum Gehen. Er wollte aufhören, bevor ihm ein rettbares Tier, nach einem Augenblick der Schwäche, unter den Fingern verblutete. Außerdem sähe es wie ein Verleugnen aus, wenn er bis zu seinem Tod operierte – Wilhelm Gussmann rechnete jetzt fest mit Mitte März. Er würde sterben, da es keinen Grund gab weiterzuleben. Der Mensch, den er liebte, war endgültig unerreichbar. Mayla war für ihn verloren; und eine Sehnsucht ohne Hoffnungsfunken hat ausgedient. Über seinen Abschied an diesem Tag hatte er mit keinem gesprochen. Er arbeitete in gewohnter Weise, unbeirrt und aufrecht.

Gussmann hatte immer im Stehen operiert; Zange, Schere, Nadeln und ein Rasiermesser, das war sein ganzes Besteck. Dazu kamen die Kanne mit dem Desinfektionsmittel und verschiedene Lappen und Läppchen. Manch-

mal hatte er vier Tiere bis zum Abend gerettet und damit
mehr verdient als die Woche über mit seinem Heftchenverleih. Die Studenten machten es billiger, doch unter ihren Händen schlugen die Verletzten oft erbittert mit den
Flügeln. Bei ihm dagegen lagen sie ruhig mit starrem,
glasigem Blick; nur daß sie von Zeit zu Zeit kackten oder
einen heiseren Laut von sich gaben. War die Arbeit getan, wurde der frühere Priester gefeiert. Nach Ende der
Kämpfe traf man sich bei kaltem Bier und den saftigen
Schenkeln derer, denen nicht mehr zu helfen gewesen war.
Reiche Sonntage.

Er kappte den Faden und drückte das Gedärm schonend
in die natürliche Lage zurück. »Gleich haben wir es«, murmelte er auf deutsch, durchstach die feste Oberhaut und
machte Knoten wie für die Ewigkeit. Wilhelm Gussmann
übergab den geretteten Hahn, nahm sein Honorar in Empfang, und schon lag ein neuer Verlierer auf dem gefiederten
Tisch.

Ein schwerer Fall, aber nicht hoffnungslos. Er bedeckte
den Kopf seines unwiderruflich letzten Patienten – diese
Entscheidung hatte er soeben getroffen – mit einem feuchten Tuch; so ließ sich der Schock etwas mildern. Das Tier
war schon zur Hälfte gerupft, über die ganze Brust klaffte
ein Riß, die Zuschauer sahen ein zuckendes Herz. Der frühere Priester lächelte dem Besitzer zu, fest entschlossen,
seine Retterlaufbahn siegreich zu beenden. Auch allen
Neugierigen zeigte er ein beruhigendes Lächeln, das plötzlich einen Zug ins Gegenteil bekam; aus den Umstehenden
ragte einer heraus, trotz Sonnenbrand blaß um die Nase.
Maylas Geliebter, fassungslos.

Gussmann sah ihn an. Da stand tatsächlich dieser
Mensch aus Deutschland mit dem unverschämtesten aller
Gottesgeschenke, einem guten Gesicht, idealer Verteilung
von Haut und Knochen, Fleisch und Knorpeln, Härchen
und Pigmenten. Alles war da angelegt, nichts als Natur,
und schien doch erkämpft, also vom Leben gezeichnet,

vollkommen echt; der Mann, den Mayla liebte, gefiel ihm, das war das Schlimmste. Und aus keinem anderen Grund wollte er diesem Mister Kurt, wie der halbe Ort ihn schon nannte, diesem Kurt Lukas, der durch eine Reihe unbegreiflicher Glücksfälle erreicht hatte, was *ihm* verwehrt geblieben war, nichts ersparen, nicht einmal Blut. Wilhelm Gussmann besah sich die Wunde und rätselte, wie jemand zu dem einzigartigen Privileg kam, Mayla da zu berühren, wo er wollte, und von ihr dort berührt zu werden, wo es ihm am angenehmsten war. So jemand langte wohl einfach zu; wahrscheinlich durfte man nicht wirklich lieben. Kein Mann erschließt sich eine Frau allein mit dem Herzen – und er begann sich zu fragen, ob er Mayla überhaupt kannte. Ob dieses elternlose Mädchen nicht vielleicht in einer Bar geendet wäre, wenn er sich nicht gekümmert hätte. Warum kam sie einem anderen so entgegen. Warum hielt seine Liebe sie nicht davon ab. Warum tat Mayla ihm weh – warum ist sie so dumm, dachte er und machte eine Handbewegung, mit der er sonst Fliegen von den Wunden vertrieb.

Er konnte nichts anderes als Mayla herabsetzen. An das Gegenteil von allem, was sie ihm bedeutete, mußte er denken. Eigensüchtig war sie und falsch, von erpresserischer Zartheit, nicht wert, daß er sie verehrte. Gussmann wollte mit dem Blutstillen beginnen, doch nun sprach er sogar in Gedanken zu Mayla, sagte ihr, sie raube ihm noch den Verstand, bringe ihn soweit, seine Liebe niederzukämpfen. Das Beste in mir stampfe ich ein, warf er ihr vor, was bleibt, ist das feuchte fette Schwarz deines Haars… Erst als der Hahn die Flügel verdrehte, kam Wilhelm Gussmann wieder zu sich. Er strich sich den Schweiß von der Stirn und winkte den Rivalen heran. »Erfreulich, daß du hergefunden hast«, rief er. »Denn das hier ist mein letzter Fall, was ich dir nur in einer Sprache mitteilen kann, die außer uns beiden keiner versteht. Man würde mich sonst beknien, und wer hat das schon gern.« Er stillte das Blut und spreizte den Riß und wählte eine Nadel für die innere Verletzung.

»So etwas Grausames«, sagte Kurt Lukas nach einer Weile, »habe ich noch nie gesehen.«

Der frühere Priester nähte jetzt zügig. »Was denkst du, wie viele Männer sich erhängt hätten, wäre nicht ihr Hahn auf diesem Tisch gerettet worden« – er schaute auf und lächelte ergeben –; »wie war mein Konjunktiv? Ich bin aus der Übung. Du aber auch; blaß siehst du aus. Jedenfalls nicht so wie auf der Anzeige in Newsweek. Sehr überzeugend, wie du da in der Bar sitzt und gerade einen Einfall hast. Und wie nennt man diesen Beruf, Kleindarsteller?«

Kurt Lukas faltete die Hände im Nacken.

»Modell«, sagte er.

»Also doch Kleindarsteller.«

Gussmann wechselte Nadel und Faden. Auf einmal hielt er inne und holte tief Luft. »Und einem Kleindarsteller laufen natürlich die kleinen Mädchen nach. Und er kann regelmäßig vögeln, sagt man noch so? Wir sagten damals immer vögeln. Wie sagt man heute in Deutschland?«

Kurt Lukas kam näher. Er nannte den Ausdruck.

»Soo sagt man? Aha. Klingt etwas ungut, was? Nach einem Zugunglück. Und auf diese Weise hast du es mit Mayla getan, du mußt mich nicht schonen. Ich lebe nicht mehr lang, das erzählte ich wohl schon. Im März ist Schluß. Vermutlich am fünfzehnten, ein Donnerstag. Ich hasse Donnerstage; also hoffe ich, vor Morgengrauen.« Gussmann besprengte die Wunde aus seinem Desinfektionskännchen. »Aber sprechen wir lieber von dieser Anzeige. Zuerst dachte ich, das Foto sei in New York entstanden in einem Studio. Bis ich hörte, es sei am Originalschauplatz gemacht worden. Interessant. Wo doch heutzutage jede Form von Kunst aus New York kommt – heißt es.« Er zog die Haut über dem Riß zusammen und wiegte den Kopf. »Weshalb eigentlich immer New York? Es gibt ja nichts Blöderes als diese Stadt. Selbst in der ärgsten Regenzeit war New York auf der Station kein Thema. Horgan und ich haben nie ein Wort über New York verloren. Wie geht es ihm, haucht er noch? Er kann auch anders, wenn er will. Ich mochte Horgan. Die anderen mochte ich auch, aber wir hatten Differenzen. Sie verboten sich alles, ich erlaubte mir manches. Nur habe ich zu keinem Zeitpunkt geschrieben. Die wahren Sünder schreiben. McEllis, auch wenn er es bestreitet, er schreibt. Gibt es als Wetternotiz aus und schreibt. Dann Butterworth, ich kenne ihn, vermutlich sogar Prosa, man weiß das bei ihm nie. Und über New York. Alle Dilettanten schreiben über New York.« Wilhelm Gussmann machte seine Knoten und biß den Faden durch. »Es müßte eigentlich eine Stadt nach deinem Geschmack sein, groß, glitzernd, schnell. Mit anspruchslosem Straßennetz.«

Kurt Lukas trat an das Tischchen. »Ich mache mir nichts aus Amerika.«

»Weil du an Deutschland hängst. Ohne es zu wissen, nehme ich an; anders sollte man an dem Land auch nicht hängen. Reden wir also über die Heimat. Um nicht über Mayla zu reden.« Der Hahn sperrte den Schnabel auf und begann im Liegen zu laufen. Gussmann besänftigte ihn. Er streichelte den Kamm und ließ sich in den Daumen beißen; über der Halsader war noch ein Loch zu nähen.

»Wo bist du geboren in Deutschland?«

»Was spielt das für eine Rolle.«

»Kindheit?«

»Schwarzwald.«

»Liebst du die Gegend?«

»Nicht daß ich wüßte.«

»Also keine bevorzugte Landschaft.«

Kurt Lukas schwieg, und Gussmann fragte weiter.

»Mehr westdeutsch oder mehr ostdeutsch?«

»Mehr süddeutsch.«

»Mehr süddeutsch, davon hört man nichts; Schulzeit?«

»Frankfurt.«

»Ha! Meine alte Stadt. Als Junge sprach ich, wie die Menschen dort sprechen, leicht durch die Nase. Was bedeutet dir Goethe?«

»Nichts.«

»Und der Main?«

»Nicht mehr als der Rhein. Er ist ebenso beige. Das ganze Land ist beige. Die Autos, die Mäntel, die Leute.«

»Und die Sprache? Hat sie ihre Farbe behalten?«

»Schon möglich.«

»Du weißt es nicht?«

»Ich spreche nicht oft deutsch.«

»Deine Muttersprache sind die Posen. Vielleicht sollten wir unser Gespräch über Mayla auf englisch führen.« Gussmann durchstach die Haut über dem Kehlkopf, mit dem kleinen Finger schützte er die Ader. »Nur werde ich leider bei diesem Gespräch unterliegen. Denn sicher denkst du nicht so viel über Mayla nach wie ich. Ich denke pausenlos über sie nach. Ein Fehler. Es gibt nichts Sinnloseres als das Nachdenken über einen Menschen, den man liebt. Aber das dürfte dich kaum beschäftigen. Und darum wirst du einfach daherreden, so wie ein Schläger einfach zuschlägt. Oder daherlächeln, schon aus Gewohnheit. Solange dir das gelingt. Nach der Frechheit des Erfolgs kommt in der Mode ja das rasche Verblühen, und irgendwann hinkt auch jemand wie du hinterher. Ich bin ein Leben lang der Liebe hinterhergehinkt. Ich habe Erfahrung im Hinken. Wenn du nicht aufpaßt, holt dich ein Hinkender ein.« Wilhelm Gussmann rang nach Luft. Ein Stich fehlte noch. »Übrigens«, sagte er keuchend, »meine einstigen Mitbrüder wollen für Mayla ein Abschiedsessen geben, wie ich erfuhr. Die neue Sekretärin des Bischofs soll gefeiert werden« – er setzte die Nadel an –, »also ein Festmahl. Mayla und du als Ehrengäste, und wie ich die Tischgespräche kenne, werden Scherze gemacht, die keine sind. Ein etwas angeheiterter McEllis dürfte fragen, ob du sie denn nun liebst… Antwort?«

»Ja.«

Ein dünner Blutstrahl schoß in Gussmanns Gesicht, wurde dicker, bog sich, sprudelte wie ein Brunnen, fiel in sich zusammen und stieg noch einmal aus einem kleinen Teich in der Kehle des Hahns auf. Der Besitzer stürzte herbei, die Zuschauer drängten heran, während das Tier mit den Flügeln schlug und knarrende Töne ausstieß. Der frühere Priester wischte sich die Spritzer von Wimpern und Brauen. Nur seine weißen Stoppeln zitterten, als er die Gnadennadel nahm und sie dem Hahn schnell ins Herz trieb. »Aus, Ende, vorbei«, sagte er und gab dem weinenden Besitzer die Tageseinnahmen; packte die Instrumente ein, zog seinen Strohhut vor der schweigenden Menge und entfernte sich eilig.

Kurt Lukas lief ihm nicht nach. Er setzte sich und trank etwas. Erst als es dunkel wurde, verließ er den Ort. Eine immer noch tiefer sinkende Schwärze legte sich auf Infanta; über den Waldkuppen blitzte es fahl. Kein Lufthauch ging. Die Menschen standen in kleinen Gruppen und rauchten. Überall glimmte es, kaum jemand sprach; Frauen wuschen langsam ihr Haar. Beginn einer windlosen Nacht, der ersten von vier.

Er überquerte die Hauptstraße und bog in einen Weg, den er nicht kannte. Vielleicht hätte er nicht ganz so deutlich ja sagen sollen. Wenn dieses Ja überhaupt stimmte. Schließlich hatte er sich nie in etwas anderes verliebt als in die Art einer Frau. Und was es da nicht alles gab! Die Art, sich für ihn feinzumachen, am späten Nachmittag in ein Café einzuschweben mit wehendem Mantel, frisch vom Friseur, leicht überdreht. Und wie liebte er dann eine bestimmte Art von Geplapper in dieser Stunde vor der Liebe, das Erzählen von einem Einkauf, einem Film, einer Reise, einem Malheur, während er auf die Straße sah, ab und zu Feuer gab, über das Teekännchen strich und über sein Haar, weit offen für alles, was in ihn hineingelegt wurde, ein grenzenloses Depot. Kurt Lukas blieb stehen. Er glaubte auf einmal, ganz in der Nähe von Maylas Hütte zu sein. Vielleicht war sie zu Hause. Und er könnte sie überraschen. Aber vielleicht war sie auch nicht allein; Gussmanns Gerede vom Sterben nahm er nicht ernst. Wieso gerade im März? Und warum dann nicht gleich? Worauf wartete er. Kaum merklich, wie ein schwacher Infekt, keimte ein Gefühl in ihm auf, das er nur vom Hörensagen kannte; es war da und war ungut und schuf sich ein Nest. Er blieb stehen. Scheinwerfer blendeten ihn, die Fledermaus-Ouvertüre ertönte, ein Wagen kam und hielt. Der Kommandant.

»Steigen Sie ein, das ist keine Nacht für Spaziergänge.« Oberst Almandras öffnete die Tür, und Kurt Lukas stieg in den Wagen. Zu dem wenigen, das er fürchte, zählten diese windlosen Nächte, sagte der Kommandant und fuhr weiter. »Sie bringen jedesmal einem meiner Männer den Tod. Die Rebellen behalten in diesen Nächten den kühleren Kopf. Sie haben Frauen bei sich.« Er fuhr im Schritt. Immer wieder schloß er für Sekunden die Augen; ohne Übergang kam er auf Doña Elvira. Die Sängerin hatte ein Angebot von Arturo Pacificador erhalten, nach der Wahl in seinem Nachtclub aufzutreten. »Der Mabini Palast ist natürlich nicht die Carnegie Hall«, sagte der Kommandant, »aber schließlich hat sie das Singen ja in einem Bordell gelernt.« Er machte die Scheinwerfer aus und erzählte von seinem jüngsten Besuch im Mabini Palast anläßlich eines Treffens von Stabsoffizieren in der Hauptstadt. »Man kann sich völlig vergessen in diesem Club«, sagte er und kam dann, wieder sprunghaft, auf das Treffen zu sprechen. Es hatte erst vor zwei Tagen im bekannten Luneta Hotel stattgefunden unter der Leitung des ehemaligen Präsidentenchauffeurs; der Kommandant erwähnte diesen Umstand nur. Er fuhr plötzlich schneller; am Rande eines Maisfelds hielt er. »Ich gebe Ihnen jetzt einen Rat«, sagte er. »Verlassen Sie die Insel, solange das möglich ist. In der

Hauptstadt sind Sie besser aufgehoben. Sie stoßen in jeder Hotelhalle auf Journalisten.«

»Ich bin kein Journalist« – Kurt Lukas war diesen Satz schon leid –, »ich weiß nicht, was Sie von mir wollen.«

»Ich will Ihnen etwas erzählen.« Und der Kommandant erzählte von einem Essen für die Auslandspresse, an dem er teilgenommen hatte. »Natürlich auch im Luneta Hotel«, sagte er. »Mit mir am Tisch saß eine Frau und schaute in das letzte Newsweek-Heft. Aber sie las keinen Artikel. Sie betrachtete das Foto von Ihnen. Sie zeichnete sogar darauf herum.« Er gab eine Personenbeschreibung und wendete.

»Ihre Geliebte?«

»Nein, eine Bekannte. Aus Rom. Früher schrieb sie über Männer. Dann über Frauen. Heute über alles.«

»Aber offenbar eine gute Bekannte. Als sie von mir etwas über Stimmenkauf mit Falschgeld auf der Südinsel hören wollte, sagte ich, Madam, fliegen Sie doch am besten einmal hin wie ihr Kollege auf dieser Anzeige, ich kenne Mister Lukas, er ist im Moment genau da, wo die Antworten liegen; ziemlich verwegen. Worauf sie mich nur Tränen lachend ansah und schließlich bat, Ihnen von dieser Begegnung mit ihr zu erzählen. Keine Fragen, keine Grüße, kein Name, nur diese Bitte; Ihre Frau?«

»Nein. Sie heißt Ruggeri.«

Der Kommandant hielt vor dem Pfad, der zur Station führte. Er schloß die Augen und riet erneut zum Verlassen der Insel, bevor er einen dritten Gedankensprung machte. »Und nehmen Sie das Mädchen mit, von dem es heißt, Sie seien ihr Freund«, sagte er; »zeugen Sie ein Kind mit ihr. Dann überlebt Sie jemand, den Sie lieben.«

»Warum dieser Rat?«

»Weil ich in Ihrem Alter bin und kein Kind habe. Und ein Letztes: Sie sind blutbefleckt, wußten Sie das?«

»Von Gussmanns Hähnen, ich bin ihm etwas zu nahe gekommen.« Kurt Lukas drückte dem Kommandanten lange die Hand und stieg aus. Er sah dem Wagen nach; mit dem Verschwinden der Lichter wurde es dunkel. Nicht einmal die Baumkronen erkannte er, nicht einmal den Pfad. Doch er empfand keine Angst. Dunkler konnte es nicht werden. Einen Finger am Puls, machte er sich auf den Weg.

Butterworth fuhr im ersten Gang. Das Verdeck war offen, die Frontscheibe heruntergeklappt, offener ging es nicht. Er trug seinen weißen Sonnenhut, das Kinnbändchen kreuzte die Brillenbefestigung. Wie immer grüßte er nach allen Seiten und hielt unmittelbar vor den Läden. Die Inhaber eilten nach draußen, Butterworth reichte ihnen vom Jeep aus kleine Bestellzettel, auch wenn es sich nur um einen Posten handelte, und während er auf Haushaltskerzen oder eine Dose Rasierschaum wartete, sammelten sich Menschen. Kinder stiegen zu, drückten die Hupe oder zupften an seinem Hut. Burschen baten um einen Blick auf den Motor oder polierten die Felgen. Säuglinge wurden gereicht, Lieder angestimmt, Neuigkeiten und Sorgen erzählt. Father hier, Father dort. Sein Bad in der Menge.

An diesem Tag saß der bleiche Priester allerdings nicht allein im Jeep. Neben ihm saß der bekannte Mister Kurt und zog fast alle Blicke auf sich. So schätzte es Butterworth später in seinem Schreiben an Gregorio ein, das immer umfangreicher wurde. Jede Nacht wollte er den Brief endlich abschließen, doch schon stand wieder ein Ereignis bevor, das ihm interessanter als alle vorangegangenen erschien. Etwa der heutige Tag; vom kommenden, dem Wahltag, gar nicht zu reden. Butterworth war unterwegs, um für das Abschiedsessen einzukaufen. Ab drei Uhr wollten sie gemeinsam kochen, um sieben erwarteten sie ihren Ehrengast. Bereits am anderen Morgen sollte Mayla dem Bischof zur Seite stehen, wenn in seinem Amtssitz erste Wahlzwischenfälle gemeldet würden. Maylas Entscheidung stand nun schon eine Woche lang fest, und trotzdem waren die Alten von der Tatsache des letzten Tages mit ihr überrascht worden. Noch beim Frühstück hatten sie sich über das Menü gestritten, ja, das ganze Vorhaben in Frage gestellt, bis Kurt Lukas an den deutschen Muttertagsbrauch erinnerte, der Hausfrau einmal im Jahr alle Küchenmühen abzunehmen. Danach waren sie sich einig geworden, üppig, aber nicht raffiniert zu kochen und für den Fall des Mißlingens ganz auf das Abschiedsgeschenk zu setzen. Nach der Rede von Butterworth – einer Rede, die Pacquin in Auftrag gegeben hatte, »fünfzehn Minuten und nicht länger« – würde McEllis Mayla ein Armband aus Korallen anlegen; er hatte es selbst ausgesucht, und jeder fand es schön und griff dafür auf seine kleine Dollarreserve zurück.

Üppig, aber nicht raffiniert, was könnte das sein? Dalla Rosa hatte sich zögernd für Spaghetti ausgesprochen, angeboten, einen Sugo vorzubereiten – auf der Basis von Basilikum –, hinzugefügt, er garantiere für nichts, denn alles komme auf die Nudeln an, und zuletzt habe er das Gericht als Kind abgeschmeckt, al pesto. Noch unter dem Eindruck dieser appetitlich klingenden Worte war dann auf einmal der Vorschlag Gans gemacht worden, und so waren Kurt Lukas und der Priester unterwegs, um eine Gans zu besorgen. Butterworth lenkte den Jeep in die Gegend der Wohlhabenderen, weil auch die Tiere dort weniger mager waren. Er fuhr immer noch im ersten Gang, übersah jedoch die Hände, die ihm Vorbeigehende zustreckten. Er dachte über seine Ansprache nach. Wäre das nicht eine Gelegenheit, das Butterworth-Papier zu zitieren? Die Weitsicht dieses Papiers hervorzuheben, in dem er ja lange vor dem Erscheinen der Anzeige das Gesicht von Mister Kurt mit dem eines minderen Schauspielers verglichen hatte? Oder wäre es überheblich, Mayla vor einem Mann zu warnen, dem höchstens anzulasten war, daß er seinen Beruf verschwiegen hatte? Und wer konnte wissen, ob er nicht schon wieder etwas verschwieg und sich am Ende doch noch als ein Schriftsteller entpuppte. Zurückhaltung war geboten. Auch etwas Nonchalance. Nein, es sollte keine mahnende Ansprache werden. Ein feiner heiterer Ton wäre das Richtige. Und angemessener Dank. Dank für die unzähligen Gerichte, denen niemand das knappe Budget angemerkt hatte. Dank für ihre tagtägliche Arbeit, angefangen mit dem pünktlichen Einstellen der liliputanischen Weckmusik, endend mit dem behutsamen Schließen der Durchreiche nach dem Abendbrot. Butterworth wußte jetzt genau, wie seine Ansprache auszufallen hätte, und spürte doch, daß es ihm unmöglich wäre, bei dem Dankesthema zu bleiben. Er versuchte sich abzulenken. »Haben Sie schon einmal eine Gans gehalten?« fragte er.

»Eine Gans?«

»Ja, Mister Kurt, eine lebende Gans.«

»Nein.«

»Aber Sie haben schon ein Buch geschrieben…«

»Ein Buch? Ich? Wieso?«

»Man erzählt es sich, wie Sie vielleicht wissen. Und es heißt sogar, Sie schrieben an einem Liebesroman. Ich frage Sie, was ist das überhaupt, ein Liebesroman?«

»Schwer zu sagen, Father.«

»Nicht wahr – zärtlich streichelte er ihre kleinen Hände, das kann es nicht sein. Das kann jeder Idiot schreiben. Zärtlich taten sie dies, zärtlich taten sie das. Und er sah sie lächeln und strich ihr zärtlich ein einzelnes Haar aus der Stirn. Schwachsinn; teilen Sie diese Auffassung, Mister Kurt?«

»Ich teile sie.«

»Ein Liebesroman, meine ich, müßte dort fortfahren, wo andere zu denken aufhören, übrigens nur an ein oder zwei Stellen des Buchs, das würde mir reichen. Und die Liebesgeschichte müßte unserer Gegenwart abgetrotzt sein, nicht in irgendeiner Vergangenheit spielen. Teilen Sie diese Auffassung?«

»Ich teile sie, Father.«

»Kühne Genauigkeit, Mister Kurt, keine sinnlose Intensität, wie wir sie im Theater antreffen. Ich wünschte mir einen disziplinierten Liebesroman. Zärtlich streichelte er ihre kleinen Hände – welche Worte hätten Sie dafür?«

Kurt Lukas überlegte.

»Vielleicht: Unsicher, aber zärtlich streichelten seine großen Hände ihre kleinen.«

Butterworth hupte aus Versehen.

»Zwei Adverbien und zwei Adjektive bei nur neun Worten. Nein, Mister Kurt, so nicht. Er streichelte ihre Hände, Punkt. Die Tragik aller guten Sätze ist, daß sie sich in ihrer Einfachheit gleichen.« Der bleiche Priester bog in einen Weg, der an einem Tümpel endete; ein Schriftsteller saß da nicht neben ihm. Da saß ein Laie. Oder er wäre so überlegen, ihn mit laienhaften Formulierungen zu täuschen. Aber das gab es nicht. Die Menschen waren eitel, wollten zeigen, was sie konnten. Butterworth war beruhigt. »Sie müssen unsere Gans nachher streicheln, Mister Kurt. Nicht unsicher und auch nicht zärtlich, gewöhnliches Streicheln genügt. Es erleichtert ihr die letzte Stunde.« Er parkte neben dem Tümpel und verschwand, eingekeilt von Kindern, in einer Hütte.

Schon nach wenigen Minuten kam er mit einer schneeweißen Gans im Arm zurück. »Einhundertfünfzig Pesos, Mister Kurt, ein Vorzugspreis, geteilt durch sechs, macht fünfundzwanzig für jeden.« Kurt Lukas holte das Geld hervor, das ihm Mayla für den Bus gegeben hatte. »Jetzt nicht, am Monatsende«, sagte Butterworth und übergab die Gans. Sie war an den Füßen gefesselt und hatte ein Klebeband um den Schnabel. Kaum spürte sie etwas Spielraum, öffnete sie die Flügel, und Kurt Lukas rief ein deutsches *Hilfe!* Die Gans verdrehte den Kopf, sie schaute ihn an, und er schloß die Arme um ihren bebenden Leib. »Wer wird sie töten, Father?« Der bleiche Priester wendete. »Das könnte Mayla noch tun, oder darf sie das an diesem Tag auch nicht? Sonst macht es vielleicht einer von uns. Oder Sie, wenn Sie Erfahrung mit so etwas haben.« Er erhielt keine Antwort. Kurt Lukas war jetzt der Gans ausgeliefert. Immer wieder öffnete sie die Flügel und zischte. Butterworth griff ihr an die flauschige Brust.

»Locker streicheln, nicht verkrampfen, auch etwas reden mit ihr.«

Beklatscht wie zwei Sportgrößen, verließen sie Infantas Hauptstraße und näherten sich Gussmanns Laden. Der Priester beschleunigte den Jeep. »Halten Sie meine Fahrweise nicht für kindisch, Mister Kurt – aber Wilhelm würde glatt aufspringen, um mich zu provozieren. Zur Zeit ist er Strohwitwer. Flores ist bei ihrer Schwester, die ein Kind erwartet. Wie finden Sie ihn überhaupt?«

»Ich finde ihn ungewöhnlich«, rief Kurt Lukas in den Motorlärm. Butterworth drosselte das Tempo wieder. »Gussmann ist nur unglücklich, mehr nicht.« Sie bogen noch einmal ab und fuhren in einen holprigen, von schmalen Lebensmittelständen gesäumten Weg. »Ein paar Dinge brauchen wir noch, Mister Kurt. Haben Sie Geduld mit dem Tier. Und hören Sie nicht auf, es zu streicheln.« Er hielt und sah auf seinen großen Zettel. Händler traten an den Jeep; Kinder neckten die Gans. Wir schmoren sie mit Feigen, hatte Horgan geflüstert, dann bleibt auch etwas für mich – Feigen also. Butterworth verlangte Feigen und sah erneut auf den Zettel. Gans mit Feigen, das war bei Dalla Rosa auf alte Erinnerungen gestoßen. Wir reichen dazu frische Polenta mit Pecorino bestreut, hatte er ausgerufen. Alles übrige, das ihm noch eingefallen war, boten die Beete des Superiors: Staudensellerie, Tomaten, Karotten, Zwiebeln, Majoran und Thymian, sogar das Basilikum für die Vorspeise – Polenta hatte Butterworth sofort gestrichen, das klang auch nicht gut. Es blieben die Spaghetti und der Rotwein. Er führte ein kurzes Gespräch. Die Händler nickten. Italienische Nudeln, ob das solche dünnen, länglichen seien? Man bat ihn zu warten; werde man auftreiben, diese Spaghetti. Und auch einen Rotwein – süß oder sauer? »Keine Ahnung«, sagte Butterworth. »Hauptsache rot.« Die Händler zogen los, und er fuhr in den Schatten und stellte den Motor ab.

Der bleiche Priester legte den Kopf zurück. Seine Nase

glänzte. Zum ersten Mal hatte ihn die Einkaufstour Kraft gekostet. Wenn es nur das Ungewöhnliche wäre, was zu besorgen war; aber es war zu besorgen, weil Ungewöhnliches geschah. Mayla verließ das Haus, ihr Geliebter blieb, Butterworth schaute ihn aufmerksam an. »Was mich seit langem beschäftigt, Mister Kurt« – er tupfte sich die Nase ab –, »seit ich Priester bin und mir über den Rest der Menschheit Gedanken mache, unter anderem über das Begehren zwischen den Geschlechtern, – denkt man während der Liebe eigentlich an die Geliebte?«

»Was soll ich dazu sagen; kaum. Man denkt sogar eher an etwas anderes.«

»Zum Beispiel?«

»An eine andere Frau.«

Butterworth zog sein Mundstück hervor und kaute daran.

»Aber finden Sie es nicht unlogisch, an eine andere Frau zu denken, wenn Sie diese, nennen wir es doch unaufhaltsamen Dinge gerade mit der Frau erleben, die Sie zu lieben meinen. Es wäre doch logischer, an *sie* zu denken.«

»Logischer schon«, erwiderte Kurt Lukas, »aber nicht so wirkungsvoll.«

Butterworth nickte. Obwohl er als einziger der fünf die Erfahrung mit einer Frau ausgeschlagen hatte, glaubte er zu verstehen. Natürlich war der Widersacher mit seinen Ideen gerade in diesem Bereich zu Hause.

Beide schwiegen eine Weile; längst war der Jeep von Kindern umlagert, die flüsternd auf der Erde saßen.

»Weshalb stellen Sie mir solche Fragen, Father?«

»Ich stelle Ihnen solche Fragen, weil ich es schwer habe mit Ihnen. Ich muß Sie besser kennenlernen« – Butterworth hätte fast sein Papier erwähnt, aber Kurt Lukas wollte wissen, warum er es schwer mit ihm habe.

»Weil Sie mit Ihrem Aussehen das Untröstliche in mir berühren, Mister Kurt, eine gewisse Ungerechtigkeit innerhalb der Schöpfung« – ein Lächeln glitt über sein bleiches Gesicht –, »und da beruhigt es einen zu sehen, welche Probleme Ihnen doch eine lebende Gans bereitet.« Das Tier war zutraulich geworden. Es ließ sich jetzt überall anfassen und rieb seinen Hals an Kurt Lukas' Schulter. »Bald sind Sie erlöst«, sagte Butterworth; die Ausgeschwärmten kehrten zurück.

Sie erzählten von ihren Anstrengungen. Alles Gute werde aufgekauft, seit man im Ort höre, daß auf Wochen die Flüge von der Insel ausgebucht seien. Und stolz überreichte der eine die gewünschten Nudeln, Spaghetti aus Taiwan, von Jesus Fidelio mit Grüßen an Mister Kurt, er würde ihn gern noch einmal mit Beatrice verbinden. Der andere präsentierte zwei zierliche Rotweinflaschen, Lambrusco amabile. Der Friseur Cooper-Gomez habe sie verkauft, mit Empfehlungen an den Schriftsteller: sein Salon stehe ihm offen.

Butterworth bedankte sich bei den Männern, bezahlte die Nudeln und den Wein, segnete ihre herbeigeeilten Frauen und ließ den Motor an. Ein Ruck ging durch den Jeep, die Gans geriet in Panik, sie schlug mit den Flügeln, Federn flogen, Kurt Lukas schrie, laut und weibisch. »Ruhig, Mister Kurt, ruhig«, sagte Butterworth, »wir werden beobachtet.« Er grüßte nach allen Seiten, legte den zweiten Gang ein und drückte das Gaspedal durch, und die Gans fiel in eine Art Stupor. »Sie scheinen ja nicht nur etwas schrill zu telefonieren, wie man erfahren kann. Und mit einer Beatrice; Sie wissen, daß es auch bei Dante eine Beatrice gibt.«

»Sie ist meine Agentin, Father. In Mailand.«

»Und Sie besprachen Ihre Rückkehr am Telefon?«

»Meine Rückkehr? Wie denn, schwimmend?«

»Solche Zustände sind selten von langer Dauer; der Flugverkehr wird sich wieder einspielen, und Sie können zu Ihrer Signora Beatrice zurückkehren. Eine Schönheit?«

»Das Gegenteil, Father.«

»Intelligent?«

»Sehr.«

»Also auch eine Lehrerin.«

»Durchaus.«

»Und was lernten Sie?«

»Jung zu sein.«

»Großartig. Wenn diese Wirren hier vorbei sind, in ein bis zwei Monaten, werden Sie gelernt haben, alt zu sein. Dann beherrschen Sie beides. Und nun muß ich ans Kochen denken, Mister Kurt.«

»Das Abschiedsessen«, schrieb Butterworth zwölf Stunden später – noch unter dem Eindruck eines Eklats – in seinem Brief an Gregorio, »war auf sieben Uhr festgesetzt worden, damit genug Zeit für die Küchenarbeiten bliebe. Die Frage, wer die Gans töten sollte, hatten wir bis zum Nachmittag vor uns hergeschoben. Mayla entfiel, sie war aus Anlaß der Einladung beim Friseur. Mister Kurt wollte unsere Gans überhaupt erst zubereitet und ohne Kopf wiedersehen. McEllis gab vor, Rheumatismus zu haben, Dalla Rosa erklärte, er müsse sich auf das Rezept besinnen; schließlich bat ich einen Nachbarn. Nachdem das Geschöpf gerupft und ausgenommen war, betraten wir zögernd die Küche, keine leichte Überschreitung, wie Du dir denken kannst. Überall gab es noch Spuren von Mayla, hier ein Aschenbecher, dort ein Kalenderblatt. Dalla Rosa wusch dann unsere Gans und tupfte sie trocken, salzte und pfefferte sie und rieb ihre Haut mit Majoran und Thymian ein, wobei er ständig betonte, er könne nicht die Verantwortung übernehmen: Zwar stamme er aus der Triester Gegend, wo ordentlich gekocht werde, aber nicht aus einer Wirtshausfamilie. Von meinen mitgebrachten Nudeln hielt er gar nichts. Während McEllis und ich Gemüse putzten – wobei McEllis mehrere Notizen machte, er tut das inzwischen vollkommen offen –, rührte Dalla Rosa einen grünlichen Brei an, in dem die Spaghetti gewälzt werden sollten. Horgan sah unserem Gast beim Halbieren der Feigen zu; Pacquin hatte sich geweigert, die Küche zu betreten. Dieses Abschiedsmahl sei vorwiegend eigennützig, argumentierte er. Aber da Mayla auch etwas davon habe, unterstütze er es auf seine Weise. Und so reichte er gelegentlich Zettel mit einem seiner raumfüllenden Worte in die Küche, Vorschläge für die Zubereitung der Gans. Offenbar verfolgte Pacquin einen eigenen Plan. Sein Rezept war spartanisch. Salz stand dort, Wasser; Petersilie. Dalla Rosa nahm alle Zettel entgegen, beachtete sie aber nicht. Er schritt um den Herd herum und summte italienische Worte. Sein großer Tag. Immer wieder erteilte er Anweisungen an die Hilfsköche. Bitte Sahne schlagen, Mister Kurt. Bitte eine Zwiebel, McEllis, aber kleinhacken. Und du, Butterworth, schäl mir Tomaten, öffne den Rotwein, reibe etwas Käse und halte ein Sieb bereit. Mit dem Rotwein schien Dalla Rosa zufrieden. Das eine Fläschchen trank er, um zu probieren, wie er sagte, mit dem anderen übergoß er die schmorende Gans. Gegen sechs Uhr roch es bereits, daß wir uns gegenseitig mit Glückwünschen überhäuften. Es duftete bis in die Kapelle, und ich entschloß mich, die Messe abzukürzen. An meiner Stelle hättest Du wohl ebenso gehandelt; wer kann schon ernsthaft beten, wenn es nach einer brutzelnden Gans riecht. Außerdem wollten sich alle noch etwas zurechtmachen. Kurz vor sieben versammelten wir uns um den Tisch, während Pacquin auf die Veranda schritt, um Mayla zu empfangen. Ich lüftete dann noch etwas, denn keiner hatte mit Rasierwasser gespart. Dalla Rosas Wangen waren so glatt wie mein Kopf, und man sah ihn zum ersten Mal mit einem Halstuch; Horgan trug seine neuen weißen Schuhe und trotz der Hitze auch weiße Socken (vor uns lag die dritte windlose Nacht). Ich überflog noch einmal die Stichworte zu meiner Rede – einer Rede, die ich besser Wort für Wort hätte aufschreiben sollen –, und McEllis griff ständig in seine Hosentasche, ob das Armband auch noch da sei. Pacquin erlöste uns schließlich mit einem Sie kommt, und wir stellten uns auf. Ich ordnete ein letztes Mal die Blumen vor ihrem Platz – sechs rote Paphiopedilum, eine für jedes Jahr mit ihr. Mayla sollte zwischen Mister Kurt und mir, dem Redner des Abends, sitzen. Alles war bereit, alles war vollkommen. Auf dem Tisch dampften die Nudeln, von den Bierflaschen perlte das Wasser, in den Gläsern stand der Schaum, im Bräter köchelte die Gans. Nach einer bangen Minute vernahmen wir Schritte im Gang und wurden so still, daß wir die Geigen der Moskitos hörten, und dann erschien sie in der Tür – ein anderer Mensch, dachte ich.«

Bis zu diesem Augenblick hatte Butterworth den ungewöhnlichen Nachmittag und frühen Abend korrekt wiedergegeben, höchstens mit leichten Übertreibungen bei der Schilderung des Kochens – so war Dalla Rosa zu keinem Zeitpunkt summend um den Herd gelaufen – und einer Auslassung am Ende: eine kleine blaue Fliege, die Butterworth sich kurz vor Tisch umgebunden hatte, war unerwähnt geblieben. Mit dem Eintritt von Mayla in den Gemeinschaftsraum und damit in seinen Brief wurden Butterworth' Wiedergaben, bei aller Detailliebe, ungenau. Er wählte schiefe Vergleiche, verstieg sich in Selbstanalysen, verlor jeden Witz, erwog, alles neu zu erzählen, und scheiterte schließlich bei dem Versuch, seine Ansprache zu rekonstruieren; mit den Worten »Der unglücklichste Toast meines Lebens!« gab er auf.

Eine vollständigere und brauchbare Beschreibung des Abschiedsessens sollte dafür McEllis gelingen. Während Butterworth nebenan schon unter Alpträumen litt, begann er erst mit der Reinschrift.

»Mayla hatte sich das Haar kürzen lassen. Es stand ihr nach allen Seiten ab, ich erkannte sie kaum. Sie trug eine verwirrende Hose, wie Soldaten und Rebellen sie tragen, und ein dünnes Jackett. Ebenso erstaunlich: ein Hauch von Rot auf ihren Lippen sowie ein Ring an einem ihrer unbedeckten Ohren. Dachte, was soll das. Sie sprach nicht, sie sah uns nur der Reihe nach an. Eine Verwandelte. Dalla

Rosa fand als erster Worte, er sagte, Willkommen, und bat zu Tisch, da sonst die Nudeln verklebten. Wir zeigten Mayla ihren Stuhl, wir forderten sie auf, sich zu setzen, und nahmen nach ihr Platz. Noch immer hatte sie nichts gesagt, ihre Hände spielten mit Zigaretten und Feuerzeug. Mayla wollte rauchen, aber Dalla Rosa häufte ihr seine mit grüner Paste angereicherten Spaghetti auf den Teller und berieselte sie reichlich mit geriebenem Käse. Schauten ihr zu, wie sie zu essen begann, und warteten auf ihr Urteil.

Mayla wollte unsere Gespanntheit offenbar nicht bemerken. Sie aß ohne Unterbrechung. Bald stand fest, daß sie wohl kaum etwas äußern würde, solange noch eine Nudel auf ihrem Teller läge. Wir aßen dann auch, und die Atmosphäre lockerte sich; es ist ja nicht völlig aus der Luft gegriffen, daß man mit Aussicht auf eine gefüllte Gans heiterer gestimmt ist als im Hinblick auf Trockenfisch und Ketchup. Natürlich behielten wir Mayla weiter im Auge. Wunderte mich, wie ungeniert sie ihre Finger benützte. Sie aß wie ein reinliches Tier. Denke gerade, ich kenne sie im Grunde kaum. Nach dem letzten Happen sagte sie schließlich, Es war gut, wie heißt das Gericht? Dalla Rosa informierte sie und verriet ihr auch, daß es als Hauptspeise Gans gab. Ach, eine Gans, rief Mayla, als ob sie das nicht gewußt hätte!, und ihr erstes Lachen erschien, ihr schönstes gleich, mit Fältchen auf der Nase. Von dieser Gans rede doch halb Infanta, von dieser Gans und von einem Schrei. Und mit dem Wort Schrei blickte sie zu Mister Kurt, legte den Kopf ein wenig schräg und kaute ihre Unterlippe. Unser Gast sah zur Decke, ich versuchte, das Thema zu wechseln, fragte Mayla, weshalb sie sich das Haar habe schneiden lassen. Ihre Antwort: ein Lächeln für mich. Offenbar war sie nicht bereit, über ihr verändertes Aussehen zu sprechen. Mir schien sogar, daß sie diesseits der Durchreiche überhaupt nicht bereit war, mehr als einen Satz zu sagen. Wir hatten uns das alle etwas anders gedacht. Sie bat dann um Raucherlaubnis, und Butterworth gab ihr Feuer; Pacquin fragte mich, was er sich unter Maylas Haar vorzustellen habe, und Horgan wollte von Mister Kurt wissen, wie er denn den neuen Schnitt finde. Unser Gast drückte sich wie immer undeutlich aus. Ganz hübsch, sagte er. Darauf Horgan: Dann stünde die eigenwillige Haartracht ja einer Heirat nicht im Wege. Grabesstille. Sekunden, die Butterworth nutzte, um mit einer Gabel dreimal an sein Glas zu stoßen.«

Vor der entscheidenden Passage machte McEllis eine Pause. Er klebte die beschriebenen Zettel ein, ging in der Kammer auf und ab, streichelte die Hündin, schnappte am Fliegengitter nach Luft und vermerkte im Wetterteil des Buchs Zeit und Temperatur, »Zwei Uhr früh, achtunddreißig Grad, kein Wind«. Und vom Klebestoffgeruch schon leicht stimuliert, fuhr er fort.

»Wie bei seinen berühmten Predigten stellte sich Butterworth ganz ungeschützt in den Raum und begann mit der Ansprache, die ich unter dem Tisch hastig mitschrieb. Liebe Mayla, verehrter Mister Kurt, meine Brüder! Ist dies heute ein trauriger oder ein freudiger Anlaß? – Hatte plötzlich den Eindruck, B. habe die Frage noch gar nicht durchdacht; denn er beging den Fehler, über sie nachzudenken, während er weitersprach. Jedenfalls verlor er seinen Faden und sollte ihn nicht wiederfinden, wenn es zu dieser Rede je einen Faden gegeben hatte. Der Arme sprach, ohne sich zuzuhören; ich spürte das und sah zu Mayla. Langeweile schien ihre Nasenflügel zu dehnen, und da war mir klar, ihr raste das Herz. – Sie sei von Jahr zu Jahr schöner geworden, erklärte ihr Butterworth, ja, von Mal zu Mal, wann immer jemand das Glück gehabt habe, sie hinter ihrer Bühne zu erblicken. Hier machte er einen ersten, fast noch amüsanten Exkurs, philosophierte über die Durchreiche, nannte sie Grenze von Anwesenheit und Abwesenheit und zog gar Parallelen zum Höhlengleichnis, ehe er Opfer eines unseligen Gedankensprungs wurde: Diese Durchreiche stelle freilich auch von der anderen Seite ein intimes Theater dar... Kurz, Butterworth versetzte sich in Mayla hinein. Wie sie uns wohl die ganzen Jahre über gesehen habe? Als Priester? Als Väter? Als Pensionäre? Nun, zweifellos habe sie Blicke bemerkt, die über das Väterliche hinausgegangen seien, und auf ihre Weise darauf geantwortet: mit Rosinen und Karottensaft, Zimt auf dem Milchbrei und manchem Wort. Jahrelang habe sie auf diese Weise kleine Wünsche alter Männer erfüllt und den großen Wunsch eines Außenseiters unter ihnen an sich abgleiten lassen. Und damit begann Butterworth' zweiter Ausflug, den wir alle durch scharfes Luftschöpfen abzuwenden versuchten. Er sprach über Mayla und Gussmann und sah vor Geblinzel nicht, wie starr sie dasaß mit ihrem abstehenden Haar und dem Ohrring; eine Fremde. Dieser Außenseiter machte sich frei für sie, sagte B., er verließ uns, und kein Gesetz stand mehr zwischen ihm und ihr, als sie volljährig wurde. Doch Mayla hat Feingefühl bewiesen und Geduld. Geduldig hat sie auf den Richtigen gewartet und es uns Alten vergönnt – und hier stürzte er sich in die dritte und verhängnisvollste Abschweifung –, ihren Schritt zur Frau gleichsam mitzuerleben, an der Seite eines Menschen, der sicher nicht so fiebrige Geheimnisse wie Wilhelm Gussmann besitzt, aber durchaus nach einigen Geheimnissen aussieht. – Butterworth hatte den Namen Gussmann kaum zu Ende gesprochen, da war Mayla aufgestanden und weder schnell noch langsam aus dem Raum gegangen. Sie schloß sogar die Tür leise hinter sich, und obwohl bestimmt alle den Atem anhielten, hörten wir nichts mehr von ihr, keine Schritte im Gang, auch kein Knirschen auf dem Kies, als sei sie lautlos davongeflogen. Spürte einen scharfen Stich in der Brust, glaubte, nun beginne das Sterben. Mayla hat uns verlassen. Nehme an, zum ersten Mal dachte sie nur noch an sich.«

Seine Hand zitterte von der Anstrengung des Schreibens. McEllis stand auf und trat zur Wand. Nebenan wälzte sich Butterworth. Sollte er ihm leid tun? Etwas schon. Obgleich er hinterher mindestens vier Seiten gefüllt hatte; nein, wer noch schreiben kann, hat Abstand. Der fühlt sich vielleicht am Ende, aber ist nicht am Ende. Kein Grund, ihn zu bedauern.

»Und Mister Kurt?« notierte McEllis noch vor dem Zubettgehen. »Der zog sich tote Haut von der Nase und erhob sich erst, nachdem ich bemerkt hatte, an seiner Stelle säße ich hier nicht mehr. Butterworth war schon wortlos verschwunden. Unsere Blumen standen sinnlos auf dem Tisch; aus der Küche roch es verbrannt. Habe selten einen deprimierteren Dalla Rosa gesehen. Habe auch selten einen zusammengesunkeneren Horgan erlebt und einen so verflüchtigten Pacquin, kaum noch von dieser Welt. Die Gans unter den Nachbarskindern verteilen, waren seine letzten Worte. Und ich? Hatte Stöße von Zetteln auf den Knien und fand nicht die Kraft, sie zu verbrennen. Jede Leidenschaft hat ihre Buchhalter, Gussmann möge mir verzeihen.«

McEllis klebte den letzten Zettel in das Wetterbuch und erschrak über ein Weinen hinter seinem Rücken. West-Virginia war eingeklemmt. Die Hündin wollte aus der Kammer und war schon zur Hälfte im Gang, er befreite sie mit sachter Gewalt. Sie wimmerte und wand sich in seinen Händen, und da versprach er ihr, die Sondertürchen zu vergrößern. Mit leiser Stimme versprach er ihr auch Herz und Nierchen der Gans und eine leichte Geburt, wenn sie sich nur beruhige, setzte sie vorsichtig aufs Bett und kraulte ihren wehen Bauch, griff dann in seine Tasche, wo immer ein Zuckerwürfel vorrätig war, und fühlte das Korallenarmband.

Mayla hatte das Unvermeidliche getan, sie war zu Wilhelm Gussmann gegangen. Dort tat sie das Nächstliegende, sie schüttete ihr Herz aus. Und weil das Leben es so eingerichtet hatte, Flores nicht da war, folgte das Unglaubliche, sie schlief mit dem Greis. Die Tür zum Hof stand weit offen, um den geringsten Wind einzulassen.

Aber es ging kein Wind. Ein niedriges Wolkentuch, monddurchschienen, schloß den Talkessel von Infanta. Auf allen Lebewesen lastete die Hitze. Lieblos operierte Hähne schrien, sobald sie sich mit den Flügeln Luft machen wollten. In der Bude gab es kein Ende. Wie immer in Brutnächten war Hazel frühzeitig gegangen. Vor ihrer Hütte war sie auf Kurt Lukas gestoßen, vom Anklopfen schon wund an den Knöcheln. Auch wenn Mayla nicht da sei, könne er hereinkommen, so Hazel beim Aufschließen, und er hatte sich von Maylas Abwesenheit überzeugt und vor sich hingesprochen, daß er nun zu Gussmann gehe. Dort hatte er das Unglaubliche sofort erfaßt. Nicht durch dessen Anblick, sondern in der weit offenen Tür und einer großen Ruhe. Das einzige Indiz hätte er fast übersehen, Maylas Sandalen im Hof. Auf allen vieren hatte er wenig später Doña Elviras Anhöhe erklommen, war im Schlafabteil ihrer Garderobe gelandet und konnte dort keinen Moment lang vergessen – ganz im Gegensatz zu Gussmann, den das Glück für eine Weile von sich selbst erlöste.

Der frühere Priester hatte auf seinem Lager gesessen, als Mayla plötzlich in der Tür gestanden war. Mayla, in robusten Hosen, mit neuer Frisur, kein Kind mehr und kein Mädchen, eine Frau, die etwas wollte. Gussmann sah sie an wie einen Menschen, von dem er viel gehört und häufig geträumt hatte und der nun leibhaftig zur Tür hereintrat.

Er schob Zeitungen über Essensreste und bedeckte seine Wäsche, griff sich ins wirre Haar und traf auf Maylas Hand. »Father Wilhelm, ich will dich stören«, sagte sie.

Hellwach vor Freude, denn sie hatte ihn noch nie so genannt, und ergriffen, daß am Ende des Lebens nicht er, hinkend oder sonstwie, die Liebe eingeholt hatte, sondern sie ihn, drückte er ihre Hand; und mit dem Gedanken an seinen Husten, der ihn bei allen Anstrengungen befiel, und die Knochengestalt, die er war, bat er Mayla zu gehen. Aber sie ging nicht. Sie zog sich aus und legte sich neben ihn, sein Atem stand still. Wilhelm Gussmann betrachtete sie reglos, und Mayla erzählte von dem Abschiedsessen, von der Zufriedenheit, weil jetzt ein anderer sie besitze und nicht er, und verstummte. Gussmann bat sie weiterzureden – »Sprechen müssen wir, weil unsere Körper nicht zusammenkommen«, sagte er auf deutsch, und Mayla sah in ein Gesicht, über das die Schatten knabenhafter Ungeduld glitten, und tat, was der frühere Priester vor Jahren mit ihr getan hatte, sie nahm ihn gebieterisch mit sich. Sie ließ ihn seine hohlen Schenkel und krummen Zehen vergessen, seinen drohenden Husten und die welke Haut über brüchigen Knochen; auf einmal spürte er nur noch, daß er sie haben und halten konnte und Manns genug war, nicht mehr zu verlangen. Mayla breitete ihre ganze Schönheit für Gussmann aus, und er tauchte darin ein und küßte sie lange. Er küßte ihr feines schäumendes Haar, bis sie seinen Kopf an ihren Kopf zog und innerhalb einer Minute alles tat, um sein Leben zu krönen – für ihn fast eine Ewigkeit und die Erfüllung, für Mayla eine Zeile zwischen Beendetem und Neuem, ein namenloses Luftschöpfen außerhalb von Zeit und Gesetz, weder berauschend noch ernüchternd, notwendig nur; und der leise Vorwurf würde später lauten: *Überflüssig.*

Kurt Lukas mochte dieses Wort. Es wertete ein Abenteuer nicht zu sehr ab, nahm ihm nur jedes Gewicht und machte es ungeschehener. Natürlich war auch die Stunde mit Doña Elvira überflüssig. Unfähig, auch nur eine ihrer halbmütterlichen Zärtlichkeiten zu beantworten, lag er auf dem Rücken und ließ sie gewähren. Sie wandte das äußerste Mittel an, einen Mann zu erregen, vergebens; schließlich fragte sie ihn, woran er denke. Er dachte an Parkplätze. An die Parkplätze beim Stadio Flaminio, letztes Revier römischer Straßenhuren, Nymphen und Zwitter, die ins Auto zustiegen, um sich über den Schoß des Fahrers zu beugen. Trenta in bocca. »Geld«, sagte er, »ich denke an Geld«, und die Sängerin warf ihren Haarbusch in den Rücken. Für sich und ihn das Beste hoffend, holte sie aus ihrem Nachttisch ein Bündel Scheine und zählte. »Hier hast du hundertfünfzig Pesos, damit es dir leichter fällt«, sagte sie und stopfte den Beweis für das Unglaubliche, das folgte, in seine heruntergelassene Hose.

Das Unglaubliche. Gussmann bemerkte dazu, kaum klang es aus, »Du mußt es vergessen, so schnell es geht.« Und Mayla sammelte ihre Kleider vom Boden und zog sich im Sitzen an. »Ich werde sterben«, sagte Gussmann, »aber du mußt es vergessen. Vergiß diese Nacht.« Mayla kämmte sich. »Es war keine Nacht«, erwiderte sie. »Aber es wäre noch eine geworden. Wenn du stillgeblieben wärst. So war es nur ein Besuch.« Sie rauchte jetzt, während Gussmann sein Gesicht mit dem Bettlaken trocknete. »Dann vergiß diesen Besuch«, sagte er. »Morgen beginnt eine bessere Zeit. Die Wahl wird mit einer Revolution enden, was zählt da ein Besuch, der noch in die alte Zeit fiel.« Mayla nahm ihm das Laken weg. »Sei still«, bat sie, und er streichelte ihr den Hals, während sie ihm über Augen und Mund strich. Danach trennten sie sich wortlos.

Mayla machte sich auf den Heimweg. Sie wäre gern länger bei ihm gelegen – um sich noch weiter zu lösen von seiner Übermacht, von ihrer Unschuld, von der Station, von allem, was sie hinderte zu lieben. Ein großer Hund folgte ihr bis vor die Hütte, wo sie von Hazel erfahren sollte, daß *er* sie gesucht habe und danach zu Gussmann gelaufen sei.

Von der Bude kam noch Musik, ein Lied, das sie immer geärgert hatte – über diese Stadt, die nie schläft, wie es da hieß, ein Lied, das auf alle Orte herabsah, in denen man abends zu Bett ging. Aber heute gefiel es ihr; und schon fast im reinen mit sich, gestattete sie dem Hund, an ihren Knien zu schnuppern.

New York New York, das mußte Doña Elvira nach einem zaghaften Beischlaf heraustrompeten, während Kurt Lukas, nun schon mit hundertsechsundsiebzig Pesos in der Tasche, über den Steilpfad rutschte, auf dem Gussmann ihn damals eingeholt hatte. Er dachte ohne Wut an ihn. Wütend war er nur auf sich. Zweige schlugen ihm ins Gesicht. Sein Hemd blieb hängen, schon war er es los. Halbnackt erreichte er den Weg am Fuß des Hügels. Rechts halten, der Stille entgegen. Er schaute zum Himmel. Weite Räume lagen zwischen einzelnen Sternen. Das Wolkentuch war aufgerissen, der Mond verschwunden, und doch erkannte er den Weg; immer wieder leuchtete es entlang der Waldkuppen, und er sah zerzauste Palmen und in der Ferne die Terrassenkronen riesiger Falcatabäume. Kaum war das Leuchten vorbei, glaubte er aus jeder Richtung Gegrolle zu hören, als sei Infanta umgeben von Horden, die nur darauf warteten, bis alles schlief. Er stürzte über etwas Weiches und sah einen Leib.

Die Frau im Schmutz. Sie schien sich nicht vom Fleck gerührt zu haben seit jener Nacht. Das Haar war ihr zu Borsten nachgewachsen; heller noch und voller als bei der ersten Begegnung ragten die Brustspitzen aus der Kruste um ihren Körper, und der Bauch war inzwischen geschwollen. Kurt Lukas konnte es kaum glauben – sie erwartete wirklich ein Kind, und in ihrem Schoß lag wieder das Messer. Er starrte darauf, bis sie es in die Hand nahm und die Klinge in den Griff schob. Sie hielt das Messer in die Höhe und zeigte ihm, wie die Klinge durch rasches Senken des Griffs hervorflog und mit einem Ton der Bereitschaft einrastete. Danach rückte sie etwas, und er setzte sich zu ihr.

Die Frau entzündete ein Streichholz und zeigte ihm ihre Bleibe, einen Lastwagenreifen, halb von Farnen überdeckt. Mit einem zweiten Streichholz leuchtete sie in den Hohlraum. Papiere lagen dort, beschriftet mit Zahlenkolonnen, Losnummern vielleicht, und er sah ein paar Münzen. Mit dem dritten Streichholz steckte sie sich einen Zigarettenstummel an und rauchte. Plötzlich stieß sie einen leisen Schrei aus und deutete auf seinen Mund, und er sagte ja. »Ja, das war ich.« Die Frau öffnete ihre Arme wie die Gans ihre Flügel und lachte. Dann nahm sie seine Hand und legte sie auf ihren Bauch. Er spürte einen Anflug aus dem Inneren und wollte die Hand wegziehen, doch ließ sie liegen, weil sie dort lag. Kurt Lukas schloß die Augen; zum ersten Mal gewann der Gedanke, er könnte, zurückgekehrt in sein altes Leben, dort nicht mehr anknüpfen, Gestalt in ihm. Und hier? dachte er. Auch wenn die Insel noch so groß war, erschien sie ihm nicht einmal als Welt am Rande der Welt. Dampfende Wildnis war sie, mit ein paar Orten unter atemberaubenden Sternen oder wütender Sonne. Und im Nabel dieser vergessenen Insel mit ihrem vergessenen Krieg, wie es in dem Heft mit der Anzeige hieß, lag er nachts auf bloßer Erde, eine Hand auf einer rußbedeckten Schwangeren. Er wollte aufstehen, aber rührte sich nicht und schlief ein. Später hörte er eine Grille und wußte nicht, wo er war, und dachte an Horgans Worte, Ich kann noch dasein... und schlief auch schon wieder, während die Schwangere neben ihm rauchte, vier Stunden vor Öffnung der Wahllokale.

Als Kurt Lukas erwachte, lagen das Messer und vier Münzen in seinem Schoß. Er blinzelte in ein Licht. »Ich bin es, Homobono Narciso« – der Polizeichef stand an seinen Jeep gelehnt –, »fast hätte ich Sie überfahren. Sie liegen unglücklich da.« Er half Kurt Lukas auf die Beine, Messer und Münzen fielen herunter, Narciso hob sie auf. »Geld und Waffen sollte man nicht offen herumtragen. Sie überstehen diesen Tag am besten, wenn Sie mitkommen.«

Und Kurt Lukas stieg in den Jeep. Wo war die Frau im Schmutz geblieben; wofür hatte sie ihm ihr Messer gegeben, wofür das Geld, vier Pesos. Warum hatte er kein Hemd an. Er dachte nach, und der ganze Abend fiel ihm ein. Wie gut, daß die Nacht vorüber war, wie gut, jetzt gefahren zu werden. Er hielt das Gesicht in den taufeuchten Wind. Sie fuhren an der Hahnenkampfarena vorbei, und der Hauptmann bog in einen Weg, der auf einen Platz mit Eßständen zulief. Lichter brannten, Tiere brüllten. Unter Blechdächern wurde geschlachtet. An Ketten hängend, bluteten zuckende Rinder aus. Schweine wälzten sich nach einem Hieb zwischen die Augen. Aus Kälbern flossen Därme. Männer zerrten ein schnaubendes Pferd. Eisblöcke dampften. Es roch nach Kesselfleisch und Kaffee. Frauen bedienten in blutigen Schürzen. Sie winkten Kurt Lukas zu, und er winkte zurück. Narciso legte ihm eine Hand auf den Arm. »Es ist der einzige Ort, an dem wir ein anständiges Frühstück bekommen.« Noch im Fahren rief er Bestellungen zu und brachte eine ganze Familie auf Trab, parkte dann auf roter Erde und wählte einen Tisch mit Aussicht. »Betrachten Sie sich als mein Gast. Und seien Sie sicher – man serviert Ihnen hier die Eier, die Sie vertragen.« Der Polizeichef legte sein Funkgerät griffbereit; etwas Unwiderstehliches umgab ihn an diesem Morgen des Wahltags. »Und worüber unterhält man sich auf der Station?« fragte er.

»Über die Liebe.«

»Wie es sich für Priester gehört. Und was erzählen sich die fünf über Gregorio?«

»Nichts. Ich glaube, es gibt diesen Mann gar nicht.«

»Es gibt ihn.«

»Und wie ist er?«

»Dürr, untadelig und um die Achtzig. Er müßte jedoch um die Hundert sein, wenn man die Geschichten über ihn zusammenzählte. Und wie alle Glaubhaften ist er gefährlich.«

Ein Junge trat an den Tisch. Er kam mit einer Fotokopie der Anzeige und bat um ein Autogramm. Narciso lieh seinen Kugelschreiber. Seit gestern abend seien diese Kopien im Handel, sagte er. Der Fotograf Adaza habe sie angefertigt und verkaufe sie für vier Pesos das Stück. Ein Geschäft. Kurt Lukas erkannte sich kaum; aber er begriff jetzt, wofür die vier Münzen bestimmt waren.

Der Hauptmann schickte den Jungen nach einer Zeitung. Zwei Frauen brachten das Frühstück. Rühreier, Schinken, Toast, Butter, Kaffee, Milchpulver, kleine Würste und Soßen. Ein Mädchen vertrieb Fliegen und Hunde. Der erste Sonnenstrahl schoß über die Blechdächer. Narciso sprach über die Pracht der Natur und das Kleine der Menschen. »Dazwischen stehen die Schönheitssalons«, sagte er und erwähnte Cooper-Gomez, der immer mehr Zulauf habe. »Sogar Mayla war bei ihm, wie ich erfuhr. Die anderen Friseure öffnen noch Furunkel und beheben Phimosen. Gomez verwandelt nur. Ein Lichtblick im Ort.« Er reichte seinem Gast den Zucker. Beide schätzten süßen Kaffee; beide verdammten das Milchpulver. Sie kamen auf ästhetische Fragen. Der Reiz von Gegensätzen, gut Angezogensein in verkommener Umgebung oder, noch interessanter, umgekehrt.

Der Junge brachte die Zeitung. In den Gewässern vor der Insel war eine Fähre gesunken. »Man muß immer abraten, unsere Fähren zu benutzen«, sagte Narciso. »Von allen Seiten kommen schlechte Auskünfte. Die Kapitäne sind Trinker und Spieler, die Matrosen entlassene Sträflinge. Besser, man nimmt ein Flugzeug. Sofern ein Platz frei ist.« Er schilderte die angespannte Lage auf der Südinsel und erwähnte, daß er Doña Elvira nur mit Mühe ein Ticket in die Hauptstadt verschafft habe. Kurt Lukas bat um die Zeitung. Der Polizeichef ließ Zitronenwasser kommen. »Lesen Sie lieber, was dort über die Wahl steht. Zukunft des Landes entscheidet sich heute. Also vielleicht auch Ihre Zukunft.« Narciso wusch sich die Hände und zahlte; während ihn ein Funkspruch erreichte, gab sein Gast Autogramme.

Mehr und mehr Fotokopien der Anzeige tauchten auf, und Kurt Lukas unterschrieb nur noch mit Kringeln. Narciso erlöste ihn schließlich. Der Schriftsteller und er müßten aufbrechen, in einem abgelegenen Wahllokal seien Schüsse gefallen. Er verschwieg einen Toten und eine Schwerverletzte; jede Hilfe für sie käme zu spät, hatte ihm Romulus leise gemeldet. »Wir werden uns das anschauen«, sagte der Hauptmann. »Nur müssen Sie ein Hemd tragen, um nicht zu verbrennen.« Narciso rief den Umstehenden etwas zu, und schon boten sie ihre Hemden an, zum Kauf oder leihweise, für einen Tag oder länger; sie zeigten Schnitt und Größe, wiesen auf Markennamen hin und führten die Festigkeit der Knöpfe vor. Zwei Frauen hoben Kurt Lukas' Arme und streiften ihm eine Art Bluse über, ein himmelblaues Stück mit lappigem Kragen, und der Polizeichef lotste den Kostümierten zum Jeep. Unter Beifall und Pfiffen brausten sie davon.

Die Fahrt endete vor einer Zwergschule, in der das Wahllokal war, vor einer Blutlache, die ein ganzes Rasenstück färbte, vor einer stummen Menge und einem Mann, der auf dem Bauch lag. Narciso stieg aus. »Ich komme gleich wieder. Lassen Sie sich von dem Toten nicht nervös machen.«

Kurt Lukas faltete die Hände im Nacken. Wie ein Bild, das er nur in unzähligen Reproduktionen gesehen hatte und nun endlich, nach Jahren, als Original zu Augen bekam, betrachtete er seinen ersten Erschossenen, offenbar am Kopf getroffen; ein einzelner Falter, ultramarin, stand über dem schwarzroten Haar. Seiner Kleidung nach war der Tote noch jung. Kurt Lukas konnte das Gesicht nicht sehen; wäre er ausgestiegen und näher getreten, hätte er bemerkt, daß es kein Gesicht mehr gab. Doch blieb er sitzen und schaute abwechselnd auf den Toten, dessen Beine verdreht waren, und in den sonnendurchbrochenen Dunst, der aus dem Wald hinter der Menge aufstieg. Narciso trat an den Jeep. »Gehen wir besser hinein.«

Der Wahlraum war ein Klassenzimmer. Auf dem Pult lag das Wählerverzeichnis. Über der Tafel war die Landesflagge gespannt. Auf einem Stuhl stand die Urne. Vor den Ecken des Raumes hingen Tücher, die Kabinen. Zwischen den Bankreihen lag die Verletzte. In ihrem Blut kniete ein Mann. Kurt Lukas sah in zwei verzerrte Gesichter, und sein Herz begann heftig zu klopfen. »Es ist gleich vorüber«, sagte Narciso. »Ein plattgefeiltes Geschoß. Man erkennt es an dem großen Loch. Sie müßte längst tot sein.« Die Frau lag auf dem Rücken, mit weit offenen Augen. Ihre Brust war eine Grube voll Blut. Kurt Lukas wollte nach draußen stürzen, der Polizeichef hielt ihn fest. Er sprach von einem Flugticket. Das lasse sich auftreiben. Und sei keine Frage des Geldes. Ein Ticket für die einzige Maschine, übermorgen. »Der Sitz neben Doña Elvira«, erklärte er. »Etwas beengt, aber dafür sind Sie nach einein- halb Stunden wieder unter Menschen.« Narciso bückte sich zu dem knienden Mann. Er sprach beruhigend auf ihn ein, erfuhr seinen Namen, sagte, er werde ihn erst verhö- ren, wenn es ihm besser gehe, und kam dann auf das Ange- bot zurück. Ein Hinweis nur, eine Andeutung zu Grego- rios Heimkehr, und er kümmere sich. »Aber gehen wir erst ans Fenster und schauen, was die Leute machen. Sie sind sehr rasch zu beeindrucken; so ein Zwischenfall könnte sie vom Wählen abhalten.«

Die Leute blickten unverändert auf den Toten. Über dem dichten ansteigenden Wald hinter der Menge lag immer noch sonnendurchbrochener Dunst. »Hier geschieht das Schrecklichste in einem Garten Eden«, bemerkte Narciso. »Wenn ich könnte, würde ich die Insel auch verlassen. Sogar das Land.« Er legte seine Hände auf Kurt Lukas' Schultern. »Aber wohin dann?« rief er und zählte Weltstädte auf wie die Namen sagenumwobener Huren. Ein Keuchen unterbrach ihn. Die Frau am Boden lebte und lebte, und ihr Mann verlor den Verstand. Er warf sich über sie und tauchte beide Hände in die offene Brust, er schrie. Wie Glocken hallten diese Schreie für Kurt Lukas, als er begriff, wonach der Mann grub. Eine Sekunde lang erschien ihm das Ungeheure menschlich, dem Leiden ein Ende zu machen. Dann sah er den Blick der Frau, und alles Menschliche wich einem Chaos. Und in einem Atemzug, leiser und leiser werdend, gab er wieder, was die Alten der Ansichtskarte aus Rom entnommen hatten, und holte erst Luft, als der Mann nicht mehr schrie, nur noch kniend einen Klumpen in der Hand hielt, das Herz seiner Frau.

Auf dem Fenstersims hüpften Spatzen. Kurt Lukas hörte ein fernes Geraschel. Seine Ohren hatten sich verschlossen. Narciso boxte ihn sanft in die Rippen. »Ich hole Sie dann morgen im Laufe des Nachmittags ab. Als Augenzeuge. Solche Wahnsinnstaten werden gern von höherer Stelle untersucht. Wir fahren nach Cagayan, und alles wird gut.« Er trat vor das Wahllokal und winkte der Menge zu.

»Die Demokratie kann weitergehen«, rief er.

Die Demokratie. Sie sei schon im voraus der Sieger, hatte der amerikanische Präsident in seinem Grußwort zur Wahl gesagt. In jedem Fall werde sich zeigen, daß es mehr als eine Partei gebe. Auf der Station schüttelte man darüber den Kopf. Butterworth, McEllis und Horgan saßen in tiefen Rohrsesseln auf der Terrasse und schauten über das Tal im Mittagsglast. Sie nahmen an dem von aller Welt beachteten demokratischen Vorgang nicht teil. Die drei besaßen immer noch amerikanische Pässe und wollten sie auch behalten. Nach wie vor beantragten sie einmal im Jahr eine Verlängerung ihres Visums. Bei allem Kopfschütteln über das ferne Washington waren sie doch eigensinnig, was ihre amerikanische Staatsbürgerschaft betraf. Nur Dalla Rosa hatte sich einbürgern lassen, und so waren er und Pacquin die beiden Wähler der Station. Butterworth brachte sie am frühen Nachmittag mit dem Jeep zur nächstgelegenen Schule, während McEllis die Gans unter den Nachbarskindern verteilte, bis auf Herz und Nierchen.

Horgan blieb allein. An Stelle des Buchs lag ein Kreuz in seinem Schoß. Es zählte zum Inventar der Terrasse und ging von Hand zu Hand, wenn sie hier saßen. Zwischen seinen Schenkeln stand eine Schüssel. Er hatte um die Feigenfüllung gebeten; Frühstück und Mittagessen waren karg ausgefallen. Erst nach dem Wochenende konnten sie mit Flores rechnen. Solange kochte Dalla Rosa. Offenbar ungern. Jedenfalls war ihm der Milchbrei mißlungen. Eine fade Brühe. Horgan hielt sich an die biblische Frucht und kaute in Ruhe; neben dem Pavillon war die abgeschiedene Terrasse sein Lieblingsort. Jede Stunde hatte hier ihr unverwechselbares Licht. Manchmal wußte er bei geschlossenen Augen, wie spät es war. Kurz nach drei im Moment. Also war die Wahl vorüber. Nur bis drei Uhr durfte man die Stimme abgeben, damit keine Urnen im Dunkeln transportiert werden mußten. Ein denkwürdiger Tag. Aber das Einzigartige daran war nicht die Wahl, sondern die Stille hinter der Durchreiche. Es war der erste Tag ohne Mayla. Sie hatten kein Wort darüber verloren; während des ganzen Vormittags war ihr Name nicht gefallen. Auch die Rede von Butterworth hatte niemand erwähnt. Sie hatten über die Wahl gesprochen. Über die Chancen einer Revolution. Aber keinen hatte dieses Thema interessiert.

Horgan wußte das, denn er war unbeteiligt dabeigesessen. Jedesmal wenn es Revolution geheißen hatte, hätte es Mayla heißen müssen. Hundertmal Mayla. So war das. Er hörte den Jeep. Doch niemand erschien; Dalla Rosa, Butterworth und Pacquin gingen sofort in die Kammern. Das Anstehen vor dem Wahllokal hatte sie vermutlich erschöpft. Aber weshalb legte sich Butterworth hin? Notierte er wieder? Er schreibe wohl an einem Brief-Roman, so McEllis. Horgan bezweifelte das. Er kannte Butterworth, er kannte ihn noch aus Amerika. Ein bleicher Spund, der sich mit jedem Literaten angelegt hatte und, immun gegen alles Pulsierende, durch das New York des großen Swing gegeistert war. Butterworth gab vielleicht vor, einen Brief zu schreiben. Aber peilte einen Roman an – Horgan fühlte das und hatte bereits einen Schritt unternommen, um sich Gewißheit zu verschaffen; sehr geschickt: Butterworth gebeten, ihm etwas diktieren zu dürfen. Ein paar Gedanken zu Mister Kurt. Gedanken, die er während der Abendunterhaltung nicht vorbringen könne, weil er zu müde sei. Konkurrenz also. Butterworth hatte Farbe bekommen, Flecken am Hals. Und Horgan grübelte noch über den Inhalt dieser Gedanken – oder war es etwa keine Gelegenheit, den bleichen Bruder endlich letzte Vorbehalte des Geistesmenschen gegenüber ihm, dem sportlichen Menschen, begraben zu lassen? Sein im Rollstuhl Sitzen seit Jahren hatte auf den Guten keinen Eindruck gemacht. Er, Horgan, blieb der Mann mit dem knallenden Aufschlag, während sich Butterworth als Intellektuellen der Station betrachtete; den Jeep fuhr er nur, um auch als Tatmensch zu gelten. Der kranke Priester nahm sich noch eine Feige. Nachdem er sie lange gekaut und in kleinen Portionen geschluckt hatte, hörte er Schritte. Der Gast hatte auf die Terrasse gefunden.

Kurt Lukas setzte sich neben Horgan und sah in den Garten. Auf den Bananenblättern schimmerten Pfützen. Bevor Narciso ihn abgesetzt hatte, war ein Regen niedergegangen. Über dem Tal schwebten noch Schleier, und die Berge trugen Wolkenhüte, die zur Sonne hin ausfransten. Ein Gegenstand fiel ihm in die Hände. Das Kreuz. Er nahm es von einer Hand in die andere, sah nach, wo vorn und hinten war, stellte es auf den Kopf und wollte es loswerden. Der Priester berührte ihn sachte – »Darf ich Ihnen eine Feige anbieten?« Und Kurt Lukas legte das Kreuz auf die Brüstung und sah Horgans Erstaunen über das himmelblaue Hemd. »Es gehört mir nicht, Father.« Er zog es aus und suchte nach einer Erklärung, aber Horgan sprach schon von etwas anderem.

»Nur wenige unserer Gäste haben bisher auf diese Terrasse gefunden – aber merkwürdig, ich habe heute mit Ihnen gerechnet, Mister Kurt. Bitte bedienen Sie sich, die Feigen schmecken angenehm nach Schmalz.« Horgans Stimme wurde schwächer; Kurt Lukas bediente sich. Sie teilten die restlichen Feigen und überboten sich darin, langsam zu kauen. Als die Schüssel leer war, drang aus der Hauskapelle leiser Gesang. Die Dämmerung brach herein, und Horgan schien mehr und mehr eins zu werden mit seinem Stuhl und der Terrasse, mit der Dunkelheit und der Luft, ja, mit den Glühwürmchen, die vor und hinter ihm blinkten.

Kurt Lukas sah auf das eingesunkene Bündel. Dieser alte Mann war fast gelähmt und sprach nur mit Mühe, hatte nie eine Frau umarmt oder es längst vergessen, bekam Milchbrei gefüttert und mußte bald sterben, erfreute sich an billigen weißen Schuhen und schaute in das immer gleiche Buch. Was machte ihn ruhig. Er fragte Horgan und erhielt sofort eine Antwort. »Ich werde geliebt, Mister Kurt. Und muß um diese Liebe nicht bangen. Es geht mir gut.«

»Sie sterben in Kürze.«

»Ich bin vorbereitet.«

»Keine Angst?«

»Oh, doch, doch, doch. Aber weniger als Sie.«

»Woher wissen Sie das?«

»Ich habe nachgedacht. Man darf nie müde werden nachzudenken. Ihre Angst vor dem Sterben ist größer als meine.«

»Glauben Sie, ich hätte Todsünden begangen?«

»Haben Sie Menschenleben auf dem Gewissen, Mister Kurt? Ich hoffe nicht.« Horgans Kopf sank zur Seite. Das Abendbrot entfalle heute, statt dessen werde man für den Wahlsieg beten, hauchte er noch und verkroch sich dann hinter seinem taktischen Schlaf. Der Gesang hatte aufgehört; die Fenster zum Gemeinschaftsraum waren dunkel. Grillen zirpten, und irgendwo schleckte die Hündin ihre Milch.

Kurt Lukas spürte das Messer in seiner Tasche und fürchtete sich. Vor Horgan, vor der Stille, vor Narciso. Vielleicht war es sogar Angst. Natürlich hatte er Menschenleben auf dem Gewissen, vier oder fünf, er wußte es nicht so genau. Wer weiß denn, wie sich das entscheidet, dann und dann kein Kind zu wollen, eigentlich selten durch ein Nein, meistens reicht schon das fehlende Ja, gewöhnliches Schweigen, weniger als ein nach unten gerichteter Daumen. Er zog das Messer hervor, spielte damit und schnitt sich. In dünnen Fäden lief ihm das Blut über den Finger, und er wickelte das fremde Hemd darum. Schmutzige Klinge, schmutziger Verband, Tod durch Vergiftung; er stellte sich das noch lebhaft vor, als der Superior und Butterworth die Terrasse betraten. Ohne ein Wort löste der bleiche Priester die Bremsen an Horgans Stuhl und rollte ihn ins Haus.

Pacquin schob einen der Rohrsessel an die freigewordene Stelle und entschuldigte sich für den nahtlosen Wechsel – »er hat etwas Lächerliches wie jede Stafette. Aber ich schlafe in den windlosen Nächten nicht gut, Mister Kurt. Und dann sitze ich hier. Manchmal kommen auch die anderen, und wir warten gemeinsam die Vieruhrbrise ab. Als Mayla noch bei uns war, kam sie nach windlosen Nächten auf die Terrasse, um nachzusehen, ob wir eingeschlafen waren. Das konnte in den Morgenstunden natürlich geschehen, und dann saßen hier fünf, mit Gregorio sechs alte Männer, schnarchten wohl auch ein wenig, und sie hat jeden von uns mit dem leisen Klang seines Namens geweckt. Gute Augenblicke. Sie liegen hinter mir, Mister Kurt.« Er bat um das Kreuz und hielt es eine Zeitlang. Mit den Worten »Ich nehme an, Sie sind Mayla gestern gefolgt« reichte er es weiter. »Mein Wunsch war, Sie würden ihr nicht folgen. Ich hatte wenig Zweifel, wo sie von uns aus hinliefe. Mit Liebenden soll man sich keine Unbedachtheiten erlauben. Und Mayla ist eine Liebende. Sie liebt auch Sie. Aber sie ist auch eine Gerechte. Und belohnt jedes Warten. Und achtet darauf, ob jemand Feigheit vor der Liebe zeigt. Wahrscheinlich kenne ich Mayla genauer als andere, weil ich wie Mayla hier geboren bin. Außerdem verwirrt mich ihr Äußeres nicht mehr. Ich sehe sie nur noch als Schatten und erwarte daher kein bestimmtes Lächeln. Und schon gar nicht gewisse Augenspiele oder Bewegungen. Sie, Mister Kurt, erwarten das alles. Und viel mehr. Die Offenbarung. Glauben Sie denn an Gott? Verzeihen Sie mir diese Frage« – Pacquin verbeugte sich im Sitzen –, »Sie zögern mit der Antwort, also nein. Ihr gutes Recht. Und vielleicht auch guter Instinkt. Sie spüren, daß Glaube mehr ist als eine Spielart der Melancholie. Ebensowenig wie ein Denkstil für Interessierte oder irgendeine andere Verfeinerung des Lebens. Dieses Kreuz sähe mit Ihnen zusammen auf einem Bild keineswegs vorteilhafter aus, Mister Kurt.«

»Schon möglich, Father. Aber warum reden Sie jetzt erst mit mir?«

»Bisher erschienen Sie mir immer zu abwesend. Und ich habe bei meiner Arbeit stets den Erfolg gesucht, so wie die übrigen. Wir waren ja nie Missionare, die auf kleinen Eseln dahinschaukeln.« Der Superior lachte. Dann wünschte er eine angenehme Nacht und drehte sich zur Seite. Kurt Lukas stand auf.

Gehen wollte er, aber wohin. Der Gemeinschaftsraum

war ihm zu einsam, seine Kammer zu stickig. Die Bude hatte am Wahltag geschlossen, Gussmanns Laden schied aus. Nun hatte er Angst. Er sah nach Pacquin. Pacquin schien zu schlafen. Er ging auf und ab.

Eine Angst war das, die er kannte; die nach einem langen August ohne Arbeit – nach Wochen mit zuviel Sonne, zuviel Musik, zuviel Schlaf, zu vielen Körpern, zu vielen Abschieden – eines Morgens, wenn ihn auf das große römische Sommergewitter hin eine abgekühlte, modrige Luft empfing und das azurne Licht fehlte, als plötzliche Todesgewißheit auftrat. Er ging zu Pacquin. Pacquin atmete. Er trat an die Brüstung, er roch Zigarettenrauch. Er spürte ihre Nähe, er rührte sich nicht. Warum war sie gekommen? Um noch einmal die Alten mit ihren Namen zu wecken, Frieden zu schließen; vielleicht. Mayla trat neben ihn, er sah ihr Gesicht. Oval, ohne Schwere. Feste Augen, nicht zu groß. Schmale Nase, weiche Flügel. Ober- und Unterlippe fast symmetrisch. Pistazienfarben. Und wieder glattes Seidenhaar, freie Schläfen, freie Ohren. Nach wie vor das Gesicht, für das er alles hinwerfen würde. Jedes Zuviel.

»Was ist mit deinem Finger?« fragte sie.

»Nichts.«

Noch immer log er leicht, aber weniger gut. Mayla küßte ihn rasch auf den Mund. Er wollte sie an sich ziehen, aber da wich sie schon einen Schritt zurück und sagte, »Was war nur zwischen dir und mir«, und entfernte sich langsam, während er an der Brüstung stehenblieb.

Infanta am Tag nach der Wahl. Gerüchte. Erfundenes klang glaubhaft und Wahres phantastisch. Wo die einen Hinweise auf bessere Zeiten sahen, sahen die anderen Menetekel des Niedergangs. Und immer wieder sprach man von dem herausgerissenen Herzen bei lebendigem Leib; viele zog es zum Tatort. Der Blutfleck zwischen den Bankreihen erinnere an den Umriß der Insel, hieß es. Zwischendurch sprach man über entwendete Urnen, die später mit neuen Stimmzetteln wieder aufgetaucht waren, oder die lange Prozedur des Auszählens. Doch es gab noch mehr Gesprächsstoff.

In den fünfzehn Schönheitssalons tuschelte und kicherte man unermüdlich über *Mister Kurt mit der blauen Bluse*. Er liebe Mayla und schlafe mit Doña Elvira, Hazel und Flores, tue es notfalls auch mit Gänsen, trinke schon tagsüber Rotwein und sei im übrigen, wie Cooper-Gomez erzählte, nicht mehr die einzige Prominenz im Ort. Der Friseur gab damit an, er habe John D. Singlaub am gestrigen Abend persönlich die Haare geschoren; der Ex-General habe, gegen seinen Rat, auf Militärschnitt bestanden. Niemand glaubte Cooper-Gomez. Auch ein Gedonner rund um den Talkessel, es begann gegen Mittag, half ihm da nicht. Nur Eingeweihte wie Narciso wußten, daß es sich um eine Serie von Sprengungen handelte; auf seiner angeblichen Schatzsuche war es Singlaub und einem Trupp aus Vietnam-Veteranen bisher nur gelungen, die Landschaft zu verändern. Sprengungen im Gelände machten ihm Spaß, und so wunderte sich halb Infanta an diesem freundlichen Tag über Gewitter hinter den Waldkuppen; die anderen hielten das Gedonner für ein sicheres Vorzeichen von Putsch und Umsturz im Land.

Kurt Lukas verwechselte es sogar mit Motorengebrumm. Er wartete vor der Station auf Narciso. Sein Gepäck lag schon im Flur. Keiner der Alten ließ sich blicken. Das Frühstück war entfallen. Gegen acht Uhr hatte er den Jeep gehört. In den Beeten fehlte Pacquin, auf der Veranda fehlte Horgan. Auch West-Virginia hatte sich verkrochen; fremde Hunde umschlichen das Haus. Er konnte nichts tun. Alles um ihn herum – der Sendemast, der grelle Kies, die Tulpenbäume, das hohe Gras, Beete und Blumen, die leere Veranda – erschien ihm so nutzlos wie er selbst. Er stand in der Sonne, spürte den Schnitt im Daumen und sah auf seinen winzigen Schatten.

»Haben Sie etwas Zeit, Mister Kurt?«

Dalla Rosa winkte mit einem Büchsenöffner und einer aufgestochenen Konserve. Sein weißes Hemd war mit Tomatenmark bespritzt. Noch weigerte er sich, eine Schürze zu tragen; jeder Zwangsdienst begann mit Einkleidung. Trotzdem war er zu kochen bereit. Allerdings kein Mittagessen. Was er vorhatte, dauerte Stunden; am Abend sollte es Ossobuco geben. Das halbe Dutzend Haxenscheiben hatte Butterworth günstig am Schlachtplatz bekommen, dazu gratis die Geschichte von Mister Kurts Travestie, wie er sich ausdrückte.

»Wenn Sie mir diese Konserve öffnen würden«, sagte Dalla Rosa und schloß hinter Kurt Lukas die Küchentür. Wie elend ihr Gast aussah – verständlicherweise –, Butterworth hatte alle Erklärungen dafür mitgebracht. Er wußte sogar zu berichten, daß der Polizeichef vorbeikäme, um seinen Augenzeugen abzuholen. Sie konnten sich das kaum erklären, wie denn ihr etwas träger Mister Kurt an diesem Wahltagmorgen an Narciso geraten und dadurch Zeuge der grauenvollen Tat geworden war. Die vorletzte Nacht hatte ihn vermutlich aus der Bahn geworfen. Dalla Rosa wendete die Haxenscheiben in Mehl. Leider fehlte trockener Wein. Aber etwas fehlte ja immer. Er rieb eine Zitronenschale und hackte Knoblauchzehen und Petersilie. Wenigstens hatte die Gremolata ihre Zutaten. Das Rezept war ihm im Schlaf erschienen.

»Kochen Sie auch?«

Kurt Lukas reichte die geöffnete Büchse.

»Nur wenn es sein muß, Father. Eigentlich nie.«

Dalla Rosa hob das Mark unter geschälte Tomaten, salzte und pfefferte das Fleisch und platzte dann mit allem, was ihn bewegte, heraus. Er sprach von einem verheerenden Abschiedsabend und einer veränderten Mayla, sprach, ohne Luft zu holen, von dem herausgerissenen Herzen und dem Wahnsinn, der im Inneren der Insel immer noch herrsche, von seinen ruhelosen Nächten und der Einsamkeit auf der Terrasse, vom Wahlbetrug und einer gepackten Tasche im Flur. »Sie verlassen uns also.« Sein Wanderauge verengte sich –

»Per sempre, Signore Kurt?«

»Possibile, padre.«

»Peccato, mio ragazzo.«

Der Priester hielt ihm die Tür auf. »Bis heute abend«, sagte er, »bis zu unserem zweiten Abschiedsessen.« Dalla Rosa schloß von innen ab und machte sich ans Kochen. Er hackte, rieb und mörserte, bestrich und nahm kleine Proben, füllte um und briet an, schwenkte und maß Temperaturen und sprach dabei mit sich selbst, war wieder ganz der stille Knabe aus Triest, versunken in chemische Experimente, um neunzehnhundertzwanzig. Es wurde dunkel, und Dalla Rosa befand sich immer noch in Italien, löschte sein Ossobuco mit Wasser ab und glaubte, es sei Wein aus Friaul.

Am späten Abend, nach einem weiteren verunglückten Essen, sprach er mit Butterworth über seine jüngsten, wie aus Grundschlamm aufgestiegenen Erinnerungsbläschen. Die beiden schritten über die Terrasse. Sie hofften auf Wind, während Horgan und Pacquin den Schlaf herbeisehnten und McEllis in seiner Kammer notierte. Die Station hatte unerwartete Gäste gehabt.

»Mister Kurt glaubte wohl schon selbst nicht mehr, er werde an diesem Tag noch abgeholt, um uns und Infanta zu verlassen, da hörten wir die unerträglichste Hupe des Ortes«, schrieb McEllis auf einen neuen Zettel. »Und dabei hatte der Abend gar nicht unangenehm begonnen. Wir saßen um den Tisch, tranken Bier und äußerten uns zu einer Zahnbürste, die unser Gast in der Kammer vergessen hatte. Wie kein anderer Gegenstand, bemerkte ich, markiere eine Zahnbürste Ankunft und Abschied. Niemand widersprach dieser Ansicht, selbst Butterworth stimmte zu. Er wollte allerdings wissen, ob eine Zahnbürste nicht als kleines Gepäck ausreiche; oder sei für die Aussage vor den Behörden in Cagayan ein längerer Aufenthalt erforderlich? Mister Kurt antwortete mit seinem Lieblingssatz: Das weiß ich nicht. Aber auf jeden Fall gehe ich danach noch ans Meer. Ich werde schon wiederkommen. – Seltsam, aber ich glaubte ihm; entdeckte übrigens zwei graue Haare in seinem Nacken. Dalla Rosa gab dann Zeichen, das Fleisch brauche noch, und einer nach dem anderen machte sich auf seinen Weg durch den Raum. Nur Mister Kurt blieb sitzen. Er nahm die Hände vor den Mund und sah auf alles, als sei er eben erst angekommen.« Mit Kinderaugen, wollte McEllis hinzufügen, aber war zu erschöpft. Seine Kräfte ließen nach, es ging ihm nicht besser als den anderen – die letzten Tage und Nächte lasteten wie eine ganze Regenzeit auf den fünfen. Alle waren an dem Abend müde gewesen, nur der scheidende Gast nicht.

Überzeugt, daß der Tod sie nicht einholen könne, solange sie in leichter Bewegung seien, hatten sich die Alten vor dem neuerlichen Abschied fast abergläubisch an ihre Routen gehalten. Wie Monde in Menschengestalt zogen sie ihre Bahnen um den Zuschauer am Tisch. Dalla Rosa schaute dabei in ein abonniertes Magazin, National Geographic. Butterworth schob Horgan. McEllis trug die Hündin. Pacquin tastete sich zur Anrichte vor, einem seiner Wendepunkte. Und Kurt Lukas schaute und schaute;

wie eine Landkarte prägte er sich die Ordnung in den Regalen der Anrichte ein. Da gab es oben die Flüssiggewürze, alle in klebrigen Fläschchen. Dann kamen die Pulver, Kaffee, Milch und Tee, aber auch Brause mit Vitaminen und andere Stützmittel. Das Fach darunter war für die Aufstriche, Erdnußcreme, Sardellenpaste, Salatsoßen, Marmeladen. Und in Tischhöhe standen Geschirrbehälter und Kerzen, Thermosflaschen und Gebißreiniger, der Röster, der alles verkohlte, sowie ein Aschenbecher, an dem ein maschinengeschriebener Hinweis klebte, Don't remove. Von der Anrichte tastete sich Pacquin weiter zu einem kleinen, nur für das Entfernen von Speiseflecken gedachten Waschbecken. An immer gleicher Stelle, in immer gleicher Form, scheinbar unwandelbar, lagen dort Schwämmchen, Seife und ein Handtuch bereit.

»Vielleicht ist es etwas vermessen«, fuhr McEllis nach einer Pfeifenpause fort, »aber Mister Kurt schien in unserem Gemeinschaftsraum mit seiner bescheidenen Einrichtung eine eigene unumstößliche Weltordnung zu erblicken. Horgan holte ihn dann wieder auf die Erde zurück. Für einen Liebenden, flüsterte er plötzlich, gebe es doch immer zwei Zeiten – die ihm gewährte und die, die er sich erkämpfen müsse. Wichen darauf alle von unseren Routen ab, gespannt auf die Antwort, und sicher trug diese beginnende Auflösung der äußeren Ordnung dazu bei, daß Mister Kurt sagte, er könne sich hier gar nichts erkämpfen, er verliere hier nur Zeit. Ich setzte mich zu ihm, während Dalla Rosa nach seinem Essen sah und die anderen vor der Durchreiche warteten, als empfingen sie noch einmal aus Maylas Hand Platten und Töpfe. Jede Eifersucht, sagte ich, verkleinert den Menschen, auch Sie, Mister Kurt; ich weiß, wovon ich rede. Er lachte. Immerhin sei er noch groß genug, daß eine Doña Elvira auf ihn fliege. – Fragte ihn, ob er ein Verhältnis mit der Sängerin habe und wen er damit herausfordern wolle. Darauf er: Ein Verhältnis, ich? Nein. Aber wenn es so wäre, dann kaum, um jemanden herauszufordern. Wen sollte ich herausfordern wollen? Etwa Gott? Man schläft nicht mit einer Frau in der Absicht, Gott zu provozieren! Er wurde laut wie ein Kind im Dunkeln, rief etwas auf deutsch und sagte mir dann ins Ohr: Ich glaube, Sie wußten nicht, was Sie taten, als Sie mich mit Mayla zusammenbrachten. Damit hatte er recht und unrecht. Doch anstatt das zu besprechen, gab ich mich priesterlich und fragte, ob ich ihm helfen könne, und er lachte wieder. Helfen? Mir ist nicht zu helfen. Aber Sie können mir eine Freude machen. Wenn Sie sich die Pfeife anstecken, das heißt ein Streichholz nehmen, weit ausholen und das Streichholz gerade so fest über die Reibfläche sausen lassen, daß es sich mit einer geringen Verzögerung entzündet. Eine wunderbare Bewegung, ich habe sie oft beobachtet an Ihnen. Konnte darauf nichts erwidern, aber tat ihm den Gefallen und mußte an meine erste Zeit auf der Insel zurückdenken, wie ich manchmal fassungslos vor den *Wilden* stand; Erleichterung, als endlich das Gericht auf den Tisch kam, Dalla Rosa den Deckel hob und dem Topf ein Duft entströmte, der uns zu Brüdern im Appetit werden ließ. Um so gemeiner dann die Störung; kaum waren unsere Teller gefüllt, ertönte Für Elise! Legten die Gabeln nieder und sahen uns nur an.« McEllis schrieb jetzt mit heißem Kopf. Bald fehlte allen Sätzen das Subjekt, und es wimmelte von Ausrufezeichen, die ihm schließlich verdächtig vorkamen. Seufzend machte er einen Punkt. Narciso und Infantas schillerndste Frau bei ihnen am Tisch, das sprengte den Rahmen von Notizen, das war Romanstoff. Das mochte Butterworth wiedergeben, er nicht.

Dabei war McEllis selbst vor die Tür gegangen nach Verklingen der Hupe. »Ich brauche Ihren Gast als Zeugen«, sagte der Polizeichef sofort. »Das wissen wir, aber eilt es denn? Wir wollen gerade etwas essen.« Nun, ihm eile es nicht, und im übrigen müsse auch er noch etwas essen, aber in seinem Wagen sei Elvira Pelaez, und Damen lasse er nur ungern warten. Und da wurde McEllis, gegen jede Vernunft, ein Opfer seiner Ordensregeln, erklärte, vor den Gesetzen der Gastfreundschaft seien alle Menschen gleich, und bat den Hauptmann und die Sängerin herein. Es war dann vor allem das Sprachlose der anderen, als Narciso und Doña Elvira unter Verbeugungen in den Gemeinschaftsraum traten, ihr Erstarren in ungläubigem Staunen, was McEllis später nicht beschreiben konnte, weil es ihn mitbetraf. So übersah er, wie sich auf Butterworth' Kopf der letzte Flaum aufstellte; wie Dalla Rosas Auge für Momente geheilt war; wie Horgan hinter den Händen ein Lächeln verbarg; wie der Gast so tat, als sei er nicht da. »Sie wären sonst vor unserer Tür gestanden«, erklärte McEllis. »Außerdem haben sie noch nicht zu Abend gegessen.« Doña Elvira nickte ihm zu, ehe sie, von impresariohaften Gesten Narcisos ermutigt, mitten in den Raum trat. Dort verneigte sie sich wie vor dankbarem Publikum, schob ihr offenes Haar hinter die Schultern, wo es sich knisternd entlud, legte den Kopf in den Nacken und nahm den Geruch der Markknochen auf. »Es fehlen nur zwei Gedecke und ein Stuhl«, bemerkte der Superior nach der Begrüßung; »denn das Essen ist, wie jede Menge, beliebig teilbar.«

Und mit dieser barmherzigen Formel begann der gemeinsame Abend, den Butterworth in seinem Fortsetzungsbrief später singulär nannte. »Der Hauptmann und unsere Gebieterin über das Nächtliche – vibrierend, duftend und spendabel mit Reizen – setzten sich also zu uns an den Tisch, und wir hörten von Narciso, Elvira Pelaez sei unterwegs in die Hauptstadt, um im Mabini Palast ein Engagement anzutreten, worauf Unsicherheit entstand, ob man sie bedauern solle oder ihr zu gratulieren habe. Sie bemerkte unser Zögern und bewies Takt, indem sie das Thema wechselte und sich für die Einladung bedankte. Es sei ihr eine Ehre, erklärte sie, mit den berühmten Alten an einem Tisch zu sitzen. Wir kannten diesen Ausdruck noch nicht und waren etwas sprachlos, und daraufhin hätte man essen können, wenn sie nicht zur Bekräftigung ihres Danks, nach kurzem Getuschel mit Pacquin, aufgestanden wäre – um zu singen, Du wirst es nicht glauben. Schon mit den ersten Tönen lockte sie West-Virginia aus der Küche, und bald hörte man das Fiepen anderer Hunde vor dem Haus. Sie sang, bei ruhiger Körperhaltung, einen Schlager der Beatles, wie mir Mister Kurt ins Ohr flüsterte, Wenn ich vierundsechzig bin, und eine gewisse Rührung über das versteckte Kompliment an fünf Greise führte wohl dazu, daß Dalla Rosas Essen noch weiter unbeachtet blieb, bis er uns zu verstehen gab, daß wir von nun an verhungern könnten. Natürlich füllten wir uns dann alle die Teller, fragten nach dem Rezept und redeten über den Einfluß der Kochkunst auf den Alltag, bis Dalla Rosa, innerlich so erregt, daß sein sonst tadelloses Englisch fehlerhaft wurde, mit den Worten aufstand, erörterte Lebensformen verlören jedes Gewicht, dieses Abendessen sei für ihn beendet. Damit war es auch für uns beendet. Leeren Magens sahen wir zu, wie die unerwarteten Gäste sich sättigten, stumm und methodisch. Mit einem Geräusch, das ich nicht vergleichen möchte, schlürfte die Sängerin zuletzt noch den Markknochen aus. Während McEllis Bourbon einschenkte, fragte ich sie, ob denn ihr Etablissement in nächster Zeit geschlossen sei, und sie sah auf ihre goldene Uhr. In zwei Minuten beginne das provisorische Programm! An dieser Stelle schaltete sich Horgan ein und hauchte, er werde ihre Stimme vermissen, worauf ihr Dalla Rosa, schon bei seinen Büchern und offenbar noch immer erregt, die Frage stellte, wie viele Stimmen denn das Komitee habe erwerben können.

Die Sängerin stellte sich taub, und ich erwähnte, mit Blick auf den Hauptmann, wir hätten nicht nur für einen guten Wahlausgang gebetet, sondern auch für die Wahlbetrüger; das menschliche Einmaleins sage mir, daß Stimmenkäufer bald die Mehrheit des Volks gegen sich hätten wie alle Verbrecher. Schweigen. Ich hatte mich vergaloppiert. Jeden Moment konnte es unfreundlich werden. Doch da begann die Musik in der Bude, und eine politische Auseinandersetzung blieb uns erspart. Die Herrin über Hunderte von Phon bemerkte offenbar, daß die Gläser auf dem Tisch in eine feine Bewegung gerieten; denn plötzlich klagte sie über ihre Finanzlage, die es nicht erlaube, neue Lautsprecher zu kaufen. Nur des Honorars wegen fliege sie in die Hauptstadt. Jeden verdienten Dollar, rief sie, werde ich investieren. Und damit waren wir beim Geld. Ich habe keine Ahnung, was mich bewog, aber ich nahm Mister Kurt beiseite und bot ihm, falls er nur noch Schecks besitze, ein Notpolster an. Vielleicht siebzig Pesos, sagte ich leise, bis Sie auf eine Bank kommen, stand auf und holte das Geld. Er nahm es ohne ein Wort, und das heißt ja wohl, er ist zur Rückkehr entschlossen.«

Aber Kurt Lukas war nicht zur Rückkehr entschlossen. Er hatte das Geld in der Überzeugung genommen, es stehe ihm zu. Er sah darin ein Stück Wiedergutmachung für alles, was er erdulden mußte. Siebzig Pesos, die zu den anderen Zuwendungen kamen. Mit schöner Buchhaltermiene addierte er die Beträge, die ihm in letzter Zeit förmlich aufgedrängt worden waren – genau zweihundertfünfzig Pesos; das Tischgespräch ging über ihn hinweg.

Doña Elvira beantwortete Fragen. Sie sagte Oh, ja, wiegte den Kopf oder schwieg. Ob sie je ein Konservatorium besucht habe, Butterworth. Ob der Nackttanz im Programm der Bude unbedingt erforderlich sei, McEllis. Ob es zutreffe, was man sich über ihre Garderobe erzähle, Horgan. Ob sie an eine Karriere in Amerika denke, Pacquin. Ob sie nicht wenigstens eine Überholung ihrer Musikanlage in Betracht ziehen wolle, Butterworth. Ob ihr bekannt sei, daß Pio De Castro sie Hebamme des Dunklen genannt habe, McEllis. Ob man ihr Alter erfahren dürfe, Pacquin. Ob sie eine Revolution begrüßen würde, Horgan. Ob ihr gedient wäre, wenn er ihr ein Buch mit auf die Reise gäbe, Dalla Rosa.

»Und ob mir gedient wäre«, sagte sie und gewann auf der Stelle sein Herz; Dalla Rosa bat sie zur Bücherwand und empfahl Anna Karenina. Er entnahm das Buch, drückte es ihr in die Hand und bekam es zurück. Es wiege soviel wie zwei Kleider, und ihr Gepäck habe schon Übergewicht. »Also etwas Schmales«, sagte Dalla Rosa. Er zierte sich ein wenig, sah sich nach den anderen um und griff dann in ein Fach mit hinterer Reihe, fand sofort, was er suchte, und reichte ihr Lampedusas Sirene. »Ein vollendetes kleines Werk, Madam.« Dalla Rosa strich über den Einband aus Packpapier und wollte gerade auf den Inhalt kommen, da drängte Narciso zum Aufbruch. Pacquin bat um Geduld. »Abreisende überzeugen sich gern ein letztes Mal, ob sie nicht etwas vergessen haben. Wir schicken nichts nach.«

Kurt Lukas ging noch einmal in die Kammer. Er sah sich um. Der Boden war gefegt, das Bett glattgestrichen, die Jalousien heruntergelassen. Nur der Aschenbecher war noch nicht geleert. Er begann die Stummel zu zählen und wurde nicht fertig; wieder und wieder verzählte er sich wie in einem quälenden Traum. Bis McEllis erschien.

»Die übrigen sind schon vorm Haus, Mister Kurt, es wird Zeit.« Der Priester stopfte seine Pfeife. »Aufgrund meiner Einladung haben Sie nicht nur Angenehmes erlebt. Sie haben sogar zwei graue Haare im Nacken bekommen. Aber ich werde Sie dafür nicht um Verzeihung bitten.« McEllis redete mehr zu sich selbst und ging dabei mal etwas langsamer als Kurt Lukas, mal etwas schneller. »Oder wollten Sie, wir hätten uns nie getroffen?« Er entzündete mit geglückter Bewegung ein Streichholz, steckte die Pfeife an und bekam keine Antwort. Sie gingen nach draußen. Die anderen warteten vor der Veranda, um Horgans Stuhl geschart. Jeder fand noch ein Abschiedswort. Das Gästebett werde bezogen bleiben, Pacquin. Vier Hände könnten einen Bücherberg rascher sortieren, Dalla Rosa. Es wäre sträflich, West-Virginias Junge zu verpassen,

McEllis. Mayla werde warten, Butterworth. Er biete jederzeit Revanche, Horgan.

Kurt Lukas stieg in den Wagen; er schaute sich um und
sah die Priester vor ihrer erhellten Veranda, alte Fünflinge,
eine Hand in Augenhöhe, winkend. Kein Segen war das
und kein Abschied, eine Bewegung dazwischen, wie Ster-
bende und Neugeborene sie machen.

3

Elisabetta, eigentlich *Elisabeth* Ruggeri – groß, dunkelblond, eher auffallend als schön –, saß unter einem Mangobaum und schnitt Artikel aus. Sie hatte dort ihren Tisch, genügend Schatten, einen Blick und Ruhe. Vor ihr lagen Stapel von Zeitungen und ein Schreibheft; es enthielt Notizen für ein Buch über Momente des Glücks.

Seit dem Frühstück hatte sie gelesen und auf die weite Bucht vor der Hauptstadt gesehen. Der Hotelpark reichte bis ans Meer, und das Meer verlor sich, glatt und weißlich, zwischen Flugzeugträgern und Tankern. Schwacher Wind schob welke Blätter über den Rand des Schwimmbeckens und brachte den Geruch heißer Blechdächer und die Düfte eines Buffets. Widersprüche lagen in der Luft, Elisabeth Ruggeri besaß dafür ein Gespür. Dieses Gespür war einer der Gründe, warum sie im Auftrag einer römischen Wochenzeitschrift über die Tapfere Witwe schreiben sollte. Dazu kam, daß sie eine Frau war, und vielleicht spielte auch der unnatürliche Tod ihres Mannes eine Rolle. Von Tag zu Tag wartete sie auf einen Termin mit der Politikerin, in der viele schon die Gewinnerin sahen. Die Wahl hatte bisher keine Klärung erbracht. Teilergebnisse wurden mal als Sieg der Regierung, mal als Sieg der Opposition gefeiert; alle Machtverschiebungen blieben verborgen. Elisabeth Ruggeri hatte deshalb mit Kommandeuren und Polizeichefs telefoniert, mit Botschaftern, Bischöfen und einem Zuckerrohrkrösus und rechnete mit Revolution. Diese Folgerung beruhte allerdings auch auf Interesse: Sie hatte noch keine Revolution erlebt. Ein Kellner kam mit einem Brief. Kleiner Umschlag, kleine Karte, kurzer Text; das klassische Billett. *Seit heute wohnen wir im selben Hotel, Kurt Lukas.* Fast gleichzeitig zog sie zwei Schlüsse. Kollegen, die nichts mehr erwarteten, waren vorzeitig abgereist, er hätte sonst kein Zimmer bekommen. Zweitens:

Ihr stand eine Affäre bevor. Elisabeth Ruggeri schaute sich um.

Journalisten aus vielen Ländern lagen rund um das Becken auf Polstern und Liegen, benommen vor Sonne und Untätigkeit. Es hätte sie etwas gestört, ihn in dieser eingecremten Riege zu sehen. Menschen, die sich bräunen ließen, erregten ihr Mißtrauen – vielleicht spürte er das und vermied es darum. Seit dem Abend auf seiner Terrasse traute sie ihm traumwandlerische Aufmerksamkeit zu. Damals schrieb sie an einem Artikel über männlichen Stil und hatte ihn vor allem besucht, um seine Einrichtung zu sehen. Aber die teuren und verstreuten Gegenstände – Bilder, Sofas oder ausgetüftelte Lautsprecher, die zahllosen Kissen, Kassetten und Schallplatten –, dieses ganz auf Beruhigung und Schlaf abgestimmte Interieur hatte sie dann viel weniger interessiert als seine Art, ihr einfach wortlos gegenüberzusitzen. Elisabeth Ruggeri stellte sich vor, daß er im Augenblick auch so in der Halle säße. Abwartend.

Der Gedanke lag nahe. In der ganzen Stadt gab es dafür keinen geeigneteren Ort. Die Halle des Luneta Hotels hatte alle Vorzüge einer Kathedrale, gedämpftes Licht, Weite und Kühle, ohne die Nachteile von Benehmensregeln. Und das bei Musik. Auf einem angestrahlten Podium spielte ein Pianist Tag und Nacht Evergreens. Er schien nie zu schlafen oder zu essen, besaß dabei einen kraftraubenden Anschlag und murmelte nach jedem Lied, *This is the tropical touch*. Elisabeth Ruggeri hörte ihm gern zu, wenn sie ihre Abende mit vorsichtigem Trinken verbrachte. Ihre Menge waren vier Scotch mit Wasser. Trank sie mehr, entspannte sich ihr Gesicht, und sie wurde umworben. Eindeutige Anträge wies sie durch ein stummes Lachen zurück. Ehe sie zu Bett ging, streifte sie noch durch alle Wandelgänge und entdeckte dabei immer wieder Neues.

Der Bau bestand aus alten und hinzugefügten Teilen, aus Dependancen, Zwischengeschossen und Aufstockungen, er war nur akustisch ein Ganzes; bis in den entferntesten Nebenflügel drangen die Evergreens. Überall gab es verborgene Lautsprecher. Wie Wäscheränder zeichneten sie sich auf den Tapeten ab. Setzte die Musik aus, rieselten Kalkkörner. Spiegel und gegenstandslose Bilder bedeckten abgeplatzten Putz und Schwamm, Feuerwehrschläuche lagen bereit. Wie in jedem Hotel hatte Elisabeth Ruggeri die Hinweise auf Fluchtwege gelesen. Sie widersprachen sich in wesentlichen Punkten; wahrscheinlich patrouillierten deshalb so viele Sicherheitskräfte. Wer keine Kamera oder kein Schreibgerät bei sich hatte, trug eine Maschinenpistole. Es wimmelte von kindischen Männern. Aus den Spielnischen tönte von früh bis spät das Düdel-lüdel-lüt kleiner Weltkriege, und der Pianist brachte immer wieder das trotzige My Way. Dazu kamen die sichtbaren Zeugnisse. Brandlöcher im Teppichboden und leere Tablettenschachteln. Zerknüllte Notizen. Reste aus Elektrorasierern. Zehnstellige Telefonnummern auf Speisekarten. Umgestürzte Gläser. Eingeschleuste Huren.

Elisabeth Ruggeri hielt Abstand zu ihren Kollegen. Geboren und aufgewachsen in Deutschland, suchte sie in Rom, trotz zahlloser Bekannter, nach wie vor Anschluß. Kurt Lukas' Kärtchen machte sie froh. Sie hatte ihn unterschätzt. Er war keins dieser Phantome, die auf Modegalas auftauchten und wieder verschwanden, die sie höchstens im Vorbeigehen berührte wie eine zeitgenössische Plastik, in dem absurden Glauben, ihren Wert zu erspüren. Seit jenem Abend hatte sie das Gefühl, daß er etwas Einzigartiges besaß, eine ganz besondere Art von Zurückhaltung. Sprühende Passivität. Sie hatte von einer Svevo-Erzählung gesprochen und er auf eine Art geschwiegen, als kenne er Svevos Werk auswendig. Überhaupt konnte er kaum Italienisch, dafür aber glänzend diesen Mangel verbergen. Er hielt sich in dem Land nur als Verbraucher auf; ein Dauertourist, dem außer schlechtem Wetter nichts auf die Nerven ging, während sie eine Heimat suchte und unter jeder Unfreundlichkeit litt. Und dabei dachte und schrieb sie längst in der fremden Sprache; sogar ihr Äußeres hatte sich mit der Zeit gewandelt. An die Stelle eines soliden deutschen Liebreizes, der zu früher Heirat geführt hatte, war eine schwer bestimmbare Schönheit getreten: ein herausfordernder, an der Kippe zum Lachen oder Weinen stehender Blick und ein unverändert zerstreuter Mädchenmund, eingerahmt von zwei scharfen Falten; erst nach zwanzig Jahren war ihr Brautgesicht verschwunden. Noch als Oberschülerin hatte sie den Korrespondenten Pasquale Ruggeri geheiratet, eine hundertprozentige Schwimmbadbekanntschaft, und später an dessen Seite in reizvollen Hauptstädten gelebt, ausgestattet mit Zeit, Talent und Ehrgeiz. Während er und seine Beiträge immer gleich und unwirksam geblieben waren, hatte sie sich mit der Zeit verändert und für kleine, aber einflußreiche Blätter geschrieben. Dabei war ihr das Kunststück gelungen, aus den Jahren der freien Liebe und Straßenunruhen kinderlos und mit dem Ruf überparteilichen Spürsinns hervorzugehen; ohne eine von Naturfreunden geschützte Pinie, gegen die ihr Mann gerast war, wäre die Scheidung unvermeidlich geworden. Pasquale Ruggeri hatte, wie die meisten seiner Landsleute, nur Atem für eine kurze bis mittlere Leidenschaft gehabt. Ihr wäre bestenfalls übriggeblieben, leidenschaftlich zu ihm zu halten.

Innerhalb von Monaten war dann ihr Lebensalter sichtbar geworden. Elisabeth Ruggeri hatte keine Angst vor diesen zweiundvierzig Jahren. Ihr Körper war ihr näher als früher. Aber es gab kein Kleidungsstück und kein Licht, in dem sie sich noch für jung gehalten hätte, darin urteilte sie strenger als ihre Umgebung; allerdings hielt sie auch das Jungsein für einen bedauernswerten Zustand. Sie lebte allein. Ihre römische Wohnung nahe der Porta Pia war groß, hell und übersichtlich, kein einfaches Parkett für Männer mit Ambitionen. Jeden ihrer wenigen Liebhaber zwang sie zu Balanceakten. Alles mußte improvisiert erscheinen und doch bis ins kleinste stimmen. Elisabeth Ruggeri war eine

Meisterin des ernsten Spiels, mit dem Ergebnis, daß man sie immer zu ernst nahm, um sich richtig in sie zu verlieben. Nach den Enttäuschungen folgten Zeiten des Unerreichbarseins. Ein kleiner Satz wie auf dem Kärtchen konnte solche Phasen beenden. Sie schrieb den Namen des bekanntesten Nachtclubs der Stadt unter die Nachricht, fügte ein *heute* hinzu und arrangierte die Beförderung. Anschließend beugte sie sich über das Schreibheft. Seit rund zwei Jahren sammelte sie ihre sogenannten Glückssplitter. Begonnen hatte sie damit an dem Tag, als das gesamte Mobiliar eines mutterhörigen Italieners aus der ehelichen Wohnung entfernt wurde und sie zum ersten Mal durch ihre leeren gelüfteten Räume ging und auf den Wänden das römische Abendlicht sah. Kaum die Hälfte des Hefts hatte sich seitdem gefüllt, zwischen zwei Sätzen konnten Wochen liegen. Elisabeth Ruggeri notierte auch jetzt nichts. Sie las nur eine sieben Monate alte Eintragung nach.

»Eine Juninacht, Blick über die Dächer Roms vom Gianicolo aus, fast schon Augustglut. Ich sitze auf einer Terrasse. Mir gegenüber ein Mann, der kein Wort sagt. Auf seinen bloßen Knien eine Flasche Wein und ein Glas. Wir trinken. Aus irgendeinem Grunde fällt sein Glas herunter, zerspringt. Und aus irgendeinem Grunde besteht Einigkeit, daß er kein neues holt.«

Der Mabini Palast war eine Stätte der Käuflichkeit, an der alles geschah, was Menschen für Geld zu tun bereit sind. Das offizielle Programm diente nur gewöhnlichen Wünschen und hätte den legendären Ruf kaum begründet. Wer in dem Nachtclub sang oder tanzte, hatte den Höhepunkt seiner Laufbahn erreicht und war bald danach auf einer der siebentausend Inseln des Landes vergessen. Die sogenannten Gaststars waren schon Vergessene; in ihrer Heimat kannte sie keiner mehr.

Mit den vielen Journalisten in der Stadt blühte das Geschäft wie noch nie. Die unsichere Gegend um den Vergnügungspalast schreckte nur wenige ab. Arturo Pacificadors Goldgrube befand sich in einem ehemaligen Lagerhaus zwischen einem ausgebrannten Hotel und einer Bauruine, dem Torso einer Brücke. Eine künstliche Perle in einer echten Trümmerlandschaft am Ende des Roxas Boulevards, der an der Bucht entlangführte. Nicht weit entfernt lag der Flughafen. Stand der Wind günstig, roch es nach Kerosin. Drehte der Wind, stank es nach Fischmehl, Kot und Aas. Der Besucher nahm das in Kauf. Mit zugehaltener Nase stieg er aus dem Taxi, sprang über Hunde und Bettler und wurde von lachenden Mädchen empfangen. Sie führten ihn in den Zuschauerraum und schleusten ihn später in den rückwärtigen Teil des Gebäudes. Dort wurden alle weniger gewöhnlichen Wünsche erfüllt. Den Auftakt bildeten Massagen. In notdürftig abgetrennten Räumen fanden aus medizinischer Sicht sinnlose Behandlungen statt, meist in erdrückender Hitze. Niemand hatte Einfluß auf die Arbeitsweise der Klimaanlage. Eisige Winde zogen durch die Backofenluft im Zuschauerraum; die einen froren, andere glaubten zu ersticken. Die größte Hitze herrschte auf der Bühne. Ehe Doña Elvira an diesem Abend zum zweiten Mal ihre Stimme erhob, muß-

ten die Schweißlachen einer ganzen Turntruppe aufge-
wischt werden.

Alles war hier anders als in ihrer Bude. Zehn unbeklei-
dete Akrobatinnen hatten bis eben das Publikum unterhalten; nach ihr erschien ein hinreißend hübscher Junge, und
solange sie sang, wurde gegessen, getrunken, getanzt und
geredet. Aber das war nicht das Unangenehmste. Auf
Wunsch des Ex-Gouverneurs trug sie einen hautengen
Anzug in den Farben des Sternenbanners. Er gehörte zum
Fundus des Clubs und war für sie erweitert worden. Über
den donnernden Applaus amerikanischer Gäste machte sie
sich keine Illusionen; schon jetzt vermißte sie den ehrli-
chen Beifall Infantas. Doch Vertrag war Vertrag. Nach ihrem Auftritt schaute sie dem Jungen zu. Er hieß Jun-Jun
und parodierte sparsam und erbarmungslos. Seine anderen
Talente zeigte er später im rückwärtigen Bereich. Doña Elvira teilte sich die Garderobe mit ihm, eine fensterlose
Kammer, in der beide auch schliefen. So sparte sie Logis-
kosten und war in Gesellschaft. Gleich in der ersten Nacht
hatte sie Jun-Jun verführt, eine Sache von Sekunden: Er
hatte geseufzt und war in ihren Armen eingeschlafen. Von
da an sah sie keinen Konkurrenten mehr in ihm. Angeblich
erhielt sie die höchste Gage. Aber auch eine Solotänzerin,
einst Geliebte des Präsidenten, wie es hieß, brüstete sich
mit einem Spitzenhonorar. Doña Elvira ging dem nicht auf
den Grund. Ihr Name prangte an der Vorderfront, und
Grace, die junge Managerin, sagte *Madam* zu ihr. Das genügte.

Ab zehn Uhr abends hielten die Journalisten Einzug. Sie
kamen in Gruppen, bestellten zu jedem Getränk Eimer
voll Eis, jammerten über die Lage und das Klima, überboten einander im Anekdotenerzählen, hatten kein Interesse
am Programm, warfen jedoch einen kritischen Blick in die
hinteren Räume, verlangten Rechnungen mit Stempel und
drängten schon wieder ins Freie, wo sie zwischen Auto-
wracks und Hundekadavern ein Heer von Schleppern er-

wartete. Auch Elisabeth Ruggeri war in einer Gruppe gekommen. Neben ihr saßen Italiener, Deutsche und ein Amerikaner, alle mit Namensschildern an der Brust, wie alleinreisende Kinder. Sie stritten über die Tapfere Witwe.

»Früher«, rief einer der Deutschen, »hat sie noch Kekse serviert, wenn ich mit ihrem Mann sprach.« Diese Dame, erklärte der Amerikaner, habe heute Gott auf ihrer Seite. »Sie ist begnadet«, sagte er. Elisabeth Ruggeri mischte sich ein. Sie beharrte darauf, daß diese Dame weder Gott noch Männer nötig habe, um zu sein, was sie ist, und schüttelte über alle Einwände den Kopf, als säße ihr noch einmal der ewig gleiche Pasquale im Nacken, während hinter ihr Kurt Lukas stand.

Er war einfach Elisabeth Ruggeris erregter Altstimme nachgegangen, wäre aber auch so bei der Gruppe gelandet; von weitem hatte er den Deutschen für einen Bekannten gehalten. Eine Täuschung. Von Scheven – Bubengesicht, kneiferartige Brille, graue Koteletten – trat im Fernsehen auf, er leitete Auslandssendungen. Der Amerikaner hatte ihm das Feld überlassen; Bowles – massiv, trainiert, Fotograf, abenteuerliche Narben an den Armen – arbeitete. Wer ihm zusah und Fotografen kannte, wußte, daß er ein Gesicht entdeckt hatte. Elisabeth Ruggeri drehte sich um, und es kam zu einer etwas affigen Begrüßung für zwei Leute, die dieselbe Sprache sprechen.

Sie: »Come sta?«

Er: »Non c'e male.«

Fast hätten sie vergessen, sich die Hand zu geben. Kurt Lukas blieb stehen, ihm fehlte ein Stuhl. Der Streit am Tisch ging weiter. »Bestenfalls gibt es hier in Kürze zwei Präsidenten«, sagte von Scheven, »mit dem amerikanischen sogar drei.« Elisabeth Ruggeri widersprach nur noch schwach. Dafür redete sie lauter. »Was magst du trinken?« rief sie. »Oder hatten wir uns nicht geduzt? Hilf mir…« Sie wußte es nicht mehr genau, und auch Kurt Lukas war unsicher. »Für mich dasselbe wie für dich, Signora Ruggeri«, sagte er, und sie bestellte Scotch mit Wasser. Von Scheven und seine Mannschaft – vier gerötete Männer in Sportkleidung – brachen auf, und Kurt Lukas konnte sich setzen. Er setzte sich rittlings und sah zur Bühne. Der Gaststar erschien. J. J. Flamingo, Miami Beach, trug einen falschen Nerz und sang I Got You Under My Skin, immer mit weichem G und leicht gestottert, Gga-gga-gghat-juuh. Nach ihm kam wieder Doña Elvira. Kurt Lukas winkte ihr zu, und sie begrüßte ihn wie einen populären Oberst.

Elisabeth Ruggeri konnte ihre Neugier nicht länger beherrschen – »Ich frage dich nicht, was dich mit dieser Frau verbindet, ich frage dich bloß, hattest du da unten im Süden etwas zu tun. Ich kann es mir kaum vorstellen. Ich kann mir nur vorstellen, daß du gar nichts mehr zu tun hast. Oder nichts mehr zu tun haben willst. Du hast aufgehört.«

»Warum sollte ich aufgehört haben?«

»Weil du mitten in einen Krieg gereist bist.«

»Davon wußte ich nichts.« Kurt Lukas winkte wieder zur Bühne. »Du solltest mitwinken. Man muß ihr helfen. Dieser Anzug tut ihr nicht gut. Das ganze Lokal nicht. Sie quält sich. Und dabei ist sie die größte Sängerin, die ich kenne. Ihr Name ist Elvira Pelaez.«

»Woher kennst du sie?«

»Aus Infanta.«

»Heißt so dein neues Zuhause?«

Er strich über ihre Hand und schwieg. Seit sie sich auf Modemessen begegneten, hatten sie noch nie so miteinander gesprochen. Als habe sie eine nur in der Fremde auftretende Krankheit befallen, die Intimität hieß. Am Tisch wurde jetzt über Arturo Pacificador geredet. Jemand wollte ihn hinter der Bühne gesehen haben. Ein anderer bestritt, daß ihm der Nachtclub überhaupt gehöre. Ein dritter berief sich auf die Managerin. Sie kenne sogar den Weg zu Pacificadors Büro; er winkte sie an den Tisch, aber Grace war zu beschäftigt. Sie sorgte für ein reibungsloses

Hin und Her zwischen den vorderen und hinteren Räumen. Man schätzte ihren Rat; tagsüber studierte sie Medizin. »Sie würde nie für einen solchen Mann arbeiten«, bemerkte ein vierter. »Aber dieser Club gehört ihm«, sagte Kurt Lukas. »Ich weiß es. Ihm gehören auch ein Flugzeug und ein Mercedes. Sogar Doña Elviras Bude hat Pacificador einmal gehört…« Elisabeth Ruggeri unterbrach ihn –

»Was für eine Bude?«

»Das ist schwer zu erklären.«

»Cerca di spiegare.«

Er schaute sie an.

»Nicht hier.«

Sie zahlten und gingen. Beiden war klar, daß sie sozusagen früher aufbrachen und also noch etwas vorhätten. Kaum waren sie draußen, tauchten Schlepper auf. Change Dollars, Taxi, Lifeshow, Frau mit Hund, Dogstyle, Blowjob, Deutschmark? Sie waren beide für das Taxi und ließen sich führen und lachten auf dem kurzen Weg über Dogstyle, den Gestank und überhaupt, wie man sich hier getroffen habe… Das Taxi stand schräg. Sie rutschten von allein zusammen. Als ein warmer öliger Wind in den Wagen zog, begann Kurt Lukas von Infanta zu erzählen. Er erwähnte die Alten, die Station und Gussmann, sprach über den Novizen und kam auf die Bude, beschrieb den Bischof, Knappsack und Hazel, ließ nichts und niemanden aus, bis auf Mayla.

Elisabeth Ruggeri legte ihm eine Hand auf den Arm. »Und ich hielt dich für stumm.«

Er streckte den Kopf aus dem Fenster. Die Fahrt ging an der Bucht entlang. Seit zehn Jahren kannten sie sich etwa, also waren sie sich zwanzigmal begegnet, in jedem Frühjahr in Mailand, in jedem Herbst in Florenz – Kurt Lukas rechnete ihr das vor, und sie verbesserte ihn. Eine Messe in München, der Abend auf seiner Terrasse, ein Empfang in Paris. »Das ist unser dreiundzwanzigstes Aufeinandertreffen«, sagte sie, und in dem Moment legte er ihr seinen Arm um die Schulter; wie eine Gymnasiastin hatte sie Rendezvous zusammengezählt.

Der Fahrtwind nahm ab. Panzer behinderten den Verkehr. Überall standen Menschen, als sei es heller Tag und nicht Mitternacht. Kleine Feuer brannten am Straßenrand; Teile der Stadt waren ohne Strom. »Wie lange wirst du bleiben?« fragte er. »Bis hier alles vorbei ist.« Sie rückte näher, und beide sahen aus dem Fenster. Nahtlos reihten sich die Bilder aneinander. Die Bucht mit erleuchteten Schiffen. Vier Nonnen in einem Jeep. Belagerte Botschaften. Sich wiegende Palmen. Ihr gemeinsames Hotel. Die Händler vor der Zufahrt. Das Treiben in der Halle.

Die Halle glich um diese Zeit einer Börse vor dem Infarkt. Pagen riefen Namen aus. Gäste fuchtelten erregt; die einen führten Überseegespräche, andere konspirierten. Wer nicht flüsterte, schrie. Die Tische gehörten den Säufern, die Nischen Agenten, die Bar den Unermüdlichen. Eiswürfel klirrten, Gelächter brach aus; der Pianist hielt dagegen, fast einsam im Gewimmel. Kurt Lukas und Elisabeth Ruggeri fanden zwei Plätze unterhalb des Präsidentenporträts. Es war das beliebteste Motiv in jedem Fernsehbericht für das Ausland, und wie unter Zwang erwähnten alle Journalisten, die Frau an der Seite des Präsidenten sei ehemalige Schönheitskönigin – Elisabeth Ruggeri amüsierte sich über ihre Kollegen. Noch lachend fragte sie, warum er denn in einem Kriegsgebiet geblieben sei.

»Wegen eines Mädchens.«

»Einer Einheimischen?«

»Ja.«

Und ohne Kurt Lukas anzuschauen – sie saßen auf einem Sofa mit dem Rücken zur Wand –, erkundigte sie sich nach Gesichtsschnitt und Alter *dieser Einheimischen*, nach Lebensgewohnheiten und Verwandtschaftsverhältnissen, nach Sprache und Naturbeziehung, Prägung durch Geisterglauben und andere Einflüsse, etwa Katholizismus, Amerika, Medien. – Kurt Lukas hörte aufmerksam zu.

Statt zu antworten, schob er seine Hand in Elisabeth Ruggeris Rückenausschnitt; er strich über einen zarten feuchten Steiß, und sie räusperte sich mit der Vorsicht einer Sopranistin, während ihr Blick zu einer deutschen Runde am Nebentisch ging. Die Deutschen sprachen über den Bürgerkrieg, die Verhältnisse, die Revolution und die Wirtschaft. Von Scheven prangerte das Elend an; ein Tusch des Pianisten unterbrach ihn. Alle Unterhaltungen versiegten. Das ganze Auf und Ab verebbte. Selbst Schwerbetrunkene kamen zu sich.

An der Seite des Premierministers und einstigen Chauffeurs des Präsidenten, flankiert von schußbereiten Soldaten und ballettösen Hoffotografen, schritt die First Lady, blaß geschminkt, das Haar zu einem Obelisk getürmt, durch die Halle und reichte einzelnen Journalisten die Hand. Ihr kalifornischer Werbeberater hatte sie zu diesem ungewöhnlichen Entgegenkommen bewogen, auch Ort und Zeitpunkt vorgeschlagen; *wem* sie ihre Hand reichte, blieb ganz den leichten Zeichen überlassen, die zwei Menschen, gewohnt, mit jedem noch so zweifelhaften Glanz des anderen den eigenen Glanz zu vermehren, unter Hunderten zusammenführen. Während der Pianist mit Armbewegungen wie ein fliegender Schwan Die glücklichen Tage sind wiedergekehrt spielte, kam die nervöse Prozession in Etappen auf die Sitzgruppen zu. Viele waren aufgestanden und hielten sich lächelnd bereit. Aber die Präsidentengattin war wählerisch. Jeden Interessenten musterte sie einen Lidschlag lang, bevor sie ihm die Hand bot oder weiterzog – für Kurt Lukas Zeit genug, um sie mit den Augen eines Mannes zu betrachten, der einer nie entthronten Schönheitskönigin entgegensieht. Er hatte seinen Finger aus Elisabeth Ruggeris Tiefe gelöst, rechts das Hemd etwas geglättet, war vorgetreten und wartete neben von Scheven. Die Präsidentengattin kam auf beide zu und traf erst im letzten Moment eine Entscheidung. Sie reichte Kurt Lukas die Hand.

Später, im Zimmer, konnte er sich kaum an ihre Worte erinnern (»Mein Mann und ich sind auf dem Weg zu den Göttern, treulose Offiziere können uns nicht aufhalten«); er wußte nur, daß er etwas Menschliches an ihr abgestreift hatte und Elisabeth Ruggeri ihm danach um den Hals gefallen war – sie liebe ihn für diesen Händedruck, jedenfalls im Moment – »Also gehen wir, bevor es vorbei ist.«

Es dauerte vierzehn Tage, bis es vorbei war. Kurt Lukas' Zimmer stand leer. Er wechselte dort nur die Kleidung, rasierte sich oder saß vor dem Fernseher, während Elisabeth Ruggeri Berater von Beratern der Tapferen Witwe traf und um einen Interviewtermin kämpfte. Nachts, wenn er erschöpft auf ihrem Rücken lag, erzählte sie ihm von der großen Unruhe in der Stadt. Tagsüber, wenn er geschwommen hatte und im Halbschatten saß, las er von einer wachsenden Menschenmauer; mutige Passanten bildeten angeblich zwischen Panzern der Präsidentengarde und rebellierenden Truppenteilen einen Wall. Am späten Nachmittag, ehe er sich für den Abend das Haar wusch, sah er die Lebende Mauer im Fernsehen. Er dachte nicht daran, in die Stadt zu gehen. Elisabeth Ruggeri war eine famose Erzählerin. Sie war auch eine famose Geliebte, bestand nur darauf, daß der Fernseher lief, und war fast aus jeder Position zu Kommentaren imstande. Kurt Lukas machte das nichts aus. Im Gegenteil; ihr Selbstbewußtsein, wenn es das war, erschien ihm wie ein zweiter erregender Körper, in den er eindringen konnte. Außerdem gefiel ihm der dramatische Ton dieser Tage, der aus dem Fernseher kam. Ideale Bedingungen, um ein Gesicht zu vergessen.

Die Wahl lag über eine Woche zurück, und es gab noch immer kein offizielles Ergebnis. Vieles deutete darauf hin, daß die Opposition einen Vorsprung besaß. Ohne Stimmenkäufe, die jetzt täglich ans Licht kamen, wäre der Vorsprung sogar beträchtlich, hieß es. Solche Enthüllungen sendete nur das kirchliche Fernsehen. Alle anderen Kanäle brachten Werbung und warnende Bilder von der Herrschaft der Straße. Ein Kanal war ständig für den Präsidenten reserviert. Er hatte sich bereits zum Sieger erklärt und seine Vereidigung angekündigt, wenn nötig, mit dem Gewehr in der Hand. Auf die treulosen Offiziere wollte er feuern lassen, die Menschenmauer hielt er für Journalistenerfindung, jede Nacht nannte er schicksalhaft, die Tapfere Witwe erklärte er für verrückt; als sie einen Tag später, zur besten Sendezeit, ebenfalls ihre Vereidigung ankündigte, verschlug es ihm für Stunden die Sprache, und ein Kriegsfilm füllte das Programmloch.

Kurt Lukas und Elisabeth Ruggeri sahen diese Ankündigung vom Bett aus. Während er das Bett kaum verließ und deshalb gerade erst wieder mit der Küche telefoniert hatte, wäre sie lieber ausgegangen. Doch sie saß neben ihm, und er wußte nicht, was er erstaunlicher finden sollte, solchen Einfluß zu besitzen oder ihre Wandlung. In seiner Nähe schien sie ihm sogar jünger geworden zu sein. Auf jeden Fall wieder deutscher. Sie redete kaum italienisch, vermied selbst Ausrufe wie Salute und ersparte ihm überhaupt alles Getue. Ab und zu sprach sie von einem Buch, für das sie Stoff sammle; alle Umarmungen mit ihr, nach dem Mittagessen oder spätabends, verliefen friedlich.

Der Zimmerkellner brachte ein Essen auf einem Wagen mit zwei silbernen Glocken. Gleichzeitig hob er sie an, unter jeder lag ein kleines Beefsteak. Sie aßen im Bett. Beide machten sich nichts aus Beefsteak. Von Tag zu Tag hatten sie sich unerfreulichere Gerichte kommen lassen, als müßten sie sparen. Die Entwicklung war von seiner Seite ausgegangen. In der ersten langweiligen Minute zwischen ihnen hatte er Gulasch bestellt.

»Wir könnten jetzt irgendwo sitzen«, sagte Elisabeth Ruggeri, »und fressen.« Sie aß die Salatblättchen, die zum Beefsteak gehörten. »Und ich habe dich immer für einen beneidenswert leeren Genießer gehalten. Wahrscheinlich weil ich deine Arbeit so leer finde.«

»Sie ist traurig, nicht leer. Es gibt ein Bild von mir, auf einem Tuch. Ich liege auf dem Rücken, die Arme leicht ausgebreitet, schlafe oder träume. Der vom Kreuz genommene Erlöser. Alles Irdische liegt hinter mir, alles Himmlische vor mir. Dank eines Rasierwassers. Das Bild erscheint erst im März, du kannst es nicht kennen, oder haben wir schon März?« Er war durcheinander. Wann hatte er seine Wohnung verlassen? Irgendwann, zwischen den Jahren, bei Regen; auf dem Weg zum Flughafen hatte der Taxifahrer Familienfotos nach hinten gereicht. Zwei Töchter, drei Söhne, alle häßlich. So etwas behielt er.

Kurt Lukas holte sich Bier aus dem Kühlschrank. Im Fernsehen kamen jetzt Berichte über Zwischenfälle in entlegenen Orten. »Letzten Herbst wurden die Aufnahmen gemacht. Jemand von der Kosmetikfirma war dabei. Uns geht es hier um die Verbreitung einer Duftphilosophie, erklärte er mir.« Elisabeth Ruggeri räumte die Teller aus dem Bett, streifte ihre Uhr ab und streckte sich aus. »Das ist also gestorben für dich«, sagte sie. »Und was wirst du in den nächsten zwanzig Jahren tun?« Er nannte seine Traumberufe. Nachtclubsänger. Privatsekretär. Vizekonsul. Eisverkäufer. Maler. Er küßte ihre Ohren, ihre Schultern, ihre Achseln, ihre Brust, ihren Bauch, und Elisabeth Ruggeris Beine bewegten sich wie Flügel eines startbereiten Falters. Bis ein Name fiel, den beide kannten.

Kurt Lukas drehte sich um. Auf dem Platz vor der Kirche, inmitten des Tagesmarkts, stand ein Reporter, umgeben von Kindern. »Kommandant Almandras«, teilte er den Fernsehzuschauern mit, »hat immer als Anhänger des Präsidenten gegolten. Die Menschen in Infanta sind entsetzt über den unmenschlichen Mord.« Er machte eine Pause, um das Wortspiel zur Geltung zu bringen, und Kurt Lukas nannte ihn Arschloch Lügner Idiot und sprang auf. »Verachtet hat der Kommandant diese Regierung, nichts als verachtet, und dafür hat man ihn umgebracht.« Er suchte seine Kleider zusammen. Auf der Fahrt zu seinem Haus, sagte der Reporter, sei der Kommandant zuerst angeschossen worden. Heftig blutend sei er den Tätern entkommen. Bei einem Tümpel hätten sie ihn wieder eingeholt, aus dem Wagen gezerrt, mit unzähligen Schüssen niedergestreckt und ins Wasser gestoßen. Der Reporter kommentierte Bilder vom Tatort. Kurt Lukas erkannte den Tümpel. Sie hatten dort gehalten, um die Gans zu kaufen; jeden Augenblick konnte Butterworth auftauchen. Aber Narciso kam ins Bild. »Der Kommandant«, erklärte er, »ist an der Front gefallen. Doch die Mörder kommen nicht weit. Sie sind mit dem Fahrzeug des Opfers geflohen. Wir verfolgen ihre Spur.« Der Reporter wünschte ihm Glück und erwähnte Verdienste des Toten.

»Ich kenne diesen Kommandanten« – Elisabeth Ruggeri kam aus dem Bett –, »er sprach von dir. Und beeindruckte mich.« Kurt Lukas stellte den Fernseher ab. »Man hat ihn getötet, weil er beeindruckt. Er erzählte mir von der Begegnung mit dir. Ich wußte, daß du hier bist. Hätte er das nicht erzählt, wäre ich sicher schon in Rom. Natürlich nahm er an, du seist meine Geliebte. Und ich sagte, Nein, eine Bekannte. Wir saßen in seinem Wagen, nachts, es war unerträglich heiß. Ich mochte ihn. Bevor ich ausstieg, riet er mir, ich sollte mit Mayla ein Kind machen.«

»Ist das ihr Name, Mayla?«

»Ja.«

»Schön.«

Kurt Lukas ging ins Bad. Er lehnte die Tür hinter sich an. »Was heißt schön?« rief er.

»Schön heißt einleuchtend«, sagte Elisabeth Ruggeri und pochte mit den Nägeln gegen die Tür. »Was machst du?« Sie drückte die Klinke herunter, aber blieb stehen.

»Ich zähle meine grauen Haare. Es sind nicht zwei, sondern fünf.«

»Wer sagt, es seien zwei?«

»McEllis.«

»Ist das einer der Alten?«

»Ja. Er hat mich mit Mayla zusammengebracht. Ich weiß noch immer nicht, warum.«

Elisabeth Ruggeri zog sich an.

»Und kehrst du zu ihr zurück, an diesen Ort, wie war noch sein Name?«

Kurt Lukas kam aus dem Bad.

»Der Name spielt keine Rolle.«

»Liebling, ich will dir nichts nehmen. Übrigens hast du nicht fünf graue Haare, sondern schon sieben, und sie sind auch nicht grau, sondern weiß. Oder glaubst du mir nicht?«

»Ich glaube jeder Frau.«

Kurt Lukas küßte Elisabeth Ruggeris Hände und ging. Sein Ergrauen oder Weißwerden war nicht das Schlimmste; ihr *Liebling* hatte ihn erschreckt, mehr als der Tod des Kommandanten.

In diesen Tagen, als in allen Straßen die Angst vor einem Gewaltausbruch wuchs, erhielt Augustin Post aus Infanta. Ein vielversprechend praller Umschlag war mit der letzten Luftfracht in die Hauptstadt gelangt; aufgrund der angespannten Lage wurden Flughäfen geschlossen.

Der Brief *z. Hd. des Novizen Augustin* war an das Priesterseminar der Gesellschaft Jesu adressiert und landete, im Zuge der internen Postverteilung, nach dem Mittagessen beim Empfänger. Augustin sah nur den Poststempel und die Frauenhandschrift, mit der sein Name geschrieben war, und entfernte sich ins Freie. Unter einem Nußbaum, wie sie rings um das Seminar wuchsen, brach er den Umschlag auf, und zum Vorschein kamen ein zweiter Umschlag, *An Mister Kurt Lukas*, sowie ein grauer Zettel. Alles vielversprechend Pralle befand sich in dem zweiten Umschlag, während auf dem Zettel in ermahnender Druckschrift folgendes stand: »Mein lieber Augustin, ich brauche Deine Hilfe. Ich bitte Dich, diesen Brief sofort zu überbringen. Lukas – ich weiß nicht, wie Du ihn genannt hast – ist bestimmt noch in der Stadt und wird in einem der großen Hotels wohnen. Du wirst ihn schon finden; ich danke Dir. M.« Dem schloß sich noch ein P. S. an. »Wenn Du meinen Brief überbracht hast, dann geh zu der Lebenden Mauer und reihe Dich mutig ein. Ich bete für alle, die dort ausharren.«

Augustin setzte sich unter den Baum. Er knüllte den Zettel und glättete ihn wieder, las die Zeilen noch einmal, studierte sie, ob etwas zwischen ihnen stehe, strich über die Schrift und roch am Papier. Der Schlagersänger in ihm hatte gehofft, ein halbverhülltes Liebesgeständnis zu erhalten, das er, Augustin der Vernünftige, dann seitenlang beantworten könnte. Mit brüderlichen Argumenten würde er Mayla jedes über Freundschaft hinausreichende Gefühl für ihn ausreden zugunsten einer wichtigeren Liebe, der zu dem Deutschen aus Rom. Augustin fühlte sich vor allem um diese Antwort gebracht. Wie gern hätte er schriftliche Beweise für seine selbstlose Haltung und erstaunliche Reife geliefert. Aber darauf legte sie offenbar keinen Wert; sie schloß ihn ja auch nur in ein Sammelgebet ein. Jedes ihrer wenigen Worte auf dem Zettel nagte an ihm. Wie viele vollkommen andere Worte mochte der eigentliche Brief enthalten; und warum war nicht er der richtige Empfänger? Warum war alles so verfestigt, obwohl das Leben auch anders sein konnte. So gelöst wie in den letzten Tagen.

Seit Beginn der Unruhen taumelte Augustin von einer Sensation zur nächsten. Überall boten ihm junge Frauen ihren Arm. Nirgends bändelte es sich leichter an als in Menschenketten. Über Maylas Appell an seinen Mut konnte er nur lächeln. Fast täglich fuhr er zu der Lebenden Mauer, um sich in ein Gewoge aus nackten Schultern, warmem Haar und weichen Hüften zu stürzen. Was für ein Segen, daß die neue demokratische Bewegung eine Bewegung der Frauen war. Der Novize hielt den Umschlag gegen die Sonne. Ihre Anrede schimmerte vielleicht durch das Papier, mein Liebster, mein Guter, mein Freund... Aber da war nichts zu erkennen, und er rätselte noch eine Weile. Leichter Wind kam auf. Kleine Zweige fielen aus dem Baum; einer landete in Augustins Schoß. Er griff nach ihm. Er spielte damit. Und zu seiner eigenen Überraschung bohrte er den Zweig wie ein Briefmesserchen durch den Umschlag. Da steckte er nun. Und halb in dem Gefühl von Sünde, halb in dem Bewußtsein, nur fortzusetzen, was er im Kreis der Alten begonnen hatte, das Studium einer Liebe, schlitzte der Novize den Umschlag der Länge nach auf.

Seine Hände zitterten, als er den Brief herauszog; alle Bögen glitten ihm aus den Fingern, der Wind trieb sie hierhin und dorthin. Augustin lief ihnen wie fortgewehten

Geldscheinen nach. Während er sie aufhob, zählte er sie. Vierzehn Seiten hatte Mayla geschrieben und eins der Fotos beigelegt, die am Tag seines Abschieds gemacht worden waren – sie, ihr Geliebter und er – das Paar und sein Bote. Er sortierte die Blätter und wartete mit dem Lesen. Dieses sich Bremsen, hoffte er, verringere seine Sünde vielleicht oder gebe ihm Kraft, den Brief zurück in den Umschlag zu schieben. Doch dann sah er die Anrede, »Du, meine Liebe«, und seine Bedenken verflogen. Augustin las.

»Ich weiß nicht, wo Du jetzt gerade bist, ich weiß nur, Du bist nicht bei mir. Als wir uns das letzte Mal sahen, hatte ich Angst vor Dir. Du hast mich betrachtet wie ein Bild. Dich hat nicht mehr interessiert, wer ich bin, Dich hat nur noch interessiert, wem ich gehöre. Ich habe darüber nachgedacht. Ich gehöre mir; aber nur solange ich an uns beide denke. Und deshalb denke ich in jeder Minute an uns. Bischof De Castro hat mich gefragt, ob ich krank sei. Ich habe nein gesagt, doch war das gelogen. Denn ich vermisse Dich. Ich vermisse Deine Hände auf meinen Schultern. Ich vermisse Deine Stimme, die zu mir spricht. Ich vermisse Deinen Mund an meiner Stirn. Und ich stelle mir vor, wo Deine Hände gerade liegen und wer Deine Stimme jetzt hört und was Dein Mund gerade macht, während ich dies schreibe. Und würde alles geben, wenn wir uns nie begegnet wären, und alles, wenn ich Dich wiedersähe.

Was soll ich noch sagen? Ich weiß es nicht; dieser Brief war nicht meine Idee. Heute abend, als ich von der Arbeit kam, traf ich Wilhelm, und damit meine ich Gussmann, denn inzwischen nenne ich ihn so. Er trank mit unserem Totengräber Crisostomo Bier und war guter Stimmung, obwohl sein Husten immer ärger wird. Wir gingen dann ein Stück und gaben uns Mühe, nicht nur von Dir zu sprechen. Wilhelm hält Dich für einen verlorenen Sohn. Alles, was ihm fehlt, ist die Familie, sagte er und riet mir, Dir zu schreiben. Und nachdem wir uns getrennt hatten, lief ich nach Hause und begann sofort diesen Brief. Ich weiß nicht, wie lange ich schon so sitze. Ich weiß nur, daß ich mir meine nächsten Worte – die Worte, die gleich folgen – immer wieder überlege. Jedes zählt, denn jedes kann uns trennen. Ich habe eine Stunde bei Wilhelm gelegen, als Du noch hier warst. Ich erfüllte ihm seinen großen Wunsch. Wir umarmten uns. Es war ganz anders als zwischen Dir und mir, es gibt dafür kein Wort, das ich gebrauchen möchte. Bei unserer letzten Begegnung wollte ich Dir alles erzählen, aber Du hast mich gleichgültig angesehen. Da bin ich gegangen. Ich fürchtete, Du würdest nur Deinen Kopf schütteln und von mir denken, ich liebte jeden. Aber ich liebe nicht jeden. Nie habe ich jemanden geliebt wie Dich. Du bist so unerwartet in mein Leben gekommen, wie meine Familie aus meinem Leben herausgerissen wurde. Und würdest Du mir mitteilen, Du seist nach Rom zurückgekehrt, oder hörte ich gar nichts mehr von Dir, hätte ich noch einmal das Wichtigste verloren. Natürlich stelle ich mich auf diesen Schmerz langsam ein. Ich nehme ihn, so gut ich kann, vorweg. Das ist dann so, als säße ein Tier in meiner Brust und kratzte am Herzen; ich denke an Dich und bekomme kaum Luft, und das ist kein Bild. Es tut mir leid, Dir das zu schreiben. Ich schäme mich, in Dich zu dringen. Darum berichte ich Dir nun von etwas anderem. Sie haben den Kommandanten erschossen, Du hast vielleicht davon gehört. Aber die Täter waren keine Rebellen, wie es in den Zeitungen heißt, sondern Privatsoldaten. Ich kann Dir das schreiben, denn es ist kein Geheimnis. Sollte jemand den Brief öffnen, bevor er Dich erreicht, wird er nur erfahren, was sich alle bei uns zuflüstern.«

Wie ein Chamäleon hatte Augustin die Farbe gewechselt; ziegelrot waren seine Wangen, auch wenn Mayla die Geheime Polizei meinte. Er war also nicht besser als diese Bande, er konnte nicht tiefer sinken. Er konnte nur weiterlesen und das Beste daraus machen.

»Father McEllis nimmt an, daß es Männer aus der

Truppe des Ex-Gouverneurs waren; ich traf ihn auf dem Nachtmarkt. Man vermisse uns beide, sagte er. Es herrsche nun ein anderes Leben auf der Station. Ein stilleres. Father Horgan schlummere nur noch. Father Dalla Rosa lese tagelang oder führe Selbstgespräche vor der Bücherwand. Father Butterworth schreibe an irgend etwas, es sei allen schon unheimlich, man fürchte, an einem Roman, und der Superior krieche nur zu den Messen und Mahlzeiten aus seinen Beeten. Er selbst, sagte Father McEllis, lenke sich, wie immer, durch Wetterbeobachtung ab. Würdest Du nicht zurückkommen, könnte er sich nie verzeihen, daß er Dich und mich zusammengebracht habe – und Gussmann hätte seine Genugtuung. Der Name war kaum gefallen, da verabschiedeten wir uns, und ich war traurig. Ich kann hier mit keinem über Wilhelm reden, als würde ihn hier außer mir auch keiner kennen (er ist übrigens der einzige, der an Deine Rückkehr glaubt). Bis Mitte März sei er noch anzutreffen, läßt er Dir sagen. Ich weiß, er wird sterben. So wie ich weiß, daß ich weiterleben werde, auch wenn ich nichts mehr von Dir höre. Ich hatte einen Geliebten in Infanta; Du bist in mir, das sollte genügen. Manchmal glaube ich, Deinen Mund auf meinem Rücken zu spüren, und mir wird schwindlig. Seit mehreren Tagen geht das schon so, es dreht sich dann alles. Ich darf jetzt nicht mehr an Dich denken und muß den Brief beenden, ich weiß nur nicht, wie. Wie kann man aufhören zu lieben, bitte sag mir das. Was rätst Du mir? Soll ich einfach den Stift aus der Hand legen, aufstehen und hin- und hergehen bis zum Morgen? Etwas Besseres fällt mir nicht ein, und darum werde ich es tun...«

Doch es folgten noch einige Seiten. Augustin schloß die Augen und versuchte ruhiger zu atmen. Das Herz war ihm in den Hals geschnellt. Erst als es wieder dort schlug, wo es hingehörte, las er weiter.

»Ein Tag und ein Abend sind vergangen, und ich schreibe erneut; je länger dieser Brief wird, je länger wirst

Du an mich denken – ich weiß, daß Du beim Lesen an mich denken wirst, denn es geht ja nicht anders. Und Du müßtest es sogar, wenn inzwischen eine neue Frau neben Dir liegt. Natürlich stelle ich mich auch darauf ein. Ich möchte das nicht, aber es geschieht. Sobald ich nicht schlafe, sobald ich nicht arbeite, sobald ich diesen Brief an Dich unterbreche, kommen solche Gedanken. Sie zerstören etwas, ich kann nicht sagen, was. Und obwohl Du sie auslöst, bin ich der Zerstörer. Nicht Du denkst böse, sondern ich. Oder bin nicht ich es, die sich vorstellt, wie Du mich, umschlungen mit einer anderen, vergißt? Du streichelst sie unter den Armen, wie Du mich unter den Armen gestreichelt hast; verrate mir, wie man solche Gedanken vertreibt. Kennst Du die Geschichten von Menschen, die mit Phosphor bespritzt sind? Sie müssen bis zur Nase unter Wasser sein. Sobald sie auftauchen, brennen sie. Dieses Wasser ist mein Brief. Solange ich schreibe, denke ich, was ich will.

Ich liebe Dich, da steht es.

Was kann ich Dir sonst noch sagen? Tage ohne Dich vergehen rascher als Nächte ohne Dich; ich arbeite von früh bis spät. Zur Zeit erstelle ich eine Liste der Ärmsten im Ort. Wie sie heißen, wo man sie findet. Es gibt Menschen, die in Autoreifen leben, sogar eine schwangere Frau. Unanständige und arme Frauen sind hier oft ein und dasselbe, sagt man. Aber das stimmt nicht. Auch wenn es den Anschein hat. Du wirst das noch merken. Falls Du zurückkommst. Ich hoffe es. Ich will nicht einsam sein. Lieber denke ich nie mehr an Dich. Vergessen ist eine schwierige Sache, ich habe sie gelernt. Nur weiß ich nicht, ob etwas Schönes unvergeßlicher ist als etwas Schreckliches. Aber die Methode ist gewiß dieselbe – sich immer ungenauer erinnern. Wie findest Du das Foto? Du siehst älter aus als in Wirklichkeit. Und so, als seist Du allein auf dem Bild. Wenn ich das Gefühl bekomme, Dich nie wieder zu sehen, werde ich es verbrennen. Und dabei denke ich gerade, Du könntest jeden Moment durch die Tür treten. Und denke das immer noch, während die Nacht langsam zu Ende geht. Liebster. Es wird Morgen, oder vielleicht ist es auch schon Morgen geworden, auf jeden Fall bist Du nicht durch die Tür getreten, und ich schreibe weiter und weiter und stelle mir vor, Du wirst es niemals lesen. Du hast das Land verlassen, und ich kenne Deine Adresse nicht. Ich weiß ja nur, Du wohnst in Rom. Und Rom, erzählten sich die Fathers oft, sei eine große Stadt mit vielen Gassen. Ich werde Dich also nie erreichen, wenn Du Dich nicht meldest. Wenn ich das ganz und gar begriffen habe, kann ich vielleicht wieder schlafen. Weißt Du, daß die Sonne bald aufgeht? Der Himmel ist schon nicht mehr so schwarz; Du kennst ja die schwarzen Nächte, die es hier gibt. Oder hast Du alles vergessen? Erinnere Dich an das Wetterleuchten, wenn plötzlich die Baumkronen auftauchen. Erinnere Dich an den Blick von Deinem Balkon, wenn die Morgensonne durch den Dampf aus dem Tal strahlt. Erinnere Dich an die winzigen Schatten am Mittag. Erinnere Dich an die glimmenden Feuerchen überall, wenn gegen Abend die Maisrösterinnen aus dem Boden wachsen, wie man sagt. Erinnere Dich an die Pfützen auf den Bananenblättern, nachdem es geregnet hat, und an das Summen der wilden Bienen im Garten. Erinnere Dich an die Spatzen in der Kirche, ihre schnellen Flüge zwischen den Pfeilern. Erinnere Dich an das Licht auf den Blechdächern, wenn ein Gewitter abzieht. An Wilhelms Laden mit den Heftchen, die an Schnüren hängen. Oder den Dom der Sterne. Daß mir all dies gleichgültig würde, wenn Du nicht zurückkehrst, davor habe ich Angst.

Jetzt wird es langsam hell. Nachher, um acht Uhr, bringe ich den Brief zur Post, dann kann er heute abend in Cagayan sein. Morgen mittag soll dort noch ein Flugzeug starten, und übermorgen könntest Du den Brief schon lesen. Wenn Augustin Dich findet. Seine Suche nach

Dir ist sicher mit Kosten verbunden, vielleicht gibst Du ihm etwas Geld (zehn Dollar, würde ich vorschlagen). Augustin hat ja Spaß an Platten; er ist nicht gerade ein mönchischer Junge. Obwohl ich denke, daß er ein guter Priester wird. Nur etwas unglücklich, weil er nicht heiraten darf. Ich könnte ihn mir verheiratet vorstellen, und Du? Aber wen frage ich das. Ich schreibe diesen Brief an mich selbst. Er wird an mich zurückgehen. Plötzlich, nach Monaten, liegt er ungeöffnet in meinem Postfach. Und dann weiß ich, daß Du sehr weit weg bist, ferner als der dunkle Pol. Kannst Du meine Schrift noch lesen? Wie ein aufgeschreckter Vogelschwarm die letzte Seite, nicht wahr? Ich schreibe jetzt im Gehen und denke, Du gehst neben mir. Wir gehen gemeinsam durch den Ort. Alle Leute grüßen uns, und wir grüßen zurück. Wir sind früh aufgestanden, weil wir in die Stadt fahren wollen. Wenn du möchtest, bleiben wir über Nacht, sagst Du zu mir, und baden morgen im Meer. Und ich antworte Dir, aber ich kann gar nicht schwimmen, und Du versprichst, es mir beizubringen. Und küßt mich ganz schnell. Und sagst, du mußt keine Angst haben, Schwimmen ist nur schwer, weil es so einfach ist, du darfst dabei nie denken, daß du schwimmst, das ist die Kunst, und ich drücke Deinen Arm und spreche Deinen Namen aus. Oh, Lukas, ich verliere meinen Verstand. Ich muß Schluß machen mit diesem Brief, sonst zerreiße ich ihn am Ende; außerdem erwartet mich der Bischof. Wo bist Du? Hörst Du mich? Noch ein einziger Satz. Hier ist meine Seele, suche mich hier. Mayla.«

Augustin biß die Zähne zusammen. Sein Mund war trocken, sein Haar war naß. Er faltete die vierzehn Seiten wieder, schob sie vorsichtig in den Umschlag zurück und wünschte, er hätte sie nie gelesen. Dem Leben hatte er Geheimnisse entrissen, die er mit keinem teilen konnte. Nur was ihn betraf, schien kein Geheimnis – ein nicht gerade mönchischer Junge war er also, mit Spaß an Platten; später als Priester zwar beliebt, aber unglücklich, wie Gussmann.

Offenbar stand es nicht gut um ihn. Augustin sah auf. Der Nachmittagsunterricht fing bald an. Menschenkunde; Father Demetrio, zweimal fünfzig Minuten ex tempore ohne Punkt und Komma. Und während der ganzen Zeit dieser Blick hinter jede Stirn. Er würde ihm ansehen, daß er einen Brief geöffnet hatte. Ja, sogar wissen, von wem dieser Brief stammte und wie sehr er ihn noch immer bewegte. Demetrio hatte ihm ja auch auf den Kopf zu gesagt, man hat dich wegen öffentlichen Singens aus Infanta relegiert – aber gesungen hast du, weil du auf dem Weg zu den Frauen bist! Und natürlich würde er die Herausgabe des Briefs verlangen, von Einbruch in ein fremdes Seelenhaus sprechen und ihn zum Privatissimum bestellen. Zu einer jener Sitzungen, in der man auf jede verdeckte Schwäche und Neigung abgeklopft wurde, vom heimlichen Vergnügen in Menschenketten bis zum Genuß samenvermehrenden Senfs. Und von Baum zu Baum eilend wie ein Soldat unter Feuer, stahl sich Augustin vom Gelände. Vertrauen hatte er mißbraucht, was zählte da noch ein Schülervergehen. Er schob den Umschlag unters Hemd und knöpfte es, trotz feuchter Hitze, bis obenhin zu. Dann sprang er auf ein Jeepney, das in die Gegend der großen Hotels fuhr.

Wer an diesem Nachmittag die halbe Stadt durchqueren mußte wie der Novize, war bis zum Anbruch der Dunkelheit unterwegs. Panzer blockierten die Kreuzungen, unzählige Sammeltaxis drängten sich in den Straßen; die Menschen hingen in Trauben am hinteren Einstieg oder saßen auf der Kühlerhaube. Kam der Verkehr zum Erliegen, eilten viele zu Fuß weiter. Es war, als seien Hunderttausende beauftragt, jemanden zu suchen. Jeder schien jederzeit bereit, alles stehen- und liegenzulassen. Zeitungsjungen ihren Packen, Droschkenkutscher ihren Gaul, Krüppel ihren Bettelbecher, Straßenmädchen ihre Kunden, Priester ihre Gotteshäuser. Immer wieder wurden irgendwo Glocken gezogen, immer wieder hieß es, der Präsident sei bereits auf der Flucht, und Kinder, die Lebende Mauer spielten, hoben schelmisch ihre Leibchen mit dem Kopf des Diktators. Fernsehleute redeten von Bildern des Jahres; Sprachforscher hatten *Lebende Mauer* schon zum Begriff des Monats erklärt.

Tag und Nacht trennte der Menschenkeil die Verbände der Meuterer von regierungstreuen Truppenteilen. Jeder Schußwechsel hätte ein Blutbad bedeutet. Schauplatz der Nervenprobe war ein erhöhtes Straßenstück, das über Schwemmland und Elendsgebiete führte, für die Berichterstattung nicht ungünstig. Natürlich mußte noch etwas getan werden. Lichtmasten wurden errichtet, Leitungen verlegt, Aborte installiert, Unterstände und Plattformen gebaut; beide Parteien waren behilflich. Nur mit vereinter Kraft konnte die Übertragung beginnen, wenn das Gemetzel begann. Kleine bewegliche Gruppen drehten Vorberichte. Während amerikanische Korrespondenten gern etwas Krieg zeigten, fingen die Deutschen mit Vorliebe Bilder des Elends ein. Von Scheven und seine Männer hatten die Hüttengebiete auf dem Schwemmland durch-

kämmt und waren allen Hinweisen auf Kinderprostitu-
tion, Hunger und Schmutz nachgegangen. Zahlreiche An-
wohner zeigten inzwischen Allüren. Sie legten sich Phan-
tasienamen zu, handelten Gagen aus und sammelten sich
zur Hauptnachrichtenzeit unter dem höchsten Punkt der
Überführung. Vor laufenden Kameras reichten sie mit
Hilfe von Stangen Reis- und Wasserbeutel nach oben, nahmen Abfälle und Kanister mit Exkrementen entgegen und
unterstützten die Ausharrenden später durch Tanz und
Gesang.

»Sie sind der Chor«, bemerkte Elisabeth Ruggeri zu
Kurt Lukas und zog noch mehr Parallelen zum Theater,
während beide in den Malstrom der Mauer gerieten, bis
nur noch ihre Köpfe aus einem Meer von schwarzem Haar
ragten; mit dem Argument, etwas Einmaliges zu versäumen, hatte sie ihn zu dem *Ausflug* überredet, und nun erinnerte das Ganze an ein Freiluftkonzert. Als das italienische
Fernsehen zu drehen begann, formierte sich gar eine Band
und brachte Il Mondo. Die Menschen pfiffen und klatsch-
ten, und als dazwischen ein Schuß fiel, wuchs der Sänger
über sich hinaus. Erst nach dem zweiten Schuß, auf den ein
dritter folgte und dann eine Serie von Schüssen, verebbte
die Musik, und die Menge duckte sich wie unter einer riesi-
gen Hand. Kurt Lukas und Elisabeth Ruggeri wurden getrennt.

Während es sie an den Rand der Mauer verschlug, geriet
er noch tiefer ins Innere und stürzte über Frauen und Kinder. Viele beteten, andere schrien; umgeben von Tausen-
den, sah er sich plötzlich allein. Wildfremde hoben ihn
hoch, er stolperte weiter und überschlug sich, steckte fest
und wurde mitgerissen. Noch nie war er so unter Menschen gewesen. In einem Gestöber aus Armen und Beinen,
Fahnen und Brillen, aus Rosenkränzen, Haut und Haaren
spürte er sein schlagendes Herz. Über Lautsprecher hieß
es dann, ein Wahnsinniger habe geschossen, und die
Menge beruhigte sich langsam. Gestützt von zwei Frauen,

die ihn wie einen unpassenden Stein aus dem Mauerwerk ausschieden, kam Kurt Lukas auf ein Stück freie Fahrbahn und sah einen Mann auf dem Pflaster, umgeben von Blut, als sei ein Eimer Lack ausgelaufen. Rauchende Soldaten drängten Fotografen und Reporter zurück. Er ging auf den Liegenden zu. Ein Offizier trat ihm entgegen, und es kam zu folgendem Wortwechsel:

»Sind Sie Angehöriger?«

»Ich bin Deutscher. Ist der Mann tot?«

»Sie sollten besser hinsehen. Falls ich es gestatte; Ihre Augen gefallen mir nicht.«

»Den meisten Leuten gefallen sie.«

Der Offizier, ein General, packte Kurt Lukas am Hemd, ein Knopf sprang ab; die Fotografen und Reporter, an der Spitze Bowles und Elisabeth Ruggeri, durchbrachen die Absperrung. »Sie haben Glück, daß ich Euch Deutsche mag; Ihr habt brauchbare Philosophen und baut schöne Autos« – der General hob den Knopf auf.

»Dieser Deutsche ist ein Kollege von mir« – Elisabeth Ruggeri lief um die Blutlache und schwenkte ihren Presseausweis.

»Dann erklären Sie Ihrem Kollegen, daß wir keine Barbaren sind, Madam. Wir ließen diesen Mann nicht liegen, wenn er noch lebte. Und erklären Sie ihm auch, daß wir uns hier in einem Krieg befinden und Blutvergießen unvermeidlich ist, Madam« – der General sagte Mädämm, mit deutlicher Verachtung für die zivile Anrede –, »und berichten Sie, daß es hier keinen Staatsstreich geben wird und daß die Leute auf der Brücke nicht etwa Helden sind, sondern ein Verkehrshindernis. Außerdem könnten Sie so nett sein und Ihrem Kollegen diesen Knopf annähen, Madam« – und er reichte Elisabeth Ruggeri den Knopf und bekam mit einem einzigen Thanks, General sämtliche Äs zurück.

Kurt Lukas hörte das alles wie von einer Bühne. »Laß uns heim«, sagte er und wurde an der Hand genommen;

erst im Taxi war die Vorstellung für ihn aus. Die Fahrt zum Hotel zog sich hin. Alle wichtigen Straßen waren gesperrt. Sie mußten durch die Wohngebiete auf dem Schwemmland, Geruch von Tang und faulem Holz zog in den Wagen; später führten die Umleitungen durch das chinesische Viertel. Im Schrittempo fuhren sie an Suppenküchen und Goldläden vorbei, an Schönschreibern und Katzenfamilien. Ohne Fahrtwind war die Hitze unerträglich. Kurt Lukas lief der Schweiß in die Augen; er betrachtete die Frau neben sich. Elisabeth Ruggeri hatte den Kopf weit zurückgelegt, ihre lange Halslinie glänzte. Eigentlich machte er sich nichts aus Gleichaltrigen, aber sie war eine Ausnahme. Vielleicht liebte er sie sogar ein bißchen. Wie er alle Frauen, die ihre Zeit mit ihm verbrachten, immer auch ein bißchen liebte, weil sie so ganz und gar anders waren als er. Sie waren keine Männer. Keine von Schevens, die sich Koteletten als Ohrfeigenschutz stehen ließen. Keine Narcisos mit alberner Hupe. Keine Menschen, die, von einem Schwindelgefühl emporgehoben, mit Liebe um sich warfen und dann flohen. Keine Feiglinge, denen jeder Soldat ans Hemd fassen konnte.

Das chinesische Viertel lag hinter ihnen, die Fahrt wurde schneller. In einer Kurve fiel Elisabeth Ruggeris Kopf zur Seite, ihre Schläfe stieß an seine; er ließ sich küssen und spürte eine Hand am Bauch, ihr Suchen, bis sie an das Messer kam. »Du täuschst dich«, sagte er, »du überschätzt mich.« Und er zeigte ihr das Messer, das er jetzt wie einen Glücksbringer bei sich trug, und erzählte dessen Geschichte. Noch in der Hotelhalle sprach er über die Frau im Schmutz und wunderte sich im ersten Augenblick kaum, als jemand auf ihn zukam, den er aus Infanta kannte.

»Hallo, Father Lukas!«

»Ich bin kein Vater, was machst du hier?«

Der Novize blieb stehen. (Er trug Maylas vierzehn Seiten noch über dem Herzen, und dort sollten sie bleiben: Unter den veränderten Umständen – der Gesuchte in Begleitung einer Frau – schien es ihm nur konsequent, den gelesenen Brief jetzt auch vorzuenthalten.) »Ich habe dich gesucht. Wo ist deine Freundin?« Kurt Lukas schaute sich um. Elisabeth Ruggeri ging zu den Fahrstühlen. »Sie ist Journalistin, wir trafen uns zufällig. Signora Ruggeri aus Rom, eine Bekannte. Bischof De Castro kennt sie auch.«

»Ja, ich erinnere mich. Die hartnäckige Dame. Ich glaube, sie liebt dich.«

»Unsinn. Willst du etwas trinken?«

»Ich will mit dir ringen.«

»Jetzt?«

»Wenn deine Freundin zusieht.«

»Signora Ruggeri ist nicht meine Freundin.«

»Aber du schläfst mit ihr. Sag mir die Wahrheit.«

»Hast du die Wahrheit gesagt? Warum bist du hier?« Augustin holte Luft.

»Ich werde dir die Wahrheit noch sagen. Aber vorher muß ich etwas anderes hinter mich bringen.«

»Hast du das noch nicht erledigt?«

»Sprich nicht so.«

»Soll ich vor Ehrfurcht schweigen, weil du noch unschuldig bist?«

»Ich hasse dich.«

»Du sollst nicht hassen, sondern mit einer Frau schlafen. Es gibt genug in der Stadt. Danach erübrigt sich auch das Ringen. Und jetzt geh und sieh zu, daß du dir keine Krankheit holst.«

»Ich bat dich einmal, für mich zu beten«, flüsterte Augustin. »Ich hoffe, du hast es nie getan.«

Kurt Lukas sah über den roten Kopf des Novizen – zwei Hotelangestellte nahmen das Präsidentenporträt von der Wand, und einmal mehr kam ihm das Glück zu Hilfe: Ohne diesen symbolischen Auftakt zur Revolution hätte er unweigerlich *Keine Sorge* erwidert und Augustin samt Brief für immer vertrieben. So aber sagte er, »Schau nur, jetzt habt ihr's wohl bald geschafft«, und der Novize drehte sich um und sah sich und sein Land und damit Mayla verstanden und stürzte davon, um wiederzukommen.

Umrahmt von den Schmutzrändern des entfernten Doppelporträts, hing am anderen Morgen ein Bild der Tapferen Witwe in der Halle des Luneta Hotels, und die Journalisten begossen den Tausch als persönlichen Sieg.

Elisabeth Ruggeri hörte schon im Lift Gesänge und fuhr wieder nach oben. Mit dem Satz »Ich muß noch etwas tun für dich, vielleicht schaust du mir zu« weckte sie Kurt Lukas; während er sich noch Schlaf aus den Augen rieb, bewies sie sich und ihm bereits, wie triumphal sich ein Knopf annähen ließ. Sie befeuchtete die Fadenspitze. Sie fädelte die Spitze ein. Sie nahm die Nadel zwischen ihre Lippen. Sie stülpte sich den Fingerhut über. Sie nähte. »Das wollte ich noch erledigen, bevor ich mich mit dem Stabschef treffe«, sagte sie und bat ihn, den Fernseher anzustellen. »Kanal vier, da kommen gleich Nachrichten. Im Moment läuft ein Spielfilm.«

Kurt Lukas stand für sie auf.

»Und wo triffst du diesen Mann?«

»In einem Militärcamp. An Stelle der Volksheldin; diese Sache ist gestorben.« Elisabeth Ruggeri schnitt den Faden ab und warf ihm das Hemd zu. Er ging damit zum Fenster.

»Und wann triffst du ihn?« fragte er.

»Heute nachmittag. In zwei Stunden. Du hast wieder lange geschlafen, ich wollte dich nicht wecken. Warum siehst du nach draußen?«

»Weil ich nicht fernsehen will.«

»Weil du diesen Film nicht sehen willst. Ann Baxter und Rock Hudson, neunzehnhundertfünfundfünfzig. Wie alt warst du da?«

Kurt Lukas zog an dem Knopf.

»Warum hat gerade Frau Ruggeri eine Verabredung mit dem Stabschef?«

»Weil ich gestern abend noch ein Dutzend Telefongespräche geführt habe, während du dich mit einem Jungen
unterhalten hast.«

»Er ist Novize. Sein Name ist Augustin.«

»So wie er dich angestarrt hat, konnte ich nur noch gehen. Und telefonieren. Mit Erfolg.«

»Ich glaube nicht, daß dieser Mann dich empfangen
wird. Du solltest dich jetzt schon nach Ersatz umhören.
Ich würde es mit Arturo Pacificador versuchen, er ist sicher in seinem Club. Wende dich an die Managerin. Sie
heißt Grace und macht einen zuverlässigen Eindruck.
Oder an Donã Elvira. Sie kennt den Ex-Gouverneur aus
Infanta. Außerdem kann sie Wunder vollbringen.«

Elisabeth Ruggeri setzte sich aufs Bett.

»Kann Mayla auch Wunder vollbringen?«

»Ich glaube ja.«

»Erzähl mir von ihr, wie sieht sie aus?«

»Als ich sie zum ersten Mal sah, hätte ich fast laut gelacht, so schön kam sie mir vor.«

Der Spielfilm wurde unterbrochen, die Landesfahne erschien. Dann folgten wacklige Bilder – Soldaten drängten
sich in einem Dienstraum. Sie trugen Gewehre und wirkten erregt; ein Reporter tauchte auf. Der Chef des General-
stabs werde in wenigen Minuten eine Erklärung abgeben,
sagte er. Kurt Lukas ging zum Bett. »Solltest du nicht
schleunigst dorthin fahren?«

»Ich sollte diese Erklärung abwarten. Und du dich noch
etwas auf mich einstellen. Für diese wenigen Minuten. Du
warst dabei, von Mayla zu erzählen. Bisher erfuhr ich nur,
daß sie zum Lachen schön sei.«

»Ich sagte, ich hätte fast laut gelacht, als ich sie zum ersten Mal sah.«

»Warum nur fast?«

»Wir saßen in einer Kirche.«

Kurt Lukas legte sich wieder hin. Elisabeth Ruggeri glitt
an seine Seite. Sie streichelte ihm den Arm.

»Möchte Mayla dich bekehren?«

»Bekehren?« – er sah ihrer Hand zu – »Ich bin schon bekehrt.«

»Du glaubst an Gott?«

»Jedenfalls nicht mehr an mich.«

»Das wird wieder, Liebling« – Elisabeth Ruggeri wollte ihn küssen, aber der Stabschef erschien, mit Helm und bewaffnet. Er widerrief seinen Eid auf den Präsidenten und forderte alle Soldaten auf, sich hinter die Sache des Volkes zu stellen. Seine Männer und er seien ab jetzt in der Kaserne verschanzt, weitere Erklärungen gebe es erst nach dem Sieg. Werbung folgte. Elisabeth Ruggeri richtete sich auf. »Du kannst dich nun auf einen ganzen Nachmittag mit mir einstellen«, sagte sie und sah ihn an, als meine sie ein ganzes Leben.

Kurt Lukas schloß die Augen. Noch immer war da eine Hand auf seinem Arm, aber sie schien niemandem mehr zu gehören. Seine Gefühle für Elisabeth Ruggeri erloschen wie in einer Ohnmacht; er atmete auf, als das Telefon läutete. Es war Augustin. Ohne zu fragen, ob er richtig verbunden sei, redete der Novize drauflos, sprach von einem Entschluß, den er gerade gefaßt habe, und einer Briefbombe, die er mit sich herumtrage, von einem Handel, zu dem er bereit sei, und einer Stunde der Wahrheit. »Noch heute abend, vor der Revolution«, rief er durch den Hörer, »werde ich mir ein Mädchen nehmen, und du hilfst mir dabei. Genau um acht Uhr treffen wir uns vor dem Blue Angel Dampfbad in der oberen Pilar Road. Ich bringe dann einen Brief an dich mit, einen Brief von Mayla, und du begleitest mich dafür in dieses Bad. Wenn du nicht kommst, verbrenne ich den Brief.« Augustin klang wie ein entschlossener Selbstmörder, der seinen Sprung in die Tiefe bedroht sieht.

»Du wirst diesen Brief nicht verbrennen.«

»Wenn du kommst. Ich will nur etwas tun, was du seit vielen Jahren tust und wahrscheinlich im Moment gerade tust oder getan hast oder gleich tun wirst. Um acht Uhr vor dem Blue Angel Dampfbad.«

»Ich werde da sein«, sagte Kurt Lukas. Er legte auf und sah seinen Arm und drehte sich etwas. Elisabeth Ruggeri war gegangen; im Fernsehen lief wieder der alte Film mit dem jungen Rock Hudson.

Doña Elvira welkte. Sie saß in ihrer fensterlosen Kammer und trug aus Langeweile schon die Schminke für den Abend auf. Die italienische Erzählung, die ihr Dalla Rosa in die Hand gedrückt hatte, war längst gelesen, und sie hatte sich vorgenommen, nun auch den schwer wiegenden russischen Roman in Angriff zu nehmen. Falls sie wieder eingeladen würde von den Alten. Und falls sie unbeschadet zurückkäme; nie war ihr Temperament mehr gedämpft worden als in den letzten Nächten. Gewohnt, ganz Infanta wie eine Schleppe hinter sich herzuziehen, sah sie sich jetzt nur noch im Schatten der Tapferen Witwe, deren Ruhm von Stunde zu Stunde wuchs. Ohne einen Ton zu singen oder doch wenigstens ein einziges Mal mit den Hüften zu wackeln, stahl ihr diese Heldin die Schau; ein Persönchen, in dessen Stimme eine Härte mitschwang, die niemand zu bemerken schien, nicht einmal ihre Gegner. Doña Elvira wollte nach Hause, und obschon keine Flugzeuge flogen und inzwischen auch der Schiffsverkehr unterbrochen war, gab es Hoffnung. Ben Knappsack war aufgetaucht und hatte ihr anvertraut, daß er im Falle einer Revolution Arturo Pacificadors Maschine überführen müsse. Dabei solle der Anschein erweckt werden, der Ex-Gouverneur befinde sich an Bord, während dieser in Wahrheit auf einer Jacht vor den neuen Machthabern fliehe. Er werde schauen, hatte der Australier versprochen, daß sie mitfliegen könne. Ein tröstlicher Gedanke beim Zuschmieren ihrer unguten Stellen. Ein anderer Trost war Jun-Jun. Nackt und ihr zugewandt, lag der Junge auf der gemeinsamen Matratze und schlief. Ihr Verhältnis konnte nicht besser sein. Sie hatte ihm eine Position in der Bude angeboten, als Manager, womit sie Ferdinands Posten meinte, und Jun-Jun dankte ihr mit der Erlaubnis, ihn nach Belieben zu streicheln. Doña Elvira wollte davon gerade Gebrauch machen, als es klopfte. Sie hüllte sich in ihren Morgenmantel, öffnete die Tür einen Spalt und erkannte sofort Kurt Lukas' Tischdame wieder.

»Wollen Sie zu mir, Madam?«

»Ich suche das Büro des Besitzers.«

»Das habe ich auch schon gesucht.«

»Ich möchte ihn sprechen.« Elisabeth Ruggeri warf einen Blick in den Raum. »Ihre Garderobe?«

»Mein Salon. Nur gibt es keine Klimaanlage, Madam. Aber bitte« – sie zog die Tür auf –, »weil Sie eine Freundin von Mister Kurt sind.«

»Das denke ich nicht.«

»Sind Sie verheiratet?«

»Ich war es. Mein Mann ist tot.«

Doña Elvira seufzte anstandshalber. »Nach Ihrer Kleidung zu urteilen, sind Sie darüber hinweg. Bitte setzen Sie sich.«

Elisabeth Ruggeri setzte sich. Am ganzen Körper brach ihr der Schweiß aus. Die Sängerin reichte ihr etwas Klosettpapier. »Nur tupfen«, sagte sie, »nicht wischen. Jede Bewegung vermeiden. Sogar Schlafende bewegen sich kaum. Sehen Sie nur, wie still er daliegt. Jun-Jun. Der Parodist. Wir teilen uns die Kammer. Sie müssen leise reden, Madam. Er braucht seinen Schlaf. Wie Sie sicher gehört haben, ist in diesem Haus alles zu kaufen. Und Jun-Juns Dienste sind gefragt. Leider sieht er nur wenig von seinen Einnahmen. Aber dafür sieht er auch nie die Polizei. Der Mann, den Sie sprechen wollen, sorgt dafür, daß seine Angestellten nicht ausfallen.«

»Wo kann ich ihn suchen?«

»Sie können ihn nicht suchen. Sie können ihm nur begegnen. Ich selbst bin ihm erst einmal begegnet. Wir wickelten ein Geschäft ab in seinem Mercedes. Möchten Sie ein Bier?«

»Danke.«

»Wie ist Ihr Name? Meiner steht auf dem Dach.«

»Elisabeth Ruggeri. Aus Rom.«

»Aus Italien, wie alle schönen Frauen.«

»Sie finden mich schön?«

»Schöner als mich, Madam. Obwohl mir Kurt das Kompliment eines Besuchs in meiner Garderobe gemacht hat.«

»Er sagte mir, Sie hätten ein gutes Verhältnis.«

»Wir verbrachten ruhige Stunden. Haben Sie auch schon ruhige Stunden mit ihm verbracht?«

»Wir hatten einmal einen ruhigen Abend auf seiner Terrasse. Er wohnt sehr angenehm.« Elisabeth Ruggeri sah sich im Schminkspiegel. Sie zerfloß. »Das war letztes Jahr«, fügte sie hinzu und schob sich das verklebte Haar aus der Stirn. »Ist Pacificador überhaupt in der Stadt?«

Die Sängerin riß weitere Blätter von der Rolle und übergab sie einzeln. »Er ist im Haus, Madam. Aber für niemanden zu sprechen. Vielbeachtete Männer sind bei uns unerreichbar. Das gilt auch für vielbeachtete Frauen oder Mädchen. Wußten Sie, daß unser gemeinsamer Bekannter das am meisten beachtete Mädchen von Infanta erobert hat?«

»Sie heißt Mayla, nicht wahr?«

»Ja, eine Heilige.«

Elisabeth Ruggeri tupfte sich den Schweiß von Wangen und Hals. Sie holte ihr Schreibheft hervor.

»Eine Heilige, sagten Sie?«

»Gemessen an mir. Was schreiben Sie da?«

»Notizen für ein Buch. Es geht um Glück.«

»Würden Sie mir eine davon übersetzen?«

»Wenn Sie mir von Mayla erzählen.«

Doña Elvira brach eine neue Klorolle an. »Gern. Aber anschließend. Ich bin Geschäftsfrau, Madam. Nachdem Sie geredet haben, sage ich Ihnen alles, was Sie über Mayla wissen müssen.« Sie überreichte wieder Blätter. »Bedienen Sie sich. In unserem Land herrscht kein Mangel an Toilettenpapier.« Doña Elvira gab ihr die ganze Rolle und kniete sich dann neben den Jungen.

Elisabeth Ruggeri wählte die Notiz, die sie nach der Unterhaltung mit dem Kommandanten gemacht hatte, noch überrascht, daß Kurt Lukas im Land war. »Ich bin weit weg von zu Hause und allein. Ich schlafe schlecht und meide die Sonne. Da höre ich unerwartet und zufällig von einem Bekannten – er soll sich dort aufhalten, wo ich ihn nie vermutet hätte. In meiner Nähe. Und zum ersten Mal bin ich froh, daß es ihn gibt.«

»Das klingt schön«, sagte Doña Elvira. »Ich fürchte, Sie sind verliebt.«

»Sie wollten mir von Mayla erzählen.«

»Mayla ist Waise und Raucherin. Ein gieriges elternloses Rehkitz, Madam. Viele Jahre war sie das Hausmädchen von alten Missionaren. Seit neuestem ist sie Sekretärin unseres Bischofs, seine anmutige rechte Hand. Natürlich ist sie fromm, aber wie den meisten Frauen bei uns steht ihr der Glaube nicht im Weg. Und Mayla ist ein guter Mensch, auch wenn ich nicht sagen könnte, was das ist. Ich denke, sie gibt etwa so viel, wie sie nimmt, das scheint mir schon recht gut zu sein. Besonders gut ist sie zu alten Männern. Eine freigebige Heilige, Madam.«

»War Kurt etwa eifersüchtig?«

»Machen Sie sich keine Hoffnungen.«

»Heißt das, er liebt sie?«

»Was sonst. Und er ist der einzige in ganz Infanta, der es noch nicht weiß. Werden Sie um ihn kämpfen?«

Elisabeth Ruggeri stand auf. »Ich kenne ihn kaum, wir leben nicht zusammen; nein, mich interessiert seine Geschichte. Ich glaube, in seinem Leben war so eine Geschichte nicht vorgesehen.«

Der Junge erwachte, geräuschlos hantierte er. Wie durch Zauberei hielt er auf einmal einen kleinen Fernseher in den Armen. Er stellte ihn an und bewegte sanft die Antenne, und das Bild wurde scharf. Ein Boxkampf, verlangsamt. Der größte Boxerfilm aller Zeiten, hieß es, ab morgen im Kino. »Jun-Jun, wir haben Besuch«, sagte Doña Elvira, und der Junge lächelte über ein blasses, wie aus Wachs gebildetes Gesicht.

Elisabeth Ruggeri betrachtete ihn. »Wie ist dein richtiger Name?«

»Jun-Jun, Madam. Und das ist mein Fernseher.« Er stellte den Ton lauter. Die Werbung war vorüber, der Präsident erschien. Auf seine Frau gestützt, begrüßte er einige Offiziere und erinnerte an ein Kind, das die Erwachsenen nachmacht; seine Frau weinte. Mit dünner Stimme teilte er mit, daß er für sein Land zu sterben bereit sei, und küßte die Landesfahne. Dann sang seine Frau die Nationalhymne, und Doña Elvira begann zu packen. Sie räumte ihre verstreuten Tuben und Näpfchen zusammen, ihre Quasten und Kämme, ihre Pinsel und Stifte, die Flakons und den unechten Schmuck. »Heute nacht«, sagte sie, »geschieht noch ein Unglück. Immer wenn diese Person in der Öffentlichkeit unsere Hymne sang, geschah entweder ein Unglück, oder es stand eins bevor. Das Gesetz der Oper, Madam.«

Elisabeth Ruggeri steckte ihr Heft ein. Sie suchte die Tür. »Ich muß jetzt gehen, ich ersticke.«

Doña Elvira gab ihr noch etwas Klopapier mit auf den Weg. »Ich begleite Sie nach draußen, der Mabini Palast ist ein Labyrinth.« Sie führte Elisabeth Ruggeri über die Hinterbühne in den noch dunklen Zuschauerraum. »Sollten Sie vorhaben, heute abend noch einmal zu kommen, rate ich Ihnen ab. Das Volk mag dieses Haus nicht. Aber wir werden uns wiedersehen, ich bin sicher.« Sie öffnete die Vordertür, und ihr Morgenmantel flatterte; warme Böen bliesen von der Bucht und brachten den Gestank nach Fischmehl und Aas. Am Horizont war noch ein Streifen Abendrot. »Leben Sie wohl, Madam, ich erwarte Ihren Besuch in Infanta. Gehen Sie dort einfach der lautesten Musik nach, und Sie werden mich nicht verfehlen.« Doña Elvira wartete keine Antwort ab. Sie spuckte gegen den Wind und zog sich zurück.

Das letzte Tageslicht wich der Nacht, die Böen ließen nach. Kleine entwurzelte Büsche kollerten über das Brachland vor dem Mabini Palast. Elisabeth Ruggeri war der einzige Mensch weit und breit, umschlichen von Hunden; sie machte ein paar Schritte. Es ging leicht bergab auf die frühere Prachtstraße zu, Lärm und Gestank entgegen. Der ganze Abendverkehr – Sammeltaxis, Lastwagen, Autos, Dreiräder, Mopeds – toste in die Innenstadt. Kurt Lukas' Geliebte blieb stehen – und winzige handbeschriebene Zettel taumelten durch die Luft, *Welcome Democracy*.

Wie rätselhafte Schneeflocken rieselten die kleinen Zettel – sie waren kaum größer als Briefmarken – bald auf jeden Ort, an dem die Revolution leicht übersehen werden konnte; die meisten legten sich auf das Vergnügungsviertel, und zu den ersten, die die Botschaft lasen, zählte der Novize. Er stand vor dem Blue Angel Dampfbad.

Augustin glühte. Wie lange hatte er auf diese Stunde gewartet. Mit dreizehn war der Mann in ihm erwacht, jetzt war er dreiundzwanzig. Ein Jahrzehnt. Tausende von Tagen, Tausende von Malen. Eine Ewigkeit, die nun zu Ende gehen sollte. Falls er nicht vorher tot umfiel vor Aufregung. Oder im Boden versank vor Scham. Oder vom Amüsierbetrieb einfach aufgesaugt wurde. Die Pilar Road war wie an jedem Abend ein enger Korridor voller Menschen, Licht und Lärm, über dem die Schwaden aus Garküchen, Auspuffen und Dampfbädern hingen. Doch an diesem Abend war sie auch der Weg zu den Palästen; ein führerloser Zug schob sich singend durch das Nachtviertel. Die halbe Stadt schien an ihm vorbeizuströmen. An ihm und an schwarzen Besatzungssoldaten, Kolossen aus Alabama oder Chicago, an ihm und an Matrosen- und Japanerrudeln, die vor den Tanzdielen standen. Alle anständigen Menschen bewegten sich, staubbedeckt und teils verwundet, in Richtung der Präsidentengärten, nur er drückte sich, mit aufeinandergepreßten Lippen und peinlich gesäubert, vor einer einschlägigen Adresse herum. Als könne selbst eine Revolution seine Neugier nicht in wertvollere Energie umwandeln.

Die Adresse hatte ihm keiner empfohlen. Doch bekanntlich war jede Sauna in diesem heißen Land ein Bordell, und so hatte der Name den Ausschlag gegeben. Das Blue Angel Dampfbad lag im zweiten Geschoß eines von Autogasen geschwärzten Hauses über einem Eßlokal. Eine steile Treppe führte hinauf. Ohne fremde Hilfe würde er bereits an dieser Treppe scheitern. Augustins geistige Generalprobe war in vollem Gang. Welche Entdeckungen würde er dort oben machen? Die einer Hand an ihm, die nicht die eigene Hand wäre? Die eines Schauers, gegen den alles Selbsterzeugte nur Gerießel war? Was stand ihm bevor? Verwandlung? Entpuppung? Ein Neugeborenwerden? Mußte er mit Rückfall in die Zeit des Lallens rechnen? Wäre er hinterher noch derselbe? Augustin hoffte inständig, sein Sekundant möge kommen und ihm die nötigen Ratschläge geben; fast hätte er darum gebetet, nicht allein zu bleiben. Aber er mutete seinem Glauben schon genug zu. Obwohl diese Erfahrung ja dazu führen sollte, ein unbeirrbarer Verbreiter des Glaubens zu werden. Ein Sieger, der genau wüßte, worüber er gesiegt hatte. Und um als dieser Körperbezwinger hervorzugehen, müßte er die Schlacht wenigstens einmal verlieren. Und dazu brauchte er Beistand. Vorher und nachher. Er selbst könnte das Mädchen, die junge Frau, das weibliche Wesen, was immer sie für ihn wäre, nicht einmal ansprechen. Ihre Gaben flößten ihm Ehrfurcht ein; Augustin vermied jeden Gedanken an das Aussehen dieser Unterweiserin. Schon aus Instinkt hielt er sich an das zweite Gebot. Denn die unheimlichste seiner Befürchtungen, unheimlicher als die einer Krankheit oder des Versagens, eines Süchtigwerdens oder des Seminarskandals, war die Vorstellung, in der Einmaligkeit dieser Stunde Gott zu begegnen.

Er sah auf die Uhr. Sein erfahrener Helfer müßte nur

auftauchen, und wenige Minuten später wäre es soweit. Dann läge unter ihm oder über ihm oder an seiner Seite eine Frau. Also ein anderer Mensch. Keine Figur aus einem Schlager, nicht Diana, nicht Mary Lou, nicht Angie Baby. Ein Mensch. Wahrscheinlich erschöpft von der Tagesarbeit und in Gedanken bei seiner Familie oder dem Geschehen auf der Straße. Und diesen Menschen sollte er nun ohne weiteres anfassen und ein Teil von sich in ihn hineintreiben wie einen Nagel in eine Wand. Und das mit baldigem Ergebnis. Was, wenn er dazu nicht imstande wäre? Weil er niemandem weh tun konnte; ihn etwa Mund oder Augen dieses Menschen an jemanden erinnerten, zum Beispiel an Mayla; oder dieser Mensch mehr in ihm sähe als Kundschaft – auch einen Menschen.

Augustin fror. Nicht irgendeine Frau erwartete ihn, ihn erwartete die Vertreterin einer Gattung und eines ganzen Geschlechts. Und er vertrat das andere Geschlecht. Und was dann folgte, war Geschlechtsverkehr. Schon dieses Wort hatte ihn immer erschreckt. Und dazu kämen alle Worte davor, währenddessen und danach. Die Verwicklung in ein Gespräch war demnach fast zwangsläufig. Man wurde sicher auf den Kleiderhaken hingewiesen, man wurde um zusätzliches Geld gebeten, man wurde gefragt, wie man es wünsche, man wurde in Stimmung versetzt, und wenn das nicht half, wurden Alternativen besprochen; man wurde getröstet. Aber unter Umständen hatte er ja Glück. Viele in dem Gewerbe seien stumm, war immer wieder zu hören. Eine Stumme, dachte Augustin, oder gar keine. Sein Expeditionsgefährte müßte ihn zu einer Stummen führen. Ob er zuvor noch etwas essen sollte und die Frist damit verlängern? Nach einem Jahrzehnt kam es schließlich nicht auf Minuten an.

Er betrat das Lokal unter dem Dampfbad. Es war zum Gehsteig hin offen, unter den Tischen huschten Kinder und klaubten Abfälle auf. Er bestellte Reis mit Hühnerfüßen, dazu ein Bier. Ein Bier konnte sicher nicht schaden.

Zigarettenjungen hielten ihm ihre puppenstubenhaften Bauchläden hin und priesen die winzigen Waren an. Augustin kaufte ein Pfefferminzbonbon. Auch das konnte sicher nicht schaden. Die Kinder legten ihre Hände auf den Tisch, er füllte sie mit Reis. Andere Kinder mit kleineren Kindern im Arm kamen von draußen und sperrten ihre Münder auf wie junge Vögel. Er füllte sie mit Reis. Der Reis war billig. Von den zehn Dollar, die er sich für sein Abenteuer geliehen hatte, könnte er fünfzig Portionen bestellen. Augustin floh auf die Straße und sah jetzt mehr, als ihm lieb war. Er sah die Soldatenkolosse über Säuglinge steigen, Säuglinge, die auf dem Bordstein lagen und ihre Augen aufrissen, sobald die Menschentürme über ihnen erschienen; und er sah Blechdosen neben den Bündeln, Blechdosen mit Münzen darin und den Zettelchen *Welcome Democracy*. Er sah die ganze rot erhellte Pilar Straße als das, was sie war, eine Vorhölle, die weggefegt werden müßte, und lief nicht mit im großen Zug, sondern stand da und dachte an Sex.

An diese Silbe mit ihrem grausamen X am Schluß. Wie oft hatte er sie in Nachtstunden vor sich hingeflüstert, ja, aufgeschrieben. Dieses kurze, abgesplitterte, ursprünglich bedeutend längere Wort, dieser gemeine Rest, der einem auch wie die Kante eines Abgrunds erschien. Eines Abgrunds, in den er vielleicht gleich hinabgelassen würde. Gab es etwas Wichtigeres? Augustin sah auf die Uhr. Zehn nach acht. Er kaufte sich eine einzelne Zigarette und rauchte sie so langsam, wie seine Aufregung es zuließ. Mit der Glut des Stummels würde er den Umschlag in Brand stecken, dieser Entschluß stand plötzlich fest. Maylas Liebesbrief würde zu Asche zerfallen, und sein Weg zu den Frauen wäre beendet. Ein für allemal. Der Novize spürte das ganze Gewicht seines Entschlusses. Er lief jetzt im Kreis. Die Zigarette schmeckte ihm nicht. Wie einem zum Tode Verurteilten wohl die letzte Zigarette nicht schmeckte; vermutlich war sein Entschluß falsch. Doch an irgend etwas mußte er sich halten. Noch drei Züge blieben ihm. Er saugte den Rauch in die Lunge, als wolle er sein verfehltes Leben verkürzen, und hustete wie Wilhelm Gussmann; jemand klopfte ihm auf den Rücken. Augustin fuhr herum, die Zigarette fiel zu Boden, vor seinen Augen schwankte alles; weich in den Knien, machte er einen kühnen Schritt auf die Treppe zu.

»Aber doch nicht hier«, sagte Kurt Lukas. »Ich weiß, wer dir helfen kann. Komm.«

»Hast du den Brief dabei?«

»Ja.«

»Dann gib ihn mir.«

»In dieser Umgebung?«

»Wir verschwinden ja schon.« Kurt Lukas wollte nicht streiten. Er wollte auch den Brief nicht auf der Stelle lesen. Nur haben wollte er ihn.

Sie liefen gegen den Strom. Augustin streifte die Soldatenkolosse und stieg über die Bündel. Vor lauter Aufregung hielt er einen Vortrag über die Nordsüdkluft. Er wies auf Krüppel mit verknoteten Beinen hin, auf Mütter, die neben Hausmauern lagen, in beiden Augen den Star, auf Deutsche mit Herrentäschchen und weißen Socken und ein Quartett alter Nonnen, das die winzigen Zettel ausstreute. Auf drei Welten, die hier aneinander vorbeiglitten, Armut, Reichtum, Widerstand. Kurt Lukas hielt ein Taxi an. »Du redest zuviel. Spar deine Kräfte.«

»Wo bringst du mich hin?«

»Zum Mabini Palast.«

Der Fahrer wollte zwanzig Dollar. Er sprach von verirrten Kugeln; achtzehn Dollar seien das mindeste. Kurt Lukas gab fünfzehn und verbot dem Novizen jede Beteiligung. »Ich bezahle dann auch die Frau«, sagte er. »Weil ich dich mag. Du hast Charakter.« Augustin protestierte. »Ein Mensch mit Charakter hätte den Brief gleich überbracht«, rief er und war drauf und dran, ein Geständnis abzulegen, als im ganzen Viertel der Strom ausfiel. Es wurde still und dunkel. Der Fahrer wollte einen Zuschlag. Acht Dollar. Eine Fahrt bei Stromausfall sei wie ein Kriegseinsatz, und erst recht in dieser Nacht. Er deutete zum Himmel. »Über den Präsidentengärten kreisen Hubschrauber. Flieht der Präsident, kommt die Anarchie. Sechs Dollar.« Sie einigten sich auf viereinhalb. »Ich habe Angst«, sagte Augustin.

Kurt Lukas legte ihm eine Hand auf die Schulter. »Ich habe auch noch keine Anarchie erlebt. Aber bei vier Dollar und fünfzig Cent kann es nicht schlimm werden.«

»Nicht davor habe ich Angst.«

»Wovor dann? Vor der Frau? Sie wird dir behilflich sein. Es gibt nur eine Krise, durch die du allein mußt. Wenn es sich zu früh ankündigen sollte. Dann mußt du rasch an etwas anderes denken.«

»Woran?«

»Denk an Father Horgan. Oder an mich. Oder an deine Eltern. Und jetzt will ich den Brief.«

Augustin knöpfte sein Hemd auf. Er holte den Umschlag hervor. »Aber du kannst im Moment gar nichts sehen. Du würdest dich nur verlesen. Oder dir die Augen verderben.«

Sie fuhren an der Bucht entlang, keine Straßenleuchte brannte, und kein Auto kam entgegen. Nur von den Tankern und Flugzeugträgern fiel etwas Licht übers Wasser. Der Fahrer bremste immer wieder; überall saßen Menschen im Weg, rauchend und lachend. Die Revolution schien unterbrochen.

»Hattest du den Brief die ganze Zeit bei dir?« fragte Kurt Lukas.

»Ja.«

»Und vorher befand er sich in einem an dich adressierten Umschlag, und du dachtest, Mayla habe dir geschrieben.«

»Ja.«

»Und warst dann enttäuscht, weil vermutlich nur ein paar Worte auf einem Stück Pappe für dich bestimmt waren.«

»Ja.«

»Und hast dich gefragt, was wohl in dem Brief steht, den du überbringen solltest.«

Der Novize strich über das aufgerissene Papier, als könne noch ein Wunder geschehen.

»Ja. Warum bist du nicht Detektiv geworden?«

»Weil ich zu feige bin. Und was steht in dem Brief? Ich hoffe, du hast ihn wenigstens gründlich gelesen.«

»Ich kenne jede Zeile. Sie hat dir vierzehn Seiten geschrieben. Und ein Foto dazugelegt. Das Foto, das Adaza gemacht hat. Von uns dreien.«

Kurt Lukas nahm sich den Umschlag. Er zog das Foto heraus und hielt es in das schwache Licht. »Das ist ein Familienbild«, sagte er, »und kein Foto« und schenkte es Augustin. »Warum hast du den Brief nicht geschickter geöffnet?«

»Es geschah ganz plötzlich, mit einem Zweig. Ich konnte nichts dagegen tun. Der Brief fiel heraus, und ich las ihn.« Augustin schob das Foto unter sein Hemd. »Ich habe ihn dann immer wieder gelesen. Und hätte ihn am liebsten beantwortet. Verachte mich. Schlag mich, wenn du willst, schmeiß mich aus dem Wagen.«

Kurt Lukas stieß ihn in die Rippen. »Sag mir nur, was drinsteht.«

»Sie liebt dich.«

»Und was schreibt sie noch?«

»Warum bist du nicht wütend auf mich?«

»Das würde nichts ändern. Außerdem hätte ich es auch getan, wenn ich verliebt wäre.« Ein Kind streckte die Hand herein, Kurt Lukas gab ihm eine Münze. Weitere Kinderhände kamen, dazwischen ein Stumpf. Er wollte die Scheibe hochdrehen, sie klemmte. »Verliebt, ich, in wen?« fragte Augustin erschrocken. »In Mayla. Sonst hättest du ihren Brief nicht geöffnet.« Ein Schwarzwechsler kam ans Fenster, bot für einen Dollar sechzig Pesos, und schon waren an jedem Fenster zwei Köpfe; immer mehr Hände griffen in den Wagen, als sei er in der Gewalt eines vielarmigen Wesens. Einige der Aufgesprungenen bettelten, andere boten Waren an, Landkarten, Holzäffchen, Muscheln, Zigaretten, Adressen oder sich selbst. Der Weg wurde frei, der Fahrer gab Gas, und ein Arm nach dem anderen verschwand. Bald krallte sich nur noch ein Mann außen an und brüllte immer neue Angebote für seine Äffchen. Zehn Pesos, fünf Pesos, drei Pesos – drei Pesos für ein Holzäffchen! Kurt Lukas gab ihm drei Dollar und wies das Äffchen zurück, der Mann sprang ab. Er fiel hin und überschlug sich, kam auf die Beine und stand im Taghellen, blutend und dankend. Eine Leuchtrakete war über der Straße zerplatzt und streute ihr Licht auf Neubauruinen und verlassene Villen, auf faulende Schuppen und ganze Pflanzungen aus Wahlplakaten.

Nach dem Verglühen der Rakete schien alles noch dunkler als vorher, und aus dieser Nacht tauchte hinter einer Erhebung der Mabini Palast auf. Eine glitzernde, Lärm und Dämpfe ausstoßende Festung, scheinbar unabhängig von Versorgungsnöten und politischen Umwälzungen mit ihren über hundert Tänzerinnen, mehr als dreißig Hinterräumen, vier Separatbühnen, zwei Magazinen, einem eigenen Generator und einer jedes Teilchen dieses Getriebes überblickenden Managerin. Kurt Lukas und der Novize kamen in einen brechend vollen Zuschauerraum. Kaum einer saß auf seinem Stuhl. Die einen hatten Koffer dabei, andere waren in Abendtoilette; viele trugen Sonnenbrillen. Zwischen den Tischen tanzten die Mädchen. Die Bühne gehörte Doña Elvira. Blumen flogen. Sektpfropfen knallten. Stuhlbeine brachen. Kurt Lukas zog seinen Schützling hinter sich her, mit der anderen Hand hielt er den Umschlag. Er drängte sich bis zum Bühnenrand und winkte nach oben.

»Dachtest du etwa an sie?« fragte Augustin.

»Keine Angst, ich brauche nur ihren Rat.«

Doña Elvira verbeugte sich. Man warf ihr Geldscheine zu; in dieser Nacht beherrschte sie den Saal. Völlig durchnäßt trat sie ab, umarmte Kurt Lukas und sprach von Knappsacks Angebot, sie nach Hause zu bringen. »Vielleicht kannst du mitfliegen. Wir starten morgen. Sei im Hotel, ich komme vorbei.«

Kurt Lukas überhörte das Angebot; er stellte Doña Elvira eine Frage, bekam ihren Rat und kämpfte sich zu einem Pult durch. Es stand erhöht und diente Grace als Ausschau.

»Sie etwa?« stammelte Augustin.

»Wollen wir es hoffen«, sagte Kurt Lukas.

Er trat hinter das Pult, machte der jungen Managerin ein Kompliment für ihre Ruhe in dem Hexenkessel und bat sie um Hilfe bei einem medizinischen Problem (zu dieser Formulierung hatte Doña Elvira geraten). Mit einer Kopfbewegung zeigte er auf den Patienten, sagte dann, was ihm fehle, und zog die Möglichkeit einer Spende für das kostspielige Studium in Betracht. Grace fragte nach der Höhe dieser Spende, er sprach von dreißig Dollar. Sie verzog keine Miene und schaute zu Augustin. Ihr Blick war schon der einer Ärztin, etwas skeptisch, etwas besorgt und voller Verantwortung für das Leben. »Fünfzig«, erwiderte sie. »Und die gleich.« Kurt Lukas schob ihr einen Schein zu. »Aber das andere auch gleich. Er hat jahrelang gewartet.« Sie sah auf ihre Uhr. »Dann wird er auch noch eine Viertelstunde länger warten können.«

Hastige Gespräche bestimmten die nächsten Minuten. Während die Managerin mit einigen älteren Mädchen Abmachungen traf, redete Kurt Lukas auf den Novizen ein. Grace, sagte er, mache den besten Eindruck. Sie denke praktisch und sei dabei einfühlsam. Und sehe gut aus. Eine ganz seltene Verbindung. Nichts könne schiefgehen. »Achte nur darauf, daß du hinterher keine Selbstgespräche führst. Dazu neigt man. Und halte keine Vorträge. Die richtigen Worte während der Liebe sind schwieriger, als du glaubst. Sie sollten klug und doch gewöhnlich sein und sind etwas für Fortgeschrittene. Also wenig sprechen, hörst du?« Augustin gab keine Antwort. Er konnte gar nicht sprechen. Er sah nur noch die Frau, die auf ihn zukam, und bat mit seinem ganzen erblaßten Gesicht um Begleitung.

»Andiamo«, murmelte Kurt Lukas.

Sie gingen an den Aborten vorbei und stiegen eine Treppe hinauf, folgten einem Gang, der um zwei Ecken bog, stiegen eine weitere Treppe hinauf und kamen in einen langen Flur mit Türen, über denen rote oder grüne Lämpchen glimmten. Eine der Türen stand auf. Sie führte in eine niedrige Zelle mit Pritsche. Auf der Pritsche lagen Klopapier und ein Stück Seife. Durch die Wand zur Nebenzelle drangen Gekeuche und Klatschen. Kurt Lukas nahm die Managerin beiseite. Er schob ihr noch einmal fünfzig Dollar zu und bat sie, zu sich nach Hause zu gehen, auch wenn sie im Dienst sei, und dieser Angelegenheit – Revolution hin, Revolution her – die ganze Nacht zu widmen, erhöhte seine Spende ein drittes Mal und nahm ihr das Versprechen ab, dem Jungen eine sanfte Geliebte und gewissenhafte Lehrerin zu sein, eine gute Schwester und ein prächtiges Weib.

Anschließend wandte er sich noch einmal an Augustin. Er vermied jetzt jede Pädagogik und beschwor ihn statt dessen. Kurt Lukas beschwor ihn, Grace zu vertrauen, ihr zu folgen, wohin sie ihn auch führe, und mit ihr zu tun, was immer sie vorschlage. Dann wünschte er ihm Glück, setzte sich auf den Boden und nahm sich den Brief vor.

Es war der längste Brief, den er von einer Frau je bekommen hatte. Er las ihn Wort für Wort, die Lippen bewegend, und hing immer wieder an einzelnen Worten, als müsse er das Lesen eines Liebesbriefs erst lernen. Nach einer halben Stunde hatte er zwei Seiten geschafft. Je unmißverständlicher die Sätze waren, desto länger dauerte es, bis er ihren Inhalt begriff. Alles, was da geschrieben stand, war für ihn zunächst unglaublich. Aber mit jeder Seite verging zwischen Entziffern und Glauben weniger Zeit. Mädchen kamen mit ihren Kunden vorbei, er bemerkte sie kaum. Nach einer Stunde hatte er Hunderten von Worten geglaubt und spürte langsam, daß der Grund jedes Wortes er selbst war. Drei Seiten lagen noch vor ihm, als er Stimmen hörte und schon dachte, ganz Infanta stehe draußen und rufe nach ihm.

Die Stimmen waren überall. Sie erschallten in der Umgebung des Clubs und tönten durch seine Räume und Zellen und wurden immer lauter. Während Kurt Lukas die letzten Zeilen las, verbreiteten Kinder die Nachricht, der Präsident und seine Sippe hätten mit einer amerikanischen Maschine das Land verlassen; wild gegen ihre Bauchläden klöppelnd, drangen sie scharenweise in den Zuschauerraum, verkündeten die Flucht und erzählten von Raketen, die in die Nacht geschossen würden, hoch in den Himmel und flach in alte und neue Ruinen. Die Bedienungen wollten kassieren, man lachte sie aus. Flaschen wurden geköpft, Gläser gingen zu Bruch. Die einen stießen auf den Sieg an, andere auf die Niederlage. Doña Elvira erhielt den Beifall ihres Lebens. Regimes, hieß es, kommen und gehen, Frauen wie sie aber bleiben. Tränen kullerten ihr über die Wangen. Sie wischte sie weg, und schon flossen neue, hervorgerufen durch einen beißenden Qualm, der plötzlich aus den Lüftungsgittern in der Decke quoll. Die Hochrufe wurden zu Schreien. Tänzerinnen, Kleidung in den Armen, prallten auf rennende Gäste, rennende Gäste stürzten über ihr Fluchtgepäck. Tische fielen um, Scheinwerfer platzten, Vermögen blieb liegen. J. J. Flamingo aus Miami Beach floh Hals über Kopf von der Bühne, die er eben erst betreten hatte, und ließ den falschen Nerz zurück; geistesgegenwärtig schnappte sich Doña Elvira den Mantel und suchte, noch im Sternenbanneranzug, das Weite.

Der Mabini Palast brannte. Zwei Leuchtraketen waren eingeschlagen. Das Feuer fraß sich im Nu durch die Decke, erfaßte den Bühnenvorhang und sprang auf die Kulissen über, schmolz die Kabel der Musikanlage, ließ Haarspraydosen explodieren und dehnte sich prasselnd auf Toiletten und Garderoben aus. Die Vergnügungsmaschinerie brach zusammen. Nur in den abgelegensten Ecken des Clubs täuschten sich manche noch über das Beißen in den Augen;

wer ein halbes Kind vor sich knien hatte, hielt seine Tränen eine Zeitlang für den wahren Preis, den er zahlte.

Auch Kurt Lukas glaubte zu weinen, bis er einen aus allen Ritzen dringenden Rauch sah. Er schob Maylas Brief in den Umschlag und stand auf. Dieser Brief durfte nicht verbrennen, nur das dachte er jetzt. Er mußte ihn retten. Die Angst um den Brief nahm ihm die Angst um sein Leben; er lief in den Rauch und fand eine Treppe. Sie führte nach unten. Über die Stufen kroch gelblicher Qualm, und eine Gestalt kam heraufgestürzt, rief »Mein Fernseher«, riß eine Tür auf und verschwand in dichten Schwaden. Kurt Lukas wollte Komm zurück brüllen, doch seine Stimme versagte; er floh über die Treppe. Glühende Luft schlug ihm entgegen, Fensterscheiben klirrten. Tränenblind, den Umschlag auf Mund und Nase gepreßt, nahm er noch ein paar Stufen. Dann verlor der Brief alle Kraft, und die Welt schrumpfte auf einen einzigen Gedanken. Gleich bin ich nicht mehr.

Er bestand nur noch aus der Gegenwart dieses Gedankens, als ihn jemand am Arm nahm. »Nicht sprechen, wenig atmen«, befahl eine Stimme, und er sah wieder hinaus über sich. Er sah das Feuer. Es tobte jetzt mit der Wucht einer Brandung, krümmte Rohre und Geländer, sprengte Türen und ließ Decken bersten. »Gleich«, sagte die Stimme, »nur noch ein Stück.« Sie klang beruhigend wie die Stimme jedes Retters und schien keinem einzelnen zu gehören, sondern dem Leben, das Kurt Lukas auf seine Seite zog. Er kam ins Freie.

Das Hemd hing ihm in Fetzen, seine Lungen brannten, doch er atmete und hatte den Brief; und hörte Laute und sah und spürte den Wind von der Bucht. Und auf einmal war die Welt wieder groß und in seinem Besitz. Er sah Hunde, die im Flammenschein standen, als würden sie glühen, und die geflohenen Gäste neben den Mädchen in ihren Flitterkostümen, alle Habe in den Armen, Wäsche, Kassettenrecorder, Marienfigur. Er sah die Straße und einen Siegeszug und den lodernden Nachtclub inmitten des Brachlands und das Gesicht seines Retters. Ein Gesicht mit zusammengewachsenen Brauen, glanzlosen Augen und den Lippen eines Kindes. Kurt Lukas erkannte Arturo Pacificador nach dem Foto in Adazas Studio und dankte ihm stumm. Der Ex-Gouverneur drehte sich etwas und sah in das Feuer – »Warum sollten Sie in unserem Haus verbrennen? Und dieses Schauspiel versäumen –«

Der Dachstuhl des Mabini Palastes brach ein. Fontänen aus schweifenden Splittern und Funken stiegen in die Dunkelheit, Asche flog umher, Freudenrufe kamen von der Uferstraße. Pacificador schien davon ungerührt. Er rauchte jetzt. »Man hat uns von Ihnen erzählt«, sagte er und schaute auf die Glut seiner Zigarre, als gäbe es sonst kein Feuer. »Wir sahen Sie auf einer Anzeige in Newsweek – kann es sein, daß Sie auf diesem Bild eine solche Uhr trugen?« Er zeigte seine Uhr. »Es ist die einzige Uhr, die ein Mann tragen sollte. Sie ist ein Kunstwerk.« Der Ex-Gouverneur überzeugte sich von ihrer Funktion, lächelte dann plötzlich und holte einen Pakken Geldscheine hervor. »Ihr Hemd ist ruiniert, und Sie haben Angst ausgestanden – nehmen Sie dieses Geld, wir können es nicht weiter verwenden. Es wurde für den Kauf von Stimmen gedruckt. Natürlich ist es falsch, das werden Sie morgen in allen Zeitungen lesen. Aber heute nacht besitzt es noch einen gewissen Wert. Vergnügen Sie sich damit.«

Kurt Lukas zögerte. Er hatte den Brief, und er lebte, das mußte reichen. Darüber hinaus war ihm nicht viel geblieben. Seine Kreditkarten fehlten, die ganze Hemdtasche fehlte. Arturo Pacificador klopfte sich mit den Geldbündeln sauber. »Auf die Art werden Sie hier nie glücklich.« Er wartete noch einen Moment und übergab das Geld dann mit den Worten, »Nehmen Sie es aus Dankbarkeit«, ehe er vorschlug, ein Stück zu gehen.

Sie gingen über das Brachland. Noch immer stiegen Raketen auf, doch es wurden schon weniger, noch immer tönten Freudenrufe, doch sie klangen schon erschöpfter. »Und was werden Sie nun tun?« fragte Kurt Lukas. »Fliehen?« Er riet seinem Retter zur Schweiz und nannte einige Orte, um den Dank damit abzuschließen. »Sils Maria«, sagte er, »oder, falls Sie milderes Klima bevorzugen, Lugano«, nannte auch Zürich und Genf mit ihren Vorzügen und erwähnte die eigenen Aufenthalte in den berühmten Hotels; vor lauter Freude am Nochdasein sprach er ganz lebhaft zu einem Mann, der ihm längst nicht mehr zuhörte. Vor dem ersten Haus, in dem Licht brannte, gingen sie auseinander.

Während Arturo Pacificador zwischen den Zurückgebliebenen aus dem Siegeszug die Uferstraße überquerte, um ein Boot zu besteigen, das auf ihn wartete, zählte Kurt Lukas die Scheine. Je größer der Betrag wurde, um so echter schien ihm das Geld. Zehntausend Pesos hatte ihm der Ex-Gouverneur überlassen. Er teilte den Packen und stopfte sich die Bündel in die Hose, er ging an dem Haus mit Licht vorbei und hörte Gesang. Es war die Zeit der Anfänger zwischen dem alten und neuen Tag, in dieser Nacht auch Atempause zwischen den Regimes. In der Pilar Straße hatten noch Bars geöffnet, aber die Türsteher dösten. Einige Tanzmädchen tanzten noch, doch es sah ihnen niemand mehr zu. Die meisten Gehsteigbewohner schliefen schon. Nur um Abfallhaufen standen noch Menschen. Die einen kauten an etwas, andere summten oder riefen kraftlos den Namen der Siegerin. Als hätte gerade die Leichtigkeit der Revolution mit ihrem guten Ende sie zurück in die Welt aus Amateurgesang, Armut und Hitze geworfen.

Die Reklamen erloschen. Als Kurt Lukas das schwarze Haus mit dem Etagen-Dampfbad erreicht hatte, lag das ganze Barviertel in einem schwachen Glimmen, nur noch vom Nachglühen der Leuchtschriften erhellt. Er hörte das Fiepen träumender Hunde und den schnellen Atem der

Bündel, über die jetzt keiner mehr stieg, und hielt sich bald für das einzige wache Lebewesen weit und breit, verantwortlich für alle Schlafenden. Und dabei herrschte reges Leben um ihn. Ein Leben, das er erst nach und nach sah. Ein Leben, so unglaublich wie die ersten Sätze von Maylas Brief.

Kleine, halbnackte Gestalten huschten über die Straße, sammelten sich und zerstreuten sich wieder, liefen einander nach oder bewarfen sich mit Schaumstoff. Sie spielten. Es waren die Kinder, die abends Reste für sich und ihre Eltern aufklaubten, nachdem sie tagsüber auf dem Bordstein geschlummert hatten. Die nach der Bettelarbeit wieder in einen Halbschlaf fielen, ehe sie auf dem Grund der Nacht ihren eigenen kurzen Tag hatten. Sie standen zusammen und rauchten oder bildeten Mannschaften und trugen Wettkämpfe aus, in denen kein Wort fiel. Dabei sprangen sie über die Schlafenden oder verschwanden hinter Autos und Hydranten, ja, schienen selbst ins Straßenpflaster einzutauchen, um gleich darauf woanders wieder dazustehen. Jeden Lärm vermeidend, stellten sie die Nacht auf den Kopf. An ihrem Zuschauer zeigten sie wenig Interesse. Sie flitzten an ihm vorbei und benützten ihn als Versteck oder Deckung; mal war er der Pfosten, vor dem alle haltmachten, mal die Wendemarke, um die sie stürmten. Ihre Verständigung bestand aus knappen Pfiffen, wie die tollender Delphine.

Als sie sich wieder gesammelt hatten, betrat Kurt Lukas ihren Kreis und zeigte die Geldbündel. Alle Kinder wurden starr. Es waren Jungen und Mädchen, kaum auseinanderzuhalten. Sie trugen die gleichen Fetzen, hatten das gleiche schmutzige oder geschorene Haar und alle den gleichen aufwärts gerichteten Blick, als er über ihren Köpfen die Bündel in kleinere Bündel teilte. Auch jetzt fiel kein Wort, und keins der Kinder drängte sich vor, als vertrauten sie fest auf seine Gerechtigkeit. Sein Herz klopfte wie immer, wenn man ihm göttliche Eigenschaften zuschrieb. Er erklärte ihnen, es sei falsches Geld, aber vielleicht bekämen sie morgen früh noch etwas dafür, und begann mit der Verteilung. Jedes der Kinder erhielt aus seiner Hand ein Vermögen. »Es ist Falschgeld«, sagte er noch einmal, »es ist nichts wert«, und stieß auf taube Ohren. Schon war alles verteilt, die Kinder schauten ihn an. Sie schauten auf den Umschlag, den er unter den Arm geklemmt hatte, als vermuteten sie weitere Schätze. Und da kam ihm der Gedanke, das einzige zu geben, das ihn ärmer gemacht hätte, wenn er es nicht mehr besäße. Er stellte sich vor, jedem dieser Kinder ein Stück des Briefes zu schenken, ein Wort, eine Zeile, einen Absatz, ein Blatt, und nahm den Umschlag in beide Hände und rannte.

Niemand sah ihn. Die Gehsteigbewohner würden erst mit dem Frühwind von der Bucht erwachen, vor den Türen der Lokale hingen Ketten, an den Abfallhaufen war das letzte Gesumme verklungen. In dieser Schwebe zwischen Nacht und Tag, als die Kinder, ihr unfaßbares Vermögen umklammernd, noch über einen Geist staunten, der davongestürzt war, feierten in der Halle des Luneta Hotels Journalisten ihren Sieg über die Diktatur. Wer nicht mehr stehen konnte, saß auf der Seite des Guten, und wer zu betrunken war, um zu sitzen, lag in jedem Fall richtig; es war fast unmöglich, in dieser Revolutionsnacht etwas falsch zu machen. Jedes herausgebrüllte Lied wurde zum Freiheitsgesang, jedes gekaufte Mädchen zur Heldin. Man trank auf das Land und die Tapfere Witwe, auf die Kirche und den mutigen Stabschef und immer wieder auf die eigene Leistung, ohne die alles Geschehene der Welt verborgen geblieben wäre, wenn es sich überhaupt ereignet hätte.
 Ein großer, mit Ruß und Asche beschmutzter Mann, der um diese Zeit in der Halle auftauchte, das Haar zerzaust, das Hemd in Fetzen, die Haut zerschrammt und glänzend vor Schweiß, war ein Grund mehr, um anzustoßen. Man prostete Kurt Lukas zu, filmte ihn und bat ihn an Tische

und sah in ihm schließlich – er machte weder Siegeszeichen, noch blieb er irgendwo stehen – das einzige Opfer der Wirren. Nach einem Gang an die Bar setzte er sich auf die Stufen zum Klavierpodium, schloß die Augen und trank. Der Pianist schien nur für ihn zu spielen. *This is the democratic touch*, lautete seine neue Parole zwischen den Evergreens. Er spielte Das Mädchen von Ipanema und Wunderland bei Nacht, Spanische Augen und Auf der sonnigen Seite der Straße, und all diese unsterblichen Lieder verschmolzen für Kurt Lukas plötzlich zu einer Art Heimat; er weinte hinter geschlossenen Augen, eine Erschütterung von Sekunden wie ein aufblitzendes Traumbild mitten im Wachsein. Kaum war es vorbei, spürte er, daß jemand neben ihm saß, und wußte auch schon, wer. Er ließ die Augen zu und erwartete eine Hand im Gesicht, ihre etwas ermüdende Art, ihn zu streicheln, aber statt einer Hand spürte er eine Serviette an seiner Stirn.

Elisabeth Ruggeri tupfte ihm den rußigen Schweiß ab und blies ihm die Asche vom Haar, strich über seine angesengten Brauen und stellte keine Fragen. Nach stundenlangem Warten begrüßte sie ihn mit fertigen Sätzen. »Ich habe über uns beide nachgedacht und bin zu dem Schluß gekommen, daß wir uns ergänzen. Ich bin dir eine Halbschwester, du mir ein Halbbruder, und dieser schwache Inzest, den wir zweimal am Tag begehen, scheint uns nichts auszumachen. Und das liegt nicht an der Situation um uns herum. Auch wenn ich zugebe« – ab hier improvisierte sie –, »daß ich dich im Augenblick hinreißend finde. Du siehst aus wie ein müder Krieger. Was ist passiert?«

Kurt Lukas stand auf. »Der Mabini Palast ist abgebrannt. Und ich habe den Brand überlebt. Und *bin* müde.« Er ging zu den Liften. Elisabeth Ruggeri holte ihn ein. Sie hakte sich bei ihm unter, sie bat ihn zu bleiben. »Alles mußt du mir erzählen«, sagte sie. »Alles.«

»Ich möchte nur schlafen.«

»Aber ich gebe dich noch nicht frei. Wir könnten uns in

den Park legen; es gibt Dinge, die man unter freiem Himmel besser aussprechen kann.«

»Zum Beispiel?«

»Zum Beispiel, ich liebe dich.«

»Und ich liebe dich zum Beispiel nicht, müßte ich dann erwidern.«

Sie schritten langsam durch die Halle und traten in den Park mit seinem Froschkonzert. »Das hat weh getan«, sagte Elisabeth Ruggeri, als sie zwei Liegen nebeneinandergerückt hatten und ausgestreckt waren. »Aber reden wir von der Revolution. Ich habe tanzende Soldaten gesehen, ich habe weinende Soldaten gesehen. Männer, die vor Freude aufgelöst waren, wenn ihnen fremde Frauen Bier und Reis anboten. Ich glaube, daß in diesen Stunden viel geliebt wird« – Elisabeth Ruggeri lachte und ergriff Kurt Lukas' Hand –; »so unbedacht, wie vorher geschossen wurde, wird jetzt geküßt. Soldaten und Mädchen verschwinden hinter ausgebrannten Panzern, entkleiden sich, obwohl sie vom anderen nicht mehr als den Vornamen wissen, und laden einander zur Liebe ein.« Sie ließ seine Hand los und deutete auf den Umschlag und erfuhr, was der Umschlag enthielt.

Beide verschränkten ihre Arme und schlossen die Augen, beide ließen die Mücken gewähren. »Es hätte alles in Rom passieren müssen«, sagte Elisabeth Ruggeri nach einer Weile. »Bei mir.«

Kurt Lukas gab ihr recht. Er widersprach nie einer Frau, von der er sich trennte. Obgleich er es für ausgeschlossen hielt, daß es in Rom passiert wäre. Eine bessere Gelegenheit als seine Terrasse an einem Juniabend hätten sie gar nicht bekommen können. Mehr hatte Rom kaum zu bieten, um zwei Menschen zu vereinen. Nur war das offenbar nicht genug gewesen. Ein ganzes Land in Aufruhr gehörte dazu. Geschlossene Flughäfen, Schüsse und Qualm, zornige Krüppel und feuchtheiße Luft, ein schmutziger Händedruck mit der Frau des Diktators und das kühle Hotelzimmer für zweihundert Dollar, damit sie nach sorgfältiger Dusche übereinander herfallen konnten, so hoffnungslos verwandt, wie sie waren. Er warf ein Steinchen ins Schwimmbecken. Ob sie ein Paar kenne, wollte er Elisabeth Ruggeri fragen, ein einziges wirklich zueinander passendes Paar – zwei verschiedene Menschen, die sich immer wieder, zu ihrem eigenen Erstaunen, ergänzen und ein nie abreißendes Gespräch führen, die selbst noch in der äußersten Begierde Worte wechseln, die für sich sind und doch ganz verrückt nacheinander – ob sie ein solches atmendes Paar kenne, wollte er fragen, aber warf statt dessen noch ein Steinchen ins Wasser. So eine Frage stellte man nur Menschen, die man heimlich liebte. Und er hatte zu dieser Frau neben sich mehr als einmal Ich lieb' dich gesagt, jedesmal deutlicher ohne das e am Schluß. Auf eine unheimliche Weise höchstens zog sie ihn immer noch an, mit ihren langen blonden Schenkeln, die die langen blonden Schenkel einer klugen erwachsenen Frau waren und es auch blieben, wenn sie sich öffneten.

Elisabeth Ruggeri nahm noch einmal seine Hand. »Ich bin eifersüchtig«, sagte sie und drehte sich, als sie keine Antwort erhielt, leise weg.

Kurt Lukas und Elisabeth Ruggeri schliefen ein. Fast gleichzeitig glitten sie durch das Öhr des Schlafs wie in vergangenen Nächten durch das der Lust. In ihren Gesichtern lag eine von jeder Rücksicht befreite Erschöpfung. Frühaufsteher machten einen Bogen um das ruhende Paar; der erste Tag der Demokratie begann strahlend.

Gegen acht Uhr weckte sie die Hitze. Der Himmel erschien schon farblos vor Licht. Ein einzelner Schwimmer zog seine Bahn. Kellner gingen mit frischgepreßtem Saft über den Rasen. Wäscherinnen schichteten Badetücher. Ein Parkdiener fischte Laub aus dem Wasser. Falter erprobten die Flügel. Personal verteilte Zeitungen. Elisabeth Ruggeri erprobte ihre Stimme. »Das Volk hat gesiegt«, las sie vor und schlug dann vor, nach Hongkong zu fliegen, dort sei es kühler, als setze sie ein Gespräch vor dem Einschlafen fort. »Ich liebe Hongkong«, sagte sie.

Kurt Lukas stand auf.

»Ich liebe einen Menschen.«

Er ging einmal um das Becken. Sein Gang kam aus Hüften und Knien, ein Zusammenspiel von Gelenkigkeit und Wissen; kaum etwas konnte er besser als gehen. Und er wollte gut beginnen nach seiner Rettung. Ein Windstoß legte ihm eine der Zeitungen vor die Füße wie eine Aufmerksamkeit des neuen Tags. Er sah die Schlagzeilen und dachte, sie müßten ihn bewegen. Aber sie bewegten ihn nicht, gerade *weil* er dabeigewesen war. Doch lasen sich Schlagzeilen von selbst, wie Blößen sprangen sie ins Auge. Ex-Präsident und Familie auf dem Flug ins Exil. Siegeszug mit Feuerwerk durch die Hauptstadt. Berühmter Nachtclub ausgebrannt. Er ging auf die Knie. Und mit der gleichen besorgten Hast wie die ersten Artikel, in denen sein Name vorgekommen war, las er die Meldung. Alle Gäste und Tänzerinnen hätten sich in Sicherheit gebracht, nur ein Parodist sei umgekommen. Man habe die Leiche mit einem Fernsehgerät in den Armen gefunden. Kurt Lukas zog Hemd und Hose aus. Er sprang ins Wasser.

Das Becken war oval und wurde zur Mitte hin tiefer. Er schwamm dicht über dem Grund. Er war kein guter Taucher, doch schwamm und schwamm. Die Atemnot vereinfachte seine Gedanken. Wieder schrumpfte die Welt. Er liebte also. Kurt Lukas glaubte zu ersticken, aber machte immer noch einen Zug. Das Kachelmuster löste sich auf. Es blieb nur ein zittriges Blau und seine Angst, die falsche Entscheidung zu treffen. Er stieß sich ab und tauchte auf und sah und hörte nichts vor Luftholen. Japsend zog er sich aus dem Wasser, kroch bis zum Rasen und ließ sich auf den Rücken fallen.

Sein Atem wurde ruhiger. Er hob eine Hand und blinzelte in die Sonne. Kleine Wolken zogen auf. Gestern abend wäre ihm Elisabeth Ruggeri noch nachgesprungen. Entweder hatte sie etwas abgelenkt, oder er war ihr schon gleichgültig geworden. Sonst hätte sie ihm doch wenigstens aus dem Wasser geholfen. Und plötzlich tat sie ihm leid, wie ihm der Junge leid tat. Einer Frau das Gefühl für ihn auszutreiben war jedesmal ein Tötungsakt. Kurt Lukas schaute nach ihr. Sie war nicht mehr auf ihrer Liege. Sie stand hinter dem Frühstücksbuffet, im Gespräch mit dem Novizen. Es war wie das zweite Wunder nach dem Wunder der Rettung.

»Augustin!« – nie hatte er so laut einen Namen durch einen Hotelpark gerufen.

Sie frühstückten zusammen. Während Elisabeth Ruggeri an ihrem Tisch unter dem Mangobaum Tee trank und Zeitungen las, saßen Kurt Lukas und der Novize im scharfen Morgenschatten vor einem American Breakfast, das Augustins Wandlung zum Mann vollkommen machte. Er war ausgezogen, das andere Geschlecht zu erkunden, und hatte eine Frau getroffen. Aber das erzählte er nicht. Das verriet nur die Andacht, mit der er den Toast strich, die Langsamkeit, mit der er seine Tasse an die Lippen setzte, und der sich aufrichtende Flaum an den Armen, wenn er sparsame Auskünfte über das Geschehene gab. »Sie mußte dann früh aus dem Bett«, sagte er in einsichtigem Ton. »Um ins Krankenhaus zu gehen.« Und immer noch einsichtsvoll fügte er hinzu: »Sie hat dort auch einen Bekannten.«

Kurt Lukas riet ihm, Grace nicht wiederzusehen. Wenn es schön gewesen sei, dann habe er Glück gehabt. Ein Glück, wie es das Leben nur vier- oder fünfmal biete. Und das müsse ihm genügen. Denn hinter dem sogenannten Bekannten stecke immer ein Freund, wenn nicht der Ehemann. »Vergiß sie also, und freu dich über das, was war. Später hast du noch Zeit genug, unglücklich zu sein.«

Augustin bestellte noch etwas Rührei nach und wollte gerade für alles danken, als zwei Ereignisse zusammenkamen. Eine schnell herangezogene Wolke schob sich vor die Sonne, und, gestützt von Ben Knappsack, eine schwarze Brille vor den Augen und den erbeuteten Mantel auf ihren Koffer geschnallt, erschien Doña Elvira. Kurt Lukas erhob sich, und sie umarmte ihn mit stummer Heftigkeit. »Ihr Freund ist verbrannt«, sagte Knappsack. »Und ein Teil ihrer Gage.« Der Australier trug zu seiner Kappe jetzt einen Pilotenanzug mit Schulterstücken, die Phantasieuniform, in der er den Ex-Gouverneur flog. Er hatte ein durchsichtiges Tütchen bei sich, das eine einzelne hüllenlose Schallplatte enthielt.

Doña Elvira nahm neben Augustin Platz. Sie sprach kein Wort, schob aber ihre Sonnenbrille ins Haar und betrachtete die Reste auf den Tellern. Kurt Lukas bestellte noch zweimal Frühstück, gegen leichte Bedenken der Kellner – wie schwebende Landmassen trieben jetzt Wolken über die Bucht. Elisabeth Ruggeri kam an den Tisch. Sie drückte der Sängerin die Hand. »Ich las es gerade, es tut mir so leid. Eine sinnlose Tragödie. Früher ging man für Gott ins

Feuer.« Sie führte den Gedanken noch etwas aus und sprach von einem fernsehfürchtigen Jungen. Erste Tropfen fielen. Parkdiener schafften einen Schirm heran. Knappsack schob die Tüte mit der Platte unter die Jacke. »Das letzte Steinchen in meiner Sammlung«, sagte er und heulte wie ein einsamer Hund.

»Tribute to Buddy Holly«, rief Augustin, »die alte Version.« Der Australier zog die Kappe vor ihm und zeigte sein seltenes Lächeln. »Das ist meine Musik« – er krümmte den Schirm neu – »und das ist mein Kopfschutz.« Eine Bö fegte über das Wasser. Ober servierten eilig das Frühstück. Kurt Lukas übernahm die Rechnung; wie üblich hatte er einen unterschriebenen Scheck hinterlegt.

Elisabeth Ruggeri beugte sich zu ihm. Sie hielt ihm eine Zeitungsseite hin, auf der nur Namen standen. »Die Namen von Leuten, die in der Lebenden Mauer waren. Die Liste soll fortgesetzt werden. Und schau, was darüber steht: Helden. Und nun schau dir das an« – sie zeigte auf zwei Namen –, »da stehen wir beide. Du und ich. Jemand hat aufgepaßt, als wir mit dem General sprachen. Sie haben immer die Paare genannt, die zusammen in der Mauer waren.«

Neue Windstöße stellten die Palmwedel auf wie kraftloses Haar. Kurt Lukas rannte seiner Kleidung nach.

»Laß uns irgendwie zusammenbleiben«, rief Elisabeth Ruggeri.

»Ich war immer irgendwie mit irgendwem zusammen.« Er zog Hemd und Hose an. »Wenn ich daran denke, denke ich an die idiotische Verbundenheit zweier Menschen auf einem Tandem.« Er trat zu Augustin und zog ihn vom Stuhl hoch; es schüttete plötzlich. Doña Elvira und Knappsack flüchteten mit anderen Gästen unter das Buffetdach. Der Wind stürzte Flaschen um und zerrte an den Schirmen; Elisabeth Ruggeri schützte den Brief mit einem Badetuch. »Was ist los mit dir?« rief der Novize. Kurt Lukas flüsterte – »Nun kannst du ringen mit mir, aber bring mich nicht um aus Versehen.« Sie standen im strömenden Regen. Augustin streifte sein Hemd ab. »Warum gerade jetzt?« Kurt Lukas rempelte ihn. »Weil ich dich bitte. Befrei mich von dieser Frau. Als kleine Gegenleistung.« Und der Novize hebelte ihn zu Boden, setzte nach und wurde mitgerissen. Beide kugelten ein Stück und rangen dann, daß die Gelenke krachten.

Augustin war flink und biegsam. Er verstand es, sich jedem Griff zu entwinden; und er wollte gewinnen. Schon hatte er die Beinschere um die Rippen des Gegners gelegt. Schon ließ er ihn zappeln. »Eins will ich von dir wissen«, sagte er unter Gestöhn, »seh ich älter aus als gestern abend?« Zurufe schallten jetzt durch den Regen; das Buffetdach war Tribünendach geworden. »Du sollst ringen, nicht reden« – Kurt Lukas versuchte den Schwitzkastengriff. Sie kugelten sich wieder. Plötzlich wollten beide gewinnen.

»Der Kleine wird den Großen besiegen«, rief Doña Elvira; sie hatte Wetten angenommen.

Der Novize kämpfte mit dem Gewicht seines Gegners. Er feuerte sich selbst durch Laute an. Kurt Lukas hatte sich auf den Bauch gelegt, es schien unmöglich, ihn zu wenden. Doch das Unmögliche gelang: Blitzartig warf Augustin den langen Körper herum und wandte alle Kraft auf, um ihn auf die Schultern zu zwingen. Kurt Lukas sah einen dunklen Himmel und Elisabeth Ruggeris bedauernden Blick. Sie sah auf ihn herunter, ein Badetuch in der Hand. »Ich habe Maylas Briefchen hier eingewickelt, es hätte sich sonst aufgelöst«, sagte sie, und er gab sich geschlagen. Doña Elvira vergaß ihre Trauer, sie rief, »Wir sind reich!« Ben Knappsack kassierte. Fast jeder hatte auf den Deutschen gesetzt.

Die Kämpfer lagen nebeneinander. Sie streckten ihre Zungen in den Regen und keuchten. Elisabeth Ruggeri ließ das Tuch fallen – »Alles Gute!«

Überraschend, wie das Unwetter gekommen war, zog es auch wieder ab. Die Sonne brannte. Die Stadt dampfte. Der Mittagswind drückte einen unsichtbaren Schwamm vor sich her. Kurt Lukas trocknete – wie beruhigend es war, noch im Warmen zu bleiben. In einer immer gleichen Temperatur, an die man sich anlehnen konnte wie an einen Körper. In Rom schien ja erst eine zahme Sonne, und sie rief ein irreführendes Blühen hervor, das leichtsinnig machte. Vierzehn Tage Halsweh war um diese Jahreszeit die Regel. Vor Ende April heimzufliegen wäre geradezu töricht. Und dann hätte er vielleicht Begleitung, sie könnten zu zweit das wärmer und wärmer Werden erleben bis zu der Nacht, in der in Rom der Sommer kulminierte; weiter wollte er nicht denken. Er saß auf der Rückbank eines offenen Jeeps zwischen der Sängerin und Augustin, am Steuer der Australier. Sie fuhren zum Flughafen; Doña Elvira verteilte die Wetteinnahmen. Zehn Prozent für den Verlierer, zwölf Dollar. Der Novize als Gewinner bekam dreißig Prozent, Knappsack als Eintreiber fünf. Der Rest gehörte ihr. »Dem, der das Risiko hatte«, sagte sie. Kurt Lukas war mit seinem Anteil zufrieden. Kein übler Lohn für einen Anfänger, nach Tageskurs über vierhundert Pesos. Der Australier drehte sich um. Er reichte ihm eine Sonnenbrille und eine teure Zigarre. »Wenn wir dann vom Jeep zur Maschine gehen, die Brille aufsetzen und dazu rauchen. Ein Entgegenkommen. Für den Gratisflug.«

Kurt Lukas übernahm den Part. Damit wäre sein Dank abgegolten. Er hielt die Zigarre, wie Arturo Pacificador sie gehalten hatte, und machte sich klein; es sollte seine längste Rolle werden. Länger als alle Zwanzigsekundenfilme zusammen, in denen er mitgewirkt hatte, und die einzige ernst zu nehmende. Knappsack drehte sich noch einmal um. »Und du, komm bald nach Infanta und sing«, rief er dem Novizen zu. »Das Totenlied auf Buddy Holly. Aber bitte nicht jetzt. Wir haben einen Flug vor uns. Und sag, wo du aussteigen willst.«

Augustin nickte nur; er konnte weder singen noch reden. In seinen Augen lag schon Abschied. Er hatte um Mitfahrt gebeten, um die Zwölfuhrmesse noch zu erreichen. Natürlich würde er seine nächtliche Abwesenheit auf die Revolution schieben. Aber die war nun zu Ende, und damit schien alles zu Ende. Doña Elvira reichte ihm ein Taschentuch und ließ sich anstecken. Es schüttelte sie, und der Name des Jungen entfuhr ihr. Zwischen den Weinenden kaute Kurt Lukas an der Zigarre und verließ sich auf die Sonnenbrille. Ihre Gläser waren groß, ihre Bügel breit, niemand konnte sein Glück sehen. »Wann werden wir landen?«

Der Australier schaute zum südlichen Himmel. »Vermutlich müssen wir vorher runter. In Cebu. Es hängt auch von der Lage ab.« Die Sängerin schneuzte sich. Ihr lief jetzt nur noch der Schweiß; seit ihrer Flucht aus dem Feuer trug sie den Sternenbanneranzug. »Cebu – das wäre herrlich, da machen wir dann alle Urlaub!« Ben Knappsack hielt vor einer Ampel und schaute nach hinten. Der Novize schüttelte den Kopf. »Bei der nächsten.« Zeitungsjungs umringten den Jeep, kaum zu sehen hinter ihren Packen. Stürmung der Präsidentengärten, riefen sie. Eintausendfünfhundert Paar Schuhe gefunden! Alter Minister neuer Minister! Größter Boxerfilm aller Zeiten ab morgen im Kino… Die Ampel sprang auf Grün. Augustin suchte Doña Elviras Hand. »Könnte ich wieder singen bei Ihnen?« Sie gab ihm noch ein Taschentuch. »Du bekämst sogar Geld.« Er segnete sie. Dann umarmte er Kurt Lukas; schon tauchte die nächste Ampel auf. Er vergesse ihm diese letzte Nacht nie. Seine Stimme klang fest. Nun war er der Beschwörende. »Sag Mayla, daß ich ihren Brief gelesen habe. Und ihn eines Tages vielleicht sogar beantworten werde. Und liebe sie für mich mit.« Sie hielten, und die Zeitungsjungs stürmten heran. Kurt Lukas strich sein Haar zurück. Er behielt die Hände im Nacken.

»Wo gehst du jetzt hin?« fragte er.

»Ins Seminar.«

»Schreib mir.«

»Bete für mich.«

Augustin stieg aufs Trittbrett.

»Übrigens ringst du nicht schlecht.«

»Es geht«, sagte Kurt Lukas. »Wirst du sie wiedersehen?«

»Ich glaube nicht. Ich glaube, ich schaff es.«

»Was?«

»Die ganze Welt zu lieben!«

Die Ampel zeigte Grün. Die ersten Autos fuhren. »Raus jetzt«, rief Knappsack und ließ die Kupplung kommen. Der Novize sprang ab. Er lief nebenher. »Letzte Hand«, sagte er und streckte den Arm.

Kurt Lukas ergriff die Hand.

»Wann seh ich dich wieder?«

»Wenn ich Priester bin!« Augustin rannte jetzt.

»Du wirst aber keiner. Du bist der geborene Liebhaber!«

»Ich? Das bist du!«

»Er wird noch überfahren«, rief Knappsack.

»Grüße Horgan von mir und die anderen!«

»Das werde ich tun!«

»Ich mag dich, Father Lukas!«

»Und ich mag dich…«

Sie ließen sich los. Vier, fünf, sechs Jeepneys schoben sich vor den Novizen, alle beflaggt; er kam unbeschadet über die Straße. Kurt Lukas sank in den Sitz. »Auch ein Taschentuch?« fragte Doña Elvira.

4

»Lieber Bruder! Bist Du gut in Singapore angekommen? Unsere Gesellschaft soll dort ja ein schmuckes Haus besitzen. Wir waren alle überrascht, als wir durch De Castro von Deinem Ortswechsel erfuhren; mein erster umfangreicher Brief, der vor zwei Wochen (wie üblich mit italienischer Diplomatenpost) nach Rom ging, wird Dir hoffentlich umgehend nachgesandt werden, wenn er Dich nicht schon erreicht hat. Auf jeden Fall solltest Du *diesen* Brief sofort aus der Hand legen, wenn Du den nach Rom gegangenen noch nicht gelesen hast. Du würdest sonst die Welt nicht mehr verstehen. Und Deine Annäherung bis auf wenige Flugstunden deute ich als Wissensdurst. Die Ewige Stadt liegt wohl doch etwas fern, um die Ereignisse hier beurteilen zu können – Dein jetziger Standort scheint mir dagegen ein günstiger und zugleich sicherer Vorposten. Sobald feststeht, ob unsere Revolution ihren Namen verdient, könntest Du über Nacht zurück sein, ich darf nicht daran denken… Wie man hört, ist Father Demetrio derzeit in Singapore. Er soll dort auf einem psychologischen Kongreß referieren, ich glaube, über seine berühmten Krisengespräche; bestimmt wirst Du ihn treffen und genügend Nachhilfe in jüngster politischer Geschichte erhalten. Ich kann mich also auf das Lokale und Lokalste beschränken.

Laß mich mit unserem früheren Mitbewohner beginnen. Sein Morbus zieht sich hin. Offenbar trinkt er wenig. Drei Glas Bourbon oder eine Flasche Wein am Abend, und er wäre tot, hieß es ja schon vor Jahren. Mit anderen Worten, Gussmann stirbt nicht, wie er es erwartet hat. Er hustet, lacht und lebt. Zwar liegt er – Flores erzählte es schließlich – mit Fieber im Bett, aber sein Zustand ist wohl im Moment nicht lebensbedrohlich. Gerade ernst genug, daß Mayla ihn jeden zweiten Abend besucht, wie man im

Ort erfahren kann. Natürlich wünschen wir ihm das Beste. Wir haben ihn ja nie ganz aus den Augen verloren und beten daher für seinen Kreislauf, auch wenn wir alle vermuten, daß er einige Stunden an der Seite von Mayla verbracht hat. Nach meiner unseligen Ansprache, von der ich Dir berichtet habe, ist Mayla ihm gewissermaßen in den Schoß gefallen. Nur so sei das Fernbleiben von Mister Kurt zu erklären, meinte McEllis, der seitdem Zeichen von Schwermut zeigt. Der Deutsche müsse die beiden bei Zärtlichkeiten überrascht haben – eine These Dalla Rosas –, oder Mayla habe ihm etwas gestanden, wie Pacquin sich äußerte. Ich selbst neige zu der Auffassung, daß unser Gast aufgrund seiner Erfahrungen in Maylas Gesicht lesen konnte; sogar einem Theoretiker wie mir fielen ja Veränderungen an ihr auf. Am Sonntag nach der Wahl sah ich in der Messe eine trauernde Sünderin, um die sich jeder Renaissancemaler gerissen hätte, und gewiß nicht nur, um sie zu malen. Und seit ich sie so sah, stelle ich mir die Tragik vor, sich gerade dann von einer Frau abwenden zu müssen, wenn sie vielleicht am anziehendsten ist…«

Butterworth spitzte den Bleistift. Er saß in der Wäsche auf seinem Bett, saugte am Mundstück und ließ sich Zeit. Ein, zwei Minuten, und die Aufwallung in ihm hätte sich wieder gelegt. Nicht, daß er fürchtete, Gregorio könnte ihn mißverstehen – dafür kannten sie sich zu gut –, seine Furcht war es, sich in dem Thema zu verlieren. Seitenlang über das machtvollste Bild des Weiblichen nachzusinnen, das sich ein unberührter Christ vor Augen führen kann: Maria Magdalena. Der bleiche Priester rang sich zu abruptem Themawechsel durch, auch wenn der zweite Brief damit an Farbe einbüßte. »Ach, bevor ich es vergesse«, fuhr er fort. »Wenn Du schon in Singapore bist, solltest Du durch Raffles Hotel flanieren und einen Drink in der Writers Bar nehmen. Ich habe Dir doch von der Anzeige berichtet, auf der unser Mister Kurt in dieser Bar sitzt, wahrscheinlich hast Du das Bild inzwischen gesehen. Er war schon ein Anblick – mein Gott, ich spreche von ihm, als sei er tot, und dabei hoffen wir alle auf seine Rückkehr; Horgan verläßt die Veranda kaum noch und hält geradezu Ausschau nach ihm. Aber Du sollst natürlich nicht wegen Mister Kurt in Writers Bar vorbeisehen. Ich denke, der Ort ist im Prinzip einen Besuch wert, und würde Dich gern begleiten. Wir beide wüßten schon, auf wen wir anstießen...« Und Butterworth stellte eine Liste in alphabetischer Folge auf, die bei Conrad begann und mit *Mrs. Woolf* endete; »aber spätestens bei Faulkner«, schrieb er darunter, »wären wir betrunken.« Nach dieser Abschweifung machte er einen weiteren Sprung.

»Zurück zu den unschönen Dingen. Seit Tagen hält sich hier das Gerücht, Ex-Gouverneur P. sei unserem Ex-Präsidenten nicht etwa nach Hawaii gefolgt, sondern in seiner Privatmaschine bei Cebu gelandet. Mehrere Zeugen versichern glaubhaft, er sei mit dunkler Brille und Zigarre rauchend, begleitet von seinem Piloten und einer Unbekannten in weißem Pelz, vom Flugzeug in einen Wagen umgestiegen und Richtung Cebu-City gefahren. Wenn dem so ist, und daran zweifle ich nicht, wird er hier wohl bald wieder auftauchen. Er hat sich ja mit Absicht blicken lassen – die Hölle ist verbrannt, aber ihr Herrscher lebt. Einige Zeugen sprachen von seinem Gang. Er sei so königlich auf den Wagen zugeschritten, daß es nicht einmal zu Schmährufen kam. Aber worüber schreibe ich hier. Schluß damit. Laß mich noch ein paar Worte zu den anderen sagen.

McEllis zeigt, wie schon erwähnt, Zeichen von Schwermut. Er fragt nach der Uhrzeit. Er steht mitten am Nachmittag unentschlossen im Flur. Er geht ohne Grund in die Gästekammer, angeblich, um zu lüften. Er blättert bei den Russen. Er zitiert Teresa von Avila, Die Liebe ist hart und unerbittlich... Er wittert überall Konterrevolution. Man sieht ihn in Gesellschaft von Taubstummen. Er vernachlässigt seinen Schnurrbart. Er verspricht sich (aus Ovid wurde Video). Er ißt kaum. Er glaubt, die Hündin würde das Gebären nicht überleben. Er streicht durch den Garten und sucht eine Grabstelle. Er langweilt sich. Ich berichte das so offen, weil jeder von uns Zeichen einer Schwäche zeigt, seit Mayla und Mister Kurt das Haus verlassen haben. Horgan klagt zum ersten Mal über sein Los. Dalla Rosa steigert sich in die Vorstellung, sein Leben sei gescheitert, wenn er am Ordnen unserer Bücher scheitere. Pacquin wird seltsam, er will, daß wir uns nur noch aus seinem Gärtchen ernähren. (Dabei tut Flores ihr Bestes – sie bewirbt sich darum, im Falle von Gussmanns Tod Maylas Stellung bei uns einzunehmen.) Und ich selbst verliere mich in Träumen von literarischem Ruhm, in einem Wahn von einer Lebenskrönung, dem eigentlichen Gipfel, den ich noch erstürmen könnte – ein Zweiundachtzigjähriger mit Illusionen. Ich weiß, daß Erfahrung und Kraft nur kurze Zeit Hand in Hand gehen, für ein, zwei Jahre in den frühen Vierzigern, und trotzdem glaube ich, mir stehe diese Zeit noch bevor. Habe ich meinen Verstand verloren, Bruder? Ich möchte einen Liebesroman schreiben – nun ist es heraus; einer Frau sein Begehren zu gestehen kann nicht schwerer fallen. Was ist nur in mich gefahren? Und warum kam mir dieser Wunsch nicht früher? Ich vermute, ich konnte ihn jetzt erst entwickeln, da seine Erfüllung unmöglich ist. Ich weiß, was ich erzählen möchte, doch fehlt mir der Mut dazu. Wenn ich daran denke, was ich außer Missionar noch hätte sein können, wird mir schwindlig. Ich gestehe, ich liebe das Leben zu sehr, um mich mit einem Lebenslauf abzufinden. Mit dem Tod ja; ihn begrüße ich, er setzt ja dem Sehnen ein Ende. Aber mit mir selbst finde ich mich nicht ab, etwas, das sich im Alter doch geben sollte. Hätte ich nicht Christus gewählt, sondern eine Frau, mir wäre wohl kaum die Treue gelungen. Ich muß das geahnt haben. Doch das Problem ist geblieben. Mein Ehebruch vollzieht sich mit mir selbst. Ich dachte immer: Wissend, was ich tue und warum ich es tue, ginge ich allmählich auf das zu, was ich sein werde. Und nun denke ich diesen Gedanken zum ersten Mal mit dem Wort Unwissend am Anfang. Ich habe das alles noch nie so klar gesehen wie im Moment, und womöglich sollte dies besser der Beginn eines Buchs sein als der Schluß eines Briefs, überlege ich gerade und merke, daß es ernst wird…« Der bleiche Priester stand auf und ging aus der Kammer.

Er mußte etwas trinken. Früher, plötzlicher und heftiger als sonst hatte ihn der Nachtdurst befallen. Butterworth nahm seinen Kanister aus dem Kühlschrank und ließ sich das Eiswasser in den Mund laufen, benetzte sich das Gesicht, bespritzte seine Leibwäsche und stöhnte vor Erleichterung. So lautlos er dieses Durststillen und Abkühlen in anderen Nächten betrieb, so unüberhörbar waren jetzt seine Wasserspiele. Er gab sich größte Mühe, nicht allein zu bleiben. Und als McEllis schließlich mit den Worten »Sind Sie es, Mister Kurt?« durch den Gang kam, nahm er sich rasch einen Stuhl, saß auch schon nachdenklich am Tisch und erwiderte, »Ich bin es.« Mit seiner ganzen Haltung – mit allem, was unterhalb einer Bitte lag – suchte er ein Gespräch. Aber McEllis fragte nur nach der Uhrzeit.

Butterworth ging dann nicht mehr ins Bett. Er wartete den ersten Sonnenstrahl ab, der seinen Geist immer wieder auf die Erde zurückholte, so auch an diesem Tag. Während er Morgentoilette machte, hatte er gleich drei vernünftige Ideen. Er würde sich dafür verwenden, daß Flores schon jetzt Maylas Posten zugesprochen bekam, damit die ungute Nachfolgefrage aus der Welt war. Er würde McEllis aus seinem Zustand befreien, ihm vorschlagen, Mister Kurts römische Anschrift zu ermitteln und dem Herrn vielleicht zu schreiben. Und vorsichtshalber würde er eine Grabrede auf Wilhelm Gussmann aufsetzen.

Aber noch lebte der frühere Priester. Obwohl er seit dem Umsturz neben Fieber auch Schwindelanfälle und Gelenkschmerzen hatte – in jener Nacht war auf Infanta der erste Dauerregen des Jahres gefallen –, kam es weder zu Kreislaufkrisen noch einer Atemlähmung. Sein ganzes finales zur Wand gedreht Liegen war bisher ein Fehlschlag.

Was hielt ihn am Leben? Sein Wissen um die eine Stunde mit Mayla vor allem. Sein Nachkosten jeder Minute, jeder Sekunde, jedes großen Augenblicks. Und er las. Gussmann las alles, was in den Zeitungen über die Umstände der Revolution stand, und entdeckte dabei den Namen Kurt Lukas neben dem einer Italienerin in der Liste der Helden. Elisabetta Ruggeri. Wie mochte die aussehen? Schlampig, aber hübsch? Er kannte Italienerinnen nur aus Filmen und setzte sich Signora Ruggeri aus so vielen Bildern zusammen, daß sie ihm am Ende monströs erschien und er den Mann bedauerte, der das Bett mit ihr teilte. So verging wieder eine Nacht, und ein weiterer Lebenstag begann. Sein Vertrauen in den Tod nahm ab. Offenbar zählte er zu der Sorte, die nur gefällt werden kann. Aber darauf wollte er nicht warten. Er hatte sich den März vorgenommen, und der März war noch nicht zu Ende; eine Woche müßte reichen, um zu sterben. Seine Angelegenheiten waren soweit geregelt. Flores bekäme alles, obgleich sie nichts wollte; die Bestattungskosten waren entrichtet. Schriftlich hatte er nur festgehalten, daß er keine Sakramente wünsche und sich auch jede posthume Annäherung der einstigen Mitbrüder Butterworth, McEllis, Dalla Rosa, Horgan, Pacquin und Gregorio an seine Person verbitte, wobei er Horgan gerne ausgenommen hätte. Doch Horgan fehlte leider die Kraft, um als Privatmann Blumen auf ein Grab zu streuen, man würde ihn schieben, ja, ihm die Hand führen, eine Demonstration der Versöhnung wäre die unvermeidliche Folge. Nein, auch Horgan nicht. Keine Blumen von einer Seite, die seine Liebe für Altersferkelei hielt. Wilhelm Gussmann bestand auf der Kluft. *Für alle Zeiten*, wie es in seinem knappen Testament hieß.

Was hielt ihn noch am Leben? Dreimal in der Woche kam Mayla. Sie kam, wenn Flores neuerdings in Malaybalay eine von zwei Lehrerinnen ins Leben gerufene Frauengruppe mit dem Thema Wilde Ehen besuchte und danach bei einer Cousine schlief. Mayla kam, von Flores ausdrücklich um diese Besuche gebeten, nach der Arbeit und blieb eine Stunde. Eine Stunde, in der sie für ihn und sich Essen bereitete, das Essen mit ihm einnahm, spülte, sein Gesicht wusch, das Laken glattstrich und wieder ging. Bis auf dieses Waschen, es dauerte nur eine Minute, hätte sie sich alles sparen können; so wäre auch das Sterben vorangekommen. Aber das durfte er ja nicht wollen. »Du mußt essen«, sagte sie. »Ich komme nur, wenn du leben willst.« Und darum aß er für diese Minute, in der Mayla als Zugabe manchmal auch seine Brust wusch, ja, sogar die Achselhöhlen. Über ihre gemeinsame Nacht, die keine war, hatten sie nie mehr gesprochen, und je länger dieses Schweigen währte, desto unglaublicher erschien ihm das Geschehene. In gewisser Weise war es schon wieder wie vorher, er träumte davon. Aber auch das hielt ihn am Leben, gerade das. Nur die ordinäre Musik, die Ferdinand während Doña Elviras Abwesenheit auflegte, und die zunehmenden schweren Regenfälle trugen zu seinem Ende bei.

An einem Abend, als er Maylas Besuch entgegensah, lastete die Luft in der Hütte wie ein feuchter Mantel auf ihm. Seit Stunden hatte er geschwitzt und gefroren. Da gab es mehr zu waschen als Gesicht und Achseln – Gussmann griff nach den Zeitungen und bedeckte seine Blöße mit dem Blatt, auf dem die beiden Namen standen. *Mr. Kurt Lukas and Mrs. Elisabetta Ruggeri.* Wenn Mayla ihn wusch, hatte er immer die stille Hoffnung, sie würde dieses Namenspaar entdecken. Darauf stoßen wollte er sie nicht.

Er war ja zerrissen, was sie und Kurt Lukas anging. Sie liebte den werten Herrn, das stand fest. Aber war ihm dieses Glück zu gönnen? Und war es ihr zu gönnen? Er kämpfte gegen die Kleinlichkeit aller Eifersüchtigen. Wollen mußte er ihr Glück; und während der Besuche sollte sie davon erzählen, sogar in der einen Minute. Noch größere Leiden sollte sie ihm bereiten. Obwohl Mayla ihn keineswegs quälte, sie war nur höllisch aufmerksam. Wie schaust du mich an, fragte sie, wenn sie ihm etwas länger den Rücken zuwandte, und er hatte dann jedesmal auf ihre Kniekehlen gestarrt. Aber selbst bei diesen kleinen Tadeln blieb sie sanft gegen ihn. Auch wusch sie ihn sanft, sanft in den Ohren, sanft hinter den Ohren. Und summte dabei. Was wollte sie? Ihn einschläfern, aus dem Verkehr ziehen? Offenbar glaubte sie immer noch, daß ihr Geliebter zurückkäme. Obwohl viel dagegen sprach – bewegte Wochen waren verstrichen. Das Grab der Liebe waren die Zeiten, nicht die Zeit. Die Zeit unterlag der Liebe, sie wurde von ihr gedehnt, verkürzt, übergangen, verspottet. Aber die Zeiten ließen aus einer Trennung von Tagen Monate werden. Mayla ging davon aus, daß ihn ihr Brief erreicht hatte, daraus schöpfte sie Hoffnung. Und hoffe du auch, sagte sie bei ihrem letzten Besuch. Eine unnötige Aufforderung. Denn er fieberte Kurt Lukas' Rückkehr geradezu entgegen: Er wollte ihm den Laden vermachen. Den Laden, die Hütte und die Vorkriegsbücher, seine zwei Bierhumpen und eventuell die Flasche alten Weins. Flores wollte nur etwas Geschirr, Bettwäsche und das Radio; seine Ersparnisse mußte er ihr schon aufzwingen. Wilhelm Gussmann hoffte auf einen Erben.

Er sah zum Fenster. Es war schon fast dunkel. Mayla kam nie vor neun. Also in drei Stunden. Frühestens. Manchmal kam sie auch erst gegen zehn, wenn sie den Bischof auf einer Überlandfahrt begleitet hatte. Sie war ausgesprochen tüchtig. Und sah und hörte alles. Jeder Vorgang im Ort schien durch ihr kleines Büro zu gehen, wie von selbst erfuhr

Mayla Intimes. Narciso bangte um seinen Posten; er hatte sich ein Bild der Tapferen Witwe auf den Schreibtisch gestellt. Und sie wußte auch, daß über seine Absetzung nachgedacht wurde. Und um so etwas ging es dann während ihrer Besuche, um Lokalpolitik. Sogar während der Waschung fing Mayla damit an. Die Bürgermeister auf der Insel müssen endlich Auskunft geben über ihre Nebeneinnahmen, sagte sie, und er ließ sich auch noch in eine Unterhaltung über Reformfragen hineinziehen, nur um ihr nicht mit seinem Schweigen zu verraten, wie sehr diese Minute ihn mitnahm, wie sehr er sich nach einer einzigen nicht der Reinigung dienenden Berührung sehnte, die er dann erwidern dürfte, mit der gleichen unendlichen Sanftheit. Wenn so die Hölle war, hielt er sich schon in ihr auf. Nein, er konnte die mildernden Umstände der Sakramente entbehren. Wer so durch die Liebe geschleift wurde, sah im Sterben einen Spaziergang. Wilhelm Gussmann drehte sich zur Wand. »Mich hungert«, murmelte er in seinem vereinsamten Deutsch und sank in einen Fieberschlaf, während die unverkennbaren Geräusche von Plattenkratzern über den Ort tönten.

Ferdinands Herrlichkeit war zu Ende. Doña Elvira war heimgekehrt. Im Ventilatorwind, den erbeuteten falschen Nerz um die Schultern, begrüßte sie ihr Publikum mit einem alten Lied – Du schaust mich an und lächelst. Knappsack hatte für sie auf eine seiner Geheimzahlen gedrückt. Er, Kurt Lukas und die Sängerin waren eine Woche auf Cebu gewesen. »Wir brauchen alle etwas Abstand«, hatte Doña Elvira im Flugzeug erklärt und aus einer noblen Laune heraus den angekündigten Urlaub bezahlt. Per Bus waren sie in ein Kaff an der Meerenge zwischen Cebu und Negros gefahren und hatten eine Fischerhütte gemietet. Es gab dort keine Zeitungen, und Kurt Lukas erfuhr nichts vom Erfolg seiner Pacificador-Rolle, die kurz hinter dem Flughafen mit dem Wegwerfen der Zigarre geendet hatte. Es gab dort auch keinen Strom und keine Fremden. Es gab nur das lauwarme Meer und eine gewisse Angst vor Haien, das ewig wolkenverhangene Negros und einen unberührten Strand mit toten Bäumen, gleichgültigen Schildkröten und wandernden Lagunen; abends gab es gebratene Fische, reichlich Bier und reinen unbegleiteten Gesang. Von Anfang an war ihnen die seltene Balance zwischen zwei Männern und einer Frau geglückt, die allen dreien das Gefühl gab, ewig so weiterleben zu können. »Aber Infanta braucht mich jetzt«, hatte Doña Elvira schließlich bemerkt und war einen Tag später mit besten Vorsätzen auf ihre Bühne gegangen; an diesem Abend ließ sie jeden spüren, daß mit der gottgefälligen Person an der Spitze des Landes nicht etwa auch neue Zeiten für die Bude anbrächen. In ihrer Stimme lag die ganze von sieben Strandtagen mit ihrer versteckten Langeweile und sieben meerumrauschten Nächten mit ihren verschleppten Gedanken angestaute Geilheit. Wie vor dem Erwerb der Rhythmusmaschine übertönte sie wieder die Musiktruhe. Es konnte ihr gar nicht laut genug knacken und knistern, wenn die alten Lieder anliefen; denn mit ihrem unergründlichen Musiksinn ahnte Doña Elvira, daß kaum etwas mehr zum Ruhme der Bude beitrug als diese unzeitgemäßen Plattenkratzer, die über eine unzeitgemäße Nadel und einen unzeitgemäßen Verstärker aus himmelschreienden Lautsprechern krachten.

Jede dieser Salven verwandelte sich in Wilhelm Gussmanns fiebrigem Kopf zu einem fortgesetzten Alptraum von seiner eigenen Erschießung durch ein Kommando aus fünf Nonnen unter dem Befehl von Father Gregorio. Der frühere Priester sah sich an einem Pfahl, der vor seinem Laden aufgestellt war. Trotz der schwarzen Binde, die man ihm um die Augen gelegt hatte, erkannte er alles. Die Gesichter der Nonnen waren die seiner einstigen Mitbrüder. McEllis und Butterworth schauten ihn unbewegt an. Dalla Rosa schien an ihm vorbeizublicken. Horgan liefen zwei Tränen. Pacquin hatte völlig erloschene Augen. Sie waren

es und waren es nicht. Gussmann sah sich einem Erschießungskommando aus Zwittern gegenüber; nur Gregorio
besaß etwas Männliches. Er stand einige Schritte neben
den fünfen, im ochsenblutroten Rock eines Kardinals, und
gab mit einem Weihwedel das Zeichen zum erneuten Anlegen der Gewehre. Die Erschießung wurde laufend wieder-
holt, bis sich McEllis die Pfeife ansteckte. West-Virginia
haben wir besser zu Hause gelassen, erklärte er, und Gussmann versuchte, seine Fesseln zu lösen; er war wie stumm
mit gebundenen Händen. Was glaubt ihr von mir, wollte
er rufen. Glaubt ihr, ich schrecke nicht einmal vor einer
Hündin zurück? Und sie schwiegen und zielten auf ihn,
Feuer frei, befahl Gregorio. Der frühere Priester hörte das
Krachen der Salve und begriff, daß er immer noch lebte,
und sah sich nicht mehr an dem Pfahl, sondern auf seinem
Lager, nur mit der Namensseite bedeckt. Und wieder die
fünf, wieder die Blicke, und das Zeitungsblatt rutschte. Er
wollte es festhalten, doch die Hände gehorchten ihm nicht.
Sein Geschlecht kam zum Vorschein, und allen fünfen
klappten für einen Augenblick die Lider herunter wie bei
Schlafpuppen, wenn man sie legt. Seht da nicht hin, rief
Gussmann, seht da nicht hin – und konnte endlich die
Hände bewegen. Er griff nach der Zeitung und wollte seine
Blöße verhüllen, ein aussichtsloses Bemühen. Das Blatt
wurde immer kleiner, während das Glied immer größer
wurde und die fünf immer näher kamen. Wilhelm Guss-
mann schüttelte den Kopf und erwachte, jemand wich vor
ihm zurück, er sah ein bekanntes Gesicht. Und mit den
Zähnen klappernd vor eisigem Schweiß, fragte er, »Wer ist
Elisabetta Ruggeri?«

Kurt Lukas wich bis an den Tisch zurück. Den einen verließ die Angst, den anderen ergriff sie. Er wollte Eine Bekannte sagen, doch Gussmann fiel ihm ins Wort. Sie hätten
versucht, ihn zu erschießen, die Brüder, den alten Bock
einfach hinzurichten. »Aber ich lebe noch«, stellte er fest

und wiederholte seine Frage, »Wer ist Frau Ruggeri?«
Kurt Lukas ging zum Spülstein und kühlte sich Wangen
und Arme. Er hatte Sonnenbrand. »Was für eine Hinrich-
tung?« Wilhelm Gussmann stemmte sich auf. »Das er-
fährst du noch, wir haben die ganze Nacht Zeit. Also, wer
ist sie, mein Werter? Natürlich eine Geliebte...« Er bekam
einen Hustenanfall. »Sie ist Journalistin«, rief Kurt Lukas,
»sie lebt in Rom.« Und er erzählte von einer Elisabeth
Ruggeri, die er etwas älter, etwas erfolgreicher und etwas
unsympathischer machte, als sie es war. »Woher hast du
überhaupt den Namen?« Gussmann deutete auf das Zeitungsblatt. Hustend sagte er, »Und nun komm wieder näher, setz dich. Warum bist du hier? Um meine Gestalt zu
sehen? Da wärst du lieber bei der Dame von fünfzig geblieben. Als ich fünfzig war, schwärmten noch alle Gemeindeschwestern für mich.« Kurt Lukas trat vor das Lager.
»Die Leute sagen, du liegst im Sterben. In der Bude spricht
man schon von deiner Beerdigung. Aber ich sehe, du
lebst.« Der frühere Priester lachte. Seine Wangen flatterten, die Augen verschwanden. »Und was hast du noch gehört?«

»Ich erhielt einen Brief. Mayla schrieb mir, sie habe an
deiner Seite gelegen. War es schön?«

Gussmann boxte sich in die Hand. »Schön? Unbe-
schreiblich!« Die Zeitungsseite rutschte, sie rutschte wie
im Traum, er konnte sie nicht halten. Er entschuldigte sich.
Er weinte. »Hast du Mayla schon gesehen?« fragte er.

»Ich bin erst eine Stunde hier. Ich kam mit Doña Elvira.
In der Bude traf ich Hazel. Von ihr erfuhr ich, wo Mayla
heute abend zu finden sei. Bei Father Gussmann, sagte sie,
ein Krankenbesuch. Und da dachte ich, ich könnte bei dir
auf sie warten. Wenn ich nicht störe.«

»Du störst uns nicht. Sie wäscht mich, mußt du wissen.
Aber das dauert nur eine Minute. Und sie wäscht mir auch
nur das Gesicht, allerdings mit bloßen Händen.« Gussmanns Zähne klapperten wieder. »Deck mich zu«, sagte er.

»Irgendwo muß hier ein Tuch liegen. Deck mich damit zu. Und später zieh es mir über den Kopf.« Kurt Lukas fand das Tuch, er deckte den mageren Körper zu und erkundigte sich nach Flores. Gussmann erklärte ihm, wo sie war. »Eine Frauengruppe. Gott sei Dank, daß es jetzt so etwas gibt. Man nimmt mir Arbeit ab. Ich kann Flores nicht mehr zuhören. Sie kann mir auch nicht mehr zuhören. Und wir haben uns immer das eine oder andere erzählt. Ich habe Flores geliebt. Sie ist gut und steht auf der Erde. Als ich sie zum ersten Mal sah, kam sie vom Einkaufen« – er deutete nach draußen –, »Flores ging hier vorbei, ich schaute ihr nach« – er lächelte –, »ihr Gang bewies mir leicht, daß sie keine namhafte Tanzschule besucht hatte. Kierkegaard, sein Buch ist mir leider entwendet worden. Flores und ich kamen dann ohne viel Worte zusammen, und innerhalb dieser Hütte entfernten wir uns auch wieder ohne viel Worte. Wir haben keinen Verkehr mehr. Wir streicheln uns nur noch die Hände. Alles übrige verödet. Und darum darfst du Mayla ihre schwache Stunde nicht vorwerfen. Sie hat sich aus Güte zu mir gelegt. Sie hat sich erbarmt.« Er machte eine Pause. Dann sagte er, »Ich würde heute nacht gern sterben.«

»Sterben? Nein, nein, nein, bitte nicht«, rief Kurt Lukas und fragte den früheren Priester, ob er an ein höheres Wesen glaube, und wollte von der Rettung aus dem Feuer erzählen, weiter und weiter reden, damit es nicht still werde im Raum, doch bekam eine Antwort. »Ja«, flüsterte Gussmann, »aber du mußt schon Gott sagen. Es gibt kein anderes Wort für Gott als Gott; sie taugen alle nichts. Mittelmäßige Philosophen verwenden sie. Oder Möchtegernliteraten. Ein Butterworth in seiner New Yorker Zeit – erzählte mir Horgan. Er sei bleich wie ein Laken durch das Village gestrichen und habe sich mit jüdischen Schriftstellern angelegt.« Gussmann machte wieder eine Pause und sprach dann, als sei er in Eile.

»Paß jetzt gut auf. Meine Angelegenheiten sind geordnet. Das Geld für Grube und Sarg ist bezahlt. Der Laden und die Hütte sind unbelastet. Ich vererbe dir beides. Samt Inventar, bis auf Kleinigkeiten, die Flores bekommt. Sie möchte nicht mehr. Du bekommst die Heftchen und meine Bücher. Lies sie. Und lasse dich nicht von Dalla Rosa überreden, sie der Stationsbibliothek zu stiften. Achte auf deinen Besitz, investiere mit Verstand; erweitere den Laden behutsam. Biete Getränke und brauchbare Romane an. Kümmere dich um Werbung. Sorge für gemischtes Publikum. Erwirb einige Kissen. Achte auf verträgliches Licht. Gewähre nur Kleinkredite. Wechsle das Schild auf dem Dach. Nenne den Laden anders. Von mir aus mach nichts, wie ich es gemacht habe, nur halte mein Ansehen hoch.« In seinen Augen blitzte ein Lächeln. »Sei mein Erbe.« Wilhelm Gussmann schwieg. Doña Elvira sang. Ein leichtes Blätterrauschen mischte sich in ihr Lied.

»Aber ich lebe in Rom«, sagte Kurt Lukas.

»Werter, ich habe auch schon woanders gelebt. Mehrmals sogar.«

Das Rauschen wurde stärker; Tropfen fielen auf das Blechdach. Kurt Lukas ging mit großen Schritten auf und ab.

»Natürlich danke ich dir für das Vertrauen.«

»Nichts für ungut. Du sagst also zu.« Gussmann richtete sich noch einmal auf. »Ich hinterlasse nur diesen Laden und die Dinge, die ich genannt habe. Was soll ich denn sagen am Schluß? Alles vergebens? Soll ich das sagen? Also sage mir, daß du annimmst.«

Kurt Lukas setzte sich neben das Lager.

»Vielleicht.«

»Was heißt vielleicht? Infanta ist kein Spielplatz; du mußt den Laden übernehmen und mußt Mayla dann heiraten. Sie liebt dich nicht, weil es *dich* gibt, sondern weil es *sie* gibt. Und sie will Kinder.«

»Ich glaube nicht, daß sie das will.«

Der frühere Priester lachte ihn aus.

»Man hat hier noch nie von einer Frau gehört, die nicht Kinder wollte.«

»Ich werde Mayla mit nach Rom nehmen.«

Wilhelm Gussmann packte Kurt Lukas, er zog ihn zu sich herunter – sie rangen für Momente –, weiß im Gesicht und atemlos rief er: »Du kannst Mayla mitnehmen, nur wird sie in Rom nicht froh werden. Und du kannst hierbleiben, nur wird dir hier stets etwas fehlen. Und du kannst mal hier und mal dort sein, nur bist du dann nirgends. Es gibt keine Nord-Süd-Passage. Ich habe sie vierzig Jahre lang gesucht.« Er sank zurück und schloß die Augen.

Kurt Lukas fühlte ihm den Puls. Er zwang sich dazu. Ohne auf die Uhr zu sehen, zählte er die Schläge. Hatte er Hoffnung gemacht, er würde das Erbe antreten? Diesen Laden, diese Hütte, dieses Elend; diesen Raum, in dem es jetzt still war. Still wie in seiner römischen Wohnung, wenn ein Abend ohne Verabredungen anbrach, mit dem letzten Wort der Nachrichten; *Buona serata*, und die Stille begann. Noch immer zählte er die Lebenszeichen. Bei hundert zog er seine Hand zurück. Wilhelm Gussmann schlief, und alles im Raum verlor seinen Sinn. Die Zeitungen auf dem Boden, die Konserven im Regal, die huschenden Schaben verloren ihren Sinn. Das kleine Radio unter der Matratze und das Köfferchen mit Gnadennadel. Der Strohhut, die Fliegengitter und das elektrische Licht; das Blatt, das Gussmanns Schoß bedeckte, sein nasses Haar und sein Atem verloren ihren Sinn. Ein Kamm und Rasierbesteck lagen noch sinnloser neben dem Spülstein als vorher. Am sinnlosesten standen die Bierhumpen da. Kurt Lukas hob sie an und stellte sie wieder auf die staubfreien Kreise. Er wollte gehen und blieb.

Ohne Zeit, ohne Form, so erschien ihm jetzt alles, und so fühlte er sich. Weder müde noch wach, entschlossen zu nichts. Wie in Rom, im August, wenn er auch gehen wollte und blieb. Er trat ans Fenster und sah einen Käfer, der am Gitter entlangkroch. Er schaute ihm zu. Er verfolgte das

Kriechen – wie gut er diese Trägheit seiner Augen kannte, die ihn sonst auf dem Höhepunkt des Sommers befiel. Bei einer schleichenden Katze, bei einem wippenden Rock, bei einem Paar, das sich küßte; fast in jeder Bewegung konnte er sich verlieren, bis ihm am Ende das Alleinesein vor Augen stand. Die bestechende römische Traurigkeit, die im August seine Terrasse, seine Wohnung, die ganze Stadt und jeden der Hundstage tränkte, hatte ihn wieder. Das Schauen und Schauen und Hinterhergehen und allmähliche Verführen, das zu nichts führte. Wenn er am späten Nachmittag einen neuen Mund erforschte und schon beim ersten Kosten wußte, daß es nicht der Mund der Münder war, nicht die Frau der Frauen. Nicht das Glück. Wenn er das begriff und seine Umarmung heftiger wurde, um wenigstens den fremden Körper zu spüren, und er diesen Körper überall küßte und dabei schon Abschied nahm, wenn er nicht eins sein konnte. Er kratzte am Fliegengitter und fühlte die Kralle des Käfers, sein sich Wehren durch die Maschen, und war völlig unvorbereitet, als ihn der Geruch frischgewaschenen Haars erreichte. Kurt Lukas drehte sich um. In der Tür zum Hof stand Mayla.

Sie sah ihn an, als warte sie noch darauf, ihn zu sehen, und er bewegte eine Hand. Im zweiten Augenblick wollte er auf sie zugehen, aber Mayla ging schon zu Gussmann. Als sie sah, daß er nur schlief, also lebte, stellte sie ihre Tasche auf den Tisch. Für eine gewöhnliche Begrüßung war es inzwischen zu spät. Mayla tat dann, was sie immer zu Beginn des Besuchs getan hatte, sie räumte rund um das Krankenlager auf. Kurt Lukas schaute in den Hof; es goß auf einmal. Das Prasseln auf Blätter und Dach war so laut, daß er ihre ersten Worte kaum hörte – »Langsam fängt die Regenzeit an.«

Er nickte sachverständig und kam auf sie zu. Fast alles an ihr – Stimme, Gesicht, Bewegungen, Hautfarbe, Haltung, Frisur – war ihm etwas anders in Erinnerung, ein wenig schwereloser. Ein Lächeln löschte dann diesen Eindruck, ein leichtes Lächeln über sein neues Hemd; er schloß die unteren Knöpfe. Wie gut, daß sie gekommen sei, Gussmann rede schon vom Sterben. Mayla unterbrach ihn. »Wilhelm stirbt nicht im Bett«, sagte sie und ließ danach den Mund etwas auf, als erwarte sie einen Kuß.

Kurt Lukas zog sich Hautfetzen von der Nase. Mayla schaute ihm zu. Dann fielen drei Sätze. Sie: »Du hast einen Sonnenbrand.« Er: »Den bekommt man hier schnell.« Sie: »Ich bekomme ein Kind.«

Der Regen ließ nach. Kurt Lukas zog sich immer noch Haut ab. Maylas Mund war jetzt geschlossen. Nun schien sie ein Urteil über Leben und Tod zu erwarten. Als das Geprassel ganz aufhörte, hielt sie ihm die Hand fest, um seine wunde Nase zu schützen, und drückte die Hand; ihre Zärtlichkeit kam so unerwartet wie die Bemerkung über das Kind. Beides floß für ihn ineinander, und von einer jähen, aberwitzigen Hoffnung erfüllt, wie sie nur Gefangene und Verliebte aufbringen, sagte er, »Du machst dir einen Spaß mit mir, ich seh es dir an. Warum solltest du auch schwanger sein, wo wir doch verreisen – nächsten Monat sind wir in Rom. Wenn dort der Frühling anfängt. Wir gehen in den Borghese-Zoo. Wir gehen zum Campo dei Fiori. Und am Karfreitag ins Kolosseum, wenn dort der Papst auftritt, abends. Danach gehen wir essen. Wir nehmen Lamm und vorher etwas eingelegten Fisch, als Nachtisch süßen Kuchen mit Rum« – er küßte Maylas Stirn –, »und zu unserem Lamm trinken wir einen Soave. Oder trinkst du keinen Wein?«

»Ich trinke, was du trinkst. Mach dir keine Gedanken. Es ist alles in Ordnung.«

Sie ging in den Hof. Kurt Lukas folgte ihr. Ein Ausklang des Regens schwebte noch in der Luft. Er holte Mayla ein und drehte sie um; er lächelte, und sie lächelte mit ihm. »Wir zwei haben uns immer noch nicht richtig geküßt«, sagte er. »Erst war deine Lippe verletzt und anschließend meine. Ich hatte dir versprochen, es nachzuholen.« Mayla legte den Kopf zurück. Sie überließ ihm ihren ganzen Mund. Nach dem Kuß fragte sie, ob das die Art sei, wie er sie küsse, und er antwortete, ja, das sei seine Art. »Dann ist es besser, wenn du mehr küßt als redest« – Mayla löste sich von ihm und trat unter das Dach über dem Steinherd; der Boden war dort trocken. Sie hakte eine Matte ab, die tagsüber Schatten gab, und breitete sie vor dem Herd aus. Sie legte sich hin und lud ihn ein, sich neben sie zu legen. »Aber jetzt möchte ich, daß du redest. Erzähl.«

Er setzte sich zu ihr und sprach zuerst von dem Brief, ohne zu erwähnen, daß er geöffnet war. Er dankte ihr. Natürlich habe ihn der Brief auch ratlos gemacht. Und an einer Stelle vielleicht auch enttäuscht. Er nannte nicht den Namen Gussmann, er sagte nur, »Überflüssig war das doch wohl, wie die meisten Affären.« Dann sprach er von der Revolution – wie nahe ihm diese Tage gegangen seien. Zwischendurch erzählte er von Augustin, vom Luneta Hotel und von Elisabeth Ruggeri. »Gespräche mit einer solchen Frau sind ja immer auch mühsam«, sagte er. Schließlich kam er auf den Brand und die Lebensgefahr, aus der er befreit worden war, ohne auf die Rettung näher einzugehen. Und nach alledem sei er urlaubsreif gewesen. Einige Tage am Strand, die ihm gutgetan hätten. Damit beendete er den Überblick und sprang von einem zum anderen. Augustin. Beherzt. Lebendig. Fabelhaft. Natürlich gefährdet in dieser schlimmen Stadt. Dann Doña Elvira. Sie habe Heimweh gehabt. Und bei dem Feuer einen Freund verloren, fast noch ein Kind. Überhaupt die Kinder. »Manche leben nur nachts, sie spielen erst, wenn alles schläft«, erzählte er ein wenig stockend; allein das Flunkern ging ihm von den Lippen wie sein Atem.

Mayla unterbrach ihn kein einziges Mal. Sie war bemüht, jedem Satz zu folgen. Erst als er minutenlang nichts mehr erzählt hatte, holte sie sich eine Zigarette. Sie leckte daran und roch am Tabak, behielt die Zigarette eine Weile in der Hand und warf sie dann in den Herd. Kurt Lukas erkundigte sich nach ihrer Arbeit, Mayla schilderte den Tagesablauf. Das Durchsehen der Post, das Empfangen von Bittstellern. Das Abstimmen von Terminen mit dem Bischof, die Fahrten mit ihm, die Mahlzeiten mit ihm. Das Erledigen der Korrespondenz, das Anlegen von Akten. Besucher durch den Garten führen. Die Abendmesse hören. Aufräumen. Eigentlich erzählte sie nichts. Zum Beispiel kein Wort über ihr täglich wachsendes Wissen von den Vorgängen auf der Südinsel, von den sachten Veränderungen. Wer sie vorantrieb, wer sie behinderte. Oder kein Wort über ihren zunehmenden Einfluß in Infanta, wie sie Arbeit vermittelte oder Gespräche darüber führte, was den Ertrag eines Stück Lands steigern könne. Ihre Diskretion ging so weit, daß sie verschwieg, wie sehr sie sich durch die neue Aufgabe veränderte. Mayla war nicht mehr in erster Linie reizvoll, das kam nur dazu; sie war erfolgreich. Das schier Unmögliche konnte sie möglich machen, Spendengeld in richtige Hände leiten, Staatssekretäre ans Telefon bekommen, Stundungen erreichen, Instanzen überspringen. Mit der Rückkehr von Kurt Lukas fehlte ihr nicht mehr viel zum Glück, etwa ebenso wenig, wie ihr zum Unglück fehlte. Nur Hazel und De Castro wußten von ihrem Zustand. Der Bischof hatte sogar seinen kleinen Vorrat an Sekt angebrochen. Ein Kind sei immer gut – »Don't worry.«

Mayla drehte sich auf die Seite und streichelte den Mann neben sich. Wind hatte die Wolken geöffnet; am ganzen Himmel blinkten Sterne. Ihr Licht schien nah. Auch der Gesang aus der Bude klang nah. Und nah waren die Baumkronen, der wärmende Steinherd, der Boden. Mayla zog sich aus, und der Mensch, den sie herbeigesehnt hatte, beugte sich über sie. Er erkundete ihren Mund, ihre Ohren und die Achseln, ihre Hüften, ihren Bauch und die leichte Höhlung der Schenkel. Seine Finger fanden ihre empfindlichste Stelle, und Mayla fand die gleiche Stelle bei ihm – »Ich glaube, Lukas, dort sind wir uns am ähnlichsten«, sagte sie leise.

Später lagen sie nebeneinander. Mit schöner Regelmäßigkeit tropfte es von den oberen Blättern der Stauden noch auf untere Blätter. Außer diesem leisen Nachregen war es still. Doña Elvira sang nicht mehr, kein Hund bellte. Infanta schlief.

»Erzähl mir von Rom«, flüsterte Mayla.

»Von Rom? Ich wohne da, was soll ich erzählen; das Beste an Rom ist der Sommer.«

»Dann erzähl von diesem Sommer.«

»Sobald es wärmer wird, häufen sich die falschen Alarme. Wenn sich nachts junge Pärchen über Autos beugen und die Diebstahlsirenen auslösen. Sind die Pärchen älter, haben sie ihr eigenes Auto. Das erste Schlafzimmer einer Römerin ist das Auto ihres Freunds, das zweite ist das eheliche, das dritte wieder ein Auto, das des Geliebten. Von Rom erzählen heißt von Licht und Autos erzählen. Nach der letzten Abendsonne, wenn dir die Häuser nicht mehr wie glühende Ziegel vorkommen, siehst du die Männer über die Plätze gehen und denkst, sie halten alle ein Handtäschchen. Das sind ihre Autoradios, die sie mitnehmen. Rom ist im Sommer die Stadt der Angst vor den Dieben und des ewigen Mittags. Das ist alles, was mir im Augenblick einfällt.«

»Dann erzähl mir von Deutschland.«

Kurt Lukas drehte sich auf den Rücken.

»Ich kenne es kaum.«

»Aber du bist dort geboren«, sagte Mayla, »und bist doch sicher oft zu Hause.«

Er lachte. »Zu Hause? Nein, nie. Nur nach Frankfurt komme ich noch. Bei Zwischenlandungen. Das kann dann ein halber Tag sein.« Was er an so einem halben Tag mache, Verwandte besuchen? Er lachte wieder. »Verwandte? Ich glaube, ich habe in dieser Stadt keine Verwandten. Was mache ich also. Ich gehe ins Museum und schaue mir ein Bild an. Immer dasselbe Bild. Verstehst du das?«

»Vielleicht.« Mayla streichelte ihn mit den Brüsten. Ihr Gesicht erschien über seinem. »Erzähl von dem Bild.«

»Als ich es zum ersten Mal sah, hat es mich überrascht. Wie ein unerwarteter Anblick des Meeres.«

»Es gibt viele Meere.«

»Des Mittelmeers. Im Oktober. Von Ravello aus, wir werden dorthin fahren.«

»Erzähl von dem Bild.«

»Es ist ein ganz und gar blaues Bild«, sagte Kurt Lukas und verbesserte sich aus Respekt vor der Unerschöpflichkeit des englischen Blue, »ein Bild ganz in Blau.« Er küßte ihren Mund und ihre Lider und dachte dabei an das Bild. Das ja nicht einfach nur blau war; es war eine von Steinchen und Schwämmen unterbrochene Fläche, eineinhalb Meter hoch, gut einen Meter breit, und ungerahmt, als sei sie nicht zu begrenzen. »Und was für ein Blau?« fragte Mayla. »Wie unser Vormittagshimmel?«

»Ganz anders. Nicht wie der Vormittagshimmel. Der Vormittagshimmel strahlt. Dieses Blau saugt. Mehr kann ich nicht sagen. Ich erinnere mich nicht genauer.« Sie kämmte sein Haar mit den Fingern. Sie bat ihn, sich zu erinnern. »Ich will wissen, warum du dieses Bild magst.« Ein kurzer Hahnenschrei ertönte, wie die Stimmprobe vor dem richtigen Geschrei, und ein anderer Hahn antwortete ebenso knapp. »Warum?« Er überlegte nicht lange. »Ich stehe vor diesem Bild – vor guten Bildern soll man nicht sitzen – und denke an nichts. Das Bild beschäftigt mich, aber ich beschäftige mich nicht mit ihm. Verstehst du das?« Mayla lächelte. Er glaubte ihr nicht. Wie könnte sie dieses Verhältnis zu einem Bild auch verstehen. Und er hatte ja nicht nur dieses eine Verhältnis. Es gab ein Bild in New York, in Paris, in Madrid; nichts erschien ihm verläßlicher als ein Bild in einem Museum.

»Ist es wirklich nur blau?« fragte Mayla.

»Im Grunde schon. Aber der Maler hat noch einige

Schwämme und Steinchen auf die Leinwand geklebt« – irgend etwas sträubte sich in ihm, dieses Strandgut genau zu beschreiben – »und dann alles mit seinem Blau getränkt. Einem Blau wie ein ruhiges Ja. Zu einer verlorenen Sache.« Mayla sah ihn an, sie richtete sich auf. »Glaubst du, das Bild würde mir gefallen?« Er schüttelte den Kopf und empfing ihre sanfte Ohrfeige. »Wie willst du mich lieben, wenn du mich nicht kennst«, sagte sie.

»Kennst du mich?«

Kurt Lukas strich ihr über Schläfe und Wange, er zeichnete den Umriß ihres Gesichts nach und sprach ihren Namen aus, einmal, zweimal, deutlich, und erzählte ihr noch eine Kleinigkeit von dem Bild. Von seinem Schönheitsfehler. Da war auf den Schwämmen ein Staubbelag, der das Blau etwas trübte, ein Fingerzeig, wie, wo und seit wann das Bild hing. »Und immer wenn ich allein in dem kleinen Saal war, versuchte ich, diesen Staub fortzublasen. Doch es gelang mir nicht, der Staub blieb liegen.« Er blies ihr auf den Mund, in die Halsgrube und in den Nabel und stellte sich vor, sie zu malen. Nach zwanzig Jahren Unterbrechung wieder zu malen; Mayla wäre dann der zweite Mensch auf seinen Bildern. Einmal hatte er sich gemalt, frontal. *Selbstbild mit nasser Hose.* Die Fäuste in den Taschen vergraben, Armmuskeln gespannt, Schultern etwas angezogen, Blick von unten nach oben, das feuchte Haar in der Mitte gescheitelt; Hintergrund eine Hausmauer mit Schatten und Rissen. Alles in Grau und Schwarz. Er hatte dieses Bild nie aufgehängt, aber auch nie vernichtet. Er erzählte ihr davon. »Und nun kennst du mich«, sagte er hinterher und deckte sie mit ihren Kleidern zu. Mayla umschlang seinen Kopf.

Sie sprachen dann nicht weiter über Bilder. Sie sprachen über Flores, Gussmann und De Castro, über Augustin und die Alten. Sie sprachen, bis sie müde waren; Mayla hatte schon die Augen geschlossen, als sie noch fragte, ob sie nun zusammengehörten, und er ihr antwortete, ja, so sehe es aus. Danach schlief sie ein. Er entfernte ihr einen Tabak-krümel vom Kinn und schob ihr sein Hemd unter den Nacken. Keinem anderen Menschen hatte er in einer einzigen Nacht so viel erzählt von sich.

Drei, vier Hähne schrien nacheinander. Mit einem Hauch von Farbe über den Waldkuppen brach der Tag an. Kurt Lukas legte sich wieder hin; am liebsten hätte er das Bewußtsein verloren, um als junger Mann aufzuwachen, erholt und begabt. Er zählte alle, die ihn kannten, zusammen. Es waren höchstens zehn und wenigstens sechs. Beatrice kannte ihn. Du siehst besser im Sitzen aus als im Stehen, sagte sie. Ein früherer Freund in Berlin kannte ihn. Mit Vorsatz würdest du dich nie umbringen, sagte er. Eine Frau, die er fast geliebt hatte, kannte ihn. Du bist ein Schwein, waren ihre Worte. Sein Vater kannte ihn. Als Kind warst du einsam und albern. Seine Mutter kannte ihn, kannte ihn, wenn sie *nicht* anrief. Und Gussmann, wenn er Wertester sagte. Dann Mayla, daran glaubte er einfach. Und eine Schülerliebe. Mit siebzehn warst du so männlich, daß du mit keiner Frau reden konntest. Und Elisabeth Ruggeri, wobei er nicht wußte, warum. Schließlich Bob Quint, sein Entdecker. Achte auf deinen müden kalten Blick, der kommt nicht von ungefähr. Zehn Menschen kannten ihn also. Oder waren es doch bloß sechs; vier waren verschwunden. Seine Eltern, im Altenheim. Der Berliner Freund, in Berlin. Die Schülerliebe, in einer Sekte. Also sechs. Oder die Alten zählten schon dazu, dann wären es sogar elf. Er sprang auf. In der Hütte war etwas zu Boden gefallen.

Wilhelm Gussmann saß in Hemd und Hose am Tisch, den Kopf schräg im Nacken, Mund und Augen standen offen, die Hände hielten einen Napf und ein Kreuzchen. Unter dem Tisch lag die Flasche Wein aus El Paso, leer, auf dem Tisch lag ein Brief, An Fr. Butterworth, S. J. Das waren die näheren Umstände, aus denen hervorging, was er in den Nachtstunden lautlos und zügig getan hatte. Sich angekleidet. Die Flasche von Spinnweben befreit. Den Korken gezogen. Den Wein getrunken. Sich selbst überwunden. Den Brief geschrieben. Sich Gott befohlen. Das Leben gelassen.

Kurt Lukas hatte keine Erfahrung mit Toten. Aber in diesem Körper war das Leben zusammengebrochen. Er ging einmal um den früheren Gussmann herum, bevor er den Brief nahm. Der Umschlag war nicht zugeklebt, als hätten am Ende Sekunden gefehlt. Er zog ein einzelnes Blatt hervor, eng beschrieben, der Anfang unterstrichen. »Butterworth! Etwas bleibt immer zurück, in meinem Fall ein Traum. Lies ihn den anderen vor. Aber deute ihn nicht. Und hab ein Auge auf Flores, berate sie in Gelddingen. Und verzeih Dir und mir. G.« Diesen Worten folgte der Bericht des Traums. Kurt Lukas verschloß den Brief und legte ihn wieder zurück. Dann trat er in den Hof, um Mayla zu wecken.

Narciso gab es auf, die Trauernden zu zählen. Nachdem er, mal mit, mal ohne Fernrohr, die vielen Menschen von seiner Veranda aus hatte vorbeiziehen sehen, fuhr er langsam hinter der Menge her.

An der Spitze schritten die Alten, Pacquin bestimmte das Tempo des Zugs. Hinter ihnen hatte Narciso die Quasi-Witwe Flores entdeckt, neben Mayla, De Castro und einem Vertreter des Zeitschriftenhandels. In der dritten Reihe schritten Doña Elvira, Ben Knappsack, Hazel und Kurt Lukas, gefolgt von Jesus Fidelio und dem Fotografen Adaza. Den Rest des Zugs bildeten weinende Kinder, die mit nie bezahlten Heftchen gegen die Hitze anfächelten, rüstige Kirchenhelferinnen, die dem Verstorbenen noch gedient hatten, und Leute, die gewohnheitsmäßig zu Beerdigungen gingen. Eine Trauergemeinde für sich stellten Männer dar, die beiderseits der Hauptstraße hockten, unbewegt, bis auf die Hand, die einen schillernden Hahn streichelte. Vor allem solche Einzelheiten hatte der Hauptmann durch sein Fernrohr betrachtet. Keine Gefühlsregung war ihm entgangen.

Über Flores' Backen liefen Tränen der Rührung; die Menschenmenge übertraf sämtliche Vorstellungen, die sie sich in den letzten drei Tagen und Nächten von dem Leichenzug gemacht hatte. Mayla weinte nicht. Nach langen Totenwachen wirkte sie erschöpft. Geradezu glitzernde Tränen vergoß Doña Elvira, während der Deutsche und der Australier nur einen angegriffenen Eindruck machten. Die Alten wirkten verstört. Sie trugen ihre Taschentücher auf dem Kopf und schauten sich immer wieder um, als könnten sie es kaum begreifen, daß halb Infanta einem Greis, der in wilder Ehe gelebt und Fortsetzungsgeschichten verliehen hatte, die letzte Ehre erwies.

Dalla Rosa schob Horgan, Butterworth führte Pacquin;

McEllis half den Pritschenkarren mit dem Sarg ziehen. Er mußte sich nicht anstrengen. Der Totengräber Crisostomo, ein kleiner Mann mit beruflich bedingter Muskulatur und einem ständigen Ausdruck der Ehrfurcht, zog den Karren – so war es nach einem Bier vereinbart worden – mit ganzer Kraft Richtung Friedhof. Kurz vor dem Tor überholte der Polizeichef den Zug und sah, wie Butterworth im Gehen schrieb; auch mit dem Fernrohr hätte er nicht erkannt, daß es sich um letzte Verbesserungen an der vorbereiteten Grabrede handelte.

Der bleiche Priester schaute dabei immer wieder zum Himmel. Ein Wolkenturm über dem Talkessel, schwarz wie Kohle, beunruhigte ihn; denn um den Eindruck freier Rede zu erwecken, hatte er mit winziger Schrift beide Seiten eines nur handbreiten Blattes beschrieben und brauchte viel Licht für das Ablesen. Außer ihm hatte keiner den Anspruch erhoben, letzte Worte zu sagen. Das an ihn gerichtete Schreiben aus Gussmanns Hand – Butterworth wollte den peinlichen Traum erst nach Schließung der Grube verlesen – promovierte ihn gleichsam zum Redner an dessen Grab. Seit Tagen trug er das Dokument mit sich herum. Es war ihm während der Leichenwaschung übergeben worden, und er hatte für die anderen später gleich drei gute Nachrichten gehabt. Die Rückkehr des verlorenen Gastes, den offenbar natürlichen Tod des früheren Mitbruders sowie die Existenz eines schriftlichen Zeugnisses. Und natürlich Mister Kurts Grüße und das Versprechen, er werde zu Besuch kommen, sobald die Erbformalitäten erledigt seien. Butterworth konnte es immer noch nicht fassen. Da hatte Gussmann also vor dem letzten Atemzug noch rasch Politik betrieben. Er nahm eine weitere Verbesserung vor; seine Hand warf einen verschwindenden Schatten.

Mit der Begründung, das öffentliche Leben im Ort dürfe nicht behindert werden, hatte Narciso als Polizeichef gerade noch durchgesetzt, daß sich der Leichenzug in der glühenden Mittagsstunde durch Infanta zu bewegen habe; er sah auf einen Wald aus Sonnenschirmen. Die Trauernden hatten den Friedhof erreicht und drängten sich um die Grube. Der Hauptmann parkte seinen Wagen auf dem Erdwall mit den Armengräbern, nahm das Fernrohr und stieg aus. Abwechselnd beobachtete er den Himmel und die erste Reihe hinter dem Sarg. Neben den Alten standen dort De Castro, Mayla und Flores. Die Priester trugen ihre grauen Soutanen, der Bischof einen halbamtlichen schwarzen Rock, der ihn etwas schlanker machte. Aber Narciso interessierte sich nur für Mayla und das Wetter. Er hoffte auf einen Wolkenbruch. Allein durch eine Sintflut könnte er die erste Welle der Reform überstehen; bekanntlich folgte dann Ernüchterung, wenn jeder noch so arm war wie vorher. Schütten, hageln und schneien müßte es, dachte er in seiner Bedrängnis. Schneemassen, wie er sie auf einem Alpenkalender in Doña Elviras Garderobe gesehen hatte, müßten Infanta unter sich begraben. Nur Polizei und Militär wären noch Herr der Lage, also nur er – der Nachfolger des Kommandanten war ein Niemand. Ein Schreibtischoffizier, dem selbst die Ouvertüren-Hupe seines Vorgängers keinen Glanz verliehe. Dieses beschwingte und doch kultivierte Signal, mit dem er, Narciso, nun auf sich aufmerksam machte. Die Leute drehten sich danach um. Sogar Mayla hatte sich schon umgedreht. Die Sekretärin des Bischofs, von der er neuerdings abhängig war. Bei der Entscheidung, ob ein Polizeichef entfernt werden sollte, wurden ja jetzt Vertreter der Kirche gehört. Also ein De Castro; also eine Mayla – die er darum im Auge behielt, samt ihrem Geliebten. In den vergangenen drei Tagen hatten die beiden sich nur einmal gesehen. Sie hatten Flores geholfen, ihre Habseligkeiten zu packen und in eine Hütte zu bringen, die schon lange zum Verkauf stand; später hatte Mayla Totenwache gehalten und der Deutsche geschlafen oder in Heftchen geblättert.

Narciso war von seiner Theorie, der Gast der Alten sei

Amerikaner und Journalist, längst abgerückt. Er hielt ihn jetzt für einen Berufscharmeur, der mitunter auch schrieb, und brachte ihn lose mit einem Film in Verbindung, den er vor Jahren in der Hauptstadt gesehen hatte. Das süße Leben. Zweifellos jemand, der die Phantasie beflügelte; vielleicht war alles Gerede über das Liebesverhältnis zwischen diesem Mann und Mayla leidenschaftlicher als die Sache selbst. Dagegen sprach, daß Mayla inzwischen den durchsichtigen Panzer einer Liebenden besaß; wie ein gläsernes Gehäuse war ihr Glück, ein Gehäuse, gegen das man schmerzhaft prallen konnte, angezogen von einer Gelöstheit, die ebenfalls nur Liebende haben. Er hatte sie in ihrem Büro aufgesucht, einen Tag nach Gussmanns Tod, um vorsichtshalber Beileid auszusprechen, und war einer maßvoll erschütterten Aufsteigerin begegnet. Einer Frau, für die jeder veränderte Umstand ihres Lebens wie zu ihrer besseren Entfaltung geschaffen schien. Die neue Lage im Land. Die Trauer um Gussmann; dessen Tragik, die nun ihre Tragik war. Die Arbeit an der Seite des Bischofs, der Geliebte aus der Stadt des Papstes. Alle Sorgen, die man ihr vortrug, alle Probleme, die sie bewältigen half. Selbst der Stuhl, auf dem sie saß, der Tisch, auf dem ihre Ellbogen ruhten, ein Schreiben, über das ihr Blick glitt, der Telefonhörer, der zwischen ihre Wange und die Schulter paßte, sogar die englische Sprache; sie hatte ihn warten lassen. Er war in der Tür gestanden, während sie ein Bittgesuch las, dem Bittsteller Bananen anbot und ein Ferngespräch führte. Zwischendurch hatte sie ihm zugenickt, was Geduld heißen sollte, und nachdem der Bittsteller gegangen und das Ferngespräch beendet war, sie noch eine Notiz gemacht und sich in die Hände geräuspert hatte, war sie mit einem ruhigen Ja? aufgestanden. Und er hatte sein Beileid formuliert, sie zweimal beim Namen genannt, sich dreimal versprochen und als Antwort ein etwas längeres Schließen der Augen erhalten, verbunden mit den Worten, ob es sonst noch etwas gebe – dann einen angenehmen Tag, Captain. Nie würde er das vergessen. Narciso warf sein Fernrohr in den Wagen und schloß die Fenster. Irgendeine Macht hatte seine Wünsche erhört.

Als Butterworth neben den Sarg trat und sein Gesangbüchlein öffnen wollte, in dem das Blatt mit der Rede lag, riß ein Windstoß den Priestern die Taschentücher vom Kopf; ein zweiter, orkanartiger Wind knickte Kreuze auf den Armengräbern und zerfranste die schwefelgelben Ränder der Wolken. Dalla Rosa sicherte die Räder des Rollstuhls mit Steinen. McEllis sah den fünf Taschentüchern nach, die von thermischen Kräften höher und höher geweht wurden, lächerlich weiß vor den Unwetterwolken. Pacquin drohte in die Grube zu stürzen, der Wind blähte seine Soutane. Ein Teil der Menge betete jetzt, andere sangen Choräle; beides wich vom Programm ab. Butterworth klappte sein Buch auf und hielt das flatternde Blatt mit den Fingern. An den Eindruck freier Rede war nun nicht mehr zu denken. Ja, die Rede selbst war in Gefahr: Die Sonne verschwand, als gehe sie unter. Gleichzeitig wurde es wärmer, und kein einziger Tropfen fiel. Die Wolken schienen überladen mit Wasser. »Wilhelm Gussmann«, schrieb der bleiche Priester noch hastig auf eine Ecke des Blatts, »war ein Gefallener und ist es noch immer. Seine Seele muß warten…«

Ein einzelner Donner, scharf wie das Krachen von trockenem Holz, ließ die Erde erzittern. Aus den Windstößen wurde Sturm, Schirme und Zweige wirbelten über die Menge. Der letzte Streifen blauen Himmels verfinsterte sich. Crisostomo riet zur Eile, Butterworth sprach die einleitende Formel; McEllis führte Pacquin aus dem Bereich der Grube. Er brachte ihn zu De Castro, der ihn in seinen Windschatten nahm. Dann trat er neben den Sarg. Man müsse handeln, rief er Butterworth zu, aber dieser guckte in die Luft, etwas Hellem hinterher, das in die Höhe schoß und wieder trudelnd sank, mal hierhin gerissen wurde, mal dorthin, in Spiralen stieg und stillstand, bis ein Sog es mit sich nahm, hinein in die schwarzen Wolken: seine Rede. Also spreche eben *er* einige Worte, sagte McEllis und konnte gerade noch den engsten Kreis begrüßen, ehe ein Blitz den Himmel von oben bis unten spaltete und ein Wasser auf Infanta und seinen Friedhof niederging, als falle die gesamte Regenzeit auf diesen einen Mittag. Butterworth gab auf. Gegen den Sturm fuchtelnd, trat er zu Dalla Rosa und Horgan.

McEllis hatte das Wort. Durchnäßt bis auf die Haut, stand er vor dem Grab, beide Hände hilfesuchend am Sarg. Was da von oben kam, war keiner dieser Güsse, deren Ende man ohne Zeichen von Schwäche abwarten konnte; er breitete die Arme aus und sprach dann mehr gen Himmel als zu den Trauernden; er faßte sich kurz. Wilhelm Gussmann sei ein Mensch gewesen. Ein Mensch durch und durch, ein Mensch bis zum äußersten, bis zum äußersten stark und bis zum äußersten schwach, was Gott allein begreifen könne, der ja den Menschen geschaffen habe. Gott, dessen Diener Gussmann lange Zeit gewesen sei, vielleicht sogar bis zuletzt, vielleicht sogar als Liebender. Amen. Nach diesem Punkt hinter Gussmanns Leben nickte er dem Totengräber zu, und Crisostomo ließ mit einem Gehilfen rasch den Sarg in die Grube, wo er sofort im Wasser schwamm. Trotz dieses Bildes der Auflösung verharrte McEllis noch in stillem Gebet, bevor er zur Schaufel griff und Schlamm auf den Sarg warf. Ihm folgten Flores, Mayla und der Bischof, Pacquin, Dalla Rosa und Horgan. Von den näheren Hinterbliebenen nahm Butterworth als letzter die Schaufel; es gab ihm Gelegenheit, auch allerletzte Worte zu sagen. »Die Literatur, Wilhelm«, hörte McEllis ihn rufen, »ist ja voll von verregneten Begräbnissen, aber deines läßt alles Erfundene hinter sich. Du gehst von uns, wie du gelebt hast: mit Pauken und Trompeten! In schwachen Stunden gehörte dir unser Neid. Ruhe in Frieden.«

Kaum hatte der engste Kreis Abschied genommen,

brach die Disziplin der Trauernden zusammen. Nach allen Seiten rannten die Menschen davon. In Minutenschnelle leerte sich der Friedhof. Nur die Alten, De Castro, Flores und Mayla standen noch in durchweichten Kleidern zusammen. Der Hauptmann sah, wie sich die kleine Gruppe, Horgan mehr tragend als schiebend, zur Leichenkapelle bewegte – aber wer holte sie von dort ab? Er beugte sich über das Lenkrad. Was für ein Erfolg – als hätte er das Unwetter nicht nur herbeigewünscht, sondern erschaffen. Sie würden sich alle erkälten in der Kapelle. Die Jungen würden es überleben, die Alten kaum. Es sei denn, sie kämen schleunigst nach Hause. Narciso ließ den Motor an. So einfach blieb man Polizeichef.

Tagelang schüttete es. Ein dunkles Wolkenmeer folgte dem anderen. Dicht und senkrecht fiel der Regen auf Infanta. Nur für Minuten brach hier oder dort die Sonne durch, und statt des Herabströmens stieg Dampf aus den Bäumen. Neue Bachläufe durchschnitten den Talkessel, ganze Wege waren verschwunden; in braunen Pfützen standen Kinder bis zum Hals. Die Fahrspur nach Malaybalay verlor sich, die Frauengruppe mußte ohne Flores tagen. Und doch war es nicht der lokale Weltuntergang, auf den Narciso gehofft hatte. Es regnete nur. Morgens, mittags, abends, nachts. Obwohl die Regenperiode noch bevorstand. Das Klima hatte einen Knacks bekommen und damit die Menschen – oder umgekehrt, wie McEllis ins Wetterbuch eintrug. Niesend.

Sie hatten alle den Schnupfen. Ihr Bestand an Taschentüchern war verbraucht. Im Garten ging die Kamille zur Neige. Die Abendunterhaltung verlief gereizt. Aber sie waren nicht bettlägerig. Ohne den Hauptmann wäre es allerdings nicht bei erhöhter Temperatur geblieben; das warme Essen in ihrem Kreis habe Narciso wohl günstig beeinflußt, war die überwiegende Meinung. Ein Spätentwickler. Sofern seine Tat nicht eine Fehlhandlung gewesen sei, schränkte Butterworth ein. Seit Gussmanns Begräbnis dachte er in psychologischen Begriffen. Während des Dauerregens hatte er in seiner Kammer einiges nachgeschlagen. Bei Jacobson gestöbert. Bei Silberspiel. Bei Green. Bei Freud. Und war jetzt firm. Firm, um den Traum zu deuten. Oder war es etwa falsch, den Zusatz *Aber deute ihn nicht* als Gussmanns letzten Wunsch zu lesen, daß dieser Traum gedeutet werden möge? Der bleiche Priester hatte wenig Zweifel. Nachdem er die entnommenen Werke wieder in das von Dalla Rosa weitgehend sortierte Fach Conditio Humana eingereiht hatte, kündigte er seine Vorlesung Gussmanns Brief betreffend für den ersten beschwerdefreien Nachmittag an; Butterworth wollte nicht von Geschneuze gestört werden. Eine Woche nach der Beerdigung waren dann endlich alle soweit erholt. Sie saßen in den Korbsesseln auf der Terrasse, tranken ihren Eistee und sahen in einen fast schon zahm gewordenen Regen; später, zur Stunde des Drinks, wollte der frühere Gast zu Besuch kommen, den das Wetter bisher entschuldigt hatte. Es gab wieder Lichtblicke. Als das Kreuz von Hand zu Hand gegangen war und sie sich durch Tee und Gebet gestärkt fühlten, entfaltete Butterworth das Dokument und belehrte die anderen, daß nicht ein Traum Gegenstand der Traumdeutung sei, sondern der Traumrapport. »Wir haben also reinstes Material vor uns.«

Er zog die Brillenbefestigung stramm und verlas dann den Text, wie er sonst aus Zeitungen zitierte, leise und monoton; er versprach sich an keiner Stelle, wich jedoch einmal vom Wortlaut ab, indem er Glied ins Lateinische übertrug. Butterworth hatte sich ausgemalt, nach dem Verlesen sofort durch eine Generaldeutung zu verblüffen, aber das Vortragen von Gussmanns Unbewußtem setzte ihm so zu, als stehe sein eigener Traum auf dem Blatt. Mit regelrecht durchblutetem Gesicht saß er da, während McEllis bemerkte, dieser Traum sei mehr als deutlich. Ja, eigentlich sei es schon kein Traum mehr – vielleicht habe Gussmann ihn auch erfunden. Auffallend sei jedenfalls die Umkehrung des Kastrationsmotivs.

Hier hakte Butterworth ein, hier war er präpariert. Von einer Umkehrung könne gar keine Rede sein. Die Kastration sei im Gegenteil vollendete Tatsache. An einen *Pfahl* gebunden, sehe der Erzähler seiner Erschießung entgegen, und was im zweiten Teil größer und größer werde, sei nur das Entsetzen. »Denn er hat unser gemeinsames Tabu gebrochen«, sagte Butterworth und ließ eine Pause folgen, in der er selbst einem Träumenden glich. »Wir haben ihm das nie verziehen. Aber er verzieh uns. Indem er uns einen

Traum hinterließ – ob er ihn erfand oder nicht, spielt keine Rolle. Er und kein anderer schrieb ihn auf. Für uns.«

McEllis nickte so sanft, wie der Regen jetzt fiel; seine Schwermut hatte sich mit Kurt Lukas' Rückkehr gelegt. Auch die anderen nickten. Butterworth sprach überzeugend. Während er sich mit jedem Satz weiter von seinem Deutungsvorhaben entfernte, kam er der Wahrheit immer näher. Niemand unterbrach ihn. »Das hier«, sagte er schließlich und hielt das beschriebene Blatt in die Höhe, »ist eine ausgestreckte Hand.« Er reichte das Blatt weiter, es ging reihum. Sie schwiegen lange. Bis der Superior einen Vorschlag machte. Dieses Dokument sollte verbrannt werden, damit seine Wirkung erhalten bleibe. Es war ein Vorschlag, der sich nicht besprechen ließ. Nach kurzem Nachdenken stimmten ihm alle zu. McEllis entzündete ein Streichholz und steckte das Blatt in Brand, und Butterworth verriet mit jedem Gesichtszug, daß er keine Abschrift besaß. Sie sammelten die Asche, verteilten sie über die Blumenkästen auf der Brüstung und standen dann noch eine Weile unbewegt da, während der Regen aufhörte. Die Abendsonne schien durch Wolkenbreschen; Schwalben flogen. Der Superior bat um das Kreuz. Er befühlte es, als habe er noch nie ein Kreuz gehalten, und sprach ein Gebet für den Toten. Anschließend wechselten sie in den Gemeinschaftsraum und erwarteten ihren Gast.

»Er erschien mit einem Paket«, notierte McEllis tief in der Nacht, »und übergab es Pacquin mit den Worten, Ein kleines Geschenk. Kamen dann schnell überein, daß Dalla Rosa es auspackte. Ecco, rief er, ein neuer Toaströster! Wir betrachteten das Gerät, ein japanisches Modell, und unser früherer Gast wies darauf hin, daß es über mehrere Stufen verfüge. Von einer leichten Erwärmung des Toasts bis zu einer Knusprigbräunung sei alles möglich. Butterworth ließ sich den Mechanismus erklären. Bei fünf Stufen, sagte er, werde man sich in Zukunft morgens abstimmen müssen, und das Frühstück ziehe sich hin. Besonders wenn jeder auf seine eigene Stufe Wert lege. Und damit begann er die Vorteile des alten Geräts aufzuzählen, bis Horgan einen Finger hob. Wir sollten doch zwei Probetoaste rösten, schlug er vor. Der Vorschlag wurde sofort angenommen, Mister Kurt schob die Schnitten in den Schlitz, wir einigten uns auf eine mittlere Stufe. Und schon nach dreißig Sekunden – ich sah auf die Uhr – tauchten geräuschlos, griffbereit und ohne die geringste Rauchentwicklung zwei Toaste von milder, gleichmäßiger Bräunung auf. Dalla Rosa brach sie in Brocken, bestrich sie mit etwas Butter und verteilte die Kostproben; ohne Drink gingen wir danach zum Abendessen über. Es verlief zunächst schweigend. Doch kaum hatten wir Flores' beliebte durchsichtige Fettsuppe gelöffelt, flüsterte Horgan, Und auf welcher Stufe, Mister Kurt, befindet sich Ihre Verbindung mit Mayla?«

McEllis stand auf. Er wollte sich genau erinnern. Natürlich hatte sich der Gast herausgeredet. Ein Liebender sei immer unterwegs, befinde sich nie auf einer festen Stufe. Das etwa waren seine Worte. Auf jeden Fall ein Allgemeinplatz. Von dem aus er mühelos einen Bogen zu seinen Hauptstadterlebnissen schlug und von der Revolution erzählte. Nicht uninteressant; etwas zu filmisch vielleicht. McEllis ging vom Fenster zur Wand und blieb dort stehen und horchte. Butterworth schrieb, keine Frage. Angeblich noch ein Briefchen an Gregorio, nach Singapore. Laut De Castro konnten sie ja schon bald mit ihm rechnen. Und wie würde Gregorio urteilen? Ihr habt sie verkuppelt. Am besten wäre eine rasche Hochzeit. De Castro sprach sogar von einer möglichst raschen Hochzeit, ohne besondere Gründe zu nennen. Mayla äußerte sich dazu nicht, und Mister Kurt flüchtete sich förmlich in das Erzählen von der Revolution und seiner Rettung aus Lebensgefahren. Und da mußte man ihm natürlich sagen, daß Gott diese Rettung gewollt habe, damit er zurückkehre, was er sogleich von sich wies. Diese Rückkehr habe er selbst gewollt, um seine Abwesenheit zu beenden. Darauf sprach Butterworth von einer eigenartigen Auffassung. Es gebe ja wohl keine andere Abwesenheit als die des anderen... McEllis eilte zur Tür. Die Hündin zwängte sich in die Kammer. Zwar hatte er alle Sondereingänge mit einer Laubsäge erweitert, aber sie rieb sich schon wieder am Holz auf. Er nahm ihr Maul in die Hände, nannte sie Warmschnäuzige, gab ihr Zucker und entließ sie auf ihren Lieblingsplatz unter seinem Bett. West-Virginia. Irgendwann war die Abendunterhaltung – sie saßen schon in der Leseecke, bei Nüssen und Bourbon – auch auf sie gekommen. Auf sie und auf Rom.

McEllis löste einen neuen Zettel vom Block. »Ein Junges von ihr würde ich ja glatt mit nach Rom nehmen, sagte Mister Kurt beiläufig. Ein klares Manöver: Wir hatten gerade über ihn und Mayla gesprochen. Mehr regnen als hier könne es in Rom zur Zeit auch nicht, fügte er hinzu und gab dann endlich etwas von sich preis – der Vorfrühling bringe ihn fast immer um. Dieser mit Wüstensand vermischte Märzregen, der seine Terrasse verschmutze. Diese Lichtlosigkeit, dieses Verschwinden der Farben. Die seltsam vermummelten Menschen. Die fehlenden Tische vor den Cafés. Das entstellte Rom. Ein halbes Dutzend Köder für unseren Butterworth. Und wie er danach schnappte – Rom bei Regen? Bibliothekstage, Mister Kurt! Die Sonette Petrarcas, vom Dichter mit eigener Hand festgehalten, Sala Sistina, Vitrine Neun. Licht und Farben von ganz anderer Art; war der Himmel über Rom bezogen, sahen wir auf ein Deckengemälde, Saal der Sibyllen. Oder – er holte seine Spitze hervor und schob den Rest der Tageszigarette hinein – Pinacoteca Vaticana, Saal eins, Antonio Veneziano, Bildnis der Maria Magdalena, diese angedeuteten dunklen Lider, der schwache Glanz auf ihren Lippen –; Butterworth wollte noch weiter ins Detail gehen, und ich lenkte das Gespräch mit einer etwas plumpen Wetter-These auf

Infanta zurück. Wer keinen Dauerregen aushalte, der halte auf Dauer auch keine Sonne aus, weil er nämlich gar nichts Dauerndes aushalte. Mister Kurt sah mich nur zustimmend an, und ich sagte, Daraus ergeben sich zwei Fragen. Erstens, wie er sich seine Zukunft mit Mayla denke; zweitens, ob das Wohnen in Gussmanns Hütte provisorisch sei oder der Beginn einer Umsiedlung. Leider war das eine Frage zuviel. Den Rest des Abends bestritt unser früherer Gast mit einer Bewertung der ersten Tage als Wilhelm Gussmanns Erbe.

Schwerarbeit, sagte er. Nicht nur der Papierkrieg – den erledige Mayla weitgehend –, sondern vor allem die mühsame Aneignung des ererbten Besitzes. Hier wäre ein Goethe-Wort fällig gewesen, aber unser deutscher Gast verlor sich statt dessen in Einzelheiten und sprach schließlich davon, wie quälend es sei, wenn man immer wieder entscheiden müsse, was man abstoßen sollte und was behalten. Er könne einen letzten Willen eben nicht auf die leichte Schulter nehmen. Im übrigen erbe er zum ersten Mal. Neunhundertsechsundvierzig Heftchen habe er gezählt. Er stehe fast nur im Laden und habe dort auch sein Bett aufgeschlagen; in der Hütte schwebe noch der Tod. Wenn er sich einrichten würde, dann eher in dem Laden, mit Blick auf den Weg, auf die Piazza sozusagen. Den Heftchenverleih würde er eigentlich gern weiterführen, aber ein Billardtisch sollte dazukommen. Vielleicht auch ein Spielautomat. Und wäre es nicht so lächerlich, könnte er sich sogar ein anderes Schild auf dem Dach vorstellen, Lukas' Lesehalle. – Einen Strauß aus Wenn und Aber nannte unser Superior diese Ausführungen und bat Mister Kurt, bis zum nächsten Besuch seine Gedanken zu ordnen. Leerten dann die Gläser und begleiteten den Rückkehrer auf die Veranda. Dort schnitt ich noch einen Punkt an, den ich mit De Castro und den anderen besprochen hatte: Wenn Gregorio, wie geplant, als gewöhnlicher Reisender eintrifft, sollten ihn nur Mister Kurt und ich empfangen. Wer immer uns beobachtet, käme höchstens auf den Gedanken, ich begleitete einen scheidenden Gast zum Flughafen. Mister Kurt sollte Gepäck dabeihaben, ich die Hündin. Setzte ihm das auseinander, und er war sofort einverstanden. Ein Grund mehr, noch hierzubleiben, meinte er – mir scheint, er sucht weitere Gründe. Vereinbarten Ende der kommenden Woche wieder ein Essen, erwogen bei der Gelegenheit einen zweiten Liederabend mit Doña Elvira und verabschiedeten uns. Pacquin dankte im Namen aller für den Röster, man werde mit diesem neuen Apparat zu leben lernen. Horgan sprach von baldiger Revanche, Dalla Rosa vom obersten Regal der Bibliothek, an das er nicht heranreiche; Butterworth wollte das Thema der römischen Regentage vertiefen. Nur ich blieb beharrlich. Wir sollten dann über die Liebe sprechen, gab ich Mister Kurt auf den Weg. Er lächelte mir zu und ging. Unmöglich, auch nur einen Gedanken in seinen Augen zu lesen; ein Schleier von Jugend scheint endlos auf ihnen zu liegen.«

McEllis war erschöpft. Er klebte noch die Zettel ein, er wusch seine Hände, er löschte das Licht. Und lag wach. Wie sprach man über Liebe? Über die handfeste, durch Mark und Bein gehende, ein ganzes Leben auf den Kopf stellende Liebe. In höchsten Tönen? In leisen Tönen? Im Plauderton? Andächtig? Oder gar nicht; ein Gussmann hätte das gewußt. Nie wieder seit seinem Austritt habe er menschenfern über die Liebe gesprochen – und also auch nicht über alles Geringere, so Gussmann bei ihrer letzten Zufallsbegegnung. Und seitdem bewegte ihn, George McEllis, der Gedanke eines ganz und gar anderen, womöglich versäumten traurig-zärtlichen irdischen Lebens. Er predigte die Liebe – Wilhelm hatte sie gelebt. Oder was war das sonst, wenn ein Greisenherz hüpfte? Und später brach. Und so ein überdeutlicher Traum daraus wurde, nackt und ohne Raffinessen. Als habe die Seele kapituliert. Und dann so ein Brief entstand, so ein offener Brief. Über die handfeste Liebe reden hieße schutzlos reden. Gussmann

habe ja an manchen Tagen wie ein Kranker vor sich hin-
gemurmelt, Gott möge ihn vernichten, vernichten, vernichten, wie man von Flores, zehn Tage nach seinem Tod,
in Momenten besonderer Trauer hören konnte. Und
nachts, nachts sei Wilhelm aus dem Schlaf geschreckt und
habe auf deutsch gerufen, Es brennt so. – McEllis sprach
die Worte vor sich hin, obwohl sie ihm angst machten wie
ein Zauberspruch. Es brennt so. Was konnte das heißen?
Ich liebe dich hieß es nicht, das klang viel heller. Vielleicht sollte er Mister Kurt fragen. Nein, besser nicht. Auf
jeden Fall gab es zwei Arten von Liebe. Die Zugabe zur
Schöpfung, um deren Unfertigkeit zu mildern, und die
bohrende, grausame, alles versengende. Es brennt so. It
burns? McEllis schaltete das Licht wieder an und sah zum
Gekreuzigten, der klein und honigfarben an der Wand
hing. Das war die eine Art – immerzu an ihn und sein
Opfer denken. Ständiges Wissen um ihn, ständiges Vor-
Augen-Haben seines Leidens. Und trotzdem das Sehnen
nach Nähe. Beten bis zum Gehtnichtmehr. Ins Leere lieben, Nacht für Nacht. Und jeden Zweifel daran bekämp-
fen. Und über die Abtötungen schweigen. Wie Bruder
Gussmann geschwiegen hatte. Das ganze letzte Jahr mit
ihnen hatte er fast nur geschwiegen, seine Liebe verschwiegen. Und am Tage des Austritts war er durch den
Garten gelaufen und hatte sie hinausgeschrien wie einen
Schmerz. Immer noch hörte man von diesem Heraus-
schreien ein schwaches Echo. Ich liebe Mayla, ich liebe
Mayla. Jedenfalls hörte *er* es, und die anderen hörten es
wohl auch; so hartnäckig, wie sie nie ein Wort darüber
verloren, mußten sie es hören. Er schlug sein Wetterbuch
noch einmal auf. »Gibt es eine durch Mark und Bein gehende menschenfreundliche Liebe? Eine ohne Verrat,
eine ohne inneres Gegenteil?« schrieb er. »Gibt es ein anderes Paradies als das in Aussicht gestellte? Ein echtes
Verschmelzen mit einer Frau, sich umarmend, strei-
chelnd, küssend? Nacht für Nacht einen Menschen lie-

ben, ohne sich dabei vom Kreuz zu entfernen; gibt es das, und wenn ja, wie sieht es aus, das Versäumte?«

McEllis machte einen Absatz. Er wußte recht genau, wie das Versäumte aussah, und darum schrieb er es nicht auf. Er schloß die Büchse mit dem Klebestoff und öffnete das Fenster.

Kurt Lukas in Infanta, Heftchenverleiher, Erbe, Geliebter. Seine Umgebung. Die Hütte einer Wäscherin, ein Schönheitssalon, eine Garküche; Hunde und Schweine. Sein Ruf. Deutscher aus Rom, in angesehenen Magazinen abgebildet, Hausfreund der Alten, Eroberer ihrer Ziehtochter Mayla, jetzt Sekretärin des Bischofs. Die Gerüchte. Eventuell Gussmanns Sohn, darum Erbe des früheren Priesters. Vielleicht auch Schauspieler, Nebenrollen. Oder ein Mayla zugespielter verirrter Tourist, woran niemand ernsthaft glaubte. Oder doch Literat, wie auf der Anzeige in Newsweek. Oder nichts von alledem; ein Berater, CIA. Mister Kurt. Jeder kannte seinen Namen, jeder kannte seinen Tag.

Frühstück ließ er sich aus der Garküche kommen, Nescafé, Rührei, Fladenbrot, Früchte. Danach Rasur und Gymnastik. Gegen neun zog er das Gitter hoch. Erste Kundschaft waren die Friseusen aus dem Schönheitssalon. Hatten sie nichts zu tun, kamen sie herüber und blätterten. Die Preise waren unverändert. Das Einzelheftchen ein halber Peso, eine Stunde überall blättern zwei Pesos; neu war die Einführung eines Tagesabonnements, zunächst nur an Wochenenden. Neu war auch seine Garderobe – jeden Montag kam der Schneider. Kurt Lukas ließ sich helle Stoffe zeigen, probierte ein in Arbeit befindliches Tropenjackett, regte Verbesserungen an und vergab weitere Aufträge. Dienstags erschien der Grossist. Er fuhr einen Volkswagen voller Heftchen, die er nach Gewicht verkaufte, und gewährte Kredit. Jeder im Ort gewährte Kurt Lukas Kredit. Ein kleiner Schuldenberg wuchs, der erste in seinem Leben.

Über Mittag schloß er den Laden und schlief. Gegen zwei kamen die Schulkinder, da mußte man aufpassen. Und ab fünf begann schon das Abendgeschäft. Die meisten fragten nach Liebesgeschichten; er hatte einen Wühltisch eingerichtet. Treuester Wühler war der Poststellenleiter. Jesus Fidelio suchte aber auch das Gespräch. Ob es nicht Zeit sei, wieder nach Mailand zu telefonieren, hieß seine Standarderöffnung, und Kurt Lukas' Antwort war ein Händeringen. Natürlich müßte er Beatrice anrufen, ihr sagen, daß sie erst ab Mai mit ihm rechnen könne. Und sich Geld schicken lassen. Dollars oder Schweizer Franken, dazu hatte Doña Elvira geraten. »Man erwartet das von dir, harte Währung.« Die Sängerin erschien jeden Vormittag im Laden und sprach von jüngsten Bühnenerfolgen. Ihr Lokal sei auch in einer Zeitung erwähnt worden. Als übelbeleumdet. »Kein Jahr mehr, und die Bude ist der berühmteste Nachtclub im pazifischen Raum.« Nach der Zukunftsmusik kamen die Sorgen. Ihr Mädchen für alles, Ferdinand, habe den Stimmbruch, er rieche geradezu nach Reifungsprozessen. Und seine Tante Hazel wolle zum klassischen Striptease zurückkehren; sie und alle Bedienungen bekämen seit der Revolution erbauliche Schriften zugestellt, eine habe schon gekündigt. Doña Elvira war ernsthaft beunruhigt. Sie hatte Kurt Lukas den Vorschlag gemacht, unter ihr zu arbeiten. »Deine Aufgabe wäre nur, Anreiz zu sein.« Nach einer Absage durch einen Handkuß war sie ihm sogar mit der Idee einer Geschäftsverbindung gekommen, und er hatte ihr den Wochenumsatz gezeigt: hundertsiebenundachtzig Pesos. Vermutlich kein Gewinn. Er wollte sich da nicht festlegen. Seit seiner Rückkehr, und das hieß nach einer Affäre und einer Revolution, Rettung aus höchster Not und einem Menschen auf dem Sterbelager, beschwor er nur noch zweierlei – erstens, Mayla liebte ihn; zweitens, diese Liebe tat gut.

Und diese Liebe machte häuslich. Inzwischen schlief er nicht mehr in dem Laden, sondern bewohnte die angrenzende Hütte, nachdem sie von der Wäscherin gereinigt worden war. Mayla hatte ihm ein Schlafgestell, eine Matte und ein Bettuch besorgt – bis er sich dann etwas Eigenes anschaffe. Sie kam ihn jeden Abend besuchen, blieb aber nie über Nacht. Ihre Zärtlichkeit beglückte ihn immer noch; vor und nach der Liebe entwarf er Programme, was sie wo, wie und wann in Rom tun könnten, wenn sie im nächsten Monat dort seien. Mayla äußerte sich dazu nur mit einem weichen *Okay*, aus dem nicht einmal hervorging, ob sie überhaupt mitkommen wollte. Wenn sie sich mit kleinen Küssen verabschiedet hatte, lag er wach.

Nacht für Nacht feilte er an dem Rom-Programm. Er verbesserte es ständig, ließ es anders beginnen, erfand neue Steigerungen, verfeinerte die Höhepunkte und ließ es gelungener enden. Und er verbannte Mißverständnisse, Langeweile und jede Art kleinlicher Angst daraus. Bei allen Versionen handelte es sich stets um den kompletten glücklichen Sommer. Und dabei dachte er an eine Mayla, die noch etwas vollkommener war als die, die er kannte, ohne Infantas Erde an den Sohlen, eine fremdartige Frau, mit der er trotzdem eine Sprache spräche, Deutsch. Ein melodiöses, auf einen ihm vertrauten Dialekt gebettetes Deutsch mit ein wenig Italienisch dazwischen, für die Komplimente, und einer Auswahl Halbsätze, wie man sie nur in Amerika hört, fast gesungen, für Ironie und Kitzel. Eine universelle, überall beheimatete Mayla schwebte ihm vor, ein Mensch, der ihm das Gefühl gäbe heimzukehren, wo immer sie sich aufhielten. Denn er war ja nicht in Rom zu Hause oder stolz, in Rom zu wohnen; die meisten Sehenswürdigkeiten stießen ihn ab. Dieser abstoßende Navona-Platz, größter deutscher Vorhof. Diese abstoßende Spanische Treppe mit ihren Gerüchen nach Schülerschweiß und Urin und der kleinen Müllkippe unter dem Haus, in dem de Chirico gemalt hatte. Und dieser rundherum abstoßende Busbahnhof-Petersdom. Da wurde sein Auge in Infanta weniger gestört. In Rom mied er ganze Stadtteile, hier ging er überall spazieren. Auch wenn er nach dem Anblick des herausgerissenen Herzens geflohen war, so hatte ihn der Brief doch zurückkehren lassen;

natürlich dachte er daran, daß Mayla bald mit ihm käme.

Sie beide in Rom. Mit Vergnügen würde er ihr Kirchen zeigen, erst die Kirchen, damit sie sich heimatlich fühle, dann die Via Condotti mit Nebenstraßen, damit sie sich verwandle. Such dir aus, was du willst, würde er sagen und doch an ihrer Stelle Kleider, Wäsche, Blusen wählen und später Fragen beantworten, die sie hätte. Was ist das für ein Tor, Lukas? Das ist kein Tor, Mayla, das ist ein Triumphbogen. Und alle Fragen stellte sie mit ihrer leisen, musikalischen Stimme; wie viele Frauenstimmen hatten ihn schon enttäuscht – ging das Licht aus, zählten nur noch Stimme und Haut. Er liebte Maylas Stimme. Keine andere Frau hätte seinen Nachnamen so mühelos als Vornamen aussprechen können. Und er liebte ihre glänzende Haut und wollte sie auf seiner Terrasse sehen, sobald der April mit den immer wieder ungünstigen Lichtverhältnissen vorüber war. Und was würden sie dann, in der langen Saison ab Mai, nicht alles machen! Im Freien frühstücken. Spazierengehen. Nachts telefonieren, wenn er bei Aufnahmen wäre; sie hatten ja noch nie telefoniert. Also Telefongeflüster, natürlich gekrönt mit einer Verabredung. Piazza Barberini, die Bar am Metroeingang, gegen vier. Sich treffen, küssen, sitzen, schauen. Danach Einkäufe, Via Sistina, Schuhe. Und abends die Terrasse. Einander ansehen. Über die Stadt sehen. Einander abermals ansehen. Sich hinlegen. Und es tun, in aller Ruhe. Und dann schlafen. Morgens, noch im Bett, eine Reise erwägen, sein Vorschlag: Gardasee. Das unendlich glatte Wasser bei Torri, wenn die Sonne hinter Saló untergeht. Abfahrt sofort. Autofahren, einen Schlager mitsingen, Il Mondo, was sonst. Ankunft bei sich beruhigendem See. Ein angenehmes Haus suchen, ein angenehmes Zimmer beziehen; auf den Balkon gehen, solange der andere im Bad ist. Über das Wasser schauen und alles vor sich haben. Im Grunde sehnte er sich nach dem ersten Mal. Mit Mayla, unter besten Bedingungen, von vorn beginnen, das war sein Italien-Plan.

Jeden Abend sprach er davon, jeden Abend hatten sie andere Ziele. Nach dem fünften wolkenlosen Tag erwog er plötzlich, noch einen Teil des Mai in Infanta zu verbringen. »Dann kämen wir erst in Rom an, wenn dort schon zuverlässig Sommer ist«, sagte er, und Maylas ganze Antwort war wieder ihr weiches, über Ja und Nein erhabenes Okay. Am sechsten wolkenlosen Tag überbrachte ihm Jesus Fidelio nach Dienstschluß persönlich einen Brief mit dem Absendervermerk *A*. Kurt Lukas ließ den Poststellenleiter gratis blättern und riß den Umschlag auf.

»Guter Freund! Ich liebe. Jawohl, Du hörst recht – ich liebe einen Menschen. Nicht den, den Du für mich gewählt hast, nicht die wunderbare Grace, die mir nur den nötigen Mut machte; nein, ich liebe jemand anderen, von fern. Und das heißt, ich will immer noch Missionar werden. Nur weiß ich nach den beiden Nächten mit Grace – ich war ein zweites Mal bei ihr, und glaube mir, die Wiederholung übertraf die Premiere bei weitem –, daß es sich bei meinem Gefühl eindeutig um jene Liebe handelt, die einem einzelnen gilt und nicht der Menschheit. Aber zwischendurch etwas anderes. Im Seminar sprach man von Mister Gussmanns Tod. Den Alten zu kondolieren, wage ich nicht, und wie Du zu ihm gestanden bist, ist mir unklar; aber richte Mayla bitte meine Anteilnahme aus. Sage ihr, ich denke an sie.

Nun zum Leben – warum schreibe ich Dir? Weil ich nicht anders kann. Ich muß von meiner Wiederholungsnacht erzählen, die mir die Augen geöffnet hat. Diese zweiten Stunden mit Grace machten mich glücklich und traurig. Ich spürte, daß ich derartige Erlebnisse gern mit einem anderen Menschen hätte, jedoch nie haben werde – mit dem Menschen, den ich liebe. Irgendwann finde ich wohl den Mut, ihm diese Liebe mitzuteilen. Den Wagemut, den es braucht, einen anderen Körper zu erforschen, habe ich bereits. Grace – von ihr will ich eigentlich berichten – Grace, auf dem Rücken liegend, schlang die Arme um die Kniekehlen – ein Anblick, der mir Schwindel bereitete. Zögernd berührte ich sie und mußte mir sagen lassen, ich solle sie anfassen und nicht betasten wie ein Medizinanfänger...«

Kurt Lukas schaute auf. Seit die Sonne den ganzen Tag schien, nahm die Kundschaft langsam zu. Fünf Frauen, vier Männer und acht Kinder zählte er auf den Bänken. Und etwa ebenso viele Hunde unter den Bänken. Immer wieder verjagte er sie; manche fraßen Heftchen vor Hunger. Überhaupt machten ihm Tiere zu schaffen. Den Nachbarn entkommene Hühner, die auf seinem Hof umherirrten. Zutrauliche Ratten. Freilaufende Puter. Hier eine Kröte, da ein Tausendfüßler. Auf seinen Wunsch hatte Flores alles Kleinvieh mitgenommen.

Eine Frau bat um ein Modemagazin vom Januar. Neuerscheinungen waren teurer, zwei Pesos. Mit einer Schaufel und der Geschicklichkeit eines Croupiers hob er das Heft aus dem Angebot auf der Auslage – der schrägen Theke, hinter der sein Platz war – und sah dann wieder in den Brief. »Womit machte mir Grace nun Mut? Alles, was ich tat, war erwünscht, gab sie mir zu verstehen, und wäre es auch für eine andere Frau, wenn man sich gern habe. Sie holte für mich die Frauen auf die Erde. Wir mögen zärtliche Hände, sagte sie, als spreche sie im Auftrag von Millionen – eine Advokatinnenrolle, die es mir erleichterte, die erweckten Gefühle nicht nur auf Grace zu richten. Ich liebte in ihr das ganze andere Geschlecht, und diese Wendung sah man mir irgendwie an. Father Demetrio – er kehrte schrecklich gestärkt von einem Symposium zurück – bat mich zum Krisengespräch. Er schien alles von den beiden Nächten zu wissen, als habe er am Bettrand gesessen, und riet mir, mich zu fragen, wie ich leben wollte. Und das tat ich und begriff, daß es eigentlich nur einen Menschen gibt, den ich liebe – einen unerreichbaren –, und folglich nichts dagegen spricht, Missionar zu werden. Dir mag das quälend vorkommen, mir logisch. Aber darüber will ich nicht streiten. Ich wollte es auch gar nicht erzählen. Immer wieder schweife ich von Grace ab. Frauen mögen es auch, wenn es recht langsam geschieht, sagte sie. Daran hielt ich mich natürlich. Und hielt mich auch an Deinen Rat, wenn es kritisch wird, an andere Dinge zu denken; mit Erfolg…«

»Hey, Mister Kurt!«

Er sah auf. Neue Kundinnen standen vor der Theke – drei Verkäuferinnen, die er vom Sehen kannte. Sie fragten nach den Preisen, sie ließen sich die Ware zeigen. Und blieben. Sein Publikum wuchs. Kurt Lukas ging mit dem Brief in die Hütte. Augustin schilderte noch das Nachspiel, aus dem, wie von selbst, ein neuerliches Vorspiel entstanden sei, verglich sich zwischendurch mit einem Geigenschüler und warf schließlich die Frage auf, über welche Mittel er verfüge, um sich dem Menschen, den er liebe, vielleicht doch irgendwann zu nähern. Da gebe es einmal, Grace zufolge, sein erfrischendes Äußeres, ferner die Unbescholtenheit seines Wesens – so Demetrio – und vor allem das sichere Gefühl, am ehesten durch Zurückhaltung eine Frau zu gewinnen. »Vielleicht belächelst du es«, endete er etwas abrupt, »aber der Weg, der schon hinter mir liegt, hat mich für den Rest der Strecke unbeirrbar gemacht. Dein dankbarer Sohn.«

Kurt Lukas versteckte den Brief und kehrte zurück in den Laden. Die drei Verkäuferinnen waren nicht mehr da. Vor Ablauf ihrer Stunde gegangen, also unzufrieden. Er hätte sie beraten sollen – etwas mit Ehebruch wollten viele, eine Seitensprunggeschichte, die glücklich ausging. Und natürlich gab es da eine Serie – *Gefährliche Liebe* –, aber die wenigsten Hefte waren zu empfehlen. Mal taugten die Bildchen nichts, mal das Papier, mal der Text. Er sollte die besten heraussuchen. Zehn Hefte, bei denen alles stimmte, Illustration, Material und die menschliche Seite. Dafür ein Sondertisch, der Tisch der zehn Hefte. Zweifellos hatten die drei Verkäuferinnen mehr erwartet als nur seine Nähe. Kurt Lukas setzte sich wieder hinter die Theke.

Ein günstiger Platz, Blick auf den Weg, Blick auf die Nachbarn. Von den Grillständen kam Rauch und zog über die Hütten und Stauden. Von der Bude kam Musik. Und von der Garküche kam ein Junge und brachte ihm Hühnerschenkel mit aromatischer Soße, dazu kaltes Bier. Borromeo. Sein Lohn war freies Wühlen; wenn er kam, war es acht. Mayla erschien gegen neun. Spätestens um halb zehn ließ Kurt Lukas das Gitter herunter; gegen elf zog Mayla sich schon wieder an. In Rom war alles fließender. Aber auch weniger zuverlässig.

Er aß und trank; nur noch die Frau, die das Modeheft verlangt hatte, saß auf einer der Bänke. Ab und zu schaute sie ihn an, und er nickte. Wie ein Paar, das einander zum Schweigen verurteilt, saßen sie da. Natürlich kannte die Frau ihn, während er sie noch nie gesehen hatte, das Problem der Prominenz. Als sie aufstand, verbeugte er sich. Sie ging, und niemand kam mehr. Feierabend. Kurt Lukas kehrte Zigarettenkippen und Kaugummis von dem gestampften Lehmboden unter den Bänken, rückte die Bänke gerade und zählte seine Tageseinnahmen. Sechsundfünfzig Pesos. »Na also«, sagte er auf deutsch. Irgend etwas an dem Heftchenverleih, an diesem Ladenbesitzersein und Unternehmerleben in Infanta, an diesem kleinen Auslandsgeschäft machte ihm großes Vergnügen.

Etwas später als sonst erschien Mayla, erschöpft, aber nicht kaputt, eine schöne Ermüdete. Er ging mit ihr hinter die Hütte, und sie wärmte sich Essen auf; leise und mit vielen kleinen Pausen, in denen sie ihn ansah oder die Zutaten abschmeckte, erzählte sie von ihrem Tag. Ein guter Tag. Morgens ein Treffen zwischen De Castro und Vertretern der Landarbeiter, Umrisse eines Sozialplans, Reform des Pachtsystems; sie führte Protokoll. Mittags Gäste, ein Priester aus den Stammesgebieten, ein Redakteur aus Davao, die Frage der Waldvernichtung, Möglichkeiten der

Kontaktaufnahme zu Rebellen; sie saß mit bei Tisch. Nachmittags Korrespondenz, die Sorgen abgelegener Gemeinden, sie bestimmte die Reihenfolge der Briefe, deren Dringlichkeit. Gegen Abend ein Anruf aus Singapore, Gregorio betreffend. Später noch eine Sitzung im Gemeindehaus zur Lage junger Frauen, die in die Städte abwanderten, sich dort verkauften. Schließlich ein kurzer Gang mit dem Bischof durch den Garten, Besprechung des morgigen Tags. Sie mußten in die Berge. In einer Goldgräbersiedlung waren Kinder umgekommen, durch Quecksilber, hieß es; ein Massenbegräbnis, und es gab keinen Friedhof. »Der Bischof und ein Priester aus der Gegend müssen erst Erde weihen«, sagte sie.

»Und wir zwei müssen nach Rom«, sagte Kurt Lukas. »Mitte Mai wäre ideal.«

Mayla holte das Essen vom Herd, gedünsteten Fisch mit Reis und Gemüse, und setzte sich auf ihren Fuß. »Vielleicht im November. Oder in einem Jahr.« Wie immer aß sie mit der Hand. Sie drückte den Reis zu Klumpen, tunkte die Klumpen in einen schwarzbraunen Sud und schob sie sich in den Mund. Zwischendurch trank sie Wasser. Sie trank nie etwas anderes zum Essen als Wasser. Tubik. Das hatte er sich gemerkt, dieses Wort. »Im November? Dann ist ja alles vorüber, der ganze Sommer. Und in einem Jahr« – er stand auf –, »wer kann schon sagen, was in einem Jahr ist.« Mayla leckte sich die Finger sauber. »Der Bischof kann es. Unsere Revolution wird in einem Jahr erste Früchte tragen, sagt er. Vielleicht erreichen wir in zwölf Monaten sogar die Landreform.«

Kurt Lukas schaute sie an.

»Was denkst du, wie lang ich hierbleibe? Bis hier Gerechtigkeit herrscht?«

»Länger, dachte ich. Wenn du mich heiratest. Father Gregorio könnte uns nächsten Monat trauen. Der Anruf aus Singapore hatte mit seiner Rückkehr zu tun. Ich darf darüber nicht sprechen. Aber Father McEllis wird sich mit dir bald in Verbindung setzen. Du wüßtest schon Bescheid, sagte der Bischof.«

»Oh, ja, ich weiß Bescheid. Ich wußte nur nichts von der Heirat. Wie stellst du dir das vor?« Kurt Lukas kostete den Fisch. »Wir heiraten hier so einfach oder was?«

Mayla räusperte sich in die Hände. »Nimm doch vom Reis«, sagte sie und kam auf die Hochzeitsgäste. Nahe Verwandte habe sie keine mehr, aber natürlich entfernte. Also alle entfernten Verwandten. Sechzig, schätze sie, ohne Kinder; dazu die Freunde aus Infanta. »Ein teurer Spaß«, sagte Kurt Lukas. »Teuer?« – Sie überschlug die Kosten – »Vielleicht tausend Dollar. Hier geben viele zweitausend aus. Die Männer arbeiten ein Leben lang Hochzeitskosten ab. Du bräuchtest dazu nur einen Tag.«

»Aber ich arbeite nicht mehr.«

»Dann mußt du wieder damit anfangen. Ab und zu solltest du arbeiten. Oder hast du gespart? Dann kannst du dich ausruhen.« Sie stand auf, spülte das Geschirr und ging duschen.

Kurt Lukas duschte nach ihr. Noch naß auf der Haut, legte er sich neben sie und sagte, »Ich bin kein Sparer. Ich besitze nur ein Polster.« Mayla wollte zu diesem Polster Näheres wissen, und er erklärte ihr, es reiche für einen angenehmen Sommer in Italien, was einiges heiße. Dann kam er auf die Arbeit. In seiner Branche sei es ausgeschlossen, von einem Tag zum anderen wieder anzufangen. Er müsse erst einmal seiner Agentin klarmachen, daß er wieder zur Verfügung stehe, damit sie sich um Anfragen kümmere. »So jung bin ich auch nicht mehr«, sagte er, »schau nur, die weißen Haare überall.« Mayla holte eine Lampe und sah in sein Haar. »Ich könnte sie dir ausreißen.« Er hielt ihre Hände fest. »Lieber weiße Haare als Lücken.« Er küßte die Hände, formte sie zu einer Schale und sprach hinein. Er sprach von den vielen gutaussehenden Männern in Italien und den Studenten, die während ihrer Ferien in Mailand auftauchten, gebräunte Burschen aus Kalifornien, manche wirkten sogar klug, Athleten mit Grüblerblick. Er sprach von den anderen Deutschen, Münchnern vor allem, ewigen Lächlern, Loden-Deppen – »Cape-fools«, sagte er. Aber seine schärfsten Mitbewerber seien in Zukunft wohl alle, die wie echte Erwachsene aussähen, wie richtige Väter. Also Italiener. Italiener, die Familienoberhäupter spielten und immer ein bißchen an Mastroianni erinnerten – ob sie den überhaupt kenne, Marcello, nein? »Dann ist es schwierig, sich zu unterhalten.«

Er streichelte Maylas Hals. »Was mir noch bleibt, sind die Pasta-Rollen.« Sie wollte auch dazu Näheres hören, und er bemühte sich. Obwohl diese Dinge kaum zu erklären waren. In Italien versuchte man jetzt mit allen Mitteln, der Nudel das Behäbig-Nationalgerichthafte zu nehmen. Nudelwerbung, das war Casablanca in zwanzig Sekunden. Geheimnisvolle, leicht übernächtigte Frauen bereiteten sozusagen halbseidene Fettuccinis und Spaghettinis, und ihre Männer, die von bestandenen Abenteuern heimkehrten, kosteten dann diese in Blues gewälzten und über Spitzenwäsche abgetropften Teigwaren und lächelten dazu aus den Augen, das waren die Pasta-Rollen. Er sah Mayla an – ob sie denn Casablanca überhaupt kenne, nein? »Dann ist die ganze Unterhaltung sinnlos.« Kurt Lukas küßte ihre Lippen, ihre Zähne, ihre Zunge. »Warum sollten wir dieselben Bekannten haben?« fragte Mayla zwischen den Küssen. »Deine Sorgen sind eigenartig. Ich verstehe sie nicht. Du wirst älter, also spielst du einen Vater. Und wenn du noch älter bist, einen Großvater. Wie im Leben.« Er legte Mayla einen Finger auf den Mund. Dann erzählte er von Beatrice. Ihre Welt bestand aus Modellen. Die älteren führte sie gesondert. Er war auf dem Sprung in die Sonderkartei. Arbeit gab es auch dort; und natürlich hatte sie schon Ideen, womit sie ihn paaren könnte. In näherer Zukunft englische Konfektion, Kräuterlikör, Mineralwasser. Später Bäderkuren, Zahnersatz. Beatrice kannte da nichts. Er drehte Mayla auf den Bauch. »Sprich mit mir«, sagte sie, aber er konnte nur schauen. Sie erschien ihm als gültiges Bild. Er bückte sich und küßte lange die Mitte des Bildes. Ihr Dank war ein unergründlicher Laut.

Eine viertel Stunde blieb ihnen anschließend noch. Mayla bestand darauf zu gehen, solange noch Leben herrsche im Ort. Es sehe dann so aus, als hätten sie nur ausgedehnt zu Abend gegessen. »Das wird in Rom alles besser«, sagte er. Sie rauchte eine Zigarette an, drückte sie aus und warf sie weit in den Hof. »Warum gehst du nicht allein nach Rom? Und kommst mit etwas Geld zurück. Deinem Polster. Ohne das müßte ich täglich für deinen Laden beten. Daß er Gewinn macht. Du mußt mich verstehen; wenn du mich verstehst, wirst du auch merken, daß ich nicht um jeden Preis heiraten will.« Mayla bürstete ihr Haar. Kurt Lukas sah das Kreuz an ihrem Kettchen schaukeln – nichts trennte sie mehr als dieser praktische Gott, den man um Profit bitten konnte. »Entweder verstehe ich dich, oder ich liebe dich«, rief er. »Du kannst wählen. Nur warte damit, bis wir in Rom sind. Die Stadt wird dir liegen; und ich lebe dort im Grunde nicht anders als du in Infanta. Zur Miete, gehobene Mittelklasse, bloß ohne deine Popularität.« Mayla befreite ihre Hand und trat in den Hof. »Vergleiche nie wieder dein Leben mit meinem.« Sie umarmte ihn zum Abschied; seine Begleitung lehnte sie ab.

»Dann paß gut auf dich auf«, sagte er.

Mayla drehte sich noch einmal um.

»Warum lernst du nicht unsere Sprache?«

»Sie ist mir zu schwer.«

»Jeden Tag ein Wort. Die Grammatik ist einfach.«

»Wie heißt euer Wort für Leben?«

»Kinabuhi.«

»Das ist ja ein Satz.«

»Unser Wort für Tod ist kürzer.«

»Morgen. Eins am Tag, hast du gesagt.« Er zog sie an sich und sprach in ihr Haar. »Das bequemste Land für Hochzeiten ist Italien. Du brauchst nur eine einzige kleine

Silbe zu kennen. Ein hingehauchtes Si, und schon bist du verheiratet.« Mayla berührte seine Lippen und ging.

Kurt Lukas lag wach. Es war jetzt nur noch still und heiß. Doña Elvira hatte ihr Schlußlied gesungen. Nun sollte man schlafen. Doch er ärgerte sich. Was hätten sie nicht alles tun können von Mai bis September. Und den April für Pläne und Vorfreude nutzen. Diesen widerwärtigen römischen April mit Regen und Kälteeinbrüchen. Einen ganzen saumäßigen Monat hätten sie, Pläne schmiedend, in ein Stückchen Sommer verwandelt. Aber Mayla war ja zu beschäftigt. Und er wäre es auch bald, wenn er nicht aufpaßte; morgen kam der Grossist. Wie immer gegen Mittag, damit sich ein Geschäftsessen ergab. Lazarus. Sie hießen ja hier alle seltsam; vielleicht sollte er sich umnennen. Kurt Lukas dachte sich Namen aus. So versuchte er einzuschlafen, vergebens. Er war hoffnungslos wach. Maylas *Nimm doch vom Reis* hatte ihn erschreckt wie eine Diagnose.

Abend für Abend käme diese Aufforderung, wenn er appetitlos wäre. Und an Feiertagen käme die Verwandtschaft. Er sah das alles auf sich zukommen. Durch eine üppige Hochzeit ermuntert, erscheinen die Verwandten immer wieder. Etwa sechzig, ohne Kinder, sagte Mayla. Auch günstig über das Jahr verteilt, ein steter Strom an jedem Wochenende. Und bei besonderen Anlässen kommt es zu größeren Treffen; immer entferntere Verwandte stoßen dazu. Und dabei hatten schon gewöhnliche Familienzusammenkünfte für ihn oft übermenschliche Prüfungen dargestellt und waren Ursache einer Umwälzung seines ganzen Befindens gewesen. Die einzigen Pickel seiner Jugend waren während der christlichen Feste gewachsen. Der erweiterte Familienkreis hatte zu kleinen Vorführungen gedrängt. Zeig uns, was du beim Turnen gelernt hast. Die Schwester seiner Mutter, die Eltern seines Vaters, sie alle hatten zugesehen, wie er vor dem letzten Gang, wenn die Miseren auf den Tisch kamen, das Rad schlug. Er war von Familie umgeben gewesen wie ein Sänger von Claqueuren. Bis er gleichsam die Stimme verlor, indem er die Schule abbrach. Tante, Onkel, Oma, Opa, Vater, Mutter, all das hatte für ihn immer noch hohlen Klang, und es würde einem Wunder gleichkommen, wenn es je einen Menschen gäbe, der einfach Papa zu ihm sagte und als Antwort ein Ja hörte.

Kurt Lukas fand keinen Schlaf. Mit jedem Gedanken wurde er wacher. Schließlich machte er Licht und las den Brief, den Fidelio zugestellt hatte, noch einmal. War Augustin noch zu retten? Oder vielleicht eher zu beneiden? – Er riß ein Blatt aus dem Heft, in das er zum Spaß Soll und Haben eintrug, und setzte sich an den Tisch. Wie schrieb man einem jungen Mann? Seit Jahren hatte er nur kommenden oder scheidenden Frauen geschrieben, becircend oder abbittend, und das mit Maschine; seine Schrift war ein Alptraum. »Lieber Freund, danke für Deinen offenen Brief. Ganz sicher ist es nicht falsch, wenn Du liebst. Nur solltest Du diese Geschichte auf jeden Fall ausleben. Sie geht Dir sonst verloren, fürchte ich, und das wäre schlimm – eine Art Blindwerden für immer. Denn es könnte ja Deine große Liebe sein, also etwas Einmaliges. Und weißt Du, was ich im Moment denke und Dir vorschlagen will, auch wenn es unvorstellbar klingt? Du gehst morgen zu dieser Frau und sagst zu ihr, Wir beide fliegen nach Rom! Denn Lieben heißt das Unvorstellbare tun. Alle Kosten übernehme ich, und Du kannst natürlich meine Wohnung benutzen, ich rufe den Portiere an. Und zwar fliegt Ihr Anfang Mai. Zehn Tage. Zehn Tage wirst Du Dich ja entschuldigen können. Ein Rückzug in die Einsamkeit, dafür gibt es immer Verständnis. Du mußt nur überzeugend sein, das fällt Dir doch nicht schwer. Und diese Frau – oder wenn Dir das angenehmer ist, diesen Menschen – mußt Du auch überzeugen. Tu so, als seist Du schon in Rom gewesen. Sag, ich besuchte einen Freund, und erzähle ein bißchen. Du erzählst zuerst, daß keine andere Stadt so oft zerstört und wieder aufgebaut wurde. Wo man in Rom hinkommt, sagst Du, stößt man auf Tempelreste, Säulen, Mosaike etc., jeder Spaziergang ist auch ein Gang durch ein Museum. Dann – sie ist ja sicher katholisch – erzählst Du vom Vatikan und den Papst-Audienzen, mittwochs. Da würdet Ihr natürlich hingehen. Und damit bist Du schon beim Programm. Für jeden Tag mußt Du ihr etwas vorschlagen, dann kommt sie gar nicht auf die Idee, daß Eure zehn Tage auch zehn Nächte bedeuten. Ich nehme an, daß sie noch jung ist und ängstlich, mit den üblichen Einwänden. Kein Wort also über die Nächte, nur von den Abenden reden. Beispiel: Wir laufen über die Tiberinsel, schauen uns die Kirche Santa Maria in Trastevere an, das erste der Gottesmutter geweihte Bauwerk Roms, und gehen dann an dem wunderbaren kleinen Platz vor der Kirche bei Sabatini Fisch essen. Alle Frauen essen gern Fisch, und Sabatini hat immer den frischesten; und noch ein Tip – bestell sardischen Wein, Aragosta. Während des Essens redest Du über Dinge, die Dir geläufig sind, also über Musik. Zur italienischen Musik: Ich kenne nur einen Sänger, der aus all dem süßen Zeug etwas Großes macht, sein Name ist Renato Carosone. Du findest jede seiner Platten in meiner Wohnung; da kannst Du noch dazulernen. Und nach dem Essen, sagst Du zu ihr, bummeln wir dann über den Viale, nehmen einen Espresso und gehen später mit einem Eis zum Tiber hinunter. Und den Rest läßt Du im dunkeln. Von meiner Wohnung erzählst Du nur, sie biete einen Blick über hundert Kirchen, habe ein Gästezimmer und sei auch in der Küche sehr gut ausgestattet. Du mußt behutsam vorgehen, aber mit Mut. Ihr und Dir mußt Du die Angst nehmen. Diese zehn Tage sind einmalig, Augustin, einmalig in einem einmaligen Leben. Begreifst Du, was das heißt? Es könnten die zehn glücklichsten Tage Deines Lebens werden. Tage, an denen alles stimmt. Das Aufwachen, das Frühstück, der Stadtgang, die Mittagsruhe, das Schlendern in den Abend, die Blume im

Knopfloch, das Essen im Freien. Du mußt Dich nur an ein paar Regeln halten. Bedränge Deine Liebste nicht, mit Dir zu schlafen; sie wird es von allein wollen, oder Du hast Dich in ihr getäuscht. Zeige Dich mehr an ihrem Geist als an ihrem Körper interessiert. Und laß sie alles mitentscheiden, aber plane vor. Denke an Höhepunkte. Wenn für sie der Vatikan dazugehört, dann der Vatikan nicht am Anfang; bereite sie vielleicht auf abgebrühte Priester vor. Und das vatikanische Museum bitte nicht an einem Tag. Ein Gewaltmarsch durch alle Säle, und schon ist der Streit da. In diesen Tagen darf es nie zu Mißstimmungen kommen. Ihr müßt Euch immer in einer leichten Umarmung befinden. Und die letzten Nächte solltet Ihr wachliegen, um keine Minute, die Euch noch bleibt, im Schlaf zu versäumen. Dann werden es einmalige Tage. Ihr müßt sie wollen und dürft nicht fragen, was daraus wird. Versprich mir das. Und Ihr dürft Euch auch nicht fragen, wem Ihr damit weh tut (immer nur dem, der es weiß) oder was für Gelübde ihr brecht. Versprich mir das. Nehmt Euch einfach die Möglichkeit, weil ich sie Euch biete. Wenn Ihr beide nur die leiseste Hoffnung habt, daß Ihr zehn glückliche Tage erleben könnt, dann müßt Ihr Euch über alles hinwegsetzen. Über jede Rücksicht, über jede Angst, über alle Bedenken. Nur dieses eine Mal in Eurem Leben. Kurt.«

Er zerriß den Brief, er lief in den Hof, er tauchte sein Gesicht in Wasser. Er zitterte von Kopf bis Fuß.

Was ist eine Geschichte? Wie erzählt man? Wer spricht? Es gab so viele Fragen. Bewältigung der Zeit. Bedeutung von Namen. Führung des Helden. Fluß der Sprache, Gesetze der Sprache; durfte man sie beugen, brechen? Und durfte man erfinden, lügen? Schalten und walten mit seinen Figuren? Das alles war zu bedenken, wenn man vom Schreiben keine verwegene Auffassung hatte. Butterworth lag wach. Die bevorstehende Rückkehr Gregorios – er sollte schon in zwei Tagen eintreffen – ließ ihn nicht schlafen. Und wie immer nutzte er das Wachliegen, um sich Gedanken zu machen; sein Traum vom Alterswerk hatte Gestalt angenommen. Eine Kartei der Hauptpersonen war im Entstehen. Der Umriß eines Handlungsplans lag vor. Die Recherche kam voran. McEllis hatte zum ersten Mal über das *Anwerben* von Mister Kurt gesprochen. Gussmanns denkwürdiger Traum war rekonstruiert. Dazu kamen das Porträt-Papier und eine unerwartet wieder aufgetauchte Vorarbeit. Sein langer Brief an Gregorio, zwanzig eng beschriebene Seiten, war an ihn zurückgegangen, da der Adressat sein römisches Exil bereits verlassen hatte. Hinsichtlich Gregorios Informationsstand ein mittleres Desaster, aus anderer Sicht ein Glücksfall; sorgfältig abgetippt und an einigen Stellen ergänzt und verbessert, bildete diese Chronik den Grundstock für einen Zettelkasten mit der Aufschrift opus primum et ultimum.

Doch der bleiche Priester verließ sich nicht auf Zufall und Glück. Er hatte Anfänge studiert. Es geschah an einem Sommermorgen vor fast hundert Jahren in der Stadt Brownsville, nahe der Mündung des Rio Grande in den Golf von Mexiko. Oder: Im Spätherbst des Jahres 1938 befand ich mich auf einem Höhepunkt von Weltschmerz. Oder: Für eure Wißbegier, denke ich, bin ich ganz gut gewappnet. Aber auch: Lena sitzt am Straßenrand. Jeder Anfang konnte groß sein; das hing wohl davon ab, was folgte. Von der Theorie, im ersten Satz eines Buchs müsse der Kern des Ganzen aufblitzen, hielt er wenig. So etwas führte nur zu Gewolltem. Es sei denn, es gelänge auf leichte Weise. Denn dessen war er sich sicher, Großes kam nie durch Knechtung zustande. Das Buch, das ihm vorschwebte, mußte sich von selbst ergeben. Wenn es am Schluß ein Roman wäre – bitte. Doch dies war Theorie. In der Praxis floß Schweiß; wie auf Befehl sammelte, archivierte und schrieb er seit der Rückkehr des früheren Gastes, als habe er sein Leben lang auf eine übersichtliche Dreiecksgeschichte gewartet. Hausgemeinschaft alter Priester, junge Anvertraute und Fremder. Sein Stoff kam spät. Er mußte sich eilen, wenn er ihn umsetzen wollte.

Vieraugengespräche mit Mister Kurt wären die Bedingung. Wer seine Helden nicht kannte, sollte nicht schreiben. Er würde ihn treffen und stellen. Und dann käme es auf Fragen an. Wann endete Ihre Jugend? Wodurch wurden Sie erwachsen; glauben Sie, daß Sie den Zustand beibehalten können. Wenn ja, was macht Sie sicher. Ferner: Möchten Sie Kinder? Wenn nein, was ersetzt Ihnen Tochter und Sohn. Nebenbei: Dreißig Tage Regen, was würden Sie tun? Schließlich: Wie bereiten Sie sich auf Ihr Sterben vor. – Beim zweiten Gespräch entschiede dann eher der Ton. Setzen Sie sich doch, was macht das Heftchengeschäft? Sind Sie solvent? Sie wissen, daß Sie nur Vereinfachungen anbieten; weil Sie selbst ein Vereinfacher sind? Ein einfacher Verführer – überzeugen Sie mich vom Gegenteil, Mister Kurt, erzählen Sie von Ihrer Beziehung zu Mayla. Wann genau setzte die gegenseitige Liebe ein und wie? Schleichend? Oder als Offenbarung? Oder bedrängen Sie meine Fragen, heraus mit der Sprache! Hier wäre nur mit mattem Widerspruch zu rechnen, und nun könnte es Schlag auf Schlag weitergehen, dabei auch persönlicher werden – Kommen wir auf Ihre erste Nacht, ergaben sich die Dinge? Kam es zu Mißverständnissen dabei? Besinne dich – plötzlich, ohne Übergang, käme das Du, vielleicht etwas hinterrücks, aber wie sonst – und dann schon wieder weitere Fragen, um die Schlinge fester zu ziehen. Fragen zum Rausch, jenen Sekunden, derentwegen so viel Aufhebens gemacht wurde – auch dafür, Guter, gibt es Worte, auch für das Unsagbare, auf die Grammatik lege ich in dem besonderen Fall keinen Wert. Und höre, Lukas – wie einen Schüler sollte er ihn in dieser Gesprächsphase herannehmen –, jedes deiner Worte bleibt selbstverständlich bei mir.

Das entsprach der Wahrheit. Butterworth hatte nicht vor, sein Buch zu veröffentlichen oder auch nur in Dalla Rosas Bibliothek einzureihen. Nein, es würde ihm genügen, wenn innerhalb, vielleicht auch außerhalb des Ordens die Existenz eines von ihm verfaßten Werks bekannt wäre, das Menschliche betreffend, und Mutmaßungen über Gattung und Inhalt angestellt würden, die er dann von Infanta aus dementieren könnte; oder nicht. Denkbar allerdings, daß hier und da ein Auszug auftauchte... Aber noch war er bei der Recherche.

Fragen also. Natürlich auch solche zum Lebenslauf, Sohn welcher Eltern, wo geboren, Schulbildung, Werdegang; eine Seite mochte da reichen. Die Vertiefung erst beim Lebensknick. Dann wurdest du also Modell, Lukas, im Grunde ein altes Gewerbe. Ich weiß nicht, wie fest du im Griechischen bist, die Modelle waren damals Athleten. Was sind sie heute, gescheiterte Künstler? Während meines römischen Studienjahrs sah ich deinesgleichen immer an der Piazza Navona. Die Schnellzeichner, Lukas, du kennst sie. Nicht mehr ganz so junge Burschen, die sich mit dem Wasser der Fontana dei Fiumi ihr schwarzes Haar wuschen. Und du? Auch einmal Ambitionen gehabt? In welcher Richtung, Schauspielerei? Und was ist geworden daraus? Gibt es ein Wort dafür, ein Wort für Modell? Was bist du, Lukas, erkenne dich, anders kommst du mir nicht davon. Und dann sag mir, was du neben Mayla bist und sie neben dir. Seid ihr ein Paar? Ich vermute es; sonst wüßte ich mehr über euch. Genaugenommen weiß man ja nichts über Paare, so wie man über ferne Planeten nichts weiß. Darum meine Frage: Paßt ihr zusammen? Laß dir ruhig Zeit mit der Antwort. Hör dir erst einiges an über Mayla. Eine kleine Lektion über ihr Leben mit uns. Als Gussmann sie vorstellte, war sie vierzehn. Vormittags ging sie zur Schule, ihre Nachmittage verbrachte sie hier. Damals erledigte sie nur etwas Abwasch, kehrte die Kammern und wachste die Böden; wir pflegten noch überwiegend auswärts zu essen. Zwei Jahre hatten wir also Nachmittage mit ihr, halfen bei den Schularbeiten, ich vermag nur anzudeuten, was das hieß. Wir behandelten sie sanft, fast scheu. Es waren Stunden, in denen jede Nuance zählte, ein Seitenblick, ein unbeendeter Satz. Wir rasierten uns vorher und milderten unseren Altersgeruch, nicht um das Lernziel rascher zu erreichen, sondern aus Scham. Ich war für Mathematik und Englisch zuständig, eine schöne Kombination; das eine haßte Mayla, das andere liebte sie. So befanden wir uns oft in einer Schwebe; noch erschöpft von einer Gleichung mit drei Unbekannten, das heißt algebraischen Fragen, um dein Wissen aufzufrischen, fieberte sie der englischen Konversation mit mir entgegen. Wir unterhielten uns über die verschiedensten Themen. Politik. Alltag. Schlager oder Jazz? Poesie. Immer dienstags und donnerstags. Am Montag unterwies Pacquin sie in Naturkunde. Am Mittwoch hatte McEllis seinen Nachmittag mit ihr; Geschichte und Wetterprognose, ein Fach, das er für Mayla erfunden hatte. Freitags führte Dalla Rosa sie in Geographie und Literatur ein, wobei er sich auf die Nennung von Titeln und Autoren beschränkte; ihre Freude am Lesen ergab sich eher aus unseren Stunden. Fehlt noch der Samstag, Religionserziehung und Lebenskunde, das hatte Gussmann übernommen – seine Lehrpläne waren allen ein Rätsel. Im Alter von sechzehn besaß Mayla jedenfalls ein ungewöhnlich abgerundetes Weltbild und schien uns reif für die Universität. Aber dieser Eindruck hätte keiner Prüfung standgehalten. Sie führte damals Selbstgespräche, wie man von Schwester Angel erfuhr, und neigte zu Albernheiten, besonders in den Samstagsstunden. In den folgenden zwei Jahren reifte sie dann sozusagen nach, und ihre Schönheit kam zum Vorschein. Pacquin – damals sah er noch gut – beschloß, die Nachmittagsunterrichte zu beenden. Wir vereiteln uns sonst jede Zukunft mit Mayla, sagte er. Daraufhin übernahm sie die Küche, und wir verbannten uns in den Raum diesseits der Durchreiche; Gussmanns Martyrium begann. Das mag für den Moment genügen, Lukas. Und jetzt sage mir, ob ihr beide zusammenpaßt. Oder ist sie dir überlegen? Ihr Wissen und ihre Nüchternheit werden dich niederdrücken. Stelle dir vor, du nimmst sie nach Rom mit und läufst mit ihr zum ersten Mal über den Corso. Und von Anfang an hat sie dieses Gefühl für das Enttäuschende der Prachtstraßen. Wir haben sie erzogen, Lukas, wirst du das aushalten? Wie geschliffen darf eine Frau neben dir sein? Wie stark? Wie klug...

Bis die Morgenspatzen pfiffen, lag Butterworth wach und formulierte immer neue Fragen. Fragen an Maylas Geliebten, dessen gutes Aussehen ihm manchmal unheimlich war, als sei es die Kehrseite eines Entstelltseins. Fragen auch an ein Leben, das er nur vom Hörensagen kannte, das Liebesleben, das wie ein zweites, die Grenzen seiner Sprache überschreitendes Dasein neben dem eigenen Leben bestand. Um nicht mutlos zu werden, rasierte sich Butterworth und ging zur Terrasse. Dort traf er die anderen. Bewegt von dem, was auf sie zukam, hatten auch sie keinen Schlaf gefunden. Nach eineinhalbjähriger Abwesenheit würde Gregorio als gewöhnlicher Fluggast übermorgen auf der Insel landen, erwartet nur von zwei Personen und einer Hündin.

Sie hatten keine Eile. Die Maschine mit Father Gregorio sollte erst gegen drei Uhr nachmittags, aus der Hauptstadt kommend, in Cagayan landen, und sie waren vor Beginn der Hitze aufgebrochen. Kurt Lukas steuerte den Jeep. McEllis strich sich über seinen frisch gestutzten weißen Schnurrbart. West-Virginia schlief auf dem Rücksitz. Die Hochebene lag hinter ihnen; sie fuhren an den kahlen, mit Asche gepuderten Hängen vorbei. Es war windstill. Lange unbewegte Schleier kreuzten den Himmel, und eine gleichmäßige Grelle lag auf den niedergebrannten, von der Sonne überwältigten Flächen. Der Straßenteer kochte.

»Wußten Sie, daß ich aus einer Farmerfamilie mit zwölf Kindern stamme«, sagte McEllis auf einmal und holte damit zu einer Geschichte aus, die er eigentlich mit ins Grab nehmen wollte. »Drei wurden im Februar geboren. Zwei im April, zwei im August. Eins im September, eins im Oktober. Zwei im November. Und ich am Silvestermorgen. Ein Nachzügler, der unter erfahrenen Eltern und abenteuerlustigen Geschwistern aufwuchs. Unser Land lag an einem kleinen See, in dem es Fischotter gab. Im Sommer duftete es dort nach Harz, und das Wasser war warm. Im Herbst brachen wir über die Farben von Laub und Himmel in Jubel aus. Wahrscheinlich zähle ich zu den hundert Erdbewohnern mit glücklicher Kindheit. Mir wurde das sehr früh bewußt, und ich entwickelte den Wunsch, diesen Vorschuß zurückzuerstatten. Ich wollte Missionar werden. Nach dem College wechselte ich in die Stadt. Während der ersten Jahre als Seminarist zehrte ich von meiner Kinderseele. Ich lebte träumend in den Tag, ein herrlicher Zustand der Unschuld. Meine große Prüfung, Mister Kurt, kam spät.« McEllis stopfte sich die Pfeife, aber rauchte nicht. »Ich war bereits Ende Zwanzig und wollte mehr denn je Menschen bekehren, als mich das Unerwartete an einem elften Januar gegen sieben Uhr abends traf. Es war längst dunkel, und der Wind wehte ein feines Schneegestöber vom Gehsteig auf. Ich kam an der Buchhandlung vorbei, in der ich meine Theologiebücher kaufte, und wunderte mich, daß die Auslage leer war und doch erleuchtet. Ich blieb stehen, das erschien mir natürlich. So wie jeder Mensch vor einer Bühne stehenbleibt, in der Hoffnung, gleich einen anderen Menschen zu sehen. Und da teilte sich auch schon für eine Sekunde der Vorhang, der die Auslage vom Verkaufsraum trennte, und jemand stellte einen Stapel Bücher ins Fenster; ich sah nur zwei schlanke Hände und trat hinter einen Baum. Gerade noch rechtzeitig. Denn nun ging der Vorhang auf, und eine junge Frau erschien. Ich kannte sie nicht. Sie streifte ihre Schuhe ab und stieg in die Auslage. Und als sei sie ganz allein in einem Zimmer, begann sie, das Schaufenster zu dekorieren. Nach den populären Titeln aus der Weihnachtszeit kamen jetzt wieder anspruchsvolle Werke in die Auslage. Ich könnte Ihnen sämtliche Bücher nennen, Mister Kurt, die an diesem kalten Januarabend ihren Platz erhielten. Sie stellte sie immer paarweise zusammen, und jede dieser Paarungen erschien mir gelungen. Ab und zu sah sie nachdenklich nach draußen, und ich schämte mich, sie so heimlich zu beobachten. Aber wie unter Zwang blieb ich regungslos stehen – übrigens ohne zu frieren. Ich hatte mich verliebt.«

McEllis öffnete die Streichholzschachtel. Er nahm sich ein Hölzchen und holte zum Entzünden aus, hielt inne und sprach weiter. »Mir war, als würde ich die Welt gewinnen, wenn ich nur diese Frau gewinne, die da ohne Schuhe in der Auslage kniete. Alles, was sich in mir angestaut hatte, Mister Kurt, alles, was ich bloß dem Namen nach kannte, erwachte auf der Stelle zum Leben und drängte mich zu ihr. Die ganze gewöhnliche Liebe. Und mit demselben Gefühl der Natürlichkeit, mit der ich vor dem Laden stehengeblieben war, trat ich hinter dem Baum hervor.

Sie bemerkte mich nicht, und ich kam immer näher, bis nur noch die Scheibe zwischen ihr und mir war. Um sie auf meinen Anblick vorzubereiten, hustete ich. Endlich sah sie auf, und ich schaute in ein Gesicht, das mir wie eine Fortsetzung meiner Kindheit vorkam. Es war weich und doch fest, ohne eine Spur von Schrecken, nur ein wenig erstaunt. Ich trat dann wieder etwas zurück, und sie lächelte mir zu und arbeitete weiter. Und das, denke ich, war das Entscheidende: Ich sah ihr bei der Arbeit zu. Als alle Bücher aufgestellt waren, verneigte sie sich kurz und verschwand wieder hinter dem Vorhang, und ich lief stundenlang durch die winterlichen Straßen. Ich kannte mich nicht mehr. Nie hatte ich Vorbeugungen gegen so einen Ernstfall getroffen, und nun war die Ansteckung da. Erst nach einem Monat, an den ich keinerlei Erinnerungen habe, betrat ich den Laden und holte ein bestelltes Buch ab. Sie bediente mich und wußte vom ersten Tag an, was ich studierte; und natürlich wußte sie auch, wie lange ich gezögert hatte, mich ihr zu nähern, denn das bestellte Buch lag bereits seit drei Wochen im Regal. Über unsere Abendbegegnung sprachen wir mit keinem Wort. Im Laufe der nächsten Monate konnte ich mir aus Nebensätzen zusammenreimen, daß sie nicht sehr glücklich verheiratet war und daß die Buchhandlung einem Onkel ihres Mannes gehörte, der mich früher bedient hatte. Er saß jetzt nur noch an der Kasse und überwachte alles; wer ihm nicht paßte, bekam Ladenverbot. Ein Tyrann. Sie hatte mein tiefes Mitgefühl, und so versetzte ich mich langsam in sie hinein, womit die eigentliche Leidenszeit anfing; von den Empfindungen einer Frau wußte ich ja nicht das geringste. Es dauerte ein volles Jahr, bis ich meinen Mut zusammennahm und mich ihr in einem umständlichen Brief erklärte. Die ganze Aussage hieß: Ich liebe Sie. Als keine Antwort kam, verlangte ich ein Buch, das ich gar nicht benötigte, und wir führten ein leises Verkaufsgespräch. Und da spielte sie mir plötzlich einen Zettel mit dem Lageplan eines toten Briefkastens zu und flüsterte, daß es ihr weder möglich sei, mir zu antworten, noch an einem anderen Ort mit mir zu reden als in diesem Laden, noch mir zuzulächeln wie am ersten Abend. Ich nahm das zur Kenntnis und deponierte meinen zweiten Brief bei Dunkelheit an der angegebenen Stelle, und bald schrieb ich täglich; meine Neigung zum Tagebuch führe ich auf diese regelmäßigen Briefe zurück. Ich beschrieb ihr, was alles *nicht* möglich sei zwischen uns, um ihr zu beweisen, wie ähnlich ich dachte. Schon aus Gewohnheit ging ich systematisch vor. Jede Kleinigkeit, die ich bei Verliebten beobachten konnte, erwähnte ich, um dann am Ende vor dieser Art Berührung beim Gehen oder jenem durchs Haar Streichen zu warnen. Die größte Gefahr sah ich für uns beide im Kuß. Ich vertrat die Auffassung, daß uns eine einzige innige Umarmung aus der Bahn werfen könnte; kein so schlechter Instinkt, wie ich heute weiß. Kurz, ich entwickelte in der Verneinung nach und nach eine vollständige Liebesgeschichte. Das mag übertrieben klingen, aber wir hatten das Pech, uns tatsächlich ähnlich zu sein – in unserer Leidenschaft für das Unmögliche. Sie müssen sich meine Beziehung zu dieser Frau wie ein fotografisches Negativ vorstellen, Mister Kurt. Alle Möglichkeiten waren erkennbar, nur die Vergrößerung fehlte. Einmal in der Woche kam ich in den Laden und ließ mich beraten, bevor ich ein Buch kaufte. Keine Gelegenheitsarbeit war mir zu gering, um dieses wöchentliche Buch bezahlen zu können. Von den drei Jahren unserer Beziehung blieb schließlich eine sonderbare Ansammlung von Romanen und Erzählungen übrig, von Gedichtbänden und Nachschlagewerken, von Broschüren zur Wetterkunde, Reiseführern und sonstigem; eine Menge, die zwei große Kisten füllte und später Grundlage der Stationsbibliothek wurde. Unser armer Dalla Rosa leidet noch heute darunter, daß diesen Büchern das Chaos verhinderter Liebe anhaftet. Sie sind unsortierbar, und er weiß nicht, warum. Womit ich sagen will, daß ich diese

Geschichte bisher noch nie erzählt habe, Mister Kurt. Die anderen denken, ich sei in Folge einer Haushaltsauflösung an die beiden Kisten geraten. Aber es war eine Seelenauflösung. Sie merken nicht, daß ich diesen Büchern geradezu ausweiche. Denn jedes ruft in mir ein Beratungsgespräch wach, in das kleine Sätze einflossen, die ich beim besten Willen nicht vergessen kann. Sehe ich Butterworth Lord Jim aufschlagen, so höre ich sie auch schon Weißt du, daß du Jims Augen hast? sagen. Derartige Bemerkungen rieben mich auf. Ich war erfüllt von ihnen. Nachts küßte ich mein Kissen. Aber stellte mir auch vor, wie nur wenige Straßen weiter der Mann, den sie nicht liebte, in diesen Sekunden vielleicht seine Arme um sie schlang. Das gesamte Glück meiner Kindheit half mir nicht weiter. Ich zerbrach und konnte dagegen nichts tun. Doch wer nicht durch die Verzweiflung geht, heißt es, wird nicht getröstet. Und ich wurde getröstet. Allerdings Jahre später, durch meine Arbeit, durch diese Insel.« McEllis deutete in Fahrtrichtung. Dichter Palmenwald fiel in Stufen zum Meer ab.

»Und wie endete es?« fragte Kurt Lukas.

»Ich weiß nicht, ob ich das erzählen sollte. Warum erzählen Sie nicht zwischendurch etwas über sich, über den Beginn Ihrer Karriere. Oder ist das nicht bei jedem Mann die interessanteste Lebenszeit?«

»Das glaubte ich immer.«

»Denken Sie heut anders?«

»Vielleicht. Ich weiß es nicht. Ich weiß nicht, ob ich denke und wann ich denke und wie ich denke. So war das immer schon, und ich kam damit durch.« Kurt Lukas schaltete herunter; die engen Kurven begannen. »Alles Wissenswerte über mich erfuhr ich bei jedem Blick in den Spiegel. Es ist angenehm, wenn man den Menschen nicht durch Gedanken imponieren muß. Als ich neunzehn war, stand meine innere Welt über Nacht fest. Durch den Erfolg von Probefotos. Ich kannte mich nicht, aber trat selbstbewußt auf. Man schrieb mir Eigenarten zu, von denen ich nicht einmal wußte, daß es sie gab. Ich bekam Einladungen, als hätte ich Verdienste. Politiker und Fußballgrößen sind neben mir verblaßt. Einmal hielt man mich für einen früheren Kinderstar, dann für ein kommendes Klaviergenie. Ich brauchte mir weder um meine Vergangenheit noch um meine Zukunft Gedanken zu machen. Mit Anfang zwanzig sah ich nach allen Talenten aus. Wie ein Maler, wie ein Dichter, wie ein Filmheld, wie ein Sportler, wie ein Sänger. Sogar wie ein tragischer Anarchist. Einmal wurde ich verhaftet, ein andermal winkte man mich in eine Demonstration. Ich sollte die Fahne schwenken. Natürlich bewarb ich mich an einer Schauspielschule, aber fiel durch die Aufnahmeprüfung. Man sagte mir, ich sei der Schlechteste gewesen. Erst später, als gefragtes Modell, lernte ich, winzige Rollen zu spielen. Bald verdiente ich gut und hatte meine Eintagsliebn. Ich denke, ich kenne mehr Körper als Frauen. Ich kenne zu viele Körper. Und zu wenige Frauen kennen mich. Die, die mich besser kannten, haben sich zurückgezogen. Bis auf meine Agentin. Beatrice ist die einzige Frau, die in meiner Nähe vernünftig bleibt. Sie ist stark und klug, nur leider nicht schön. Eines Tages sagte sie, das Beste, was dir zustoßen kann, ist die Liebe einer Blinden.«

»Und Mayla ist diese Blinde?« fragte McEllis.

»Ich glaube ja.«

Die kleine Stadt am Meer tauchte auf, der graue Schlick ihrer Küste, die Staubwolken über Wegen und Straßen, ihre leuchtenden Blechdächer und das Grün zwischen Hütten und Häusern. McEllis sah zum Himmel und wechselte das Thema. »Gutes Flugwetter«, sagte er. »Die Maschine wird pünktlich sein. Kaum zu glauben, daß Gregorio unter den Passagieren ist. Ich bedaure nur, daß ihn die letzten Briefe nicht erreicht haben. Butterworth hatte, soweit ich das übersehen kann, Gregorio in einem umfangreichen Schreiben auf Ihre Anwesenheit vorbereitet, Mister Kurt. Aber wer weiß, wie er die Vorgänge darstellte.

Butterworth besitzt viel Phantasie. Außerdem versteckten Ehrgeiz. Ich kenne ihn seit sechsundfünfzig Jahren. Er studierte damals schon in New York, ich noch in Virginia. Ein Meinungsaustausch unter den Universitäten brachte uns zusammen. Er schleppte mich eine Nacht lang durch Literatencafés. Ich hatte den Eindruck, er war dort nicht sehr beliebt. Ihr neuer Roman hat einen meisterhaften Anfang, konnte er einem Autor im Vorbeigehen zurufen, aber folgen dann nicht fünfhundert überflüssige Seiten? Butterworth war damals noch ein halber Jüngling, doch steigerte er sich mit rhetorischen Fragen schon in ganze Stegreifkritiken. Wir mußten mehrfach den Ort wechseln, ich war beeindruckt. Danach verloren wir uns aus den Augen und sahen uns erst auf der Südinsel wieder. Jedenfalls wird Ihnen Gregorio ohne eine Butterworthsche Einführung begegnen. Aber sicher bald begreifen, warum Sie bei uns sind, Mister Kurt. Sie werden ihn mögen. Wie Horgan hat er früher auf jedem Sportplatz seinen Mann gestanden. Ein athletischer Greis. Und unerschrocken; vielleicht etwas eigenwillig in seinem Mut. Oder starrköpfig, im besten Sinne. Er hält sich ja fast stur an den verschlüsselten Text seiner Karte aus Rom. Bis wir den Jeep erreicht haben, sollten Sie nur wortlos den Gepäckträger spielen. Sobald wir unterwegs sind, werde ich Sie als Deutschen aus Rom vorstellen, das hat sich ja bewährt. Und Sie erzählen, wo Sie in der Ewigen Stadt wohnen und welche Plätze Sie lieben, und Greg wird Sie noch während der Fahrt in sein Herz schließen; den Rest überlassen Sie mir.«

Der Verkehr hatte zugenommen. Sie fuhren in einem Strom von Dreiradtaxis und Handkarren. McEllis streichelte die Hündin. Seit langem hatte er nicht mehr so viel geredet. Er war nervös, das Reden half ihm. »West-Virginia gehört ja zu diesen Tieren«, sagte er, »bei denen man sich manchmal fragt, weshalb sie nicht sprechen können.« Und er erzählte die Geschichte der Hündin. Wie sie ihm eines Abends, kaum größer als ein Wollknäuel, auf dem

Markt angeboten worden war. Wie er sie dann mitgebracht und zum Erstaunen der übrigen am Leben erhalten hatte. »Mit lauwarmer Milch und gutem Zureden.« Und wie er sich bei der Namengebung gegen andere, durchweg absurdere Vorschläge behauptet und schließlich mit der Idee des Deckens durchgesetzt hatte. »Argumentativ«, sagte McEllis, während sie am Ausgangspunkt ihrer Geschichte, dem Platz vor der Kirche, vorbeifuhren. Beide warteten darauf, daß der andere mit einer Anspielung zuvorkäme, und schon lag der Ort der Erinnerung hinter ihnen. Sie schwiegen dann, bis sie am Ziel waren.

Der Flughafen lag auf einem schmalen Hochplateau südlich der Stadt. Er bestand aus einer Abfertigungsbaracke, einem Schuppen für das Löschfahrzeug und einer gewaltigen Reklametafel. Sie zeigte den Neubau des Flughafens, eine Anlage mit Springbrunnen, die den Namen des geflohenen Präsidenten trug. Die Piste reichte bis an den Rand des Plateaus und war an vielen Stellen ausgebessert. Auf dem Vorfeld stand eine alte Dakota wie zum Zeichen, daß man hier tatsächlich landen konnte. Im Schatten der Tragflächen hockten Soldaten mit ihren Gewehren im Arm. McEllis und Kurt Lukas warteten in der Baracke, die zur Rollbahn hin offen war. Um sie herum saßen Passagiere auf Säcken und Kisten. Der Abfertigungsschalter war noch unbesetzt; ein Erfrischungsbüdchen hatte geschlossen. »Wäre irgend etwas durchgesikkert«, erklärte McEllis, »hätte es auf.« Er klopfte sich den Staub von der Kleidung; wie am Tag der Mopedfahrt trug er die abgewetzte blaue Hose und seine unverwüstliche Windjacke. »Weil hier dann Hunderte von Menschen wären«, fügte er hinzu.

Außer den Reisenden standen nur zwei Kofferträger und ein Mechaniker bei dem Schalter. Hinter einer Absperrung warteten Taxischlepper und Händler. Ein gutes Dutzend Männer, ohne die Krüppel am Boden, vier oder fünf Handgänger, die den besten Bettelplatz suchten. Nur

Fluggäste und Abholer durften in die Baracke; Kurt Lukas hielt seine Tasche, als sei sie voll, und erwähnte, wie oft man ihn mit leerem Gepäck fotografiert habe. Illusion von Gewicht erfordere schon ein gewisses Können. Nur Winzigkeiten dürften die Anstrengung verraten. Ein Fältchen auf der Wange etwa. McEllis wollte dieses Fältchen sehen, und sie traten ins Freie. Neben der Dakota stand nun ein Tankwagen. Die Scheiben wurden von innen mit Zeitungen bedeckt, um die Sonne abzuhalten. »Also ich staune über das Filigrane Ihres Berufs«, sagte McEllis und betrachtete die kleine Falte. »Ein wirklich liebenswertes Detail.« Er trocknete sich die Stirn. Dann fragte er, ob ihn denn in Rom eigentlich niemand vermisse.

»Wer sollte mich vermissen?«

»Freunde, Nachbarn, Ihre Eltern. Eine Frau, ein Kind. Geschwister, Kollegen; ein Tier.«

»Ich habe nur meine Agentin, die mich vermißt. Genaugenommen fünfundzwanzig Prozent von mir. Aber sie wird darüber hinwegkommen.«

»Heißt das, Sie bleiben, Mister Kurt?«

»Es heißt nur, daß sie Ersatz für mich findet. Wenn ich nicht bald auftauche. Ich dachte, nächsten Monat wäre ich zurück. Zusammen mit Mayla. Aber das geht nicht, hörte ich von ihr. Sie hat zu viel Arbeit. Vielleicht später, im November, oder in einem Jahr, sagte sie. Ich weiß nur nicht, ob ich solange bleiben will. Ich weiß auch nicht, ob ich wieder arbeiten möchte. Und ob ich es kann.«

»Reden wir besser im Schatten, Mister Kurt.«

Sie traten unter das Vordach der Baracke; innen fing die Abfertigung an. Hinter der Sperre drängten sich jetzt die Händler und Schlepper. McEllis setzte die Hündin ab. »Mein Leben ist zu weit fortgeschritten für die Frage, ob es änderbar wäre, ebenso für die Frage, ob ich hätte anders leben wollen. Ihres nicht. Und darum denken Sie nach, Mister Kurt, über sich und Mayla. Nur über Gottes Sohn habe ich länger nachgedacht als über meine Liebe zu der

Buchhändlerin. Sie hatte krauses braunes Haar und eine Stimme, die wie geschaffen schien für unser Geraune. Sie konnte mich Honey nennen, selbst wenn jemand neben uns stand, und ich allein hörte den Hauch aus ihrem Mund. Ihr Name war übrigens Rose. Unsere wöchentlichen Gespräche waren im ersten Jahr oft bedrückend. Sie hatten viel von der Hilflosigkeit bei Ferngesprächen. Ich war immer nur der Liebe Verströmende, sie immer nur die Liebe Empfangende. Erst im nachhinein wurde mir klar, daß Rose meine Besuche in der Buchhandlung anfangs mehr gefürchtet als herbeigesehnt hatte. Sie fürchtete den Amateur in mir. Den Mann, der nicht fähig war, sich zu verstellen. Und natürlich war ich ein einsamer Liebender, das gab mir einen unmenschlichen Zug. Im zweiten Jahr führte sie ihr Honey ein, und unser ganzer Umgang wurde leichter. Zwar litt ich bis zur nächsten Begegnung, aber ich wußte, wofür. Für ein Wort. Im dritten Jahr wurden wir Vertraute. Wir sprachen über alles, was wir gemeinsam erleben könnten. Rose und ich glitten in eine Art Ehe. Diese zwanzig Minuten in der Woche stellten für uns lange Spaziergänge und häusliche Abende dar; sie umfaßten ganze Nächte, ja, einen Urlaub am Meer und die Geburt eines Kindes. Wir liebten uns wahnsinnig, wenn Sie diesem Ausdruck einmal vertrauen wollen. Und damit komme ich auf Ihre Frage nach dem Ende. Treffender wäre das Wort Finale. Ich begehrte Rose, müssen Sie wissen, und eines Tages nahm ich wieder meinen Mut zusammen und sagte zu ihr, daß wir uns über alles hinwegsetzen sollten. Butterworth hatte mich in New York auch auf ein gewisses Hotel aufmerksam gemacht, in welchem keine Fragen gestellt würden. Bekannte, aber mittellose Schriftsteller logierten dort unter falschem Namen mit der Geliebten, hatte er mir zugeflüstert. Ich schlug ihr also zwei Tage New York vor. Für meinen wöchentlichen Buchkauf hatte ich durch Nachtarbeit eine Rücklage geschaffen. Ich erzählte Rose von dieser Reserve und sagte, ich würde alles bezahlen und einen Abend vor ihr in New York sein und die Zimmerfrage klären. Sie sollte dann allein reisen, mit der Begründung, daß sie sich die großen Buchhandlungen ansehen müsse, um ihr Wissen zu erweitern. Als Unterkunft sollte sie ein Gemeindezentrum nennen, von dem Butterworth berichtet hatte, es gehe dort drunter und drüber. Treffen würden wir uns Punkt fünf Uhr nachmittags vor dem Eingang zur Pennsylvania Station. Mein Plan war präzise. Ich hatte alles durchdacht; und das fast militärisch Genaue überlagerte die Ungeheuerlichkeit des Vorhabens. Mit einem einzigen Schachtelsatz teilte ich Rose den Plan mit, während wir über Faulkners Licht im August gebeugt waren, das damals als wichtigste Neuerscheinung galt. Und an diesem sechzehnten April, einem Mittwoch, Mister Kurt, traf mich zum zweiten Mal das Unerwartete. Rose war einverstanden.«

McEllis wollte sich wieder die Pfeife anzünden und hielt wieder inne; sein Vogelblick schien bis an den Ort zu reichen, an dem sich die Geschichte abgespielt hatte. Er ließ das Streichholz fallen und sprach von einer unvergeßlichen Einfädelungszeit. Fast einem halben Jahr des Wartens und Lügens, erfüllt von kindischer Vorfreude und einer quälenden Angst, der Plan könnte scheitern, womöglich im letzten Moment. McEllis sprach von den nicht endenden Gedanken an diese zwei Tage mit Rose: Wie er jede Nacht aufgewacht sei und sich die Stunden, die ihnen gehören würden, bis in alle Einzelheiten vorgestellt habe. »Und als sie mir dann endlich vor dem Eingang zur Penn Station gegenüberstand«, sagte er, »war ich vor lauter Vorfreude und Angst vollkommen erschöpft. Ich bekam kein einziges Wort heraus, nicht einmal ein Hallo; ich konnte Rose nur noch zu diesem Hotel führen – einem furchtbaren Hotel nahe der zweiundvierzigsten Straße – und ihr das Zimmer zeigen, das ich für sie reserviert hatte. Es war das einzige schöne Zimmer, hoch oben, genau unter dem O des Hotelnamens Victoria. Rose fragte mich dann, wo ich wohne, und ich sagte ihr, neben dem Fahrstuhlmotor sei noch ein Einzelzimmer frei gewesen, jede Minute wache man auf, und sie lächelte wie am ersten Abend und bot mir das zweite Bett bei sich an. In diesem Augenblick begann unser fünfzigstündiges Glück, Mister Kurt. Selbst wenn ich es wollte, könnte ich Ihnen davon kaum etwas erzählen, so wie man von manchen Träumen nur eine Stimmung oder Farbe wiedergeben kann. Die Farben dieser zwei Tage waren ein hartes Blau, der Oktoberhimmel über New York, ein mildes Gelb, das durch schmutzige Fliegengitter gefilterte Sonnenlicht, sowie ein schwaches Rot, das nachts vom O auf unsere Laken fiel. Wir verließen das Zimmer nur, um frische Milch zu kaufen. Wir tranken keinen Alkohol und aßen nur Kekse und schliefen keine Minute. Es war glühend heiß in dem Raum, und alle zwei Stunden ging einer von uns unter die Brause. Wir hatten Angst, nicht gut genug zu riechen für den anderen. Und selbstverständlich vermieden wir es, die Toilette zu benützen, was ja immer mit kleinen Geräuschen verbunden ist. Schließlich setzte unsere Verdauung ganz aus. Unser einziges Bedürfnis war Sprechen. Wir lagen aufgestützt nebeneinander und sprachen über uns. Und während bei mir der rechte Ellbogen wund wurde, scheuerte sich Rose ihren linken auf. Liebende, die sich noch erforschen, erkennt man an einem entzündeten Ellbogen. Wir sprachen fünfzig Stunden lang; denn auch das übrige, Mister Kurt, das Wortlose zwischen uns, war noch eine Art von Gespräch, und wie ich mich erinnere, das einfachste, das wir geführt haben. Als wir uns trennten, hatten wir beide ein reines Gewissen. Wir hatten nur über alles gesprochen. Rose fuhr mit dem Bus zurück, ich nahm den Zug. Beide waren wir verwandelt, und niemand ahnte etwas von unserer Aktion. Aber leider war mein Plan tatsächlich von militärischer Qualität – ein Männerplan, der das Wesen der Frau nicht berücksichtigt hatte. Nach dem Triumph kam das Inferno. Rose war, wie gesagt, verwandelt, ihr Mann erkannte sie kaum noch. Er brauchte keine Nacht, um die Wahrheit aus ihr herauszuprügeln; nur meinen Namen verschwieg sie, denn er drohte, mich zu erschießen. Rose sagte, sie hätte mich abends auf der Straße getroffen. Sie machte sich zur Hure, nur um mir nicht zu schaden. Fast auf Knien bat ich sie, alles auf mich nehmen zu dürfen, doch sie verlangte von mir Zurückhaltung. Ich verlor darüber für kurze Zeit den Verstand und wechselte die Universität. Später, als ich schon Priester war, hörte ich, daß Rose ihren Mann verlassen hatte. Ich bin sicher, daß es ihr gutgeht. Denn wer einmal geliebt hat, Mister Kurt, besitzt einen Wegweiser für sein Leben. Rose und ich waren glücklich; wir hatten fünfzig Stunden lang einen Schutzengel.« McEllis ging in den Waschraum, er kam mit tropfnassen Haaren zurück. Die Dreiuhrhitze brütete jetzt über der Piste. Viele der Wartenden schliefen. Kurt Lukas fächelte der Hündin Luft zu.

»Worin genau hat dieses Glück bestanden, Father?«

»Als ob Sie das nicht wüßten.«

»Ich bin mir nicht sicher. Sie und ich, wir haben ganz andere Erfahrungen.«

»Die Unterschiede sind höchstens numerischer Art.«

»Das ist Ansichtssache«, sagte Kurt Lukas und erwähnte die fließenden Anfänge erster Liebesnächte. McEllis lächelte. Er kämmte sein nasses Haar und nannte das allmähliche Vortasten die vielleicht reizvollste Phase, stieß auf Zustimmung und fragte nach Gründen, erfuhr sie und steuerte eigene bei, und so begann ein Gespräch über die Sekunden des Glücks. Über die Worte, die plötzlich jede Angst auslöschen, über den Augenblick, von dem an alles möglich ist, was im Augenblick vorher noch unmöglich schien. Über die Ruhe, die einzieht, wenn einem das Haar der Geliebten auf Wangen und Hals fällt, über die Duftwellen, die ihr Nacken aussendet. Über all die Namen, die man füreinander erfindet, und die vielen kleinen Küsse, die wie ein Regen auf Brust und Bauch niedergehen, tief in der Nacht, wenn keine Autos mehr fahren und sich für einen Liebenden mit dem nahen Gesicht über seinem – oft nur durch wenige Linien – spürbar das Leben neu ordnet, während sich alte Wunden unmerklich schließen. Sie stimmten in vielem überein. Beiden schien das Glück des Anfangs unvergleichlich. Beiden lag an einer angenehmen Stimme. Beide glaubten, man könne von einer Frau mehr lernen als von hundert. Beide sahen im Mund das kostbarste Stück Körper, das man bei einer Trennung mitnehmen möchte. Doch für McEllis waren Liebesnächte auch ein Luxus, den man bitter bezahlt. »Wir hatten nach New York keine Chance«, sagte er. »Jedenfalls nicht in den Jahren danach. Rose und ich waren aus getrennten Welten mit einer gefährlichen, uns in falscher Sicherheit wiegenden gemeinsamen Sprache, Mister Kurt – genau wie Sie und Mayla. Und ich denke manchmal, es war der Leichtsinn meines Lebens, daß ich euch zusammengebracht habe.« Ein Mann mit Funkgerät und Signalkellen ging auf das Vorfeld. Seine Kontur schien zu zittern. Die ganze Rollbahn lag im Glast. Kurt Lukas setzte die leere Tasche ab. »Warum Leichtsinn, Father? Ich bin nicht Sie, und Mayla ist nicht Rose.«

»Ich fürchte, genau das ist Ihr Irrtum«, sagte McEllis und deutete ruckartig zum Himmel.

Die Maschine näherte sich parallel zur Piste. Das Fahrwerk war noch eingezogen. Sie flog in geringer Höhe vorbei und drehte dann in einer engen Schleife. Überraschend langsam schwebte sie auf die Landebahn zu und setzte in Höhe des Windsacks mit pfeifenden Rädern auf. Lärmend bremste sie ab und wendete bald. Mit gedrosselten Triebwerken rollte sie zurück und hielt in halbschräger Position zur Baracke; wie bei dem Tankwagen wurden alle Fenster der Kanzel von innen mit Zeitungsseiten bedeckt. Die Soldaten verteilten sich auf dem Vorfeld. Der Mann mit den Signalkellen ging um die Maschine herum und sprach in sein Funkgerät. Die Vordertür sprang auf, und eine schmale

Treppe klappte nach außen. Schlepper und Händler begannen an der Absperrung zu rütteln. In der Tür erschien ein Flugbegleiter, der einen blauen Vorhang hinter sich zuhielt. Als das Treppchen gesichert war, öffnete er den Vorhang, und die ersten Passagiere stiegen aus, Mütter mit Kindern; in das Gerüttel mischten sich Rufe. Fahr- und Schlafgelegenheiten wurden angeboten, Träger- und Vermittlerdienste, Führung zu Wunderheilern. Nach den Frauen und Kindern kamen Männer mit Aktenkoffern und scharf gebügelten Hosen; der Flugbegleiter nickte jedem komplizenhaft zu. McEllis übergab Kurt Lukas die Hündin. »Ich brauche gleich beide Arme. Auch wenn ich sie nicht hochreißen darf, wenn er auftaucht.« Den Geschäftsreisenden folgte die Masse der Passagiere. Alle hielten eine Hand gegen die Sonne, sobald sie ins Freie traten; die letzten schauten sich immer wieder um, ehe sie die Maschine verließen. Der Flugbegleiter ging in die Kanzel. Der blaue Vorhang wehte ein Stück aus der Luke. Einen Augenblick später stand ein Mann in der Tür. Er trug einen zeitlosen Anzug, dazu einen Hut, der Augen und Nase beschattete. Während er einen Fuß auf die oberste Stufe setzte, machte er eine eigentümliche Handbewegung: er rieb sich den Bauch. »Das ist er«, flüsterte McEllis, und in dem Moment knallte es kurz. Der Mann schien zu stolpern, der Hut glitt vom Kopf, Blut spritzte auf den Türrahmen, und er drehte sich etwas; sein halbes Gesicht fehlte. Rasch kippte er vornüber und stürzte die Treppe hinunter, verfing sich im Geländer und bewegte den Arm, als würde er winken. Ein weiterer Schuß fiel, und der Mann überschlug sich noch einmal und blieb am Treppenabsatz liegen. Zwei, drei Sekunden lang war es still. Dann geschah folgendes: Aus allen Richtungen stürmten die Soldaten los und feuerten im Laufen in das Führerhaus des Tankwagens. Wie trockenes Husten klangen ihre Schüsse. Die Fahrertür ging auf, ein Körper sank heraus, und wieder war es still. So still, daß alle Soldaten sich umwandten, als McEllis *Nein* rief, ehe er losrannte. Er rannte, wie ein alter Mensch nur rennen kann, und Kurt Lukas, die Hündin im Arm, rannte ihm nach, während ein Amateur fotografierte; etwas verwackelte, an Ehetragödien erinnernde Bilder entstanden. Befehle, sich hinzulegen, erschallten nun, und neue Schüsse fielen, aber in großer Entfernung. Man hörte das Einschlagen der Geschosse in die metallene Treppe. Nur McEllis schien es nicht zu hören. Er suchte keinen Schutz. Er beugte sich über den Getroffenen und schrie wie ein Mensch, der verbrennt. Mit seinen Händen bedeckte er die Wunde; er preßte sie geradezu auf das Fehlende, während das Schießen – fast leise – weiterging. Die Soldaten eilten umher oder robbten, immer wieder riefen sie, Hinlegen, Hinlegen. Viele der Ausgestiegenen lagen schon flach auf dem Vorfeld. Wer noch stand, wurde von Sicherheitskräften zu Boden gerissen, auch Kurt Lukas. Im Fallen sah er eine Uhr – sie hing an der Baracke –, es war zehn nach drei. Er fiel auf die Seite und drückte die Hündin auf den heißen Belag. Noch einmal war es Momente lang still. Dann knallten Schüsse in dichter Folge, und ein Stoß ging durch den Körper unter seiner Hand. West-Virginia wälzte sich auf den Rücken. Ein Geschoß hatte ihr den Bauch geteilt, die zerfetzten Jungen quollen hervor. Die nächsten Sekunden wurden die schlimmsten. Kurt Lukas wollte die Jungen zurückdrücken, als könne er damit alles ungeschehen machen, richtete sich auf und erblickte McEllis' Gesicht. Es war klein und weiß. »Machen Sie sie tot«, hörte er ihn sagen. Die Hündin drehte sich jetzt um sich selbst; sie keuchte, und die Augen traten ihr aus den Höhlen; Kurt Lukas nahm sein Messer. »Ich habe über Gregorios Rückkehr gesprochen«, rief er McEllis zu und packte das Tier. West-Virginia sah ihn an, auch als er ihr die Klinge in die Herzgegend stieß. Er ließ das Messer stecken und hob einen Arm vor die Augen, als warte er darauf, erschossen zu werden, aber das Schießen hatte aufgehört. Die Soldaten öffneten ihre Kinnriemen.

Überall lagen Menschen, niemand bewegte sich. Erst als McEllis zu beten begann, schien das Leben weiterzugehen. Die ersten standen auf und flüsterten den Namen des Opfers. Auch McEllis murmelte ihn in seinen Gebeten. Er betete, bis ihn zwei Soldaten von dem Toten entfernten, während andere eine Plane über Gregorio zogen. McEllis befreite sich aus dem Griff der Soldaten. Er trat auf Kurt Lukas zu, der vor der Hündin kniete. »Maßen Sie sich in diesem Falle keine Schuld an«, sagte er mit barbarischer Ruhe. »Der Mord wurde nur vorverlegt durch Ihr Zutun.« Dann bat er ihn, das tote Tier aufzuheben; wenigstens einen Leichnam wollte er mitnehmen.

Plötzlich aufgetauchte Polizisten brachten den Priester und Kurt Lukas auf den Parkplatz vor der Flughafenbaracke und setzten sie dort in den Schatten. Aufnahmen, die um die Welt gehen sollten, zeigten später einen Greis, mehr geschleift als gestützt, neben einem Mann, den viele für seinen Sohn hielten. Die Polizisten bildeten einen weiten Ring um die beiden. Der Ranghöchste, ein Major, setzte sich zu ihnen. Er entschuldigte sich bei McEllis, daß man ihn aus Sicherheitsgründen von dem Toten getrennt habe, und sprach sein Beileid aus. Offenbar wußte er, wen er vor sich hatte; er erwähnte die Station, die jetzt ärmer sei, und redete McEllis mit Father an. Er war die Zuvorkommenheit selbst. Das Attentat verdammte er, die erschossenen Täter nannte er feige. »Wenigstens kennen wir sie – gesuchte Rebellen«, sagte er und bot Zigaretten an. McEllis hob verneinend die Hände; nur mühsam gelang ihm das Sprechen. »Jeder weiß, wer den Mord in Auftrag gegeben hat.« Der Major überhörte den Namen des Ex-Gouverneurs und schlug eine Heimfahrt in seinem Dienstwagen vor. »So kämen Sie rechtzeitig an. Das Attentat wird erst in den Achtuhrnachrichten gemeldet, Sie hätten Gelegenheit, es Ihren Mitbrüdern schonend beizubringen.« Wie jeder gute Polizist konnte er Gedanken lesen. McEllis stand ruckartig auf. »Wir sind durchaus fahrtüchtig« – er zog fragend die Brauen hoch, und Kurt Lukas gab zu verstehen, daß er den Jeep steuern könne. Sie stiegen ein. Der Major ließ den Weg frei machen; der kleine Vorplatz glich jetzt einem Heerlager. Viele bekreuzigten sich vor dem Jeep; kaum einer hörte den leisen Appell: »Seien Sie schneller als alle Gerüchte, Mister Kurt.«

Im Nu hatte sich das Attentat herumgesprochen; erst weit hinter der Stadt erreichten sie die Grenze des Lauffeuers. Zu beiden Seiten der Straße herrschte das übliche Feierabendleben. Die Menschen saßen vor ihren Hütten und hörten Musik. McEllis legte seine Hände an den Kopf. Bis zu der Stelle, an der Narciso und Romulus auf der Straße gestanden hatten, schien er zu schlafen. Als kurz danach die offene Landstraße begann, bemerkte er mit fester Stimme, »Sie fahren recht ordentlich. Ist es nicht seltsam«, sagte er noch, während ihm Tränen aus den Augen liefen, »wie schön trotz allem der Abend ist.«
    Die Landschaft leuchtete unter der schrägen Sonne. Rötlicher Flor schwebte über den Reisfeldern. Der Himmel ließ die Krümmung der Erde erkennen. McEllis wischte sich die Wangen ab. »Die anderen sind jetzt schon nervös, Mister Kurt. Horgan läßt sich die weißen Schuhe anziehen. Butterworth feilt an den Begrüßungsworten. Pacquin reißt das letzte Unkraut aus. Dalla Rosa sortiert noch ein bißchen. Und bei jedem Motorengeräusch treten sie auf die Veranda, während Flores in der Küche ihr Bestes gibt – und alles für einen Toten, so will es Gott.« Er sagte das ohne Bitterkeit und strich dabei der Hündin durchs Fell. »Die kleine Dame hat Ihnen vermutlich das Leben gerettet, wissen Sie das? Sie hat das Geschoß von Ihnen abgelenkt. Jedenfalls sollten wir es so deuten. Wir müssen noch im Schlimmsten einen Sinn suchen, sonst sind wir verloren.« McEllis machte eine Pause und fügte dann rasch hinzu: »Nach der Trennung von Rose wurde mir das bewußt, Mister Kurt. Erst das Unglück formte aus

mir einen Menschen wie Gregorio. Oder auch einen Menschen wie Gussmann; womit ich sagen will, ich habe Ihnen vorhin noch nicht alles erzählt.« Er faltete die Hände über dem Gesicht und sprach im Ton eines Gebetes weiter. »Sie müssen wissen, ich habe Rose später noch einmal wiedergesehen. Es ist zwanzig Jahre her. Mein Vater war gestorben, die Familie kam zusammen. Ich blieb einen ganzen Monat und traf Rose durch Zufall, besser gesagt, durch Fügung. Eine schöne gereifte Frau, Übersetzerin spanischsprachiger Literatur. Sie war frei, ich war es nicht. Doch ich sprang über meinen Schatten, denn es ging um mein Heil; das war am elften Juni. Am zwölften nahmen wir den Bus nach Atlantic City. Wieder litten unsere Ellbogen, wieder sprachen wir über alles. Und am neunzehnten Juni, morgens, waren die Wunden aus den Jahren nach unserer Trennung geschlossen. Wir gingen als ganze Menschen auseinander. Man kann nicht glücklicher Abschied nehmen. Und auch das ist Gottes Wille, Mister Kurt; auch dieses Aufatmen steckt in seiner Schöpfung. Und solche Stunden wie heute.«

McEllis sah auf die Uhr. Sie hatten die Nebenstraße nach Infanta erreicht. Es war Nacht geworden; über den Bergkuppen am Horizont stand der Mond. Kurt Lukas schien um sein Leben zu fahren. Er raste und schwieg. Erst am Ortseingang bremste er, und ein Schwall von Worten brach aus ihm hervor. Er erzählte von dem Wahllokal, dem ausgerissenen Herzen und seiner Angst, nicht mehr fortzukommen von dieser Insel, von Narcisos Angebot und seinem Verrat. Sie fuhren an der Poststelle vorbei, im Schalterraum ging gerade das Licht aus. »Glauben Sie wirklich«, fragte McEllis, »Gregorios Schicksal habe in Ihren Händen gelegen?« Er sah sich um. Offenbar wußten die Leute in Infanta noch nichts. Man sah Gedränge in den Schönheitssalons und hörte Doña Elvira. Kurt Lukas konnte nicht antworten. Seine Zähne schlugen aufeinander. Er bog in den Pfad zur Station. McEllis berührte ihn an der Schulter. »Du solltest wieder bei uns wohnen«, sagte er, ehe er laut zu beten begann. »Barmherziger Gott, wir danken Dir, daß Du uns erlaubst, Dich anzurufen. Barmherziger Gott, wir danken Dir, daß Du uns hörst. Wir sind mit unserem Verstand ganz am Ende, laß uns nicht in Teile zerfallen.« Sein Gebet wurde leiser und wiederholte sich. Nach dem Amen zog McEllis den Zündschlüssel heraus. »Das letzte Stück gehen wir, Mister Kurt.« Sie sahen die Lichter der Station.

Es war genau acht, als sie auf die Veranda zugingen und die übrigen aus der Tür traten. Zuerst Pacquin mit seinen winzigen Schritten, dann Horgan, gestützt von Butterworth und Dalla Rosa, während Doña Elviras Gesang mit einemmal abbrach, kaum daß sich die Meldung verbreitet hatte, und sie noch *Good Lord* murmelte, bevor sie die Lautsprecher abschalten ließ. McEllis preßte die tote Hündin an sich; er schritt jetzt voraus. Kurt Lukas konnte nicht mithalten. Ihn verließen die Kräfte. Aber er hörte und sah. Ein Gecko tönte – siebenmal, leise, empört; gleichzeitig löste sich Butterworth aus der Gruppe. Er kam auf sie zu. Seine Lider flatterten wie zwei kleine gefangene Falter.

5

Gregorio würde es also nie erfahren. Nach dem großen über sie hereingebrochenen Leid und Tagen, die einander glichen wie eine Schweigeminute der anderen, kam für jeden der Alten die zweite Erschütterung in Form einer Erkenntnis. Ihr ganzes Dulden, Beobachten und Kommentieren der Liebe zwischen Mayla und dem durch Land und Leute offenbar überforderten Gast war stets in der Vorstellung geschehen, daß Gregorio von alldem bald wüßte; ja, ohne diesen Gedanken wären ihnen Beihilfe und Anteilnahme niemals gelungen. Als sie das – jeder für sich, aber alle im Laufe einer Nacht auf der Terrasse – begriffen hatten, mischte sich in ihre Trauer das Gefühl einer unbekannten Freiheit. Sie verkrochen sich. Eine Woche lang kamen sie fast nur zu Messen und Gebeten aus ihren Kammern. Der Nachrichtenwirbel um das Attentat erreichte sie nicht. Bilder des Erschossenen und eines Mitbruders, der sich über ihn beugt, im Hintergrund ein Mann, der ein Tier erlöst, waren um die Welt gegangen.

Im Ausland sprach man nur von politischem Mord und vermutete die Auftraggeber in den Kreisen um den früheren Präsidenten. Im Land selbst war die Meinung geteilt. Die Polizei präsentierte den toten Tankwart als Haupttäter, in vielen Presseberichten gab es Anspielungen auf Arturo Pacificador; kaum jemand war überrascht, als zehn Tage nach dem Anschlag die Privatmaschine des Politikers vor dem Start in Brand geschossen wurde, aber Unzählige bedauerten es, daß dabei nur sein australischer Pilot ums Leben kam, während Pacificador den Nimbus der Unverwundbarkeit davontrug. Noch am selben Abend gab er bei dem Retuscheur Adaza ein Plakat für sein Comeback in Auftrag.

Der Anschlag auf den Ex-Gouverneur fand ebenfalls weltweit Beachtung. Wieder kamen Infanta und seine Prominenz in die Schlagzeilen. Lokalredakteure strichen um die Station; wer das Grundstück betrat, lernte Flores kennen. Die Alten zeigten sich nicht. Nur zum Begräbnis der Hündin waren sie für eine halbe Stunde in den Garten gegangen. Sie hatten sich für einen Platz nahe der Wäscheleine entschieden – weil dort ein gewisses Kommen und Gehen herrsche, so McEllis – und West-Virginia bei Anbruch der Dunkelheit unter die Erde gebracht. Danach war jeder wieder in seiner Kammer verschwunden. Die Stunde des Drinks hatte Pacquin bis auf weiteres gestrichen. Einziges Thema während der Mahlzeiten war Gregorios Begräbnis. Seine Leiche war noch nicht freigegeben; über Ort und Zeitpunkt des Begräbnisses kursierten Gerüchte. Eiferer schürten das Interesse an einem Spektakel. Die Alten befürchteten ein Massenereignis, wenn nicht eine Märtyrerfeier mit neuem Blutvergießen. Immer wieder dachten sie darüber nach, wie sich die Zeremonie klein halten lasse. Auch Kurt Lukas sollte seine Meinung sagen. Geradezu hartnäckig zogen sie ihn in ihre Gespräche; nebenbei achteten sie darauf, daß er aß. Man begegnete ihm wie einem Herzkranken, der sich nicht aufregen darf. Wenigstens einmal am Tag wurde erwähnt, daß niemand zwischen seiner Kopflosigkeit – auf diesen Ausdruck hatte man sich geeinigt – und dem Mord an Gregorio einen Zusammenhang sähe. Maylas Zukünftigen von Mal zu Mal stiller zu erleben, beunruhigte sie. Ebenso seine Abstinenz; Butterworth hatte Flores entlockt, daß sie dringend gebeten worden war, Mayla auszurichten, *er* werde ihr schreiben. Erst wenn sie seinen Brief gelesen habe, sollte sie ihn nachts besuchen. Aber der Geschwächte machte keinerlei Anstalten zu schreiben.

Kurt Lukas' Zustand war der eines Gefangenen, der seinen Prozeß erwartet. Inzwischen gab er sich auch am Schicksal des Australiers die Schuld – ohne das erste Attentat wäre es nicht zu dem zweiten gekommen. Dazu kamen Nadelstiche von außen. Abend für Abend erinnerte Doña

Elvira an ihren umgekommenen Trommlerfreund. Sie trug seine bestgehüteten Lieder vor und erfüllte damit Knappsacks letzten Willen. Im Nachlaß des Australiers, einem in ihrer Garderobe verwahrten Koffer mit noch schweißsaurer Fliegerwäsche und alten Musikzeitschriften, hatte sich auch eine Art Testament befunden. Es trug die Überschrift »Im Falle meines Todes für Hazel und Doña Elvira, mit der Bitte, nach den Liedern zu tanzen und zu singen und die von mir verschlossene Box nicht mit Gewalt zu öffnen«. Dem folgte eine Liste mit den Codes seiner Leib- und Magenschlager. Die Sängerin hatte darauf sofort jedes in der Truhe noch enthaltene Geheimnis gelüftet und zum ersten Mal Bekanntschaft mit italienischen Schnulzen gemacht. Eine kleine Sammlung in der Sammlung, die Knappsack so nahegegangen war, daß er sie nicht einmal erwähnt hatte. Lieder, deren Wert Doña Elvira blitzartig erkannte; sie schnappte Schmelz und Texte auf und sang nach zweimaligem Hören Il Mondo und La Notte, Una Lacrima Sul Viso und A Chi.

Schnell und schmerzlos wie eine gute Injektion stießen die Melodien durch Kurt Lukas' Gedächtnisschichten, aber dann brach die Nadel und blieb in Schulerinnerungen stecken. Jedes Lied zog eine Schleppe unwiederbringlicher Augenblicke hinter sich her, und ob er wollte oder nicht, mußte er vor dem Einschlafen an seine Jugend am Bodensee denken, an Jahre, über die er nicht sprach; wer ihn wie Gussmann nach der Schulzeit fragte, bekam falsche Antworten. Über das einzige Stück Heimat in sich konnte er nur schweigen.

Schweigen über die Schilffelder zwischen Gaienhofen und Horn an ersten warmen Tagen. Schweigen über die Junistille, wenn der See zu schweben schien, über Sonntagnachmittage im schwankenden Holzboot; über das Tasten und Streicheln und in Augen und Nabel Schauen und langsame Abtreiben mit der Strömung. Schweigen über die aus weißem Dunst aufsteigenden Oktobertage, wenn herabgefallenes Obst in der Herbstsonne schmorte, der See allmählich kleiner wurde und das Jahr sich im süßen Fäulnisduft neigte. Schweigen auch über das Uferlose der Winterebbe und einen stelzigen Landungssteg, der nur an der Spitze im Flachwasser stand, jedem Lehrerblick entzogen, letzte Zuflucht für Dauerküsser und Kettenraucher, für ihn und die Freunde.

Seine Erinnerungen waren knapp und genau. Erst die Träume der frühen Morgenstunden verzerrten die Bilder; immer wieder schreckte er aus dem Schlaf und machte das Ewige Lämpchen an. Er fürchtete sich vor jedem Nocheinmaleinschlafen und drehte sich nicht mehr zur Wand. Wenn hoch über den Bäumen, wo die Luft frischer war, schon erste Vögel schrien, fragte er sich, wo er denn nun leben wollte, wohin er gehörte. In jeder Nacht stellte er sich dieselben Fragen und hatte bald eine innere Liste von bevorzugten Orten; jeden Morgen saß er erschöpfter beim Frühstück. Butterworth riet ihm schließlich aufzuschreiben, was ihn nicht schlafen lasse, und so begann er, die Liste zu führen.

Sie änderte sich täglich. Bald waren es zehn, bald zwölf Orte, jeweils mit kurzen Erläuterungen (etwa: Torri im Juli mit Blick auf Salò; oder: Ravello, das Haus im Fels unterhalb der Villa Cimbrone, ab September, wenn sich nachts die Sterne im Meer spiegeln). Um die Liste klein zu halten, beschrieb er nur einen Briefbogen am Tag. Einen Bogen, der immer für seinen versprochenen Brief an Mayla gedacht war und mit Anbruch der Dunkelheit sorgfältig zerrissen wurde, bis ihm Horgan eines Abends – sie saßen Stuhl an Stuhl auf der Terrasse – zuflüsterte, wenn er mit dieser Vernichtung aufhöre, werde er ihm die Geschichte seiner einzigen Liebe erzählen – »falls Sie das interessiert, Mister Kurt«.

Es interessierte ihn sehr, und Horgan bat um etwas Geduld. Die Zeit laufe noch in ihm zurück, doch gleich erreiche er einen prächtigen Sonntagmorgen kurz nach Kriegsende, sagte er; seine Stimme klang weniger schwach und weniger schleppend als sonst. »Auf dem Campus fanden wieder Tennisturniere statt, sogar im gemischten Doppel. Durch Losentscheid geriet ich an eine mir nur vom Sehen bekannte junge Dame und wunderte mich von Anfang an über unsere Harmonie, das heißt die Eleganz unserer Punkte. Wir sahen jede Lücke zwischen den anderen, bald hatten wir den ersten Satz gewonnen.« Horgan verlor sich dann in einer Schilderung des Spielgeschehens und bat schließlich erneut um Geduld: Das Tennismotiv verdecke noch die wahre Geschichte. Der kranke Priester vertiefte sich, und Kurt Lukas schrieb den angekündigten Brief.

»Mayla«, begann er, »seit Tagen bemühe ich mich, etwas Wahres zu schreiben, wie Du auf der Rückseite siehst. Ich notiere Orte und Augenblicke untereinander, die mir wichtig sind. Inzwischen bin ich ein bißchen geübt und traue mir diesen Brief zu. Ich will Dir von meinen letzten Nächten erzählen. Ich lag wach und lauschte der Musik aus der Bude, und ein Gefühl, das ich von Rom kenne, holte mich ein, das Gefühl eines endenden Urlaubs – leider kaum zu erklären; wenn es Dich überhaupt interessiert. Lieber willst Du doch von mir hören, warum ich mich verstecke. Aus einem einfachen Grund: Ich schäme mich. Ich habe über Gregorios Rückkehr gesprochen, man hat es Dir vielleicht erzählt. Und dann weißt Du auch, was dazu führte. Ich sah am Wahltag, wie der Mann seiner Frau das Herz aus der Brust riß, und verlor meine Nerven. Aber ich bin nicht schuld an dem Attentat, das sagen mir die Alten immer wieder, und inzwischen glaube ich es. Offenbar bin ich zu einer großen Sünde nicht fähig. Ich bin der typische kleine Sünder. Und der Preis für kleine Sünden ist dieses Gefühl eines endenden Urlaubs, das ich Dir nicht klarmachen kann; ich müßte von Urlauben erzählen, und das könnte ich ebenso wenig. Wer kann schon von Glück reden…« Er sah über das Tal, und diese ganze unsagbare Fülle war plötzlich da – zuviel für ein Blatt Papier, zuviel für Mayla, zuviel für ihn selbst – der mittelmeerische Juli-August-September. Das Autowandern von Örtchen zu Örtchen, das Mittagessen im blendenden Licht, eisiger Wein zum mattweißen Fisch, das Schläfrigwerden unter Pinien, Harmonie mit der Zeit; am späten Nachmittag der Sturz ins Meer, das Tauchen, Schwimmen und ein Salzkuß; der Sog nach der Welle, das Trocknen im Sand. Alles kommt auf einen zu, allem treibt man entgegen. Dem frühen Abend, dem guten Zimmer, dem Bett mit seinem kühlen Laken; den Händen, die einen wecken, dem wartenden Mund, der kleinen Erlösung; dem Essen, das Heißhunger stillt. Immer heftiger werden die Wünsche, immer prompter die Erfüllungen. Nachts endlos ohne Hemd im Freien sitzen. Wolkenloser Morgenhimmel. Schon ab neun das Rasen der Zikaden. Schon ab zehn der Duft glühender Bootsfarbe. Frühstücken bis zum Mittag, danach traumloser Schlaf; ein Ausflug gegen Abend, vage das Ziel. Abstecher, Entdeckungen und ein glücklicher Zufall – Konzert in einer Arena, es gibt noch zwei Karten; die Musik und die Nacht, später noch ein Lokal, dann Gang durch die schweigenden Gassen, ein Traum im Traum vor der Rückfahrt. Dem Sonnenaufgang geht es entgegen, dem Morgen an gewaschenem Strand, vor sich den Tag, die Woche, den Monat und mehr, den ganzen großzügigen Sommer, bis das Blau des Himmels, an nördlichen Küsten schon im September, auf Sizilien oder Kreta erst ab Oktober, seine tiefste Tiefe annimmt, als richte sich das Meer schließlich auf und drohe einen zu begraben. Danach erlischt das Licht, oft von einem Tag zum anderen, und alles wird eng… »Wenn die Sonne ihre Kraft verlor«, schrieb er weiter, »die Nächte länger wurden und die Geliebten in ihr Ehebett zurückkehrten, kam bald das erste hoffnungslose Wochenende. Die am schwersten zu ertragenden Stunden lagen meist zwischen neun und elf, also der mittlere Abend (so ist es auch jetzt); dann begannen die sinnlosen Tätigkeiten. Ein altes Lied hören, drei Minuten. Ein Stück Käse essen, vier Minuten. Einen Blick auf jedes Programm werfen, sechs Minuten. Sich ausziehen, ansehen, zehn Minuten. Usw. Ich will Dich nicht langweilen, Mayla, darum höre ich auf. Ich will Dich lieben und wiedersehen, doch irgend etwas hält mich hier fest. Im Augenblick sitze ich neben Horgan auf der Terrasse, während es dunkel wird. Anfang nächster Woche will ich aber im Laden sein, um Ordnung zu machen – komm doch am Abend. Ach, Mayla, ich will, daß alles einfach wird; ich selbst wäre gern einfach, nur ist es dafür seit langem zu spät. Mit dreizehn wollte ich aussehen wie bei uns die *Schiffsschaukelbremser*, ich kenne das englische Wort nicht; es sind wunderbar abgerissene Männer auf Jahrmärkten. Und als ich später den Mädchen auffiel, da wollte ich Sänger und Maler sein, Modekönig, Tennisspieler und Vizekonsul auf Ceylon und bin nichts von alledem geworden. Dein Geliebter...« – ein leises »Well« ließ ihn den Brief beenden. Horgan hatte jetzt seine Geschichte parat.

»Nun, dank unserer schon etwas gespenstischen Harmonie siegten meine Partnerin und ich an diesem Sonntag. Bei dem Wort Harmonie fällt mir ein – ich erzähle diese alte Sache Ihnen, Mister Kurt, und nur Ihnen; überflüssig hinzuzufügen, daß mir das Sprechen leichter fällt, als allgemein angenommen wird. Aber weiter. Meine Partnerin Phyllis, so ihr Name, war die Tochter eines prominenten Professors für neuere Philosophie, heimlich liiert mit einem dumpfen Weitsprungmeister; später erfuhr ich, daß es da auch noch einen Korbball- und einen Boxmeister gegeben hatte. Phyllis zählte zu diesen künstlerisch begabten jungen Frauen – sie wollte Bildhauerin werden –, die sich mit Männern unter ihrem Niveau umgeben. Sie besaß dadurch auch seltsame Kenntnisse, zum Beispiel über Glücksspielautomaten. Mich beeindruckte das gar nicht. Während eines Drinks nach dem Match sagte ich zu ihr, sie solle sich lieber einen Stein besorgen und eine ordentliche Pietà machen. Und erzielte einen Volltreffer. Sie lud mich in ihr Elternhaus zum Sonntagsessen ein. Dazu darf ich bemerken, daß ich in zerrütteten Verhältnissen aufwuchs und für alle Formen von Familien-*Gemütlichkeit* – ein deutsches Wort, um das ich Sie beneide, Mister Kurt – äußerst anfällig bin. Phyllis' Vater kannte mich im übrigen von einem Nietzsche-Referat, das ich gehalten hatte.« Horgan legte eine Pause ein und erzählte dann, wie er zwei Straßenecken vor dem Elternhaus einem Herrn, der mit Blumen zu einem Rendezvous unterwegs war, die Hälfte des Straußes abgeschwatzt hatte. »Ich kam also mit Blumen, obgleich Sonntag war, und Phyllis schien stolz auf mich. Der Mittagstisch war unter einem blühenden Baum gedeckt, ich bekam einen Ehrenplatz. Es gab zunächst frische Kräutersuppe, danach selbstgefangene Forellen. Die Frau des Professors zerlegte sie mit altem Silberbesteck. Ihr Mann sagte etwas über den Weißwein. Er sprach in seiner häuslichen Umgebung Mundart, jenen milden Dialekt der klugen Heimatmenschen; ebenso Phyllis in Gegenwart ihrer Eltern. Ich war hingerissen. Gewiß kennen Sie den Unterschied zwischen Leben und Ambiente, Mister Kurt. Alles in dieser Familie war Leben – ich kam aus dem Staunen kaum heraus. Zum Kaffee sollte ich mit dem Professor eine Zigarre rauchen, die Sonntagskaffeezigarre, die ich tapfer zu Ende paffte, während seine Frau schon den Kirschkuchen verteilte, wobei sie mich und ihre Tochter keinen Moment aus den Augen ließ. Später erfuhr ich, daß Phyllis zum ersten Mal einen jungen Mann mit nach Hause gebracht hatte. Von den dumpfen Bekannten ihrer Tochter hatten die Eltern nicht die geringste Ahnung. Und noch später, zu spät, begriff ich, daß ich Phyllis an diesem Tag nur als Ablenkung von ihren obskuren Verbindungen diente. Sie hatte mich gewissermaßen zum Strohfreund erkoren – ich spürte während der Zigarre förmlich die erste Schwiegersohnprüfung. Damals stand ich vor der Entscheidung, ob ich Lehrer oder Missionar werden wollte, war also durchaus ein Kandidat. Ich war sportlich, glaubte an Gott und Amerika und konnte über Nietzsche referieren, ohne den Eindruck geheimer Leidenschaften zu erwecken. Nehmen Sie es mir als Deutscher nicht übel, Mister Kurt, aber selbst das traurige Turin-Kapitel lockerte ich mit Pointen auf. An diesem Sonntag brachte mir das Punkte, wurde aber auch zum Bumerang. Ich merkte nicht, wie ich von Phyllis – ein wundervoll kräftiges Geschöpf nebenbei, mit etwas träger Stimme – benutzt wurde, ja, ich merkte nicht einmal, daß sie sich inmitten dieses sonntäglich-durchkomponierten Familienlebens, Gott weiß, warum, in mich verliebte. Das heißt, sie wollte auf einmal allein sein mit mir, was auf Hindernisse stieß; denn nach der Zigarre kam für ihren Vater das Nachmittagsplaudern, dem zwangsläufig der Spaziergang mit den Hunden folgte. Aber ihre verborgenen Verhältnisse hatten Phyllis erfinderisch gemacht. Sie erklärte, sie wolle mit mir eine Radtour unternehmen, und nannte Sehenswürdigkeiten, die man ansteuern könnte, worauf ihr Vater sofort eine Idealroute für uns ausarbeitete, die so viele Anlaufpunkte hatte, daß wir auf natürliche Weise vom Fünfuhrspaziergang befreit waren. Phyllis und ich radelten also los, und ich wunderte mich über ihren prallen Sportsack auf dem Sattel. Sie fuhr voraus, schnurstracks in einen Wald, weit ab von der Idealroute. Dort führte sie mich zu einem Plätzchen im Unterholz, das sie wohl kannte, holte eine Decke aus dem Sack und breitete sie auf dem Nadelboden aus. Dann küßte sie mich auf den Mund, und meine sonst zuverlässigen Knie gaben nach. Schon lag ich auf der Decke, während Phyllis aus ihrem Sportsack ein Fläschchen hervorzog. Sie trug einen Tropfen daraus auf ihre Fingerkuppe auf und verrieb ihn rasch im Nacken; es geschah unter meinen Augen, Mister Kurt, und doch blieb es geheimnisvoll, wie betörend Phyllis roch, als sie sich über mich beugte. Ein unvergeßlicher Moment – auch ich verliebte mich. Was dann geschah, lasse ich offen, nur soviel: Phyllis schlief darüber ein. Meine erste Theorie war die einer Ohnmacht. Als nächstes glaubte ich, sie sei von ihren gutgemeinten Lügen todmüde geworden. Und schließlich dachte ich an Kinder, die, nachdem sie einen Wirbel gemacht haben, umfallen und schlafen. Nennen wir es also Wirbel – ein Wirbel, der mich nicht erkennen ließ, daß er der Auftakt meines Unglücks war.«

Horgan schien am Ende. Die letzten Sätze hatte er mehr ausgeatmet als gesprochen. Hauchend bat er um Wasser, Kurt Lukas brachte ihm ein Glas. Sie waren allein an dem Abend. Die anderen hatten einen Termin mit De Castro. Es ging um Gregorios Beisetzung, für die sich schon Journalisten aus aller Welt interessierten. Ein Vorschlag Pacquins stand zur Debatte – den Ermordeten in aller Stille auf dem Grundstück der Station zu begraben.

Der kranke Priester trank in kleinen Schlucken; er hatte sich bei De Castro entschuldigen lassen. In den gleichförmigen Tagen und Nächten nach Gregorios Tod war in ihm der Wunsch wach geworden, die Geschichte seiner unglücklichen Liebe vor dem eigenen Ende wenigstens einmal zu erzählen. Als das Glas leer war, schloß er die Augen und hauchte wieder in die Dunkelheit. »Phyllis küßte mich mit Bedacht. Ich erinnere mich genau, wie sie ihr Gesicht in meine Armbeuge legte, um mir die Muskeln zu lecken. Erst nach der Lektüre einiger Romane aus dem Bücherberg, den McEllis der Station aufgedrängt hatte, wurde mir die seltene Verbindung in ihrem Charakter klar – Einfachheit und Perversion, bitte verstehen Sie mich richtig, Mister Kurt. Das Natürliche und das Ausgeklügelte. Ich hatte unter anderem einen Autor namens Jouve gelesen, der Himmel weiß, wie seine Bücher in diese Ansammlung kamen, und bin nur dadurch in der Lage, meine Geschichte mit einer gewissen Freiheit zu erzählen; wenn ich Sie verwirre, sagen Sie es ruhig. Wir küßten uns dann, bis es dämmerte. Eben noch rechtzeitig erschienen wir zum Abendessen, ich schwärmte von der unberührten Landschaft. Der Professor und seine Frau waren entzückt von meiner

Natürlichkeit, beide ermunterten mich wiederzukommen. Und so geschah es. Einen ganzen Sommer lang verbrachte ich jeden Sonntag im Familienkreis, abgesehen von der Unterholztour, die bald ein fester Bestandteil des allgemeinen Programms war; Phyllis und ich beschränkten uns auf eine zärtliche Stunde, wir waren zum Hundespaziergang zurück. Unter der Woche sahen wir uns nie. Angeblich mußte sie arbeiten, besuchte jedoch mit ihrem Boxmeister, der den Weitspringer vertrat, verbotene Spielclubs. Fragte ich Phyllis dann im Wald, ob sie mich liebe, hörte ich von ihr, Ach ja, doch, schon, keine Sorge. Offenbar genügte mir das. Schließlich kam der Herbst, und eines Sonntagabends zogen Nebel auf. Horgan, das bedeutet Unheil, sagte der berühmte Professor und bot mir an, in seinem Haus zu übernachten. Phyllis errötete, und ihr Vater führte mich zum Gästezimmer – und morgen früh, Horgan, turnen wir zusammen, sagte er noch; aber so weit sollte es nicht kommen. In dem Gefühl, auf ein weltliches Dasein zuzutreiben, legte ich mich hin und dachte an Kinder und Enkel. Plötzlich ging die Tür auf, und die Person, die ich liebte, trat ein. Phyllis trug nur ein dünnes Leichtathletiktrikot, das sie wortlos abwarf. Mir stand das Herz still, als sie sich neben mich legte. Wir umarmten uns, und ich tat alles, um ihr für den Rest der Woche unvergeßlich zu bleiben. Die Einzelheiten dürften sich von Ihren Erfahrungen nicht wesentlich unterscheiden. Überspringen wir also die innigste Stunde zwischen Phyllis und mir und kommen zu dem Augenblick, der für mein Leben entscheidend werden sollte. Das Deckenlicht ging an, und der Professor stand im Zimmer, in einem taubenblauen Pyjama, solche Nebensachen merkt man sich bekanntlich...« Horgan bat um ein frisches Glas Wasser. Wieder trank er in kleinen Schlucken und sammelte letzte Reserven. Der berühmte Mann habe sich äußerst nobel verhalten, hauchte er seinem Zuhörer ins Ohr. »Ich wurde ersucht zu gehen und ging. Was sich danach zwischen ihm und seiner

Tochter getan hat, müßte ich heute noch raten. Jedenfalls schrieb mir Phyllis, wir könnten uns nicht mehr öffentlich treffen, und für eine heimliche Beziehung sei es nach den Sonntagen bei ihren Eltern zu spät. Eine Logik, in die ich mich aus Zuneigung eindachte. Alles Weitere lehrte mich, daß einen Menschen zu lieben und diesen Menschen zu kennen zweierlei ist. Man sah Phyllis bald wieder in der Umgebung des Weitsprungmeisters, offenbar glücklich. Ich wechselte die Universität und wurde in Rekordzeit Priester.«

Horgan sackte zusammen; für die Kraft, die er jetzt noch hatte, gab es keine vernünftige Erklärung mehr. *Er* sei dann ein Meister geworden im Überwinden von Enttäuschungen, auch im Hinwegkommen über den Verlust seines Körpers. »Und so bin ich später auch Meister meiner Träume geworden« – er lächelte auf einmal und erholte sich wie durch ein Wunder –, »ich schulde Ihnen noch Revanche, Mister Kurt, wenn Sie nicht zu müde sind, fangen wir an.«

Kurt Lukas legte seine Fäuste an die Schläfen.

»Wer hat Aufschlag, Father?«

»Sie, mein Freund.«

»Welcher Boden?«

»Natürlich Rasen.«

»Zuschauer?«

»Im Augenblick keine.«

»Wie viele Gewinnsätze?«

»Der erste entscheidet, Mister Kurt. Null fünfzehn übrigens; Doppelfehler.«

»Fünfzehn beide.«

»Dreißig fünfzehn.«

»Dreißig beide.«

Der kranke Priester bewegte jetzt den Kopf hin und her. Bei jedem Return hob er die Brauen. Mit Dreißig vierzig ging er wieder in Führung. Nach dem nächsten Ballwechsel hieß es *Deuce*; Kurt Lukas zögerte erneut, und schon kam ein monotones *Advantage*, dem ein *Game Mister Horgan* folgte. Sie wechselten die Seiten, Horgan hatte Aufschlag. Er beanspruchte mehrere Asse. Es wurde ein Zu-Null-Spiel. Beide tuschelten wie Kinder, die etwas Verbotenes tun. Man hörte sie kaum; die anderen waren heimgekommen und in die Hauskapelle gegangen.

Butterworth, McEllis, Dalla Rosa und Pacquin beteten, daß nicht wahr sein möge, was sie im Ort mit eigenen Augen gesehen hatten. Dann gedachten sie Gregorios – einstimmig war beschlossen worden, ihn in ruhiger Stunde unter Ausschluß der Öffentlichkeit im Garten zu bestatten. Sie erbaten Gottes Segen für diese Entscheidung; während sie noch knieten, drangen Wortfetzen herein.

Horgans Vorsprung war auf fünf zu vier geschmolzen, bei Einstand im zehnten Spiel. Doch mit einem Netzroller, wie sein Gegner bemerkte, holte er sich den Matchball, und mit einem traumhaften Stop, so Horgan selbst, entschied er auch diese Partie für sich. Als er dem Geschlagenen gerade die Hand geben wollte, traten die anderen aus der Kapellentür. Nicht einmal die Dunkelheit konnte ihre Besorgnis verbergen.

»Unglaubliches geschieht«, sagte McEllis und sprach von einem Plakat, das von Vermummten auf Infantas strapazierte Wände geklebt werde. Ein Plakat, das einen selbsterklärten Wahlkampf eröffne. Ein überlebensgroßes farbiges Bild, in der Mitte der Ex-Gouverneur mit einem Ausdruck wie abgeschaut, einem Lächeln um die Augen. Rechts und links von ihm zwei junge Leute, die ihn vertrauensvoll ansähen. »Bekannte Gesichter«, fügte McEllis hinzu. »Auf der einen Seite sitzt Mayla, auf der anderen Augustin. Eine Montage, so hoffen wir alle; nur wer war zwischen den beiden?«

»Mister Kurt war das, wer sonst«, schrieb McEllis am anderen Tag in sein Wetterbuch und vermerkte damit zum ersten Mal etwas Privates ohne den Umweg der Zettel. »Also ein klares Delikt unter Verwendung eines harmlosen Fotos, das unser Gast noch in der Nacht erwähnte – auch wenn Narciso sich weigerte, eine Anzeige wegen Verletzung von Persönlichkeitsrechten entgegenzunehmen«, notierte er neben dem letzten, im Morgengrauen eingeklebten Zettel. Er und Butterworth hatten am Vormittag den Polizeichef aufgesucht, von Beleidigung, Verleumdung und Schmähung gesprochen und waren später zum Studio von Perfecto Adaza gefahren, um den Fotografen zur Rede zu stellen, vergebens. An seiner Tür hing ein Schild, Wegen Krankheit geschlossen.

»Es war rundherum niederschmetternd«, setzte McEllis die Eintragung fort. »Überall klebte das trügerische Plakat, und die Menschen blieben stehen und ließen sich täuschen; wir konnten nur zuschauen. Der nächste Schlag kam mit der Post. In jeder Zeitung, auch in den überregionalen, waren halbseitige Anzeigen: Mayla und unser Novize, die den Ex-Gouverneur anhimmeln. Fuhren dann zu De Castro und trafen auf Mayla, die dem Bischof gerade das Originalfoto zeigte. Ihre Augen glänzten vor Empörung; sie traut sich kaum noch auf die Straße. Dieses Original beweist übrigens, daß sich der Ex-Gouverneur seinen gesamten und, wie man zugeben muß, ansprechenden Ausdruck abgeguckt hat. De Castro empfahl, das ursprüngliche Foto an die Presse weiterzugeben, auch wenn die Sache damit noch kein Ende habe. Ohne Adaza, der nicht krank sei, sondern verschwunden, werde die Gegenseite das Original als Fälschung bezeichnen. Wir brauchen Geduld und Ideen, sagte er. Während wir noch beratschlagten, kam ein Anruf von Father Demetrio. Der Bischof ließ uns mithören. Demetrio war in heller Aufregung. Zwar glaube er Augustins Schwüren, daß sein Bild in allen Zeitungen auf einem ganz anderen Foto beruhe – einem Foto, das er leider zerschnitten habe, um die darauf Abgebildeten neu zu gruppieren –, und glaube auch, daß die Sache aufgedeckt werde, aber der Schaden sei bereits da. Augustin gebe Autogramme und kleide sich wie auf der Anzeige. Er sollte am besten, so das Ergebnis einer eilig einberufenen Konferenz, nach Infanta reisen, um an Ort und Stelle zur raschen Aufklärung beizutragen und sich in der Abgeschiedenheit der Station von den Folgen des Größenwahns zu erholen. Butterworth und ich ließen Demetrio bestellen, daß Augustin natürlich willkommen sei, sofern er nicht öffentlich auftrete, und De Castro gab dies weiter, ehe er einem überforderten Psychologen seinen bischöflichen Trost spendete. Kaum saßen wir wieder bei Kuchen und Eistee, klingelte das Telefon erneut. Mayla nahm ab und zog sogleich die Brauen zusammen, hielt sich dann ein Ohr zu und bestätigte zweimal den Anschluß. Überseegespräch. Pio De Castro eilte zum Schreibtisch und ließ sich den Hörer reichen. Eine Journalistin, sagte Mayla. Aus Rom.«

McEllis machte eine Pause; er saß mit Butterworth in der Leseecke. Der bleiche Priester hatte ebenfalls Notizen vor sich, kleine Blätter mit Zitaten und Kapitelüberschriften. Auf der Rückfahrt vom Bischof hatte McEllis überraschend gesagt, sie sollten ihre Karten auf den Tisch legen. »Ich führe längst Tagebuch, und du scheinst auch eine Art Chronik in Angriff genommen zu haben. Wozu die doppelte Mühe?« Und er hatte ihm offene Zusammenarbeit vorgeschlagen, Austausch von Informationen sowie gegenseitige Anregung, und an ihren Zug durch die New Yorker Literatencafés erinnert, an ihr Einvernehmen in allen Geschmacksfragen und die vielen gegenseitigen Hinweise, zum Beispiel auf das interessante Victoria Hotel, an diese ganze unvergeßliche Nacht in den späten

Dreißigern, und Butterworth, sichtbar gerührt, war auf den Vorschlag eingegangen – auch wenn er Utopie darin sehe.

Kaum heimgekehrt, hatten sie ihre Manuskripte geholt und sich in die Leseecke begeben, sehr zum Erstaunen des Superiors. Pacquin – er dachte gerade über den Verlauf des Weges nach, der das Begehen der abschüssigen Wiese erleichtern sollte – erkannte, daß sie *beide* schrieben. Sein Erstaunen wuchs noch, als Butterworth und McEllis gegen Abend ihren ersten zaghaften Versuch wechselseitiger Anregung machten. »Durch Flores erfuhr ich von einem Brief«, sagte der bleiche Priester, »den unser Gast ihr für Mayla mitgegeben hat. Und Horgan ließ durchblicken, auf der Rückseite des Briefs stehe eine Liste mit Orten, an denen Mister Kurt offenbar gern leben würde. Und diese Liste, so konnte ich heute mit eigenen Augen sehen, scheint er täglich neu anzulegen. Und wie mir Horgan, als ich ihn gestern zu Bett brachte, noch verriet, sei Infanta schon von der fünften auf die dritte Position gerückt, unter der nicht ganz ernst zu nehmenden Zeile: Havanna, Cuba, vor der Revolution.« Butterworth pochte mit seiner Spitze entschlossen gegen die Tischplatte. »Ich werde diese Liste die Liste der Wahlheimaten nennen.«

»Ich habe sie als Form von Gedicht bezeichnet«, versetzte McEllis leise. »Nebenbei – mir war nichts bekannt von dem Brief. Aber man kann wohl davon ausgehen, daß es sich um ein Antwortschreiben handelt.«

»Dokumente, deren Inhalt wir allenfalls erahnen können«, flüsterte Butterworth, während sich der Superior in seine Umlaufbahn um den Eßtisch begab. Als Pacquin eine viertel Stunde später – Dalla Rosa war dazugestoßen und trug auf, Kurt Lukas hatte Horgan hereingeschoben – wieder die Leseecke erreichte, schüttelte er nur den Kopf und bekam hinter vorgehaltener Hand versichert, man werde nicht phantasieren.

Kein Problem für McEllis, seit er den Klebestoff ausrangiert hatte; für Butterworth eine heroische Aufgabe, wie sich noch in derselben Nacht zeigte. Schon bei der Schilderung des Anrufs aus Rom – der Bischof hatte sie wieder mithören lassen – mußte er sich zügeln.

»Natürlich war diese Journalistin Signora Ruggeri, von der De Castro schon einmal erzählt hatte – die sogenannte hartnäckige Dame. Sie machte diesem Titel alle Ehre. Ihr Interesse galt ausschließlich dem Begräbnistermin. Gleich zweimal brachte sie das Argument, daß politisch denkende Menschen in aller Welt mit Recht wissen wollten, weshalb Gregorio – dieser mutige Mann, dessen Predigten gegen die Diktatur schon ins Italienische übertragen würden – noch nicht beigesetzt sei. Ich selbst, sagte sie, fliege morgen abend nach Singapore und von dort am nächsten Tag weiter. Und viele Kollegen werden folgen, sobald der Begräbnistermin bekannt ist; in Vatikankreisen spricht man vom kommenden Wochenende. De Castro fiel auf diesen alten Trick nicht herein. Er erwiderte, der Heilige Stuhl habe mit Gregorios Beisetzung nicht das geringste zu tun, und im übrigen müsse die Welt davon ausgehen, daß sie von den Hinterbliebenen nicht nach Infanta eingeladen werde. Signora Ruggeri schien daraufhin das Thema zu wechseln. Sie erkundigte sich nach dem dritten Mann auf jenem bekannten Foto, das den Erschossenen und einen Mitbruder zeige. Der Mann, sagte sie, der einer Hündin mit dem wunderbaren, immerhin vom Korrespondenten der Washington Post ermittelten Namen West-Virginia ein Messer in die Brust stößt. Der Bischof sah uns fragend an, wir machten verneinende Gesten, und er nahm sein Verdauungsgranulat, das auch zu diesem Zweck immer bereit steht. Nach der Art eines Barmixers schüttelte er die Dose mit den Körnchen über dem Hörer, was auf der anderen Seite der Welt wie ein Zusammenbrechen der Verbindung klingt, und legte sachte auf.«

Butterworth kühlte sich den Kopf mit Wasser, ehe er die allgemeine Bestürzung nach dem Telefonat beschrieb. Als er auch auf Mayla einging, begann sein einsamer Kampf gegen den Fabulierer in ihm.

»Sie hatte sich neben uns gesetzt. Um ihren Handballen wand sich straff ein Rosenkranz aus gelben Perlen. Bald sah ich ihn kaum noch, denn es wurde düster im Raum. Ein Gewitter ging nieder, der Strom fiel aus. Mayla wollte dann eine Kerze anstecken, doch Pio De Castro sagte, Oh, aber keine Kerze, meine Liebe, im Schein einer Kerze bist du uns entschieden zu schön! Daraufhin zog sich Mayla zurück, wenn sie nicht floh. Mit der erklärten Absicht, sie um etwas bitten zu wollen, ging ich ihr nach. Sie saß in ihrem Büro. Vor ihr lag ein Brief, offenbar der Brief von Mister Kurt; fünf brennende Kerzen zählte ich auf dem Schreibtisch. Mayla schaute auf, und ich sagte, was ich sagen wollte. Ich bat um Verzeihung für meine mißglückte Rede auf ihre Talente und Vorzüge, und sie schob ihr Haar hinter die Ohren und nahm die Entschuldigung an. Wir schwiegen eine Zeitlang. Dann bemerkte ich, mit Blick auf den Brief, Mister Kurt bleibe ja jetzt wohl in Infanta, und Mayla drehte das eng beschriebene Blatt wortlos um – ich erkannte eine der Listen. Natürlich wollte ich einen Blick darauf werfen, aber plötzlich fragte sie mich, als hätten wir über etwas vollkommen anderes gesprochen, wie Gregorio früher gewesen sei. Nach meiner Silberspiel-Lektüre zu urteilen, ging es Mayla eigentlich um Mister Kurt, trotzdem beantwortete ich ihre Frage. Gregorio war als junger Mensch ein Draufgänger und Lebemann; später gelang es ihm, seine ganze Ichsucht in Fürsorge umzuwandeln. Weswegen er, setzte ich hinzu, in seiner Abwesenheit oft lebendiger war als wir in unserer Anwesenheit. Ein Liebhaber im besten Sinne. Kaum hatte ich das gesagt, sah sie mir mit einem Ausdruck reinster Neugier in die Augen, wie man ihn bei Tieren antrifft, die zum ersten Mal Menschen begegnen. Father, hatten Sie je eine Frau? Ich holte meine Spitze hervor, hielt mich gleichsam an ihr fest und gestand eine Art Vorerfahrung, Anfang der vierziger Jahre. Aber diese ehemalige Geschichte, sagte ich, während Mayla mich immer noch im Kerzenschein ansah, ging nicht bis zum Äußersten. Ich scheiterte bewußt, wobei ich der Liebe an sich einen Dienst erwies. Sie war mit meiner Antwort zufrieden, und mir blieb erspart, über etwas zu sprechen, das ich seit damals verschwiegen habe; niemand würde es glauben.«

Butterworth mußte den Bleistift spitzen. In großen Zügen schilderte er dann den Rest des Tages – McEllis' Vorschlag zur Zusammenarbeit, den ersten Versuch in der Leseecke und das anschließende Abendessen »ohne unseren Gast, der sich entschuldigte, nachdem der Name Ruggeri gefallen war«. Mit Bemerkungen über Horgan beendete der bleiche Priester sein Pensum. »Es bewährt sich jetzt, ihn in letzter Zeit öfter als die anderen umsorgt zu haben. Er erwähnte heut einen Traum, den Mister Kurt ihm erzählt hat, einen Traum von einem deutschen Binnenmeer, an dem unser Gast seine Jugend verlebte, und ich machte mir sofort Notizen. Stellte ihm dann das übliche Glas Wasser auf den Nachttisch, leerte die Pfanne und löschte das Licht, aber Horgan bat mich noch einmal zu sich. Er suchte meine Hand und fragte, Warum schreibst du? Weil ich dazu imstande bin, antwortete ich, und Horgan lachte mich leise aus und nannte meine Erklärung eitel, ja, dumm. Man schreibe, hauchte er, um eine kleine Seele zu vergrößern. – Woher weiß er das, frage ich mich…«

Butterworth schloß Manuskript und Zettelkasten und rauchte die Tageszigarette zu Ende. Vielleicht sollte er die Recherche Horgan überlassen, dem ja offenbar viel zuflog, und die Mayla-Darstellung an McEllis abgeben; man durfte nicht an sich, man mußte an die Sache denken. Er lockerte seine Brillenbefestigung, er legte sich hin. Und noch vor dem letzten Gebet träumte er einen Augenblick lang von einem Buch *aller*, von einem gemeinsamen Opus ultimum, das so viel Geschäftigkeit mit sich brächte, daß der Tod keine Chance hätte, sich bei ihnen einzunisten, bis es beendet wäre.

Der bleiche Priester schlief ein und erwachte am Morgen, ging seiner Arbeit nach und war am Abend erschöpft, schrieb noch bis spät, um in den Schlaf zu fallen, und wachte erneut auf – und übersah wie die anderen, daß seine Tage gezählt waren.

Während die Alten die Zeit etwas aus den Augen verloren, führte ihr Gast zum ersten Mal einen Kalender. Es war die zwanzigste Nacht seit seiner Rückkehr auf die Station; Kurt Lukas' Suche nach dem Ort, an dem er bleiben könnte, hatte ihren Höhepunkt erreicht. Die Liste der Wahlheimaten bestand seit dem Abend nur noch aus drei Einträgen in der Reihenfolge von Zeitangaben. Infanta ab Januar. Der Bodensee im Juni. Rom im August. Für die Zwischenmonate waren sieben weitere Orte in Frage gekommen, einen nach dem anderen hatte er gestrichen. Der Rest erschien ihm so wenig kürzbar wie die Worte Ich liebe Dich. Immer wieder dachte er darüber nach und fand keine Ruhe; ein langer Tag ging nicht zu Ende.

Noch in der Morgenfrische hatte Pacquin mit ihm über den anzulegenden Weg gesprochen. »Einen Weg zum künftigen Grab von Gregorio, und dies nach Möglichkeit geheimhalten«, sagte er, bevor sie erörterten, was bei dem Gefälle im Garten geeigneter wäre, Stufen oder Serpentinen. Nach dem Mittagessen war Kurt Lukas zum ersten Mal im Abstellraum für die gestifteten Dinge gewesen. Der Superior hatte sich an einem Sofa entlanggetastet, auf dem ein deutscher Videoapparat stand, und auf einen Stoß grober Steinplatten gedeutet – ob er die behauen könne. Antwort: Das wird sich zeigen. Danach langsamer Gang durch den Garten mit dem Resultat einer Stufenlösung. Und gegen Abend hatte er Mayla im Laden getroffen. Ergebnis: ein Streit. Später, auf dem Heimweg, war er an einer brennenden Hütte vorbeigekommen, davor eine starre Menge und ein behender Fotograf – Bowles, vom Mabini Palast und der Lebenden Mauer, über Indien, wo ein Massaker festzuhalten war, via Hongkong und Cebu mit Flugzeug, Schiff und Taxi nach Infanta gelangt. Sie hatten nur ein paar Worte gewechselt. Er war dann regelrecht vor Bowles davongelaufen und wäre in der Dunkelheit fast gestürzt. Auf eine Matte gebettet, mit gewaschenen Händen und Brüsten, war die Unbekannte wieder am Boden gelegen, ein Bündel im Arm, ihr Neugeborenes; der Gedanke an das Kind ließ ihn nicht schlafen. Müde und durstig stand er auf; seit kurzem ging er nachts zum Kühlschrank.

Im Gemeinschaftsraum brannte Licht. Butterworth saß in der Leseecke und schrieb. Sie nickten sich zu. Kurt Lukas holte seinen Wasserkanister. Er trank und dachte an den Streit mit Mayla. An die Frau im Schmutz. Wer für die eine Frau blind ist, kann die andere nicht lieben – du liebst nur mein Gesicht, sagte Mayla. Aber Schmutz ist Schmutz, hatte er leise widersprochen, und sie war aufgestanden und gegangen. Der bleiche Priester unterbrach seine Arbeit. »Ich bekomme nachts auch immer Durst«, sagte er. »Nur etwas früher als Sie.«

»Haben Sie gewartet auf mich?«

»Seit einer guten Stunde. Wie war Ihr Abend?«

Kurt Lukas verschwieg den Streit und kam gleich auf die brennende Hütte und erzählte von Bowles. »Bowles gab damit an, immer die Vorhut zu sein, egal, wo es brennt. Nach ihm kämen die Zeitungsleute, später die Burschen vom Fernsehen.«

»Ich glaube nicht, daß dieser Mann ein Auge für Infanta hat«, bemerkte Butterworth. »Wo wohnt er überhaupt?«

»Er sagte mir nur, Man findet mich abends an dem einzigen Ort, an dem es sich hier aushalten läßt. Ich ging dann rasch davon und wäre beinahe über eine Frau gefallen, der ich schon zweimal nachts begegnet bin. Sie hat kaum etwas an, und ihr Haar ist geschoren.«

»Wir haben von ihr gehört«, warf Butterworth ein. »Sie lehnt jede Hilfe ab. Aber weiter.«

»Als ich zum ersten Mal auf sie stieß, war sie wohl schon recht schwanger, denn heute hatte sie ein Neugeborenes im Arm. Und aus irgendeinem Grund streckte sie es mir entgegen und machte ein Feuerzeug an, damit ich das Kind betrachten konnte. Sein Gesicht hatte den Farbton von Abendrot, der Flaum auf dem Kopf war noch feucht. Unter den geschlossenen Lidern, Strichen nur mit je einem Fältchen darunter, zuckte die Haut. Schließlich öffnete es die Augen, die von einem durchsichtigen Blau waren. Etwas entsetzt schauten sie an mir vorbei, bevor sie sich wie die Augen von Süchtigen wegdrehten. Mein erster Gedanke war dann, ich könnte es nie am Leben erhalten, es würde mir zwischen den Fingern zerrinnen. Und wie ich das noch dachte, griff es nach meinem Daumen, entwaffnend kraftlos, wenn man das so sagen darf, und ich sah auf seine winzige Hand mit ihren muschelblanken Nägeln und bemerkte auf dem Handrücken Fetzen von abgestorbener Haut. Diese Hautfetzen und der noch feuchte Haarflaum und sein kraftloser Griff brachten mich erst auf die Idee, daß ich ein Neugeborenes hielt. Seine Mutter – sie machte keinen erschöpften Eindruck auf mich – ließ immer wieder das Feuerzeug aufflammen, und ich sah ihrem Kind ins Gesicht; ein bißchen sorgte ich mich wegen seines fliehenden Kinns, ob sich das auswachsen würde. Sonst schien mir alles in Ordnung. Natürlich fragte ich mich, wer der Vater sein mochte, und wohl in dem Glauben, ich käme der Antwort dadurch näher, roch ich an dem Kind. Ich nahm keinerlei Geruch wahr, als sei die Haut noch nicht von dieser Welt, was sicher übertrieben klingt. Und vielleicht glauben Sie mir auch nicht, daß es Lippen hatte wie unter einer Lupe gezeichnet. Alles an diesem Lebewesen erschien mir fein, selbst eine Art Pech zwischen seinen Schenkeln. Es war so voll davon, daß ich nicht sagen könnte, welches Geschlecht es hatte. Schließlich reichte ich das Kind zurück, und die Mutter stieß einen Laut aus, der mir in diesem Moment wie ein Allerweltswort für danke vorkam. Ich ließ ihr etwas Geld da und ging auf dem kürzesten Weg zur Station. Das war mein Abend.«

Butterworth legte den Stift hin. Er hatte sich Notizen gemacht. »Ein guter Abend, Mister Kurt. Sie erleben mehr, als man vermutet; Ihr Gesicht täuscht den Betrachter.« Er wollte aufstehen und sich zurückziehen, doch es war schon zu spät – »Ich habe übrigens ein Papier verfaßt«, sagte er. »Ihr Äußeres betreffend. Ein Porträt in Worten. Aber betrachten Sie diese Mitteilung als vertraulich.«

»Heißt das, ich darf es nicht lesen?«

»Ich hätte es kaum erwähnt, wenn ich es Ihnen vorenthalten wollte. Doch warten wir besser damit, bis Gregorio bestattet ist. Sein Leichnam wurde heute freigegeben. Ab morgen wird er in der Hauskapelle aufgebahrt sein; noch eine vertrauliche Mitteilung. Und da wir gerade dabei sind – ich habe in den letzten Nächten daran gedacht, Ihnen eine Geschichte zu erzählen, die ich bisher noch nie erzählt habe und eigentlich nie erzählen wollte. Aber auch damit würde ich gern warten.« Butterworth machte eine herausfordernde Pause, und sein Zuhörer fragte ihn, worum es gehe. »Nun, es geht um mich und eine ehrgeizige junge Frau und einen berühmten Liebesfilm, vielleicht den berühmtesten.« Kurt Lukas unterbrach ihn. »Eines fällt mir noch ein. Vor den Füßen der Mutter lagen leere Filmpackungen.«

»Denken Sie an Bowles?«

»Ja.«

»Also hat er doch ein Auge für unseren Ort.«

Butterworth holte ein Zigarettenpäckchen aus der Hose, zog sein Mundstück aus der Hemdtasche und schob die für den nächsten Tag gedachte Zigarette hinein. Dann sagte er: »Unter diesen Umständen sollte ich Ihnen meine Geschichte gleich erzählen. Denn ich fürchte, wir werden sprachlos sein, wenn hier erst alles besichtigt wird.« Er entzündete die Zigarette und saugte an der Spitze. Und nach zwei tiefen Zügen begann er von seinen New Yorker Jahren zu sprechen, den Jahren, in denen er als Laienkritiker eine Instanz gewesen sei, die man ernster genommen habe als manchen Herrn der Times.

»Meine Auftritte in einschlägigen Cafés waren legendär.

Literaten, die nicht von mir im Vorbeigehen mit Bemerkungen zu ihrem jüngsten Werk bedacht wurden, konnten in Krisen stürzen. Und es gab Redakteure, die darauf achteten, wen ich aufs Korn nahm. Ich will keine Namen nennen, aber nicht wenige, die später im literarischen Leben Bedeutung erlangten, habe ich aus der Taufe gehoben. Natürlich führte mein Ruf auch zu Einschmeicheleien. Stets durchschaute ich solche Manöver, nur in einem Fall war ich blind.« Und Butterworth erzählte von einer Autorin, die in seinen Augen den vollendeten Trivialroman geschrieben hatte, jedoch besessen war von dem Wunsch, daß er ihr Buch für Weltliteratur erkläre. Wie ein Kind, dessen Wünsche so heftig seien, daß schließlich die ganze Welt sich nach ihnen richtet, müsse man sich diese Frau vorstellen, sagte er und begann auf und ab zu gehen. »Sie hieß Belle und *war* bildschön. Vielleicht kennen Sie im Museo Pio-Clementino im Maskenkabinett die Kauernde Venus im Bade, eine Nachahmung, aber entzückend; so müssen Sie sich Belle denken, im übertragenen Sinne freilich. Ein geborenes Weib, nebenbei noch verwandt mit einem ermordeten Opernstar. Wahrscheinlich daher ihr Talent für das vollendet Triviale, dem ich den Titel Literatur verleihen sollte. Belle ging es dabei angeblich nicht um Karriere, sondern allein um meinen Segen. Sie begehrte diesen Segen geradezu, so wie sonst eine Frau – korrigieren Sie mich, Mister Kurt – meinetwegen die Behaarung eines Mannes begehrt.« Butterworth schenkte sich Eiswasser nach und trank einen Schluck; Farbe war in sein Gesicht gezogen. »Belle begehrte meinen Segen und also in gewisser Weise auch mich. Ich spreche das nur aus, um in Fahrt zu kommen. Denn es fällt mir nicht leicht zu gestehen, daß ich die eisernste Kritikerregel verletzte, indem ich mich mit der Dame traf. Und es blieb nicht bei dieser einen Verletzung. Wir trafen uns insgesamt sechzehnmal in den Jahren zweiundvierzig, dreiundvierzig. Alle Begegnungen fanden auf ihren Wunsch in der Halle eines bestimmten

Hotels statt. Sie gehe dort allein des schwarzen Pianisten wegen hin, wollte sie mir einreden, aber ich wußte es besser. Das Victoria Hotel stand in dem Ruf, Künstler aller Couleur samt Begleitung diskret zu beherbergen. Mit anderen Worten, wir trafen uns in einer Absteige. Aber zurück zur Sache. Schon nach der zweiten Begegnung war ich in Belle verliebt. Nach der vierten begann ich, heimlich Gedichte zu schreiben. Nach der siebten fielen mir die restlichen Haare aus. Nach der elften waren meine Nägel abgekaut und nach der fünfzehnten hatte ihr Roman noch immer nicht meinen Segen, woraus ich heute den Schluß ziehe, daß ich mich etwas mehr geliebt haben muß als sie, was sicher auch umgekehrt der Fall war. Bei unserer sechzehnten und letzten Begegnung – am nächsten Morgen sollte ich mich zu meiner ersten Reise auf die Südinsel einschiffen – offenbarte ich mich Belle und holte sämtliche versäumten Ich-liebe-Dichs meiner Studentenzeit nach. Dazu kamen die Ich-liebe-Dichs, die ich im weiteren Leben würde auslassen müssen, und so sagte ich diesen sinnlosen Satz wohl an die zweihundertmal an dem Abend. Belle hatte wie üblich ihr Manuskript dabei und verlangte auch wie immer, laut und deutlich zu hören, daß es sich um Weltliteratur handle, wobei sie nur dann damit anfing, wenn ein namhafter Schriftsteller oder Drehbuchautor am Nebentisch saß. Und wie bei den vorangegangenen Stelldicheins verwehrte ich mich ihr wieder, und da geschah es. In einem Anfall von Verzweiflung, wie ich inzwischen vermute, bewarf Belle mich mit Ausdrücken, die ich keinesfalls wiedergeben möchte – Ausdrücken, die mich fast dazu gebracht hätten, ihr doch noch literarisches Talent zu bescheinigen, wenn ich nicht so fassungslos gewesen wäre. Ich beugte mich zu ihr, nur mit dem einen Gedanken, Belle zum Schweigen zu bringen, nahm ihre Hand und forderte sie auf, mir in die Augen zu schauen; und in meiner Verwirrung fügte ich *Kleines* hinzu, worauf sich ein Herr am Nebentisch gegen die Stirn schlug und hastig etwas auf seine Serviette schrieb. Den Rest der Geschichte kennen Sie, Mister Kurt, und ich muß gestehen, daß mir die Tränen kamen, als ich den Film nach dem Krieg zum ersten Mal sah.« Butterworth reinigte das Mundstück und steckte es wieder ein. Auf seinen Wangen waren kleine rote Flekken, als habe ihn eine Kinderkrankheit befallen. »Natürlich könnte man sich über all das lang unterhalten, aber damit sollten wir warten, bis das Interesse an Infanta wieder abgeklungen ist. Bei der Gelegenheit: Falls Ihnen jemand Fragen zu Gregorios Beerdigung stellt, setzen Sie bitte den ahnungslosesten Blick auf, der Ihnen zur Verfügung steht. Und nun will ich mich hinlegen, denn ich muß in Kürze wieder aus dem Bett.«

Der bleiche Priester zog sich zurück, und *bald danach*, wie McEllis – hellwach und horchend – notierte, ging auch Kurt Lukas in seine Kammer. Bis auf die Erschütterungen des Kühlschranks und das Mitbeben der Anrichte war es in den folgenden zwei Stunden ruhig und doch nicht so ruhig wie gewöhnlich. Jeder der Alten nahm die schwache Unruhe wahr, die entsteht, wenn sich Liebende vornehmen, leise zu sein; in Butterworth' Heft und McEllis' Wetterbuch kam es zu Eintragungen mit gleichlautendem Anfang. »Weitere Begegnung zwischen Mayla und dem Deutschen.«

Tatsächlich saß Mayla, als Kurt Lukas in die Kammer kam, auf seinem Bett, aber nur dieser Umstand war Wiederholung. Was folgte, war neu zwischen beiden. Ohne den Streit auch nur zu erwähnen, zogen sie einander aus und betrachteten sich im Schein der Ewigen Lampe. Mit nichts verbargen sie ihre Erregung, nicht einmal mit Schweigen. Sie flüsterten in einem fort; alles, was sie berührten, sahen und zu tun gedachten, alles, was sie rochen und schmeckten, was sie an und in sich fühlten und dabei empfanden, tauften sie gemeinsam. Sobald sich ihre Zungen voneinander lösten, sprachen sie den Namen des anderen sorgfältig aus oder gebrauchten die Worte, auf die sie sich geeinigt hatten. Kurt Lukas lag auf dem Rücken, Mayla war über ihn gebeugt. Er streichelte ihre Arme und Schultern, sie küßte sein Gesicht und sein Haar. Noch nie hatte er Arme und Schultern so lange gestreichelt, noch nie war er so gründlich geküßt worden. Die Zeit schien jetzt auf ihrer Seite; leise und beharrlich feierten sie ihr erstes Fest. Sie balancierten aufeinander, ohne es zu merken, waren Tänzer und Seil, Abgrund und Netz. Während aus seinen Augen das Müde und Kalte verschwand, glättete sich über Maylas Knöcheln die fein zerknitterte Haut. Beide übertrafen sich selbst. Sie waren glücklich.

Kurz vor fünf, als Butterworth wieder aufstand, um nach einem genau festgelegten Zeitplan zwei Gemeindehelfer einzulassen, die den Sarg mit Gregorios präpariertem Leichnam brachten, gipfelte dieses Fest in einem langen Augenblick der Stille. »Eine Koinzidenz«, notierte der bleiche Priester im Gehen, »der man keine übermäßige Bedeutung beimessen sollte«; dagegen schrieb McEllis, kurz nach fünf, den schlichten Satz: »Unser Gast und Mayla liebten sich bis zum Morgengrauen.« Mit immer spärlicheren Bewegungen und begleitet von immer weniger Worten hatten sie sich sogar bis zum Einsetzen der Weckmusik umarmt. Dann war Mayla auf die übliche Art entschwunden und ihr Geliebter in einen tiefen Schlaf gesunken.

Kurt Lukas erwachte erst, als die Tageshitze vorüber war. Er erfrischte sich und ging in den Ort. Die Leute grüßten ihn und deuteten auf das gefälschte Plakat; es hing überall und war oft bis auf Maylas Gesicht überklebt. Immer wieder lächelte sie ihm entgegen, und er war stolz darauf, daß sie ihn liebte. Hinter der Poststelle blieb er stehen und überlegte, wie er die Stunde bis zum Abendbrot gestalten könnte. Als er schließlich die Richtung zu Cooper-Gomez' Salon einschlug, um sich rasieren zu lassen, war seine Liste wieder eine innere Liste und bestand nur noch aus zwei Zeilen. Leicht abwesend wie alle Zufriedenen wechselte er langsam auf die andere Straßenseite und übersah drei Bekannte, die sich im Vorbeifahren nach ihm umdrehten.

Der Novize – er saß in einem staubigen Bus – ahnte Kurt Lukas' Ziel und war sofort entschlossen, auch zum Friseur zu gehen. Elisabeth Ruggeri – sie saß in einem Taxi – kam auf die Idee, zunächst die Sängerin aufzusuchen, die ihr das Neueste über Kurt und seine Freundin berichten würde, bevor sie morgen vormittag zum Bischof ginge. Und Arturo Pacificador – er saß in seinem ultramarinblauen Mercedes, in den er sich gerade den Anfang von Pretty Woman als Hupsignal hatte einbauen lassen – dachte daran, dem von ihm geretteten Deutschen, dessen Ausdruck ihm so gut stand, demnächst ein Angebot zu machen: sein Berater zu werden.

»Oh, ich wußte, Sir, Sie würden kommen«, rief Gary Cooper-Gomez.

Der Friseur stand in seinem Salon, wie immer in Schwarz, mit aufgestellten Wimpern, das Haar zum Zopf geflochten. Kurt Lukas setzte sich auf den einzigen Stuhl und sagte, »Rasieren.« Cooper-Gomez beugte sich über ihn. »Wie viele Stoppeln doch am Abend aus Ihrem Gesicht wachsen«, bemerkte er händeringend, lockerte dann seine Finger wie ein Pianist vor Konzertbeginn, rührte den Seifenschaum an und bestrich alle vom Tagesbart gefärbten Partien; nebenbei machte er auf die Beweise seiner Leidenschaft aufmerksam. Rund um den Frisierspiegel hing ein Kranz aus alten Filmbildern. Allen neuen Hollywoodhelden zum Trotz hielt Gerardo Gomez die Erinnerung an Gary Cooper wach. »Unser Größter«, sagte er beim Ansetzen des Messers, als spreche er von einem Kollegen. Dann knisterten die Stoppeln, und er unterhielt seinen Kunden mit Klatsch aus Infanta. Cooper-Gomez erzählte von einem kleinen Eingriff im Schönheitssalon schräg gegenüber. Um die Mittagszeit habe man Gezeter gehört, und eine halbe Stunde später sei Doña Elviras Leibeigener ins Freie gewankt. »Sie haben Ferdinand von einer Verengung befreit!« Gomez lachte Tränen und mußte die Rasur unterbrechen. Als er sich erholt hatte, kam er auf Bowles und nannte ihn allgegenwärtig. Angeblich fotografiere er jeden Bewohner, was aber nicht stimmen könne. »Mich hat er allein einen Nachmittag lang aufgenommen. Und am Ende gefragt, wo er die zwei Hübschen auf dem Plakat finden könne, vor allem das Mädchen.« Der Friseur lachte wieder, ehe er von Männern erzählte, die Mayla aus dem Plakat herausgetrennt hatten, um sie sich über ihrer Schlafstelle aufzuhängen. »Ja, und es gibt auch welche«, rief er, »die sich die andere Seite des Plakats mit nach Hause nehmen – zum Beispiel ich!« Gary Cooper-Gomez nahm ein Tuch und tupfte die restlichen Schaumflocken ab. »Kann ich wieder mit Ihnen rechnen, Sir?«

»Morgen um die gleiche Zeit.«

»Heißt das, Sie bleiben?«

Kurt Lukas wollte ja sagen, aber öffnete nur den Mund; etwas getrübt durch den fleckigen Spiegel, sah er Augustin und dann Narciso in den Salon treten.

»Wenigstens zwei der Anwesenden, vermutlich sogar dreien schlug in diesen Sekunden das Herz höher«, erzählte der Novize noch am selben Abend einem beglückten Horgan, der sich nach dem Essen von seinem zurückgekehrten Unterhalter hatte zum Pavillon schieben lassen. »Der Friseur traute seinen Augen kaum, als der bekannte junge Mann von dem Plakat – damit stelle ich nur eine Tatsache fest – plötzlich in seinem Salon stand, während mir beim Anblick von Mister Kurt ganz anders wurde, ebenso ging es wohl ihm; wir umarmten uns. Nur Hauptmann Narciso, der mir von der Haltestelle an gefolgt war, schien seinen Augen völlig zu trauen. Er sagte: Auf dem Plakat siehst du unschuldiger aus. Ich widersprach dem nicht und nahm auf dem freigewordenen Stuhl Platz, und Mister Kurt setzte sich neben den Hauptmann. Der Friseur strich mir das Haar aus der Stirn und sah mich fragend an, worauf ich nur murmelte, Wie auf dem Bild. Nach Komplimenten für meine Haut begann er mit der Arbeit, und ich schloß die Augen und wunderte mich über die Unterhaltung in meinem Rücken. Mister Kurt und Narciso sprachen zunächst über Kleidung. Bis der Polizeichef auf einmal bemerkte, alle Einzelheiten über Gregorios Heimkehr seien gewissen Kreisen längst bekannt gewesen. Und weil dies so sei, fügte er leise hinzu, spreche auch nichts dagegen, ihm einen Hinweis auf den Begräbnistermin zu geben. Daraufhin setzte mein Freund Kurt, wie ich im Spiegel sehen konnte, den ahnungslosesten Blick der Welt auf, und Narciso redete plötzlich von dem Plakat, dessen Echtheit selbst er bezweifle, ohne Beweise zu haben. Adaza, sagte er, könne nur noch als vermißt betrachtet werden; zuletzt sei der Fotograf mit zwei Männern aus Singlaubs Truppe gesehen worden. Damit stehe für ihn fest, daß die ganze Plakataktion ohne die Logistik des Ex-Generals undurchführbar gewesen wäre. Ja, wie man in Militärkreisen höre, habe John Singlaub den Werbefeldzug unter dem Namen Pfingstwunder vorbereitet, durchgeführt und in alle Nachrichten gebracht. Narciso sprang dann auf. Nach diesen offenen Worten erwarte auch er Offenheit. Nur durch Zusammenarbeit läßt sich eine Journalisteninvasion verhindern, erklärte er und verließ den Salon; Mister Kurt eilte ihm nach. Bin in einer Minute zurück, rief er mir zu.«

Der Novize holte Luft.

»Interessant«, flüsterte Horgan. »Interessant, interessant. Weiter.«

»Ich war also mit diesem Friseur allein«, fuhr Augustin fort. »Er korrigierte sanft meine Kopfhaltung – eine Maßnahme, die er in immer kürzeren Abständen traf – und wies mich auf die Filmbilder hin, die rund um den Spiegel hingen. Schließlich fragte er mich, ob ich bei ihm eine Ähnlichkeit mit Gary Cooper feststellen könne, was ich verneinte. Damit war unsere Unterhaltung beendet.«

»Und kam Mister Kurt in der angekündigten Zeit wieder?«

Augustin bat sich aus, eins nach dem anderen erzählen zu dürfen, und zog einen Brief aus der Hose – »Ich schwadroniere nicht gern, auch wenn Father Demetrio das Gegenteil behauptet; ehe ich es vergesse: sein übliches Begleitschreiben« –, er legte den Brief in Horgans Schoß und kam auf den Friseur zurück. »Plötzlich wollte er wissen, ob ich mir von den Weihen eine endgültige Besänftigung meiner Begierden erhoffte, so wie es sich manche Männer vom Alter erhofften. Das war natürlich keine leichte Frage. Während Gomez die fertige Frisur mit Festiger besprühte, dachte ich nach und sagte schließlich, Ich erhoffe mir nur eine gewisse Überlegenheit. Darauf kicherte er und verlangte für seine Arbeit die unverschämte Summe von einundzwanzig Pesos; glücklicherweise kam mein Freund Kurt in diesem Augenblick wieder – etwas über der Zeit – und ließ den Betrag auf seinen Namen anschreiben. Wir gingen dann; mehr kann ich im Moment nicht erzählen.«

»Interessant«, flüsterte Horgan. »Interessant, interessant. Und was steht in dem Brief?«

Augustin gab vor, es nicht zu wissen. Doch wußte er es ganz genau; diesmal hatte er mit Wasserdampf gearbeitet. Demetrio deutete an, daß der Novize nicht mehr der Jüngling sei, der in Infanta gesungen hatte, denn er erteile in gewissen Dingen bereits seinen Rat, und schloß in der Hoffnung, die zu befürchtende Anwendung seiner wie auch immer erworbenen Scheinreife möge den Brüdern keine Scherereien bereiten. »Father Demetrio wird vermutlich eine seiner Lieblingstheorien in dem Brief untergebracht haben«, sagte Augustin, steckte sich eine Zigarette an und dachte an Grace. An Grace, die nach der Liebe zwei Zigaretten zugleich entzündete, was sonst nur in Filmen vorkam, und an Grace, die ihr Studium nicht beenden könnte, wenn sich nicht wieder ein Club fand, in dem sie hünenhafte Gäste mit halben Kindern zusammenführte. Kindern, deren Hände auf den Bäuchen der Männer gestrandeten Seesternchen glichen, wie sie ihm *vor* der Liebe verraten hatte. Horgan strich über das Begleitschreiben.

»Hast du vielleicht noch mehr zu sagen?«

Augustin schloß die Augen. Er wollte nachdenken, doch da kam es ihm schon über die Lippen: »Ich habe eine Frau kennengelernt.«

»Das ist nichts Besonderes.«

»Aber sie hat mit mir geschlafen.«

»Wo?«

Der Novize erschrak über die Präzision dieser Frage. Er drückte seine Zigarette aus und sagte, es sei in einer Art Hotel geschehen. »Kein würdiger Ort, Father.« Augustin erwähnte den Blick auf ein Hafenbecken, holte dann Luft und rief in einem Beichtausbruch: »Ihr Name war Grace!« Horgan legte ihm eine Hand auf den Arm. »Uninteressant. Wie du weißt, hatte ich auch einmal eine nähere Bekannte. Aber was hättest du davon, wenn ich dir erzählte, daß ihr Name Phyllis war« – er sprach den Satz ohne Punkt aus, und Augustin nutzte die gebotene Chance. »Und stehen Sie noch in Verbindung mit ihr?« fragte er.

»Nein. Ich nehme auch an, sie ist tot.«

»Warum tot?«

Horgan sammelte Kräfte.

»Sie führte ein beschwerliches Leben. Schon mit zwanzig. Wir verloren uns dann aus den Augen, eine Geschichte, die dir im Moment nichts nützen würde. Doch hat sie eine Nachgeschichte, die mir brauchbar scheint für dich. Zwei Jahre nach der plötzlichen Beendigung unseres Verhältnisses traf ich die junge Dame noch einmal, und da sah sie schon wie dreißig aus. Aber das mag auch an dem Licht in dieser New Yorker Hotelhalle gelegen haben; keine erste Adresse, wenn du verstehst. Wir hatten uns abends in der Bar verabredet, am nächsten Tag sollte mein

Schiff auf die Große Südinsel gehen. Phyllis hatte diesen Treffpunkt vorgeschlagen, weil dort ein Spielautomat hing. Während ich von unserer alten Zeit sprach, gewann sie zehn Dollar. Genug für ein Zimmer in diesem Hotel. Ich erzähle dir das, weil du Kein würdiger Ort sagtest. Unsinn. Zweifelhafte Hotels sind oft Paradiese auf Erden. Du hast das Richtige getan. Nur bewahre es für dich. Halte es selbst aus deinen Gebeten heraus. Denn was soll man von Männern halten, die Gott endlos mit ihrer einzigen Affäre belästigen.«

Augustin zündete sich eine neue Zigarette an. Er fühlte sich restlos erkannt, sein Herz schlug wieder einmal bis zum Hals. Mit Mühe brachte er ein Danke heraus.

»Schon gut. Wie alt bist du jetzt?«

»Fast dreiundzwanzig.«

»Ein schönes Alter für einen Mann« – Horgans Stimme wurde schwächer –, »und weil du gerade eine Zigarette im Mund hast, noch ein letztes Geständnis. Die ersten Küsse, die ich empfing, hinterließen stets einen leichten Geschmack von Tabak auf meiner Zunge, weil sich die Übertretung des Küssens schon vor fünfzig Jahren mit der des Rauchens verband.« Er wollte noch etwas hinzufügen, aber da sahen sie ein Licht und hörten Schritte.

Butterworth, schon bettfertig, eine aufgeschlagene Zeitschrift und eine Taschenlampe in der Hand, trat in den Pavillon. »Das neuste Life-Heft«, sagte er. »Ich habe gerade erst darin geblättert.« Er legte es zu dem Schreiben in Horgans Schoß und leuchtete auf ein ganzseitiges Bild. Es zeigte einen unbekleideten Mann, hingestreckt auf ein Betttuch, Augen geschlossen, eine Hand hinter dem Kopf, Nase an den Oberarm geschmiegt; der andere Arm war ausgebreitet, die Hand wie nach Vollbrachtem entspannt. Neben der geöffneten Achsel, aus der drei Haarlocken abstanden, eine Flasche Eau de Toilette. Butterworth drehte das Heft um neunzig Grad, und die nun aufrechte Gestalt erschien dem Betrachter gleichsam von vorn. »Unser Mister Kurt als der vom Kreuz genommene Erlöser«, erklärte er Horgan und Augustin. »Erlöser von allen Körpergerüchen. Und dieses Bild ist nicht das einzige von ihm in dem Heft. Auf dem anderen, Seite neun, erlöst er unsere West-Virginia.«

War das *sein* Gesicht, wenn er schlief? War das der Mund, den sie liebte? Mayla konnte sich kaum vorstellen, daß sie den Mann auf der Anzeige bis zum Morgengrauen geküßt hatte. Trotz der durchwachten Nacht an seiner Seite saß sie pünktlich am Schreibtisch; vor ihrer Bürotür hatte ein Umschlag gelegen, darin die Illustrierte und als Lesezeichen ein Brief. Absender Augustin.

Sie war allein; der Bischof nahm an einer Totenmesse auf der Station teil. Wie an den vorangegangenen Tagen mußte sie vor allem Telegramme beantworten, Anfragen ausländischer Redakteure Gregorios Beisetzung betreffend. Und natürlich mehrten sich die Anrufe aus Europa und den Staaten; sie meldete sich nur noch mit neutralem Ja. »Halte mir die Reporter vom Leib«, hatte De Castro gesagt und ihr von *Fernsehmenschen* erzählt, die ihn in Cagayan abgepaßt hätten. Regelrecht vernarrt seien sie gewesen in seine Figur. Die ganze Entführung habe ihn nicht so erschöpft wie diese Filmerei unter Leitung eines Deutschen – »Von Scheven. Sollte der sich nähern, Jalousien herunter.«

Mayla sah aus dem Fenster. Da näherten sich nur zwei Katzen, und sie dachte an die Nacht zurück. An ihr Eindringen in seine Kammer, um sich mit ihm zu versöhnen. An ihr Warten auf dem Bett und seine Freude, als er sie sah. An ihr tiefes Luftholen, um ihm endlich von dem Kind zu erzählen; an seine Zärtlichkeiten, die sie hinderten, Küsse auf Wangen und Hals und ein Finger in ihrem Mund. An die Sekunden, die ein Stück Ewigkeit waren, das große gegenseitige Geschenk. All das sollte die Ausnahme in ihrem Leben sein, und nun wünschte sie, daß es die Regel wurde. Warum liebte sie gerade ihn – noch nie hatte sie sich diese Frage gestellt. Es war geschehen, wie ein Unglück geschah, plötzlich und hinterrücks. Er war aufgetaucht, später verschwunden und dann überraschend zurückgekehrt. Er hatte jede ihrer Hoffnungen erfüllt, sogar die auf ein Kind. Nur war das alles nicht sein Plan gewesen; seine einzigen Pläne schienen Reisepläne zu sein, seine schönsten Gedanken waren immer woanders. Wenn er sie am übermütigsten liebte, konnte er ihr am ehesten angst machen. Ganz sachte verlor sie dann ihr Gewicht neben ihm. Wenn sie sich nachts umarmten, war diese Leichtigkeit wunderbar, und in der letzten Nacht hatte sie am Ende das Gefühl eines Fluges gehabt, war gefallen und gefallen und doch wieder gestiegen. Aber nun war Tag, und sie schwebte noch immer, ein wenig haltlos jetzt; er fehlte ihr, als sei er wieder verschwunden. Doch vielleicht mußte das ja so sein. Sie besaß keine Vergleiche. Alles, was geschah zwischen ihnen, war neu – seine Küsse, über den ganzen Körper verteilt, machten sie so gespannt, daß sie das Leben in sich vergaß. Er nahm ihr selbst dieses Gewicht. Ja, sie hielt es für möglich, daß sich die Frucht in ihr zurückbilden würde, wenn sie Nacht für Nacht mit ihm schliefe. Nur im Streit mit ihm stand sie fest auf dem Boden, während er federleicht wurde. Immer hatte sie die besseren Argumente, denn er hatte gar keine. Er kämpfte nie. Alles, was er tat, war, sie wissen zu lassen, daß es ihn gab. Das war nichts und genügte; sie dachte voller Glück und Verzweiflung an ihn. Vielleicht, dachte Mayla, war diese Liebe die einzige positive Katastrophe in ihrem Leben. Sie hörte eine Stimme und sah in den Garten.

Am Zaun stand eine Frau mit Regenschirm und Kartentasche. Sie rief, »Darf ich hereinkommen?« und kam auch schon mit zögernden, aber langen Schritten, stellte sich, noch in der Tür, als Journalistin und Bekannte von *Kurt* vor und sagte, kaum eingetreten, auch gleich, was ihr Wunsch war, mit dem Bischof über Gregorios Begräbnis zu reden, und mit wem sie annehme, die Ehre zu haben –

»Mit Mayla, stimmt's?«

»Ja, Madam. Aber der Bischof ist außer Haus.«

Elisabeth Ruggeri stellte ihren Schirm ab. Sie trug ein weitgeschnittenes blaßgelbes Hemd mit aufgesetzten Taschen, wie es sich Männer anfertigen ließen, die es im Ort zu etwas gebracht hatten. Ihr Blick glitt über den Schreibtisch.

»Ich sehe, Sie haben das Heft mit den Fotos von Kurt. Wie gefallen sie Ihnen?«

»Ich kenne nur eines.«

»Vorn im Heft ist noch ein anderes. Aber erschrecken Sie nicht.«

Mayla blätterte und fand das farbige Bild. Der Mann, der Kurt Lukas war, schien sein Messer mit aller Kraft in die Hündin zu treiben. »Ich glaube, so etwas darf man nicht aufnehmen, Madam.«

»So etwas darf nicht geschehen, dann erübrigt sich auch die Frage des Fotografierens«, erwiderte Elisabeth Ruggeri. »Nein, da hat jemand mit kühlem Kopf abgedrückt. Sehen Sie sich die Augen des Tieres an. Oder besser nicht. Sie kannten diese Pekinesin doch sicher – West-Virginia –, der Name allein war schon eine Nachricht. Überhaupt die Namen hier, lauter Symbole. Hauptmann Narciso, Polizeichef. Gary Cooper-Gomez, Friseur. Jesus Fidelio, Postleiter. Lazarus, Handlungsreisender. Natürlich habe ich erst eine kleine Auswahl, aber vielleicht erfahre ich ja noch ein paar Namen von Ihnen.«

»Ich weiß nicht, was Sie wollen, Madam.«

»Erzählen Sie mir, wie die Menschen hier heißen, wie sie sind, was sie tun.«

Mayla schloß die Illustrierte und legte die Telegramme darauf. »Ich kann Ihnen jetzt nichts erzählen. Ich habe zu tun. Ich bin Sekretärin eines Bischofs.«

Elisabeth Ruggeri trat ans Fenster. »Ich habe eine Vorstellung, was das im Augenblick heißt. Als ich neulich mit dem Papst sprach, im Flugzeug, während seiner Madagaskarreise, sprachen wir auch über die Situation von Bischöfen in Ländern wie Ihrem. Sie dürfen mir glauben, daß ich mir wenig Illusionen mache. Und damit meine ich, in keiner Hinsicht. Ich rechne mit allem. Sogar damit, daß Kurt und Sie heiraten. Wenn das Begräbnis eine Weile zurückliegt; wird es noch diese Woche stattfinden?«

»Ich habe keine Ahnung, Madam. Sprechen Sie häufiger mit dem Papst?«

»Mit dem Papst? Nein.«

»Es hatte sich so angehört.« Mayla nahm sich eine Zigarette und rauchte sie vorsichtig. »Während der Revolution war Lukas mit Ihnen zusammen, nicht wahr?«

»Sie nennen ihn Lukas? Das klingt gut. Obwohl ich mich an seinen Namen gewöhnt habe. Kurt ist eben sehr unauffällig, vielleicht auch sehr deutsch. Jedenfalls ist es kein Rennfahrername. Ja, wir waren zusammen.«

»Haben Sie mit Lukas geschlafen?«

Elisabeth Ruggeri nickte.

»Auch schon in Rom?«

»In Rom? Nie.«

»Und möchten Sie wieder mit ihm schlafen?«

»Nein, ich glaube nicht.«

Mayla faltete die Hände über dem Mund.

»Wie alt sind Sie, Madam?«

»Zweiundvierzig.«

»Dann sind Sie vielleicht zu großzügig. Möchten Sie etwas trinken?«

»Sehr gern.«

»Kaffee oder Eiswasser?«

»Eiswasser wäre herrlich.«

Mayla holte eine Kanne und schenkte ein. Ehe sie selbst trinken konnte, ging das Telefon. Eine Nachrichtenagentur; ob es richtig sei, daß Gregorios Beisetzung an einem geheimgehaltenen Ort stattfinde. Sie dementierte. Hier in Infanta, fügte sie hinzu, blühten die Gerüchte. Und es sei unbedingt von einer Anreise abzuraten, da es keine Betten gebe. Sie sprach mit müder, überzeugender Stimme.

»Dann hatte ich offenbar Glück«, sagte Elisabeth Ruggeri. »Ich bewohne die Garderobe von Elvira Pelaez. Natürlich nicht die ganze.« Und sie erzählte, wie sie sich gestern abend mit der Sängerin über zwei Abteile ihrer Garderobe geeinigt hatte, die sie zum Pauschalpreis von hundert Dollar einen Monat lang nutzen konnte, Frühstück und Informationen extra. »Eine Frau, die einem nichts schenkt, ich bewundere das. Übrigens hat sie ihren Diener verloren. Ich glaube, er heißt Ferdinand.«

»Ja, Madam, so heißt er. Eine traurige Geschichte.«

Mayla erfuhr sie von Hazel. Doña Elvira – überreizt in Erwartung der Weltpresse – hatte auf Ferdinands unverbesserlich schlechten Geschmack bei der Plattenwahl zwischen ihren Auftritten mit einer öffentlichen Schilderung des peinlichen Eingriffs an ihm reagiert, worauf er schrie, sie könne sich einen neuen Idioten suchen, und Rache schwörend hinausgestürzt war.

»Soweit ich weiß, wohnen Sie mit seiner Tante in einer Hütte zusammen.«

»Gibt es etwas, das Sie noch nicht wissen, Madam?«

Elisabeth Ruggeri hielt sich das Glas mit dem Eiswasser an die Stirn. »Im Moment weiß ich noch wenig über diesen Ort. Sie glauben nicht, was man über einen Ort und seine Menschen alles herausfinden kann. Was weiß ich denn zum Beispiel über Sie? Ich weiß, daß Sie Sekretärin des Bischofs sind und vorher alten Missionaren das Haus geführt haben. Ich weiß, daß Sie durch einen üblen Trick auf ein Plakat kamen, und weiß, daß man von Ihrer Schönheit redet. Außerdem weiß ich, wessen Geliebte Sie sind. Aber ich kenne nicht einmal Ihren vollen Namen.«

Mayla nannte ihn.

»Und wo sind Sie aufgewachsen, hier?«

»Ja, Madam.«

»Und Ihre Eltern leben hier noch?«

»Sie sind tot.«

»Das tut mir sehr leid. Wovon haben sie gelebt?«

»Sie sind tot«, wiederholte Mayla im gleichen Ton.

»Man hat sie erschossen. Es spielt keine Rolle mehr, wovon sie gelebt haben.« Sie nahm sich eine neue Zigarette und sah aus dem Fenster. Ein Jeep, umringt von Kindern, fuhr langsam auf das Haus zu. Hinter dem Fahrersitz stand ein Mann und filmte. Sie ließ die Bambusjalousie herunter. »Dann tut es mir um so mehr leid«, sagte Elisabeth Ruggeri. »Frage ich Sie also etwas ganz anderes: Warum rauchen hier alle Leute so viel?« Mayla spreizte zwei der dünnen Bambusstreben und behielt den Jeep im Auge. »Die Zigarette ist bei uns auch eine Art Uhr, Madam. Hier geht viel nach Zigarettenlängen; Sie sind jetzt schon fünf Zigarettenlängen in meinem Büro.«

»Was ist die Regel, wenn jemand zu Ihnen kommt?«

»Eine. Bei Geldsorgen und Todesfällen zwei.«

»Und wie viele Zigarettenlängen verbrachten Sie mit Kurt? Fünfhundert? Achthundert? Oder noch mehr?« Elisabeth Ruggeri öffnete die Kartentasche und nahm ihr Schreibheft heraus. »Ich frage Sie das, weil ich an einem Buch arbeite. Eine Sammlung von kleinen Begebenheiten, die alle mit Glück zu tun haben. Und diesen Zustand nach Zigarettenlängen zu messen, erscheint mir sinnvoll. Während des Flugs hierher fiel mir auch endlich ein Titel ein. Im Schatten des Glücks. Wie gefällt Ihnen das?«

»Ich verstehe es nicht, Madam.«

»Dann muß ich den Titel ändern. *Scheiße.*«

Sie fluchte auf deutsch und brauchte danach etwas Zeit, um das entscheidende Wort für ihre nächste Frage zu finden. »Lieben Sie Lukas sehr, ich meine, sind Sie ihm verfallen?«

Mayla drehte sich um; der Jeep war abgebogen. »Ja, ich liebe ihn sehr. Das andere kann ich nicht beurteilen.«

Elisabeth Ruggeri blätterte in ihrem Heft. »Ich glaube, Mayla, Sie besitzen etwas, das mir fehlt. Aber fragen Sie mich bitte nicht, was.«

»Möchten Sie noch Eiswasser, Madam?«

»Gern. Und Sie müssen nicht Madam zu mir sagen.«

»Was sonst?«

»Elisabetta.«

»Dazu mag ich Sie nicht genug.« Mayla nahm das Glas entgegen und sah dabei in die Kartentasche. Sie sah ein laufendes Tonband, und die Journalistin tat ihr leid. Später müßte sie sich also noch einmal anhören, daß sie nicht genug gemocht wurde. »Wann werden Sie Lukas treffen?«

»Heute abend. Aber machen Sie sich keine Sorgen. Ich bin auf Ihrer Seite. Kurt bedeutet mir nicht die Welt und ich ihm wohl auch nicht.«

»Warum haben Sie dann zusammen geschlafen?«

Elisabeth Ruggeri stand auf.

»Wir sind zwei Erscheinungen, die sich nicht übersehen können. Aber ich glaube, er und ich haben noch nie zusammen geschlafen. Wir machten nur Verschiedenes in ein und demselben Bett; tue ich Ihnen weh? Ich möchte das auf keinen Fall.«

Das Telefon läutete. Mayla legte eine Hand auf den Hörer und ließ sie dort liegen. »Ich werde Sie rechtzeitig bitten zu gehen, Madam.«

»Gut« – Elisabeth Ruggeri nippte an dem frischen Eiswasser –, »Sie müssen eins wissen, um mich zu verstehen – ich habe in meinem Leben höchstens drei- oder viermal wirklich mit einem Mann geschlafen. Und das ist Jahre her. Sich einem anderen restlos auszuliefern ist eine Sache des Vertrauens, nicht der Anziehung. Und wem vertraut man schon.« Sie tauchte ihre Finger in das Glas und rieb sich das Wasser auf Schläfen und Hals.

»Was heißt Vertrauen, Madam?«

»Sicher zu sein, daß jemand das Beste für Sie will.«

»Und Lukas wollte das nicht?«

»Ich habe es verhindert.«

»Aber Sie legten sich zu ihm.«

Elisabeth Ruggeri ging jetzt auf und ab; sie sprach vom Klima in der Hauptstadt und den Zimmern im Luneta Hotel, von den früheren Begegnungen mit Kurt und ihrem Aufeinandertreffen, während Ausnahmezustand herrschte. Plötzlich blieb sie stehen: »Und manchmal dient das Bett einfach dazu, um ein Lebenszeichen von sich zu geben.«

Mayla zog die Sonnenblende wieder hoch. »Ich glaube, ich möchte, daß Sie dann gehen.«

»Darf ich Ihnen noch etwas vorlesen? Nur einige Zeilen, sie sind leicht zu übersetzen« – Elisabeth Ruggeri hatte die Stelle schon aufgeschlagen – »Ein Hotelpark, nachts. Die Luft wie ein Pelz, weich, schwer und warm. An meiner Seite ein Mann, nicht älter als ich. Wir hören das Konzert der Frösche, wir sehen Hubschrauber über der Stadt; Brandgeruch und Musik kommen von den Hütten hinter dem Park. Im Takt berühren sich unsere Hände. Wir haben zwanzig Stunden Zeit, sagt der Mann. Vor morgen abend erwartet niemand die Revolution... Das war's.«

»Dann begleite ich Sie jetzt hinaus, Madam.«

»Hat es Ihnen gefallen?«

»Natürlich.«

Elisabeth Ruggeri nahm ihren Schirm. »Ich denke nicht, daß es Ihnen *natürlich* gefallen hat. Das wäre ein bißchen zuviel verlangt. Sehen Sie, für mich ist nichts natürlich. Nicht einmal der Gebrauch dieses Schirms. Was meinen Sie, welche Bedeutung bei uns der Frage zukommt, ob es sich hier um einen Regenschirm oder um einen Sonnenschirm handelt? Das reicht bis Tschechow, was da mitschwingt; kein Vergnügen, glauben Sie mir, nur eine einzige Anstrengung.« Sie spannte den Schirm auf und enteilte ins Grelle.

Mayla war erschöpft; bald lag über dem ganzen Gespräch ein Schleier wie früher über Schulprüfungen, kaum daß sie vorüber waren. Sie zog die Illustrierte unter den Telegrammen hervor und sah sich das Foto vom Flughafen an. War das sein Gesicht, wenn er sich über sie beugte – sie ging mit dem Heft ans Fenster, und Augustins Brief fiel zwischen den Seiten heraus. Sie hob ihn auf. Warum hatte er ihr, und das in aller Frühe, diese Sendung vor die Tür gelegt, zweimal Lukas in Farbe und ein erschreckend dickes Schreiben? Sie öffnete das Kuvert, und ein Bündel von Blättern, kreuz und quer gefaltet, quoll ihr entgegen. Der Anfang war mit Pfeilen markiert. Er lautete so:

»Liebe Mayla, ich habe letzte Nacht nur geschrieben. Ich konnte nicht schlafen. Verzeih mir den langen Brief. Aber Du schreibst ja auch lange Briefe. Woher ich das weiß? Ich erhielt einen prallen Umschlag, auf dem mein Name in Deiner Schrift stand, und das hat mich auf den Gedanken gebracht, in diesem Umschlag sei ein Brief an mich. Doch es befand sich nur ein Zettel darin; alles Pralle war an unseren Freund Kurt adressiert. Und da habe ich das Schlimmste getan, was ein Mensch in dieser Lage tun kann. Ich habe Deinen Brief gelesen; ich mußte einfach wissen, wie ein Liebesbrief aussieht. Das weiß ich nun, und dafür danke ich Dir unendlich. Ein erster, winziger Dank ist diese Illustrierte; da sie bis heute abend ausverkauft sein dürfte, habe ich noch rasch ein Exemplar besorgt, damit Du die zwei Bilder hast. Es scheint sich dabei auch um *zwei* Menschen zu handeln. Aber das nur am Rande. Mein eigentlicher Dank sieht anders aus. Ich dachte mir, wenn ich Deinen Brief schon gelesen habe, sollte ich ihn auch beantworten. Mayla, ich schreibe jetzt, wie ich Dir geschrieben hätte, hättest Du den Brief an mich gerichtet. Das mag Dir unverschämt vorkommen, ja, vielleicht wie ein zweites Verbrechen nach dem ersten. Aber Du mußt es ja auch nicht als Dank dafür annehmen, daß mich jeder Deiner Sätze klüger gemacht hat; meinetwegen nimm's als Buße. Doch genug der Vorrede. Blättere um und lies.« Und Mayla blätterte um und fand einen Brief im Brief. Er war verpackt, geheftet und gegliedert wie ein geheimes Manifest, die Schrift schien noch feucht. Ihr war, als halte sie etwas in der Hand, auf das sie gut aufpassen müsse, und so kam sie gar nicht dazu, ihrem Zorn auf den Novizen nachzugeben. Sie schenkte sich Eiswasser ein, setzte sich hinter den Schreibtisch und las.

Weder bei den großen amerikanischen Sendern noch beim Italienischen oder Deutschen Fernsehen kam man im Laufe dieses Vormittags beziehungsweise dieser Nacht, was die Fragen zu Gregorios Begräbnis betraf, weiter; kein einziger Redakteur und kein einziger Korrespondent, der im kühlen Hamburg oder in Fidelios mörderischer Kabine die Nummer des Bischofs von Infanta wählte, hatte Erfolg. Niemand hob ab.

»Höre, Lukas, Lieblingsbücher sollten Lieblingsbücher sein, weiter nichts. Und eine Hausbibliothek sollte eine Ordnung von Lieblingsbüchern darstellen. Ich sagte sollte, denn diese Anhäufung von Geschriebenem, die du hier siehst, ist von meinem Ziel weit entfernt. Ich will keineswegs undankbar sein, aber mit McEllis' Schenkung stimmt etwas nicht.« Dalla Rosa stand auf einem Stuhl, um im obersten Regal die Grenze zwischen den Abteilungen *Romane* und *Varia* neu festzulegen. Kurt Lukas reichte hinauf, was aus zugänglicheren Regalen verbannt werden sollte; unter seinen Nägeln war Erde. Seit er mit Butterworth am Nachmittag den halbfertigen Grabweg abgeschritten war, führte er auch im Kopf keine Liste mehr. Sein Ort stand fest.

»In dieser Sammlung steckt etwas Ungesundes, nur sollte das unter uns bleiben«, sagte Dalla Rosa von oben herunter. »Ich kann es beurteilen, glaube mir, Lukas. Bis auf eine Ausnahme habe ich mich immer nur mit Büchern abgegeben. Und verzeih mir die italienische Anrede, aber seit Gregorios Tod gerate ich in merkwürdige Stimmungen. Nach gut fünfzig Jahren Ruhe höre ich plötzlich alte Lehrer reden, sehe meinen Schulweg vor mir und rieche den säuerlichen Geruch kleiner Weinläden. Und diese Zustände lassen sich steigern, wenn ich dich duze und mit dem Nachnamen anrede, also gestatte es mir.«

Kurt Lukas reichte einen Stoß broschürenartiger Romane hinauf, sagte, es sei ihm ein Vergnügen, und wollte dann Näheres über die Ausnahme wissen.

»Sprechen wir zuerst über die Regel. Wie ich dir schon erklärte, liebe ich Bücher und habe sie immer geliebt. Ich glaube, die Welt muß in Bücher münden, sonst ist sie verloren. Vielleicht fällt es mir darum so schwer, ein Buch wegzuwerfen. Selbst das, was jetzt nach oben wandert, erhält hier seinen Platz. Zum Beispiel Küß mich, wenn die Milch kocht. Untertitel, Ein heiterer Roman. Auch aus der McEllis-Schenkung. Oder: Treppe ins Herz. Gedichte. Oder: Peitsche der Eifersucht, Drama von John Stopwell; nie gehört. Kannst du mir verraten, nach welchen Gesichtspunkten das alles angeschafft wurde?«

»Nein.«

Kurt Lukas log aus voller Überzeugung.

Dalla Rosa blies den Staub von den Büchern. »Und was wäre dein Vorschlag? Ab ins Varia-Fach, nehme ich an. Eine zu einfache Lösung, vor der ich dich warne. Die Qualität einer Bibliothek erkennt man an der Abteilung Verschiedenes. Es muß sie geben, aber sie sollte nicht zu groß sein. Umfaßt sie zu viele Titel, offenbart sie nur Unsicherheit. Ist sie zu schmal, könnte man daraus schließen, daß es der Bibliothek an Sonderbarem fehlt« – er schob den Stoß widerstrebend in das Fach für Romane; bei einem Buch entschied er sich im letzten Augenblick anders – »Roberto Gysin, Mein Leben unter Indianern. Unser Pater Pathos. Er war glücklich und schrieb. Varia.«

Kurt Lukas reichte den nächsten Stoß. Die Arbeit gefiel ihm. Er spürte sie kaum und war doch ganz bei der Sache. Irgendwer müßte in Rom die Daueraufträge kündigen, dachte er. Vielleicht Elisabeth Ruggeri, von der schon halb Infanta sprach.

Dalla Rosa überflog die Titel, sortierte dann rasch, und wieder blieb ein Band übrig. Er wußte nicht, wohin damit, und ließ sich vom Stuhl helfen; sein machtvolles Auge fixierte den Assistenten. »Tagebuch eines Verführers – wo hast du das gefunden, Lukas?«

»Zwischen den Bildbänden über New York. Es stand auf dem Kopf und war etwas nach hinten gerutscht. Wilhelm Gussmann zitierte daraus.«

»Das kann ich mir gut denken. Er behauptete jahrelang, es sei ihm entwendet worden. Nun, offenbar hatte er recht.

Seit seinem Austritt war ich auf der Suche nach dem Buch.« Dalla Rosa entstaubte den Einband, glättete zwei Eselsohren und stellte das berühmte Werk ins Philosophie-Fach. »Damit ist es genug für heute«, sagte er und schlug vor, in den Garten zu gehen, solange es noch hell sei; wie die übrigen interessierte auch er sich für den Weg, den der deutsche Gast mit überraschender Zähigkeit anlegte.

Von den Tulpenbäumen neben der Station führte die abgesteckte Strecke, vorbei an den Gemüsebeeten und dem Zugang zur Küche, über zwanzig schon ausgehobene und zwanzig markierte Stufen bis zu den Kletterrosen vor der Wäscheleine. Man war sich einig geworden, den Trockenplatz für die Wäsche um einige Meter zu verlegen und Gregorio in der windreichsten Ecke des Gartens zu bestatten; De Castro hatte bei seinem jüngsten Besuch die Erde geweiht. »Nicht eine Platte hat gewackelt«, bemerkte Dalla Rosa, als sie das fertige Stück zurückgelegt hatten und auf den restlichen Steinen saßen.

»Es steckt auch viel Arbeit darin, Father.«

Kurt Lukas war müde. Stundenlang hatte er den Boden umgegraben und dann auf der Grundlage von Pacquins Berechnungen und in dessen Beisein Stufen gestampft; dabei führten sie ihr zweites längeres Gespräch. Vor- und Nachteile des Männlichen. Pacquin hatte in dem Zusammenhang ein Mädchen aus Davao erwähnt. Zwar könne er sich an Einzelheiten gemeinsamer Ausflüge erinnern, traue aber seinem Gedächtnis nicht. »Auch wenn die anderen – vielleicht täusche ich mich in diesem Eindruck – in letzter Zeit erinnerungsseliger sind als früher, möchte ich doch fünfundsiebzig Jahre alte Dinge lieber ruhen lassen.« Sie hatten diesen Punkt nicht vertieft, die Arbeit war vorgegangen; Kurt Lukas erzählte Dalla Rosa vom Zertrümmern der Platten mit Hammer und Meißel, vom Begradigen der Stücke und dem Verlegen der ersten Stufen. »Und plötzlich, wie aus dem Nichts, stand der amerikanische

Fotograf Bowles zwischen den Rabatten und machte von mir und Father Pacquin ungeniert Aufnahmen. Ich ging sofort auf ihn zu, und Bowles – Vollblutfotograf – lief so natürlich rückwärts, als habe er Augen im Nacken, und sprang dabei noch mit Aplomb über die Beete. Abgesehen von seiner Ausrüstung, hätten wir ihn ohne weiteres für einen Tänzer halten können, zumal er kein Wort sprach, wie man es vom Ballett ja gewohnt ist.«

»Und hast du ihn zurechtgewiesen?« fragte Dalla Rosa.

»Ich sagte ihm, dies sei ein privates Grundstück, private property, Mister Bowles, und er wechselte die Kamera und erwiderte, ganz Infanta sei schon so gut wie öffentlich. Bowles sprach dann von Vortrupps, die alle stabileren Hütten und Häuser auf mögliche Unterkünfte hin inspizierten, und verglich Journalisten mit Heuschrecken. Eine Plage zwar, doch würden diese Leute auch zuverlässig wieder verschwinden. Und als wolle er uns diese Theorie sofort beweisen, drehte er sich um und war selbst verschwunden.«

Dalla Rosa schüttelte nur den Kopf. Man müsse wohl mit dem Schlimmsten rechnen: Publizität. Mit dem Bischof habe man besprochen, Gregorio erst dann zu bestatten, wenn Vermutungen laut würden, ob er nicht längst bestattet sei. »Und wer kommt schon auf die Idee«, fügte er hinzu, »daß der Leichnam in unserer Kapelle liegt? Westliche Journalisten werden ja meistens von dem Gedanken der unaufhaltsamen Verwesung beherrscht, darin liegt unsere Chance. Also kannst du in Ruhe deinen Weg zu Ende bauen, und der Totengräber wird bei Dunkelheit die Grube ausheben.« Dalla Rosa schloß sein Wanderauge und sah mit dem anderen in die untergehende Sonne. Ihre Strahlen schossen fächerförmig in einen Himmel, der im Osten bereits, tiefviolett, in Nacht überging. »Sprechen wir nun von der Ausnahme«, sagte er. »Das heißt, ich werde sprechen, und du hörst zu. Aber höre gut zu, Lukas; ich werde mich nicht wiederholen.« Und Bruno Dalla

Rosa erzählte von seinem einzigen Liebeserlebnis, das mit seinem einzigen Rom-Aufenthalt zusammenfiel. Obwohl er sich etwas kürzer faßte als Horgan, Butterworth und McEllis, war er ergriffener als sie; in den entscheidenden Details war er sogar genauer. Schon bei der Erwähnung des vollständigen Namens, *Grazia Adelina Bagnerini*, wurde sein stationäres Auge feucht, und bei der Aufzählung näherer Umstände sprach er auf einmal italienisch und bewegte dazu die Hände, das eine so ungeübt wie das andere, womit er seinen Zuhörer zu höchster Aufmerksamkeit zwang.

Kurt Lukas entnahm der Erzählung, daß sich Dalla Rosa zu dieser Zeit in einer göttlichen Einsamkeit befunden hatte. Er war nach Rom gekommen, um die Nationalbibliothek zu besuchen, und logierte bei einem Großonkel, der am Campo dei Fiori als Wein- und Käselieferant eine Rolle spielte. Ein wohlhabender Mann, der sich eine Buchhalterin hielt, Signora Bagnerini, damals vierundzwanzig und schon Witwe. Sie war unterbezahlt und hatte dafür ein Zimmer in der Wohnung des Großonkels, die auch als Zwischenlager diente. Dalla Rosa schlief im Nebenzimmer, und unter dem Einfluß der belebenden Gerüche, die vor allem nachts in den Räumen hingen, fanden er und Grazia Adelina zusammen.

»Das mag vielleicht alles etwas an italienisches Wandertheater erinnern«, erklärte Dalla Rosa nach einer Pause, »aber du wirst bald bemerken, Lukas, daß ich mehr erlebt habe, als es das Bühnenbild erwarten läßt.« Er erwähnte dann insgesamt fünf Begegnungen, eng verbunden mit dem, was in den Räumen gelagert hatte. »Zwei der Begegnungen fielen in Weinnächte, zwei in Käsenächte, und unser Glück erreichte seinen Höhepunkt, als sich beides in der Wohnung befand.« Die Initiative lag offenbar bei der Buchhalterin, soweit Kurt Lukas der Erzählung folgen konnte. Denn am sechsten und letzten Tag der Verbindung führte die junge Witwe den jungen Studenten aufs

Capitol, angeblich wegen des guten Blicks auf das Forum, tatsächlich jedoch, um im beliebtesten Standesamt von Rom einen Termin zu vereinbaren. »Ich sah mich auf einmal einem gelackten Beamten gegenüber, der zwei Telefongespräche zugleich führte, was im Jahre neunzehnhundertachtunddreißig noch etwas unverkennbar Teuflisches hatte, und sich zwischendurch erkundigte, ob ich bei Verdi oder, was neuerdings auch möglich sei, bei Wagner die Ringe tauschen wolle, woraufhin ich die Flucht ergriff« – Dalla Rosa war jetzt sichtlich erregt, er raufte sich das weiße Haar und sprach zum Teil wieder englisch –, »Hals über Kopf rannte ich am Kolosseum vorbei Richtung Termini, nahm dort den ersten Zug nach Norden und frage mich manchmal heute noch, ob es richtig war, vor einer Frau davonzulaufen, nur weil sie mich geliebt hat. Und Grazia Adelina hat mich geliebt, so wie ich sie geliebt habe – und damit komme ich zum Kern der Geschichte. Vergiß den Wein und den Käse, Lukas, und stelle dir nur eine blühende Witwe und einen fiebrigen Jüngling vor, ein winziges Zimmer und ein elendes Bett.« Dalla Rosa legte wieder eine Pause ein. Er sah auf seine Hände und fuhr erst fort, als sie ruhig wurden.

»Ich will dich nicht mit einer Schilderung der körperlichen Liebe langweilen und mich dabei noch versündigen, daher nur ein paar Einzelheiten, die mir in Erinnerung sind. Erstens. Ohne ihre Augen zu öffnen, winkte sie mir zu, nachdem ich meine Kleider abgeworfen hatte. Zweitens. Ich konnte sie kaum ansehen, als sie nackt an meiner Seite lag. Drittens. Wer liebt, begehrt die Hingabe des anderen, nichts weiter. Viertens. Für das langsame Schließen ihrer Lider, wobei sich die Nasenlöcher leicht blähten, hätte ich mir eine Hand abschlagen lassen. Fünftens. Bei den üblichen Zärtlichkeiten im Bett scheint es immer einen Arm zuviel zu geben. Sechstens. Der beschleunigte Atem der Geliebten, einmal gehört, ist eine Musik, die man nicht mehr vergißt. Siebtens. Auf das Wunder des ersten Mals folgt das Verlies der Erfüllung. Und damit komme ich zum Ende. Kaum nach Triest heimgekehrt, ging ich ins Ausland und wurde bald Missionar; erst nach dem Krieg erhielt ich Post aus Rom. Mein Großonkel schrieb, Grazia Adelina habe auf dem Capitol einen amerikanischen Soldaten geheiratet und sei dann ausgewandert. Einen schlaksigen Schwarzen, im Zivilleben Barpianist in einem New Yorker Hotel.«

»In einem New Yorker Hotel…«

»Ja, er schrieb mir sogar den Namen. Aber ich entsinne mich nicht mehr.«

»War es das Victoria Hotel?«

»Das könnte sein. Ich glaube, so hieß es; woher weißt du das, Lukas?«

»Ich habe es geraten, Father. Es soll dort einen schwarzen Pianisten geben, etwa Ihr Jahrgang.«

»Etwa mein Jahrgang, so« – Dalla Rosa wischte sich die Nässe vom Lid und stand auf –, »dann wäre es denkbar. Und glaubst du, Grazia Adelina ist noch bei ihm?«

»Wenn sie geliebt wird, warum nicht.«

Der alte Priester nickte. Er bat um einen Arm und ging an Kurt Lukas' Seite langsam den Hang hinauf; es war Nacht geworden. »Sie wird geliebt«, murmelte er. »Sie konnte einen blind machen, vielleicht floh ich auch deshalb. Auf dieser Zugfahrt nach Norden, als ich innerlich noch im Süden war, schälte sich aus meiner göttlichen Einsamkeit eine menschliche heraus, stumpf wie die Einsamkeit an einem ersten Januar. Hinter Bologna hatte ich mir schließlich eingeredet, ich sei aus Überzeugung weggelaufen. Doch es geschah aus Angst. Die Signora Bagnerini, die nur die Bücher ihrer Buchhaltung kannte, war mir weit voraus, Lukas, und ich denke, dieser schlaksige schwarze Barpianist war ihr gewachsen und ist es noch immer. Ich sehe Grazia Adelina, grau und etwas geschrumpft, in diesem Hotel sitzen und ihrem Entertainer zuhören, der gewiß auch steppen kann. Und nach dem letzten Lied –

Arrivederci Roma, ihr zu Ehren – fährt das alte Paar nach oben; seit die Kinder erwachsen sind, bewohnen Grazia Adelina und ihr Pianist eine Suite unter dem Dach, zusammen mit zwei Katzen, die er in Erinnerung an Italien Mortadella und Mozzarella getauft hat; oder gibt es in diesem Hotel keine Suiten?«

»Oh, doch, es ist ein sehr gutes Haus.«

»Das beruhigt mich. Grazia Adelina hat es verdient. Und solltest du nicht alles verstanden haben, was ich von ihr und mir erzählt habe, Lukas, kann ich vielleicht sogar das eine oder andere für dich wiederholen – sobald Ordnung in der Bibliothek herrscht.«

Die beiden kehrten in den Gemeinschaftsraum zurück, und ihre leichte Wehmut, in die Dalla Rosas Geschichte sie eingewebt hatte, legte sich rasch; sie trafen ein gewisses Leben an. McEllis und Butterworth saßen bei Schreibarbeiten und einem Glas verdünntem Bourbon. Augustin, eine Dose Cola in der Hand, deckte summend den Tisch. Pacquin zog seine Bahn. Und Horgan, die Augen halb geschlossen, kaute appetitanregende Cracker. Fast unmerklich schlich sich die Stunde des Drinks wieder ein.

»Wer genau hinsah«, notierte McEllis später in seiner Kammer, »mußte zu dem Schluß kommen, daß die Trauer um Gregorio doch ein wenig nachläßt. Unser großer Schmerz über den Verlust (strenggenommen den Verlust seiner Abwesenheit, an die man sich gewöhnt hatte) flaut allmählich ab, und die üblichen Abendbeschäftigungen werden – fast möchte ich behaupten mit ganz neuem Schwung – wiederaufgenommen. Natürlich fiel vor dem Essen keine Bemerkung, die zum Lachen reizte, und auch das anschließende Tischgespräch verlief noch gedämpft. Doch griffen wir nach und nach das menschlichste Thema, das wir je in unserem Kreis besprachen, die Liebe zwischen Mann und Frau, wieder auf, in der wachsenden Überzeugung, daß Gregorio, an dessen Sarg wir endlich beten können, sich lebhaft beteiligt hätte.«

McEllis schweifte dann ab. Er klagte über das billige, leicht entflammbare Toastbrot, das Butterworth immer einkaufe, und erwähnte, wie er bei Tisch nach wie vor einen Arm mit offener Hand herabhängen lasse, um West-Virginias weiches Näschen zu empfangen. Dagegen erwähnte er mit keinem Wort, was er seit gestern, gleichfalls wortlos, in Angriff nahm – mit Hilfe von Spanplatten und einer übelriechenden Holzmasse verschloß er alle für die Hündin ausgesägten Sondertürchen. Von West-Virginia kam McEllis auf den Gast, der nun wohl irgendwie in ihren Kreis gehöre.

»Wie rasch er inzwischen auch die leichten Zeichen unserer Sympathie bemerkt und dankbar annimmt. Pacquins Bauauftrag. Dalla Rosas verkapptes Du (sollte vielleicht ab jetzt Kurt zu ihm sagen). Horgans Bitte um Gesellschaft. Butterworth' Befragungen. Meine Anstöße, seine Beziehung zu Mayla betreffend, zuletzt beim Abendessen. Nun, Mister Kurt, fragte ich vor dem Dessert, wie würden Sie das, was sich zwischen Mayla und Ihnen entwickelt hat, nennen? Gespanntes Schweigen rund um den Tisch, dann seine Antwort: Liebesgeschichte. Natürlich ein Ausweichmanöver. Butterworth, wer sonst, hakte sofort nach. Selbst eine großartige Geschichte hat stets den Nachteil ihrer Struktur. Sie entwickelt sich aus einem Anfang, erreicht irgendwann einen Gipfel und steuert dann zwangsläufig auf das Ende zu – ist das in Ihrem Fall auch so?« McEllis schaute in seine Notizen, die er nach Tisch gemacht hatte, und hielt dann den Gesprächsverlauf nach Butterworth' Bemerkung wie einen Bühnentext fest.

»Mister Kurt: Ich kann Ihnen nichts über das Ende dieser Geschichte sagen. Ich habe vorher nie geliebt.

Dalla Rosa: Unfug, Lukas, und obendrein Theater. Gefühle für erstmalig zu erklären ist immer ein Trick, um sie zu vergrößern.

Mister Kurt: Aber ich möchte bei Mayla bleiben, und das wollte ich noch nie bei einer Frau. Ich liebe sie. Und sie liebt mich. Ich merke das.

Pacquin: Sind Sie da sicher?

Augustin: Bei Mayla würde es jeder merken.

Butterworth: Kümmere dich besser um den Kühlschrank.

Pacquin: Da fällt mir ein, es existiert noch ein Schreiben von Demetrio, das zur Kenntnis genommen werden muß.

Horgan, hauchend: Sollten wir uns das vor dem Begräbnis nicht ersparen? (verhaltene Zustimmung) Aber zurück zur Sache, Kurt – die Liebe eines Menschen zu bemerken ist die geringste Antwort, die man auf die Schöpfung geben kann. Oder ist Ihre Antwort umfangreicher?

Mister Kurt: Meine Antwort heißt, Ich bleibe.

Alle, durcheinander: Wunderbar, fabelhaft, gratuliere.

Dann Butterworth, nach kurzem Schweigen: Sie denken also, Sie könnten nie wieder auf einem Tuch liegen, mehr oder weniger unbekleidet, mit ausgebreiteten Armen und diesem matten Lächeln, das die Auferstehung ahnen läßt, nein?

Daraufhin seufzte Mister Kurt«, fuhr McEllis in der gewohnten Schreibweise fort, »und erklärte, er sei sicher, ihm würden die einfachsten Dinge nicht mehr gelingen. Ein gutes Modell, sagte er, ist von perfekter Beschränktheit. Und er erzählte von seinen Miniaturrollen, an denen er inzwischen scheitern würde, was uns so neugierig machte, daß wir ihn baten, doch eine Kostprobe zu geben. Erwartungsgemäß zierte er sich ein wenig, ließ sich dann aber zu einer Demonstration überreden. Nachdem wir uns umgesetzt und eine Art Kinoreihe gebildet hatten, trat Mister Kurt in die Mitte des Raums. Etwas betreten wies er darauf hin, daß seine Rollen stumm seien, und der Novize bot Pacquin an, ihm alles zu beschreiben. Dieser hatte nichts dagegen, die kleine Vorführung konnte beginnen. Also Mister Kurt begibt sich in die Leseecke, kommentierte Augustin, dreht sich dort jetzt auf dem Absatz um und kommt langsam zurück. Er scheint über einen Platz zu schlendern, mit der schlummernden Aufmerksamkeit des echten Flaneurs. Und auf einmal lächelt er und bückt sich nach einem zerbrechlichen Gegenstand, den er offenbar einer Dame reicht, die ihn verloren hat, wobei sich beide für einen Atemzug nahe sind und irgendein Duft, ihr Parfum oder sein Haarwasser, aus dieser Gefälligkeit, wenn man das so sagen kann, eine Begegnung macht. Unser Pacquin verbat sich alle Deutungen, ihn interessiere allein das Sichtbare, und Augustin mußte sich eilen, um auf dem laufenden zu bleiben. Seine Schilderung – aber auch das, was wir sahen – bekam etwas Telegrammartiges.

Mister Kurt jetzt vor der Bücherwand. Steht einfach nur da, Standbein, Spielbein. Bekommt dann irgend etwas in den Mund geschoben und gerät in Zuckungen wie ein Sänger, dem die Welt zu Füßen liegt. Ende. Pause; er konzentriert sich. Erneute Wendung auf dem Absatz, er tritt an den Lesetisch, will offenbar etwas kaufen, merkt, daß er kein Geld dabei hat, kurze Verlegenheit, dann erlösendes Lächeln: Mister Kurt findet ein Kärtchen in seinem Hemd, zeigt es, und ein Wunder vollzieht sich, Ende. Diesmal keine Pause, sondern Gang zum Fenster. Er schaut nach draußen, scheint seine Familie im Garten zu sehen – jedenfalls runzelt er die Brauen wie ein Mann, dem eine innere Stimme sagt, Wie schön ist doch das Leben mit Kindern, Frau und Hund! Pacquin legte Augustin eine Hand auf den Arm, und mit diesem Anhalten des Kommentars endete auch die Vorführung. Unser Gast verbeugte und empfahl sich – er sei erschöpft vom Steineklopfen. Unter anerkennenden Bemerkungen und dezentem Beifall zog sich der rechtschaffen Müde zurück.«

McEllis klappte sein früheres Wetterbuch zu. Er erinnerte sich an ein gemischtes Gefühl des Respekts, wie es auch Kinderjongleure auslösen. Sie waren dann noch eine Weile zusammengesessen und hatten sich auf den Ausdruck bizarre Kleinkunst geeinigt, bis der Superior nachträglich von unpassender Unterhaltung sprach und die Runde aufhob. Die einen waren in ihre Kammern gegangen, die anderen zur Totenwache. McEllis streckte sich; alles war festgehalten, er könnte sich schlafen legen. Vorher wollte er noch seinen Nachtdurst stillen.

Im Gemeinschaftsraum brannte Licht. Butterworth stand vor der kleinen New York-Abteilung und suchte etwas Bestimmtes; in der Leseecke lagen seine Papiere. McEllis ging zum Kühlschrank, während der bleiche Priester nach einem Blick über den Brillenrand im gleichen Ton wie zu Kurt Lukas sagte, »Ich bekomme nachts auch immer Durst, nur früher als du.« Darauf fragte McEllis, ob er etwa gewartet habe, und die Antwort lautete: »Seit einer Stunde. Wir müssen unsere Gedanken austauschen.«

Sie setzten sich, und Butterworth eröffnete das nächtliche Gespräch mit einer allgemeinen Bemerkung. »Hinter jedem guten Buch liegt immer ein gewisses Trümmerfeld«, sagte er. »Wir beide werden Federn lassen.« Dann erklärte er, sein Erstellen einer Chronik der vergangenen Monate leide mehr und mehr darunter, daß er am täglichen Detail klebe und nicht wisse, was der Kern des Ganzen sei. Er schob eine Zigarette in sein Mundstück, steckte sie an und flüsterte plötzlich. »Stell dir vor, es würde eine Art Roman aus unserer Arbeit, man weiß das ja nie, und wir wären gezwungen, für die Reklame eine Kurzfassung zu schreiben, nicht mehr als dreihundert Worte, und die so vielversprechend wie möglich, ohne der Wahrheit zu schaden, und das bis morgen früh, da die wichtigen Dinge ja immer am schnellsten gehen müssen. Vergiß also das Schlafen. Laß uns beginnen.«

»Was ist mit deiner Totenwache?«

»Ich habe für Vertretung gesorgt.«

McEllis dachte einen Augenblick nach.

»Wäre so eine Zusammenfassung nicht der letzte Schritt vor dem ersten?«

»Durchaus, durchaus«, sagte Butterworth, lebhafter werdend. »Aber damit auch wieder Schritt eins.«

»Und nimmt sie nicht das Beste vorweg?«

»Ein gewisser Anreiz scheint mir sinnvoll. Oder wir beschränken uns auf die Ausgangslage und erzählen, wie der Motor der Handlung anspringt.«

»Du meinst den Weg bis zum Zündfunken der Geschichte«, sagte McEllis, »und nicht mehr?«

»Kein Wort mehr.«

»Na gut. Obwohl ich es für gewagt halte.«

Und die beiden tauschten ihre Gedanken aus. – Da hatte man also einen Gast aufgenommen, einen Deutschen aus Rom, gutaussehend, müßig, mit unklarer beruflicher Tätigkeit, einen Kerl, von dem nur feststand, daß er um die Vierzig war und noch immer nicht erwachsen. Aber müßte man nicht weiter ausholen, auch Umstände, Hintergründe nennen? Das hieße: eine große Insel, Äquatornähe, Kriegsgebiet, Gegenwart. Im Herzen der Insel ein Flecken – Strohhütten, Blechbuden, Schönheitssalons, eine Kirche, ein Nachtclub – und am Ortsrand, abgeschieden, die Station, Heimat langgedienter Missionare, der Alten.

»Sollten wir uns wirklich so nennen?« warf McEllis ein.

»Es entspricht der Wahrheit.«

»Na gut. Fahren wir fort –«

Sie, die Alten, sozusagen der Chor – drei Amerikaner, ein gebürtiger Deutscher, ein Italiener und ein Einheimischer –, kamen vor Jahren zu einer Haushilfe, einem Mädchen, das sich machte. Sie wurde erstens schön und schöner und zweitens, durch den Umgang mit den weltgewandten Pensionären, klug und klüger. Für die Burschen im Ort eine vernichtende Kombination, für die Missionare eine letzte Prüfung – jeder verliebte sich, jeder schwieg, jeder bangte; einer brach gar mit der Kirche. Ihr Leben geriet aus dem Lot, ihr Frieden stand auf dem Spiel – bis ein offener Verstoß alle verdeckten vom Tisch fegt. Der Deutsche aus der Ewigen Stadt, aufgabelt an der Küste, fast eine

Straßenbekanntschaft und mehr entführt als eingeladen, macht das Mädchen zur Frau, und die Alten werden über Nacht zu Komplizen. Auf einmal sind sie Anstifter, Mitwisser, Kuppler, diskrete Spione und kleine Schmarotzer, unermüdliche Bewacher des Liebeslebens unter ihrem Dach; von Lebensabend keine Spur mehr –

»Und damit beginnt die Geschichte«, riefen beide aus einem Mund, »und nimmt hoffentlich ein gutes Ende!«

Dieses Ende begann wie ein Fest. Die Journalisteninvasion, die Narciso vorausgesehen hatte, kam in Gang. Der Vortrupp aus Quartiermachern, Bestechern, Anwerbern und Abwerbern, Technikern, Inspizienten, Dramaturgen und Aufnahmeleitern hatte vierundzwanzig Hütten, zwei Eßbuden und mehrere Garküchen gemietet, neue Speisepläne aufgestellt und die Hygiene verbessert, freie Mitarbeiter rekrutiert und Phantasietitel vergeben, Leibchen mit den Emblemen der großen Fernsehgesellschaften verteilt, Einfluß auf das Straßenbild genommen und die sonntäglichen Hahnenkämpfe auf einen günstigeren Termin vorverlegt, in der Schule Volkslieder üben lassen, ein Informantennetz geschaffen und die Poststelle zu einem Nachrichtenzentrum erweitert.

Infanta änderte sein Gesicht. Der Ort wurde typisch. Wo sonst manchmal ein Bettler saß, saß nun immer ein Bettler. Die Trägheit der Billardspieler erschien als Melancholie. In den winzigen Läden mit dem Dutzend an Fäden geknüpften Bananen hingen jetzt nur noch drei oder vier, trauriger, verlorener, sinnloser denn je. Der stille Tagesmarkt wandelte sich zu einem tristen mit einzelnen Fischen, summenden Fliegen und schleichenden Hunden in Hauptrollen. Wo verblaßte Wahlplakate hingehörten, klebten wieder welche. Zeit und Fortschritt waren zurückgedreht. Keine Frau, die ohne kaputten Sonnenschirm einkaufen ging. Kein Kind, das nicht nackt mit Abfall gespielt hätte. Kein Telefonat mit der Außenwelt ohne dramatisches Rauschen; ein Sargmacher hatte in aller Eile neue Kabinen gezimmert, jede mit Bullauge wie der Prototyp. Tag und Nacht kamen Übersegespräche an, die alten Schalterstunden galten nicht mehr. Jesus Fidelio stand vor dem Kollaps. Ebenso Narciso; man filmte seine Einsätze, man nahm seine Hupe auf, man ließ ihn Waffen vorführen.

Aber auch die Seelen der Namenlosen blähten sich vor den Kameras; ganz Infanta trieb dem inneren Knall entgegen wie ein Stern, der plötzlich rasend an Dichte zunimmt. Noch das Geringste erlangte Bedeutung, selbst ein Abtritt wurde Drehort. »Wenn es schon keine Bilder vom Beerdigungschaos gibt, soll die Welt wenigstens eine Vorstellung von ihrem Arsch bekommen«, bemerkte einer der Dramaturgen dazu.

Als die Korrespondenten und Kameramannschaften, teils in Bussen, um der Bevölkerung nahe zu sein, teils in bulligen Geländefahrzeugen, schließlich eintrafen, fanden sie eine Idealkulisse vor. Der ganze Ort spielte mit; nur der Bischof und seine Sekretärin und die Station und ihre Bewohner spielten leider verrückt, wie es unter den Deutschen hieß. Sie zeigten sich kaum. Sie wiesen Spenden zurück. Sie gaben keine Erklärungen ab. Und das, obwohl täglich mehr und mehr Menschen vor dem Friedhof standen, um Gregorios Sarg zu berühren; die meisten glaubten jetzt an ein Schnellbegräbnis, unangekündigt, notfalls bei Dunkelheit. Aber nichts geschah. Drei ereignislose Tage und drei windlose Nächte verstrichen. Die aus aller Welt Angereisten konnten nur warten. Und der einzige Platz, an dem es sich, Bowles zufolge, in Infanta aushalten ließ, war natürlich Doña Elviras Musikreich.

Zu Beginn der vierten Brutnacht, die Butterworth später als Nacht der großen Heimsuchung bezeichnete, war ihre Bude bereits brechend voll. Journalisten aller maßgebenden Fernsehnationen ließen das stickige Lokal und seine Besitzerin hochleben. Doña Elvira atmete auf. Nach dem Attentat waren Besucher ausgeblieben; viele hatten Scheu, sich öffentlich zu amüsieren, solange Gregorio noch nicht begraben war. Und in dieser Lage hatte sie obendrein den Fehler begangen, mit billigen Handzetteln – die Fotokopie eines Bildes von ihr, auf der sie nur aus körnigen Massen zu bestehen schien – für sich und ihr Haus zu werben, woraus manche den Schluß zogen, daß bei ihr nicht die

Einnahmen abgenommen hätten, sondern das Selbstbewußtsein. Ihr Prestige war gesunken. Die Handzettel
dienten in Garküchen als Servietten, Kinder falteten Flie-
ger daraus, und viele hingen schon am Papierspieß eines
Klosetts. Empfindsam wie jede starke Frau, hatte die Sängerin schnell das Bröckeln ihrer Machtvollkommenheit
bemerkt und gegengesteuert. Neue Zettel waren in Um-
lauf gekommen, Zettel mit einem vereinfachten Ortsplan,
auf dem die Bude als Mittelpunkt Infantas dargestellt war,
von dem nach allen Richtungen Pfeile ausgingen wie Strahlen von einem starken Gestirn. Neben den Programman-
kündigungen stand ein Hinweis auf Raumvermietung an
Journalisten, *mit Extraservice, nach Vereinbarung*. Und
dieser verbesserte Handzettel, zu passender Stunde im Ort
verstreut, brachte den Erfolg.

Nach der drohenden Pleite drohte ihr nun der Größen-
wahn. In jener vierten Nacht ohne Abkühlung war die
Welt bei ihr zu Gast, und die Preise wurden Weltstadt-
preise. Den zu erwartenden Überschuß hatte sie im voraus
in einen Projektor investiert, der auf Folien geschriebene
Schlagertexte gestochen scharf auf eine Leinwand warf;
wer singen wollte, brauchte jetzt nicht mehr die schmieri-
gen Spickzettel. In Tag- und Nachtarbeit hatten Doña Elvira und Hazel die Texte populärer Lieder aus Amerika,
Deutschland, Italien und anderen Ländern nach Büchern,
die zu Knappsacks Hinterlassenschaft zählten, auf die Folien geschrieben, mit dem Ergebnis, daß bisher nie gehörte
Gassenhauer wie Ciao Ciao Bambina oder Marmor, Stein
und Eisen bricht über Infanta schallten. Die Sängerin
selbst brachte an diesem Abend nur ihre Glanznummern;
sie hätte sich gern mehr verausgabt, doch ohne Ventilator-
träger waren jedem Auftritt im Sternenbanneranzug, den
sie für ihre amerikanischen Gäste ausgepackt hatte, Grenzen gesetzt; Ferdinand war seit seiner öffentlichen Bloß-
stellung nicht mehr gesehen worden. Nur seine Tante
schwor darauf, daß er zurückkehren werde; Hazel ver-

mißte ihren Beleuchter. Auf allgemeinen Wunsch zeigte
sie ihre Nummer jetzt dreimal am Abend, das erste Mal
schon zur Essenszeit, und beendete die Darbietung neuerdings – Regieeinfall von Doña Elvira – auf dem entwende-
ten Nerz. Nachdem Knappsacks Urne in seine Heimat
überführt worden war, hatte sie die Nacktarbeit wiederaufgenommen. Begleitet von seinem letzten Leib- und Ma-
genlied, Tribute to Buddy Holly, bestieg sie Punkt acht die
roterleuchtete Rampe, wobei sie beide Daumen unter den
Höschensaum schob, um den Stoff über dem Schritt noch
einmal zu straffen. Ein kleiner, unbezahlbarer Handgriff,
bevor sie sich dem Rhythmus anvertraute. Als Höhepunkt
zeigte sie ihr Geschlecht, hüllte sich dann in den Mantel,
lief in die Garderobe und weinte.

An den Vorabenden hatte Elisabeth Ruggeri Hazel getröstet, an diesem Abend trösteten sie Doña Elvira und Kurt
Lukas. Sie tranken mit ihr. Während die Sängerin vor
Freude trank und Hazel aus Kummer, trank sich Kurt Lukas Mut an. Tagelang war es ihm gelungen, der letzten Zeu-
gin seines alten Lebens auszuweichen, jetzt wollte er sich
stellen, und sie ließ ihn warten; mit den Worten »Dann eben
nicht, Liebling« machte er sich auf den Heimweg.

Nur wenige Minuten später – Hazel tanzte wieder – kam
Elisabeth Ruggeri von einem Gespräch mit Genossen-
schaftsvertretern. Sie zog sich sofort in ihr Abteil zurück
und schrieb an Kurt Lukas. »Lieber, ich halte nicht viel
von Briefen innerhalb eines Orts, aber da Du Dich unsichtbar machst, bleibt mir nur dieses Mittel.« Und sie
schrieb ihm, weshalb sie angereist war und was sie von ihm
wollte; auf der dritten Seite unterbrach sie den Brief mit
der Behauptung, die Musik sei zu laut, sie könne sich nicht
konzentrieren. In Wahrheit hörte sie erst Maylas Stimme
und dann viele Stimmen und stellte ihr Tonband an.

Gefolgt von einem Pulk Journalisten, die aus dem Zuschauerraum kamen, stürmte Doña Elvira in ihr Wohn-

und Videoabteil, wo sie auf Mayla traf, die nach Klopfen und Rufen durch die Hintertür getreten war; die Sängerin begrüßte sie überschwenglich und wartete, bis alle Fotografen die schöne Bischofssekretärin in pikanter Umgebung aufgenommen hatten, ehe sie die erste Pressekonferenz ihres Lebens gab. Sie selbst hatte die überstürzte Zusammenkunft provoziert. Beim Bühnengeplauder während ihres letzten Auftritts hatte sie sich mit guten Verbindungen zur Station gebrüstet. Sie habe im Gesellschaftsraum schon einen Liederabend gegeben, beziehe aus der Hausbibliothek Bücher, zähle die Gäste der Alten zu ihren Gästen und beichte mit Vorliebe bei Father McEllis.

Ob sie es für möglich halte, rief man ihr zu, daß sich Gregorios Leiche auf der Station befinde. Und ob sie dort ein und aus gehe und die Räumlichkeiten kenne. Und ob ihre politischen Ansichten – wie man höre, habe sie den geflohenen Präsidenten unterstützt – den Kontakten zu den alten Missionaren nicht im Wege stünden; ob sie noch an Geister glaube. Doña Elvira unterbrach den Fragensturm mit lautem Gelächter. Zwei Druckknöpfe am Sternenbanneranzug sprangen auf, und mit der gewonnenen Atemfreiheit erteilte sie ihre Antworten. Geister? Sie glaube an Gott und an Geld. Politik? Ein Tagesgeschäft. Ihr Gebiet sei die Nacht. »Und was Gregorios Leichnam betrifft« – sie warf Mayla einen fragenden Blick zu –, »ich vermute ihn unter der Erde.«

Der Ansturm ging weiter. Alle Fragen drehten sich um die Station und ihre Bewohner. Ein deutscher Kameramann wollte wissen, ob das Gebäude einen Keller oder Hobbyraum habe. »Einen was?« – die Sängerin lachte wieder, der dritte Knopf sprang auf – »Oder denken Sie an Katakomben? Davon ist mir nichts bekannt.«

»Gibt es eine interne Kapelle?« präzisierte von Scheven die Frage, und Mayla schaltete sich ein. Sie sagte Natürlich. »Dann ist er dort aufgebahrt«, rief jemand. »Also schnell hin«, rief ein anderer. Doña Elvira hob Ruhe gebietend die

Arme und riet, nicht mit der Tür ins Haus zu fallen. Die Alten an sich seien viel reizvoller als die Frage, wann nun wer wo begraben werde. Sie schaute wieder zu Mayla und sagte zu jedem der fünf einen Satz wie die Agentin eines Quintetts. Es wurde eine kleine Eloge, die zu der Bemerkung reizte, ob es nicht auch Kommunistenfreunde seien. Doña Elvira sprengte die übrigen Knöpfe vor Lachen, die Fotografen drängten heran. »Auf der Insel gibt es nicht einen einzigen Kommunisten! Im ganzen Land gibt es keinen« – sie versuchte, das klaffende Sternenbanner zu schließen –, »es gibt nur arme Leute, die gern weniger arm wären.« Der Anzug platzte der Länge nach auf, das Licht ging aus; die Musik riß ab.

Auf Elisabeth Ruggeris Band war dieses plötzliche Stillwerden später deutlich zu hören. Es währte nur kurze Zeit, in der die Journalisten unter den Rufen *Sabotage* und *Auf zur Station* im Schein von Taschenlampen durch die Hintertür ins Freie verschwanden, während Doña Elvira ihren gesprengten Anzug abstreifte und eine Bedienung in die Garderobe rief, jemand müsse am Schalterkasten gebastelt haben. Als Licht und Musik wieder angingen, waren die Sängerin und Mayla allein; Elisabeth Ruggeri war zur Luke geeilt, den Steilpfad hinuntergerutscht und hatte bereits einen Vorsprung vor ihren Kollegen.

»Dein erster Besuch bei mir«, sagte Doña Elvira. »Ich werde dich herumführen.«

Mayla folgte der Sängerin in die Tiefe der Garderobe.

»Aber ich habe nur eine Frage.«

»Dann muß sie sehr wichtig sein.« Doña Elvira verschwand in ihrem hängenden Kleiderwald; sie suchte etwas Elegantes für den nächsten Auftritt. »Ich höre dir zu«, rief sie.

»Lukas war doch oft hier oben, nicht wahr?«

»Sprichst du von Kurt? Er war vorhin erst hier. Ich beneide dich um ihn. Ich glaube, er versteht es, schöne Stunden zu bereiten. Ein ganzer schwacher Mann.«

Mayla setzte sich auf einen Koffer. Sie erzählte von den Italienplänen, die er hatte, und fragte die schwarze Sängerin, ob sie das Gefühl habe, daß ein Mensch wie er hier glücklich werde.

»Du bist eine schöne Frau. Ich kenne keine schönere weit und breit. Also wird er sich nach keiner anderen sehnen. Also kann er hier glücklich werden.«

»Andere Frauen sind auf ihre Weise schön. Es gibt keine häßlichen Frauen.«

»Unsinn« – Doña Elvira trat mit einem Hauch von Abendkleid vor ihren Schminkaltar –, »jede Häßliche würde dich auslachen. Zum Beispiel ich.« Sie lachte Tränen und bat Mayla, ihr in das Kleid zu helfen. »Sieh mich an. Macht mich dieser Stoff etwa schön?«

»Ja.«

Doña Elvira holte Flaschen und Gläser. »Reden wir also über Schönheit«, seufzte sie. »An dem Tag, als die Entführung De Castros bekannt wurde, kniete ich mich in der Kirche vor die Beichtwand; alle haben mich gesehen, auch du, aber nur dein Freund hat in diesem Augenblick gewußt, daß ich allein für ihn so kniete, oder sagen wir besser, mich bückte, um seine Aufmerksamkeit zu erregen. Meine ganze Schönheit lag in meiner Haltung.«

»Da sind Stimmen, ich glaube, es ist etwas passiert«, sagte Mayla, aber Doña Elvira hörte nicht zu. Über ihre Wangen flossen noch Tränen, doch sie lachte nicht mehr. »Meine Schönheit«, rief sie, »ist immer nur Schönheit in anderer Form. In Form meiner Stimme, meiner Bewegungen, meiner Ideen. Und natürlich besitze ich schöne Kleider. Aber all das gäbe ich für Lippen wie deine oder eine Nase, wie du sie hast. Sogar für deine Füße.«

»Ich höre Schreie«, sagte Mayla.

»Dann hätte ich wenigstens für die Füße Anspruch auf ein Schönheitskompliment. Weißt du, welche Art von Komplimenten ich erhalte? Meinen Bauch nannte jemand einen geheimnisvollen Teig. Ein anderer verglich meine

Nasenlöcher mit Nebenkratern. Von meinen Hüften hieß es rühmend, sie führten ein Eigenleben. Von meinen Zähnen, sie könnten Steine zerkleinern. Von meinen Haaren, man ersticke darunter. Von meiner Haut, sie sei schwärzer als die Nacht...«

Die Garderobentür flog auf, der Kleiderwald wogte, Funken sprühten, Schnüre rissen, und Hazel, nur den falschen Nerz am Leib, rannte auf Mayla und die Sängerin zu; sie schrie etwas von Feuer, Ferdinand und Qualm, von Fackeln, Panik und Benzin, und Doña Elvira erblaßte.

»Das ist das Ende vom Lied«, sagte sie.

In allen Kammern der Station brannte an diesem Abend noch Licht. Weder die Alten noch ihr Gast, noch der Novize gingen zu Bett. Die Hitze war wie ein Feind, der zur Wachsamkeit zwang. Horgan saß auf der Veranda. Pacquin und Dalla Rosa waren bei dem Toten. McEllis schloß die letzten Türchen. Augustin patrouillierte ums Haus. Kurt Lukas saß auf seinem Balkon. Butterworth schrieb in der Leseecke. Es war noch nicht zehn und doch schon still wie tief in der Nacht. »Als gingen unsere Uhren falsch«, notierte der bleiche Priester. Auch diese verwirrende Stille – keinem fiel auf, daß der Musiklärm von der Bude fehlte – ließ die Greise geschäftig bleiben. Die Schwerarbeit des Einschlafens hätte sich außerdem kaum gelohnt; nach der Journalisteninvasion hatte Pacquin eine Doppelwache am Sarg angeordnet, Ablösung alle drei Stunden. Butterworth hatte noch zwei Stunden Zeit. Er schrieb ins unreine. Das nächtliche Gespräch mit McEllis hatte seine Arbeit nicht leichter gemacht. Zwar gab es nun eine Einführung, aber damit begann auch die Ochsentour des Erzählens. Vorbei waren die reizvollen Tage des Ausspinnens, und so war er, als die Tür aufging und Augustin mit einer großen blonden Frau auf ihn zutrat, im ersten Moment fast erfreut: eine unerwartete Wendung.

Der Novize stellte Elisabeth Ruggeri vor, als seien sie alte Bekannte, und erklärte so ausführlich, woher er sie kenne und warum er sie ins Haus gelassen habe, daß sie nicht mehr dazu kam, den Vorsprung zu nutzen, den sie mit Gras und Erde an der Kleidung bezahlt hatte; von der Veranda drangen die Stimmen ihrer Kollegen herein. Elisabeth Ruggeri konnte nur zusehen, wie der bleiche Priester aus dem Raum eilte und der Novize ihm nachlief.

Im Flur trafen die beiden auf Pacquin. »Jetzt sind wir dran«, sagte der Superior und schlich zur Tür. Kaum hatte er sie leicht geöffnet, rief er, »Mein Augenlicht ist wieder da!« und machte kehrt. Butterworth warf einen Blick nach draußen und enttäuschte Pacquin – »Es sind nur Scheinwerfer.« Er sprach noch von babylonischem Stimmengewirr, großen Metallkoffern und einem Horgan, der wie ein angestrahlter Mumienfund aussehe, worauf Pacquin sagte, »Dann muß ich noch einmal nachdenken« und Augustin anwies, die Leute hinzuhalten.

Eine kaum lösbare Aufgabe. Die einen rollten schon Kabel aus, andere errichteten Mikrophongalgen. Jemand rief, »Infanta, die Alten, erste!«; zwei verfrachteten unter Gestöhn und Entschuldigungen die Koffer in den Flur. Butterworth machte Platz. Er irrte ein Stück umher und traf auf Elisabeth Ruggeri. Sie reichte ihm seine Papiere. »Ich habe das vorsichtshalber in Sicherheit gebracht. Mir scheint, wir haben dasselbe Thema. Kurt Lukas.« Butterworth schob eine Zigarette in sein Mundstück. »Folgen Sie mir«, flüsterte er. »Ich gebe uns eine Viertelstunde, Madam.« – Der Novize stand plötzlich allein im Flur. Augustin kämmte sich noch rasch und lief dann zu Horgan und damit ins Scheinwerferlicht.

Er stellte sich als Ordonnanz des Superiors vor, aber die Journalisten erkannten ihn gleich. Der junge Mann von dem Plakat, riefen sie und wollten wissen, wie er zu der Sekretärin des Bischofs stehe, dieser Schönheit auf der anderen Seite von Arturo Pacificador. Augustin verwahrte sich gegen jede Verbindung mit dem Ex-Gouverneur und erzählte die Geschichte des Fotos. Es gelang ihm, fast fünf Minuten zu überbrücken, bevor ihn ein Schweizer Korrespondent mit dem Zwischenruf, was denn nun mit dem Mädchen sei, unterbrach; Augustin verstand nur *girl* und kam auf Mayla zu sprechen. »Sie ist vergeben«, sagte er und fügte hinzu, daß er nicht über Maylas Privatleben plaudern werde, worauf man ihn ermunterte, wenigstens von seinem Privatleben zu erzählen. »Bist du verliebt in sie?« rief jemand, und der Novize verstummte. Seine Ge-

danken zogen sich zu einem Knoten zusammen, die Worte
gingen ihm aus. Fast wäre er davongelaufen, aber da spürte
er Horgans Hand am Bein, und der Knoten entwirrte sich
noch einmal. Er referierte über Verliebtheit und über-
brückte viereinhalb Minuten, ehe der Schweizer nach-
hakte. »Also eher eine unglückliche Liebe, oder?« Diesmal
verstand Augustin nur *Unglück* und verstummte vollends.
Etwas Speichel lenkte dann jedes Interesse von ihm ab;
Horgan, aufmerksam wie immer, ließ seinen Faden filmge-
recht fließen, bis der Superior zurückkam.

Pacquin kam mit McEllis. Er bat die Journalisten herein.
»Aber erwarten Sie keine Wunder«, sagte er, als die Schar
aus Kameramännern, Beleuchtern und Tonleuten, Korrespondenten, Fotografen und Feuilletonisten ins Haus
drängte. McEllis zählte zweiundzwanzig männliche Personen. »Mit einem Einvernehmen wie unter Kriegern«,
raunte er Horgan zu. »Und nebenbei: gekleidet wie mon-
däne Sportler.«

Man ging in den Gemeinschaftsraum, wo jeder der
zweiundzwanzig sofort ein Ziel verfolgte. Die Beleuchter
begannen wortlos mit Aufbauten. Sie prüften die Steckdo-
sen, legten Leitungen, errichteten Stative und rückten den
Eßtisch ans Fenster. Die Kameramänner verständigten
sich über weitere Umbauten. Die Korrespondenten baten
pauschal um Verzeihung und boten Exklusivverträge an.
Die Fotografen streiften umher wie Kommissare, die nach
Beweismitteln suchen, und sagten, »Stellen Sie sich vor,
wir seien gar nicht da.« Und die Feuilletonisten sahen
durch die Durchreiche, warfen einen Blick in den Kühlschrank und interessierten sich für Beiläufiges wie die Hinweise auf den Aschenbechern, die Rubriken der Bibliothek
oder das Befinden von Elisabeth Ruggeri als einziger Frau
im Raum. Dann flammte blendendes Licht auf. »Und in
der Art von Mondsüchtigen wandelten die Kameramänner
mit ihrem Gerät auf unseren abendlichen Routen«, hielt
Butterworth in seinen Schnellnotizen fest. »Die einen

filmen, die anderen fragen, sie saugen förmlich an uns«, schrieb er mit fliegenden Fingern. »Zeigte der Dame aus Italien mein Porträt-Papier, und sie exzerpierte sofort ganze Sätze! Mister Kurt ist übrigens verschwunden. Aber in gewisser Weise sind wir im Moment alle verschwunden. Dalla Rosa steht reglos vor der Bücherwand, ein befristetes Denkmal. McEllis bewacht den Gang zu den Kammern. Pacquin flieht nach vorn, er stellt sich blind. Augustin raucht. Horgan macht die Schnecke, er stellt sich tot. Und ich schreibe und schreibe, was sicher auch nicht höflich ist.« Butterworth erwog mit den anderen, ob man Getränke anbieten solle. Man einigte sich auf Eiswasser mit Zitronenscheibchen, und der Novize übernahm die Rolle des Kellners. Dalla Rosa füllte Tassen, Becher und Gläser; sein Auge fixierte einen Mann, der Puderdosen, Quasten und Kämme auspackte.

»Wir sind gleich soweit«, sagte einer der Kameramänner auf deutsch, und von Schevens Mundwinkel rutschten herab. Er trat zwischen Horgan und den zwergenhaften Pacquin und sprach einführende Worte; ein pessimistischer Riese mit grauen Koteletten. Den Superior stellte er als erblindeten Abt vor, Horgan als ebenfalls leidgeprüft. Danach erwähnte er Strapazen und Gefahren, unter denen man bis in dieses kleine Paradies im Herzen einer von Bürgerkrieg erschütterten Insel gelangt sei, bezeichnete die fünf Bewohner als Männer alten Schlags und nannte die Atmosphäre, die in ihrer Mitte herrsche, einzigartig. Einzigartig wie der ganze Ort Infanta und seine Menschen, die durch die Armut geprägt seien. Er machte eine Atempause, in der sich Elisabeth Ruggeri einschaltete. »Die Menschen sind hier durch den Glauben geprägt«, sagte sie und erinnerte an die Menge der Wartenden vor dem Friedhof. Von Scheven widersprach. Er nannte Einrichtungen wie Busstation, Garküchen und Lotteriestände in Nähe des Friedhofs, die ein Herumstehen dort eher aus Alltagsgründen wahrscheinlich machten, zählte noch die benachbarten Läden auf und regte schließlich die Partnerschaft einer deutschen Gemeinde mit Infanta an. Danach besprach er sich mit seinem Team.

Butterworth trat von hinten an McEllis heran. »Die Recherchen dieses Mannes haben innerhalb weniger Tage einen Grundstock beängstigender Ortskenntnis ergeben«, flüsterte er. »Und der Mann hat zweifellos Wahnideen von seiner Bedeutung.« McEllis stimmte dem durch sachtes Nicken zu, und Butterworth erwähnte das Gespräch mit Elisabeth Ruggeri. »Von unserem Gast weiß sie mehr als wir. So hörte ich von seiner Wohnung, sie stelle eine raffinierte Kombination von Geschmacklosem dar, den Gipfel der Eleganz. Dann bat sie mich um ein Kuvert für einen Brief an ihren alten Bekannten, der ihr leider aus dem Weg gehe. Ich gab ihr also einen Umschlag, und sie beendete hastig den Brief und bat mich, ihn zu übergeben. Sie ließ ihn schlicht liegen, als hier der Trubel begann, zusammen mit einer Kassette, die sie in meinem Beisein ausgewechselt hatte, und einem Heft, das ihr als Unterlage diente. Den Brief habe ich bei mir, die zwei anderen Dinge liegen unter meinem Bett.« Butterworth trat neben McEllis, und beide sahen zu Elisabeth Ruggeri, die mit einer Zeitung vor ihrem Gesicht fächelte.

Die Luft war zum Ersticken. Viele hatten die Hemden geöffnet, einige stöhnten. Das Eiswasser war ausgegangen. Auch der Bourbon wurde schon knapp; die Amerikaner hatten die Flasche gefunden. Sie erzählten Horgan aus der Heimat und tranken mit ihm auf sein Wohl, während sich die Deutschen nach ihrer Unterredung an Pacquin wandten. Sie verlangten die Hauskapelle zu sehen, und plötzlich sprachen auch die anderen von Gregorios Leiche: Ob sie schon unter der Erde sei, und wenn nicht, wo dann. Der Superior stellte sich schwerhörig. »Hat es geklingelt?« fragte er, und Gereiztheit machte sich breit. Ein Schwede sah in die Marmeladentöpfe. Der Schweizer drehte den Wasserhahn auf und zu, als besichtige er eine Wohnung.

Die Fotografen ließen Zigarettenasche fallen. Bowles erzählte aus Indien; von Scheven sprach über Chile. Die Feuilletonisten spekulierten über den Gast der Station. Ob der tatsächlich Schriftsteller sei oder nur schön. Dann wurde es still.

Horgan stemmte sich aus seinem Stuhl, nicht einmal Augustin wagte es, ihm zu helfen. Endlich stand er, und Mikrophone und Kameras bildeten eine Art Käfig um den Schwankenden; der deutsche Tonmann zeigte einen aufgestellten Daumen. »Ich will Ihnen nur sagen, was in dieser Gegend die Strafe für Mord ist«, hauchte Horgan mit schwerer Zunge. »Dreißig Liegestütze. Also seien Sie vorsichtig auf dem Heimweg.« Butterworth winkte Augustin vor die Tür. Er drückte dem Novizen den Brief in die Hand und erteilte ihm drei Aufträge. Nach Gregorio zu sehen. Horgan allmählich in die Kammer zu schieben. Mister Kurt zu suchen, ihm den Brief zu übergeben. »Und das alles unauffällig«, sagte er und ging in den Gemeinschaftsraum zurück.

Die Journalisten hatten sich wieder verteilt, sie redeten von der Leiche und Bargeld. Butterworth trat zu Elisabeth Ruggeri. Er sah auf die Uhr und sprach von den Gefahren windloser Nächte, besonders zu vorgerückter Zeit, worauf Horgan seine Liegestütz-These wiederholte, während Dalla Rosa laut über das Unberechenbare des Menschen bei Hitze und Finsternis nachdachte. Pacquin riet dann noch dringend, in solchen Nächten nicht vom Weg abzuweichen und sich im Falle von Schüssen ruhig zu verhalten. »Wir werden natürlich für Sie beten«, sagte er, und ein allgemeiner Rückzug setzte ein. So plötzlich wie der Spuk begonnen hatte, endete er. Butterworth, Dalla Rosa, McEllis und der Superior folgten den Abziehenden bis auf die Veranda. Bepackt wie fliegende Händler, verschwanden zweiundzwanzig Männer und eine Frau in der Dunkelheit, die ein Glühen durchdrang; ein rötlicher Schein lag über dem Ort.

Die Alten waren zu erschöpft, um über den Grund dieses Phänomens nachzudenken. Sie horchten in die Nacht. Wie ein kleiner Damm standen sie nebeneinander, als rechneten sie mit einer zweiten Welle. Pacquin sah auf seinen Totenwachen-Plan; er trug die Namen noch sorgfältig ein, aber konnte sie später nicht mehr lesen. »George und ich sind an der Reihe«, sagte Butterworth und nahm McEllis beiseite. »Sie hat die Kassette und das Heft vergessen, und wer weiß, wann sie's merkt.« Die beiden verschwanden im Haus, bald folgte Dalla Rosa.

Der Superior blieb zurück. Mit seinen empfindlichen Ohren hörte er in der Ferne das Krachen von Holz und einzelne Rufe. Und wie durch einen sanften Schubs setzte er sich in Bewegung und machte auf der Veranda seine winzigen Schritte gegen den Uhrzeigersinn.

Bei leichtem Wind hätte auch Kurt Lukas das Abbrennen der Bude gehört und wäre sofort zu Doña Elviras Hügel gelaufen. Aber kein Lüftchen ging, und er hielt das ferne Krachen für ein nahes Knistern und die schwachen Rufe für laute Insekten. Er saß wieder auf seinem Balkon; fast eine Stunde lang war er im Gang gestanden, und eine einzige Frage beschäftigte ihn. Wohin, wenn auch Infanta wegfiel. Er legte eine Wange auf die Brüstung und roch am warmen Holz. Nach Rom? Die Stadt interessierte ihn nicht mehr, bis auf ihr Licht. Rom und er, das war eine verschleppte Ehe. An den Bodensee? Den Bodensee ertrug er nur im Juni und Oktober. Ganz Deutschland war zu dunkel. Er war eine Motte. Vielleicht nach Ravello; da gab es immer, tief unten, das Meer und im Notfall einen Felsvorsprung, belvedere cimbrone mit seinem dünnen Geländer, dreihundert Meter senkrecht über der Küste. Er fuhr herum und sagte, »Mayla.«

Doch es war Augustin. »Hier ist ein Brief für dich. Ich glaube, von der Italienerin. Du mußt ihn selbst lesen. Ich kam noch nicht dazu.«

Kurt Lukas nahm den Brief entgegen und legte ihn auf die Brüstung. »Setz dich ein wenig zu mir«, sagte er.

Der Novize kauerte sich.

»Hast du auf Mayla gewartet?«

»Es sieht so aus.«

»Liebst du sie sehr?«

»Du fragst zuviel. Wie immer.«

Augustin nahm sich eine Zigarette. »Wenn ich an deiner Stelle wäre, was würdest du mir raten?«

Kurt Lukas dachte nicht nach. »Geh zu Mayla, schau ihr in die Augen. Und dann sage ihr, was du denkst. Und das tu jeden Tag. Und lüge sie nie dabei an.«

»Und warum sitzt du noch hier, Father Lukas?«

»Nenn mich nicht so. Weil ich nicht die Wahrheit sagen würde. Ich spüre, daß ich weg muß.«

»Allein?«

»Ich werde Mayla bitten mitzukommen.«

Der Novize zog die Brauen zusammen und rauchte. Auf seiner Stirn wurde ein Fältchen geboren, das zweite in den letzten Tagen. »Sollte sie mit dir kommen, wird sie bald eine magere alte Frau sein. Weißt du, wie oft sie hier jeden Tag gegrüßt wird? Mindestens zweihundertmal. Und für wie viele Guten Tags und Hallos und Wie geht's? könntest du woanders garantieren? Für drei? Für vier? Für fünf?«

»Für drei bestimmt. Ein Guten Morgen. Ein Guten Tag. Ein Guten Abend.«

Augustin stand auf.

»Ich hätte Lust, dir ein Lied zu singen.«

»Warum tust du's nicht?«

»Weil ich fürchte, du würdest es nicht hören«, sagte der Novize und ging.

Kurt Lukas wollte ihn zurückrufen, aber seine Hand hatte schon nach dem Brief gegriffen. Elisabeth Ruggeris Initialen standen auf dem Kuvert, unter dem Aufdruck *Edward R. Butterworth, S. J.*, und plötzlich haßte er sie. Wie nackt kam ihm der bleiche Priester jetzt vor, fast albern. Butterworth hatte für ihn nie einen Vornamen gehabt und schon gar nicht dieses bedeutungsvolle R besessen. Richard, Robert, Raymond oder was das hieß. Er öffnete den Brief und überflog die erste Seite. Gleich dreimal tauchte ihr *Liebling* auf, völlig uneingebettet; und mit spitzen Fingern, als könnten alle Lieblings aus den Zeilen springen, legte er den Brief auf den Boden und hielt den Atem an. Da raschelten Halme. Mayla ist es nicht, dachte er. Sie kommt und geht geräuschlos. Und übertrifft alle Erwartungen. Er betritt seine Kammer, sie ist schon da. Er dreht sich um, sie schaut ihn an. Er will sie lieben, sie liebt ihn längst. Er glaubt, sie weine, doch sie strahlt. Fürchtet, sie gehe, und sie bleibt. Denkt, sie schlafe, während sie wacht. Glaubt, er sei leer, und ist von nichts anderem erfüllt als von ihr. Er wußte nicht, was ihn mehr beglückte, wie Mayla war oder daß sich Mayla ihm hingab. Warum kann ich nicht singen, dachte er und hörte Zweige knacken.

Von Scheven stieg über die Brüstung.

Der Korrespondent wischte sich den Schweiß von seinem Backenbart, schlug nach Moskitos und sagte etwas atemlos, »Ich suche hier nicht die Leiche, ich suche ein Gespräch.« Kurt Lukas bat ihn zu gehen. Von Scheven schnippte sich Ascheflocken vom Hemd. »Es gibt zwei Möglichkeiten – daß ich gehe und etwas Verkehrtes berichte oder bleibe und ein genaueres Bild bekomme. Und schließlich kennen wir uns.« Er erinnerte an das Defilee der Präsidentengattin im Luneta Hotel und den Händedruck, der ihm entgangen war. »Sie haben der Dame eben besser gefallen«, sagte er und erzählte plötzlich von seinem *Infanta-Material*. Das reiche von bandagierten Hähnen und verblaßten Wahlplakaten über ein Gebirge von Bischof samt dessen singender Schwester, wenn man so wolle – deren Etablissement es ja nun leider nicht mehr gebe –, bis zu kleinen Läden mit abgegriffenen Liebesheftchen und einer im Dreck lebenden Obdachlosen mit Säugling. Von Scheven dämpfte die Stimme. »Wir haben uns überall erkundigt nach ihr. Fast jeder kennt die Frau, aber niemand spricht gern von ihr. Einige behaupten, sie habe sich seit Bestehen der Diktatur nicht mehr gewaschen, aus Protest. Andere erklären dagegen, dann hätte sie ja nach der Revolution damit Schluß machen müssen. Die Meinungen gehen auseinander. Der Poststellenleiter, Herr Fidelio, erklärte sogar, sinngemäß, diese Frau wisse von sich selbst kaum noch etwas, nehme aber für sich in Anspruch, das Leben einer Heiligen zu führen. Leider hat sie nichts gesagt während der Aufnahmen, nur einen Laut ausgestoßen, ich würde es mit einem Raben vergleichen. Aber Sie kennen die Frau sicher. Was halten Sie von ihr? Man sollte den Schmutz nicht überbewerten. Hier herrscht eine andere Kultur. Man wundert sich, wie verschieden Frauen sind. Verschiedener als Männer. Ich mache ja laufend etwas über Frauen. Die Revolution in diesem Land war eine Frauensache. Wir haben das immer betont. Sehen Sie den jungen Frauen hier in die Augen, und Sie wissen alles. Bei einer sagte man mir, es sei Ihre Geliebte. Die auf dem berühmten Plakat. Eine Kinderbibelschönheit, wenn Sie den Ausdruck erlauben. Sekretärin des Bischofs; mir fällt auch gleich der Name ein...«

Kurt Lukas fiel dem Korrespondenten ins Wort: »Was für ein Etablissement gibt es nicht mehr?«

»Diesen Musikschuppen. Er ist abgebrannt. Ich dachte, Sie wüßten davon. Man sah doch überall das Feuer. Als wir hinkamen, stürzte die Stripperin auf uns zu, die mit den zwei Bauchnabeln; sie war sehr verstört. Wir erfuhren von ihr, daß es Brandstiftung war. Aber viele konnten sich retten.«

»Was heißt das?«

»Daß auch welche verbrannt sind. Die meisten haben Verbrennungen. Übel zum Teil.«

»Was ist mit Doña Elvira?«

»Die Sängerin? Lebt. Und unverletzt, soweit ich das sehen konnte. Sie trug einen weißen Pelzmantel. Jemand sagte, sie sei wahnsinnig geworden. Aber wer weiß das schon immer. Kennen Sie Foucault?«

»Ich möchte, daß Sie gehen.«

Von Scheven schlug wieder nach Moskitos.

»Mir erzählte auch jemand, es brenne hier jeden Tag. Was die Katastrophe nicht kleiner macht. Übrigens wird dieser Brand nicht Teil meines Films. Das Fernsehen *muß* nicht das Grab jedes Mythos sein. Ich würde sogar die Leiche für mich behalten, wenn Sie mich hinführten.«

Kurt Lukas stand auf.

»Gehen Sie jetzt auf der Stelle.«

»Sie machen einen Fehler. Weil Sie sich hier nicht auskennen. Das ist nicht der Schwarzwald; ich kenne diesen Ort inzwischen. Die Leute werden Gregorio zur Not ausbuddeln, nur um ihn dann mit viel Pomp zu begraben.«

»Sagen Sie kein einziges Wort mehr.«

»Vielleicht sollten Sie noch wissen, daß ich auf Ihrer Seite stehe.«

Ohne auszuholen, doch mit der Kraft der Verzweiflung ohrfeigte Kurt Lukas den Korrespondenten. Beide taumelten zurück, der eine so erschrocken wie der andere; von Scheven, sprachlos, floh. Zweige brachen, Früchte fielen herab, dann raschelte wieder das Gras. Kurt Lukas wartete, bis er nur noch sein Herz hörte, ehe er den Brief aufhob – *In Doña Elviras Garderobe*, stand über der Anrede, *Mittwochabend*. Das war heute. Oder gestern. Jedenfalls vor wenigen Stunden. Also kurz vor dem Brand. Seine Hände schmerzten noch, als er weiterlas.

Elisabeth Ruggeri hatte ihm teils auf deutsch, teils auf italienisch geschrieben, als sei es so zwischen ihnen zärtlicher Brauch. Er verstand nicht alles, aber genug. Sie sprach mehrfach von seiner verdammt guten Geschichte mit den Alten und kam dann auf das Porträt-Papier. »Der Priester mit der Glatze ließ mich hineinschauen und sagte, Du würdest es noch gar nicht kennen – hier zwei Stellen, die ich notiert habe: Sein Los ist vielleicht eine unbelebte Prägnanz, wie man sie sonst bei minderbegabten Schauspielern antrifft, ein elternloses Zuviel, dem ein inneres Zuwenig entspricht... Und dann dieses hübsche Detail: Vier kleine Falten zählen wir zwischen den Brauen von Mister Kurt. Ich. Ich. Ich. Ich. – Sag, wie findest du das? Ich werde jedenfalls nicht so über Dich schreiben. Und auch nicht über Mayla. Über sie schon gar nicht in dieser Art. Ich schätze sie sehr. Wir unterhielten uns in ihrem Büro. Sie ist fast klug wie schön, Du wirst es nicht leicht haben. Und sie ist für Überraschungen gut; ehe ich vorhin die Garderobe verließ – ich schreibe diese Zeilen in der Station – erschien sie und wollte zu Doña Elvira.« Kurt Lukas ließ den Brief fallen. Er schwang sich über die Brüstung und sprang, er überschlug sich, kam auf die Beine und rannte.

Der Deutsche sei wie um sein Leben gerannt, gab ein Augenzeuge später zu Protokoll. Ein anderer bestätigte den rasenden Lauf, teils querfeldein. Der Wahrheit am nächsten kam Perfecto Adaza, der sich mit seiner Aussage gleichsam zurückmeldete. Nur mit einer Hose bekleidet, die Hände vor der Brust geballt, sei Mister Kurt wie ein gehetztes Tier an ihm vorbeigestürzt, an seinen Fersen zwei Hunde.

Diese Hunde schüttelte er sogar ab; Kurt Lukas rannte nicht *wie* um sein Leben, er rannte um sein Leben. Erst als er Maylas Hütte sah, wurde er langsamer. Er hielt sich die Seiten, er spuckte und keuchte. Er war kein guter Läufer. Aber er hatte das Tempo guter Läufer gehabt. Weich in den Knien und von Husten geschüttelt, erreichte er die Hütte. Alles war dunkel. Doch in den Nachbarhütten brannte auch kein Licht, das machte ihm Hoffnung. Mühsam kam er zu Atem, seine Augen brannten; Rauch hing in der Luft. Er berührte die Tür, und die Tür gab nach, und da wußte er, daß Mayla nicht da war. Er rief ihren Namen, und es kam keine Antwort, er rief noch einmal und fügte ein Bitte hinzu. Dann trat er ein und machte Licht.

Auf Maylas Tisch lag ihr Schminkspiegel. Auf Maylas Bett lagen Zeitschriften. Auf Maylas Wäschekorb lag ein Hemd. Über Maylas Stuhl hingen Kleider. Auch über Maylas Schrank hingen Kleider, als habe sie alles probiert, was sie besaß. Auf Maylas Boden lagen Zigaretten, offenbar aus der Schachtel gefallen. In Maylas Abfall lagen Filmpackungen, Marke Bowles.

Ihm wurde schwindlig, er hielt sich am Tisch, er setzte sich hin. So rasend wie sein Lauf war, waren jetzt seine Gedanken. Mayla war tot, verbrannt, verkohlt. Oder am Leben, verletzt, entstellt. Und Infanta war gestorben, ein unbrauchbarer Ort. *Kindskaff*, dachte er und sah in den Spiegel. Er erkannte sich kaum. So hatten Frauen ausgesehen, von denen er sich trennen wollte. Sein Gesicht machte ihm angst. Es löste sich auf, es verlor, wie die Dinge auf der Station, die er geliebt hatte; alles, was da benannt und gefilmt worden war, erschien ihm jetzt albern. Der Trödel alter Leute. Ihre alberne Bibliothek. Ihre alberne Anrichte, diese alberne Ordnung alberner Dinge. Die Aschenbecher mit dem Hinweis Don't remove. Das kleine Waschbecken mit dem albernen Schwämmchen. Das alberne Varia-Fach. Die albernen Wasserkanister. Die alberne Durchreiche… Er haßte sich. Wie er sich immer gehaßt hatte, wenn er zerstörte. Und er haßte die Fotografen. Wie übermächtige Eltern haßte er sie, samt ihren Bildern, die bald in jeder Illustrierten wären. Pacquin beim Unkrautzupfen. Pacquin, das Erdmännchen. Butterworth, der Glatzenkönig, sein Hinterkopf mit Brillenschnur. McEllis auf seiner Maschine. Der schielende Dalla Rosa. Der lahme Horgan. Der schwitzende Bischof. Die fette Sängerin. Die schöne Mayla, mal in Hosen, mal mit Rock. Die nackte Hazel; Knappsacks Truhe. Die Frau im Schmutz, mit Kind und Kegel. Fidelios Kabine, Cooper-Gomez' Salon. Narciso, ein Ei schälend. Flores am Friedhof; Gussmanns Grabinschrift, Born in Frankfurt, died in Infanta. Schließlich er selbst. Das alles war nur noch Schund. Er hörte etwas und sprang auf, er rannte vor die Hütte. »Bist du es?« rief er, und sein Haß verschwand.

Es war ein nahender Wagen. Abgefallene Palmwedel krachten unter den Reifen. Kurt Lukas winkte und lief den hüpfenden Lichtern entgegen, eine Hupe erklang, fünf Töne, die ein heißgeliebter Anfang waren, und er rannte mit offenen Armen, bis ihn ein Schmerz traf, jäh und umfassend, ein Anprall gegen Brust und Bauch, der ihn auf einen blauen Kühler warf, bevor ihn Glas und Chrom erfaßten und er durch die Luft flog.

Es kühlte nicht ab. Auch gegen ein Uhr früh herrschte noch drückende Hitze. Nur Kinder und zu Tode Erschöpfte schliefen. Die Journalisten saßen in ihrem Hauptquartier, einer großen Garküche mit Blick auf den Friedhof, und sprachen über den Brand. Viele Bewohner Infantas schauten um diese Zeit noch in die glimmenden Reste der Bude; Musiknarren durchgruben die Asche nach Knappsacks Plattenschatz. Andere waren bei den Verletzten, die man ins Hospital von Malaybalay geschafft hatte, oder beweinten die Opfer, zwei Frauen und drei Männer. Die übrigen zeigten Mitleid mit den Hinterbliebenen und sich selbst. Der ganze Ort war durch das Feuer ärmer geworden, und als bedauernswertester Mensch weit und breit galt Doña Elvira. Mayla stand der Umherirrenden zur Seite, nachdem sie den Verwundetentransport in Gang gebracht hatte. Aber auch Hazel, die in Ferdinand den alleinigen Brandstifter sah, mußte beruhigt werden; sie wäre fast in die Flammen gelaufen, um für den Neffen zu büßen. Unfähig, den Ort des Geschehens zu verlassen, hatte Hazel die Freundin schließlich überredet, nach Hause zu gehen.

Mayla ging durch die Nacht. Sie war sterbensmüde und dabei hellwach. Ihr Tag hatte anstrengend begonnen, mit dem Richtigstellen falscher Meldungen, war anstrengend weitergegangen, mit dem Vertrösten der Gläubigen, die Gregorios Sarg küssen wollten, und hatte mit einem unerwarteten Besuch am Abend noch lange kein Ende erreicht. Bowles war plötzlich in der Tür gestanden, in der einen Hand Geld, in der anderen die Kamera. Er gab ihr hundert Dollar ohne Quittung, *Für die Ärmsten*, und sie ließ ihn eine Stunde gewähren. Während er von Indien, New York und Berlin erzählte, nahm er jede ihrer Regungen auf. Er machte Bilder von Maylas Widerwillen, ihrer Scham und jeder Spur von Entgegenkommen, er ließ sie nicht einen Moment aus den Augen. Immer wieder schlug er ihr etwas anderes vor, leise, freundlich, nebenbei, und erreichte, daß sie Reis aß, obwohl sie nicht hungrig war, sich schminkte, obwohl sie nicht ausging, und Kleider anzog, die sie nur an Sonntagen trug. Hinterher hatte sie sich von Kopf bis Fuß gewaschen und dabei an *ihn* gedacht: wie oft er schon so fotografiert worden war. Und alarmiert durch den Zahlenunterschied, hatte sie sich an Doña Elvira gewendet, die das Schaugeschäft kannte; als die Sängerin ihr den Reigen mit Bowles nicht ansah, war ihr klargeworden, daß sich hinter Lukas' Lächeln Welten verbargen. Wie anders als sie mußte er sein nach tausend solchen Stunden, ohne Armenspende. Sie steckte sich eine Zigarette an und warf sie vor dem ersten Zug in die Dunkelheit. Die Nacht war sternlos, und nirgends brannte mehr Licht. Hütten und Läden verschmolzen mit Stauden und Sträuchern, Sträucher und Farne verschmolzen mit dem Weg. Und trotzdem sah Mayla – sie war stehengeblieben, suchte ihren Schlüssel und merkte, daß sie nicht abgesperrt hatte – dann einen Fuß aus dem Gras ragen. Sie trat näher und bückte sich, sie machte ihr Feuerzeug an. Kaum hörbar schrie sie auf.

Sie hatte Kurt Lukas gefunden. Er lag auf dem Rücken, die Beine verdreht, eine Hand hinter dem Kopf. Sein Haar glänzte rot. Mayla rief nicht um Hilfe und brach nicht zusammen; sie kniete sich neben ihn und horchte an seinen Lippen. Er atmete noch, und sie leuchtete ihm ins Gesicht. Seine Augen standen halb auf, doch sie schauten zur Seite. »Ich bin es, hörst du, ich bin bei dir.« Sie wollte ihm den Gürtel lockern und spürte warme Nässe an den Fingern; wie im freien Fall hob sich ihr Inneres. Plötzlich wußte sie, daß es keine Hilfe mehr gab. Die Zerstörungen an seinem Körper waren zu groß. Ein Knie war zerschmettert, ein Schenkel gespalten. Die Gürtelschnalle schwamm im Blut. Der Brustkorb schien eingedrückt, der Schädel gebrochen. Sie berührte seine Wange. »Lukas, erkennst du mich?«

fragte sie. Er bewegte die Lippen und schielte für einen Moment. Dann sah er langsam zu ihr auf, und langsam hob er eine Hand. Mayla streichelte sein Kinn und vermied es zu sagen, Bewege dich nicht. Er sollte tun, was ihm noch möglich war.

Er drehte die Hand etwas und schloß Daumen und Zeigefinger. Nach einer Pause bewegte er beide Finger, entzweite die Kuppen und schloß sie erneut, um sie dann wieder einen Spalt breit zu öffnen. Mayla begriff, daß dies jetzt sein Mund war. Und sie begriff, daß er sich unterhalten wollte. »Stell dir vor, die Bude ist abgebrannt. Was glaubst du, wird Doña Elvira noch einmal neu anfangen?« Er bewegte die zwei Finger. Ein sachtes Gegeneinanderreiben ihrer Kuppen hieß *ja*. »Dann hättest du auch bald wieder deinen Ort, wo du am Abend hingehen könntest«, sagte Mayla. Er verbot ihr, so zu reden. Schnelles Trennen der Finger hieß *nein*. Sie beugte sich über ihn; offenbar sah er nur Zeitverschwendung darin, wenn sie ihm die Zukunft ausmalte. Sie küßte seine Nase, sie hielt seine Lippen feucht. »Hast du große Schmerzen?« fragte sie ihn, und er rieb die Fingerkuppen erst und trennte sie dann.

Mayla beugte sich tiefer. Sie spürte seinen Wimpernschlag am Ohr und dachte an die Nacht, in der sie sich zum zweiten Mal geliebt hatten. »Ich erwarte ein Kind von dir«, sagte sie. »Es war damals kein Spaß, als ich es dir erzählte. Unser Kind lebt schon eine Weile in mir. Noch in diesem Jahr bringe ich es zur Welt. Wenn es ein Mädchen wird, soll es den Namen meiner Mutter tragen, wenn es ein Junge wird, deinen.«

Er hörte ihr gespannt zu. Kleine rote Blasen traten ihm aus dem Mund. Dann stöhnte er auf einmal, und seine Gürtelschnalle verschwand unter Blut. Wie ein rasch wirkendes Gift breitete sich jetzt die Angst in Mayla aus. Ihre Stimme wurde undeutlich, doch schien er jedes Wort zu verstehen. Sie sprach von dem Kind, das sie schon spüre, und ohne Unterbrechung bewegte er die geschlossenen

Finger; völlig gebannt starrte sie auf dieses heftige Ja, bis seine Hand zu Boden glitt. Er grub ein wenig Erde um, tauchte den Zeigefinger in die kleine Mulde und schob mit dem Daumen die gelockerte Erde darüber, und Mayla begriff seinen Wunsch.

»Du wirst hierbleiben«, sagte sie.

Seine Hand ruckte hoch, er bedeckte sich den speichelnden Mund. Mayla küßte die Hand und legte sie neben seinen Schenkel. Dann riß sie ihm das Hemd in Streifen und zog es ihm vom Körper, damit er freier atme. Überall war nun Blut, und Mayla dachte daran zu beten. Aber dann wollte sie jede Sekunde, in der er noch über all sein Wissen von ihr verfügte, jeden Moment, in dem sie noch nicht verlassen war, nutzen. Sie griff ihm fest unter den Arm, spreizte ihre Finger und schützte mit der anderen Hand, die sie über ihn hielt, als sei er schon fern von ihr, das zerschmetterte Knie, senkte den Blick auf seinen Schoß und sagte beschwörend, »Ich bin es, die dich liebt.« Der Kopf fiel ihm zur Seite, wobei die Augen etwas zugingen und der Mund etwas auf. »Kannst du mich verstehen?« fragte sie, »kannst du mich erkennen?«

In der Nähe schlugen Hunde an, und er erschrak. Sein Gesicht schien zu verfliegen, als bestünde es aus Sand. »Lukas, hörst du mich?« rief sie jetzt und brauchte, als sie plötzlich eine Hand am Bauch spürte, ihre ganze Kraft, um nicht zu weinen.

Kaum merklich bewegte er die Hand auf ihrem Bauch, als sei das Kind schon geboren und er wolle es beruhigen. »Ich werde ihm von dir erzählen«, sagte Mayla. »Ich erzähl von deinen Augen, ich erzähl von deinem Gang. Ich erzähl von deinen Händen, ich erzähl von deinem Mund. Und deinen Weg werd ich ihm zeigen und den Laden…«

Er hob die Brauen; nichts in ihm schien sich aufzulehnen gegen das Ende. Wie nach mühsamer, gelungener Arbeit lag er in ihren Armen und wurde immer leichter. Mayla glaubte ihn schon ohne Schmerzen und wunschlos, als seine Lippen ein Wort bildeten. Sie legte das Gesicht an seins, ihr raste das Herz. Jetzt verflog auch sein Atem, und doch regulierte er diesen Hauch noch einmal und sprach, fast überstürzt, in ihr Ohr.

»Ich möcht...«, sagte Kurt Lukas auf deutsch, und Mayla sah ihm fragend in die Augen, während die Hand auf ihrem Bauch zur Ruhe kam.

In den folgenden drei Tagen wurde Augustin erwachsen. Noch unter dem Eindruck der Todesnachricht, die Flores am Morgen nach dem Brand überbracht hatte, hielt er sich stundenlang in Kurt Lukas' früherer Kammer auf und sprach zu dem Verunglückten. Bei einer dieser Zeremonien – Thema Leben und Lieben – überraschte ihn Butterworth und tat, als habe er nichts gehört und gesehen. »Es geht um den Beisetzungswunsch von Mister Kurt«, sagte er und teilte jüngste Beschlüsse mit. Man war sich einig geworden, daß dem angeblich letzten Willen des Gastes, in Infantas Erde zu liegen – wenn auch nur durch schwache Zeichen geäußert –, unter zwei Voraussetzungen entsprochen werden sollte. Maylas Aussage – sie hatte sie De Castro gegenüber gemacht und seitdem nichts mehr gesagt – müßte sich in irgendeiner Form erhärten. Und es dürften sich keine Adressen Angehöriger finden.

Augustin begriff, daß er Zünglein an der Waage war, und log wie sein Vorbild, leicht und gut. Er sprach von bewegenden Unterhaltungen mit dem Deutschen – »gerade über den Tod, Father« –, zitierte nie gemachte Äußerungen, die Maylas Darstellung bestätigten, und schlug vor, Kurt Lukas' Gepäck noch einmal nach Hinweisen auf eine Familie, nahe Verwandte oder einen Bekanntenkreis zu durchsuchen; »aber das würde ergebnislos enden«, fügte er mit sicherer Stimme hinzu. Butterworth schien nicht ganz überzeugt, aber zufrieden. Er riet Augustin, nicht bis zum Dunkelwerden in der Kammer zu bleiben, das belaste die Seele nur unnötig, und erreichte dann gerade noch seine eigene Kammer, bevor ihm die Tränen kamen; sie hatten alle geweint, jeder für sich.

Doch der Novize blieb. Er setzte sich aufs Bett und zog ein schmales Adreßbuch aus der Hose; während die Alten noch fassungslos um Flores gestanden waren, hatte er das

Gepäck des Toten als erster durchsucht. Sein Gewissen war rein: Bei keinem war das Büchlein besser aufgehoben. Mayla hätte es nur verletzt. Alle übrigen verwirrt. Die meisten Namen und Nummern waren durchgestrichen. Anschriften enthielt es gar keine, als lebten die Leute in ihren Telefonapparaten. Gestrichene Frauen überwogen. Wo nur ein Vorname stand, war dieser eher durchgekritzelt; wo nur ein Nachname stand, hatte es ein einfacher Strich getan wie bei überflüssigen Worten. Die stehengebliebenen Nummern gehörten Agenturen, Lokalen und Geschäften oder Ärzten, Steuerberatern und Vorzimmerdamen; der Rest war unklar. Einzelne Buchstaben, Initialen und hingesudelte Abkürzungen standen vor oder hinter den Nummern. Der Name Lukas fand sich nicht, als habe der Tote weder Eltern noch Geschwister gehabt. Oder in Wahrheit anders geheißen.

Augustin steckte das Büchlein wieder ein und stand auf; nie hatte er eine traurigere Lektüre mit sich geführt. Nur hinter einem einzigen Eintrag, einem kleinen *e* mit einem Kreis darum vor einer langen Auslandsnummer, blitzten für ihn Glück und Leichtigkeit auf. Er wusch sich das Gesicht und dachte an Mayla – Marktfrauen hatten sie neben dem Toten liegend gefunden, fast ebenso starr, und Flores gerufen. Kurz darauf waren Narciso und der Bischof erschienen; De Castro hatte Mayla als letzter gesehen, bevor sie in ihrer Hütte verschwand. Der Novize hatte Angst um sie. »Mach dir keine Sorgen, Father Lukas, ich werde auf sie aufpassen«, sagte er und ging dann zum Abendessen. Dem leisen Tischgespräch entnahm Augustin, daß es ihm nicht an Überzeugungskraft fehlte.

Die Alten einigten sich auf den kommenden Sonntag als Datum für ein Doppelbegräbnis. Bei Dunkelheit sollten Gregorio und *unser Deutscher*, wie sie den früheren Gast jetzt auch nannten, in getrennten Gruben, aber an gleicher Stelle beigesetzt werden. Außer ihnen und Augustin wären nur De Castro, Mayla und Flores anwesend; der Totengräber Crisostomo und ein Gehilfe sollten erst am Abend des Begräbnistags geholt werden, um die Gruben unbemerkt auszuheben. Alle waren erleichtert nach diesen Entscheidungen. Man erörterte Form und Ablauf der Feier, McEllis und Butterworth machten Notizen, die Nacht verging im Flug; am anderen Tag setzte die übliche Geschäftigkeit wieder ein.

Pacquin zupfte Unkraut rund um die künftigen Gräber. Dalla Rosa trat Spekulationen über den Tod des Stationsgastes entgegen. Horgan machte sich detektivische Gedanken, nachdem Elisabeth Ruggeri bei einem kurzen Kondolenzbesuch – er galt auch ihrem Heft und der Kassette – von blauen Lacksplittern an der Kleidung des Toten berichtet hatte. McEllis kaufte einen Sarg mittlerer Preisklasse und hielt sich in der Nähe von Autowerkstätten auf. Und Butterworth befaßte sich mit *der italienischen Dame*, die gegen Mittag wieder erschienen war.

Sie sprach über Umstände, die zu dem Unfall geführt hätten, »Panik vor allem«, zählte die Verletzungen auf, denen Kurt Lukas erlegen war, beschrieb die Leiche, die nach den Polizeiuntersuchungen zwischen Eisblöcken lagerte, und gab die Mutmaßungen ihrer Kollegen wieder, die von Mord bis Selbstmord reichten. Elisabeth Ruggeri redete, als könne ihr bei der geringsten Pause etwas zustoßen; als schließlich alles gesagt war, schlug sie ihr Heft auf. »Vielleicht darf ich Ihnen jetzt noch meine Lieblingsstelle übersetzen. Ein Abschnitt über Kurt. Es geht um einen Abend auf seiner Terrasse.«

Butterworth sah darin eine Form des Gedenkens und bat um langsames Lesen; schon beim ersten Überfliegen der Kopien war er auf die Terrassen-Stelle gestoßen, die deutsch begann und italienisch weiterging. Er schrieb den Anfang mit und hörte dann aufmerksam zu. Bei den letzten Sätzen zitterte Elisabeth Ruggeris Stimme. Butterworth holte ihr ein Glas Wasser. »Signora, wir zittern alle.« Er reichte ihr das Glas, und Elisabeth Ruggeri leerte es in einem Zug, ehe sie aufbrach. »Ich fahre noch heute«, sagte sie vor der Tür, »ich hasse den Tod.« Butterworth gab ihr die Hand, begleitete sie aber noch ein Stück. Beim Sendemast blieb er stehen, während Elisabeth Ruggeri unter der senkrechten Sonne weiterging, ihr Glücksheft in der Hand und den Schirm unterm Arm.

Stunden später, als die größte Hitze vorbei war, fuhren Narciso und Romulus mit einem Polizeiwagen vor und luden den Sarg mit der obduzierten Leiche von Kurt Lukas aus. Die Alten traten auf die Veranda und bekreuzigten sich. Narciso bekundete sein Beileid; dann kam er auf die Journalisten. Er nannte sie arrogant, häufig betrunken und Verursacher von Unfällen, bevor er erzählte, daß ihn Mister Kurt vor Cooper-Gomez' Salon beschworen habe, für ein ungestörtes Begräbnis von Father Gregorio zu sorgen. »Und das werde ich tun.« Der Hauptmann wartete die Wirkung seiner Worte ab; unterdessen trug Romulus eine Bitte vor. Mit dem alten Argument, er sei vor acht Jahren fünfter gewesen, Halbmittelgewicht, bat er, für den Deutschen, den er leider einmal niedergeschlagen habe, die Grube ausheben zu dürfen. Die Priester berieten sich. »Es sind Sinneswandlungen, die Kurt bewirkt hat, also sollten wir über unsere Schatten springen«, erklärte McEllis. Die anderen stimmten dem zu, und man sagte Narciso, daß er am morgigen Sonntag zeigen könne, ob er imstande sei, Journalisten aus aller Welt bis Montag morgen an der Nase herumzuführen. Romulus bekam nur gesagt, er solle sich bereithalten. Der Rest war physische Anstrengung. Nachdem Narciso und der Sergeant abgefahren waren, zogen, schleiften und schoben die Alten den soliden Sarg in die Hauskapelle.

Der Begräbnistag begann wie alle Sonntage, mit gedämpftem Leben, und verlief auch wie alle Sonntage, still und ein wenig schleppend. Selbst das Wetter trug zu der bekannten Langeweile bei; noch während der Fünfuhrmesse spannte sich über dem Ort ein unbewegter Milchhimmel, der keine Abkühlung erwarten ließ für die Nacht. Wie an jedem dritten Sonntag im Monat stand McEllis vor der fächelnden Gemeinde. Und wie immer hatte ihm Mayla in die Soutane geholfen, Kragen und Faltenwurf gerichtet, den Stoff über seinen Schultern geglättet und verlorene Härchen entfernt. Nach dreieinhalb Tagen war sie aus der Kapsel ihrer Hütte gekommen. Nur die dunklen eingesunkenen Augen verrieten ihre Überanstrengung. Sie hatte kaum geschlafen und nichts gegessen. McEllis hatte während der ganzen Predigt ein Auge auf ihr; wie an dem Tag, als er Kurt Lukas getroffen hatte, half ihm die Routine bis zum Segen. Ehe er hinter der Beichtwand verschwand, brachte er Mayla dazu, sich in der Sakristei noch etwas hinzulegen.

Die erste in der Reihe war Doña Elvira. Sie trug noch immer den falschen Nerz. Er stand für den Rest ihrer Garderobe, aus der sie nur Kostüme hatte retten können, die ihr in den vergangenen Tagen zu groß geworden waren. Die Sängerin legte ihren Mund an das vergitterte Fensterchen und sprach von Selbstmordgedanken. McEllis blieb gefaßt. Er erinnerte daran, daß auch solche Gedanken Sünde seien, und äußerte noch eine persönliche Meinung. »Sie sind nicht die Frau, die sich umbringt«, flüsterte er. Darauf schilderte Doña Elvira so präzise, wo und wie sie sich noch in dieser Nacht das Leben nehmen werde, daß McEllis sie kurzentschlossen für neun Uhr auf die Station bestellte – »zur Beisetzung von Mister Kurt, der ja in Ihrem Lokal ein und aus ging«. Kaum von der Messe heimgekehrt, unterrichtete er die anderen, und man zeigte Verständnis für den seelsorgerischen Schritt, wie Pacquin es formulierte.

Die Teilnehmerliste stand damit fest. Nicht die halbe Welt, sondern lediglich zwölf Personen wären vor den beiden Gruben versammelt. Die Alten, Mayla und der Bischof, Augustin, Flores und Doña Elvira, ferner Crisostomo und sein Gehilfe Romulus.

Daß es dann auch so kam, war nur Narciso zu verdanken. Er hatte den Rest der halben Welt getäuscht; bereits am frühen Vormittag war er aktiv geworden. Über gezielte Indiskretionen, verbreitet durch Jesus Fidelio, und falsche, von ihm selbst gegebene Tips hatte er sämtliche Journalisten an die Grenze seines Machtbereichs nach Malaybalay gelenkt, wo sie vom frühen Abend an, teils auf dem abgelegenen Ortsfriedhof verstreut, teils auf günstigen Positionen wie Dächern und Bäumen in der Nähe des Friedhofs, den Sarg mit einer auserwählten Gruppe Trauernder – man sprach sogar von Vertretern Roms – erwarteten. Und gerade daß sich dann weit und breit *nichts* tat, auch kein offenes Grab zu sehen war und der Friedhofswärter seine Mitwirkung in dem Film über die Singlaub-Schatzsuche anbot, der hier offenbar gedreht werden sollte, ließ viele schon annehmen, daß die heimliche Beerdigung Gregorios an gar keinem anderen Ort stattfinden konnte. Schließlich erschienen zwei Hilfspolizisten mit Laternen und Schaufeln und begannen am Rand des Friedhofs zu graben; ein weiterer Hilfspolizist verfolgte mit einem Nachtglas den Effekt der Aktion. Bald darauf erhielt Narciso eine Meldung – es würden jetzt Scheinwerfer errichtet, Wetten abgeschlossen, alkoholische Getränke herangeschafft und Bestechungen versucht. Der Hauptmann lobte seine Leute und trug Romulus auf, den Alten zu bestellen, sie könnten unbesorgt sein. Dann schälte er sich ein Ei. Bis auf die Festnahme eines fahrerflüchtigen Mercedesbesitzers hatte er getan, was in seiner Macht stand, doch dieser Besitzer wäre demnächst wieder Gouverneur und damit immun. Homobono Narciso war zufrieden mit sich. Frühere Fehler waren damit aus der Welt, neue würde er vermeiden. Die lebenslange Amnestie begann.

Romulus und der kleine Crisostomo trafen bei Anbruch der Nacht auf der Station ein. Butterworth führte sie zum Begräbnisplatz, gab genaue Anweisungen über die Lage der Gruben, und die beiden begannen sogleich mit dem Ausheben. Trotz der beruhigenden Nachricht, die der Sergeant überbracht hatte, blieben die Alten vorsichtig; zu frisch waren die Erinnerungen an die nächtliche Heimsuchung. »Wer weiß denn, ob nicht ein paar dieser Herren hiergeblieben sind und durch die Gegend streifen«, sagte Pacquin, während er noch einmal in Gedanken die ganze Strecke des Trauerzugs abschritt. Sie würden die Särge erst durch das Haus tragen, dann über die Veranda und schließlich über den angelegten Weg und seine Stufen bis vor die offenen Gräber. Links und rechts des Wegs hatte Augustin am Nachmittag rote Windlichter aufgestellt; es würde also keiner stolpern, und die Stufen, von Mister Kurt noch an dessen Todestag mit Mörtel gefestigt, dürften dem Druck von Trägern und Särgen standhalten. Pacquin trank etwas Wasser und benetzte seine silbrigen Augen. Dann absolvierte er das Abendtraining. Wie ein Holzmännchen, das nur die Füße bewegen kann, zog er seine Bahn und ortete die übrigen. Dalla Rosa schob Horgan – Anrichte, Bücherwand und zurück. Der Novize lehnte rauchend am Fenster. Butterworth saß in der Leseecke, mal schreibend, mal betend. Und neben der Durchreiche stand McEllis und kaute. Das war gegen acht, als draußen das gleichmäßige Zirpen der Heimchen anfing.

McEllis kaute ein Stück Toast. Den ganzen Tag hatte er noch nichts gegessen und fürchtete, bei der Grabrede umzusinken, wenn er sich nicht stärkte. Die Wahl war rasch auf ihn gefallen. Er sei mit Mister Kurts letztem Lebensabschnitt am engsten verknüpft und habe Gregorio sterben sehen, sagten die anderen. Die Rede sollte knapp sein und für beide Tote gültig. McEllis klopfte an der Durchreiche. Er bat um etwas Butter, und eine stellvertretend für alle weinende Flores reichte ihm gleich noch Käse und Wurst. Damit setzte er sich an den Tisch und feilte an der Rede, die er dann ohne Blatt halten wollte. Drei leise Geräusche bestimmten die nächste Stunde – McEllis' nervöses Hinzufügen und Durchstreichen; feines Quietschen von Horgans Stuhl; und schließlich ein kaum hörbares in sich Hineinsprechen, das aus der Leseecke kam.

Auch Butterworth war nervös. Der frühere Gast erschien ihm jetzt noch unbekannter als zu Lebzeiten. Was hatten sie schon gewußt über den Deutschen aus Rom? Nicht einmal das genaue Alter, kaum etwas über seine Herkunft. Sein Vaterland war der Spiegel, so schien es. Sie beerdigten einen Unbekannten. Butterworth fühlte sich wie vor Kinderbestattungen, hilflos. Und wie vor Kinderbestattungen suchte er Ablenkung. In seinem Schoß lagen die Kopien, die er schamerfüllt, aber zügig gemacht hatte – manchmal bewährten sich gestiftete Dinge –, aufgeschlagen war die *Lieblingsstelle*. Nach dem Satz »Aus irgendeinem Grunde fällt sein Glas herunter, zerspringt, und aus irgendeinem Grunde besteht Einigkeit, daß er kein neues holt« hatte die Autorin, zum Glück, die Sprache gewechselt. Sein Italienisch aus dem römischen Studienjahr war zwar etwas erstarrt, doch wozu gab es Wörterbücher; auf Dalla Rosa wollte er lieber verzichten. Butterworth hatte schon die Rohübersetzung.

»Über welche Mittel verfügen wir, den Kopf zu behalten, wenn uns jemand gefällt? Ich nenne plötzlich meinen Mädchennamen. Aber daraus wird kein Gespräch. Wir sitzen uns gegenüber, wir trinken aus einem Glas, wir lauschen einer unermüdlichen Zikade. Als sie sich erschöpft hat, breche ich auf. Er bringt mich zur Tür, er begleitet mich auf die Straße. Dann die ersten leichten Worte. Ich steh dort drüben, sage ich, und er boxt mich sanft – Wieso? Du stehst hier…« Butterworth ersetzte *boxt* durch *stößt*, legte dann die Kopien in eine Mappe und blickte auf – Mayla und der Bischof standen bei den anderen. Er hatte ihr Kommen weder gehört noch gesehen, und zum ersten Mal war ihm sein Alterswerk unheimlich.

De Castro trank Eiswasser und schwieg. Ab und zu löste sich eine seiner Schweißperlen und lief ihm über die

Wange. Er hatte Bedenken gegen die doppelte Nachtbe-
stattung, in der er mehr ein Verschwindenlassen des Deutschen sah als ein christliches Begräbnis. Doch Mayla
schien die bevorstehende Feier zu helfen, und nur das
zählte. Sie redete wieder. »Ich habe eine Stunde geschlafen«, hatte sie auf der Fahrt zur Station gesagt, »mehr
konnte ich nicht für mich tun.« Mayla stand vor ihrer ehemaligen Bühne und trank ein Glas Milch, das war gegen
neun. Um Viertel nach neun – so sah es der Plan vor – sollten die Särge aus der Hauskapelle geholt werden; spätestens um halb zehn, hatte Crisostomo versichert, seien die
Gruben ausgehoben.

Pünktlich, nämlich genau um neun, traf Doña Elvira ein.
Sie trug ein dunkles, etwas schlotterndes Kostüm, dazu
helle Schuhe, die sie geschwärzt hatte. In der einen Hand
hielt sie ein flaches Päckchen, in der anderen die entliehene
Erzählung. Sie dankte für das Vertrauen, das sich mit der
Einladung verbinde – »die mich vor einer Todsünde be-
wahrt hat« –, und gab Dalla Rosa das Bändchen zurück,
wobei sie auf Brandflecken hinwies. »Ich habe die Geschichte von der Sirene eigenhändig aus dem Feuer geholt«, sagte sie. Dalla Rosa war gerührt; er reihte das Buch
wieder ein und unternahm einen zweiten Versuch mit
Anna Karenina. »Das wird Sie eine Zeitlang vom Verlust
des weltlichen Besitzes ablenken.« Doña Elvira nahm den
Roman entgegen, und Butterworth riet zu langsamem Lesen. In ihrem Zustand sei der Schluß nur eine weitere Bela-
stung. Horgan widersprach. Gute Literatur schade nie.
Ein leiser Disput begann. Erst als McEllis »Es ist soweit«
sagte, breitete sich Schweigen aus. Man ging zu den Toten.

Beide Särge hatten am Kopfende ein Fenster. Von Gregorio sah man nur Haare, Stirn und Lider, grau in grau und
schon puppenhaft verkleinert; über den zerstörten Stellen
lagen weiße Schleifen. Von Kurt Lukas sah man das ganze
Gesicht. Gary Cooper-Gomez hatte es rasiert, das ge-
stockte Blut aus den Haaren gewaschen und dem Toten

eine Frisur nach der Anzeige aus der Schriftsteller-Bar gelegt; jegliches Pudern hatten die Alten verboten. »Mister Kurts Gesicht«, notierte Butterworth, »hatte den Farbton getrockneter Tabakblätter und zeigte auch deren feine Knitterung; das Zuviel darin war verschwunden.« Der bleiche Priester begleitete den Sarg, den Augustin und der Bischof vor die Veranda schleppten, sah dabei in sein Gebetbuch, zeigte das berühmte Lippenspiel und schrieb auf einem eingelegten Blatt, ohne mit der Wimper zu zucken. Nachdem beide Särge am oberen Ende des verlegten Wegs abgestellt waren und sämtliche Windlichter brannten, formierte sich der Trauerzug.

An der Spitze standen Pacquin und De Castro. Hinter den beiden trugen McEllis, Dalla Rosa, Butterworth und Crisostomo den Sarg mit Gregorios Leiche, dann folgte Flores, die Horgan schob; danach kamen Doña Elvira, Romulus, der Novize und Mayla mit dem schwereren Sarg. Den Schluß bildeten zwei neugierige Hunde. Wie bei Gussmanns Begräbnis bestimmte der Superior das Tempo des Zugs, und so bewegte sich die kleine Prozession schneckenartig über alle vierzig Stufen bis zu den Kletterrosen.

Nach Absetzen der Särge neben den Gruben und einem stillen Gebet trat McEllis vor die Trauernden. Er hatte sich vorgenommen, dieser nächtlichen Zusammenkunft an offenen Gräbern alles Gespenstische zu nehmen, aber nicht an den eigenen Anblick gedacht. Mit seiner hageren Gestalt in der grauen Soutane, angeflackert von den roten Windlichtern, erinnerte er an den klassischen Untoten und Wiederkehrer aus den bunten Geisterheftchen, die nun zu Kurt Lukas' Erbmasse zählten. McEllis spürte das, als er zu der Rede anheben wollte, und sah darum über alle Köpfe hinweg auf die steile Wiese – wie Zuschauer mit Galerieplätzen saßen dort die neugierigen Hunde, inzwischen schon drei. Wer nicht über sich selbst hinauswächst, wächst gar nicht, hieß sein Anfangssatz, den er auswendig konnte, und diese Worte lagen ihm auch schon auf der Zunge, und dort lagen sie fest. Er stand zwischen den Särgen, bewegte die Lippen und brachte keinen Ton über sie, so verstrich eine Minute. Dann lief es zehn der zwölf Anwesenden kalt über den Rücken. McEllis, noch immer die Lippen bewegend, schien auf einmal zu singen. Doña Elvira erlöste den stummen Redner.

Sie blieb in der Gruppe, aber die Umstehenden traten zur Seite, als wollten sie ihr Raum und Luft überlassen. Bis auf Augustin kannte keiner das Lied, und keiner kam auf den Gedanken, es sei vielleicht ein weltliches. Mit der ihr eigenen gelassenen Inbrunst sang sie Il Mondo, allerdings verlangsamt und ohne die geringste Hüftbewegung. Sie trug sämtliche Strophen vor, wobei sie sich nicht sämtlicher Zeilen entsann und neue italienische Worte erfand. *La notte giottoquattro lottarini, la la la in cristo* hieß ihr Refrain, den sie wie ein Gebet gen Himmel schickte; ohne Bühne, Licht und Lärm rehabilitierte sie alle Schnulzen dieser Welt.

Nach dem letzten Ton blieb McEllis nur noch, die Formeln zu sprechen, mit denen man Tote zur Erde bestattet; seine Lähmung war vorüber. Während Crisostomo und der Sergeant das Ihre taten, tat er das Seine. Als beide Särge in den Gruben waren, schwankte er und mußte gestützt werden. Eingerahmt von Butterworth und dem Bischof, ging er auf Mayla zu und forderte sie auf, Erde zu streuen. Sie nahm eine Handvoll und warf sie, nach kurzem Zögern, zuerst auf Gregorios Sarg und dann auf den des toten Deutschen. An diese Reihenfolge hielten sich auch die anderen. Zu der Erde kamen noch zwei Grabbeigaben. Der Superior warf seine schönsten Rosen auf Gregorios Sarg, während Doña Elvira ihr Päckchen öffnete. Es enthielt eine Schallplatte. Sie trat damit an die andere Grube, murmelte »You really got me« und ließ die Platte hineinfallen. Anschließend wollte sie gehen, doch Mayla bat sie mit Blicken zu bleiben. Als der kleine Zug, nach Vaterunser und Segen, den Rückweg antrat, gingen die beiden Frauen Hand in Hand. Flores schob wieder Horgan, Butterworth half über die Stufen. Nachhut war Augustin, er sammelte die Windlichter ein. Bis ihm auffiel, daß noch jemand fehlte.

McEllis hatte als letzter Erde gestreut. Er kniete vor den Gruben und sah zu der Wiese. Dort standen, lagen und saßen jetzt nicht mehr drei Hunde, sondern gut dreißig, angelockt vom Gesang und den Lichtern. Und offenbar immer noch hypnotisiert, bewegten sie weder Schwanz noch Ohren und schauten zum Begräbnisplatz herunter. McEllis nickte ihnen zu wie einer Gemeinde. Es gab da große und kleine, die gewöhnlichen weißgrauen, aber auch ganz weiße und pechschwarze. Es gab welche mit kurzem und langem Fell, mit krummen Beinen und geraden, und es gab häßliche mit Schwären und einem Auge und die anmutigen mit Rehblick und flauschiger Rute. Weibchen wie Männchen saßen da wohl, ältere wie jüngere. Und ein Junges. Es legte den Kopf schräg, und McEllis legte den Kopf ebenfalls schräg – mehr ein Rucken wie im Schlaf, während er leise seinen Namen hörte.

Der Novize kam hinter den Kletterrosen hervor.

»Father McEllis«, flüsterte er, »ich glaube, der Bischof möchte noch etwas sagen.«

Augustin wiederholte seine Worte und zog sich langsam zurück. Er war nicht sicher, ob McEllis ihn verstanden hatte – der kam zwar nun entschlossen auf die Beine, nahm aber nicht den Weg, sondern marschierte quer über die hundebevölkerte Wiese. Und plötzlich ertönte ein herzzerreißendes Jaulen, das sogleich erstickt wurde; dem folgten hastige Schritte und ein besänftigendes Sprechen, schließlich ein *Pscht!*, bevor eine Tür ins Schloß fiel.

Der Bischof holte die entfallene Rede nach. Er sprach von der Gabe, Menschen aufzuwecken, und der Gabe, Menschen zu gefallen, schloß mit den Worten, nun beginne das Trauern, und nahm dann die drei Frauen in seinem Jeep mit. Als erste stieg Mayla aus; sie wollte noch etwas laufen. Nach ihr ließ sich Flores vor dem Heftchenladen absetzen; sie kehrte in ihre frühere Hütte zurück. Übrig blieb Doña Elvira. Pio De Castro brachte sie zum Gemeindehaus, wo sie auf seinen Wunsch den Gästeflügel bezog.

Die Alten und der Novize waren nach einem kurzen Gebet auf ihre Kammern gegangen. Keiner konnte schlafen. Der eine glaubte, noch ein Schaufeln zu hören, obwohl die Gräber längst geschlossen waren, der andere saß über Notizen; und jeder horchte auf Geseufze, Rascheln oder Knacken aus den Nebenkammern. Wie immer hörte Pacquin am meisten – zu den vertrauten Geräuschen kamen in dieser Nacht neue. Sonderbare Laute drangen da durch die Wände, ein leises Schnalzen und Pfeifen, wenn nicht ein Locken. Pacquin wunderte sich über sein Gehör, das schärfer wurde statt schwächer, als sollte er die anderen auch noch überleben – Dalla Rosa, Butterworth, McEllis, Horgan, die wie kleine Brüder waren. Ein Dutzend Jahre trennten ihn und die vier, aber das verwischte sich oft; ihn und den toten Gast hatte ein halbes Jahrhundert getrennt. Ein Wunder, daß man sich überhaupt hatte austauschen können. Und beinahe wäre er dabei ebenso redselig geworden wie die übrigen. Pacquin tastete nach zwei geräuschdämpfenden Wattepfropfen. Hochinteressantes war ihm zu Ohren gekommen, und fast bereute er es, nicht auch ausgepackt zu haben. Beim Verfolgen des Wegebaus war er drauf und dran gewesen, Mister Kurt von Lilibeth zu erzählen, Tochter eines Holzhändlers, mit der er manches Abenteuer bestanden hatte, Anfang der zwanziger Jahre, so auch einmal in einem Auslegerboot vor der Küste von Davao; leichter Sturm hatte sie auf eine der vielen Sandbänke getrieben, die ein handwarmes Meer umspülte. Lilibeth. Ein längst vergessener Name, bis zu dem anregenden Gespräch mit Mister Kurt über kleine und größere Schwächen. Der Superior drehte sich zur Wand. Wieder hörte er das Schnalzen oder Locken oder was es auch war und schob die Watte in seine Fledermausohren. Jetzt hieß es schlafen. Morgen gab es viel zu tun. Da mußte man vor allem sehr genau überlegen, womit das Grab eines jungen Menschen bepflanzt werden könnte.

Es *war* ein Locken, gegen das selbst Watte nicht half; nach und nach hörten es auch die anderen.

Horgan dachte sofort an Phyllis, an die Sonntage im Unterholz. Dann an den Menschen, dem er von Phyllis erzählt hatte. Die waren nun beide tot. Sein dritter Gedanke galt Mayla: Vielleicht kehrte sie jetzt ja zurück. Flores hatte allerdings auch ihre Vorzüge. Aus der fettarmen Küche war eine regelrechte Schmalzgrube geworden. Hühnerbeine und Fische troffen vor Fett. Schon zum Frühstück standen Grieben auf dem Tisch; Butter war keine Seltenheit mehr. Gott weiß, wie sie das machte bei Butterworth' Sparplan. Doch dafür fehlte Flores der Sinn für das Süße. Für Rosinen und Gelees, Zuckersemmeln und Bananenpampe, Milch- und Sahnesuppen und all die anderen Leckereien, die Mayla aus Vanille und Zimt, aus Schlagrahm und Pfläumchen, ja, oft aus dem Nichts gezaubert hatte. Horgan – er lag gewaschen und in ein luftiges Tuch gewickelt im Bett – spürte seinen Faden und schämte sich für diesen ausgeuferten vierten Gedanken. Ein Bruder und ein Freund waren zu beklagen. Ein großes Vorbild im Leben und ein wackerer Gegner auf Rasen. Er betete noch einmal für beide und drehte sich dann ebenfalls zur Wand. Seine Tennislaufbahn schien damit endgültig abgeschlossen; nun blieb nicht mehr viel.

Als nächster vernahm Dalla Rosa das lockende Schnalzen. Es weckte ihn sanft, und er glaubte, einen Hauch von Wein und Käse zu riechen, jene Mischung aus säuerlichem Gären, milder Fäulnis und gewöhnlichem Zucker. Grazia Adelina. Er war eingenickt und hatte von ihr geträumt. Sie ging mit ihm durch Rom und führte ihn *nicht* auf ein Standesamt. Seit seiner Flucht vom Capitol war ihm Grazia Adelina nur in platten Hochzeitsträumen erschienen, und gerade eben hatte sie das wunderbare Kunststück fertiggebracht, seinen Vornamen zärtlich abzuwandeln, aus dem hoffnungslos steifen Bruno ein *Brunino* zu machen – Dalla Rosa murmelte es vor sich hin. Wenn er sich recht erinnerte, existierte dieses Wort gar nicht. Oder er verkalkte. Auch das Italienisch der Sängerin war ihm ja stellenweise fremd vorgekommen. Vielleicht sollte er sie dazu befragen, wenn sie Anna Karenina zurückbrächte. Wenn. Er hatte nun selbst Bedenken wegen des unguten Endes; andererseits verkehrten in Infanta keine Züge. Jedenfalls bekäme sie beim nächsten Mal etwas mit positivem Ausgang und doch von Wert. Gar keine leichte Aufgabe bei den vielen Büchern aus der McEllis-Schenkung. Dalla Rosa dachte an seinen Gehilfen: Der würde ihm fehlen. »Höre, Lukas, wir finden noch eine Ordnung«, flüsterte er. »Ich weiß, daß es sie gibt. Nur wird sie anders aussehen als alle üblichen Systeme. Und wenn ich dich so ansehe, spüre ich, worauf es hinauslaufen wird. Wir werden immer ein herunterziehendes Buch neben ein erhebendes stellen, ein schwieriges neben ein leichtes, ein belangloses neben ein bedeutendes, ein trauriges neben ein lustiges. Und dann sind wir dem Geheimnis dieser Ansammlung vielleicht auf der Spur. Nicht verschiedene Menschen, sondern ein und derselbe, hin- und hergerissen, ein Liebender, hörst du, hat heute Küß mich, wenn die Milch kocht gekauft und morgen Gogols Mantel, und das über Jahre.« Dalla Rosa schloß sein Wanderauge. »Ich hab's«, sagte er. »I got it, Lukas.«

Ein leises Heureka. Nur Butterworth, empfänglich

noch für die kleinsten Ausrufe dieser Art, hörte und erkannte es und sah von seiner Arbeit auf. Er übersetzte. Fünf weitere Kurt-Lukas-Stellen hatte er gefunden, davon drei auf italienisch, davon eine intim. Und an der saß er. Sprachlich stellte sie keine besondere Anforderung dar. Sie war ein moralisches Problem. Durfte er sie übersetzen. Butterworth schob das Problem vor sich her; seine Gedanken eilten in die Zukunft. Die Chronik war fertig, das Buch lag vor. Einen Liebesroman nannten es die einen, Geschichte einer vergeblichen Heimatsuche die anderen. Etwas Gescheitere sprachen von den Labyrinthen der Eitelkeit, Böswillige vom Essiggeruch des Alters, der manchen Kapiteln anhafte, weniger Gescheite von den Grillen pensionierter Missionare; und im Fernsehen hieß es: Urlaubslektüre. Mit diesem Hinweis kam der Erfolg. Leserzuschriften aus aller Welt trafen ein, darunter ein Brief von Belle. Aus der minderen Autorin war eine gefeierte Quiz- und spätere Interviewmeisterin geworden, jetzt in Rente, Miami Beach, Ocean Boulevard 1489. Und sie bewunderte ihn. Nie hätte ich geglaubt, daß aus einem Kritiker ein Schriftsteller werden könnte – umgekehrt immer, aber diese Entwicklung: Glückwunsch, honey. Ich freue mich schon auf die Verfilmung mit dir als Cherubim, Deine Belle (längst dankbar, daß ihr Buch *keinen* Segen erhielt). Die anderen Briefe kamen von Universitäten, Einladungen zu Gastvorträgen etc., oder waren Dank- und Bittschreiben; literarische Zirkel sandten ihre Jahresarbeiten, Liebhaber ersuchten um Schriftproben, jüngere Kollegen um Rat. Butterworth mußte seinen ganzen Willen aufbieten, um den Gedankenflug zu unterbrechen. Er legte die Kopien beiseite und nahm sich den Rohentwurf vor. Fünfzig Kapitel und noch keins geschrieben. Der Roman stand in den Sternen; nur im Hinblick auf sein Ende lagen die Dinge einfach, da hatte er Glück im Unglück gehabt. Der Tod als Ausgang einer Geschichte war ja keine unbequeme Lösung. Sofern er sich an die Wahrheit hielte; vielleicht sollte er sich freimachen von dem, was geschehen war. Wer schreibt, muß wissen, wofür er bestaunt werden will, für ein aufregendes Leben oder viel Phantasie. Warum erfand er nicht völlig neue Figuren – damit würde sich manches vereinfachen. So entfiele die Frage, wie oft man Horgans Faden erwähnen durfte – viermal? fünfmal? Also Tabula rasa. Butterworth schloß die Arbeitsmappe und löste seine Brillenbefestigung. Stark sein müßte er. Eine nicht eben zimperliche Mischung aus Missionar außer Dienst, Schriftsteller in spe und Spion in eigener Sache. Er würde das mit McEllis besprechen. Sobald es dem Armen besser ginge. Das Doppelbegräbnis schien ihn mitgenommen zu haben. Anders waren die seltsamen Laute von nebenan nicht zu erklären, wenn es dafür überhaupt eine Erklärung gab... Der bleiche Priester löschte das Licht. Er wollte beten und dann schlafen, doch der Höhenflug ging weiter. Vor einem Kolloquium in Princeton formulierte er seinen kategorischen Imperativ. Schreibe stets so, daß du eines ewigen Wiederlesens nicht leid würdest!

Für die Laute aus der Nebenkammer gab es eine einfache Erklärung. McEllis stand dort mit dem Rücken zur Wand, die Hände beschwörend erhoben – drei seiner Finger waren verpflastert –, und gurrte, flötete und sprach zum Bett hin. Auf seinem Kopfkeil lag ein Hundeweibchen, jung, mit langen Ohren und einem Fell wie eine Sahnehaube. Sie sah ihn gleichgültig an. Auch als er ihr Zuckerwürfel zuwarf, bebte nur ihr Steiß. Erst als er sie auf den Boden setzen wollte, rührte sie sich. Sie zeigte spitze Zähne. McEllis zuckte zurück und versuchte es anders. Er entschuldigte sich für die Gefangennahme, er nannte sie überstürzt. »Irgend etwas geschah mit mir. Augustin sprach mich an, und schon lief ich los.« McEllis dachte über dieses Etwas nach. Der Anblick der Hunde war's nicht gewesen. Zwar hatte er daran gedacht, sich das Junge zu schnappen, doch den Gedanken gleich verworfen. Er zerbrach sich den Kopf, eine vergebliche Mühe. Der leise

Klang seines Namens konnte ihn leichtsinnig machen; aber davon wußte er nichts.

Die junge Hündin gähnte, und McEllis wechselte erneut die Taktik. Er machte Versprechungen. Sie betrafen die Ernährung, den Ausgang, den Umgang und die Privilegien im Haus. Es gebe da auch zusätzliche Türen, die im Moment nur geschlossen und unsichtbar seien. »Ein Tag Arbeit, und alle sind im alten Zustand; also komm jetzt von meinem Bett«, sagte er und sah der Unnahbaren bittend in die Augen, worauf sie diese langsam schloß. McEllis versuchte es dann noch einmal mit Zucker, ehe er nachgab. Es hatte ja immer schwierig begonnen; offenbar zogen ihn kapriziöse Hündinnen an. Am besten nicht beachten. Er setzte sich an den Tisch und blätterte im Wetterbuch. Mister Kurt war nicht mehr am Leben. Und er der Wegbereiter dieses Endes. Immer wieder dachte McEllis daran. Der Gedanke verfolgte ihn so, daß er ihn nicht aufschreiben konnte. Er konnte gar nichts mehr aufschreiben, nicht einmal den üblichen Morgenvermerk. Nach vierzig Jahren klaffte die erste Lücke. McEllis las seine letzte Eintragung. »Flores brachte die Nachricht, der Deutsche sei tot. Ein Unfall. Verzweiflung bei uns allen. Kein Trost, nicht der kleinste; fünf Überlebende. Was wird aus Mayla, was aus mir? Wie kann ich diese Stunde überstehen? (Wolkenloser Himmel, Morgensamt, Dunst aus dem Tal; feiner Tagmond, Sichel. Infanta, den zwanzigsten.)« Er unterstrich das Todesdatum und überlegte, ob er nachtragen sollte, was in den vergangenen Tagen geschehen war. Und während er noch mit sich kämpfte, diese Lücke Lücke sein zu lassen, spürte er etwas Warmes am Fuß. McEllis bückte sich und zog die Brauen hoch.

»Ab heute heißt du Rose«, sagte er.

Nach diesen Worten schien auf der ganzen Station Stille zu herrschen. Nur der hellhörige Pacquin empfing trotz Ohrenwatte noch ein Geräusch. Ein leises Blättern drang aus der Kammer des früheren Gastes.

Augustin saß neben der Ewigen Lampe und suchte in dem sichergestellten Adreßbuch noch einmal den Namen Lukas. Aber da war nichts zu finden. Oder das kleine *e* mit dem Kreis darum war ein *l*. Doch das schien ihm unwahrscheinlich. Hinter dem *e* steckte bestimmt eine Frau. Und sicher eine schöne. Grüne Augen, helle Haut. Eve. Ester. Ellen. Oder es war gar kein Anfangsbuchstabe, sondern der Schluß eines Namens. Suzie. Angie. Caroline. Oder eines Wortes. Liebe. Alles schien möglich, man konnte verrückt werden. Augustin klappte das Büchlein endgültig zu und dachte an den toten Freund. Wie sollte er den nächsten Schritt ohne ihn tun. Und erst die tausend Schritte danach. Er war doch auf keinem Gebiet eine Autorität, alte Schlager ausgenommen. Wie ein Gebirge, das er barfuß und im Dunkeln überqueren müßte, lag das Leben plötzlich vor ihm. Und schon morgen hätte er den ersten Berg zu erklimmen. Innerhalb eines Tages wollte er sich den Alten unentbehrlich machen. Beseitigung allen Unkrauts bis zum Ausbruch der Hitze. Dann Wartung des Jeeps sowie Entrosten von McEllis' Maschine; später Abschmieren von Horgans Stuhl, unter Umständen Verbesserung der Mechanik. In der tödlichen Mittagsstunde Entstauben der Bibliothek und bis zum Angelusläuten Beheben der Kühlschrankerschütterung. Es blieb ja nur dieser Tag; die Toten waren bestattet, man würde sich wieder den Lebenden zuwenden. Also ihm. Würde feststellen, daß die Plakat-Affäre erledigt war – Adaza hatte vor den Journalisten mit seinem Können geprotzt – und Demetrios Wahndiagnose überholt; es gab nichts mehr aufzuklären, und er bedurfte auch keiner Ruhe mehr. Nun mußte man ihn schon hierhaben *wollen*. Augustin dachte an ein Jahr.

Er löschte die Ewige Lampe und trat auf den Balkon. Die Nacht war hell. Hinter einer der Kuppen jenseits des Tals versank eben der Mond; nur eine Spitze streute noch

Licht über den Wald. Der Himmel war wie gepflastert mit Sternen, unerbittlich schien ihr Glitzern; Augustin sah lange und gelassen auf die Pracht über ihm. Seit seinen Erkundungen in der Stunde der Revolution war er dem Anblick des Sternenmeers gewachsen – man mußte einfach nach den Sternen greifen, und schon war man nicht mehr ihr Opfer. Er stützte sich auf die Brüstung und sprach den Namen des Toten aus, während sein Blick in das Tal ging. Reglos war dort alles, wie unter Glas. Die Tellerwipfel der Falcatariesen, die Irrgärten des Farns, die Kämme der Palmen; das Mikado des Bambus, die matten Segel der Bananen – nur Schweigen. Die Nacht war auf ihrem traumlosen Grund. Weh dem, der jetzt noch unterwegs ist, dachte der Novize und sah zum Begräbnisplatz.

Kaum eine Körperlänge trennte die Toten. Die Reste von Größe und Schönheit würden sich bald vermengen. Zu einer Erde vielleicht, in der alles gediehe – die Blumen des Südens und die Blumen des Nordens, Früchte der gemäßigten und Früchte der heißen Zonen, darunter ganz neue Arten und Sorten. Granatäpfel mit dem Ausmaß von Kürbissen, der Haut gewässerter Pfirsiche, dem Geschmack von Rosinen und dem Duft pelziger Himbeeren. Blutorangen ohne Schale; süße Oliven. Oder endlich: die oberirdische Kartoffel, in den Kelchen mannshoher Orchideen, für alle Gelehrten ein Rätsel. Ja, sogar Blüten, die ein Lächeln zeigen, sobald man sie gießt, und Blumen, die den Ausdruck des Betrachters annehmen, wären rund um die Gräber keine Seltenheit… Der Novize hob den Kopf. Irgend etwas durchdrang die Unbewegtheit. Aber das war kein Lufthauch oder Laut, das war ein Geruch. Er atmete ihn ein, und ihm war, als träume er von einem zurückliegenden Traum. In Gedanken zählte er auf drei, dann sah er ruckartig zur Seite. In der Balkonecke saß Mayla. Sie schälte eine Mandarine.

Augustin legte vor Schreck eine Hand an die Schläfe und bewegte sie dort. Er wollte ganz sichergehen, daß er nicht schlief. Da war Mayla, und er stand hier, und kein Dritter war zu erwarten. Kurt Lukas' Worte fielen ihm ein. Schaue ihr in die Augen und sage ihr, was du denkst. Jahre wären dazu nötig. Oder Sekunden. Er wandte sich etwas ab und sah dann wieder in die Ecke. Mayla saß immer noch auf dem Boden – sternenbeglänzt, wenn er sich das nicht einbildete –, in ihrem Beerdigungskleid mit aufgesetzten Taschen; aus einer ragte der Brief, den er geöffnet hatte. Wie war sie an ihn gekommen? Darauf gab es keine Antwort. Augustin versuchte, in ihren Augen zu lesen. Doch Maylas Augen sahen ihn nur an. Sie verrieten nichts. Nicht einmal, ob sie seine zwölf Seiten gelesen hatten, über Liebe und Leben, eher theoretisch. Ihr Blick glitt über sein Gesicht; oder kam ihm das nur so vor? Vielleicht hatte Mayla ihn noch gar nicht bemerkt. Er räusperte sich leise, und da legte sie die Schalen zwischen ihre Füße und teilte die Mandarine. Sie verglich die Hälften und bot ihm die kleinere an. Augustin nahm sie ihr ab. Sie hatte ihn also bemerkt. Er wagte nicht, sich zu bedanken; er aß.

Unmöglich, jetzt schon mit ihr ein Gespräch zu beginnen. Worüber sollte er auch reden, außer über den Toten. Und was sollte Mayla ihm sagen. Sie kannten sich kaum. Drei Sätze hatten sie gewechselt oder vier. Sie kannten sich gar nicht. Und doch liebte er Mayla. Er hatte sie in der Stunde seiner Ankunft hinter der Durchreiche Besteck abtrocknen sehen und geliebt. Ein Augenblick hatte genügt. Auf einmal *sah* er das wie ein gestochenes Bild – das ungeheuer Einfache daran. Er mußte einen Menschen nicht kennen, um ihn zu lieben. Er mußte auch sich selbst dazu nicht kennen. Er mußte nur wach sein und auf sich hören. Der Novize schluckte das letzte Stück Mandarine herunter; er machte sich jetzt keine Gedanken mehr. Er hatte den Anfang eines Fadens gefunden, der wohl einmal um die Erde reichte, aber in Maylas Hand endete. Das genügte ihm. In der Art des toten Freundes legte er den Kopf zurück und faltete die Hände im Nacken. Nur aus Achtung vor dem sorgfältigen Erwägen eines Butterworth oder Dalla Rosa, eines Pacquin oder eines McEllis, vor allem aber eines Horgan, den er ebenfalls liebte, wollte er den Entschluß, kein Priester zu werden, noch etwas reifen lassen. Augustin nahm allen Mut zusammen und setzte sich zu der Frau, die er liebte. Nie hatten ihn zwei Schritte so angestrengt, und er schloß die Augen und atmete aus. Er dachte an Kurt Lukas, um dessen Laden er sich kümmern müßte, er dachte an die Revolutionsnacht und den Ringkampf im Regen. Ein Zirpen ließ ihn dann die Augen wieder öffnen, und in dem Moment gähnte Mayla – Glück oder Absicht –, jedenfalls sah sie sein Erstaunen über ihren Anblick und sprach –

»Schlaf«, sagte sie, und er schlief neben ihr ein.

Später weckte ihn die Spieluhrmusik. Da tagte es schon, und der Platz an Augustins Seite war leer. Nur die Mandarinenschalen deuteten noch das Unglaubliche an. Er sammelte sie auf und wartete die Sonne ab. Als ihr erster Strahl über eine der Waldkuppen schoß und seine Stirn erwärmte, traf er die Entscheidung.

Mindanao, Cebu City, Frankfurt und Rom,
Januar 1985-Januar 1990.

Verführungen

»Ein Retter der Lust«, ein »Ritter der Erotik«, ein »verbaler Verführer« sei Mario Vargas Llosa, schwärmte die Kritik nach Erscheinen seines Romans *Die geheimen Aufzeichnungen des Don Rigoberto*. Es ist ein Meisterwerk über die Kunst der Verführung.

Diese hohe Kunst beherrschen auch der junge Matrose von Gibraltar, die schöne und kluge Mayla, die junge libanesische Reederin Wanda Bashur, die eine nüchterne Kapitänskajüte auf dem »Tramp Steamer« zum Nest ihrer Liebe macht, Josemar, der unwiderstehliche Frauenheld, die wunderbare Pinkie, Helene mit ihren hoffnungsvollen Ausflügen in die Männerwelt, Fonchito, der fast noch ein Kind ist und dessen Wünschen und Begehren keine Grenzen gesetzt sind, und die Amerikanerin Fran, die ihren deutschen Professor fast um den Verstand bringt.

Acht Bücher möchten Sie zum Lesen verführen, indem sie von Liebhabern, alles riskierenden Draufgängern, Melancholikern, Verliebten, von Gefühlen, Hoffnungen, Träumen und Leidenschaft erzählen – und von der einzigen positiven Katastrophe, die das Leben bereithält: der Liebe.

Marguerite Duras
Der Matrose von Gibraltar
Roman
st 3103. 360 Seiten

Am Strand liegt eine große Luxusyacht: die Yacht gehört Anna, einer schönen, reichen, jungen Frau, die die Meere bereist auf der Suche nach dem verlorenen Geliebten, dem Matrosen von Gibraltar. Das Schiff hatte ihn einst an Bord genommen, als er, wegen Raubmordes gesucht, aus der Fremdenlegion geflohen war. In Shanghai hatte er das Schiff verlassen, aber Anna gibt die Hoffnung nicht auf, ihn eines Tages wiederzufinden.

Bodo Kirchhoff
Infanta
Roman
st 3104. 502 Seiten

Schön und schöner, klug und klüger wird Mayla, die philippinische Küchenhilfe fünf langgedienter Missionare, die in Mindanao ihren Lebensabend verbringen. Dem jungen Deutschen aus Rom, den sie als Gast aufgenommen haben, werden sie zu Wegbereitern der Liebe, die unaufhaltsam ihren Lebensabend erschüttert. Aus den abgeklärten Greisen werden ruhelose Männer, aus dem, was spielerisch begann, ein Drama.

Álvaro Mutis
Die letzte Fahrt des Tramp Steamer
Roman
st 3105. 110 Seiten

Die junge libanesische Reederin Wanda Bashur hat sich in den Kopf gesetzt, ein ererbtes Schiff von zweifelhafter Seetüchtigkeit auf eigenes Risiko als Tramp Steamer zu betreiben, um so den Fesseln ihrer Familie zu entkommen. Der baskische Kapitän Jon Iturri ist bereit, sich auf das Abenteuer einer ungewöhnlichen Geschäftspartnerschaft einzulassen, noch bevor er von der eigentümlichen Schönheit der jungen Frau überwältigt wird. Von Zeit zu Zeit steigt sie unvermutet an Bord. Die nüchterne Kapitänshütte wird zum Nest ihrer Liebe. Er weiß, daß diese Liebe dauern wird, solange der Tramp Steamer übers Meer vagabundieren kann.

Manuel Puig
Herzblut erwiderter Liebe
Roman
st 3106. 180 Seiten

Immer wieder kehren Josemars Gedanken zurück zu jenem Abend des großen Tanzfestes in seinem Heimatstädtchen, an dem er sich vorgenommen hatte, die lang umschwärmte Maria da Glória zu verführen. Damals war seine große Zeit, er hatte ein Auto, war der gefeierte Star des lokalen Fußballclubs, der unwiderstehliche Frauenheld. Zurückblickend erzählt er eine Geschichte von Liebe, Sexualität und Sehnsucht.

F. Springer
Die Farbe des September
Roman
st 3107. 178 Seiten

Je länger Fergus Steyn zurückdenkt an die Zeit auf Java, an die Kindertage voller Geheimnisse und Gerüche, und vor allem an die wunderbare Pinkie mit ihrer Geheimsprache und ihrem verblüffenden Mut, desto unruhiger wird er. Was wohl aus ihr geworden ist? Wo sie jetzt wohl ist? Zunächst widerstrebend, beschließt er, sie zu suchen.

Marlene Streeruwitz
Verführungen.
3. Folge
Frauenjahre.
st 3108. 296 Seiten

Helene Gebhardt, 30 Jahre alt, zwei Kinder, lebt seit zwei Jahren getrennt von ihrem Mann, einem Mathematikdozenten, der sie wegen seiner Sekretärin verlassen hat. Zusehends wird ihr Alltag zu einem Existenzkampf, zu einer Folge von mal harten, mal banalen, dann wieder von Hoffnung genährten Ausflügen in die Welt der Männer, die am Ende nur ein Ergebnis haben: Helene muß sich behaupten.

»Dieser Roman, den ich gerade verschlungen habe, geht direkt unter die Haut und mitten ins Herz. Ins Frauenherz jedenfalls ... Ein Meisterinnenwerk.«
Renate Möhrmann, EMMA

Mario Vargas Llosa
Die geheimen Aufzeichnungen
des Don Rigoberto
Roman
st 3109. 470 Seiten

Don Rigoberto hat seine junge Frau Lukrezia ver-
stoßen, aber in seinen nächtlichen Phantasien ist sie da,
schön und sinnlich wie eh und je. Sie wird inzwischen
von dem zehnjährigen Fonchito umworben, Don
Rigobertos Sohn. Er hält sich für die Reinkarnation des
österreichischen Malers Egon Schiele. Der wurde sei-
nerzeit als Pornograph geächtet. Folglich sind die Zu-
sammenkünfte der beiden aufgeladen von lüsternen
Wünschen und unerhörten Verführungsritualen. Und
wo enden all die erotischen Verstrickungen?

Martin Walser
Brandung
Roman
st 3110. 320 Seiten

Als Helmut Halm aus Stuttgart einen Lehrauftrag an
der Washington University in Oakland, Kalifornien,
annimmt, wittert er seine Chance. Wegzukommen von
der krank machenden Routine des Alltags, raus und
weg in ein neues Leben, das ihm schon von weitem ent-
gegenbrandet. Und wie hätte er in diesem neuen Leben
Fran widerstehen können, der dreiunddreißig Jahre
jüngeren Studentin, die ihn mit jugendlicher Bedenken-
losigkeit verfolgt? Süchtig nach ihr, fällt er schließlich
dem »lächerlichsten Sachverhalt der Welt« zum Opfer:
ein Lehrer verliebt sich in eine Schülerin.